目录

第八百九十五章 嵇和的来历

“嵇和，我要回去玄月神门，要不你和我一起去玄月神门，然后……”

宁城打断了齐十三星的话，“我去天素圣城，你先回去。一个月后，如果有空你就来天素圣城看看我的比赛，没有空的话，我将来去玄月神门找你。”

宁城知道齐十三星话的意思，他刚才那一番话骂的是痛快了。但是也暴露了一些事情，之前的嵇和就算是被郭浩歌指着鼻子骂，恐怕也只能忍气吞声。而现在他不但反骂回去，还差点将郭浩歌骂的吐血。

普通人或者会以为嵇和在太素秘境中被困这么些年，性格有些变化。若是有心的人，估计会想的更多一些。

想想如果他真的是嵇和，被郭浩歌指着鼻子如此侮辱，哪怕再隐忍，恐怕道心都会出问题。

不过宁城可不是嵇和，嵇和能人，他不能忍。更何况他既然借助了死去的嵇和身份逃去这一劫，他就应该帮嵇和出点气。

齐十三星要他去玄月神门，是不想有意外的事情发生。

齐十三星这么久没有回去，宁城知道他回去后事情还有很多。再说还有一个月，就是太素大比的时间。趁着这一个月，他还不如留在天素圣城休息。

“那好吧，我尽快赶到天素圣城和你汇聚。”齐十三星见宁城已下了决心，也只好同意。

天素圣城是太素域第一大圣城，没有人敢在这里做什么手脚，就算是偷偷摸摸也不敢。宁城在天素圣城，应该不会有什么危险，齐十三星也很是放心。

……

和齐十三星分开后，宁城却发现那个拥有火焰蜂巢的修士早已不在，应该是离开了。宁城并不着急，需求金焰蜂巢的人并不多，因为这东西用处有限制。之前那个修士的神灵草排名也是前十，他肯定会去天素圣城，他只要去天素圣城找这人就可以。唯一担心的，就是怕对方用金焰蜂巢换了别的东西。

宁城也没有在这里多留，祭出飞行法宝赶往天素圣城。他单独赶往天素圣城，也是为了试探会不会被蛮会山看出不对了。如果蛮会山真的追来，他马上就激发破界符离开这里。面对一个道元强者，他根本就没有资格反抗。

让宁城松了口气的是，不但蛮会山没有追来，就连郭浩歌也没有追来。

几天后，宁城顺顺利利的到达了天素圣城。

进入太素界后，宁城还是第一次看到如此热闹的地方。哪怕是太素墟广场，也没有天素圣城热闹。还没有进入城门，圣城外围就是密密麻麻的来往修士。

天素圣城就好像一个悬空城一般，下面全是浮云环绕，整个圣城边缘看不出半分护阵的痕迹。

宁城知道，这些浮云和朦胧的城池边缘，都是最顶级的阵法护着。看不出来痕迹，是因为他的阵道水平还不够格。

落在天素圣城之外数十里的地方，宁城就收起了飞行法宝。天素圣城之外，没有任何禁空禁制。在一个没有禁空禁制的地方，宁城没有看见一个人飞行。他小小一个永恒境中期，自然不敢造次，老老实实的收起飞行法宝，和白玉路上其余的修士一般，步行进入天素圣城。

越靠近天素圣城，宁城就越能感受到浓郁的神灵气。宁城心里感叹，如果能长期居住在这种圣城当中，修炼起来，恐怕也是事半功倍的事情。他猜测，这种圣城想要居住下来，应该也不是简单的事情。

一炷香后，宁城站在了天素圣城的城门口，在城门上方虚空漂浮着四个大字，天素圣城。

进城费，宁城就交纳了一百上品神晶，这是宁城见过最贵的进城费。

宁城来之前，就担心找不到地方住，毕竟这种事情他经历过太多。每次大的活动举办时，息栈都是最紧张的。

进入天素圣城转了一会，宁城就知道他的担心是真的。此时的天素圣城，不要说住的息栈，就算是息楼和酒楼都是人满为患。

圣城里面倒是极为宽阔，每一条街道都好像连绵过去的广场，但再宽阔的街道，也不能在上面睡觉打坐。

以宁城的修为，就算是在街道上转悠一个月都没有问题。太素大比即将到来，他是要参加比赛的，自然要找一个地方休息，绝不可能在这里转悠一个月。

“嵇和大哥，你怎么会在这里？你不是……”一个惊喜无比的声音响起，一名女修迅速出现在了宁城的面前。不过这女修的惊喜也只是那一瞬间的声音而已，之后，她似乎感觉到有些唐突，甚至低下了头。

这女修身穿灰袍，肤色白皙，眉毛很浓，但是眉宇间却缠着一丝阴霾。整个人看起来，也有些疲惫。相貌只能说还算养眼，远不如岑采萱漂亮。修为也不高，才永恒初期。

这些倒是其次的，主要宁城不认识这个女修。一想到这一幕很有可能被别人看见，宁城心里顿时焦急起来。若是有人看见嵇和遇见熟人而不认识的话，那可不是一件好事。

宁城连忙微微一笑，“好久不见了，我们找个地方去喝杯灵茶吧。”

看见宁城的态度客气有加，并不显得很是亲近，女修眼里一阵黯然，点点头说道，“嗯，就去前面的兰泽息楼，那里的灵茶很是不错。”

“好。”宁城跟着这名女修迅速转入街道边的一家息楼后，这才微微松了口气。既然是嵇和的熟人，那就慢慢解释一下。

两人进入息楼后，息楼中果然人满为患。不要说包厢，就连大厅上的桌子都极少了。

“嵇和大哥，我们坐那边。”女修指了指大厅一角处的一个空位。

宁城咬了摇头，他带着女修找到了息楼的伙计，直接抓出一个储物袋放在伙计手中，“我和朋友有些急事，需要一个包厢……”

伙计的神识在宁城给他的储物袋上扫了一下，手一转，储物袋就消失的无影无踪，然后满脸堆笑道，“两位请随我来。”

宁城和女修被伙计带入其中一个清雅的包厢后，宁城心里暗自感叹，“这包厢果然和那条沟一样，挤挤总是有的。看样子等会去息栈找房间，也要用这种办法挤挤。”

伙计走后，宁城打上禁制，还没有说话，就听到这女修冷冷说道，“你不是嵇和，你到底是谁，为何要冒充嵇和？”

宁城吓了一跳，他冒充嵇和到现在还没有出现过什么问题。难道这女修是嵇和的女人，他一不小心露出了马脚？这一瞬间，宁城甚至想到了灭口。

这个念头一闪就消失不见了，他利用嵇和的身份逃难，如果还要灭口嵇和认识的人，这简直连畜生都不如了。更何况在天素圣城灭口？他自己还要不要活？

宁城连忙将他和齐十三星，还有嵇和的事情全部说了出来。他冒充嵇和，只是为了逃命。

听完宁城的话，这女修幽幽的叹了口气，眼里露出一丝伤感，“嵇和大哥果然出事情了。”

说完，她站了起来，回头对宁城说道，“你不用担心，我不会说出这件事的。”

宁城还真的有些担心这个女修会说出这件事，听到这话，他只好说道，“这位师妹，我见你似乎有什么事情。我和嵇和虽然没有见过，但他是十三星的朋友，我也是十三星的朋友。现在我更是要用他的身份，如果你不介意的话，可以将你的麻烦说给我听听，也许我可以帮上一些。”

女修听到宁城的话，犹豫了好久后不知道想起了什么，眼睛微微一亮说道，“那我就说一下吧。”

说完，她再次坐了下来。

……

一个时辰后，宁城总算是明白了是怎么回事。这个女修叫辛秀，是嵇和的师妹，嵇和还有一个师弟叫巫奇宏。三人的师父都是狄水博，狄水博是一个六级丹王。

三个人当中，嵇和的炼丹天赋是最强的。有一次，狄水博找到了一个隐秘的神灵草药园。他带着三名弟子进入神灵草药园，却没有想到被别人发现了。在争夺神灵草的时候，狄水博和另外那名抢夺的修士同归于尽。

狄水博在临死之前，将自己的戒指和一切神灵草都交给了嵇和，他让嵇继续教导和带着师弟师妹。戒指中的神灵草，师兄妹三人平分，争取早日成就一个丹帝甚至是丹神。

却没有想到嵇和根本就没有听师父的话，而是带着戒指中大量的神灵草单独离开了师弟和师妹。后来辛秀听到嵇和的消息后，嵇和已经是太素域丹会的八级丹帝了。

嵇和走后，巫奇宏和辛秀两人慢慢的走到了一起，也算是相依为命。这次巫奇宏重伤，辛秀是来这里帮巫奇宏求丹的。她打听过嵇和的事情，知道嵇和是丹会的丹帝，也陨落在了太素秘境。

尽管当年嵇和独吞了神灵草离开师门，这次她偶然看见嵇和，辛秀依然希望嵇和能出手救一下巫奇宏，这才有了开始的一幕。

宁城听到这里，顿时有些傻眼。果然是每一个人心里都有一面阴暗，如果不是碰到辛秀，他哪里能想到木讷隐忍的嵇和如此自私？他从辛秀的口中，甚至听出了辛秀对大师兄嵇和的暗恋。嵇和带着神灵草走掉，她才和小师弟走在一起去的。

见宁城发愣，辛秀幽声说道，“其实当年我和奇宏师弟都没有怪过嵇和大哥……”

宁城站了起来，“辛秀师妹，我也是一个炼丹师，如果你不介意的话，就叫我师兄就行。走吧，我和你一起去看看奇宏师弟的伤势。”

第八百九十六章 圣城打人

宁城以为辛秀和巫奇宏如此落魄，应该住在最差劲的息栈中。让他没有想到的是，辛秀直接将他带到了天素圣城最大的息栈踏星楼。

辛秀和巫奇宏不但居住在踏星楼中，还是住在踏星楼最豪华的房间。这是个由三个修炼房，一个炼器房，一个炼丹房，一个宠物房以及豪华的会客大厅组成。

一进入房间，浓郁的神灵气就裹住了全身，让人浑身上下都舒畅不已。

天素圣城的物价，宁城是非常清楚的。住在这种地方，要付出多大的代价？宁城看着辛秀都有些感叹了，这人还真是不能貌相啊。也许是因为辛秀是一个炼丹师，所以这才如此富有吧。不过在天素圣城这种地方，以辛秀这种水平的炼丹师，怎么去赚神晶？

辛秀显然看出来了宁城的疑惑，她自嘲的笑了笑，“我和奇宏师弟从修炼以来，就一直很是艰辛。不要说住在这种豪华的息栈，就算是住最普通的息栈，也会考虑很久。奇宏师弟这次重伤已有数百年之久了，眼看就要陨落。想想我们一直都是战战兢兢的苟活着，这次我一咬牙拿出了所有的神晶，住在了踏星楼最好的房间……”

宁城能从辛秀口中听出其中的辛酸，一个以炼丹为主，实力不强的永恒境初期，还要带着一个伤员在太素域求活，自然是很不容易。

“带我去看看奇宏师弟吧。”宁城没有多问下去，只是对辛秀说道。

辛秀将宁城带到巫奇宏的房间，宁城看见了嵇和的这个小师弟。此时巫奇宏睡在床上，双目紧闭，连呼吸都没有。如果不是宁城能感受到他身上还有一丝气息，甚至会以为这是一个死人。

巫奇宏脸色发黑，瘦骨嶙峋，比起刚刚恢复肉身的齐十三星还要瘦一些。

宁城是一个塑道丹神，而且神识极为强大，又修炼过神识功法。他一看巫奇宏的样子，就知道巫奇宏识海破碎，生机即将全部涣散掉。不但如此，就连元神也开始淡弱。

宁城估摸，如果再不施救的话，巫奇宏最多只能坚持几天时间而已。

辛秀一直看着宁城的脸色，当她看见宁城皱眉，心里也是叹了口气。尽管她抱着万一的心思，但也知道宁城的皱眉代表着什么。

“这位大哥，奇宏的伤势我知道，如果你没有……”

宁城知道辛秀要说什么，他打断了辛秀的话，“你师弟救起来很麻烦，不代表一定就不能救……”

不等宁城说完，辛秀就露出了欣喜无比的表情，连语气都有些颤抖，“大哥，你说我师弟可以救？”

宁城歉意的说道，“我只是说可能，我暂时可以让他保住生机一个月，在一个月之内，如果我还不能想出办法救他，那我就无能为力了。对了，以后你还是叫我嵇师兄，免得被人猜疑，我得罪的人很厉害。”

之所以说这番话，是因为宁城可以炼制太清木髓丹。太清木髓丹的等级并不高，只是一种九级星空丹药。这种丹药可以延续和增加修士体内生机，正适合巫奇宏。

更重要的是，炼制太清木髓丹的主要灵物宁城有，就是木本源晶中的木本源气。

太清木髓丹完全可以保住巫奇宏一个月的生机不继续涣散，而旻空丹圣的手镯宁城即将要打开。旻空丹圣是顶级丹圣，打开他的手镯后，谁能肯定里面没有能修复识海的办法？

“嵇大哥，无论奇宏是不是可以活命，我都会永远记得大哥的活命之恩。”辛秀几乎是躬身到地了。她依然叫宁城嵇大哥，没有叫师兄。

“我马上去炼丹，一会炼制出太清木髓丹后，你赶紧给奇宏师弟服用。”宁城让辛秀起来说道。

辛秀瞪大眼睛看着宁城，有些不大敢相信的说道，“嵇大哥，你是九级丹帝？”

宁城笑着点了点头，事实上在太素墟广场洞府闭关研究炼器的时候，他就晋级到塑道丹神了。

“啊……不对。”辛秀似乎突然想起了什么，又叫了一声，“我在这里付的租金还有一天就到期了，可是……”

宁城一看辛秀的表情，就知道，辛秀身上没有神晶了。好不容易找到一个住的地方，宁城自然不会让辛秀搬走，他忙问道，“这里多少神晶一天？”

“要一万上品神晶……”辛秀犹豫着说道，她以为小师弟必死，这才在小师弟临死之前，住在这个好地方。在她内心深处，也有住一个神灵气浓郁的地方，说不定师弟的生机突然焕发的想法。住在这里大半年时间，她多年来积蓄的一些神晶都消耗一空了。

宁城心说好贵，一天就要一万上品神晶。若不是他打劫了九皇子身边的那个跟班，他身上的神晶也不过只够住几个月而已。

“不用在意。”宁城取出一个储物袋，“你先下去续租两个月再说，多余的神晶就留在你身上。”

宁城身上的上品神晶加起来也有将近千万，这储物袋中就有一百万上品神晶，租两个月还多了四十万。

辛秀没有客气，这个时候客气都是虚的，小师弟的命才是最重要的事情。

等辛秀下去续租，宁城直接在巫奇宏房间开始炼丹。仅仅一炷香时间，一炉太清木髓丹就被宁城炼制出来。收起丹炉，宁城取出一枚太清木髓丹放入巫奇宏的口中，浓郁的生机瞬间就在巫奇宏身体中焕发出来。

尽管还没有睁开眼睛，原本死气沉沉的巫奇宏身上生机气息多了许多。

宁城很是满意，这一枚太清木髓丹绝对可以让巫奇宏延续一到两个月的生机。如果这么长时间，他还是没有办法找到救巫奇宏的办法，那这巫奇宏也只能认命。

走出巫奇宏的房间，宁城感觉到有些不对。辛秀只是下去续一个房间而已，怎么会这么久时间都没有上来？

正想着，辛秀上来了。她的脸上还有一道红印，显然是被人一巴掌打的。

“怎么回事？”宁城问了一句。

辛秀摇了摇头，将宁城给的储物袋递过来，“他们不愿意续租，说这里已经租给别人了，等一天后，我们就要搬走。”

宁城冷笑，也不接辛秀递给他的储物袋，对辛秀说道，“你跟我一起下去。”

住息栈和洞府宁城不是一次两次了，他也知道一些规矩。只要客人住进来，不欠房租，没有主动提出走，没有给息栈造成损失。那息栈就无权赶走客人，这是大家都知道的事情。

现在辛秀被人赶走，显然是见辛秀好欺负。这个时候，正好是息栈最紧俏的时候，赶走辛秀的目的显而易见。

……

息栈底楼大厅上人不少，办理租赁的柜台前，还有两名修士在哈哈大笑。

“怎么，你现在就要退房了？”柜台后面的一名伙计看见辛秀过来，语气很是不屑的说道。

辛秀没有说话，宁城却走过去和煦的问道，“请问，这里有息栈房间租赁的条律约定吗？”

“你眼瞎了？这不是？”伙计看见宁城和辛秀一起过来，还以为宁城要给辛秀打抱不平，现在看见宁城的语气如此恭谨，他哪里还会客气。对付这种没有底气的散修，他经验丰富。必须要强势，一定要让对方知道惹不起他这边。

宁城的目光落在条律之上，几息时间，就将这数百道条律看了一边。随后他笑吟吟的看着伙计问道，“请问刚才是你打我师妹吗？”

“没错，就是爷爷打……”

这伙计的话还没说完，就觉得整个人一滞，随即他的身体一僵，等他看清楚自己是被宁城用领域束缚住，然后掐住脖子拎起来后，他顿时慌神了。

不等这伙计讨饶，宁城虚幻的星元掌印就落在了这伙计的脸上。

“啪啪啪啪……”仅仅十几个巴掌，这伙计脸上就被打的鲜血淋漓，而血迹和牙齿一枚都没有溅出来，而是犹如滴水一般的顺着伙计的下巴挂下去。

“住手……”一个愤怒的声音传来，随即一道更为强悍的领域压制轰在宁城身上。

宁城手一张，直接将这伙计丢在了柜台的角落，这才不慌不忙的回头。

过来的是一名中年男修，身材高大，眼睛细长，人还没有走过了，强大的领域气势就压迫而来。

不过他并没有一来就动手，而是盯着宁城说道，“道友何人？凭什么在这里殴打我踏星楼的伙计。”

别看这中年男修没有动手，但那杀气早已弥漫开来，周围的修士纷纷让开。大家都知道这中年男修的意思，那就是等宁城回答完之后，他立即拿下。或者说，这中年男修也在等宁城说出他的靠山。敢在这里打人的，想必都有一些靠山。

天素圣城不允许打杀是建立在一定条件下的，如宁城这样在天素第一息栈殴打伙计，那就算是当场杀掉，也不会有什么问题。

宁城对这中年男修抱了一下拳说道，“是这伙计让我打他的，所以我才动手。”

“你信口雌黄，这里这么多人都看着，我什么时候让你打我了？”伙计脸被打的犹如破布，其实他的伤并不厉害，在听到宁城的话后，当即就站起来愤怒呵斥。

……

第八百九十七章 聂姓女子

宁城指着上面的条律说道，“踏星楼租赁第六十一条，客人没有退房和欠租前，房间使用权归客人所有。在没有特殊情况下，客人有第一续租的权利。第七十五条，息楼对客人有无礼要求，客人可以通过自己的方式抗议。

这伙计接连犯下两条，所以我用自己的方式抗议。我的方式很简单，就是打耳光。对了，这条律还是这伙计告诉我看的。不然的话，我还真不知道有这两条。我猜测，他明知故犯，应该是欠揍。”

中年男修听到宁城的话，顿时皱起了眉头，冷眼盯着伙计问道，“到底是怎么回事？”

辛秀见过这个中年男修，知道这是踏星楼的执事。她早已焦急不已，不等这伙计回答，她就主动说道，“我想要为房间续租，他不允许我续租，这才出了这种事情。”

这伙计也不过是一个永恒中期而已，辛秀带着一个伤员在这里住了大半年，他自然知道辛秀是一个可以随便欺负的散修。却没想到宁城和辛秀一起出来，却敢打他，还将事情闹大。

伙计支支吾吾，这中年男修早已明白了是怎么回事。看样子这一男一女两名修士说的是真的，不过就算是真的，敢在踏星楼打伙计，他也绝对不会就这样罢休。

“我踏星楼在天素圣城数万载，从来都是信誉第一。续租的事情，只要你们没有欠下房租，自然是不会有问题。不过，客人可以通过自己的方式，不代表可以在我踏星楼打人。”中年男修语气突地冷厉起来，凌厉的杀机冲向了宁城和辛秀。

辛秀修为低，被这种杀机一侵，顿时打了个冷战。

宁城一抬手，就将这杀机挥去，语气同样有些冷的说道，“这么说，只允许你踏星楼的伙计打我们，不允许我们反击回去了？”

“我踏星楼的伙计打你们？”中年男修顿时皱眉，他预感到这件事似乎不是这么简单。

辛秀连忙说道，“是的，我要来续租，这伙计不但不允许我续租，还将我骂了一通，然后还打了我的耳光。”

看见中年男修狠厉的眼神扫了过来，这伙计也是打了个颤，这种事情想抵赖根本就抵赖不掉。大厅中的人可是很多，很容易就找到人证。

“黄执事，是，是……”伙计吞吞吐吐，说了半天都没有说出个所以然来。

“呵呵，黄执事，好久不见。”一名褐衣年轻男子忽然走了过来，对中年男修抱拳笑着问候了一句。

这叫黄执事的中年男修看见褐衣年轻男子，脸上的冰霜瞬间就融化掉，转而化成了满脸的笑意，“原来是姬圣子大驾光临，欢迎欢迎。”

姬圣子眼神扫了一眼宁城和辛秀，这才对黄执事说道，“黄执事要责怪还是责怪我吧，这伙计也是帮我的忙。是这样的，甲域第六间房，是我当年住过的。这次重游天素圣城，所以还想住在这个房间。”

黄执事瞬间就明白过来，这闹事的一男一女住的肯定是甲域第六间，伙计不允许这女修续租，应该是她的租期到了，伙计想要将房退出来给姬平中。姬平中是太素十二子中排名第四的强者，不但本身实力超群，背后还有强大的势力支撑。他一个小小的执事，还真得罪不起。

想到这里，黄执事将目光转向了宁城，“这位客人，如果你们愿意搬出甲域第六间，我会将你们之前的房费双倍退还掉。”

宁城心里叹了口气，他知道自己想住在这里也不可能了。他占理打一个伙计还可以，如果和这里的执事打起来，那他也别想走掉。这黄执事肯定不知道辛秀住了大半年，等会他双倍退还的时候，看看他的嘴脸。

宁城没有继续说续租的事情，直接说道，“可以，现在就退吧，我们明天就可以搬走。”

“给他们退双倍神晶，到时候算在我头上。”黄执事对伙计喝道。

伙计颤声说道，“她住了大半年了，双倍神晶就是五百多万……”

“什么？”黄执事差点吐血，五百多万神晶，就算是他也伤筋动骨啊。更何况，太素大比即将开始，正是各种好东西涌入圣城的时候，他正需要大量神晶，怎么可能一次送出这么多。

黄执事很渴望姬平中站出来，说这些神晶他出了。可是姬平中连动都懒得动一下，显然是不想出。或者是，他根本就没有将这黄执事看在眼中。

“这位道友，你们住的时间太长了。我只能退给你们十天房费，你看如何？”哪怕是打自己的脸，黄执事也不会同意付五百万神晶给宁城。

宁城冷笑，“看样子踏星楼也只是欺压客人，承诺犹如放屁，装腔作势的地方了。没有这个本事做到，就别挂一个条律来恶心人。”

眼前亏绝对不能吃，宁城准备带着辛秀和巫奇宏离开这里。将来总有一天，他会回来找场子。

这黄执事早就对宁城不爽了，现在宁城如此不客气，他更是打定主意要教训宁城一顿。

还没等他开口教训宁城，一个冰寒的声音已经出现在大厅中，“我踏星楼从来都是顾客至上，一直以做到宾至如归为目标，从来不欺压顾客胡乱承诺。踏星楼既然定下了条律，就和国家的法律一般。只要履行了进来的租金义务，任何顾客在这里都享有规定的权利”

宁城呆了呆，这句话怎么这么熟悉？他甚至感觉自己在和一个地球人说话，除了地球上，法律这个词在他所经历的地方，从来都是用律法代替的。不但如此，就是顾客、义务和权利什么的，听起来也是既熟悉又陌生。

这些念头很快就从宁城的脑海中消失不见，他看见了一个脸带纱巾的黑衣女子突兀出现在了大厅中。让宁城心里惊骇的是，他完全看不到这黑衣女子的修为。这女子身上的气息比蛮会山更为恐怖，简直可以用浩如烟海来形容。

一个息楼竟然有这种可怕的高手，宁城肯定这女人要杀他，甚至只要一个小指头。

“请问前辈是？”面对这种强者，宁城不敢有丝毫差错。

黑衣女子淡声说道，“我姓聂，这家息栈就是我开的，你将刚才的冲突详细说一遍。”

宁城没有夸张和缩小，他将刚才的事情原原本本的说了一遍。

黑衣女子听完宁城的话后，冷眼扫了一下黄执事和那伙计，语气冷冷的说道，“你们现在就滚出踏星楼，以后不再是我踏星楼的人。”

说完，她又对另外一名伙计说道，“帮这两位顾客办理续租手续，一切按照条律上来。”

宁城都没有想到事情会这么简单，黄执事和被他打的伙计连半个字都不敢说，灰溜溜的退出了息楼大厅。

姬圣子微微一皱眉，上前抱拳说道，“荒神宫姬平中见过聂前辈。”

“什么事情？”黑衣女子语气缓和了一些。

姬平中心里有些不爽，面对太素十二子，一个息楼的主人不应该用这种平淡的语气，更何况他还是荒神宫的人。

“我想入住踏星楼的甲域第六间……”

不等姬平中将话说完，黑衣女子就淡淡的说道，“既然想要入住，就去柜台办理手续。这种事情，不用和我说。”

姬平中吸了口气，语气略微有些僵硬的看着宁城说道，“甲域第六间就是他们要续租的房间……”

宁城在刚才叙说缘由的时候，并没有将姬平中拖进来。他知道这种事情，涉及的势力越小越对他有利。现在姬平中的话说出来，黑衣女子瞬间就明白了，也明白了为什么黄执事要让宁城退房。

她的目光看向姬平中，眼里的平和消失的无影无踪，语气再次转冷说道，“滚，没有任何人能让将我踏星楼的客人赶走。”

姬平中脸色一变，还从未有人敢当着他的面叫他滚。他脸色变得青白起来，对黑衣女子再次随意的一拱手说道，“我会将前辈的话原封不动的带回我荒神宫。”

黑衣女子冰寒的盯着姬平中，“如果你再不滚，我会将的双腿给废掉。”

姬平中不敢继续啰嗦，铁青着脸走出了踏星楼。

宁城正想感谢一句黑衣女子，却发现刚才出现的黑衣女子早已消失的无影无踪，连他都不知道这黑衣女子什么时候消失的。周围的空间没有半分波动，就好像空气一般消失掉。

此时宁城都有些不想住在这里了，这个黑衣女子太恐怖。如果他在房间里面做些什么，能瞒得过这个女人？他回头看见辛秀早已续租好了两个月，只好说道，“我们上去吧，没事情，尽量不要出来。”

……

回到房间后，宁城静坐了良久。他甚至怀疑那个聂姓女子是不是和他一样，从地球来。不过那女修恐怖的实力，让他将自己的怀疑打消。

为了以防万一，宁城在自己的房间中反复打上了数十道的禁制，然后又布置下了十几个阵法，这才稍微安稳了一些。

尽管如此，他也没有打算在房间中暴露任何有关玄黄珠的信息。距离大比还有一个月时间，他的事情还很多。除了破解旻空丹圣的手镯外，他的识海中还有一股不属于他的神识在，他要将这一丝神识驱出去。

第八百九十八章 空城渡识

“叮当。”一声轻微的脆响传来，宁城心里一喜，旻空丹圣的手镯终于被他打开。

宁城的神识落在宽敞的手镯中，当他看清楚里面的东西时，顿时傻了眼。他以为旻空作为一个顶级的道元丹圣，储物手镯中的神晶肯定是堆积如山。然后还有一片片的神灵草药园，就算是暂满道果的道果树也是一排排。

而事实上是，旻空丹圣的手镯中没有一枚道果，没有一株道果树，就连最差的神灵草也没有一根。神晶也少的可怜，甚至不如他的多，宁城估计了一下，最多不会超过一千万。丹药倒是有一堆，不过全部是各种各样的废丹。至于法宝、材料等等东西，宁城是一样没有看见。

除了千万不到的神晶和一堆堆废丹之外，宁城只看见了一堆散落在一边的玉简。

不对，宁城抓住手中的手镯心里已是明白了怎么回事。旻空丹圣再穷也不会只有这么点东西，这手镯根本不是旻空丹圣真正存放宝物的地方。旻空丹圣绝对还有另外一个储物的东西，就好像他的真灵世界，甚至是隐藏在识海中的玄黄珠一般。

那样储物宝贝很有可能也在旻空丹圣的识海最深处，只是当时他尊重旻空丹圣，没有去动旻空丹圣的遗体。

宁城叹了口气，看样子他没有这个机缘。也或者旻空丹圣的手镯就是一个幌子，按照道理来说，戒指比手镯方便多了。除了一些用手镯装饰的女修，很少有人愿意用手镯的。

这些活了无数年的老妖，果然是一个比一个精明啊。死了东西都不会随便被人得到，说不定旻空丹圣根本就没死，他的元神带着真正的储物设备逃了。

将储物手镯中的神晶都丢进自己的戒指，宁城将那一堆玉简都搬了出来。

拿起第一枚玉简，里面清楚的记录着一个丹方合成的步骤和炼丹心得。虽然对旻空丹圣这种学习态度很佩服，宁城对这种东西却没有半分兴趣。仅仅是扫了一下，就随手将玉简丢在一边，拿起第二枚玉简。第二枚玉简和第一枚玉简一样，还是炼丹的心得和体会。

第三枚、第四枚……

原本宁城看一枚丢一枚，当他看到第六十枚的时候，他感觉到了不对。旻空丹圣的这炼丹推演和理解，全部是针对一种丹方，而且还是增加识海和强化识海的丹方。

尽管这玉简中没有半个字提到神石髓，宁城也知道这个丹方是和神石髓有关系。和神石髓有关系，肯定是和神髓丹类似的丹方。宁城听齐十三星说过，神髓丹的丹方早已消失。宁城得到神石髓后，还打算以后自己去花时间推演神髓丹丹方的，没想到这里有旻空丹圣推演丹方的过程。

面对这种他急需要的丹方，宁城立即就沉浸了进去。就算是对黑衣女子的提防，也放低了许多。事实上他也无须提防，那黑衣女子根本就没有将他宁城放在眼中，更不要说去暗中窥探他了。

时间就这样匆匆而走，宁城闭关的房间犹如死寂一般，没有任何动静。

……

这已经是宁城住进来的第二十一天了，辛秀心里也是越来越着急。之前宁城给了一枚太清木髓丹给巫奇宏服用，巫奇宏的生机浓郁了许多。经过这些天的消耗，巫奇宏的生机再次开始溃散。

辛秀也清楚，不能凝聚元神，修复识海，就算是有再多的太清木髓丹，小师弟也是死路一条。只是宁城住进来后，就直接陷入了沉寂，没有半点声息。她心里再焦急，也不敢触动宁城门外的禁制去惊动宁城。

房间中的宁城是越来越惊喜，旻空丹圣的神石髓丹方并不完善，有几个关键的地方都没有完美的解决方案。宁城却在旻空丹圣的推演结论中，找到了解决方案。

主要灵物自然还是神石髓，附加主要神灵草为炼云藤、流星幻果、魔布草、万仞焰花瓣几种，辅助神灵草一百六十三种。各种神灵草的量各有不同，而且炼制这种丹药对丹火和神识的要求也很是严格。

这些神灵草，除了比较珍贵的神石髓之外，只有万仞焰花瓣是高级神灵草。其余的都只能算是一般神灵草，就算是一些商楼也有的出售。

神石髓宁城身上有很多，万仞焰花瓣宁城也在旻空丹圣的灵药园中弄到了两百株。

这个推演丹方最关键的地方，就在万仞焰花瓣。万仞焰花瓣是炙热光属性的神灵草，而神识一般都是看不见摸不到的阴暗、意念类的东西，所以万仞焰花瓣这种神灵草是绝对不会识海、神识类有交集的。

但是神石髓的阴属性太强，如果不用万仞焰花瓣的话，不但起不到任何作用，甚至会灼伤识海。

推演出来的东西和实际的结论还有些微的差别，哪怕宁城拥有玄黄珠，修炼的是玄黄无相功法，也无法将推演的东西直接搬来就用。

一炉又一炉的废丹被宁城倒掉，宁城是半点都不心疼。他每一炉丹药倒掉，后继的丹药都会更加完善一些。他身上的神灵草多多，神石髓也有一百多枚。这种增加神识和识海，甚至可以修复神识的丹方一旦被推演出来，那价值简直就是无法估量。

在浪费掉第十一炉丹药后，宁城终于成功。第十二炉丹药还没有出炉，那种淡淡的清香，就让他的识海一震。原本横亘在宁城识海中的那一丝外来神识，也隐约有分离的趋势。

宁城心里一喜，他没有想到这种刚刚推演出来的丹药还有这种效果，这种惊喜差点让宁城的第十二炉丹药再次废掉。强大的神识让他坚持了下来，最后成功炼制出八枚丹药。

这种丹药满丹是十二枚，宁城第一炉炼制出八枚丹药，尽管还没有特等的，他也是满意了。等他将识海中那一丝异神识驱除出去，他的识海更加纯净，炼制这种丹药效果会更佳。

八枚白的几乎透明的丹药躺在宁城手心，一丝丝清香的味道传出，宁城不由自主的吸了口气。

他小心的将丹药装起，取出一枚丢入口中。丹药入口并没有化成丹液，而是化成了一丝又一丝的气息渗透进了识海之中。

宁城根本没有修炼，就能清晰的感觉到，神识在增强，识海也在慢慢的扩展。

惊喜中的宁城还没有来得及感受这种丹药的强大，他识海中那一丝异神识忽然一颤，直接从他原本的神识中剥离开来。

宁城大喜，直接一道意念抓了过去，下一刻，那一道异神识被他抓在手中。随着一道星河火焰丢过去，那一道异神识发出一声轻微的咔嚓，消失的无影无踪。

驱掉识海中的异神识，宁城深深的吸了口气。自从他施展了暗冥噬神功法，吞噬了一丝对手的神识后，他的识海就没有如此畅快过。

按照暗冥噬神卷的办法，他吞噬了对手的神识后，第一时间应该是炼化对手的神识。他并没有这么做，所以一直以来识海都是有些不清爽。现在他用这种新推演出来的丹药，直接剥离了那一丝异神识，终于让他的识海再次清晰起来。

宁城看着玉瓶中其余的七枚丹药，心里很是得意。如果创造出暗冥噬神卷的那个家伙，有这种丹药的话，他会发展到如何可怕的一种高度？

尽管如此，宁城还是没有打算修炼暗冥噬神卷中的吞噬神识。他相信有这种丹药帮忙，他不用去吞噬别人的神识，也可以让自己的神识强大起来。

有了这种丹药，他打不过对手的时候，吞噬神识这种神通可以拿来作为杀手锏。

宁城肯定他和旻空丹圣联手推演出来的这种丹药不是神髓丹，而是一种新的神丹。也许从等级上来说，这种丹药最多只是一种塑神神丹。而事实上，这种神丹，就算是对混元圣帝，恐怕也是有效果的。

该给这个丹药起一个名字，宁城拿起玉瓶看了半天，这才自语道，“就叫空城渡识丹。”

这丹药他和旻空丹圣都出了力气，这个名字很贴切。说不定旻空丹圣去太素秘境，就是为了寻找神石髓，炼制出类似神髓丹。

将玉瓶放在一边，宁城再次炼制了一炉空城渡识丹，这次他简简单单就炼制出了一炉十二枚的特等空城渡识丹。

收起丹药和丹炉，宁城站起来清理了一下，闭关二十多天，应该出去了。

宁城走出房间，就看见了坐在他房间外面的辛秀，他略为有些歉意的说道，“辛秀，你一直坐在这里？”

辛秀看见宁城出来，惊喜不已的站了起来，“嵇大哥，你出关了？”

宁城知道辛秀真正的意思是想要询问他有没有找到办法，他笑了笑，取出那瓶只有七枚空城渡识丹的玉瓶递给辛秀，“这瓶丹药可以救奇宏师弟，这里面有七枚。如果我没有料错的话，只要三枚丹药，就可以救回奇宏师弟。另外四枚你留着自己用吧，对神识修炼有好处。”

辛秀惊喜的抓过玉瓶，连丹药名称都没问，就对宁城躬身匆匆说了一句，“谢谢嵇大哥。”然后转身就走。

巫奇宏的气息随时都可能终止掉，她早就心急如焚。

宁城没有过去，空城渡识丹必定可以修复巫奇宏的神识。现在他要忙大比的事情，太素大比还有三天就要开始了，他想出去看看。

……

第八百九十九章 火焰蜂巢

宁城走出踏星楼没多久，被他挂在腰间的太素大比资格牌就发出一丝震动。宁城抓起资格牌，上面突兀的多出了一排字，“大比时间地点，太素后历三万八千六百零二纪元，六百一十九年十月二十三日，天素圣城广场。收到消息，即刻去太素宗门联盟记录。”

太素纪元年宁城了解过，是这里的纪年方式。按照这个日期，正是三天后的时间。

太素宗门联盟距离踏星楼很近，宁城只用了几分钟时间，就来到了宗门联盟。

宗门联盟是太素域一些大小宗门共同成立的一个组织，一般太素域综合性的动作，比如太素大比、秘境等等，都需要经过宗门联盟。

宁城来到太素宗门联盟的时候，这里早已聚集了许多人。宁城立即就看见了几个熟悉的面孔，那个拥有火焰蜂巢的修士也在其中。宁城记得那家伙的名字，叫什么亚蒂安，听起来有些西方味道。

亚蒂安这次也进入了太素大比的名额，他来这里的目的显然是和自己一样。宁城想要和他交易火焰蜂巢，所以加快了速度来到大比参赛的登记处，交出自己的参赛资格牌。

这里的登记速度很快，仅仅一分钟不到，宁城就收回了登记好的资格牌。然后，迅速走向了这名叫亚蒂安的修士。

亚蒂安的修为在永恒境圆满，他的身材极高，看起来足足有两米出头。

此时他正和另外一名修士在说着什么，宁城突兀的走过来，这两人也停止了交谈，同时看向了宁城。两人都看的出来，宁城是冲着他们这边来的。

宁城抱了一下拳，脸带笑容的说道，“亚蒂安道友请了，我叫嵇和，是一名炼丹师，想和道友谈一些事情，不知亚蒂安道友可否给我一些时间？”

亚蒂安见宁城是来找他的，也点点头笑着说道，“我知道你，嵇和丹帝。你在秘境中收获非常不错，我也很钦佩。不知道嵇和道友找我有什么事情？我暂时也走不开。”

在秘境中出来的修士中，展示的神灵草能排入前十，没有一个弱者。不是抢劫得到的，那就是运气爆棚，找到了神灵草成片的地方。哪怕嵇和被困在秘境中几万年，能做到这一点也不容易。

不过亚蒂安虽然语气客气，显然并没有将宁城真正的看在眼中。只要看他连一点时间都没有办法挤出来，甚至连自己的名字都没有报，就知道了。

宁城并不在意，索性直截了当的说道，“我想要和道友交换火焰蜂巢，如果道友愿意的话，请说出你需要的价格。”

亚蒂安微微一笑，“非常谢谢你看中我的火焰蜂巢，我叫亚蒂安。我拿出火焰蜂巢，本来就是打算交换的。这位朋友也是找我交换火焰蜂巢的，至于价格，当然谁出的价格高，我就交换给谁。”

这和亚蒂安正在说话的修士，听见宁城也是为了火焰蜂巢而来，顿时就皱起了眉头。如果宁城再晚一点来，他们说不定都交易成功了。

宁城心说难怪这家伙在清点秘境收获的时候，拿出了火焰蜂巢，这小子很有心机啊。现在他不说价格，让别人互相报价，就是想要捞取最大的好处。

宁城取出一个打了禁制的玉盒递给亚蒂安，“我用这个东西和你交换，你看看如何？”

明白也有人想要亚蒂安的火焰蜂巢后，宁城觉得他应该快刀斩乱麻。他能知道亚蒂安会来这里，别的想要和亚蒂安交换的修士，也会知道亚蒂安要来这里。

亚蒂安伸手抓过宁城的玉盒，并没有打开玉盒，神识随意的扫了一下。当他看见一枚空间晶石的时候，眼睛顿时亮了起来。这才是真正的好东西，有神晶都很难买到。

“东西不错，价格稍低了些。”亚蒂安嘴里说着，手中的玉盒并没有交还给宁城。

宁城暗自讥讽亚蒂安的贪婪，火焰蜂巢的价格绝对不会比空间神晶高。空间神晶属于有时候想要都找不到的宝物，而火焰蜂巢的确也很是稀少，但是用途太过受限制了。从亚蒂安抓着玉盒没有递给他，他就明白了是怎么回事，这家伙很想要空间晶石。

他伸手从亚蒂安手中抓过玉盒，将玉盒收起来说道，“我能出的就是这个价格，如果道友不愿意，那就算了。”

说完，宁城转身就走。哪怕没有火焰蜂巢，他也可以通过别的方式让爆金蜂晋级，只是要浪费大量的时间和精力而已。以他讨价还价的经验，亚蒂安肯定会追上来。

“等等……”果然，宁城刚转身，亚蒂安就在后面叫道。

亚蒂安正缺少空间神晶，哪里会让宁城走掉。嘴里在叫着，他人已经是冲上来拦在了宁城的前面。

另外那名和亚蒂安说话的修士一看情况，就知道不好。他和亚蒂安谈到现在，自然知道亚蒂安的难缠，也知道亚蒂安的贪婪。从开始到现在，亚蒂安都没有表现出对他的出价有半分兴趣。现在宁城一来，亚蒂安就追了上去，自然是渴望得到那玉盒中的东西。

他知道交易这种事情，一旦失去了，想要再找回来，那就很难了。他没有去追亚蒂安，而是直接发出了一道讯息。

亚蒂安追来，宁城就知道事情成了。他也看见了另外那名修士发出讯息，看样子要交易必须尽快。

明白这一点后，宁城没有继续拿捏，而是停了下来，“亚蒂安道友，你是不是想要交易？”

亚蒂安点点头，“我和你交易，你的那个玉盒，再加五万神晶。”

“成交。”宁城没有还价，毫不犹豫的将玉盒和装着五万神晶的储物袋递给亚蒂安。

亚蒂安同时将装有火焰蜂巢的储物袋递给宁城，火焰蜂巢面积很大，必须要用储物袋装上才可以交易。

两人互相检查了一下东西，都表示满意。

“慢着。”宁城装着火焰蜂巢的储物袋还没有收起来，两道人影就冲了过来，落在了他和亚蒂安的面前。

“又是你？”来人看见宁城后，脸色一沉，冷哼了一句。

宁城也看清楚了这过来的修士，正是和他在踏星楼抢夺房间的姬平中，这家伙似乎喜欢褐衣，依然穿着一套褐色衣服。跟在这家伙后面的，是那刚才和亚蒂安说话的修士，看样子姬平中就是他叫过来的。

“将火焰蜂巢拿出来，多少神晶我给你一倍。”姬平中居高临下的冷然说道。他并没有将宁城看在眼里，因为宁城在踏星楼面对区区一个黄执事都需要妥协，现在面对他姬平中，太素十二子之一，敢不妥协？

宁城在踏星楼妥协，是因为黄执事愿意双倍偿还神晶。而且也知道，就算是他不妥协，也无可奈何。姬平中认为宁城在这里也会因为他的身份妥协，那还真的是因为他将自己看的太高了。

不慌不忙的将火焰蜂巢收起来，宁城这才淡声说道，“对了，我如果不愿意，你会不会将这件事原封不动的带回荒神宫？”

姬平中听到宁城的话，哪里不知道宁城在讥讽他用荒神宫威胁踏星楼主的事情？他的确是上报了这件事，结果荒神宫不但没有派出强者帮他出头，反而呵斥了他一通，然后派出了长老去踏星楼表达歉意。

宁城现在说出这个话，简直就是赤裸裸的打脸。

事实上宁城就是打脸，宁城在踏星楼住了将近一个月，踏星楼风平浪静没有半点喧哗，他就知道荒神宫没有敢对踏星楼怎么样。这还是宁城不知道荒神宫去踏星楼表达歉意的事情，如果知道，他的话说不定会更打脸一些。

如果这里可以动手，姬平中早就祭出法宝准备干掉宁城了。可是这里不能动手，他只能铁青着脸说道，“这么说你是不愿意交出火焰蜂巢了？”

宁城语气很是平静，“我的东西凭什么要交给你？荒神宫出来的都和你一样不要脸吗？强行要别人的东西？”

宁城的声音不小，周围听到的修士都围了过来。无论是凡人还是修士，对看热闹都抱有同样的心理。

姬平中似乎很清楚宁城不会妥协，他将目光转向亚蒂安。他没有说话，但眼神已经给出了压力。

亚蒂安淡淡笑了笑，根本就没有理睬姬平中，转身就走。

姬平中没有叫住亚蒂安，只是盯着宁城说道，“我知道你也会参加太素大比，希望你在太素大比中可以长命百岁。”

宁城同样理都懒得理姬平中，直接走出了宗门联盟。这家伙应该是被人尊敬惯了，以为散修面对他就要低声下气。

接连被亚蒂安和宁城无视，姬平中气得手都发抖，他知道继续留在这里只是徒增笑柄而已。

……

走出太素宗门联盟，宁城并没有为得到火焰蜂巢有多少开心。至于是不是得罪姬平中，他还没有放在心上，他想的是踏星楼那个黑衣女子。

荒神宫能名列十大宗门之一，肯定是有混元强者的。黑衣女子连这种宗门都不鸟，同时也没有受到报复，实力实在是太强了。他身怀玄黄珠，是不是应该继续住在踏星楼？

……

第九百章 太素大比开始

让宁城略为放心的是，到现在为止，踏星楼的黑衣女子似乎并没有注意到他。

“嵇大哥……”宁城刚走到房间门口，辛秀欣就打开了房间的禁制，同时喜无比的声音就传了过来。

“多谢师兄救命之恩。”站在辛秀后面的，赫然是之前连眼睛都不能睁开的巫奇宏。

巫奇宏此时生机依然淡弱，宁城明显的感觉到他身上的生机在慢慢聚拢，而且元神也开始缓缓凝聚。

宁城清楚渡识丹是没有办法凝聚元神的，巫奇宏的元神开始慢慢凝聚。不是空城渡识丹有凝聚元神的作用，而是因为他的元神溃散不是元神本身受创。巫奇宏是因为识海碎裂，元神才慢慢溃散。现在他的识海开始修复，元神也就开始逐渐凝实起来。

无论如何，巫奇宏的恢复速度，依然让宁城很是满意。空城渡识丹没有让他失望，甚至效果远超他的预计之外。

看见辛秀的眼神，宁城就知道辛秀并没有将自己是假嵇和的事情说出去。

他还是比较满意辛秀这种谨慎的，毕竟巫奇宏远远没有复原，知道这种事情，容易泄露出去。他笑着对巫奇宏说道，“你安心养伤，别的事情不用担心。”

巫奇宏更是恭谨的回答道，“奇宏紧遵师兄的吩咐。”

说完，他主动进入房间继续疗伤。

等巫奇宏走后，辛秀这才说道，“我没有告诉奇宏你的事情，其实当年嵇大哥走了后，奇宏还安慰过我。他告诉我，嵇大哥拿走那些神灵草，是为了完成师父的遗愿，早日成为丹帝，事实上他从未恨过嵇大哥。”

宁城也有些感叹，嵇和这两个师弟师妹的人品似乎比他要好的多了。

……

回到住处后，宁城就没有再出去。他第一时间就将火焰蜂巢丢在真灵世界的爆金蜂王面前，真灵世界中无所事事的几只爆金蜂，在看见火焰蜂巢后，立即就冲了过去，很快就消失在火焰蜂巢中。

宁城没有继续去观察爆金蜂，退出了真灵世界开始炼丹。他答应了送一些空城渡识丹给齐十三星的，尽管齐十三星到现在还没有过来，他还是打算先炼制好。

第三天的时候，巫奇宏的修为也恢复了一大半。宁城赠送了部分神晶和丹药给辛秀和巫奇宏后，告诉辛秀他将离开，不会再来踏星楼。

辛秀隐约知道宁城要参加太素大比的事情，现在宁城说不会再过来，她没有多问，只是说等巫奇宏身体康复了，他们将离开天素圣城。

……

宁城赶到天素圣城广场的时候，天素圣城的广场早已人满为患。太素大比代表着整个太素界证道之下，最高层次的斗法。只要是能到这里来观看比赛的，几乎都来到了这里。

广场中间只有一个斗法赛台，在负责评判的主台上坐着的几名强者，都是宁城看不出来修为的存在。

宁城的目光扫了一下，很快就找到一名玄月神门的弟子，他急忙走了过去抱拳问道，“这位师兄，请问一下十三星来了没有？”

这名弟子也认识宁城，见宁城询问齐十三星，连忙还礼，“原来是嵇丹帝，十三星师兄应该在闭关中，具体是什么情况，我也不是很清楚。”

宁城没有继续再问，齐十三星被困在秘境这么多年，回去后需要闭关也是正常。至于空城渡识丹这种东西，宁城可不想让别人带给齐十三星。这种东西太过珍贵，还是他自己亲手送到齐十三星手中。

一名满脸红光的老者从主台上飞身而出，正是之前主持太素秘境展示神灵草的老者。

他虚空站立在广场中间巨大赛台的上空，“各位参加太素大比的弟子，太素大比即将开始。我们会在最短的时间内决出前十名，前十名是进入域外神泉的名额。至于第十一名之后涉及到太素秘境和宗门资源分配的名次，我们将在前十名进入域外神泉后慢慢决出。

现在请所有参赛者都注意自己的参赛资格牌，上面有你参赛的场次和对手。我在此宣布一下太素宗门联盟的规定，大赛斗法中没有任何限制，直到其中一方认输为止。若是其中一方认输，另外一方不得继续动杀手。在赛台上陨落的弟子，都是比斗的结果，任何宗门和个人，都不得以斗法台上的结果寻仇和借机报复。”

满脸红光的老者说完后，回身落在了座位上。

宁城摇了摇头，这老者的后半句话等于屁话。仅仅说了一句，不能因为赛台上的结果寻仇。不但没有说真这么做的后果，甚至连一点点惩罚都没有。可以想象，比斗之后该寻仇的还是会寻仇。

这或者是为了让那些小宗门的弟子，不敢随随便便对大宗门的核心弟子动杀手。从这老者的话中，宁城也听出来了，太素大比似乎不仅仅关乎域外神泉的名额，还关系到一些别的东西。

随着红脸老者宣布了比赛开始后，广场上寂静下来，宁城的参赛资格牌也震动了一下。宁城的神识在资格牌上扫了一下，上面注明了一排小字，“嵇和，九十五号，对手四十一号，第十六场。”

宁城刚刚看清楚自己的场次，一名紫衣大汉就落在了赛台之上。

宁城不认识这紫衣大汉，在这紫衣大汉上台之前，他就从这紫衣大汉身上的气息可以感受出，这紫衣大汉是一个强者。单论实力，恐怕不会比姬平中弱多少。

“第一场就是柯克娄息，这可有的看了。柯克娄息在太素十二子中排名第七，也不知道谁倒霉，竟然碰到了柯克娄息。”

旁边修士的小声议论，让宁城听出来，上台的紫衣大汉叫柯克娄息，也是太素十二子之一，还是排名第七的家伙。到现在为止，他见过的太素十二子有五个了。屈白义、霍尔奇、郭浩歌、姬平中、柯克娄息。

柯克娄息语气很是粗狂，在斗法台上抱了一下拳，粗声粗气的说道，“天极岛柯克娄息，在这里领教。”

随着柯克娄息的声音落下，又是一名中等身材的男子落在了赛台之上。这男子上来后，也不说话，直接祭出法宝就攻向了柯克娄息。

不过他的实力显然和柯克娄息相差甚远，两人普一交手，柯克娄息就完全将他压制住。

不到半柱香的时间，这名男子就被数道蓝光轰在胸口。几道血雾从他的胸口喷出，同时张口吐出几口鲜血。以他的这种状态，恐怕就是要认输也无法说出来了。

柯克娄息应该不是心狠手辣之辈，在对手被他轰的连话都说不出来的时候，立即就住手了。

直到柯克娄息住手，他的对手才说出认输两个字。若不是柯克娄息主动住手，这名修士早已被柯克娄息杀掉。

两人下去后，又是两人上台。

宁城看出来了，这是淘汰赛。一百个人比斗，这种淘汰赛一轮就可以决出五十人。

比斗进行的很快，宁城从旁边议论的修士口中可以听到一些斗法台上比斗修士的来历。一般情况下，大宗门的修士胜多败少。

来参加太素大比的修士实力的确比普通修士强许多，但在宁城看来，如果都是这种水平，他进入前十是不会有任何问题的。

比斗进行到了第十四轮，上台的是一名女修。宁城从周围的修士口中听出，这女修叫夜珞屏，同样是太素十二子之一，排名第十。

这女修的对手居然就是亚蒂安，和宁城交易火焰蜂巢的散修。

夜珞屏上台后也没有话，只是祭出了一个莲花剑台。莲花剑台这种法宝宁城知道，威力很强大。是由剑阵组成的莲台，一旦被莲花剑台困住，哪怕实力比对方高一个层次，也很难脱身，最终被万剑穿心。

亚蒂安给宁城的感觉比较一般，他觉得亚蒂安不会是夜珞屏的对手。

当亚蒂安和夜珞屏战在一起的时候，宁城就知道自己看错人了，亚蒂安远比他表现出来的可怕。而且亚蒂安的法宝也很古怪，仅仅是一缕黑烟。

黑烟明明是没有任何强度的东西，在被亚蒂安祭出之后，化成了一道道实质的烟雾盾牌，和一道道的黑烟杀芒。

这无实形的黑烟杀芒和夜珞屏的剑阵轰在一起，没有半分溃散。强大的星元和烟雾炸裂开，很快就将两人打斗的身影遮蔽住。斗法台是屏蔽神识的，两人的打斗激烈起来，宁城的目光也无法看清楚到底是谁占据了上风。

一阵阵的呜咽声音在赛台上传出，明明是大白天，这种声音却给人一种阴寒的感觉。

“轰轰轰轰……”的星元炸裂，在两人上台交手后，就没有停止过。

足足过了一炷香时间，一道芊秀的身影从爆炸的中心飞了出来，撞击在赛台的禁制上，喷出几口鲜血，滑落在地。宁城看的清楚，这是夜珞屏。

“我输了。”滑落在地的夜珞屏不等亚蒂安继续动手，就开口认输。从她在地上半天都没有爬起来，宁城就知道夜珞屏受伤不轻。

广场是一阵阵的喧哗，斗法到现在，这是第一个冷门。一个散修居然打败了太素十二子排名第十的夜珞屏，这岂不是说这个散修也有问鼎太素十二子的实力？

亚蒂安表情平静的笑了笑，对台下抱了抱拳，这才不紧不慢的走下斗法台。

……

第九百零一章 晋级前五十

第十五场已经开始，广场上的修士依然还在议论第十四场，亚蒂安也成了众人关注的焦点。

宁城扫了一眼亚蒂安，难怪这家伙不惧姬平中的威胁，他的实力绝对不会比姬平中差。哪怕没有用神识观察到亚蒂安的详细斗法状况，宁城也能猜出，亚蒂安打败夜珞屏没有用全部实力。也就是说，这家伙还隐藏了实力。

第十五场比赛很快过去，宁城的参赛资格牌再次亮了起来。宁城没有犹豫，直接跃上了斗法台。

无论是宁城还是嵇和，都是没有几个人认识的无名之辈。如果不是嵇和被太素秘境困住了六万年，认识他的人会更少。

宁城上台后并没有人去议论他，倒是岑采萱有些不敢相信的看着宁城。作为嵇和的未婚妻，她虽然对嵇和没有什么在意，却也知道嵇和有几分几两。如果说炼丹的话，嵇和还可以胜任一点。在太素大比这种比拼实力的地方，嵇和上去简直就是一个笑话。

站在岑采萱旁边的绿裙女子也惊异的叫道，“采萱，这家伙竟然没有将资格牌出售，还真的来参加太素大比了，他疯了么？”

岑采萱没有回答身边绿裙女子的话，她也认为嵇和疯了。能参加这种大比的，任何一个人都可以秒杀他嵇和。之前她也以为嵇和之所以展示一堆神灵草，夺取大比的一个名额，是想要卖出去。或者说，嵇和是帮玄月神门换取的名额。

而现在看来，完全不是这么一回事。嵇和上了赛台，显然是想要自己参加比斗。

宁城刚刚站在斗法赛台上，一名脸上带着一些黑斑的男子就飞身落在了宁城身前。

这男子一上来，宁城就看出来了这家伙是永恒圆满修为。他脸上的黑斑带着一丝诡异气息，可见是修炼一门功法造成的。

看见宁城祭出了一杆中品神器长枪，这男子的目光在宁城的长枪上扫了一下，语气淡漠的说道，“主动认输，我不会伤害你。不然的话，我动起手来，你想要认输恐怕也来不及了。”

说话间，他的气势就狂涌上来，直接将宁城的领域压制住。

宁城任凭对方的领域占据上风，并没有鼓动领域反击。以他的实力，想要鼓动领域反击，这个脸带黑斑男修的领域根本就不堪一击。

“少啰嗦。”宁城没有废话，手中的长枪中规中矩的轰了出去。长枪仅仅带起了几道枪纹，没有任何神通加成，甚至连空间法则宁城都没有用。他很明白自己来这里是干什么的，不是为了告诉别人，他的实力有多强。而是想要去域外神泉，只要能去域外神泉，哪怕他排名第十也没有关系。

“你找死……”黑斑脸男子怒喝一声，他的领域都完全压制住宁城的领域了，在这种情况下，宁城不但不认输，还敢祭出长枪主动出手，不是找死是什么？

黑斑脸男子手一挥，在他和宁城中间突兀的多出了一片黑云。一股腐臭的气息迅速散开，宁城这才看清楚这不是什么黑云，而是一块裹尸布。

说心里话，宁是第一次看见有人用裹尸布作为法宝。黑斑脸男子的这块裹尸布显然不同一般，散发的恶心腐臭气息，差点让宁城呕吐。不单单如此，裹尸布中一道又一道的无形道韵渗透出来。这些道韵瞬间融合进了黑斑脸男子的领域，本来就压制住宁城的领域更是强大，也许再有几息时间，宁城的领域就会破碎。

宁城有些皱眉，他知道自己必须要和对方多僵持一会，只是这黑斑脸男子的裹尸布实在是太恶心了。

黑斑脸男子裹尸布祭出后，他的领域融合了裹尸布的道韵气息压制力更是强大。宁城自然不会任凭对方碾压他，他的领域同样强大起来。哪怕黑斑脸男子的领域再增强，宁城的领域也隐约可以挡住。

黑斑脸男子在裹尸布的道韵融合进他的领域之时，数十道骷髅手掌就从裹尸布上迅疾的冲出，将宁城周身的空间完全封锁住。无论宁城逃向那一边，都无法逃出这些骷髅手掌的影子。

他想的是很好，可惜的是他的想法是寄托在领域完全压制住宁城的领域情况下。在他裹尸布中的骷髅手影抓出的时候，他才猛然发现，宁城的领域不知道什么时候增强了，哪怕他的裹尸布和领域再融合，也无法突破半分。

“咔咔咔……”一阵阵磨牙的碎裂脆响传来，宁城长枪的枪纹突兀变多，除了一部分被裹尸布挡住之外，其余的枪纹全部轰在了这些骷髅手掌的掌影之中。这些骷髅掌印犹如爆米花一般的完全碎裂。

黑斑脸完全不敢相信这种结果，他以为宁城必定会被他的骷髅手抓捏住抓死，然后化成他裹尸布上的一缕怨魂。没想到最后却是他的骷髅爪影全部破碎，对手一点事情都没有。

宁城很想在这个时候直接用领域压制住对方，然后一道落日黄昏干掉眼前这个黑斑脸。不过他最后还是强忍住了，他在长枪轰碎这些骷髅爪影后，整个人就似乎受到了极大的反噬，被反震的倒飞了出去。

他一个散修，就算是要杀掉这个黑斑脸，也不能做的如此简单轻松。否则，恐怕他还没有去域外神泉，就会被人反复调查。

看见宁城反噬倒飞出去，黑斑脸微微松了口气。刚才宁城的领域增强，然后枪纹爆发，他认为这应该是宁城燃烧精血，然后施展出了绝杀手段。想通这一点后，这黑斑脸根本就没有继续犹豫，直接卷起裹尸布扑了过去。不杀宁城，他心里实在是太不爽了。

阴寒尸臭的气息，夹杂着无穷无尽的黑色骷髅冲向宁城。

宁城心里叹息，他真是运气不好，遇见这样一个恶心的修士。如果不是在赛台上，奈何第一桥出来，这黑斑脸可以跳下他的奈何桥，为奈何桥做出一些贡献了。

此时宁城只能奋起拼斗，再次祭出了两道防御盾牌，和这个黑斑脸绞杀在一起。

一炷香后，这黑斑脸感觉到有些不对了。对手尽管狼狈不堪，似乎随时都会陨落掉，但始终是安然无恙。

对方是装的？故意要和他打成这样？黑斑脸越想越觉得这是真的。原本想要祭出神通的黑斑脸，心里开始有些打鼓。略一思索，他决定放弃祭出神通，马上认输。

时间应该差不多了，宁城刚刚想到这里，就感受到黑斑脸的想要撤退。到了这个时候，他哪里会让黑斑脸安然无恙的走掉？又是几道盾牌祭出，他的盾牌将黑斑脸完全封锁住。

强大的空间束缚感觉传来，黑斑脸心里一沉，他肯定宁城之前是假装的了。这种强大的空间束缚，绝对不是一个普通永恒修士可以表现出来的。

他张口就要认输，到了这个时候，宁城岂会让对手说话？空间束缚住黑斑脸的同时，长枪的枪纹完全没入了黑斑脸的头颅。

“噗噗噗……”枪纹卷起一道道的血花，黑斑脸整个元神都被宁城绞杀成为虚无。

宁城松了口气，收起自己的东西，慢慢走下斗法赛台。黑斑脸修士的东西宁城没有收，一个他看不上这些东西，第二他不知道黑斑脸修士背后是什么人。

他可不想因为收了这些东西，被一些人找到借口。

宁城和黑斑脸修士都不是什么有名的主，两人打斗到现在，一人陨落，并没有引起多少惊异。众多的修士，议论的依然是第亚蒂安和夜珞屏的那一场比斗。

“采萱，嵇和竟然赢了，这……”远处一直在关注宁城比斗的绿裙女子再次惊异的说道。

岑采萱也有些不敢相信的看着宁城，和黑斑脸修士比斗后，宁城看起来很是狼狈。不但头发凌乱，就连衣服也多了许多破损的地方，而且气息也有些不稳。

无论宁城怎么样，但宁城赢了黑斑脸修士，这是事实。

“他好像变了很多。”良久之后，岑采萱这才回答了一句。无论是宁城在太素秘境外面讥讽郭浩歌，还是宁城参加太素大比，都和之前的嵇和完全不同。

岑采萱身边的绿裙女子叹了口气说道，“他应该是在秘境中得到了一些机缘，可惜他还是一点都不知道变通。刚才被他杀掉的是仙尸门的核心弟子，现在被他杀掉了，仙尸门会放过他才是怪事。”

绿裙女子的话打消了岑采萱刚刚升起的疑惑。

……

宁城自然不知道他杀掉的是仙尸门的人，就算是仙尸门再厉害，想要他的命，他依然还是会毫不犹豫的杀掉。此时他正站在一个角落，观看别的修士比斗，然后等着他的下一场。

大部分的比斗速度都很快，除了极少数的修士比斗时间稍长之外，前面五十场很快就结束了。

郭浩歌和姬平中也上台比过，实力远超同阶修士。不过在宁城看来，也就这样罢了，宁城肯定这两个家和都不是亚蒂安的对手。

让宁城记住的修士中，除了熟人晏昔霜之外，还有就是亚蒂安。另外太素十二子中的陆逸仙和尹瓔，也被宁城记住了。

陆逸仙永恒后期，太素十二子中排名第一，尹瓔在太素十二子中排名第三。陆逸仙的对手在宁城看来，不会比他杀掉的那个黑斑脸弱多少。而陆逸仙几乎是秒杀了对方，宁城连他的法宝都没有看到。

……

第九百零二章 他不是嵇和

前五十决出之后，宁城的参赛资格牌再次亮起。上面已是给出了宁城下一场的比赛信息，第十一场，对手是二十九号。

二十九号对手宁城知道，比黑斑脸修为要稍强一些，法宝是一件四象神火旗。

所有的比斗当中，太素十二子的实力明显要高出其余的参赛修士一大截。不过宁城也看见了，太素十二子并没有全部参加比斗。至少他知道的屈白义和霍尔奇就没有参加，霍尔奇是生是死宁城不知道，宁城知道屈白义还活着。

参赛的太素十二子中，除了夜珞屏输掉了比赛之外，其余参赛的陆逸仙、郭浩歌、姬平中、尹璎、柯克娄息都胜出了。也就是说太素十二子中除了屈白义和霍尔奇，还有四人没有参加太素大比。

前二十五的斗法时间明显变长，从比斗场面看，参赛修士的实力也提了一个档次。广场上众多的修士看着赛台上的参赛者斗法，是如痴如醉。宁城却提不起激情，一直以来和他战斗的都是半步塑道那种实力的强者。这里来参赛的永恒修士都是佼佼者不错，比起半步塑道来，还相差甚远。

第十一场，宁城再度上场。他的对手是二十九号，一名瘦弱的矮个男修，只有永恒后期修为。

这男修上来后，毫不啰嗦，直接祭出四象神火旗，卷起一大片的火焰。这些火焰不但组成了几头火象，还形成了一个火象大阵裹住宁城。

宁城自然也不会废话，祭出长枪和这瘦弱男修杀在一起。无论是阵法还是火焰，对宁城来说，都没有任何威胁。

表面看起来两人几乎都在拼命，枪影和火焰纵横，激烈无比。只有宁城自己知道，他出了多少力气。让他略微宽心的是，主台上那些大能修士的神识都无法渗透进赛台，否则的话，他还真的不敢这样做。

就算是这样，宁城也怀疑有人看出来了他没有用全力。不过宁城并不担心，这种比斗中没有用全力的修士又不是他一个。亚蒂安、陆逸仙这种人都没有用全力，也不在意多他一个。

……

因为太素大比的关系，天素圣城很是热闹。就连一些常年闭关的强者，也来到了这里。他们来这里自然不是观看大比，而是趁着这次机会参加一些物品交流会，或者是拍卖会。

每次太素大比，最热闹的并不一定是大比本身，而是伴随着大比的各种交易会。

只有蛮龙一族的蛮会山，依然还逗留在太素墟。一个月前太素秘境开启，因为他的儿子蛮九仞被人斩杀在太素秘境，他去过太素秘境传送阵的位置。只是从秘境中出来的修士，都是有名有姓有来历的。从这些修士身上，他也没有找到杀掉蛮九仞留下来的痕迹。

匆匆调查一番，没有找到凶手后，他只能继续回到太素墟，四处搜寻拥有五色裂星箭的宁城。儿子死了不能复生，他的儿子也不是只有蛮九仞一个。现在对他来说，五色裂星箭更重要一些。

这一年多来，他并不是毫无进展，至少他找到了无生毒手曾经在太素墟出现过。此时他正全力搜寻无生毒手，只要找到无生毒手，那就有宁城是死是活的消息。

太素大比这天，蛮会山正在太素墟的一家息楼喝茶，一道讯息落在了他的通讯珠上。

讯息上说太素大比前二十五名已经有了结果，这道讯息就是给出了太素大比前二十五的名字。

蛮会山扫了一眼，没有看见蛮龙族的弟子。尽管心里很是失望，蛮会山也知道这并不意外。蛮龙族后继无人，没有人冲进前二十五也是正常。

当他要放下通讯珠的时候，忽然看见了一个较为熟悉的名字，八级丹帝嵇和。

这个嵇和他知道，就是和玄月神门的齐十三星同时被困在秘境中六万年的一个小小丹帝。

因为秘境开启，被传送出来的修士当中，只有嵇和和齐十三星身份有古怪。他还特意观察了一番嵇和，甚至还让别的人打听了嵇和。

最后得出的结论是，嵇和的确没有假冒。毕竟太素秘境中危险的地方很多，蛮九仞也不一定是被别的修士杀掉的，也有可能闯进了什么地方，结果没有出来。

他调查过嵇和，才知道嵇和只是一个炼丹师，真正的实力并不是很高。不要说进入太素大比的前多少名，就算是随便拉一个永恒后期修士出来，恐怕也可以战胜嵇和。

而现在他手中却得到了嵇和在太素大比中进入前二十五的消息，蛮会山看到这个消息的第一反应就是嵇和是假的，也就是说嵇和可能是别人易容的。

在太素秘境中的确是可以得到机缘，但这种战斗力暴涨，纯粹用机缘来解释，有些古怪。

蛮会山再也没有心思喝茶，他直接发出了两道讯息。

第一道讯息发到银光堡，第二到讯息询问嵇和的战斗画面。

太素十二子之一屈白义，就是出身银光堡。蛮会山之所以发出这个消息，是因为他询问到屈白义在太素秘境中遇见了一个极为强悍的无名强者。这个无名强者修为看起来根本不到永恒圆满，而实力却可以轻松碾压太素十二子中的屈白义和霍尔奇。

只是后来这个强者并没有从秘境中出来，据屈白义说，是被人面毒蜈吞噬了。蛮会山也询问过一些别的修士，的确有人看见一条人面毒蜈追杀一个修士。现在蛮会山联想到了嵇和易容，自然也猜到了那个无名强者也易容过。

片刻之后，两道讯息都反馈了回来。屈白义说的那个无名强者的法宝是长枪，而且枪纹尤其厉害。而他接受到嵇和的战斗画面，赫然也是长枪，虽然枪纹一般，同样是以枪纹对敌。

蛮会山不知道嵇和之前用的是什么法宝，他也没有心情去调查。那个无名强者在神灵草药园中得到了大量的神灵草，嵇和同样是凭借展示神灵草取得了太素大比的名额。这些联系起来，他有八成把握，力压屈白义的无名强者就是嵇和，或者说就是易容成嵇和的人。

蛮会山一巴掌将面前的茶几拍成碎渣，忽地站起。他将太素墟寻找宁城和无生毒手的事情交给几个跟班，他自己则是冲向了传送阵。他要以最快的速度，传送到天素圣城的大比广场。他心里有些后悔，为什么当初就没有想到灵药园出现大量神灵草的事情。

无论这个易容成为嵇和的家伙是不是杀害蛮九仞的凶手，他都会将这人带走。如果心里没有鬼，为什么要易容成嵇和的样子？

不要说对方是一个散修，哪怕真的是玄月神门的弟子，他也会拿下来询问清楚。

……

屈白义没有去天素圣城观看太素大比，也没有参加。从秘境中逃出来后，在没有找到那个抢夺了大量神灵草的修士后，就直接回去闭关疗伤了。

现在蛮会山发讯息到银光堡，询问秘境中抢夺了药园的无名强者所用法宝，他心里就有些疑惑。别看他屈白义是太素十二子，但想要和蛮会山说上话，那还相差太远。上次蛮会山还是因为调查蛮九仞陨落，才派人来银光堡询问了一些情况。

这次蛮会山亲自发讯息到银光堡，事情显然不是那么简单。

不等他想清楚这件事，银光堡的人已经知道蛮会山为什么这么询问了。对能进入太素大比前二十五的修士，银光堡自然会很关注。哪怕蛮会山不询问，时间长一些，嵇和的枪纹也会被他们联想到和屈白义战斗的无名强者身上去。

当屈白义从水晶球中看见嵇和在赛台上斗法的枪纹之时，就知道蛮会山为什么会询问他无名强者的法宝了。

屈白义伤势还没有完全康复，就和银光堡的长老一起急匆匆的赶往天素圣城。

……

宁城没有想到蛮会山有如此妖异的慎密思维，人不在现场，还可以从太素大比的前二十无五名看出他的不妥。也没有想到他的法宝会暴露出他易容过，因为用枪的修士太多了，而且枪纹也不是他独创的。太素大比的赛台上，施展枪纹的就不止他一个。

此时的宁城，在经过‘艰苦’的拼斗后，‘侥幸’战胜了他的对手晋级到了前二十五名。

远处岑采萱依然在盯着宁城，在宁城进阶前二十五后，她的嘴里就在喃喃自语，“他不是嵇和，绝对不是嵇和……”

岑采萱身边的绿裙女子正不敢相信的看着宁城，突兀听到岑采萱的话，立即有些疑惑的问道，“采萱，你刚才说什么？你说他不是嵇和？”

被绿裙女子这么一问，岑采萱这才反应过来，连忙说道，“不是，不是，我没有这么说过。”

话没说完，她就知道自己刚才的自语被听去了，赶紧小声的传音给绿裙女子，“欣彩，你小声一些，嵇和应该是别人易容的，我相信我不会看错。”

“啊……”叫着欣彩的绿裙女子惊叫一声，随即就知道不妥，赶紧止住了声音。

……

第九百零三章 直觉危险

“可是……”欣彩的语气有些迟疑，她觉得嵇和不是假的。嵇和她很熟悉，而且她和嵇和在一起说话也不是一次两次了。哪怕隔了这么多年，嵇和修炼的功法气息她还隐约记得，没有任何改变。

前二十五名决出没有多久，宁城身上的参赛资格牌再次亮起，资格牌上一排小字让宁城差点惊喜的哈哈大笑。这运气来了，简直就是挡也挡不住。

资格牌上清晰的写着，“嵇和，九十五号，本轮轮空，直接进入前十三。”

嵇和本轮轮空，直接进入前十三，早已在天素圣城广场的阵法显示屏上显示出来。就连一些不认识嵇和的修士，也都惊叹嵇和的运气太好了。第一场和第二场都没有遇见强大的对手，第三场居然轮空了。

见嵇和以轮空的方式进入了前十三，和岑采萱站在一起的绿裙女修终于将自己的疑惑说了出来，“采萱，嵇和的功法气息并没有改变，会不会是你想多了？毕竟太素秘境中找到一些机遇也不是不可能。嵇和的实力虽然比之前强大了许多，但他每次赢得都很勉强，远远不如一般的永恒强者。”

嵇和进入了前十三，她心里还是有些渴望嵇和再次回到岑家。

岑采萱张了张嘴，没有想到反驳的话。事实上，她也感觉嵇和的气息并没有多少改变。她之所以笃定的认为嵇和是假的，除了嵇和的性格大变，实力狂增之外，还因为嵇和看她的目光再也没有了曾经的那种痴迷。

嵇和不善言语，很是木讷，但是他对自己却极为迷恋。有时候，她仅仅对嵇和微微一笑，甚至略微点一下头，她就可以感受到嵇和的激动。而从秘境再次回来的嵇和，再也没有给过她这种感觉。

甚至在郭浩歌的手牵着她的手时，嵇和眼里也没有那种该有的波动情绪。难道真和欣彩说的一般，仅仅是因为嵇和的性格变了？

“采萱，人总是会变的。郭浩歌太可恶了些，他明明没有那个心思，偏偏要做给嵇和看……”欣彩忽然有些恼怒郭浩歌，如果不是郭浩歌，嵇和现在还是岑家的人。

岑采萱摇了摇头，“欣彩，不要说郭浩歌，他不是你想的那样。”

欣彩知道岑采萱对郭浩歌的迷恋，哪怕知道郭浩歌对采萱没有意思，也只能住嘴。

……

前十三的争夺变成了硬碰硬，宁城在一边看见比斗赛台上的打斗，也知道如果他没有抽到空签，恐怕要拿出部分实力才可以冲进前十三。

天素十二子中的柯克娄息碰到了尹瓔，同为太素十二子，尹瓔的实力比柯克娄息强大了一倍都不止。

尹瓔的法宝有些类似宁城的七桥界书，也是一本书。因为神识无法渗透到赛台中去，宁城只知道尹瓔的书仅仅翻开了三页，书中散发出来的金芒，就将柯克娄息罩住。

柯克娄息也知道他不是尹瓔的对手，在被金芒罩住后，立即就认输。

尹瓔轻松战胜柯克娄息并没有引起多大的议论，似乎大家都觉得这很正常。

宁城最想看的就是尹瓔、陆逸仙、亚蒂安几人的战斗。尹瓔快速战胜柯克娄息，宁城仅仅只看见她的法宝，并没有看到进一步的手段，这让宁城有些失望。

接下来上台的是亚蒂安，亚蒂安的对手是十大宗门中离羽神山的弟子。宁城认识离羽神山的彭山和彭芮美，不过这兄妹两人似乎都没有过来。

亚蒂安的黑烟法宝让宁城很是感兴趣，自从亚蒂安上台后，宁城的目光就仅仅盯着亚蒂安的一举一动。

就在宁城想着亚蒂安的黑烟是什么东西炼制而成的时候，他忽然感觉到了一种极度的不舒服。似乎有一种危险，随时随地会落在他头上一般。宁城下意识的左右看了看，周围的人都在关注赛台上的打斗。除了站在对边的岑采萱神识不时落在他身上之外，他并没有发现任何危险。

宁城再没有心思将全部精力放在赛台上了，本源气息对危险的直觉很是敏感，他不觉得自己的这种危险直觉是毫无来由的。

他看了看主台上的几名强者，犹豫了一下，还是走了过去。

永恒境界的比斗，哪怕是太素界最高层次的永恒境界比斗，依然吸引不了证道强者。宁城一过来，就被主台上的几名强者注意到了。

宁城总感觉最开始站出来说话的那个满脸红光，看起来犹如普通人一般的老者比较好说话，而且他一直认为这老者的实力比蛮会山要强大些。此时这老者的位置，也在主台的边缘。所以他直接来到了老者不远处，躬身对老者施了一礼。

老者笑着对宁城点了点头，“嵇和，你运气不错，弄到一个去域外神泉转化神元的机会。记得不要浪费掉了这次机会，域外神泉可不是一般人能去的地方。”

满面红光的老者和他平凡的形象一般，并没有因为宁城和他的身份相差十万八千里，而不理睬宁城。

听到老者这话，宁城心里有些疑惑。他明明只进入了前十三而已，域外神泉不是需要前十吗？

不过他知道自己现在来这里不是为了询问这件事，而是为了心里的那一份不安。

现在老者主动对他说话，宁城赶紧再次躬身一礼，“多谢前辈鼓励，晚辈只是有些担心。”

“哦，你担心什么？”老者继续笑吟吟的问了一句。

宁城要的就是这句话，现在老者问出这句话了，他赶紧说道，“刚才有人传音给我，说一会让我受死，可是我在参加太素大比，也不知道应不应该马上逃走。”

宁城可不管他的直觉是真是假，先找到庇护再说。对这种危险的直觉，他是宁可信其有。如果这主台上的几个强者，都不能帮他出头，哪怕域外神泉再好，他也会放弃。

“哼，谁有胆子敢在太素大比闹事？”这次冷哼的不是平凡老者，而是坐在；老者不远处的一名中年女修。

仅仅是一声冷哼，宁城就觉得心神不宁，他赶紧稳住心神说道，“回前辈，刚才的确是有人传音给我，说让我等着，一会就来要我的小命。”

传音是没有人传音给宁城的，宁城这样说，是找个借口。等会如果没有人来威胁到他，那他可以说因为他提前禀告了几个主持比赛的强者，那个人不敢出现。如果有人出现，那正好让他的策略成功。

宁城相信这里这么多人，宗门联盟的大能也是要脸的。在太素大比上，敢传音威胁他，然后还真的敢来太素大比广场对他动手，这显然是不将这里所有的人都看在眼中。等于赤裸裸的打宗门联盟的脸，恐怕就算是十大宗门的宗主，也不敢如此方式来这里打脸吧。

因为宁城的声音不小，周围很多修士都听见了宁城的话，顿时有许多人都注意过来。

无论怎么说，宁城好歹也是进入太素大比前十三的人物，有人关注也很正常。部分修士听到宁城说有人传音给他，说等会要来干掉他，都有些无语，甚至开始小声的议论。

这种传音也能信？在太素大比的广场上干掉一个进入前十三的弟子，哪怕这个弟子是一个散修，也绝对不可能发生。如果真有这种事情发生，那太素大比就是一个笑话。人家就算是真的要干掉你，也不可能传音给你先打招呼。

满脸红光的老者若有意味的看着宁城，又是和煦的笑了笑，“你放心吧，至少你在域外神泉中出来之前，是没有人会将你怎么样的。”

“嵇和多谢几位前辈，选择来参加太素大比，是嵇和这一辈子做的最对的事情。”宁城听到这话，赶紧再次躬身感谢。目的已经达到了，无论他的预感是不是真的，他都应该到此为止。

他预感到这老者看出了他在说谎，应该是没有人传音给他。好在这老者并没有计较，这让宁城心里大是感激。

……

踏星楼底层大厅，辛秀和巫奇宏正在退房。巫奇宏的识海恢复的速度很快，加上宁城说过也不会再来踏星楼，辛秀觉得他们也没有必要住在这么昂贵的地方，早点退房离开天素圣城再说。

提前退房，神晶只能退一半。辛秀和巫奇宏都不会在意这件事，这些神晶都是宁城出的。有的退，已是非常不错了。

“秀师姐，你知道大师兄去了什么地方吗？”巫奇宏看着辛秀将租金退回来，有些疑惑的问道。

辛秀叹了口气，正想说话，就听到一声惊咦响起，随即一道人影突兀的在她和巫奇宏面前凝实起来。这是一个脸带纱巾，身材纤细的黑衣女子。

辛秀却认识这个女子，她赶紧躬身施礼，“晚辈辛秀见过聂前辈，多谢前辈上次出手相助。”

巫奇宏早已听辛秀说过踏星楼主是一个聂姓女子，而且实力非常强大。现在辛秀施礼，他连忙也躬身施礼。

黑衣女子点点头，目光落在了巫奇宏的身上，片刻之后，她才疑惑的问道，“你的识海破碎，现在是在修复当中？”

……

第九百零四章 蛮会山来了

巫奇宏没有想到那么多，赶紧回答道，“是的，前辈，晚辈的识海的确是在修复当中。”

聂姓女子眼里闪过一丝异芒，又看了巫奇宏好一会，这才惊叹说道，“好手段，好神丹，不但可以修复识海，还可以助长神识和扩展识海……”

辛秀听到这话，心里一沉，那个易容成大师兄的人告诉过她，不要随便透露出空城渡识丹。却没有想到，师弟被人看出来了识海在修复中。早知道如此，她绝对会再住一段时间，然后才走。

黑衣女子显然看到了辛秀的迟疑和担忧，语气略有些冷的说道，“将丹药拿出来我看一下。”

没有气势压迫，仅仅一句话，辛秀就忍不住打了个寒颤，甚至想要不由自主的去取那几枚空城渡识丹。

但是她很快就清醒过来，再次躬身施礼说道，“请前辈见谅，我答应过送我丹药的人，不会将这丹药拿给别人。”

黑衣女子冷哼一声，“我抬手就可以将你化成飞灰，然后你的丹药我还是可以拿到。我也可以对你进行搜魂，以你的这点修为根本就隐瞒不了任何东西。我保证，我杀了你，天素圣城也不会有人来找我。”

辛秀抿着嘴唇，一言不发。宁城等于是奇宏师弟的救命恩人，哪怕这黑衣女子可以轻松搜她的魂魄，她也不会说出来。她辛秀实力是低，却从不出卖救命恩人。

见自己用搜魂压迫，辛秀依然不发一言，这黑衣女子倒是有些奇怪了。她见过太多为了活命，一切都可以抛弃的修士，今天见到一个如此有原则的小修，反而有了一些触动。

黑衣女子语气转缓的问道，“你仅仅是因为答应过别人，就不愿意说？”

辛秀见黑衣女子没有立即对她动手，心里也微微松了口气，再次躬身回答道，“我从不出卖救命恩人，前辈要动手，晚辈也不会说。”

“那人救了你一命？”黑衣女子皱眉问道。

“不是，是救了我师弟一命……”

辛秀的话让黑衣女子明白过来，辛秀说的救命之恩，应该是那人拿丹药修复了她师弟的识海。

“若是你不说，我现在就可以杀掉你师弟。”黑衣女子皱起眉头。

辛秀的语气反而平静下来，“若是我出卖了救命恩人求活，我和师弟活着也难以心安。我师弟死了，我可以陪他去死，他不会怪我的。”

“对，秀师姐，我宁可再死一次，也不愿意苟活着。”巫奇宏听到黑衣女子逼问大师兄，语气同样坚决的说道。

黑衣女子听到这一对师姐弟的话，有些怔住了。在这只有丛林法则的世界，只有强者为尊的地方，她竟然遇见了这样的一对师姐弟。

她心里竟然升起一种莫名的羞愧，曾经她也可以为了喜欢的人去死，曾经她也有过这种美好。

但是那一切都被她亲手毁掉了，她不但暗算了救命恩人，还暗算了真心喜欢的那个人。她从未想过，曾经她连死都不怕，却可以做出那种让她无尽后悔的事情。仅仅是为了那个虚无飘渺的承诺，仅仅是为了那让她不愿意再想起的位置。

在她再次看见他，看见他的强大远不是自己费尽心机所能够望其项背的，她的道心就彻底裂出了一道痕迹，再也无法复原。

哪怕她拼命找到了一张破开位面的符篆，离开了那个让她后悔伤心的地方，但是她心里的创伤却永远也无法合拢。她的实力越来越强，道心却始终一直有一道痕迹。她心里很清楚，这一生只能到此为止了。

黑衣女子神游外物，辛秀和巫奇宏却不敢离开，依然恭谨的站在她的面前。

良久之后，黑衣女子这才缓过神来，叹了口气，语气也转为柔和说道，“你说的那个人是你的嵇大哥吧？当初在这里，我帮了他的忙。”

辛秀听这黑衣女子一口就说出了给她丹药人的身份，顿时升起一股无力感。

黑衣女子并没有再威胁辛秀，依然平和的说道，“你放心，我不会对你们的嵇大哥怎么样。你将丹药给我看看，无论如何，我说到都会做到。”

辛秀没有继续反抗，对方都知道丹药的来历了，她反对也没有任何意义，她从戒指中取出装有四枚空城渡识丹的玉瓶递给黑衣女子。

黑衣女子对辛秀点点头，打开玉瓶倒了一粒在手中。她的目光落在手中这枚犹如透明的丹药上时，淡淡的清香渗透进她的识海。这丹药她还没有吞服，她的识海就一片清明，那一丝丝的壮大气息在识海中充彻。

黑衣女子脸色立即就激动起来，她从未见过对神识和识海有如此帮助的丹药，这丹药对她一样的有用处。这是非常珍贵的无视修为的丹药，大多数无视修为的丹药都是疗伤用的，这枚丹药却是对修为有用处，而且还是针对识海。

她道心有痕，修为顿滞不前，每次想要晋级的时候，识海都会有些力不从心，所以说这丹药对她的好处，还不是一般的大。要用这种丹药修复道心自然不可能，但这种丹药肯定可以能让她的修为再进一步。

犹豫了一下，黑衣女子还是将玉瓶交到辛秀的手中。

辛秀忐忑不安的接过玉瓶，又叫了一句前辈。

黑衣女子吸了口气，尽量让自己的语气平和起来道，“我说过，我不会对你的那个嵇大哥怎么样的。不过这种丹药对我也有用处，我想要和他做一个交易。你放心，如果他不同意交易，那就当我的话没有说过。”

辛秀微微松了口气，小心的说道，“前辈，如果嵇大哥不同意交易，肯定是他没有这种丹药了。我这里还有四枚丹药，就送给前辈。”

黑衣女子微微一笑，“你也叫我前辈，就算是我要你这四枚丹药，也不会要你送的。你告诉我，那嵇大哥去了什么地方，我去和他交易。如果他实在没有，我就用东西和你交易。”

辛秀心里暗叹，她知道就算是她不说，这个黑衣女子也可以轻松找到她那个嵇大哥的去处。现在黑衣女子问起，她也没有多犹豫，“我也不敢肯定嵇大哥去了什么地方，我猜测他可能会去参加太素大比。”

“一个塑道丹神，竟然有参加太素大比的实力？”黑衣女子疑惑的自语了一句。

“塑道丹神？”辛秀惊异的问了出来，她知道宁城应该是一个丹帝，可是丹神实在是太少了，难道这个易容成嵇和的救命恩人还是一个塑道丹神？

黑衣女子指着辛秀手中的玉瓶说道，“能炼制出这种丹药的，至少是塑道丹神。这是无视修为的丹药，等级不高，价值珍贵无比，你的确不能随便拿出来。”

……

宁城得到了主持比赛的几个强者保证，心里虽然还是有些忐忑，比之前要稍微好了一些，他只希望这是自己的错觉。

宁城的这种希望仅仅保持了半柱香时间，一股磅礴的气势就压向了天素广场。修为弱一些的，在这种磅礴的气势下甚至有一种错觉，只要这种气势再持续一会，整个心神都会崩溃掉。

这一刻几乎所有的人都看向了天空，这种气势绝对是证道第二步的强者才能够压下的。

宁城一感受到这种强大的气势压抑，心里就是一沉。这个人还没有来，他就知道是谁了，绝对是蛮会山。他的直觉果然没有错，真的有危险。

让他略微安心的是，蛮会山用错了方法。如果他没有提前打招呼的话，蛮会山这种方法绝对正确。这是通过显示实力告诉天素广场上所有的强者，他蛮会山的实力有多强。

任何人想要和他蛮会山作对，都必须付出一定的代价。

按照宁城的猜想，蛮会山展示了实力后，肯定会在太素大比的几名主持强者面前留一个台阶。甚至是以对几个主持者很恭谨的态度，在众多修士面前给几名主持大比的强者一个面子。他先展示实力，让人最好不要和他闹翻。再低下姿态给台阶，然后带走他宁城。

只是他没有想到，宁城提前就打过招呼。如果这种情况下，他还被太素大比的主持强者丢出去，那他也是毫无办法。

之前呵斥宁城，说谁有胆子敢来太素大比闹事的中年女修脸色一变，立即站了起来。不但是她，主台上另外几名证道强者也都站了起来。

那满面红光，看起来和颜悦色的老者微微皱了一下眉头。他肯定宁城没有收到威胁的传音，可现在偏偏真的有人过来了，还以这种强势的方式来告诉所有的人，难道蛮会山是为这个嵇和而来？

“蛮龙圣帝，你这是什么意思？”中年女修盯着从空中落下的蛮会山，语气有些不愉的说道。她心里却暗自震惊蛮会山的强大，这种压抑的气势，绝对比她要强。

蛮会山瞬间收敛了自己身上的压抑气势，脸带笑容的对台上的几名强者抱拳了一圈说道，“真是抱歉，抱歉。我因为感受到后一辈的热血比斗，心里也多了一丝共鸣，仓促之下，竟然没有能压抑住这份热情，实在是惭愧。蛮会山在这里，特意向各位师兄师姐表达歉意。”

蛮会山客气和放低自己的语气、姿态，顿时让台上主持比赛的几位强者缓和下来。蛮会山展示的实力，绝对是强者中的强者，现在蛮会山主动放低姿态，没有人会多事，主动去和蛮会山对着干。

……

第九百零五章 踏星楼主

宁城叹了口气，他知道蛮会山成功了。也不知道这台上的几个强者会不会出手帮他，如果这几个人不出手，那他只能借助破界符试试看。不过宁城不认为他在被蛮会山锁住的情况下，他还有机会祭出破界符。

人果然不能太贪心了，如果他不贪心域外神泉，蛮会山能找到他才是怪事。

中年女修的语气也缓和下来，“蛮龙圣帝，若是无事，请坐在一边继续观看比赛。”

蛮会山再度抱了一下拳说道，“这次我一个是想过来看看我太素界的后继天才，还有一个是想要带走一个人。”

说完，蛮会山的目光已经落在宁城身上。如果宁城不是太素大比的前二十五名，他早就将宁城带走。毕竟这里不是野外，他也要顾及一下这里主持大比的几个强者，有时候事情不是他想要怎样就怎样的。

中年女修看着宁城，眼里多出一丝不爽。她想不到宁城竟然真的拿他们几个当冤大头，如果没有宁城之前大声打招呼，她会毫不犹豫的说一声请便。

宁城见中年女修并没有为他说话，心里知道，这女人怕了。他有些失望，看样子任何事情，都要掌控在自己的手中。没有实力，一切心机都有可能白费。

满脸红光的老者却呵呵笑了一声，“龙帝想要带走一个人，自然可以，只要不是我太素大比前十三名中的人就行。”

蛮会山哈哈一笑，抱拳说道，“多谢满空圣帝，我不会带走前十三的，我只要带走这个叫嵇和的修士，找他只是一点点私人的事情而已……”

蛮会山的声音突然顿住，他看见了大比的阵法显示屏上清楚的显示着晋级前十三的人当中，嵇和赫然排在其中。这怎么可能？从嵇和进入前二十五名，到他来到这里，才多久时间？最多一个时辰而已。而他一来的时候就用神识在宁城身上扫过，知道宁城在一个时辰之内，并没有动手。

忽然蛮会山想到了其中一种可能，那就是轮空了。

果然，蛮会山刚刚想通这一点，被叫着满空圣帝的老者就摇了摇头，“龙帝，这还真不巧，这个嵇和刚刚以轮空的方式晋级前十三名。”

蛮会山脸色有些难看起来，他语气略微有些波动，“各位，此人应该不是嵇和。他假冒嵇和的身份，在秘境中杀了我第九个儿子蛮九仞，我必须要将他带走。”

蛮九仞是不是宁城杀的，蛮会山并不确定。这没有关系，他只要带走宁城就可以了。

蛮会山的这句话说出来，就算是之前帮宁城说话的那满脸红光老者满空圣帝，都无法继续帮忙说话了。宁城是易容过的，他早就看出来了。如果没有蛮会山，他不会在意这种事情。但现在蛮会山来了，还直接指明了宁城不但易容，还杀了蛮九仞。如果此时他还帮宁城说话的话，那就是和蛮龙一族结仇。

若是宁城来历不一般的话，帮就帮了。而现在宁城摆明了是一个散修，一点后台都没有，谁愿意帮他？

满空圣帝都没有继续说话，其余的人更是不愿意无缘无故的拉仇恨上身。嵇和易容杀了蛮九仞，这种情况下被蛮会山带走，也是情有可原。不过也没有人主动出来帮蛮会山，要求蛮会山带走宁城。

蛮会山看见这种情况，心里冷笑，他知道事情成了。现在他什么话都不用说，只要带走这个假嵇和就行。

宁城心里是一沉，他没有站出来反驳，这种情况下，反驳都是毫无意义的事情。蛮会山突然拿住他，将他带走。不会有任何人站出来帮他的忙，哪怕他说的再天花乱坠也没有用。

宁城的神识沟通到了破界符，他准备破釜沉舟的激发这张符篆。

“等等，蛮龙圣帝。嵇和毕竟是太素大比的前十三，如果就这样凭借一面之词，将他带走，有些不公。”满空圣帝忽然开口拦住了蛮会山。

他说完后，又笑着对宁城说道，“嵇和，你也将事情的原委说一下。我们在这里主持太素大比，不但要比赛公平公正，也要对参赛的弟子安全保证公平公正。”

宁城感激的看着满空圣帝点了点头，他清楚满空圣帝不是真的要他叙说原委，而是给他时间逃走。无论他是用符篆，还是用别的手段。只要他有手段，就可以利用这个时间逃走。

“嵇和，我还以为你离开了，没想到你还在啊，我运气还真的不错。”一个清脆的女子声音传来，随即一名身穿黑衣脸带纱巾的女子落在了宁城面前。

宁城赶紧止住了激发破界符，对这女子抱拳施礼，“嵇和见过聂前辈。”

黑衣女子对宁城呵呵笑了一声，“看样子你的处境很不好啊？”

宁城点点头，“是的，我也不知道太素大比中，连人身安全都没有。早知道的话，我是不会参加这种比赛的。若不是还有一个满空圣帝前辈，我恐怕成了大比中第一个被人抓走的参赛修士。”

宁城夹枪带棒的话，让几名主持大比的强者脸色都有些难看。尽管如此，这几人还是纷纷和黑衣女子打招呼。

“踏星楼主，这嵇和是易容来参赛的，他涉及杀害我儿子蛮九仞，我要将他带走。”蛮会山看见这黑衣女子过来，心里隐约多了一丝不好的感觉。

黑衣女子冷冷的看着蛮会山，“你是负责太素大比的主持者？还是太素大比有一条规定不允许易容参赛？”

黑衣女子如此不客气，蛮会山的脸立即就摆不住了。好歹他也是一个龙帝，论起名声来，他比这黑衣女子响亮了一万倍都不止。

“这么说你要为他出头了？我儿蛮九仞就应该被他杀掉？”蛮九仞找不到话反驳对方，他的语气也冷厉了起来。这踏星楼主厉害，他也不见得怕了。

黑衣女子不屑的说道，“你儿子蛮九仞？就是当年那个在我踏星楼嚣张，被我打断双手双脚的白痴？这种人能活到现在才死，也算是运气不错。”

“你……”蛮会山没有想到这黑衣女子如此不给面子，愤怒之下，强大的气势涌出，整个空间都发出一丝丝的震动。

那些前来观看比赛的修士，看见蛮会山和踏星楼主要动手，吓的差点要先逃走。如果等这两人真的动起手来，恐怕很少有人能逃出去。天素广场，顿时嗡嗡的混乱起来。无数的修士，急匆匆的往外冲。

主台上主持比赛的几名强者赶紧冲了出来，将两人拦住。如果让蛮会山和这黑衣女子在天素圣城广场大战一场，那整个天素圣城也将化成飞灰。两人被拦住后，广场上的秩序这才恢复过来。一些担惊受怕的修士，依然悄悄退走。

蛮会山知道对方不怕他，也只能恨恨的哼了一声，却并没有离开。今天他不将宁城带走，他绝不甘心。

宁城连忙对这黑衣女子抱拳说道，“多谢前辈救命之恩。”

黑衣女子淡淡一笑，“别忙着谢，我是来和你交易的。如果你没有我需要的东西，呵呵，那可对你不起，我马上就走，你是死是活和我可没有半分关系。”

宁城很清楚天下没有白白帮忙的好事，他也不再感谢对方，沉声问道，“不知道前辈要和我交易什么？”

“我要那种丹药，你有多少？”黑衣女子盯着宁城说道，她的表情很是平静，但她心里却很是紧张。

她怕万一宁城说，身上没有这种丹药。

宁城也松了口气，对方没有说清楚，他也明白这黑衣女子要的是什么丹药。他甚至有些感谢辛秀和巫奇宏，如果不是这两个人，对方肯定不知道他有空城渡识丹。

宁城毫不犹豫的取出十个玉瓶放在这黑衣女子的手中，“我只有这十瓶，全部给前辈。”

这十瓶丹药是准备给齐十三星的，现在先拿出来保命再说。

交易也分为很多钟，有一种就是没有能力讨价还价的交易。宁城现在面对的就是这种交易，他很无奈，也只能认命。他现在小命捏在别人的手中，好不容易来了一个可以帮助他的，他不愿意有任何差错出现。

黑衣女子自然知道空城渡识丹的珍贵，原本她想要从宁城这里弄个一二十枚就心满意足了。没想到宁城一下拿出了这么多的惊喜，一次性十瓶。这种标准的玉瓶，都是十二枚一瓶。也就是说，对方一次拿出的就是一百二十枚空城渡识丹。

黑衣女子迫不及待的打开一个玉瓶，当她的神识落在那十二枚特等的空城渡识丹上，纯净到极点的洗涤识海气息涌来，她差点醉了。

尽管黑衣女子打开玉瓶就随手盖上了，广场上几名强者的神识依然扑捉到了一丝清新的洗涤识海气息。

难道是神髓丹？传闻中的神髓丹没有这么厉害啊？而且神髓丹的丹方早就失传了。更何况，炼制神髓丹的神石髓，也是极难得到的珍惜宝物。

看见黑衣女子眼里带着喜悦将玉瓶全部收齐，几名强者心里都有些痒痒的，恨不得再次将黑衣女子的玉瓶拿出来看看。

这里所有的人都清楚踏星楼主的厉害，也知道黑衣女子敢当他们的面查看玉瓶，根本就不惧任何人。

……

第九百零六章 真的斗法还没开始

“不错，就是这种丹药，谢谢你了嵇和。你想要什么？说吧。”黑衣女子语气顿时轻松起来，看向宁城的目光都善意了不少。

宁城再次躬身抱拳说道，“我只要等大比结束后，前辈保证我安全到达域外神泉就可以了。至于别的东西，我一样都不要。”

他是一个塑道丹神，又是一个炼器强者，更拥有一堆堆的神灵草。对他来说，神晶是次要的，保住小命，去域外神泉转化神元才是最重要的事情。而且宁城心里很清楚，面对这种强者，要求的越少越好。

就连黑衣女子当场打开玉瓶，他都不能表现出半分不满。他看的出来，这个黑衣女子是一个绝对的强者。同时对方和他想的差不多，并没有将他当成一个平等的交易者。她考虑的第一条要素，就是她自己的利益。

让宁城松了口气的是，这个黑衣女子是一个遵守信诺的人。和他交易后，并没有随便给点东西，而是询问他需要什么。

黑衣女子点点头，宁城给了十瓶空城渡识丹给她，这让她很是满意。对宁城这点要求，她自然不会在意。原本她还打算取出一个召唤牌给宁城，等宁城从域外神泉出来后，她可以再保宁城一次。

不过想了想她还是没有这样做，第一宁城仅仅是一个蝼蚁一般的存在。这次交易后，去了域外神泉是生是死，都和她毫无关系了。第二，她不惧蛮会山，却也没有必要为了一个不认识的永恒境小修士去彻底得罪蛮会山这种人。

“好，从现在开始，到进入域外神泉，我会护住你。”黑衣女子语气淡然的说道。

宁城并没有多少失望，这黑衣女子能承诺保住他去域外神泉，已经算是天大的惊喜了。他不能指望每一个人都和他一样，事实上如果是他和黑衣女子互换身份，他至少会再做一个承诺，那就是保住对方从域外神泉出来也安然无事。黑衣女子不会这么做，或者说就算是她这么说了，他也不能当真。等他从域外神泉出来，他送丹的人情早就消耗掉了，人家还记不记得他是谁都是一回事。

蛮会山心里极度不爽的同时，也只能忍下这口气。好在这女人也算是给了他几分面子，去域外神泉的修士最多也不过五年，最少的甚至只有一年多一点。这点时间，他蛮会山耽搁的起。

“多谢前辈，只要晚辈到了域外神泉，和前辈之间的交易就彻底结束，前辈就不需要为晚辈再做任何事情。”宁城抱拳感谢。

黑衣女子听到这话，倒是惊异的看了看宁城。

宁城这话说的客气，其实意思她自然明白。那就是这次之后，大家谁都不欠谁的，你是你我是我。

一个小小的永恒境修士，居然敢和她这样一个强者说这种话，倒也有些骨气。她忽然想到了那个男人，眼前这个小小的永恒修士和他有几分差不多的性格。

想到这里，黑衣女子再次有些发愣。这些年，她去过无数的地方，经历过无数的界面、位面，她从未见过有他那种惊才艳艳的强者。而眼前这个小小的永恒境修士，竟然在那一刹那给她一种强者的感觉。

黑衣女子摇了摇头，努力将这些乱七八糟的思绪丢在一边，这必定是她的错觉。

宁城见蛮会山没有继续动手，也稍微安心了一些。若是蛮会山真的不顾一切的要和黑衣女子动手，宁城估计他会想尽一切办法逃走。黑衣女子真的可以碾压蛮会山还好一些，假如黑衣女子和蛮会山旗鼓相当，恐怕这个踏星楼主是不会将他宁城的小命放在心上的。

主持太素大比的几名强者，看见踏星楼主和蛮会山都没有继续为宁城的事情争执，也不再多事。至于别的人，可不会有人管嵇和是真是假。

没有了蛮会山搅局，太素大比前十三名很快就出来了。

太素十二子占据了四人，陆逸仙、郭浩歌、姬平中、尹瓔。

除此之外，还有九转圣道池的水悦可，七星圣门的晏昔霜，太素域穆家的穆水风，北斗七峰的任今歌，太素海银龙族的竺念，太素海沉鱼宫的钟蒙雨琇，太素界弗斯家族的弗斯符月。

加上两个散修亚蒂安和嵇和，正好是十三人。

宁城对弗斯家族的弗斯符月有些关注，他杀过弗斯家族的一个家伙，没想到在这里再次看见了弗斯家族的人。这个弗斯符月和被他杀掉的弗斯有些差不多，一身银衣，头上也是银发，眼睛泛蓝。唯一不同的是，宁城看不出来弗斯符月到底是男还女。

宁城正在疑惑怎么从十三个人当中选出十个的时候，满空圣帝再次虚空站在了赛台之上，同时朗声说道，“这次太素大比前十三已经出来，和以往一样，因为去域外神泉的有十个。不愿去域外神泉的请站到赛台上来……”

宁城有些无语，不愿去域外神泉，之前何必如此拼命比斗？之所以如此拼命的比斗，不就是为了去域外神泉吗？

让宁城不解的是，真的有人站出来了，而且还不是三个，同时有四名修士落在了赛台之上，而且这其中就有晏昔霜。除了晏昔霜之外，还有北斗七峰的任今歌，太素海银龙族的竺念以及弗斯家族的弗斯符月。

四个人同时站在了赛台之上，满空圣帝似乎并不觉得意外，而是继续说道，“既然四人不想去域外神泉，那只能继续通过比斗的方式选出三人进入太素神通阁……”

宁城这才明白过来，太素域还有太素神通阁。这些人能舍弃域外神泉转化神元，可见这神通阁中的神通道法，绝对不简单。他为了去域外神泉转化神元，这才参加了太素大比，看来他对太素大比并不了解。

太素大比不单单是去域外神泉的事情，似乎还有各大宗门的资源分配事情。此时他又得知，太素大比中，还有三人可以进入太素神通阁。

晏昔霜看了看宁城，忽然说道，“圣帝大人，既然有四人想去神通阁，那我就退出，选择去域外神泉吧。”

哪怕晏昔霜的眼神只是扫了宁城那边一眼，满空圣帝也看出来了晏昔霜的意思。这个女子肯定认识那个假冒嵇和的修士，她这样做，是不想再节外生枝，想早点让嵇和进入域外神泉。

宁城显然也明白这一点，感激的对晏昔霜点了点头。他现在依靠的是并不可靠的踏星楼主，这种强者的脾气很古怪，谁知道她会不会突然走掉？晏昔霜也看出来了一些，她因为自己救了她一命，这才舍弃了去太素神通阁的机会。

否则站出来的四人当中，晏昔霜绝对可以取得一个名额。

果然，宁城感受到站在一边的黑衣女子微微松了口气，看来她的确不想留在这里时间太长。

“太素大比接下来的比赛将在明日继续举行，前往域外神泉的十名弟子请跟随我来。前往太素神通阁的弟子跟随凌珍圣帝前往……”

满空圣帝说完随手丢出一艘飞船法宝，前往域外神泉的人纷纷飞身落在满空圣帝的飞船上。

宁城见状也对黑衣女子抱拳感谢道，“多谢前辈出手相助，晚辈先去了。”

黑衣女子对宁城点点头，“你放心去域外神泉，我保证不会让你出事。”

宁城没有怀疑这黑衣女子的话，因为蛮会山并没有动弹。等会满空圣帝的飞船起飞后，蛮会山肯定不敢中途拦截。

对满空圣帝，宁城还是很感激的。他和这个老者没有任何瓜葛，也没有任何承诺。但是这老者处处都在帮他的忙，虽然是一些不经意的帮忙，对他来说却是非常重要。

飞船起飞后，满空圣帝就没有再出现过。飞船上的十名弟子都是永恒境强者中的强者，上了飞船后，没有人愿意多话，整个飞船上一片寂静。

“嵇和，你不用担心，蛮龙圣帝不敢拦截满空圣帝的飞船，更不敢对前往域外神泉的弟子做出过激反应。”晏昔霜主动走过来安稳宁城。

宁城很是诚恳的说道，“多谢晏师姐出手帮忙，将来如果有需要我的地方，请直言。”

晏昔霜微微一笑，“你已经帮过我了，当初如果不是你帮我，我就算是可以逃出，恐怕也不能参加这次太素大比了。对了，等会真正的大比斗法开始，你要小心郭凯歌，他似乎对你很是仇恨。”

“真正的大比斗法？”宁城不解的问道，“我们不是比过了吗？”

晏昔霜摇了摇头，“我们只是得到了进入域外神泉的资格，真正的比赛是前十之间的斗法。每次进入域外神泉后，出来的人少几个，也不以为奇，你小心就是。”

说完晏昔霜也走到了一边坐下，不再说话。

宁城没有继续询问，就连太素神通阁的事情他都没问。如果不是晏昔霜提醒他，他哪里知道，真正的太素大比，是进入域外神泉才开始的？

晏昔霜这是在休息，既然晏昔霜说等会还要打，那就打吧。进入域外神泉后，要打，他可不惧这里的任何人。

不要说郭凯歌，就算是陆逸仙和尹璎那又如何？

……

第九百零七章 战起

飞船的速度越来越快，宁城估摸着这已经超过了他星空轮的最快速度。

足足两天时间后，飞船停了下来。宁城跟随众人一起走出飞船后，这才发现飞船所处的位置是一片虚空中。

在飞船的两天时间中，他又炼制了几炉空城渡识丹，留了两瓶空城渡识丹在他憩息的房间中，就是为了送给满空圣帝的。

满空圣帝走下飞船，依旧一副笑吟吟的态度说道，“等会我打开这里的禁阵，你们进去后自己传送到域外神泉。”

说完，满空圣帝取出两枚玉牌虚空印了下去，同时抬手打出一些禁制。一道虚空的门出现在众人面前，众人纷纷向满空圣帝施礼感谢，然后快速走进虚空门中。

宁城在感谢了满空圣帝跨入虚空门的瞬间，收到了满空圣帝的传音，“小家伙，谢谢你留下的两瓶丹药，还有记得照顾一下那个为你放弃神通阁的女娃，人要懂得感恩。”

宁城在听到这两句话后，他的身影已经进入了虚空门。满空圣帝没有对他动手，他心里很是庆幸。

进入虚空门后，是一条长长的虚空通道。如果说之前在满空圣帝的飞船上，这些永恒强者还一个个都恭谨有礼貌。一进入这虚空门后，几乎所有的人身上都带着一丝凌厉的杀意。

郭凯歌的杀意更是赤裸裸的落在宁城身上，完全没有半分掩饰。

虚空通道很长，十人走了莫约大半个时辰，这才来到了一处虚空传送阵的所在。

这传送阵看起来就好像虚浮一般，不过宁城知道这是因为阵法的缘故。这传送阵建立在一个隐匿阵法上，就算是他也看不出半分端倪。

宁城看见其余的修士都冲上传送阵，他也跟着的冲上传送阵。传送阵有十个极大的凹槽，每一名修士都取出一万神晶放入其中一个凹槽。宁城也取出了一万神晶，放入他身边的凹槽。

在十万神晶落在传送阵上后，传送阵发出一阵阵的嗡嗡声响，随即一道道的白光波动起来，很快宁城就感觉到周身一轻，整个人都被传送走。

一阵阵的晕眩传来，宁城清醒来的时候，发现自己正站在一块巨石之上，巨石的方圆至少有千丈左右，这里没有看见任何传送阵。宁城对阵法有过极深的研究，知道这才是最难布置的一种传送阵。

浓郁到极点的神元气渗透过来，宁城忍不住深深吸了口气。这里的神灵气不但浓郁，还蕴含着一种纯净的气息。哪怕宁城还没有开始修炼，他已经能感受到，如果在这里修炼，那效果绝对比单独用神晶和丹药要好很多。

这还是在外面，一旦进入域外神器里面，那神灵气该是多么厉害？宁城总算是明白，为什么域外神泉这么有名了。

在巨石的尽头，还有十个石门。宁城对域外神泉一点都不了解，他猜测这十个石门应该是进入域外神泉的入口。

宁城很快就感觉到了十个石门的不同，左边第一个石门渗透出来的神灵气息最浓，然后神灵气是依稀减弱。到了第十个石门，神灵气是最弱的地方。

在每个石门的中间，都有一个凹槽，宁城不用试，也知道这个凹槽是放置资格牌的地方。看样子要开启石门，就要将资格牌放进去。

明白这些之后，宁城第一时间就要去第一个石门。不过随即他就停了下来，因为他看见没有人动。按理说，这个时候，大家都应该抢夺石门才是，怎么都如此守纪律？

晏昔霜的传音及时过来，“嵇和，这十个石门是通往域外神泉的地方。左边第一个石门，是域外神泉的发源处，神泉效果最好。里面的神泉气息也是最多，根本就消耗不尽。无论你的星元多深厚，这个神泉也远远用不完。

这个石门应该是陆逸仙的，你不要去争夺。其后九个神泉的神泉气息浓度渐渐转弱，不过每一个都有单独的泉眼，有消耗殆尽的时候。一般情况都是够用了，如果不够的话，可以用一些神晶替代。

只有十个人同时选好，在十个凹槽中放入资格牌，这十个石门才会同时开启。等会选择石门的时候，有一番争斗，记得尽量不要选择前三的石门。我建议你等郭凯歌选过之后，你再选。”

“我选择第一个。”陆逸仙的声音很是冷厉，直接站在了第一个石门处。

亚蒂安嘿嘿一笑，“很抱歉，我也会选择第一个。”

尹璎直接祭出了自己的金书，冷冷的盯着陆逸仙和亚蒂安，显然她要选择的也是左边第一个石门。仅仅第一个石门，就风云突变，不争斗一番，是没有结果的。

“我选第二个石门。”一名肤色极白的女子走了出来，站在第二个石门前。

宁城略为有些诧异，这个人他自然也认识，这是太素海沉鱼宫的钟蒙雨琇。钟蒙雨琇的比斗宁城也见过，这个女人虽然不是太素十二子中的人物，实力应该和姬平中差不多。

不过要说她能够占据第二个石门，宁城是不相信的。尹瓔和陆逸仙的实力，宁城都没有完整的见到过，宁城依然觉得钟蒙雨琇应该不是这两个人的对手，还有那个亚蒂安，也不比尹瓔和陆逸仙弱。

至于为什么这么比较，那是因为第一个石门，他宁城也要定了，其余的人自然只能选择别的石门。

果然第二个石门只有钟蒙雨琇选了，没有人和她去争夺。

“我选择第四个石门。”说话的是穆水风。

穆水风不是太素十二子，对他选择第四个石门，宁城认为他选高了。

“我也选择第四个石门。”这次站出来的是晏昔霜，两个人选择同一个石门，就意味着有一场战斗要打。

见宁城还没有动，晏昔霜的传音再次过来，“嵇和，等会选择石门的时候，如果和别人发生争斗，千万要保存一部分自保的实力，否则可能是死路。”

晏昔霜有些担心宁城，别的人输了，还有可能选择后面的石门，宁城输了，说不定会被杀掉。就因为宁城是一个散修，没有任何来头。

九转圣道池的水悦可似乎知道自己的实力有限，选择了第六个石门。第五个石门都没有人选择，第六个石门暂时是没有人和她竞争的。

郭凯歌和姬平中都没有去选择石门，两人身上的杀机却越聚越浓，而且一直笼罩着宁城。

郭浩歌一直是冷冷的盯着宁城，宁城明白他的意思，那是等自己选择好石门后，他就去争夺。争夺中干掉他宁城，然后继续选择石门。

宁城不紧不慢的说道，“我选择第一个石门。”

所有的人都被宁城的选择震住了，就算是晏昔霜也不敢相信的看着宁城。宁城本来就有郭浩歌这个大敌，竟然还去招惹陆逸仙和尹瓔这种强者。

陆逸仙冷眼看着走过来的宁城，语气平淡的说道，“你很有种，不过你的方法用错了，选择了这个石门，会死人的。”

陆逸仙的话一说出来，其余的人都明白了宁城的意思了。原来宁城选择第一个石门，是和想要杀他的郭浩歌错开来。如果是这样想的话，那算盘就打错了。只要选择了，那不打一场，是绝对不允许重新选择第二个石门的。要求饶也可以，拿出自己的戒指。

郭浩歌和姬平中也明白了宁城的意思，他冷笑一声说道，“真是抱歉了，我也选择第一个石门。”

说完，他对陆逸仙和尹瓔抱了一下拳，“两位，我最多只打一场，说不定就会重新选择了。”

陆逸仙和尹瓔脸色平静，两人没有理睬郭浩歌，他们知道郭浩歌是想要杀掉宁城后再走。同为太素十二子，郭浩歌和他们的地位比起来，相差的太远，的确是没有必要太过在意。

郭浩歌又转头对跃跃欲试的姬平中说道，“姬兄，一会如果我手下有漏网的垃圾，你帮忙干掉吧。”

这是在对姬平中打招呼，万一他没有干掉宁城，姬平中可以继续和宁城作对下一场。恐怕就算是宁城选择第十个石门，姬平中也会上前找茬。

陆逸仙不再理睬宁城和郭浩歌的私人恩怨，而是平静的看着尹瓔和亚蒂安，“你们谁先来？”

亚蒂安嘿嘿一笑，手一晃，一道黑烟在他身周环绕，“我先来吧，能领教太素十二子之首的厉害，是我的运气。”

陆逸仙和亚蒂安打起来的同时，郭浩歌的领域就卷向了宁城，抬手挥出五枚青莲钉，肆无忌惮的笼罩住了宁城。

宁城冷冷一笑，中品神器长枪祭出，领域也是再无保留的压向了郭浩歌。在这个地方，他没有什么好隐匿的。除了不会祭出七桥神通之外，他有的是手段干掉郭浩歌。

河洛圣宗的圣子又怎么样？他连蛮龙族的蛮九仞都杀了，再杀一个郭浩歌，也没什么。郭浩歌一直想要干掉他，他宁城可不是什么以德报怨的人。有人要杀他，他从来都是用拳头轰回去。

郭浩歌从未将宁城放在眼里，宁城的出手，他也见过。在他看来，只要小半柱香，他就可以干掉宁城。

当宁城的领域狂压而来的时候，他竟然发现自己全力鼓动的领域不但没有束缚住对方，还在对方的领域压制下寸寸碎裂。

不好，嵇和在大比中没有拿出真正的实力，郭浩歌瞬间就明白了是怎么一回事。一道冷汗从背后渗出，郭浩歌疯狂的燃烧精血鼓动五枚青莲钉，他想要退出宁城的领域束缚再说。

……

第九百零八章 隐匿实力的散修

五枚青莲钉在郭浩歌的疯狂下，激发出了万千青芒，这些青芒瞬间融合在一起，形成了一圈又一拳的青色波纹。

“嘭嘭嘭……”青芒波纹圈和宁城的领域轰在一起，发出一阵阵的嘭嘭闷响。宁城压制郭浩歌的领域被挣脱。就连宁城的枪纹，也被这一圈又一圈的青色波纹撕开。

感觉到周身一轻的时候，郭浩歌心里松了口气。他连半分犹豫都没有，五枚青莲钉的青芒波纹再次分开，化成了五道爆棚的青色杀意。这次的青色杀意爆发力太过强大，直接破开了宁城的领域。

对郭浩歌来说，就算是耗掉一些寿元，他也要乘此机会干掉宁城。

这是他最强大的神通杀招，专门对付领域比他强大的修士，神通名青莲拖钉。

一旦遇见领域强于他的对手，他的五枚青莲钉可以融合成为青芒波纹，挡住划开对方的领域，让他先从危险中出来。一旦他从对方的领域中逃脱，青芒波纹就会再次分裂。分裂后的青芒会直接无视空间，在最短的时间内，将对手钉在虚空之中。

他的五枚青莲钉法宝本来就有束缚对手的作用，再加上空间神通，让五枚青莲钉瞬间锁定对手。

这个神通让他杀过数名实力比他还要强大的对手，唯一的缺点，就是这个神通需要的星元和神识消耗太大。他除了燃烧精血之外，还要燃烧部分寿元。

哪怕知道郭浩歌不是自己的对手，宁城也没有小看过郭浩歌。在郭浩歌五枚青莲钉瞬息破开他的领域束缚，然后再以最快的速度反击回来的时候，宁城心里就更是谨慎，盛名之下果然是有几下的。

周围的空间一顿，随即出现了一道真空地带，这一片真空地带完全被郭浩歌掌控住。

宁城好歹也是一个接触到空间法则的人，对这种空间法则神通自然不会陌生。比起谯楷瑞利用五色森罗幡掌控空间，郭浩歌的空间法则显然是高明多了。没有利用任何空间法宝，就施展出空间法则加成的神通，说明郭浩歌一样的接触到了空间法则。

如果没有接触到空间法则，面对这种情况，宁城只能利用时间顿滞，先退出对手掌控的空间范围，然后再反击。

此时宁城连动也没有动，中品神器长枪在虚空中划了一个诡异的幅度，原本被郭浩歌掌控的空间一阵阵的颤动，就好像一样东西突然被取走了一般，消失的无影无踪。没有了专属空间的掩护，五枚青莲钉的轨迹清晰无比的出现在宁城的意念中。

长枪再次划出几道影子，带起一片片枪纹。五枚青莲钉和枪纹轰在一起，发出一阵阵的叮当声响。

郭浩歌反应极为迅速，宁城破掉他的青莲拖钉，他就知道自己绝对不是宁城的对手。

“住手……”郭浩歌的声音完全被宁城的枪芒撕裂了，一点都没有传出去。除了宁城听到郭浩歌的住手提示之外，别人都被宁城的强大惊住了。

宁城脸上连杀机都没有，他的杀机都在挡住了五枚青莲钉的神器长枪上。想杀他的时候，费劲一切心机，现在看见他没有死，就让他住手？做梦也要做一些切实际的梦。

“落日黄昏……”宁城踏前一步，手中的长枪再次卷出。郭浩歌远远强于一般的永恒修士，宁城知道想要短时间内杀掉他，就必须用神通。他可不想让郭浩歌说出认输的字眼，一旦被郭浩歌说出这个字眼，他再杀郭浩歌，就违规了。

郭浩歌哪里还不知道宁城要杀他？他想不到宁城真的有这么大的胆子，竟然敢杀河洛圣宗的圣子。他来不及想别的，伸手就拍向了自己的眉心。区区一个散修，就算是比他更理解空间法则，也别想杀他。

夕阳西下，黄昏来临，美绝却邻近日暮的景色突兀出现。郭浩歌心里忽然涌起一种伤感，他觉得自己从开始修炼时起，就丢去了很多很多的东西。而人生短暂，转眼日暮。

郭浩歌的手掌和眉心才分毫距离，但他的手掌却停了下来，停在了这分毫之间。他渴望这黄昏停下，不要继续，他还有很多事情没有去做。

黄昏真的停顿了，时间真的停止了。

冰寒的杀机在这停顿的瞬间穿透了郭浩歌的手掌，来到了他的眉心。郭浩歌猛然惊觉，这是神通，他陷入了对方意境神通中，这种意境神通还融合了时间法则。

底牌被宁城这一枪直接破坏掉，接近死亡的郭浩歌顿时疯狂起来，他周身的气势狂张，落日黄昏瞬间消失。

“噗……”长枪轰入郭浩歌的眉心，哪怕郭浩歌的气势再狂涨，也来不及了。

长枪一绞杀，郭浩歌整个人的气息消失的无影无踪。太素十二子再牛，被杀了，也是一样的变成一具尸体。

宁城抬手将郭浩歌的东西卷走，心里缓了口气。郭浩歌比一般的永恒境修士强许多，他施展落日黄昏，就是将意境带入时间法则当中。这样可以让郭浩歌顿滞的时间更长，就算是这样，郭浩歌也很快就清醒过来。

生死只是在那一刹那，哪怕郭浩歌及时醒来了，他依然慢了那一刹那。一刹那，已经可以让他死几次。

嵇和杀了郭浩歌？这是什么节奏？为什么嵇和表现出来的实力，远远强于在太素大比赛台上表现出来的？

几名还没有开始打的修士都怔怔的盯着宁城，因为宁城不但杀了郭浩歌，还杀的轻松迅速，郭浩歌的底牌都没有拿出来就被杀了。来这里的修士，有几个糊涂人？随即所有的人都知道宁城之前隐匿了实力。

姬平中浑身有些发冷，郭浩歌的实力，他再清楚不过。尽管郭浩歌排名第五，事实上和他相差并不远。太素十二子的实力分为三个阶梯，前三是一个阶梯，这三人远远强于别人。

第四到第七是一个阶梯，第七到第十二是一个阶梯。事实上其余两个阶梯的差距并不大，唯有前三强大一个层次。

原本被他看成死人的嵇和，却简单就杀掉了郭浩歌。郭浩歌作为太素十二子中的人，又是河洛圣宗的圣子，自然有自己的保命手段。而嵇和杀掉郭浩歌，郭浩歌连保命手段都没有施展出来。

自己绝对不是嵇和的对手，姬平中在瞬间就清醒，同时冷静下来。

尹璎原本注意力是集中在打斗中的陆逸仙和亚蒂安身上，特别是亚蒂安，让她有一种难以捉摸的感觉。在宁城短时间击杀郭浩歌后，尹璎的目光立即就落在了宁城身上。她忽然觉得让人捉摸不透的不仅仅是一个亚蒂安，这个嵇和一样的很诡异。

晏昔霜和穆水风还在拼斗，宁城看见晏昔霜明显占据了上风，他没有去管，而是将目光看向了姬平中。

姬平中看见宁城的目光扫了过来，心里一阵的发寒，却没有敢开口。

宁城走到姬平中的面前，不慌不忙的说道，“你打算选择哪一个石门？”

姬平中暗中握紧拳头，强自忍住了内心要出手的冲动，走到了第十个石门边，“我选择这个石门。”

比起转化神元，自然是小命更重要。更何况，就算是在进入第十个石门，他就不见得不能转化神元了。他还年轻，可不想将小命送在这个地方。太素十二子除了实力强大外，年龄都不会很大。一旦超出一定的年龄，哪怕实力再强大，也没有入选太素十二子的资格。

姬平中选择第十个石门的主要意思，就是不参与争夺石门。一般选择了第十个石门的修士，是不允许被挑战的，因为没有挑战的理由。当然如果挑战的双方后台相差太大，人家挑战杀了你，死了也是白死。

宁城不知道这个规矩啊，他嘿嘿一笑，也走向了第十个石门，抬头看了看石门上的凹槽说道，“我也选择这个石门，动手吧。”

姬平中额头青筋都暴了出来，他选择第十个石门，等于是认输了，宁城还紧追不舍，这是斩尽杀绝的意思啊。

没有人在这个时候帮姬平中说话，宁城的实力大家都看出来了。在这个地方，可不存在什么后台不后台，就算是要说后台，也要等从这里出去。宁城现在摆明了要杀掉姬平中，谁愿意站出来？

“你到底要怎么样？”姬平中强忍住了内心的屈辱，他好歹是太素十二子中排名第四的存在。无论走到哪里，也是被人尊敬的对象。而此时却被一个散修逼到这种地步。

如果传出去，他堂堂太素十二子之一，被一个散修逼得不敢战斗，不要说是他，就连他所在的宗门，也没有任何脸面了。

姬平中虽然愤怒，他心里很是冷静。面子可以丢，他的命不能丢。他肯定只要他和宁城打起来，有九成可能会步入郭浩歌的后尘，他赌不起。他会杀掉眼前这个逼迫他的散修，却不是现在，而是等他转化神元之后。

……

第九百零九章 要打就打

因为修炼功法的缘故，任何一个大宗门的修士，在转化神元之后，实力将是一两倍的增加，这就是大宗门和普通散修的区别。而一般的普通散修，转化神元后，实力最多增加一倍左右。强者恒强，这四个字不是没有道理的。他们不但修炼资源更多，实力转化的速度也更快。

“难道两个人抢夺一个石门，不是用斗法的方式解决吗？你说我想怎么样？动手吧。”若不是宁城不愿意背一个违背大比规则的名头，他早就动手了。

姬平中强忍住内心的焦躁，尽量让自己的语气缓和下来说道，“难道你不知道这只是针对前面九个石门有效吗？选择第十个石门，等于放弃争夺。如果你要挑战我荒神宫，那就直接说明，我会接受你挑战的。”

宁城又不是白痴，去说挑战荒神宫的话。他可以找借口杀掉姬平中，却绝对不能去挑战荒神宫。

“我心情不大好，借你一千万神晶用一下。”见无法找借口干掉姬平中，宁城只能退而求其次。

千万神晶对普通散修来说，这是一笔很大的数字，对姬平中来说，这点神晶他还是可以拿出来的。

姬平中根本就没有考虑，就取出一个储物袋丢给宁城。面子丢都已经丢了，也不在乎再丢一次。

宁城收起神晶，没有再理会姬平中。

晏昔霜和穆水风战斗的激烈无比，看见穆水风的出手，宁城就知道，在大比中穆水风一样隐匿了实力。

“轰……”的一声炸响，在陆逸仙和亚蒂安中间暴露开来，两人的身形瞬间分开。此时亚蒂安看起来略微有些狼狈，而陆逸仙却显得气定神闲。尽管两人没有分出胜负，大家已是看出来了陆逸仙占据了上风。

两人打斗的星元炸裂开来，周围的人都能感受到强大的星元冲击波动，而空间却纹丝不动。可见这里的空间是多么的稳固，不但空间稳固，这巨石上的一切东西都坚硬无比。

永恒境修士最强大的攻击，似乎都不能损害其中分毫。

“你很强大，看来我还是去第二个位置好一些。”哪怕还没有彻底分出胜负，亚蒂安也不打算继续和陆逸仙纠缠，反而看着陆逸仙笑了笑，走到了占据第二个石门的钟蒙雨琇面前。

陆逸仙很明白亚蒂安不是怕了他，而是忌惮刚才干掉郭浩歌的嵇和。

看见亚蒂安走过来，钟蒙雨琇秀美微蹙，抬手祭出了自己的法宝。若是论起漂亮来，钟蒙雨琇也只比晏昔霜略微逊色而已，比尹瓔要漂亮多了。真不愧是沉鱼宫的人，就这份漂亮也对得起这个宗门的名字。

她的法宝是两枚雷光如意珠，雷珠还没有祭出，仅仅悬在钟蒙雨琇的头顶，就有暴戾的雷弧在其中闪烁。

任何人的神识落在这两枚雷光如意珠上，都能感受到其中恐怖的雷源威力。

宁城却想了很多，如果他对上钟蒙雨琇，哪怕这个女人的雷光如意珠再强大，恐怕再他手里也坚持不了多久，甚至不如郭凯歌对他的威胁。这让宁城有些庆幸，他的灵根在玄黄珠的衍生下早已齐全。

灵根齐全，修炼很慢，却可以修炼各系神通。

至于亚蒂安的黑烟，就是宁城到现在都没有弄清楚是怎么回事，他肯定钟蒙雨琇不是亚蒂安的对手。

亚蒂安和钟蒙雨琇刚刚动手，一道血雾就溅了出来。宁城就看见穆水风倒飞了出去，他的胸口有一道血洞。

看样子晏昔霜赢了，晏昔霜气息也有些萎靡，说明她赢的也不简单。

晏昔霜见宁城看向她，她点了点头，宁城的强大出乎她的预料之外。在这个地方，有一个强劲实力的朋友，那是一件幸福的事情。哪怕对方不帮助你，仅仅是威慑，也可以让你的对手不敢下杀手。

宁城没有去看亚蒂安和钟蒙雨琇的对决，而是走到了第一石门前，看着依然没有动手的陆逸仙和尹瓔问道，“接下来谁和我一战？”

尹瓔没有回答，她的眼里带着一丝犹豫。宁城知道，尹瓔可能要打退堂鼓了。

陆逸仙之前和亚蒂安拼斗的虽然厉害，却并没有消耗多少。此时尹瓔没有站出来，他吸了口气站在宁城的对面沉声说道，“我收回之前因为小看你说的话，你是一个强者。不过想要占据域外神泉的第一泉，要看看我的铜灯愿不愿意。”

陆逸仙的法宝是一个独角铜灯，那一只独角很高，看起来有些怪异。宁城还是第一次看见他的法宝，只是在他和亚蒂安拼斗的时候，宁城正在和郭浩歌战斗。所以，他并不知道陆逸仙铜灯的威胁在什么地方。

宁城的长枪刚刚祭出，一道磅礴的气势就压抑了过来。这不是领域，宁城瞬间就明白过来，这是器域。就好像他还未彻底形成的枪域一般，这是对方法宝形成的领域。

陆逸仙没有展出自己的领域，显然不是没有领域。而是他不伸展出领域，将会在战斗中留有绝对的余地。一旦两人旗鼓相当的时候，他随时可以伸展出领域增强束缚。

陆逸仙的独角铜灯祭出后，仅仅笼罩在他的头顶激发出了强大的器域护住全身，并没有攻击宁城。而他面对宁城气势磅礴的一枪，竟然是踏前一步，同时一拳轰出。

“轰……”狂暴的星元裹着陆逸仙的拳风轰在了宁城的长枪之上，漫天的星元炸裂开来，在整个巨石平台上回荡的轰轰作响，两人同时后退。

一股血腥涌上宁城的咽喉，宁城差点就是一口鲜血喷出。而陆逸仙的嘴角同样是溢出了一丝血迹。

这个陆逸仙好强，宁城手一挥，长枪悬浮在了他的头顶，并没有继续攻击。他刚才没有出全力，也没有施展神通。不过他知道，陆逸仙同样没有出全力。

“你很强，但如果就是这样的话，那今天你还是往后站站吧。”说完，陆逸仙身上的杀意气势再次暴涨，他依然没有动独角铜灯，隐隐带着血痕的拳头上星元环绕，和空气摩擦的咔咔作响。

宁城微微一笑，同样的跨前一步，也是一拳轰出。陆逸仙没有用法宝，他同样不会用法宝。要知道那杆中品神器长枪法宝对他来说，也不会比拳头强多少。他现在最强大的法宝是五彩裂星箭和七桥界书。

陆逸仙敢用拳头轰他的长枪，不就仗着是炼体修士吗？他宁城一样是炼体修士。

狂暴的星元被宁城这一拳卷动，就连周围的空间被这一拳带走，甚至时间都在这一拳轰出去的间隙有些许的迟钝。这一拳，宁城没有再留手。

宁城没有祭出任何神通，但是他触摸到了时间法则和空间法则，这一拳已经夹杂着这两种法则的皮毛。

“有种，等会不要后悔……”陆逸仙见宁城竟然敢和他一样骄傲，直接用拳头和他对拼，这是找死吗？

宁城的拳头夹着磅礴的杀意轰来，陆逸仙不退反进，同样是一拳轰了出去。

陆逸仙的这一拳卷动的空间杀意丝毫不比宁城这一拳弱，拳势破开空气的撕裂更是强悍无比。

两人的拳头还没有轰在一起，就将周围的空间卷动的一阵阵凌乱。周围所有的人都震惊的看着宁城和陆逸仙的拳头对轰，心里更是惊骇不已。两人表现出来的实力，比他们要强了太多。

在宁城收起长枪和自己拼拳的时候，陆逸仙就知道宁城死定了。他可不会留手，他是炼体强者，而且他的拳头轰出去是神通加成。

“轰轰轰……”

两只拳头轰在一起，巨大恐怖的星元炸裂气浪，让稍近一些的几名修士都急速后退。杀意迸裂开来，有两人甚至祭出了自己的法宝。若不是这里的空间稳固，恐怕就是这种星元炸裂气浪，就可以撕开空间了。

在一边观看的尹璎脸色大变，她一直以为自己和陆逸仙的修为差不多。就算是不如陆逸仙，也相差有限。而陆逸仙和宁城这一拳对轰，她才知道，比起陆逸仙来，她尹璎还差了一个层次。

“咔……”一声手骨断裂的声音传来，陆逸仙张口喷出一道鲜血，倒飞出去。

宁城同样倒退了几步，站定。显然在这一拳对轰中，宁城占据了优势。宁城的手骨中传来阵阵的痛楚，他心里暗自震惊。陆逸仙的这一拳实在是强大，他这一拳中的杀机几乎是实质化了。

此刻陆逸仙出拳的手，略微有些下垂。他惊骇的看着宁城，宁城这一拳完全是凭借自身的实力轰出，没有任何神通加成。他的神通裂域拳竟然落在了下风，不但如此，他的拳骨还断裂了。

这是第一次，第一次他在和同等档次的对手拳头对轰中，拳骨断裂。仅仅是一拳，他就知道了宁城的强大。宁城那一拳没有任何神通，不过因为接触到了空间法则和时间法则，加上也是炼体修士，这一拳让他直接落在了下风。确切的说，他输在对时间法则的理解上。

对方的这一拳轰在他拳头上的时候，他的拳头有些许的顿滞，这是时间顿滞。而他，还没有触摸到时间法则。

陆逸仙吸了口气，看着宁城平静的说道，“你隐匿的可真深，不但修为可以瞬杀掉郭浩歌，还是一个顶级的炼体强者。甚至连时间法则，也能触摸到。”

“要让就让开，不让就继续打，别废话。”宁城语气淡漠。

“我可以让开，我要告诉你一件事。如果我祭出独角铜灯，就算你是炼体强者，接触到了时间法则。你今天也会殒命在这里，信不信？”陆逸仙的语气不但平淡，还带着丝丝的冷意。

宁城手一张，神器长枪就落在了他的手中，语气更是淡漠的说道，“不信。还有，我最讨厌啰哩啰嗦的家伙，拿出你的古怪煤油灯吧，别让我失望。”

……

第九百一十章 你不装逼要死吗

虽然只是两个照面的交锋，宁城也感受出来了，陆逸仙的实力远远强于其余的人。恐怕他在和亚蒂安动手的时候，也没有出全力。陆逸仙是强，但他说祭出独角铜灯可以干掉自己，宁城根本就没有放在心上。

他陆逸仙有底牌，自己难道就没有底牌？如果不是因为这里还有别的人，不用陆逸仙动手，他的第一奈何桥就祭出来了。他就不相信，陆逸仙可以跨过他的第一奈何桥。

两人拼命的话，宁城认为他有九成把握干掉陆逸仙。

听到宁城的话，陆逸仙身上的气势暴涨，周围的星元再次嗡嗡颤动。宁城惊都不惊，他连半步塑道也干掉了几个，一个永恒圆满，哪怕再优秀，他也不惧。

看见宁城表情平静无波，仅仅是随着他的气势上涨，手中长枪环绕的枪纹慢慢隐现，陆逸仙眉头微微皱起。他有一种面对磅礴高山的感觉，无论他的波涛再强大，激起的再高，也无法冲开眼前的磅礴巨峰。

此人是一个劲敌，绝对是强者中的强者。陆逸仙看了看周围旁观的修士，周身的气息忽然收敛起来。

他不怕宁城，却不敢在这里拼命。宁城的实力远远超出他的预料之外，他可以击败宁城，却无法保证自己不受伤。

不说别人，就是尹瓔和那个亚蒂安就是一个威胁。一旦他重伤，那他的小命很有可能丢在这里。在他看来，宁城这个散修的小命远远不如他的命值钱。只是转化一个神元而已，第二个石门中的神泉也足够了。

陆逸仙的气势收敛起来，脸上也缓和了一些，他慢慢的收起独角铜灯，看着宁城一字一句的说道，“今天你很走运，我将这第一泉让给你。下次你就没有这么走运了，假如有一天你能逃出蛮龙圣帝的手心，千万记得不要遇见我。因为我会对你动杀手的。”

宁城手一挥，长枪消失的无影无踪，他无语的看着陆逸仙，语气有些无奈的说道，“你不装逼要死吗？”

陆逸仙微微皱眉，他不明白宁城话的意思。他也没有理睬宁城，而是走向了第二个石门。

这就是他和宁城的区别，如果宁城和他交换位置，只要宁城觉得自己可以干掉对方，他绝对不会将第一神泉让出去。宁城冒着生死危险，来到域外神泉，目的只有一个，那就是完美的转化神元。

陆逸仙的谨慎，让他在很多时候保住了自己，同样也让他失去了很多足够珍贵的东西。

第二个石门处，亚蒂安和钟蒙雨琇的战斗正酣。钟蒙雨琇的雷光如意珠虽然强大，却还无法锁住亚蒂安的黑烟。

陆逸仙刚刚走过来，钟蒙雨琇就被亚蒂安的黑烟缠住，直接轰出数十丈远。

钟蒙雨琇有些狼狈的抓起两枚雷珠，再也没有上前找亚蒂安动手。

轰飞钟蒙雨琇的亚蒂安看见陆逸仙走过来，只好自嘲的笑道，“唉，早知道这样，我还不如先选择第三个石门，害得我费了半天力气，好在现在也还不晚。”

说完，他直接离开了刚刚抢夺到手的第二个石门，走到了第三个石门的前面。在见识过陆逸仙的真正实力后，亚蒂安也不愿意和陆逸仙硬拼。他看出来了，陆逸仙和他打的时候，没有出全力。

尹瓔对宁城抱了抱拳，“嵇丹帝，我不是你的对手，如果你不介意的话，我要换一个石门。”

宁城笑了笑，“那就多谢了，请便吧。”

能不动手，宁城自然不会想着去打无意义的架。

尹瓔点了点头，目光从占据了第二个石门的陆逸仙身上扫了过去，随即落在了第三个石门的亚蒂安身上。不过她很快就再次掠过了亚蒂安，目光落在了第四个石门上。

晏昔霜微微皱眉，她刚刚战胜穆水风，身上重伤未愈。如果这个时候，尹瓔过来找她比斗，她除了认输之外，还真的别无办法。

不等尹瓔说话，钟蒙雨琇忽然走到了晏昔霜面前，“我要第四个石门。”

晏昔霜叹了口气，如果她没有受伤，她根本就不惧区区一个钟蒙雨琇。现在她受伤了，肯定不是钟蒙雨琇的对手。

就在晏昔霜想要开口认输，换一个石门的时候，宁城忽然说道，“第四个石门是我朋友的，如果你想要的话，别怪我等会再抢过来。”

钟蒙雨琇听到宁城的话，脸色气得发白。她本来是想要第二个石门的人物，现在连第四个石门也轮不到她，这种憋屈和不爽，已经到了极点。

好在她还没有变傻，宁城可以让陆逸仙心甘情愿的让出第一个石门，实力绝对不是她钟蒙雨琇能相抗的。她也看出来了，宁城心狠手辣，否则不会一来就干掉了郭凯歌。这个散修可以干掉郭凯歌，就可以干掉她钟蒙雨琇。要知道论起名气来，郭凯歌所在的河洛圣宗，比她的宗门沉鱼宫强大太多了。

强行将这份仇恨和委屈压在心里，钟蒙雨琇正想走到第五个石门前，却看见尹瓔先一步落在了第五个石门前，语气平缓的说道，“这个石门我要了。”

钟蒙雨琇惧怕陆逸仙，打不过亚蒂安，也不敢和宁城对战，但是尹璎也想站在她的头上，那就别做梦了。

这次钟蒙雨琇连话都懒得说，直接祭出一对雷光如意珠轰向了尹璎。

尹璎知道钟蒙雨琇的秉性，手中的金书同一时刻祭出。如果不是宁城的话，她会将晏昔霜赶走。现在晏昔霜是宁城罩着，她只能抢夺第五个石门。

金书的万道金光和钟蒙雨琇的雷弧轰杀在一起，金书杀芒和雷光电弧四处飞溅。

钟蒙雨琇心气很高，实力却远远不如她的心气。仅仅半柱香不到，她就被尹璎完全压制住，雷光再也无法冲出尹璎金书的光芒。又是十几个呼吸过去，钟蒙雨琇的两道雷光如意珠第二次被轰飞，钟蒙雨琇也跟着她的两枚雷光如意珠又一次飞了出去。

空中喷出一口鲜血，钟蒙雨琇落下来的时候，气息已是萎靡不堪。接连经过几场败局，她总算是看清楚了自己的位置。也没有继续去和尹璎抢夺第五个石门，甚至连第六个石门和第七个石门都没有去抢夺，而是乖乖的走到了第八个石门的前面。

第七个石门被受伤的穆水风占据了，钟蒙雨琇同样也受伤了，对她来说第七和第八个石门的区别并不是很大。

没有人多话，可以肯定，如果不是宁城一来就干掉了郭凯歌，那钟蒙雨琇恐怕只能占据第十个石门。

第十个石门被姬平中占着，本来他准备等转化神元后，再干掉宁城的。在他看见宁城和陆逸仙的战斗后，他暂时熄掉了这个心思。就算是他转化了神元，估计也打不过没有转化神元的陆逸仙。而宁城，现在就可以抢夺陆逸仙的位置。

姑且不论陆逸仙是不是宁城的对手，但是他让出了自己的位置，那就说明他忌惮宁城。陆逸仙都忌惮宁城，他姬平中修为不远压住宁城，想要报仇，有些不大可能。

晏昔霜松了口气，看着宁城点了点头，以示感谢。

一直没有参加打斗，也没有和人结怨的九转圣道池弟子水悦见十个石门都分配好了，主动站出来说道，“大家都选好了石门，现在都将各自的参赛资格牌印入石门凹槽吧。嵇师兄，第九个石门的凹槽也麻烦你一下。”

作为九转圣道池的弟子，宁城这种散修她是不会看在眼里的。但宁城轻松干掉了郭凯歌，逼退了太素十二子排名第一的陆逸仙，这种实力她不得不尊敬一声师兄。

众人纷纷取出自己的参赛资格牌，印入凹槽。宁城取出自己的身份资格牌，印入第一个石门凹槽。又取出郭凯歌的身份资格牌，印入第九个石门的凹槽。

随着十个身份资格牌同时印入凹槽，十个石门发出一声‘吱呀’声响，然后缓缓打开。

浓郁的神泉气息侵袭而来，几乎所有的人都舒服的吸了口气，哪怕是受伤的人，这一刻，伤势也有了好转。

十枚资格牌落下，宁城收起了第一个石门的资格牌，进入了石门。

宁城进入石门后，外面的石门，就再次缓缓关上。刚才还在大战的巨石平台，在众人离开后，变得清冷起来。

浓郁到极点的神元气息传来，宁城甚至都想在这里修炼到永恒后期。

一条向上倾斜的台阶出现在宁城的面前，宁城的神识伸展出去，被浓郁的神元气息遮掩住。这种神识无法渗透到极远的地方，似乎不是因为神识禁制，而是因为神元气息太浓郁，让神识陷入了神元气息的混沌之中。

宁城一步步踏上台阶，每上去一个台阶，他都能感受到神元气息更为浓郁。

随着宁城越往上，周围的神元灵气都化成了细雾状态，将宁城淹没在其中。宁城就好像感觉自己独自云端，那种惬意和舒畅，实在是难以言叙。

这域外神泉，他果然来对了。多大的付出，就有多大的回报。等他从这里再出去后，他将会有一个脱变。

……

第九百一十一章 疯狂修炼

沉浸在这种愉悦的感觉中，宁城甚至不知道自己到底跨越了多少台阶。当他停下来的时候，他的面前出现了一个方圆只有一丈不到的池子。

就好像温泉一般，还有水汽从池中袅袅荡起。浓郁之极的神元气息充彻过来，纯净、清新还带着一丝丝让人更容易感悟的道韵气息。

在泉池的中间，有一个莲花一般的坐台，这个坐台悬浮在泉池的上，凝聚着整个泉池的精髓。

这就是域外神泉的第一神泉？宁城惊喜不已的看着这个池子，他能感受到这池中无穷无尽的浩瀚神元灵气。

好地方啊，宁城心里惊叹不已。他没有立即冲上莲台修炼，神识再次扫了出去。

在他的神识周围，就好像一片虚空。没有任何障碍，也没有任何尽头。唯一的感觉那就是，他所在的地方，是虚空中的一个泉池。这个泉池的来源、所在，没有丝毫痕迹。

尽管没有感受到危险的气息，宁城还是开始在神泉周围布置护阵。一旦他陷入深度闭关修炼，这种防御是必须的。

一天后，宁城这才落在了这个域外第一神泉中间的莲花台上。刚刚落在这上面，还没有开始修炼，他就有一种修为在提升的错觉。

宁城深深的吸了口气，让自己平静下来，在这莲花台上开始运转玄黄无相。

浓郁的神泉气息和纯净的神灵气，在泉池的上方形成了一个螺旋形状的漩涡，这个漩涡将宁城完全笼罩起来。

仅仅是半柱香时间不到，宁城就彻底的进入了修炼的状态当中。这一刻，除了泉池中多了一圈又一拳的波纹之外，再也没有别的动静。若是有人在旁边看着，都可以直接感受到宁城的修为在不断上升。

……

光阴荏苒，日月如梭。

转眼太素大比已经过去一年多了，太素域早已恢复了寻常的样子。当初和蛮龙族龙帝蛮会山在天素广场起冲突的踏星楼主，自从得到十瓶神秘丹药后，就再没有出现过。不过踏星楼依然还是天素圣城的第一大息栈，蛮龙族的龙帝也没有继续寻找踏星楼的麻烦。

蛮会山同样也没有回到太素海，而是继续留在太素墟。

直到最近蛮会山抓住无生毒手欧阎毒，离开了太素墟，一些风声才传了出来。当初捉拿无生毒手和无心和尚的任务，原来是太素海蛮龙族发布的。发布这个任务的原因，就是因为无生毒手和无心和尚偷走了太素海蛮龙族的一株道果树。

而这株道果树被一个叫宁城的散修购买走了，宁城却在太素墟洞府闭关的时候被无生毒手和无心和尚联手暗算。蛮龙圣帝为了夺回这株道果树，发布了这个任务，其实就是为了寻找宁城陨落后，留下的道果树在什么地方。

传言在无生毒手命陨太素海后，再次发生了一些变化，那就是宁城并没有死去。当初无心和尚和无生毒手联手偷袭宁城的洞府，为的不仅仅是道果树，还有一样比道果树更好的宝物。

只是那个叫宁城的散修很狡猾，借助金蝉脱壳的手段，逃出了两个人的追杀。

这些传言传到蛮会山的耳中，蛮会山气得差点要将太素墟所有的人都杀掉。

他抓宁城就是为了五色裂星箭，这件事本来只有少数几个人知道，现在竟然传的全天下都知道。他猜测这个传言应该不是蛮龙族发出去的，而是无心和尚发出去的。

无心和尚在知道无生毒手被抓，甚至殒命后，就想要将他自己从这件事中摘走。那最好的办法，自然是将一切事情都推到宁城身上。

……

太素墟任务交易大厅，一名身穿青衣，长发挽成一个星空女修髻的女子走了进来。她直接走到妖兽内丹的任务窗口，取出一个玉盒和一个银色的任务牌递进去，语气极为简单的说道，“交接任务，寒冰银犀内丹。”

“好的，请稍等。”任务窗口的女修脸带笑意的柔声说道。

青衣女修点点头，再没有说话，似乎任何事情，她都显得平静无波。但是不远处几名散修的交谈，却让她的脸色有些激动起来。

“能被龙帝看在眼里的宝物，应该是绝世奇宝吧？否则龙帝怎么会去查那个叫宁城的散修？”

“也不一定，龙帝很有可能是为道果树而来。宁城一个散修，竟然敢购买无心和尚的道果树，也是有些胆子。”

“散修怎么了？宁城能在无生毒手和无心和尚的联手偷袭下，还施展金蝉脱壳安然无恙的走掉，那就说明他不是一般的散修。”

“你这是废话，一般的散修可以购买的起道果树？购买的起神识功法？能找到那么多的规则壤？”

……

任务窗口的女修将青衣女修的银牌再次递回来说道，“已经帮你交接了任务，一共是三千两百积分，你检查一下。”

“谢谢。”青衣女修抓起银牌，匆匆说了一句谢谢后，转身就走。似乎对她辛苦了一个多月挣来的积分完全不在意。

“几位师兄叨扰一下。”青衣女修走到这几名正在议论的修士面前，抱了抱拳，“我刚才听你们说，无生毒手被龙帝拿住了吗？”

几名正在议论的修士顿时停了下来，他们议论是随口而说，一般不会有不认识的人插嘴的。现在有人询问，还涉及到龙帝的事情，他们就谨慎起来。

不过几人看见青衣女修容颜极为俏丽，脸上也带着和煦的笑容，修为还不到永恒，戒备都放了下来。

一名长发男修点点头说道，“没错，无生毒手的确被龙帝抓走了。龙帝是为我们这些散修做了一件好事。你应该刚从太素墟回来吧，这件事早就传开了。”

虽然在回答青衣女修的话，他还是下意识的拍了一下龙帝的马屁，甚至还说议论这件事的可不是只有他们几个。

青衣女修懊恼的说道，“唉，我还打算寻找一下无生毒手的下落，赚一些积分用用。”

另外一名瘦弱男修呵呵一笑，“这位师妹，你的修为太低了些。我建议你还是不要想着这样赚取积分，不如和我们组队去太素墟做任务。”

“哈哈……”另外几名修士都哈哈大笑。

青衣女修也不在意，继续问道，“那个宁城听说是个散修，他也不简单啊，能从无生毒手和无心和尚的暗算中逃走。”

“简单了敢去购买无心和尚的道果树吗？能在龙帝的寻找下，还毫无踪迹？”

青衣女修心里微微松了口气，嘴里却说道，“如果是我的话，我肯定逃往太素墟深处了。”

那瘦弱男修不以为然的说道，“那可不一定，被龙帝记住了，在太素墟边缘根本就存身不了。如果去太素墟深处，一个散修那是找死。我听说一年前太素大比的时候，龙帝去过天素圣城，不知道是不是因为那个宁城在天素圣城。”

长发男修摇了摇头，“那件事我也知道，龙帝怎么可能为了一个散修特意跑一趟？听说他是去调查一个叫嵇和的丹帝，那个丹帝和九皇子的陨落有关系。对了，说起来那个丹帝也是一个散修。”

“原来是这样，谢谢几位师兄，小妹告辞了。”青衣女修感谢了一句后，这才告辞离开。

这青衣女修正是燕霁，本来她得知宁城陨落的消息后，就一直疯狂在太素墟做任务挣取积分，然后兑换修炼资源修炼。只是她的资质再高，一边做任务换取积分，一边修炼，速度也快不起来。一年过去，她的修为并没有提高多少。

现在燕霁陡然听到宁城并未陨落，而是有可能去了太素域，她立即就放弃了原来的打算，准备去太素域里面找找看。

以她的资质，想要找一个宗门加入，然后进入太素域，想来应该不会有什么问题。

……

宁城身下神泉池中的波纹平静下来，环绕在宁城身上的漩涡也消散一空。宁城睁开了眼睛，心里全是欣喜。

在晋级永恒后，他的修炼速度就直线下降。这次来到域外神泉，他再次找到了那种修为狂升的感觉。哪怕他对神元灵气需求是一个无底洞，这里也有足够的神元灵气填补这个无底洞。在他修炼的时候，他身上每一个汗毛孔都在吸收周围的神元灵气。

宁城并没有急着转化神元，而是先提升自己的修为。这里有如此恐怖的修炼速度，他决定修炼到永恒圆满后，再开始转化神元。

宁城没有失望，这里的修炼速度甚至都超过了他的预期。短短一年时间，他就从永恒中期晋级到了永恒后期。识海也是大增，这还是他没有用空城渡识丹的情况下。

看了一下并没有改变多少的泉池，宁城决定接下来采用渡识丹结合的办法。修为进步了，神识也要有一个大范围的进步才行。

当吞服空城渡识丹再开始修炼的时候，他惊喜的发现，他的识海竟然随着修为提升，同样在扩展。之前他修为提升了，识海也会提升，绝对没有这么明显和直接。这次在用空城渡识丹的情况下修炼，修为和神识几乎是同步提升。

……

第九百一十二章 炼垮神泉

修为到了永恒后期，无论任何人，实力提升也将变得缓慢无比。而玄黄无相功法加上域外神泉中的第一泉，让宁城的修为继续狂飙。

在宁城进入域外神泉第三年的时候，他的实力已经来到了永恒圆满。三年过去，已经有几人走出了域外神泉，其中就有姬平中。

姬平中一出去，外面所有的人都知道了嵇和的凶悍。嵇和不但霸占了域外神泉中的第一泉，还斩杀了河洛圣宗的郭浩歌。

尽管域外神泉石门争夺中，弟子陨落很正常。但是一个散修敢杀掉河洛圣宗的圣子，这让河洛圣宗勃然大怒。不但如此，就连其余有弟子进入域外神泉的宗门，也都很是不爽。

谁都知道，域外神泉最优质的转换神元所在地是第一泉。现在第一泉被一个散修糟蹋掉了，没有人心里会舒服。

虽然没有宗门明确的站出来说什么，所有的人的都知道，这些宗门都派了强者在神泉外的传送阵蹲守。只要等那个嵇和一出来，恐怕就会莫名其妙的失踪。

相比之下，最担心嵇和的反而是蛮龙族的龙帝蛮会山。蛮会山想要带走嵇和，这在几年前就不是秘密。原因也很简单，那就是嵇和很有可能就是杀害他儿子蛮九仞的凶手。

如果说这件事发生在三年前的话，恐怕蛮会山还不会在意。最多和别的宗门商量一下，他要带走嵇和，或者是当着他的面干掉嵇和。

在他调查到宁城曾经还杀过天外道的井无涯，和天外道结下仇怨后，蛮会山就抓到了天外道的斐尔，同时拿到了宁城干掉了井无涯的战斗水晶球。

同样是长枪法宝，同样是枪纹，熟悉的战斗方式，让他第一时间就想到了太素大比中的假冒嵇和。

这个假冒嵇和也是莫名其妙出来的修士，长枪法宝，枪纹克敌。之后他又捉拿到了无生毒手，知道宁城并没有陨落，而是逃走了后。他蛮会山就算是白痴，也知道那个假冒嵇和的家伙和宁城有关系，很有可能就是宁城。

如果嵇和是宁城假冒的，那一切都变得明朗起来。宁城和他儿子蛮九仞有仇，敢在太素秘境中杀蛮九仞很正常。宁城一个小小的永恒修士，凭什么能杀掉两个半步塑道？他可是知道儿子进入秘境的时候，有一个半步塑道手下。

唯一的解释就是，宁城真的拥有五色裂星箭。他儿子蛮九仞之所以瞒着他带人去秘境，很有可能就是为了宁城的五色裂星箭去的。结果这个没用的家和不但没有干掉宁城，反而被宁城反杀了。蛮会山甚至怀疑齐十三星也是帮凶，不过齐十三星来头太大，没有确切的证据之前，他不想去玄月神门。

在知道嵇和很有可能就是宁城假冒，宁城真的拥有五色裂星箭后，蛮会山岂能不焦急？一旦五色裂星箭的消息泄露，那恐怕是风云变幻，所有的强者都会聚集抢夺。到时候混元强者出手，他蛮会山还真没有什么优势。

……

还在第一泉中的宁城，自然不知道外面不爽他的人越来越多，在等着他的人也越来越多了。他在晋级到永恒圆满后，他就开始转化神元。

在这里神元转换非常容易，随着一丝丝星元气息转化成神元气息，宁城的感觉除了强大，还是强大。

汩汩星元流动化成了滚滚神元翻涌，识海犹如无际星空，支撑着星元不断的化成神元。

域外第一泉的神元灵气，犹如江河波涛一般，被宁城疯狂卷走。而神泉池底，则是不断的翻涌出新的神元灵气息。

宁城像一个无底洞在吸收这些翻涌出来的神泉元气，而神泉也如一个取之不竭的米仓一般，源源不断的提供神元灵气给宁城。

实力上升再上升，随着时间的流逝，星元被转化的越来越多。这个时候，宁城竟然感觉到他的修为在下降。他还以为这是错觉，仔细的感受了经脉和紫府中的神元流转后，宁城肯定他的修为的确是随着神元转化而下降。

修为下降，实力却在成倍数的上升。

宁城从未想过这种情况，修为下降实力自然是下降。而他的修为下降，实力反而随着神元的转化上升。

宁城下意识的放慢了自己转化神元的速度，玄黄无相运转也同样小心起来。很快宁城就知道了是什么原因，他的神元在压缩。

也就是说随着他的星元被转化成神元，这些神元力量被压缩了。就好像原本一桶的东西，被他压缩成为大半桶了。如果想要将这一桶装满，必须继续放入新的东西。

好厉害，宁城吸了一口冷气，随即就兴奋起来。这绝对是玄黄无相的逆天之处，他之前修炼吸收的星空元气或者是永恒丹，还不是最纯净的。一旦遇见更为纯净的神泉元气，他的力量就开始去芜存青。这就发生了修为下降，实力上升的事情。

明白这一点后，宁城开始有意识去压缩自己的神元。

这就是没有师父，没有宗门的优缺点所在。如果在宗门中，有师父教导，恐怕没有人会如此疯狂的做。压缩神元，这也是可以做的吗？一个不稳定，将会造成肉身崩溃，识海自爆。

但是对宁城却丝毫没有这种影响，玄黄无相功法本来就无形无相，强大的神元修为不仅仅存储在经脉丹田之中。同样跟随着修炼者的道韵，蕴含在天地之间，和天地之间的力量形成一种共鸣。修炼玄黄无相的修士，除了可以调动自身的力量，甚至随时可以调动天地中的力量。至于自爆识海，对宁城来说更是杞人忧天。

他的识海是星空识海，没有被空城渡识丹增加之前，就犹如星空。而此时在空城渡识丹的帮助下，他的星空识海更是浩瀚无穷。

……

守候在域外神泉传送阵所在的多名强者，都有些不耐烦了。这已经是这次域外神泉开启的第五年，进入域外神泉的弟子，除了那个嵇和和被杀掉的郭凯歌之外，能出来的都出来了。

按照域外神泉的特性，没有任何人能在里面呆满五年的。因为在域外神泉转化神元，任何人都不需要五年。在域外神泉中，一旦星元完全被转化成神元，或者是所在的石门内，神泉耗尽，都会被直接传送出来。

而嵇和，明明超过五年了，却没有一丝一毫被传送出来的迹象。

……

“咔嚓”宁城身下的莲花状石台居然发出了一声轻微的炸裂细响，宁城心里一惊，他睁开眼睛，却发现自己身周的神泉元气消失的无影无踪了。

而身下的泉池也成了一个干涸的石池，再也没有一丝神泉元气溢出。

宁城惊异的站了起来，他竟然将域外神泉的第一泉修炼垮了。不但没有了一丝神泉元灵气传出，连修炼的莲花石台都有了裂纹。

感受了一下自己的修为，宁城倒是很满意。他的修为在转化神元的过程中降低了，随着他不断的压缩神元，加上这里无穷无尽的神泉元灵气，让他再次修炼到了永恒圆满，并且修为全部转化成了神元。

这种磅礴强大的感觉，让宁城真想马上找一个人干一场。

不对，自己来到这里六年了，按照域外神泉最多都无法呆五年时间，他是怎么回事？

宁城刚刚想到这里，一股强大的力量就裹住了他。

不好，要被传送出去。宁城几乎想都没有想，神元狂涌之下，在刹那间挣脱了这种裹住他的力量，然后直接进入了玄黄珠。

域外神泉的规则极高，哪怕是进入了真灵世界，也无法逃脱这种被传送走的结局。

玄黄珠显然不受域外神泉的规则压制，宁城一进入玄黄珠，他受到的传送压制就消失的无影无踪。

玄黄珠中，宁城微微松了口气。幸好他见机的快，否则被传送出去，恐怕连渣子都没有了。

他可不认为蛮会山会忘记他，就算是河洛圣宗，都可能会暗中对他进行算计。

早在干掉郭浩歌的时候，宁城就打算好了，绝对不从原来的出口出去。

他相信地球上的一句传言，那就是条条道路通罗马。无论域外神泉在什么位置，是怎么来的，肯定有别的地方可以进来，也肯定有别的地方可以出去。

进入玄黄珠中，宁城的神识扫了出去。

让宁城惊异的是，外面的干涸的神泉池也开始开裂，他坐在上面修炼了六年的莲花石台完全碎裂开来。玄黄珠跟随着碎石一起，落下了开裂的神泉池底。

神泉池底再次开裂，一股浩瀚无边的虚空气息传来，宁城立即就知道他此时是处在虚空之中。

一阵阵的轰隆声音在宁城的神识中环绕，宁城反而安下心来。

他隐约猜到了是怎么回事，域外神泉被他炼垮了。他在域外神泉修炼六年，恐怕比别人修炼六千年都恐怖。

宁城猜的没错，域外神泉的确是他修炼跨的。域外神泉本来是天地生存之物，后来有大能重新布置而成。每次域外神泉被吸收走一定的神泉气息后，再过三千年，域外神泉将再次从浩瀚虚空中卷来新的神泉元气。

事实上，域外神泉后面九泉都是依赖第一泉而生存，第一泉消失，后面九泉将同时消失。宁城连支撑域外神泉的元气都吸收一空，这等于涸泽而渔，域外神泉不跨才是怪事。

可以说，宁城做了一件整个太素域都深恶痛绝的事情。

……

第九百一十三章 蛮会山的追杀

神泉池中破裂的碎片，在卷入虚空中后，直接消散的无影无踪。玄黄珠跟随着这些碎片，一样散落在浩瀚无尽的虚空之中。

宁城的神识扫出去，看见周围全是虚空后，他直接从玄黄珠中出来。

果然，出来后，宁城再也没有感受到任何的传送力量。看样子他真的随着域外神泉的破碎，流落到了虚空之中。这里没有坐标，也没有方向。只有浩瀚无际的虚空，以及偶尔从身边划过的陨石流。

宁城正想着他所在的地方是明虚还是暗虚，一道虚空飞船竟然从他的神识边缘划了过去。

宁城连忙祭出星空轮，跟了上去。星空轮祭出后，让宁城惊异的是，在星空轮的星盘方位坐标上出现了明确的方位图。

这种巨大的惊喜让宁城觉得自己中了六合彩，在他炼化星空轮后，四大星空的大致坐标，星空轮上都有。没想到他离开了四大星空后，在太素界外围的虚空中，星空轮也有星空坐标。

这星空轮果然不是四大星空之物，来历应该很是不一般。宁城的目光落在星空轮的星空方位坐标上，没有继续去追前面的飞行法宝。

星空轮上标注了太素界的位置，似乎距离他所在的地方非常遥远。同时星空轮上还标注了一些无人的死寂星球，以及一些没有生命的大板块陆地。

在星空轮星盘方位左边的边角处，有一片灰色的地带格外引人注意，上面标注着虚空破则之地。

破则之地，宁城自然清楚。这是一种宇宙间天地规则破碎的地方，一个没有任何天地规则的地方，自然是不能施展任何法则神通，也无法施展任何法术。哪怕是飞行法宝，在这种地方也无法飞行。

在这种地方，就连修士生存也极为艰难。没有规则，没有元气。

宁城摇了摇头，他自然不会去破则之地。此时，他相貌都完全恢复过来。他准备再易容一下，回到太素墟看看。如果没有燕霁的消息，他就留在太素墟研究阵法。也许有一天，他可以还原太素海通往宿元星河棘齿湖的传送阵。

在宁城准备调整星空轮方向的时候，一种熟悉的危机突然出现在意识当中。这种危机宁城很熟悉，曾经在太素大比的时候，他就有过。后来证实他没有错，蛮会山真的找到天素圣城的大比广场上去了。

如果不是他用十瓶空城渡识丹和踏星楼主进行交易，恐怕此时他已经是蛮会山手下的亡魂。

宁城的星元完全转化成了神元，实力也是狂涨。哪怕是塑道修士，宁城自信也可以拼一下。就算是打不过，他也可以轻松走掉。

但是对蛮会山，宁城连打的想法都没有。哪怕他的实力再增加一百倍，恐怕还不够蛮会山一个手指头捏一下的。他一个永恒境星空帝，面对蛮会山这种第二步的证道圣人，绝对是没有任何还手的机会。

宁城吸了口气，打算暂时不去太素墟。就在他的目光从星空轮的星盘上扫走的时候，一个突兀的亮点出现在星空轮的一角。

宁城肯定，之前他看星空轮的时候没有这个亮点，而此时莫名其妙的出现了一个亮点，而且这个亮点距离他还越来越近。

有人追过来了，宁城吸了口气，强迫自己冷静下来。然后迅速全力驱动星空轮，原本顿滞在虚空中的星空轮，立即划破虚空，从原地消失。

宁城很是怀疑后面追来的就是蛮会山，他同样也是不明白，为什么蛮会山会找到他的位置。

果然，宁城在驱动星空轮转换方向后，后面的亮点迅速转换方向接近星空轮。宁城疯狂的鼓动神元，全力驱动星空轮，就算是这样，后面的亮点似乎也在缩短距离。

宁城心里一沉，按照这种追近的速度下去，恐怕再有半个月不到的时间，亮点就会追上他。

“追牛，你不计神晶，控制星空轮逃往破则之地。”宁城立即就将追牛叫出来控制星空轮。

破则之地限制法则神通，限制强大法术。修为越高，限制就越大。若真的是蛮会山追来了，那对宁城来说，这种限制法则神通的地方，对他更为有利一些。

“那老爷呢？”追牛看见宁城的脸色，就知道事情有些紧急了。这么紧急的时候，老爷竟然还要它控制星空轮。难道老爷不知道，修为越低，控制星空轮速度越慢吗？

“我有事。”宁城丢了一句话给追牛后，直接进入了真灵世界。

宁城是真的有事，他要将空河老人没有完成的那个顶级星空战舰完成了。

这艘顶级星空战舰，基本上都完工了，对宁城来说只要两三天时间，做一下收尾工作就可以。

此时宁城还真的有些感谢星空老人，要不是那老家伙让他进入小木屋学习了一段时间，面对这种高科技的星空战舰，他根本就无从下手。科技这东西，你懂就懂，不懂就不懂，根本不存在顿悟什么的。

仅仅两天时间，宁城就彻底的将这艘顶级星空战舰完成。

完成了顶级星空战舰后，宁城总算是松了口气。破则之地不允许任何飞行法宝，和飞行法术。拒绝一切以规则形成的波动，但是对科技产品却不受影响。

进入破则之地后，他就将飞行法宝改成顶级星空战舰。他就不信，蛮会山一个道元强者，也会用科技产品这种低级东西。

宁城走出来的时候，星盘上追上来的亮点也是越来越亮。

“接下来交给我，你在一边给星空轮加神晶。”宁城叫出一个戒指给追牛，接手了控制星空轮。

星空轮在宁城的控制下，速度提升了一倍都不止。和后面的距离缩短，再次变得缓慢起来。而追牛在一边为星空轮加神晶，也提升了星空轮的部分速度。

……

宁城猜的没错，后面追来的就是蛮会山。蛮会山之所以会出现在这里，是因为他对域外神泉有一定的了解。当初那个大能布置域外神泉阵法的时候，蛮龙族的蛮娑天就隐约有些知道。

蛮娑天也不知道域外神泉第二个入口，不过他知道域外神泉所处的虚空大致方位。

在蛮娑天合道后，这种重要的地方，自然会告诉蛮会山。

蛮会山在域外神泉的传送阵等了四年多没有见到宁城后，他就将在域外神泉传送阵等候的任务交给了蛮龙族的其余人。他自己则是来到了域外神泉在虚空所处的大致位置，他猜测宁城如果不从传送阵出去，必定会从这个位置出来。

他也算是有耐心，在这里整整等了一年多。后来他突兀的感受到一丝玄黄本源气息，只是没有等他查看这一丝玄黄本源气息，这气息就消失了。

随后在他的虚空方位盘上出现星空轮的亮点，这个时候，他就想过来查看。再后来，宁城加快速度远离他的位置逃跑，这反而让蛮会山确认了这个亮点百分之九十就是从域外神泉逃出来的宁城。

本来宁城所处的亮点距离他越来越近，他甚至都以为宁城是刀下羔羊了，没想到两天后，他要追的亮点突然加快。这让蛮会山郁闷非常，他再次加速了自己的飞行法宝。

现在他不但怀疑宁城身上有五色裂星箭，甚至怀疑宁城身上有玄黄本源这种东西。如果真的有玄黄本源，那对他的好处更是难以估量。好在他思想虽然开阔，倒也没有想到玄黄珠身上去。有玄黄本源，不一定就是玄黄珠。

对蛮会山来说，玄黄本源和五色裂星箭，足以让他不计一切的疯狂追杀宁城。

又是几天过去，尽管宁城的飞行法宝距离他越来越近，他甚至可以用神识触摸到宁城的星空轮。但是他依然觉得有些不对劲，因为宁城前往的地方是破则之地。

在确认了宁城是真的要去虚空破则之地后，蛮会山反而冷笑了一声，就算是你去破则之地，又能如何？哪怕在虚空破则之地，他捏死小小的一个永恒，依然犹如捏死一只蝼蚁。

宁城表情很冷静，但他内心越来越焦急。蛮会山的飞行法宝，他都能从星盘上看的清楚了。以他这种速度，恐怕还没有进入破则之地，就会被蛮会山拦住。

就连一直喜欢拍马屁的追牛，此时也没有继续废话，表情紧张的为星空轮供应着神晶。

绝对不能这样下去，宁城的神元和神识再次燃烧起来，星空轮又一次加速。

远处的蛮会山看见星空轮继续加速，嘴角不停的冷笑，这是找死。这种加速方式，等自己追上的时候，恐怕除了死之外，连呼吸的能力都没有了。

再加速，宁城的星空轮在蛮会山的神识当中也是越来越清晰，此时蛮会山根本就不用虚空方位盘，也可以看见星空轮的狼狈。

宁城的神识也扫到了远处急速而来的蛮会山，蛮会山站在飞行法宝的前端，浑身的杀气压迫而来，哪怕是相距这么远，也让宁城的呼吸无比的艰难。

……

第九百一十四章 破则之地

神识威压越来愈大，宁城感觉到自己的神元流动也越来越艰难。好在，破则之地已经近在眼前。

再次燃烧精血，鼓动星空轮冲到接近破则之地的边缘，宁城果断换了顶级星空战舰。在顶级星空战舰冲进破则之地的瞬间，一只巨大的虚空手影抓了过来，直接将顶级星空战舰的尾部给撕裂掉。

失去了尾部的星空战舰，依然迅速的冲进了破则之地。

宁城脸色有些难看，差一点点，他就被蛮会山抓走。星空战舰受损，速度也慢了下来。而且宁城观察到蛮会山收起了虚空飞船后，速度并不比破损后的星空战舰弱。

看着迅速消失在破则之地的星空战舰，蛮会山脸色气得铁青。他收起飞行法宝，跟着就冲进了破则之地。

还在修复星空战舰的宁城，看见蛮会山没有用任何飞行法宝，也没有用任何法术，仅仅是狂奔，就不比他的星空战舰速度慢。

宁城倒吸了一口冷气，幸好他有一艘顶级的星空战舰。否则，他的速度在蛮会山面前，恐怕和蜗牛差不多。

蛮会山也没有想到宁城还准备了顶级的星空战舰，这种东西他从来都是嗤之以鼻的。可是在破则之地，顶级星空战舰却成了宁城逃命的手段。

尽管如此，蛮会山也并不担心宁城会从他手中逃走，他的速度越来越快，而宁城的星空战舰速度却是越来越慢。终究有一刻，他会抓住宁城。

可惜的是，他还没有合道，否则就算是在破则之地，他的虚空大手印也可以轻松将宁城拎起。

而现在，他只能靠硬追的办法拦住宁城。

蛮会山很快就感觉到有些不对了，因为速度越来越慢的星空战舰，渐渐的在加速，而且还越来越快。

这是在修复星空战舰？蛮会山气得差点吐血。他想不通一个修士为什么去学习科技这种丢人的东西，这个宁城连星空战舰都会修复。

宁城当然会修复星空战舰，他不但会修复星空战舰，而且还拥有神焰。星空战舰缺失的地方，被他以最快的速度修复完成。

星空战舰被修复，那速度自然就会慢慢上来。看见蛮会山被星空战舰渐渐甩远，宁城终于松了口气，这才有机会感受周围的境况。

一种很是不舒服的念头涌上来，宁城的神识扫了出去，发现自己的神识仅仅只能扫出十几米远。他下意识的凝聚出一个元气手印，随即发现他的元气手印只能在他的神识范围内凝聚。超出这个神识范围，元气手印直接溃散掉。

再抬手凝聚一个空间束缚，完全形成不了属于他的空间。这就是说，空间法则没有用。

时间法则祭出，没有用。

从储物戒指中取出长枪，挥出几道枪纹，枪纹刚刚形成，就消失不见，没有任何威胁。

宁城吸了口气，破则之地果然是毫无规则可言。他的神通在这里几乎是没有用处，就连神识也只能伸展出数丈。这恐怕还因为他是星空识海，又因为最近用空城渡识丹，神识大涨，否则就是这十几米都不一定能伸展出去。

没有继续去尝试自己的神通和法术，宁城相信他不能施展这些神通，那蛮会山就算是比他强大了无数倍，也不一定能施展这些神通。如果蛮会山真的可以施展法则神通，恐怕他早就被抓了。

此时宁城一心控制星空战舰逃遁，如果不是清楚星空战舰的镭光炮不会给蛮会山造成任何损伤，宁城甚至都想回头轰个几炮。

星空战舰持续飞行了数天之后，宁城停了下来。此时后面的蛮会山早就不见了踪迹，他不用再跑了。既然他的神识无法扫多远，那蛮会山也不一定能知道他在什么位置。

星空战舰也是要恒元丹或者是神晶支持的，他可以不用神晶，只用恒元丹。但是这东西燃烧恒元丹太厉害，一堆恒元丹很快就被星空战舰燃烧殆尽。而他的这艘星空战舰是纯粹科技产品，根本就无法用神元驱动。

宁城身上还有一些神晶，现在他还不知道会躲在破则之地多久，这些神晶他要节约着用。除了郭凯歌的戒指他还没有打开之外，他身上的神晶并不是很多。两三千万神晶，看起来很多，实际上用起来很快。

实力到了他这个程度，用恒元丹或者是星空灵脉修炼，效果实在是有限的很。至于离开破则之地，短时间内宁城还没有想过，他肯定蛮会山不会如此轻易放过他的。

……

因为散修嵇和在域外神泉杀了河洛圣宗的圣子郭凯歌，因为散修嵇和在域外神泉超出了五年都没有出来，因为散修嵇和可能还是杀害龙帝蛮会山儿子蛮九仞的凶手，因为散修嵇和拿出过那种对神识有好处，疑似神髓丹的丹药，还因为这个散修嵇和隐匿了实力，在域外神泉战胜了陆逸仙占据了域外神泉的第一泉……所有这些，都让很多强者想要抓到这个散修嵇和，想要知道这个嵇和到底是什么变的。是不是和蛮会山说的那样，嵇和不是嵇和，而是另外一个修士易容。当然，这仅仅是借口。那些真正想要抓到嵇和的人，是因为神髓丹。

最开始的时候，一些宗门还有些忌惮玄月神门。因为嵇和和玄月神门的齐十三星是朋友，非常要好的朋友。

不过随着齐十三星销声匿迹，而且域外神泉传送阵外被人封锁住，玄月神门也没有人出来说话，前来拦截嵇和的修士更多了。

这已经是太素大比之后的第八年，那个散修嵇和毫无消息。不但散修嵇和毫无消息，就连和嵇和仇恨最大的蛮会山也没有消息。

直到最近传出，两年前，有人看见龙帝蛮会山追杀嵇和进入了虚空破则之地，拦截在域外神泉传送阵边的修士，这才渐渐减少。

无论嵇和身上是不是有秘密，在听说嵇和去了破则之地后，很多人都放弃了继续拦截嵇和的想法。虚空破则之地，方位盘是毫无用处的。很多证道强者，进去后，也因为迷失了方向，最后陨落在其中。

嵇和冲进了破则之地，恐怕是凶多吉少。

……

九转圣道池任务大厅，燕霁有些疲惫不堪的来交接任务。

她加入九转圣道池，已有两年时间。两年时间中，她依然不断的做任务。她的资质在宗门也算是不错，不过因为拼命的疯狂晋级。各种好歹的丹药，只要她能用上，都毫不顾忌的用到自己身上，这造成了她的根基早已受损。

这次能加入到九转圣道池，算是运气。

“燕霁师妹，你加入宗门才两年时间，但是这两年几乎都在外做任务，我觉得这样分配不是很合理。”一个略显柔弱的声音在燕霁耳边响起。

燕霁回头看见一名黄发少女，她赶紧问候道，“燕霁见过舒兰师姐，我入门晚，只能更努力一些。”

燕霁一直在外面做任务，除了为自己寻找修炼资源之外，还有一个就是打听宁城的消息。

“嗯，你自己要注意点，不要伤及了根本，这样会得不偿失的。”这黄发少女为人很是和善，对燕霁也很是照顾。

“我知道的，谢谢舒兰师姐。”燕霁刚刚回应了一句，忽然看见黄发少女站在了一边，躬身对一名过来的清秀女子施礼，“舒兰见过水师姐。”

燕霁也认出了这个过来的女子，这是九转圣道池的天才水悦可。上次太素大比，她进入过前十，去过域外神泉。

认出水悦可，燕霁赶紧也躬身施礼，“燕霁见过水师姐。”

水悦可对两人点了点头，没有答话，从两人身边走了过去。

看见水悦可走过，叫舒兰的黄发少女才吁了口气，对燕霁说道，“燕霁师妹，水师姐的实力不比太素十二子弱，就算是在太素十二子中，也可以排在前面。只是水师姐不喜欢张扬而已，如果不是为了去域外神泉，水师姐甚至不会参加太素大比。”

燕霁点点头，“我也听说过了，听说在域外神泉中，水师姐占据了第六扇石门。这个位置，比荒神宫的姬平中和沉鱼宫的钟蒙雨琇都要高。”

黄发少女微微一笑，“其实这也是拜了那个叫嵇和的散修所赐，那嵇和实在是太狠，也太霸道了。他杀了郭浩歌，逼得姬平中只能在第十个石门进去。否则水师姐虽然强大，也不能占到第六个位置。”

“我听说那嵇和是假的？”燕霁也打听过嵇和的事情，嵇和的出现和宁城的失踪时间差不多，她曾经怀疑过。因为她见不到齐十三星，也只能猜测一下而已。

黄发少女小声的说道，“嵇和是假的这毋庸置疑，听说蛮九仞就是他杀的。龙帝蛮会山为了帮儿子报仇，追杀嵇和去了破则之地。”

“龙帝蛮会山追杀嵇和去了破则之地？”燕霁打了个激灵。

她忽然想到在太素墟听到的传言，蛮会山为了抓到宁城，在太素墟等了几年时间，而现在蛮会山又追杀嵇和去了破则之地。嵇和是假冒的，出现的时间和宁城消失的时间大致吻合，这个嵇和会不会就是宁城？

不然的话，蛮会山这种强者怎么会随便的更改主意？

……

第九百一十五章 裂散的沼泽

此时水悦可已经回转，燕霁连忙迎了上去，躬身施礼道，“燕霁见过水师姐。”

水悦可点点头问道，“你找我有事吗？”

燕霁赶紧说道，“是的，我听说当年域外神泉十个石门争夺的时候，有一个叫嵇和的散修很是厉害。不知道水师姐有没有那个嵇和战斗的水晶球？我想要观摩一下。”

水悦可听说燕霁要嵇和的战斗水晶球，微微蹙眉，略微犹豫了片刻后，还是取出一个水晶球递给燕霁说道，“你自己复制一份吧，这里面是嵇和几场战斗的画面。”

燕霁心里大喜，连忙道谢，取出一个空白的水晶球将水悦可给的水晶球复制了一下，这才还给水悦可。

水悦可收起燕霁递还的水晶球说道，“那嵇和的神识强大，你观摩他的战斗场景，并没有多少意义。”

“多谢师姐指教，我记得了。”燕霁只能再次感谢，她要水晶球自然不是观摩，她想要看看这水晶球中的嵇和到底是不是宁城易容的。她和宁城在一起的时候，虽然大部分时候都是出于无意识状态，但是那段时间才是她最刻骨铭心的。她相信，只要是宁城，哪怕易容了，她就能隐约认出来。不是凭借眼睛，而是凭借她的心。

至于太素墟外的虚空破则之地，燕霁也知道，那不是她现在能去的地方。她现在的实力还太差，根本去不了破则之地。

……

宁城收起了顶级星空战舰，也不知道是他的战舰有缺陷，还是因为这里是破则之地。每次他驱动星空战舰，那恒元丹就好像流水一般被燃烧掉。他身上如此多的恒元丹，也被消耗的差不多了。

还有一点恒元丹，他可不能全部用掉，总要留一些急用。只是蛮会山就犹如跗骨之蛆一般，无论他走多远，这家伙总是可以找到一点蛛丝马迹。有好几次，宁城都看见了蛮会山的身影。

可以说如果不是在破则之地，又加上他对危险有一种天生的直觉，多少个宁城也被蛮会山干掉了。

若是说宁城心疼恒元丹，那跟在宁城身后的蛮会山，更是愤怒的几欲疯狂。他从未想过自己一个道元强者，追杀一个小小的永恒境修士，追了两年。

哪怕是破则之地，宁城星空战舰路过的地方，空间也有一丝异常。就凭借着这一点，他一直跟在宁城后面。

接连逃了两年时间，宁城早已有了经验，反而变得并不是很担心。哪怕是远远感受到了危机，看到了蛮会山的身影，他祭出星空战舰，也可以不慌不忙的远去。等下一次蛮会山再追上他的时候，又要很长一段时间。

又是一片沼泽出现在宁城的面前，破则之地的这种沼泽，宁城也不是第一次看见过。一般在这种地方，他都是祭出星空战舰越过去。

这次宁城看见的这一片沼泽似乎和别的地方略微有些不同，因为他竟然感受到了一丝空间震动。破则之地的空间根本就没有规则可言，根本就不存在震动或者是别的波动。

就在宁城打算看看清楚是怎么回事的，心间有一种凌厉的杀意再次涌上。宁城有些无奈，准备祭出星空战舰。他知道这是蛮会山又一次追上来了，不过从感受到蛮会山来，到看见蛮会山，应该还有半柱香时间。半柱香时间，足以让他祭出星空战舰，走的无影无踪。

宁城正想祭出星空战记，“轰”的一声炸响突兀的在他耳边惊起。

进入破则之地两年来，这里很是安静。就连星空妖兽宁城都没有见到过，对这种突兀的炸响，宁城更是莫名其妙。

还没有等宁城做出反应，眼前原本平静的沼泽猛然波动起来，沼泽以迅疾无比的速度裂散开来。

原本还站在沼泽旁边的宁城，在沼泽裂散开后，立即就陷入了沼泽当中。

宁城心里大急，赶紧要挥出星空战舰。他很快就失望了，原本他还可以伸展的神识，现在半分都伸展不出来。

神识无法伸展出来，戒指中的东西自然也是拿不出来的。沼泽中强大的席卷力量冲击过来，宁城发现自己完全无法挣扎。

仅仅十几个呼吸时间，宁城的双腿就完全陷入了沼泽当中，身体还在不断的下降。而此时蛮会山已出现在了他的视线中，蛮会山也看见了宁城陷入沼泽，心里顿时大喜。

哪怕是破则之地，他的神识依然是可以伸展出很远。宁城之前能不断的从他手中逃掉，不是因为宁城有多强，而是因为那个破星空战舰。现在宁城陷入沼泽，那就等于走不掉了。

面对迅速裂散的沼泽，蛮会山不退反进。宁城陷入了沼泽走不掉，不代表他也走不掉。

“轰……”又是一声剧烈的轰鸣传来，原本就在裂散的沼泽，裂散的速度就更快了。

蛮会山本来就在向宁城冲，而裂散的沼泽速度在加快，下一刻，蛮会山就被沼泽卷在其中。

宁城一直很紧张的看着蛮会山，他担心蛮会山的神识在沼泽当中依然可以用。尽管他的识海是星空识海，甚至比塑道修士恐怕都强大，但蛮会山是什么人？一个证道第二步的道元强者。能和他一样？

漫天的沼泽泥浆卷过去，直接将蛮会山淹没。

宁城看见冲上来的蛮会山被沼泽泥浆淹没，心里吁了口气。只要蛮会山也不能用神识，那对他就是一件福音。他连挣扎的余地都没有了，更不要说做出任何自救。等这沼泽将他完全淹没，他很有可能会成为第一个被沼泽泥浆淹死的永恒星空圣帝。

还没有等宁城这口气吁过来，被沼泽泥浆淹没的蛮会山再次冲出了沼泽，下一刻蛮会山居然祭出了一艘小船。

破则之地有重力，其实并没有浮力。小船在沼泽中，也会慢慢的沉下去，仅仅是速度慢一些而已。

此时蛮会山祭出小船，让宁城心里一凉。这说明他的神识不能用了，而蛮会山依然可以用神识。

哪怕蛮会山不能用神识凝聚出元气手印抓住他，他只要能用神识，那迟早会抓到他。

想到这里，宁城叹了口气。他现在连玄黄珠都进不去，蛮会山真的过来了，他宁可沉入沼泽下面去闷死，也不愿意被这家伙抓到。

蛮会山抹去了脸上的泥浆，脚上踏着小船慢慢的靠近宁城。靠着他的那点神识，小船并没有沉入沼泽中去。他的眼里全是杀机，小小一个永恒境蝼蚁，让他一个道元强者陷入了如此狼狈的境地。他蛮会山自从证道成功后，什么时候会被泥浆包裹了？

上空一道阴影忽然笼罩下来，还在往沼泽地陷入的宁城下意识的抬起头。

一个巨大无比的脚印踏了下来，宁城看着头顶这个巨大的脚印，心里有些无奈。就算是没有蛮会山，这个脚印他也躲不过。

很快宁城就惊喜起来，他发现这个脚印在前移。快要落在沼泽之上的时候，脚后跟完全从他的头顶移开了。

看着正处于脚印下的蛮会山，宁城心里忽然舒畅了许多。无论怎么样，让这个老东西被踩一脚也是好的。

不在脚底范围，宁城这才有空闲抬头看看这踩下巨大脚印的对象。这是一个巨人，虽然没有盘千那么恐怖，却也有十几米高。最特殊的是他的脚，这一只脚的长度接近了一丈左右，严重不协调。

巨人手中还握着一个粗大的木棒，看不出来是什么材料炼制。

宁城面对这塌下来的脚印是毫无反抗之力，蛮会山却有力量反抗。他一个道元强者，岂能被一只脚印踩入沼泽泥浆？

在这巨大脚印即将落下的同时，蛮会山手中多出了一柄蓝汪汪的刀器法宝。

宁城看见这刀器，心里更是沉入了谷底。如果刚才蛮会山不用小船，直接将那一柄蓝汪汪的刀器丢向他，他也是死路一条。

也不知道是时间仓促蛮会山没有想起来，还是因为别的。

蛮会山自然不会连这点事情都想不起来，他明知道宁城走不掉，岂能如此便宜的杀掉宁城。

宁城卷入沼泽，是不能动用神元和神识。这个时候，他用刀器杀宁城，反而会给宁城一个外力。宁城很有可能借助这个外力自爆，他还想对宁城搜魂，那会让宁城自爆？

唯一让他没有想到的是，沼泽四溢裂散，在他即将要抓到宁城的时候，来了一个大脚印。当然，如果不是沼泽发生变故，宁城也不会陷入其中。

“噗……”蓝汪汪的刀器直接将这巨人的脚掌给削断，巨人撕裂的嚎叫一声，整个身躯犹如巨峰一般的跪倒下来。

在巨人还没有跪到沼泽上的时候，一个巨大的巴掌就拍向了蛮会山。蛮会山连同他的小船，直接被这一巴掌拍飞，宁城都能听到蛮会山身上骨骼断裂的响声。

宁城心里暗爽，他知道这一巴掌哪怕将蛮会山的骨骼全部拍裂，也不会将蛮会山怎么样。但蛮会山追了他几年，现在被拍了一巴掌，总算是出了一口恶气。

这巨人的脚掌被蛮会山砍断，一巴掌将蛮会山拍飞之后，立即就从怀里取出了一把黑乎乎的东西塞进嘴中。

让宁城惊异的是，这巨人在吞服了这一把黑乎乎的东西后，再次从沼泽上站了起来。而他被砍断的脚掌，此时赫然已经再生出来。更让宁城不解的是，他在沼泽中越陷入越深，而巨人站在沼泽中，根本就没有陷进去。

……

第九百一十六章 蓝诚愿族

巨人站起来再次冲向了蛮会山，而此时蛮会山早已爬了起来，他断裂的骨骼完全修复。看见巨人过来，蛮会山脸上全是杀气，抬手又祭出了一件刀器，扑向了巨人。

哪怕蛮会山的实力仅仅剩下了千万分之一，也不是这蛮打蛮干的巨人能抵抗的。更何况，蛮会山这个时候处于沼泽的外围。

一道道的刀影瞬间就将这巨人笼罩起来，沼泽中的宁城看的清楚，蛮会山没有动用任何神元和神通。刀影也没有任何法术加成，只是纯粹的刀影。

就算是这样，巨人身上依然是不断有鲜血飚出。一道道血肉从巨人身上溅起，而这巨人只能纯粹的用拳头去轰击。

几个照面之后，巨人直接被蛮会山的刀器分割的犹如碎布。而在蛮会山知道巨人仅仅只有巨力之后，就再也没有被巨人打到过。

巨人发出一阵阵的悲嘶，终于承受不住蛮会山的轰杀，再次倒在地上。宁城叹了口气，他估计这巨人这次是无法活过来了。

他心里对巨人有些同情，他总感觉这巨人是和盘千来自一个种族。

“阿野……”一声凄厉的尖叫传来，随即沼泽中一道黑影迅速来到了巨人身边。

这黑影和宁城一样，是身材正常的一名男子。他扑到巨人身上，语气凄厉无比。宁城看见他的手中还拎着一个巨大的野兽头颅，在他扑到巨人身上的同时，这野兽头颅就被他丢在了一边。

蛮会山看见又来了一人，他手中的刀器再次卷起，轰向了来人。

愈发让宁城惊异的是，这男子身上爆裂出一道白色的光芒，将蛮会山的刀器轰开。

这是法宝的光芒？宁城的眼睛立即就挣得大大的。在破则之地明明是不能动用法术的，这来人身上怎么有防御法宝的光芒闪现？不要说他，就是蛮会山也不能动用法术。否则的话，蛮会山抓他岂能等到现在？

“你竟然可以调动法术，这不可能，绝对不可能……”蛮会山一样震惊的看着眼前的男子。

他还是可以调动一些神元和神识的，要弄出法术光芒也可以。不过因为这里是破则之地，他的道还没有能高于这里的规则，他的法术施展出来，瞬间就会消散一空，形成不了太大的威胁。

正因为如此，他才有些不敢相信的看着眼前这个男子，难道修为比他还要高？能自己形成自己的规则世界？

只有随时随地可以形成自己规则世界的强者，在这种地方才可以无视规则，哪怕是破则之地，也无法影响他们施展神通。

这种强者少之又少，就算是他蛮龙族的蛮娑天，也不敢说在这里可以形成自己的规则世界。

“不对，我明白了。”蛮会山转眼就明白过来，为什么这男子身上有白光挡住他的一刀。

男子看见阿野没有办法救出，他站了起来，眼里带着仇恨的目光盯着蛮会山，“修法者，你杀了阿野，是我蓝诚愿族生死仇敌，不死不休……”

男子说话间，举起一个牛角一般的号放在口中用力的吹动起来，他自己则是死死地盯着蛮会山。蛮会山恨恨的盯着宁城，没有抓到宁城，他是不想走的。

半柱香后，就有人影冲了过来。随后，来的修士越来越多。没有多久，无数的人影就冲了过来，这些人和吹起号角的男子差不多，都是赤着脚，披着长发，身上裹着树皮，手里抓着不知名材料做成的木棍。

当这些人看见巨人倒在地上，身上被刀器伤的不成样子时，全都愤怒的发出了一阵阵的嘶吼。除了最先来的那个男子，后面来的人发出的声音，宁城甚至听不明白到底在说什么。

很显然，这些人都很是愤怒，因为阿野的死，让这些人将蛮会山团团围了起来。蛮会山似乎也感觉到不好，想要暂时后撤。

只是这些过来的人每一个人攻击后，都会带出一丝淡淡的白光影子。这些光影似乎有特别的效果，蛮会山竟然没有逃出去。

无数的木棒轰向了蛮会山，蛮会山刀器卷出的影子划出一道道的血影。并不是每一个人都和最先来的那男子一样，有护身法宝。不断有人被蛮会山斩杀掉。这些来人悍不畏死，死的越多，围上去的就越多。

终于有一人一棍轰在了蛮会山的手中，蛮会山手中的刀器本来就没有被激发，被这一棍轰中，顿时飞了出去。

让宁城惊异的是，蛮会山居然没有取出另外一件刀器。

蛮会山现在是有苦说不出来，他很想再拿出刀器，但他的神识一样无法伸展了。他被这些古怪的人围住，那淡淡的光芒直接压制了他的神识。开始的时候压制还不算厉害，随着这些人转动和攻击的速度越来越快，白光也越来越多，最后他那点本来就很可怜的神识完全被压制住。

“嘭嘭嘭……”一道道的木棒轰在蛮会山身上，每一道木棒轰在蛮会山身上都会激起一阵白光，然后蛮会山就会更加萎靡一些。

蛮会山知道绝对不能这样下去了，每一次他被轰中，事实上并不会对让他受伤增加。但是那些白光每一次轰在他的身上，都会让他心神更加疲惫，力量更加衰弱。

原本幸灾乐祸的宁城，心里竟然有一种深深的忌惮。他在这白光当中，感受到了一种熟悉的气息。那是愿力，他相信自己绝对不会感觉错误。

就在宁城都以为蛮会山在劫难逃了，蛮会山忽然发出一声尖锐的吼叫，张口吐出一道金光。下一刻，这一道金光就将他卷住消失的无影无踪。

蛮会山突然走掉了，而那一群围着蛮会山攻击的人有些茫然。他们似乎没有想到，在这种情况下，还有人可以逃走。

宁城心里感叹不已，这证道第二步的强者简直就是打不死的小强啊。如果是他在神元和神识都被禁锢住，被这名多人压着打的情况下，他肯定是无法逃走的。

明明是破则之地，这群人可以打出犹如法术的白光压制蛮会山，而蛮会山也可以卷动金光逃走。

蛮会山走掉了，余下的人很快就将目光落在了宁城身上。

最先来的那名男子迅速的走到宁城面前，在他身后，还跟着一群人，其余的人都将巨人和被蛮会山打杀的人抬了起来。这男子看起来还有几分清秀，除了之前在得知阿野死了后有些歇斯底里，现在倒也平静。

宁城不等过来的这人说话，就主动抱拳说道，“多谢大家的救命之恩，我之前被那家伙追杀到现在，如果不是你们来这里，我早就被杀掉了。”

这是宁城对心理学的运用，和这些野蛮人在一起，他先感谢对方的救命之恩，让对方以为自己欠了他们的。然后再说我们其实有一个共同的敌人，这样会减少一些敌意。

果然这男子脸色更是和煦了一些，他点点头说道，“我看的出来，你和那个修法者不是一路的。”

说话间，他一拉宁城，就将宁城从沼泽中跩了出来。随后，他取出一个树皮做的粗糙手链递给宁城，“你戴上这个。”

宁城疑惑的将手链戴在自己手中，然后他惊异的发现，脚下的沼泽对他再也没有任何吸力。不过宁城也发现，他的神识依然是半分都没有。

“你是哪里来的？”男子刚刚问了一句，又有一名满脸黑疙瘩的大汉走了过来，对男子一阵阵的叽里咕噜。

这次宁城是一个字都听不懂，只能感受到这满脸黑疙瘩有些愤怒。

果然，这男子和黑疙瘩争论了一会后，有些歉意的对宁城说道，“疙瘩觉得你有些危险，而且还来历不明，认为你很有可能是修法者那边来的人。所以，我要将你绑起来，回去见我们的王上。”

这家伙果然叫疙瘩，宁城心里暗叫倒霉，也只能无奈的问道，“我不是修法者那边来的，我是被刚才那个家伙追杀到这里，然后陷入了沼泽中。”

有几分清秀的男子对宁城似乎很有好感，他拍了拍宁城的肩膀，“你不用担心，我们王上人很和善，我们整个蓝诚愿族也和修法者那边的人不同。他们喜欢杀戮，喜欢勾心斗角，我们的人都相信天地，每天都诚心祈愿。”

宁城越听心里越有些发毛，他好歹也是一个永恒圆满，连星元都完全转化成神元了。而他依然不是非常明白什么是愿力，事实上愿力这种东西，他在奕星大陆的时候，就有接触到。

当初他横渡奕星海，还靠了愿力法宝梵真佛火轮才渡过的。就连他身上，现在还有一个愿力玉玺。之前他清晰的感觉到，这些人木棍轰出的白光有愿力气息。而这人又说什么蓝诚愿族，什么王上，更是让他有一种熟悉的感觉。

他在奕星大陆的沙漠中，就遇见过一个什么蓝毅真国，然后又遇见了一个什么北厥部落。宁城清楚的记得，北厥部落的王上就叫蓝琇。

原本很想问问这片沼泽是怎么回事，怎么在轰鸣之后裂散的，此时自己前途未明，宁城也没有心情去问了。

没有了蛮会山的追杀，却被一群莫名其妙的人压着去什么蓝诚愿族，宁城心里并不觉得多愉快。被蛮会山追杀的时候，他好歹还有自由。

这一群人很快就穿过了沼泽，进入了一条狭长的峡谷通道，许多人并没有跟着进来，而是留在了峡谷通道的外面。穿过峡谷通道后，宁城第一次看见了绿色。这是一片极大的开阔地，入眼的第一个景物，就是一个高耸如云的雕像。

宁城的目光落在这个雕像上，心里一惊，这雕像的其中一部分他就有。

一名赤着脚的蓝衣少女缓缓走了出来，在这少女身后，跟随着数名男女。蓝衣少女的目光从死去的阿野身上停了一会后，慢慢的转移到了被绑着的宁城身上。

……

第九百一十七章 修炼神识

这个雕像的下半部分是一个展翅欲飞的飞禽，这个飞禽不知道是用什么材料雕成，足足有数丈高。在飞禽的后背，站着一名仰望虚空的人物雕像。宁城根本就看不清这个人是男还是女。

宁城拥有的蓝毅真国玉玺，上半部分就是一个展翅欲飞的飞禽。玉玺上的飞禽，和这个人物雕像脚下的飞禽一摸一样。

“我有一种感觉，那就是你身上有我需要的东西。”蓝衣少女忽然对宁城说道，说完后，她的手一挥，一道光芒闪过，绑在宁城身上的绳索寸寸断裂。

又是愿力，宁城叹了口气，没想到破则之地愿力竟然有用。

宁城猜测这蓝衣少女说的很有可能是玉玺，他心里暗自震惊这个少女灵敏的直觉，同时也庆幸他之前做好的准备。

为了防止被蛮会山抓到，他的真灵世界都放在玄黄珠中了。手中的戒指中，仅仅是一些普通法宝，还有就是星空战舰和一些疗伤丹药、恒元丹、几瓶空城渡识丹之类。

就算是这个少女查他的戒指，里面也没什么好查的。玉玺在玄黄珠中，宁城不怕对方查出来。

玄黄珠在他的识海深处，连蛮会山这种人都感应不到，这个少女再强也找不出来。

至于让他主动交出玉玺讨好对方，那就别想了。他的玉玺也不是天下掉下来的，而且现在他想来，这个玉玺对他应该还很有作用。

之前蛮会山被一群野蛮的家伙打的连还手之力都没有，用的就是愿力。而这个少女刚刚挥手就断了绑在他身上的绳索，也是因为愿力。

他之前被蛮会山追杀，竟然忘记了用愿力玉玺对付那家伙。

在破则之地中，他还有一点点神识。愿力玉玺也被他炼化过一些，完全可以祭出玉玺。玉玺中本身就蕴含愿力，根据他的观察，愿力不受破则之地的影响，肯定可以给蛮会山那老家伙一个惊喜。

看见宁城一脸茫然，似乎完全不知道自己在说什么，蓝衣少女对抬着阿野的几人说道，“你们带着阿野去为他祈福，让阿野的灵魂永世和我们愿族同在。”

“是，王上。”几名抬着阿野的男子赶紧应了一声，抬着那阿野前往雕像正面的大广场。

宁城依然是一副茫然的不解模样，事实上他根本就不清楚蓝衣少女刚才话的意思，如果他知道的话，会浑身发寒。

蓝衣少女吩咐完之后，竟然对宁城笑了笑，“外来的尊贵客人，请跟随我进来吧。”

宁城连忙点头，忙不迭的跟在这蓝衣少女后面，脸上是一副如释重负的表情。

蓝衣少女挥手示意原本跟着她的几名男女不要跟过来，这才带着宁城穿过广场，进入了一个看起来很不错的石堡建筑中。

王上果然和外面那些只能穿树皮的不一样，这石堡的外面看起来寻常之极，但是进来后，居然是极为奢华。

蓝衣少女将宁城带到一个散发出淡淡幽香的房间，宁城一进来就知道这个地方应该是蓝衣少女的住处。粉红色的幔帘，让房间中有些暧昧。房间中的每一样东西都透露出不一样的气息，宁城没有神识，也能感受的出来，这些东西恐怕都不会比一般的道器差。他有些不明白，这蓝衣少女为什么将他带到她的住处来。

“我知道你不是一般的人，所以你来到这里后，也不用装着茫然的样子了。你先坐下吧，我们谈谈。”蓝衣少女坐下后，直截了当的说道。

见宁城还是不说话，蓝衣少女只能叹口气，“你能逃过一个证道强者的追杀，来到蓝诚愿族的附近，如果你能简单了才是怪事。别告诉我那个追杀你的人不是证道强者，如果不是的话，他就不可能杀掉阿野。我蓝诚愿族逃到破则之地的深处，最痛恨的就是修法者。如果我没猜错，你应该也是一个修法者吧？”

宁城只好说道，“我不知道什么是修法者，如果王上说的是吸收天地元气修炼的是修法者，那我的确是一个修法者。我对蓝诚愿族很是感激，是你们救了我。”

蓝衣少女点点头，“你们修法者不必和我的族人一般，叫我王上。我叫蓝冰，你也说一下你的来历吧。”

宁城直接说道，“我叫宁城，之前杀了一个宗门的少门主，然后就被这个门主追杀。我无路可逃，只能逃到破则之地。”

蓝冰皱起了眉头，“我蓝诚愿族原本在破则之地过的很宁静，就是因为不断的有修法者逃进我蓝诚愿族的破则之地，这才打破了我们的宁静生活。”

宁城心说你还真不要脸，破则之地什么时候变成你蓝诚愿族的了？这明明是虚空中的无主之地。

“我知道你身上有我需要的东西，如果你拿出来，我保证你可以安然无恙的离开这里。”蓝冰没有继续就刚才的话题说，而是直截了当的要求宁城拿出东西。

宁城心里一阵不爽，竟然被威胁了。

不爽归不爽，他还只能叹口气说道，“我真的不知道你要什么东西，如果我能打开戒指，我马上就打开戒指让你看看了。”

蓝冰微微一笑，忽然取出一个圆盘，她随手在圆盘中点了几下，嘴里不知道喃喃说了些什么，然后将圆盘放在了宁城面前的桌子上，“现在你可以打开戒指了。”

宁城心里震撼无比，这个圆盘似乎有一种规则力场，弥补了这方空间的规则，他的神识果然是可以伸展出来。这愿族居然可以控制修士对神识的伸展，实在是太可怕了点。幸好这是破则之地，如果是在外面，凭借这一点，就可以横扫整个太素界啊。

宁城将戒指的禁制去掉，放在桌子上说道，“蓝冰姑娘，你自己看看吧。”

他相信蓝冰也可以看见他戒指中的东西，至于突然动手，宁城直接忽视了。这是人家的地盘，就好像战斗中自己的领域一般。

在蓝冰查看戒指的同时，宁城用自己的神识在房间的地面之下刻画阵法。在没有接触到暗冥噬神卷，他就可以催动神识攻击对手。在接触到了暗冥噬神卷后，他用神识在一个愿族少女面前刻画一个监控阵，实在是太简单了。

几分钟后，宁城堪堪将一个监控阵法刻画完毕，蓝冰已经放下了宁城的戒指。她的脸上有些失望，显然是没有收获。

“你将戒指拿起来吧，我要的东西不在你的戒指里面，也许是我感觉有错误。”蓝冰的语气反而更为客气了一些。

宁城连忙说了一句没关系，在他正想收回自己戒指的时候，心里忽然一动。他刚才刻画了监控阵法，那是建立在这里可以动用神识。一旦等这蓝冰将圆盘取走，在破则之地，他的监控阵法毫无用处。

想到这里，他赶紧取出一个精致无比的手链递给蓝衣少女，“蓝冰姑娘，谢谢你蓝诚愿族对我的救命之恩，这个手链是我的一点心意。”

这个手链看起来就是一个一般的防御法宝，不过宁城在这手链中暗藏了一个监听的东西。这种小科技产品，都是他自己炼制的。这玩意宁城一路不知道炼制了多少，原本他打算监听蛮会山追杀他的踪迹。后来证实这东西没有一点效果，宁城这才放弃。现在用来送给这个蓝冰王上。

“那就多谢你了，宁师兄，你一路来也辛苦了，先去休息一下吧，我过一会有些事情和你商量。”蓝冰语气越来越柔和。

她刚刚说完这句话，门外就进来了一名中年女子，这女子带着宁城转出了石堡，来到石堡旁边的一个木屋中。

……

中年女子走后，宁城赶紧将藏在手中的玉瓶取了出来。

进入破则之地后，他的神识还可以外放一些。来到这里后，他的神识完全不能外放。在蓝冰检查他戒指的时候，他趁机取出了一瓶空城渡识丹。

一枚丹药吞下去，宁城立即运转暗冥噬神卷功法炼化丹药。暗冥噬神卷除了吞噬神识之外，修炼的时候同样可以增强神识。之前宁城怕有副作用，根本就不敢放开修炼。

如今他不得不修炼，对一个星空修炼者来说，没有神识又不能调动神元就等于一个废人。现在宁城敢修炼这个功法，还有另外两个原因，一个就是他修改过这个功法，另外一个那就是空城渡识丹。

空城渡识丹的作用远远在宁城预估之上，这种丹药连识海中的异神识也可以斩去。如果配合他修改过的暗冥噬神卷，宁城相信他应该可以修炼这种神识功法。

仅仅十几个呼吸过去，宁城就惊喜的感觉到，他的神识延伸了出来。最初只有一两米，到了后面延伸到了五六米。暗冥噬神卷配合渡识丹，实在是太强大，连这种破则之地也可以伸展出神识。

欣喜之下，宁城再次丢了一枚空城渡识丹在口中，继续炼化丹药，修炼神识功法。

他外放的神识在空城渡识丹的配合下修炼，越来越强，很快他就可以看清楚十米之外的地方，有数人守着他的这个木屋。

宁城又小心的用神识在戒指上转了一圈，没有发现记号后，松了口气。

就在他想要继续炼化渡识丹的时候，他在蓝冰房间布置下的监控阵法忽然有了异动。蓝冰没有收起那个圆盘？宁城赶紧取出一个水晶球，查看蓝冰房间的情况。

……

第九百一十八章 得悉阴谋

宁城已经看见了蓝冰房间的情况，蓝冰的确没有收起圆盘，而是坐在椅子上查看宁城送给她的那个手链。

如果不是他的神识伸展到了十多米，他是无法感应到监控阵法的。如果想看监控阵法，只能再布置一个显示阵法。

又过了一会，一名美妇走了进来。

蓝冰看见这美妇走进来，赶紧放下珠子，站了起来躬身施礼，“冰儿见过离姑姑。”

美妇笑着点了点头，坐下来问道，“听说今天你邀请了一个外来的年轻男子来你的房间？”

蓝冰点头说道，“是的，今天我的确是邀请了一个人过来，他叫宁城，应该是一个修法者。”

见美妇要继续说话，蓝冰忽然在美妇前面打断了她的话，“离姑姑，你稍等一下。这手链是今天来的那个宁城送给我的，我应该将这串手链当成珍贵的礼物存放在礼堂中。”

被蓝冰打断话，美妇微微一怔，似乎很是意外。

宁城看的也有些疑惑，看蓝冰对美妇的尊敬程度，以及美妇的反应，按理说蓝冰很少做这种没有礼貌的事情才对。

蓝冰没有在意中年美妇的意外表情，拍了一下手，刚才送走宁城的那名中年女子再次进来。

蓝冰将手链很慎重的放在中年女子的手心，“这是尊贵的客人送来的礼物，你送去礼堂，小心安放。”

“是，王上。”这中年女子捧着宁城送的手链，小心的走出房间。

等这中年女子走后，蓝冰这才躬身对美妇说道，“刚才冰儿放肆了，请姑姑责罚。”

美妇笑着点点头，“坐下吧，你刚才做的很好。这些修法者一个个阴险无比，那手链有没有问题，谁也不知道，小心一些终究没有错。”

宁城吸了口气，这少女看不出来啊，竟然这么精明。幸好他误打误撞，布置下了两个监控手段。

“嗯，离姑姑，我怀疑那个宁城身上有我们愿族的圣物。可是他将戒指给我看了，我并没有找到那样东西。”蓝冰坐下后，语气很是慎重的说道。

美妇脸色也变得严肃起来，“我就是为这事情而来，今天我愿族的圣蝶雕像愿力波动很大。现在你也有这种感觉，那就说明这事情可能是真的了。修法者手段万千，又阴险狡诈，有时候就算是杀了他们，将他们化成了飞灰，也不一定能找到我们需要的东西。”

蓝冰嗯了一声说道，“我知道的，离姑姑。我在没有找到圣蝶线索后，我就放弃了对他的威胁，对他非常客气。”

美妇赞同的说道，“对，既然知道圣物很有可能在他身上，我们慢慢出手就可以。”

“离姑姑……”蓝冰犹豫了一下，随即就继续说道，“我想要和他结为夫妻，先找到东西再说。”

美妇惊异的看着蓝冰，“你想要通过和他调和阴阳，感受到圣物藏在何处？那之后呢？你想没想过你的以后？”

蓝冰这次说话的语气就坚决多了，“只要找到圣物，我们可以再杀掉他，再让他的灵魂永远拜祭圣像。”

宁城听到这里心里大骂，这蓝衣少女如此阴险，竟然想要通过和他发生关系，查探到他隐藏起来的玉玺。这就算了，发生关系找到东西后，还要将他干掉，然后让他的灵魂永远祭拜广场上那个古怪雕像。

同样让宁城没有想到的是，他认不出来的那个飞禽，仅仅是一只蝴蝶，还叫什么圣蝶？

按理说他东西放在玄黄珠中，蓝冰是觉察不到的。蓝冰能觉察到玉玺，很有可能是因为他炼化过这个东西，甚至还用来对敌过。

美妇有些皱眉，过了好一会，这才叹息说道，“从他身上找到圣物后，你可以不杀他，如果他血脉不错的话，你就用他来传承我愿族下一代。”

蓝冰摇了摇头，“他必须死，我感觉到他身上有用圣物战斗的痕迹。此人将我愿族的圣物炼化，用来战斗，这种罪孽不可饶恕。”

美妇没有再劝说什么，只是说道，“这人能从一个证道强者手中逃到这里来，想必也是惊才艳艳之辈。修法者，大多数意志坚定，很难被外物左右。”

蓝冰吸了口气说道，“我相信以我的容颜，那个外来修法者意志再坚定，也不会无视我。”

宁城冷笑，这蓝衣少女看起来也不算丑，但仅仅只能算是清秀而已。就这点样子，也想用容貌来诱惑他？除非她易容了，不过宁城在她身上看不出半点易容痕迹。

“你确定他不是破则之地那群恶毒的修法者中人？万一是他们中人知道阿含无则果面临成熟，故意前来这里为之……”美妇犹豫的说道。

蓝冰肯定的说道，“他不是，我看的出来，他在破则之地最多只有几年时间。而且我在他身上，并没有感受到对乔伊的杀意。如果是破则之地的那群人，肯定会泄露出杀意。更何况，这些修法者一个比一个自私，绝对不会用这种苦肉计来我们愿族。因为他们没有信任，没有信仰，也没有朋友。”

美妇听到这里，慎重的对蓝冰说道，“冰儿，你这个念头要不得。这些被困在破则之地出不去的修法者可能是自私的，但是在外面广袤的世界中，修法者不是人人都自私的。他们有宗门，有朋友，有道侣。甚至是也有信仰的，只是和我们的信仰不同而已。他们中也有些让人尊敬的强者……”

美妇说着似乎想到了一些事情，声音稍微顿滞了一下。

“冰儿谨记离姑姑的教诲。”蓝冰在听到美妇的话后，立即就恭谨的虚心接受。

美妇脸色缓和了一些，凝声再次说道，“阿含无则果是至高无上的圣果，也许在别的地方有道果比阿含无则果珍贵。但是在外面的太素界，一旦阿含无则果这种圣果被传出去，甚至都可以被称之为太素界的第一道果。阿含无则果吸收天地规则生成，九万年才成熟，这是我愿族的希望所在，绝对不能轻心。”

宁城听到这里心里惊骇不已，阿含无则果这种道果他没有听说过。但是这美妇的介绍简直逆天了，吞噬天地规则生存的道果？九万年才成熟？

难道破则之地之所以没有了规则，是因为这里的规则被什么阿含无则果吞噬掉了？就为了凝结阿含无则果？

宁城心里忽然有些期待，这种道果如果用来证道，那是多么牛叉？

美妇继续说道，“我愿族渐渐凋零，长期下去，很有可能消失在漫漫宇宙中。圣祖的愿力再也无法恢复，从此消散在浩瀚世界。圣祖消散，愿族再也无回起之力。所以圣果是我们的希望，圣果一点被泄露出去，破则之地将会是暴风血雨，我愿族也将肯定不复存在。”

“我听说我们这一脉，也有些流落在其余界面。我想，就算是破则之地被毁了，我愿族依然还会和宇宙同在。”蓝冰回答道。

美妇唉了一声，“先不说那些血脉还剩下多少，就算是能剩下一些，又有几人能够冲破重重天道禁锢？重组愿族？恐怕那是一种奢望，圣像很久没有浇灌其余界面的祈祷愿力了。”

说完后，美妇忽然问道，“阿野被那个修法者杀了，你让人将阿野灵魂带去为圣祖祈愿了？”

蓝冰嗯了一声，“是的，阿野身上蕴含有远古巨人血脉。在圣像面前祈祷，会带来比寻常人祈祷数十倍的愿力。所以，我让阿野和圣像永世同在了。”

美妇叹了口气，“也许你是对的，我就是太过犹豫错过了太多的事情。不说这些了，我带你去看看阿含无则果吧，圣果即将要成熟了。”

宁城听到这里打了个冷战，他这才明白这个看起来和煦，人畜无害的少女王是多么的毒辣。

他从之前想要救阿野的那个男子悲伤的话语中，就听出来了阿野对愿族有多大的贡献。阿野不知道是怎么来的，但宁城肯定他对愿族是忠心耿耿的。否则，不会赢得愿族这么多人的爱戴。

这样一个对愿族忠心耿耿的人死了，被这少女王上镇压住灵魂生生世世为圣像祈祷。而那美妇也认为少女王上是对的，这简直太不要脸了。

原本宁城还只是怀疑阿野和巨人盘千有些联系，现在他几乎都肯定了，阿野和盘千是一个种族的人，因为他们身上都蕴含着远古血脉。

蓝冰跟随着美妇离开了房间，宁城很想偷偷跟着她们去看看阿含无则果到底在什么地方，长得是什么样子。却也知道，这不现实，他的实力还太差。

好在他得知了蓝冰想要他身上的玉玺，暂时应该不会对他动手。

收敛了心神，宁城继续用空城渡识丹修炼神识。只要他的神识能够覆盖方圆五里左右，他就有了自保的能力。

……

时间就这样过去，接下来的几天时间，除了偶尔有人送来一些灵果之外，再没有别的人来烦宁城。宁城乐的清净，他几乎将全部的心神都放在了修炼神识中。

这天，宁城的神识刚刚突破到一百米左右，之前将宁城带来的中年女子再次过来。

……

第九百一十九章 遭袭

“尊贵的客人，我们王上有请。”中年女子很是恭谨的对宁城施礼说道。

宁城的神识已能伸展出百米之外，至少有了一些自保之力，对少女王上蓝冰的邀请没有了之前的战战兢兢，欣然跟着这中年女子前往。

中年女子将宁城带到蓝冰的房间外，并没有进去，只是对宁城一躬身说道，“王上在里面等着你。”

宁城早已看见带着面纱的蓝冰，对中年女子点点头，推开虚掩着的门，走了进去。

“宁城见过蓝冰姑娘。”宁城很是客气的问候了一句。

蓝冰盯着宁城忽然说道，“你是不是很奇怪我今天为什么要戴上面纱？”

宁城微微一笑，并没有回答。他心说这有什么好奇怪的，我还知道你在弄到玉玺后，要杀了我将我的灵魂镇压在你愿族的雕像之下呢。无非是保持一种神秘，让我有好奇心而已。

这种心理战术你施展晚了，应该在第一眼看见我的时候就罩着面纱，天素圣城那个踏星楼主就比你做的好多了。

蓝冰似乎也没有指望宁城回答，自顾幽幽的说道，“我蓝诚愿族其实只是愿族的一个分支而已，是一个女系血脉传承的种族。只是现在愿族凋零，几乎都消耗殆尽了，也只有我们蓝诚愿族还在苟延残喘，所以我们也直接称之为愿族。”

宁城听到这里，就知道戏肉来了。根据他之前得到的消息，蓝冰说完这些，就要求爱了。他很想知道，蓝冰用什么手段求欢。这蓝诚愿族的传承方式倒是和斩情道宗的传承差不多，都是女人传承下来。

说到这里，蓝冰忽然伸手取下了自己脸上的纱巾，直直的看着宁城。

一张美丽到让人窒息的脸出现在宁城的眼前，也许只有虞青才有她的这种美丽。但是虞青的美和她的美完全不同，虞青的美还有一丝柔和温度。而蓝冰的美却让宁城心里多出一丝怪异的感觉，甚至是略显诡异。

可以说这是一张完美的脸，眉目犹如秋水，俏脸美似月华。倾城容貌，就似一副画。

没错，宁城终于明白过来，就好像一幅画，不带半分烟火气息。一般不带烟火气息表示女子出尘脱俗，而蓝冰的不带烟火气息，是指她的容貌真的没有那种让宁城感受到了美，而是感受到了一种冰寒。他看的不是一个美女，而是一副画，不是那种唯美的画，而是一副没有生机的画。

这听起来很是诡异，但蓝冰的容貌的确给了宁城这种感觉。

蓝冰看见宁城的惊讶表情，有些微微蹙眉。她发现宁城看见她真正容貌的时候，和别的人看见她真正容貌的时候有些不同。甚至说带着一些戒备，这让她很是不明白。

当宁城看见蓝冰微微蹙眉的时候，终于松了口气。他眼前的这幅画忽然消散，换成了一个漂亮的少女。他有些怀疑，他第一眼看见蓝冰容貌的那种寒意，才是蓝冰容貌真正的本质。

宁城对自己的眼光很是相信，他修炼玄黄无相，无论是眼光还是直觉都比一般的人要更接近现实。

“你的表情让我对自己的容貌不大有信心。”蓝冰主动打破了窒息的沉默，再次说道。

蓝冰这句话说出来后，让宁城感受到的那一丝诡异彻底消失不见，取而代之的是一个真正的绝世美女站在他的面前。

宁城装着一副尴尬的样子笑了笑，“我没想到你易容了，如果你对自己的容貌都没有信心了，那对自己容貌有信心的女人也太少了。”

蓝冰微微一笑，带着一种略显柔弱的举止对宁城说道，“我之前就说过，你被一个证道强者追杀，还能逃到这里，说明你是一个强者。我不渴望你能留在我愿族，只渴望你能为我愿族留下一丝血脉。若是你觉得蓝冰还有几分颜色，那我愿意为君妻。”

“你知道我想要离开破则之地，为何要这么做？”宁城问道。

蓝冰心里暗暗疑惑，为何宁城面对她说出了这种话后，依然还如此平静的询问，并没有半分欣喜或者是别的？

心里疑惑，蓝冰依然解释道，“原因我和你说过了，因为是蓝诚愿族需要血脉传承，而我们和那些修法者仇深似海。你虽然也是修法者，却和那些修法者完全不同，因为你不仇视我愿族，我可以感受的出来。

其次，我说过，在你身上感受到了我愿族圣物的气息。我知道，只有我们成为夫妻，你才会相信我，告诉我一些消息。我是一个女人，也是蓝诚愿族的王上。如果你可以理解我的心情，我愿意做好你的女人。”

宁城心里感叹不已，如果他并没有听到蓝冰的阴谋。也许他会为蓝冰的献身精神和诚恳话语，拿出玉玺，甚至不会求任何东西，只要指点他怎么出去。

但是现在宁城是绝对不会拿出玉玺的，也许他前面拿出玉玺，后面他就会长眠在愿族的雕像前，灵魂永世为愿族祈祷。

“我听说在破则之地，还有一个修法者的群居？”宁城岔开了话题，蓝冰再漂亮，对这样一个想要暗算他的女人，他实在是提不起来任何兴趣。

蓝冰也没有想到她都将话说成这样了，宁城依然没有直接表明意思，反而岔开了话题。尽管这样，她也只能回答道，“是的，他们和我们蓝冰愿族相隔一片泥潭。听说都是一些逃进破则之地的修法者组成的，那个地方是修法者唯一可以修炼的地方。”

“蓝冰姑娘，你的美和你的提议我很感激也很心动。但是我还需要考虑一段时间，还有我想要了解一下你们愿族。”宁城没敢说自己有妻子了，他怕蓝冰没有耐心等下去，对他突然动手。他现在的方案就是，能拖就拖。

蓝冰脸色平静，缓缓的拿起面纱再次戴在自己的脸上，语气转为平淡的说道，“只有成为我愿族的人，才能了解我愿族。我虽然是王上，也无法对你破戒。”

说完后，宁城也没有看见蓝冰做什么动作，那中年女子就再次进来，躬身示意宁城和她一起出去。

宁城不明白蓝冰的意思，只能向蓝冰告辞。蓝冰给他的感觉是，变化太过无常了些。

走出蓝冰的石堡，宁城看见边角处一个人影闪了一下，瞬间就消失不见。宁城认识那个人影，就是将他从沼泽里面救出来的男子。

回到自己的木屋后，宁城没有监控蓝冰房间的情况。没有了那个圆盘的规则，他布置在蓝冰房间的监控阵法根本就没有作用。

……

宁城走了没有多久，一名美妇就走进了蓝冰的房间，她看了看戴上面纱的蓝冰，叹了口气问道，“他拒绝了？”

蓝冰点点头，“是的，他的意思，应该是想要拖延时间。但是对我，他没有半点兴趣，我感觉的出来。”

说到这里，蓝冰也有些茫然，她对自己的容貌一直非常自信，可是宁城竟然对送上门的她，熟视无睹？如果这些修法者都如此自律的话，就不会出现当年为了抢夺她，修法者那边和愿族大战一场了。

美妇看着蓝冰好一会，这才叹了口气说道，“容貌并不能代表一切，有些东西比容貌要重要无数倍。若是你真的遇见了一个你喜欢的人，也许你就会明白了。”

“离姑姑，你又想起过去的事情了？”蓝冰虽然在询问，语气并没有多少安慰的味道。

美妇这次没有回答，好一会后，她站了起来，慢慢走出蓝冰的房间，只留下了有些茫然的蓝冰。

……

宁城回到木屋没多久，他的神识就感应到那个救了他的男子出现在他的木屋外面。虽然真正救了他的是巨人阿野，但如果不是这个男子将他拖出沼泽，他也很难爬起来。

让他很疑惑的是，这男子似乎想要进来找他，不过在他的木屋外面转了一会后，又转身走掉。

宁城没有去追问，他继续服用空城渡识丹，然后淬炼神识。

时间过的很快，又是数天过去，宁城的神识甚至都可以接近千米了。到了这个程度后，无论宁城怎么淬炼，他的神识进展都变得缓慢起来。

蓝冰也没有来问他考虑的怎么样，宁城心里却越来越有一种迫切感。他不知道蓝冰什么时候会对他开刀，所以他想要离开这里了。

对于阿含无则果宁城很想看看是什么样的，他也知道，他现在的实力想要找到愿族阿含无则果的所在还有些困难。

这天，宁城做好了一切准备。在这段时间中，他早就观察过情况，也找好了退走的线路。

就在一切准备妥当，只等走掉的时候，宁城忽然听到了一阵阵的剧烈厮杀传来。他心里一惊，难道是蛮会山这家伙再次找来了？

宁城的神识瞬间就伸展了出去，他看见的不是蛮会山，而是十多名修士装扮的男子冲进了这片地方。这些人不但是修士装扮，出手间还是各种法术。不断有愿族人被杀掉，更多的愿族人甚至还没有围成那种激发愿力的圈子，就被轰来的法术击杀。

宁城忽地站起，怎么有这么多人可以控制神识祭出法术？这不是破则之地吗？

……

第九百二十章 狠辣的少女

在这些修士可以施展法术，而蓝诚愿族的人不能形成愿力圈子的时候，这根本就不是对等的战斗。

宁城的神识扫了出去，随即就震惊的发现，原本他只可以伸展出千米范围的神识，突然增强。此时，他的神识就算是伸展到两千米之外，都还有余力。

毫无规则的天地间，突兀的多了一些规则气息。

无论是怎么回事，宁城都知道，要走趁着现在。

他冲出木屋，就发现那救过他一次的愿族男子面临两名修士的围攻。虽然他身上的护身愿力很强大，却被其中一人缠住了，另外一人的长钩法宝已经轰向了愿族男子的头顶。

想要冲出去的宁城几乎都没有想，就祭出了一杆道器长枪轰了过去。

在这个地方，规则破碎，神识减弱。等级太高的神器，反而会限制他的实力发挥。

“轰……”宁城的长枪和对方的长钩法宝轰在一起，元气炸裂开来。无论是神识强度，还是神元强度，这名修士和宁城相差的都是太远。

这名修士被宁城一枪直接轰飞，还没有等他落下来，宁城长枪的枪纹就跟着落在了他的身上。

只是在这种破则之地，宁城的枪纹轰出去后威力大减，而且对方的实力应该也不低，这一道枪纹并没有将对方斩为两截，仅仅在他身上划出一道血雾。

另外那名缠着愿族男子的修士见同伴被宁城轰飞，赶紧退出数丈之远，他怕被宁城和这名愿族男子围攻。

“多谢你救了我一次。”这愿族男子死里逃生，对宁城感激的说道。

宁城笑了笑，“不用谢，当初你也救过我。”

这愿族男子显然不是那种心机深沉之辈，听到宁城的话，他的脸立即就有些红。因为当初他将宁城拉起来，并不算是救了宁城，他还将宁城绑着来到了愿族。

“我叫乔伊。”这愿族男子再次说道。

“我叫宁城。”宁城对这个帮了他一次的乔伊很有好感，并没有隐瞒自己的名字，“为何今天这么多人来这里偷袭？王上怎么没有看见？”

“不好，王上危险……”本来在和宁城说话的乔伊听到宁城说起王上，他立即就想起了王上的处境，转身就要离开。

不过他很快就想起来了什么，赶紧再次看着宁城，带着恳求的急切说道，“宁城，我要救王上，你能不能帮助我一下？”

宁城没有犹豫，直接应道，“曾经你救了我，我当然可以帮你一下。只是这里来的修法者太多，我也不是他们的对手，所以我帮了你以后，我要快点逃走。你蓝诚愿族这次恐怕……”

宁城话的意思是，蓝诚愿族这次有些危险了。

“谢谢，谢谢……”乔伊说完，转身就走，根本就没有在意外面杀戮愿族的修士，也没有在意宁城说的话。

跟在乔伊后面，宁城心里却是有些疑惑。如果蓝诚愿族这么容易就被干掉，怎么可能在这里屹立这么多年？

乔伊带着宁城绕过广场后，宁城眼前突兀多出了两株巨树，宁城观察这广场多次了，却从未见过这两株巨树。看见乔伊冲进巨树当中，宁城也跟着冲了进去。

一进去这里面，宁城就好像自己进入了另外一个世界一般。一阵阵的法术波动和元气炸裂就传了过来，空间中甚至有些血腥气息。随即，宁城就看见有十几名修士围着一个美妇战斗。那美妇宁城认识，就是之前他监控蓝冰房间的时候，看见过的离姑姑。

地上躺着十多具尸体，有男有女，大部分都是蓝诚愿族的人，也有少数被杀的修士。

美妇浑身血迹，狼狈不堪，身上的衣服也是破碎无比。虽然她每次出手，都有一道白光轰出，但是围攻她的修士实在是太多了。

“我要杀了你们这些强盗……”乔伊看见眼前凄惨的情景，怒吼一声，疯狂的冲了上去。

再远一些的地方，一团白色的雾气在旋绕，雾气当中似乎有什么东西。而蓝冰正坐在雾气的边缘，对外界不闻不问。可以说，如果不是美妇挡住这些修士，蓝冰早就被这些修士冲过去杀掉了。

雾气中似乎蕴含着无穷无尽的规则力量，而天地间的规则也好像被这雾气吸收掉。

宁城叹了口气，他猜到了一些。若是他没有猜错的话，这雾气中应该就是阿含无则果了。估计是阿含无则果成熟的时间到了，而愿族不知道怎么回事，竟然泄露了这惊人的事情。

乔伊刚刚冲来，又有愿力护甲，一时间倒也无虞。倒是那美妇，宁城看她的样子，就知道如果他不出手，这美妇最多坚持十几个呼吸时间，就会被干掉。

他本来就是来帮乔伊的，现在乔伊在动手，宁城自然不会袖手旁观。长枪祭出，卷起一阵阵的枪纹影子冲到了美妇身旁。

也许因为阿含无则果成熟，造成他的神识有了很大的增强。但相比起他的神通来说，这些神识还远远不足让他施展神通。

枪纹冲进修士群中，瞬间就将一名要轰杀美妇的修士手臂绞断掉。不等这名修士缓过气来，宁城的长枪划过一道几乎看不见的痕迹，将这名断臂修士的头颅带飞。

宁城一来就干掉一人，这依然不足以改变场面，只是让差点丧命的美妇转变成为岌岌可危而已。

“你一个修士，竟然帮这群愿徒的忙，败类……”一名中年男修看见宁城施展法术杀掉一人，顿时大怒骂出声来。

那美妇也没有想到宁城会过来出手帮她的忙，她来不及感谢宁城，又是数道法术刃芒轰向了她。

就在此时，一直端坐在白雾边缘的蓝冰忽然站起，她双手不断挥动，口中不知道吟唱着什么。

正在出手的宁城突兀感觉到自己周身一冷，一种无形的巨大手掌将他死死的束缚住了。这一刻，他的神元被束缚住，修炼了半个月才拥有的一些神识也被完全束缚住了。一种低沉的祈祷在他的耳边不断的响起，让他根本就无法拒绝。

“不要杀宁城……”美妇刚刚叫出这句话，无穷无尽的白色刃芒后漫天洒落下来。

一阵阵凄厉的惨叫在宁城耳边不断的响起，宁城看见那些围攻美妇的修士全部被无穷无尽的刃芒撕裂成为碎片。下一刻，他同样被无尽的刃芒困住。

一道道刃芒轰在他的身体上，破开他的衣服，直接在他的身上划出一道又一道的血痕。

宁城心里有些发冷，他肯定，如果他不是一个星空体圆满的炼体者，他已经和别的修士一般，被划成碎片了。

“冰儿，不要杀了宁城，快住手。”美妇继续叫道。

蓝冰依然没有住手，无穷无尽的刃芒更是凌厉。那白色的光芒越来越厉害，哪怕是宁城也有些坚持不足了，此时宁城身上变成了血染一般。这种被强大力量束缚住，完全等死的场面，让宁城心里很是憋屈。

“王上，求你饶了宁城。”乔伊都跪倒在地。

但蓝冰还是没有任何要住手的想法，手势依然在不断的凝聚出去，一道道的白芒还是在无穷无尽的扫出。

宁城心里有些后悔，早就知道愿族不会这么简单，现在看来果然是这样。如果继续这样下去的话，他的星空体也承受不住。

“噗……”终于在又一道刃芒从宁城身上卷走一道血雾的时候，蓝冰停止了吟唱。

乔伊第一时间就来到了宁城身边，双手扶住宁城，“宁城，你没事吧？”

在蓝冰停止吟唱和手势后，他的神识终于再次恢复了一些。他随手取出一件衣袍穿在早已被染成红色的身体上，这才对乔伊说道，“我没事，我要走了，以后有缘再见。”

一边说话，宁城一边迅速的用神识在脚底深处刻画了一个传送阵。传送阵刻完后，他才缓缓的退出了那两株巨树之外。在里面他感觉到一种威胁，是一种对小命的威胁。

他明明是来帮忙的，蓝冰杀人的时候对他没有任何留情，这愈发让他感受到这个女人的狠辣。明明周围的修士都被杀戮一空了，蓝冰依然在不断的调动愿力刃芒攻击他。

之所以布置一个传送阵，是因为他想要临走的时候，弄走几枚阿含无则果。他欠乔伊的，可不欠蓝冰的。被蓝冰伤成这样，如果不回来找点补偿，他心里会很不舒服。

宁城走出两株巨树之外，入眼的全部是尸体。除了愿族不多的族人还活着之外，进来的修士无一例外的被愿力刃芒轰杀。

乔伊跟着追了上来，对宁城歉意的说道，“对不起，王上心急我愿族的危机，这才调动了圣像愿力攻击这些修法者，其实并没有针对你的意思。”

宁城笑着拍了拍乔伊的肩膀，“没事，我可以理解。如果我想要从破则之地出去，你有没有好些的地图？”

看着宁城满脸的血迹和处处刃芒伤口的样子，乔伊心里更是愧疚。他摇了摇头，“破则之地进来后，就再也出不去了，我也没有地图。”

“没有就算了，那我先走了。”宁城说完，加快了脚步，迅速走出愿族这一片空旷的绿地，穿过峡谷。

一路上宁城看见的全是愿族尸体，他心里有些叹息。江湖真是无处不在，这破则之地深处，也有这样的事情。而他自己，不也是准备来偷阿含无则果吗？

……

第九百二十一章 阿含无则果

“将圣物拿出来，否则死。”蓝冰突兀的出现在了谷口，同时拦在了宁城面前，语气冰寒，再也没有之前要和宁城结为夫妇的柔和。

蓝冰拦住宁城没有多久，其余的人都跟了出来。看见蓝冰拦住宁城，其余跟出来的愿族人，纷纷围了过来，将宁城团团围在中间。

感受到一阵阵的愿力束缚，宁城很是不舒服。他看着拦住他的蓝冰，语气平静的说道，“我不明白你说的是什么，如果要动手，就请便。”

宁城下定了决心，只要对方一动手势，开始吟唱那种愿力咒语，他马上就燃烧精血挥动天云双翼离开。

命要掌控在自己手中，绝对不能和刚才一样，被无穷无尽的愿力束缚住，任凭愿力刃芒轰击的境地，逃走都没有机会，只能等死。而且刚才他怀疑不是蓝冰要饶他，而是蓝冰的能力只能到那里为止。

事实上，宁城并没有怀疑错误。蓝冰还真的是没有余力继续调动愿力对付宁城，这才让宁城走到谷口之外。

这一刻就算是想要求情的美妇和乔伊都不敢说什么了，及到愿族圣物的事情，这是最大的事。对蓝诚愿族来说，没有任何人能在这种事情上插嘴。

“拿下他，送入圣像下祭奠。”蓝冰甚至没有多问一句，直接对下了命令。

乔伊张了张嘴，最终还是没有说出话来。美妇眼里露出一丝叹息，同样也没有说出什么。

听到王上的命令，数十名围住宁城的愿族就冲了上来。

宁城毫不犹豫的燃烧了精血，天云双翼拼了命的挥动。在这些愿族还没有将他围住之前，就冲出了包围圈，消失不见。

蓝冰有些不敢相信的看着消失在远处的宁城，喃喃说道，“圣像吸收阿含无则果已经结束，规则早已消失，他在这里怎么还有神识？能祭出法宝逃走？”

没有人能回答她，美妇眼里倒是多了一丝舒缓。她不希望一个救命恩人死在自己眼前，而她却不能出手相助。

宁城并没有走出多远，就停在了一处断裂的光秃山峰脚下。原本他修炼暗冥噬神卷，神识在愿族的老巢就可以伸展出千米。此时他逃出了愿族的老巢，神识直接伸展出了五六千米。

这让宁城放松了很多，这种神识伸展，再加上愿力玉玺，就算是和蛮会山迎头相碰，他也有活命的机会吧？若是遇见其余生存在破则之地的修士，他甚至可以轻松的反杀掉。

在这光秃的山峰侧边不远处，是一片沼泽地。这片沼泽地，就是宁城当初陷进去的地方。宁城在这山峰的中间，挖了一个简易洞府。

他不怕蓝冰追来，就算是蓝冰追来了，他也有办法继续逃走。既然这个女人铁了心要杀他，他就要弄点利息再走。

一天下来，在顶级疗伤丹药的配合下，宁城的伤势早已康复，他开始布置传送阵。

又是一天时间过去，宁城觉得差不多了，这才给启动了传送阵。

片刻之后，宁城就落在了当初他布置传送阵的地方。两株巨树还在不远处，白雾包裹的地方还在眼前。

一阵阵强烈的规则波动传来，宁城心里略微有些激动，这白雾中的就是阿含无则果了。他迅速的靠近白雾，在确认了没有什么问题后，闪身就进入了白雾当中。

进入白雾中没有任何阻拦，也没有任何攻击，宁城就这样轻轻松松的进入了白雾中。就是宁城自己，都有些不敢相信，这简单的太过分了。

四枚犹如波纹形成的果子悬浮在空中，这些果子明明感受不到任何规则，却在吸收着天地规则。

没有果树，没有泥土，也没有气味。只有几个波纹形状的果子悬浮在空中，宁城用神识根本不能渗透进这些果子当中。所有的果子呈现淡淡的灰色，如果再淡一些，根本就看不见了。

这就是阿含无则果？宁城上前小心的抓住一枚阿含无则果，入手似乎有些虚幻。宁城赶紧取出一个玉盒，将这枚只有鹅蛋大小的果子装入玉盒，正想去采摘第二枚果子。

一声叹息在宁城耳边响起，宁城心里惊骇无比，他再也没有心情去采摘第二枚果子，退出白雾就要传送走。

不过他很快就停止了传送，他看见了一个熟人，那个美妇正站在不远处看着他。美妇手中还握着一枚白色的牌子，牌子上同样有一些规则波纹波动。

宁城脸色很是尴尬，有些干涩的说道，“真是好巧啊。”

美妇摇了摇头，“不巧，我就猜测你会来这里，特意等着你的。阿含无则果已经到手了，你走吧。”

说完，美妇将那白色的牌子收入怀里。

宁城就算是再白痴，也知道是对方帮了他的忙。虽然他很想不通美妇为什么要帮他，还是尴尬的取出玉盒递给美妇说道，“抱歉，抱歉，我因为被蓝冰砍了无数下，心里有些不舒服，所以才想要过来看看。相助既然被看见了，东西还给你吧。”

偷东西被人抓到了，哪怕宁城皮再厚，也无法做出一走了之的事情。况且宁城还隐约猜到了，他之所以没有被人发现，甚至可以轻松进入白雾当中，都可能是这美妇帮忙的。

美妇看见宁城取出玉盒，满脸尴尬的将这阿含无则果还给她，脸上露出一丝笑意。她却摇了摇头，“不用了，你带走吧。这枚果子，本来就是我送给你的。这里的果子对我也有一枚的份额，你救了我一命，我还给你也是应该。只是，你只能带走一枚。”

宁城终于明白，为什么他能畅通无阻的摘到一枚阿含无则果了。

他见这美妇不是作假，犹豫了一下，收起了这枚阿含无则果。

“请问姐姐叫什么名字？”宁城知道美妇的意思，当初如果不是他来帮忙，美妇根本就坚持不到蓝冰站出来调动愿力攻敌。事实上他并不是要帮助美妇的，而是承诺还掉乔伊的恩情。

美妇笑了笑，“你就叫我阿离好了，我不是什么姐姐。”

说完，她又取出一枚玉简递给宁城，“这玉简上有一条线路，我不敢肯定能不能离开破则之地，却是唯一一条有可能离开破则之地的线路。”

“谢谢，离姐你才应该是蓝诚愿族的王上。”宁城欣喜的接过玉简，这对他来说这东西才是最有价值的，甚至比手中的阿含无则果价值还大。和这叫阿离的美妇交谈，比面对蓝冰要舒服多了。

阿离脸上多出了一些伤感，她本来就是蓝诚愿族的王上。因为她的失败，因为她的优柔寡断，因为她被人欺骗，她不但没有带起蓝诚愿族，还让蓝诚愿族越来越凋零。

冰儿，显然比她更适合做这个王上。蓝诚愿族，只有在冰儿的带领下，才能再次离开破则之地，拥有自己的地方。

“你快点走吧，冰儿就要来了。不久前，我已经将这里全部交给她了。”阿离回过神来，叹了口气。

在她听了乔伊的话，知道宁城是为了报恩帮助乔伊来这里的时候，她就知道宁城是一个知恩图报的人。

她同样是被宁城救过的，宁城能知恩图报，她蓝诚愿族的人也能知恩图报。她不能阻止王上对宁城动手，却可以在力所能及的地方帮一下宁城。虽然她知道，让出一枚阿含无则果，绝对不是力所能及的地方，而是蓝诚愿族的大事。哪怕她是冰儿的姑姑，是上一个王上，也很有可能因为这件事被打入地牢中。

“多谢离姐，宁城告辞了。”宁城再次感谢了一句后，取出了传送阵旗。

“若是你以后有可能和冰儿冲突，请你看在我的面子上，放她一次。”阿离在宁城即将要走的时候，又跟着说了一句。

她之前以为宁城就算是要来这里，肯定是偷偷摸摸的隐身进来。没想到宁城是传送进来的，宁城能不动手脚，就在这里刻画下传送阵，然后传送进来，绝不是简单的修士。将来很有可能成为一个强者，她刚才那句话不是随便说说的，谁能保证这种事情不会发生。

宁城点点头，“只要她不侵犯到我，看在你的面子上，我不动她。”

说完这句话，宁城似乎又想起了什么，取出一个玉盒递给阿离，“这是我的一点心意，算作报答之恩。”

说完这句话后，宁城这才祭出阵旗，瞬间被传送消失。

阿离打开玉盒，一枚雕刻着圣蝶的玉玺出现在玉盒当中。

……

宁城知道他和阿离是不会再有见面机会的，他一向不喜欢欠人的恩情。阿离认为他对她有救命之恩，只有宁城自己清楚，他仅仅是出手帮乔伊而已。这次承了阿离的恩情，他索性将玉玺还给了阿离，以报对方的帮忙之恩。

现在他的在规则之地有了线路图，而且神识也在缓缓增加中，绝不是当初刚刚逃进规则之地的那个任人宰割的蝼蚁。就算是没有了愿力玉玺，他也不见得怕了谁。

……

第九百二十二章 偷袭

阿离握紧手中的玉盒，心里澎湃不已。她没有想到，自己仅仅是为了报恩而已，居然换来了愿族的古荒愿蝶。尽管被玉玺包裹，她肯定这是真正的古荒愿蝶。

将玉玺放在胸口的位置，阿离看着宁城消失的位置，好一会才喃喃说道，“谢谢你，你是一个真正的男人。”

又过了一会，她继续自语道，“你不但是一个真正的男人，将来也是一个真正的强者，我肯定。一个被愿力攻击成重伤的修法者，能在如此短的时间内就完全康复，就算是我不给你地图玉简，破则之地也无法束缚住你。”

作为蓝诚愿族曾经的王上，阿离自然清楚被愿力伤害后是多么可怕。再强的人，在破则之地这种没有规则的地方，也不容易恢复修为，更不要说短短几天时间了。

由此可见，宁城身上绝对有大秘密，甚至是超越了愿力的力量。愿力在浩瀚宇宙中不是最强大的力量，却也不是什么力量都可以超越的。最纯的愿力，就算是神元力，也无法撼动。

在阿离看来，宁城不但有大秘密，还有大胸怀和男人的原则。虽然她知道古荒愿蝶对宁城来说，价值远远不如阿含无则果高，但是她肯定宁城不知道这件事。宁城不知道阿含无则果的真正价值，仅仅因为不愿意占她的便宜，就将古荒愿蝶送还了她。

古荒愿蝶玉玺被宁城炼化过一部分，宁城肯定知道其中的作用，甚至可以在破则之地救他一命。在这种情况下，宁城交出了古荒愿蝶，不是大胸怀是什么？

而在这之前，冰儿用愿力刃芒压迫宁城，几乎要将宁城干掉。在她询问宁城有没有愿族圣物的时候，宁城依然是不屑一顾，从未想过要拿出圣物换命。这不是男人的原则，又是什么？

宁城若是知道他在阿离眼中如此高大，肯定会汗颜的满脸通红。甚至会说，这愿族的女人真是单纯。

他之所以不交出玉玺，那是因为他知道交出去是死的快点。同样也是因为，玉玺本来就是他辛苦得到的，想要随随便便让他交出去，那绝对不可能。

如果他真的被困住，命悬一线的时候，玉玺可以换他的小命，那宁城是会毫不犹豫的交出玉玺换取自己的小命。有一点阿离倒也没有说错，宁城做任何事情，的确是有他自己的原则。

阿离又凝神看了宁城所在的传送阵一会，这才忽然拿起胸口的玉玺，手中打出一道又一道的手势，同时不断的吟唱。

十几个呼吸后，这一直被宁城当成愿力法宝的玉玺忽然裂开来，一个闪耀着淡淡光辉飞禽落在了阿离的手中。

如果宁城在这里，就可以清楚的看见这个飞禽就和玉玺上半部雕刻的飞禽一摸一样，也就是愿族的那个圣蝶。

“我以我灵魂祭，我以我血脉祭……古荒愿蝶，凝……”说完这句话后，阿离将这圣蝶直接拍在自己的眉心之上。

一道淡淡的波纹在她的眉心荡漾出去，在阿离将手掌拿开后，那古荒愿蝶早已消失的无影无踪，再也没有半分气息。阿离的眉心，却没有丝毫痕迹，就好像她刚才并没有将任何东西拍进去一般。

阿离手一搓，那裂开来的玉玺被她直接搓成飞灰，消失不见。

宁城将玉玺交给阿离的时候，就没有管阿离怎么处理这玉玺的事情，不过宁城也猜测阿离会将玉玺送给王上蓝冰。如果要宁城想，他绝对不会想到阿离不但没有将玉玺送给蓝冰，还凝进了她的眉心。

……

宁城取出阿离给的地图玉简，他肯定这玉简不是愿族的东西。因为玉简是神识刻上去的，愿族修炼愿力，有没有神识宁城不知道，他肯定美妇阿离是没有神识的。

这枚地图玉简和别的地图玉简不同，上面没有定位阵法，仅仅刻画了一副地图而已。只有拿着这枚玉简，和周围的场景进行对比，这才可以找到参照物。

可以说，如果没有神识，在破则之地拿着这枚地图玉简，是毫无用处。

宁城不但有神识，甚至还可以伸展出五六千米。他很快就找到了这枚地图玉简中的一个参照物，就是他所在的这个光秃秃的山峰。

按照第一个参照物，宁城一路寻找下去。数天后，宁城似乎又隐约感受到了一丝不妥。他立即就提起心神，更是谨慎的戒备着。这种不妥并没有给他带来任何危险，又是接连数天后，宁城也没有受到真正的攻击。

随着时间推移，这种不妥渐渐的淡去。宁城微微松了口气，他觉得自己有些惊弓之鸟了。蛮会山还不知道迷失在哪一个角落去了，怎么可能这么巧，就在这里等着他？

再说以蛮会山这种人，如果要对他动手，岂能等候这么多天？恐怕一看就他，就会出手了。说一个证道第二步的修士，会跟踪在一个永恒境修士身后寻找出手机会，宁城自己都不敢相信这种事情。

没有了担心，宁城按照这玉简上的地图又连续走了大半个月，他才知道破则之地到底有多大，自己进入破则之地后跑了多远。他这一个多月连百分之一都没有走到，也就是说，要按照他这种速度，想要走出破则之地，至少还要好多年的时间。

但宁城也放下心来，这一个多月他主要是在查探地图玉简的真实性。经过一个多月的行走，宁城确信这枚地图玉简是真的。接下来，他只要祭出星空战舰，按照地图玉简标注的线路飞就可以了。

用星空战舰的速度，肯定会更快一些。以地图玉简上的线路，宁城估计他最多只要大半年就可以走出破则之地。

将玉简收起，宁城心里很是感激美妇阿离。不是阿离给了他这枚玉简，就算是他有最顶级的星空战舰，说不定也无法走出破则之地。最后因为迷路陨落在破则之地，并不是耸人听闻的事情。

哪怕他的神识到了五六千米，在这浩瀚无边，还有无数危机的破则之地，他也是一个蝼蚁。

也不知道这枚玉简当初是哪一个大能勾画出来的，实在是太强大了。

想到自己即将出去，而追他的蛮会山依然不知所踪，宁城心里就有一种莫名的舒畅。别看蛮会山是证道第二步修为，他或许可以在破则之地轻松干掉自己。但面对这种破则之地，他蛮会山一样是一个蝼蚁。

只要没有这种地图，蛮会山走不出破则之地，也只能在里面打转转。破则之地没有方向，没有规则，这可不是修为强大能够弥补的。

宁城正想取出星空战舰，一道侵入心魂的杀意突兀的从侧边轰了过来。

蛮会山！

宁城瞬间就确定了这个偷袭他的家伙是蛮会山，这一下偷袭让宁城骇的魂都差点丢了。

蛮会山也太下作了，一个证道第二步的强者，竟然真的偷袭他一个小小的永恒境修士。这一刻，宁城哪里还不知道之前那一丝不妥是怎么回事？这蛮会山学奸诈了，之前他仅仅是感受到一丝不妥，并没有任何危机感觉。直到蛮会山偷袭的那一刻，他才有了一种危险感觉。

宁城想都没有想，在瞬间就疯狂的鼓动了所有的神元一拳回轰了过去。这个时候，他无处可逃，除了挡一下之外，没有任何办法。这还是他的神识比他刚进入破则之地之时，强大了千倍，轰出去的神元力量也更加强大。否则的话，他连抵抗的能力都没有。

“轰……”狂暴的力量卷来，宁城犹如一个断线的风筝一般，被轰的倒飞了出去。一条血线在空中洒落，五脏六腑都几乎被蛮会山轰成碎片。

一阵虚弱疲惫传来，宁城强行提起神识，哪里还能顾得上丹毒什么的，直接吞下一把丹药，借势飞逃。

只有宁城心里清楚，他的伤是多么可怕。他亲自炼制的丹药，都无法遏制住他的伤势恶化。

吸取了上次几乎要抓住宁城，最后都被宁城侥幸逃脱的教训。这次蛮会山可以说是准备充分，还直接下了死手，没想到宁城依然能继续逃。

“难怪这么嚣张，原来还是一个如此强悍的炼体修士。”蛮会山冷哼了一声，整个人化成了一道影子追了上去。

宁城不是一个炼体强者，刚才他那一下，就可以让宁城肉身四分五裂。他恨那些恶心的愿族，如果不是被那些恶心的愿族围攻，让他实力损失了十之八九，刚才就算宁城是炼体修士，他也干掉宁城了。

进入破则之地，他的实力本来就没有什么留下了，再损耗掉十之八九，他还真干不掉宁城这样一个强悍的炼体修士。

在破则之地，被愿力攻击，绝对不会那么容易康复。

为了抓到宁城，他吸取了之前的教训。之前他每次要抓到宁城的时候，宁城都可以从容不迫的走掉。

在被愿族围攻，身受重伤后。蛮会山总结出来了一个原因，那就是宁城有一种直觉，可以提前感受到他的杀意。

大半个月前，蛮会山再次发现宁城后，他完全收敛了自己的杀意。他甚至以一个路人的方式，接近宁城。这对普通人来说，很难。对一个证道第二步的强者来说，蛮会山这么做并不是很困难。

蛮会山没有想到，其实宁城也觉察到了一些不妥。只是因为他能够冷静，一直没有对宁城动手，这才让宁城渐渐的放松了下来，被他一击得手。

就算是这样，因为宁城的实力大涨，他的实力没有恢复。此消彼长之下，宁城受了重伤，依然走脱掉了。

……

第九百二十三章 平安谷

看着身后越来越近的蛮会山，宁城叹了口气，这混蛋还真是阴魂不散啊。

如果没有受伤的话，他还能爆发逃出，然后祭出星空战舰。此时他重伤之下，根本就没有机会祭出星空战舰。

倒是有两张破界符，可惜的是，这里是破则之地，破界符根本就没有用处。就连他布置到蓝诚愿族的传送阵，也只能在短距离传送。还需要他自己在神识范围中，凝聚出一丝空间法则才可以。

破界符这种东西，可是破开界面的，以他这点神识，凝聚出来的这点空间法则，完全没有用处。

宁城的速度越来越慢，后面蛮会山对他的杀机压力却越来越大。

就在宁城打算破釜沉舟的燃烧寿命给蛮会山一下，再想办法驱动星空战舰的时候，他看见了两座巨大的山峰。在山峰的正中间悬浮着三个大字，平安谷，山峰里侧甚至还有青翠的树木花草。

这是宁城进入破则之地后，看见的第二个有绿色的地方，第一个自然是蓝诚愿族。

想到蓝诚愿族，宁城突然就想到了破则之地中和蓝诚愿族对立的另外一个聚集地，那就是蓝诚愿族口中的修法者群居地。

宁城猜测，这平安谷应该就是破则之地中，修法者的居住地。

无路可逃的宁城，立即就冲了进去。他隐约中有一种感觉，这里可以活命。

没有阻拦宁城，他很轻松就进入了平安谷。一进入谷中，宁城就看见了数名修士的身影。果然，这里就是愿族口中修法者的居住的地方。

宁城并没有因为这个松口气，没有修士会无缘无故的出手帮他的忙，他的危机并没有解除。他的神念沟通到了长枪，正要破釜沉舟的挡一下。

蛮会山也在这个时候冲进了谷中，在宁城长枪还没有出来的时候，蛮会山一拳就轰向了宁城。

强大的冲击力量轰来，宁城的动作一滞，身上再次溅起一道血雾，整个人被轰在了远处的山脚。

蛮会山冷笑一声，一步踏前，抬手就抓向了宁城。

宁城心里升起一种绝望，他和蛮会山相差的太远了。加上受伤在前，现在想要反抗都无法反抗。

“轰……”强大的元气炸裂场景出现在宁城身前不远的地方，一名黑脸中年男子一拳挡住了蛮会山。

这黑脸中年男子的拳头显然比蛮会山更强，这一拳相交，元气炸裂之后，黑脸男子动都没有动。

蛮会山却是一口鲜血喷出，倒飞了出去，直接撞在了另外一边的山脚。

不过蛮会山很快就爬了起来，冷静的盯着这名一拳将他轰飞的黑脸中年男子，“我和道友素不相识，道友为何要动手？”

他并不怕这黑脸男子，他之所以吃亏，是因为他被愿力重伤，到现在还没有恢复过来而已。等他恢复过来，他就算是不能轻松击败这黑脸中年男子，也不会这么容易的就被一拳轰飞。

黑脸男子冷声说道，“在平安谷，任何人打斗，都是第一次警告，第二次直接轰杀。刚才我就是警告你，如果你敢再动手，我会将你轰杀。”

宁城听到这里，心里一喜，赶紧取出几枚丹药吞下，同时对这黑脸男子抱拳说道，“多谢前辈相救之恩。”

黑脸男子淡淡的扫了宁城一眼，“任何人敢在这里动手，我也会出手，和救不救你毫无关系。”

宁城根本就不在意，无论怎么样，这黑脸中年男修总算是救了他一次。他感觉这黑脸中年男子的实力，不会比蛮会山低。至于蛮会山为什么一个照面就被轰飞，自然是他没有提防。还有这里是破则之地，实力并不是在外面越强，在这里就越强。

“前辈，我在破则之地迷失了方向，想要居住在平安谷。”稍微恢复了一些的宁城，赶紧站起来，将自己的意愿说了出来，他可不想再出去被蛮会山追杀。

“任何人都可以在平安谷居住，只要你拿出自己的戒指，或者是拿出一千万神晶。”黑脸中年男子冷漠的说道。

宁城心里一松，幸好他还有两千多万神晶。看样子在这里居住也不是简单的事情啊，如果没有这么多神晶，他只能交出戒指。若是他敢用假戒指糊弄，说不定也会被干掉。

这个地方倒是让他想起了曾经看过的一本小说，那本小说里面有一个恶人谷。似乎是一些无路可去的人，都进入了恶人谷。也不知道这个地方，是不是都是一些无路可去的人。至少他现在就没有的选择，只能留在这里。

“前辈，这是我的神晶。”宁城毫不犹豫的取出一个储物袋递给黑脸中年男子。

黑脸中年男子没有接宁城的储物袋，只是对不远处一名银发女子说道，“你带这个新来的去办理居住手续。”

蛮会山见宁城要居住在这里，脸色一沉，也对黑脸中年男子抱拳说道，“这位道友，我也要居住在这里。”

黑脸中年男子淡声说道，“去办理手续，一样是一千万神晶。”

宁城看着跟来的蛮会山，半点都不担心。蛮会山不敢在这里动手，刚才那黑脸中年男子说过了。如果蛮会山敢再动手，那就是必死无疑。

“这位姐姐，我刚刚在外面就看见那两座山峰还有一些青色。为什么来到这里面后，别的地方还是如此荒芜，依然只有那两座山峰有一点青色？”宁城也不在意自己身上染满了血迹，在银发女子后面抱拳问道。

他的确是有些疑惑，他在平安谷外面看见青绿色的时候，还以为平安谷里面至少有一点天地规则，可以生存一些植物。现在进来后，他才知道自己的这种想法大谬。

这里面同样是规则破碎，没有什么神灵气。青翠也只有那山峰的一半而已，别的地方都是单调的黄灰或者是黑白。

蛮会山不屑的扫了一眼宁城，心里暗自鄙视，一张嘴巴倒是能说会道。

宁城看见蛮会山不屑的目光扫了过来，嘿了一声说道，“蛮子，今天你打了你爷爷一拳，你给你宁爷爷记好了。终究有一天，爷爷会一拳轰回去。”

“口舌之徒。”蛮会山冷哼一声，对宁城的话，他根本就不屑放在心上。宁城区区一个没有证道的蝼蚁，想要能轰他一拳，等下辈子吧。

他住在这里，就是为了干掉宁城。等他修为恢复了后，肯定会找机会做掉宁城。只要杀了宁城，他立即就封禁宁城的元神，然后带着宁城的身体离开平安谷。他堂堂一个龙帝，又是证道第二步的强者，自然不会和宁城一样无赖，用你爷爷这种无聊的口舌来争辩。

“那两座山峰是谷主施展大神通，布置下规则阵法，这才让山峰中常年有青翠环绕。青翠意味着希望，谷主是让我们拥有希望，终究有一天可以走出破则之地。”银发女子笑吟吟的回答道，宁城叫她姐姐，让她很是愉快。

宁城心里升起了一种敬意，在没有规则的地方，布置下如此强大的规则阵法。这说明不但谷主本身是一个实力强悍者，也有一种宽阔的胸怀。用这种大自然的青翠，来鼓励众多流落在谷中的修士，活下去。

这让宁城怀疑，之前那一群想要去愿族偷阿含无则果的修士，是不是从这里出去的。

“谷主是一个了不起的人。”宁城感叹了一声。

银发女子脸一扬，“那是自然，谷主在没有进入破则之地，就是一个混元强者。这么多年过去了，谷主的修为自然是更为强大。”

宁城心里暗道，一个混元强者也被逼进了破则之地，也不知道是谁有这么大的能力？混元强者也走不出去，看样子他如果没有阿离的地图，同样走不出去。

蛮会山心里却是一沉，他就算是实力全部恢复了，也不过是一个道元而已。在破则之地，实力更是被压制的几近于无。而这里的谷主竟然是一个混元强者，更是在破则之地呆了这么多年。他杀了宁城后，真的可以走出平安谷吗？

宁城一看蛮会山的脸色，就知道蛮会山想什么，心里很是舒畅的说道，“蛮会山，你是不是还在想着，什么时候偷偷的干掉我，然后再偷偷的逃出平安谷？”

蛮会山哼了一声，还没有回答，银发女子就淡淡的说道，“他不敢，没有人敢在平安谷杀人。”

蛮会山气得脸色铁青，却不敢发作。两个蝼蚁在他堂堂一个龙帝面前说他敢不敢的事情，他竟然还要忍住。

宁城却摇了摇头说道，“别的人估计不是不敢，是不屑。但是这个人不一定哦，这个人叫蛮会山，听说是太素海蛮龙族的龙帝。修为看起来是不错，人却很下作。你看我身上的伤势，全是他偷袭造成的。呵呵，一个道元圣帝，对我一个永恒境修士偷袭，这家伙的节操满满的。”

虽然不懂节操满满是什么意思，但银发女子听了宁城的话后，很是鄙视的看着蛮会山，“你一个道元圣帝，也算是强者中的强者了。一个圣帝要杀一个永恒境修士，倒也没有什么。而你通过偷袭的办法去杀一个永恒境修士，这不仅仅是下作，而真是太不要脸了。”

蛮会山的脸色越来越青，怒火在心间呼呼燃烧。偷袭永恒境修士，这种事情没有人知道，根本就算不上什么。再说了，如果不是破则之地，他用的着偷袭吗？这种事情一旦传出去，他的脸几乎就要丢光了。

……

第九百二十四章 入谷起誓

一路上和银发女子半聊半问，宁城知道了这个银发女子叫卡洛儿，算是一个接待者。她平时事情并不多，因为来这里的人实在是太少了。

谷主叫司寇致远，只知道很强，对待谷中的任何人都很公平。之前那个黑脸中年男子叫艾迪，是谷中的守护者之一，艾迪来平安谷之前，也是一个顶级强者。

一路上宁城见到了一些修士洞府，这些修士洞府看起来都很是一般，只有极少数修士洞府，才有一些淡弱的神灵气波动。根据卡洛儿说的，交纳了一千万神晶后，可以随便居住在这些稍微低级的修士洞府中。如果身上的神晶还有宽裕，可以居住在更好一些的修士洞府中。

好些的洞府，都是几位大人联手布置起来的，蕴含一定的天地规则。只是这些洞府和外面的洞府不同，不是免费的，需要交纳一定的神晶。

若是更宽裕一些的，还可以去听道。在平安谷，经常有混元强者论道。一些特意进入破则之地的强者，有时候也会去论道。

宁城听到这里，心里愈发惊异，他这才知道平安谷的混元强者还不止一个。甚至有人故意进入破则之地。

蛮会山的脸色更是不好看，平安谷越强，他要达到目的就越难。

“卡洛儿师姐，你说还有人特意进入破则之地？”宁城实在是忍不住，这才问了出来。

他认为，所有进入破则之地的人，都是被逼进来的。谁会这么无聊？特意进入这个地方？就算是蛮会山来到这里，也是为了追杀他。

蛮会山不屑的哼了一声，无知小儿。特意来破则之地有什么稀奇？他这次虽然是说追杀宁城进来，也有特意进来一看的想法。只是没有想到宁城这么滑溜，这一追一逃，最后连他也迷失方向了。

卡洛儿凝重说道，“自然，特意进入破则之地的可不是一个两个，有很多。只是这些人大部分都陨落在了破则之地，能找到平安谷的不是很多。”

宁城疑惑的问道，“卡洛儿师姐，我在破则之地也好久了。虽然也有些危险，并没有什么殒命之忧啊？”

卡洛儿笑了笑，“那是因为你进来的时间短，而且运气也不错，没有陷入死地而已。只要你继续留在破则之地，你就会发现，你见到的仅仅是破则之地的冰山一角而已。”

宁城还想着出去，听到这话，更是以请教的语气说道，“还请卡洛儿师姐指教。”

卡洛儿继续说道，“破则之地顾名思义是失去规则的地方，这里的规则消失的很诡异，而且天地之间生存的规则总是会在不经意之间消散。很多时候，你到的地方，或者只是让你无法伸展神识和驱动神元而已。但是有时候，你会被突兀降落的无规则空间束缚。

一旦你被这种毫无规则的空间束缚，不要说神识和神元，就算是你连动一下都觉得困难。这个时候，如果你被禁锢在泥潭中，泥潭会淹没你。如果你是在无规则的漩涡中，漩涡会将你的血肉和灵魂慢慢剥离开。不要说你不会选择危险的地方走，因为你明明站在一个实地上，但是很快你所站立的实地，会变成一片漩涡，或者是一片沼泽泥潭……”

宁城突然想起了他被突兀降临的沼泽困住，然后他的神识和神元消失不见。他有些明白卡洛儿的意思了，当时蛮会山也被困住，蛮会山还可以伸展部分神识，应该是修为比他高造成的。

按照卡洛儿的说法，这些突兀出现的束缚力量有强有弱，一旦蛮会山被更强大的无规则地束缚住，也许他也只能等死。

“我曾经在里面遇见了一些奇怪的人，他们说是愿族的，这些人是不是不受破则之地的束缚？”宁城小心的问道，他不知道上次去抢夺阿含无则果的人是不是平安谷的。

听到宁城的话后，卡洛儿的语气变得凝重起来，“愿族在破则之地是独特的存在，他们的戒备心很强，平安谷和他们井水不犯河水。听说愿族之地，就算是混元强者去了，也只能在愿力之下消散。所以，以后如果看见愿族的人，不要和他们多话。”

卡洛儿说到这里，宁城心里就非常清楚了。那些偷袭愿族的修士，不是平安谷出去的。看样子在破则之地，还有另外一个修士的聚集地。

此时卡洛儿已经带着宁城和蛮会山来到了办理入谷的地方，这里只有一名白发老者。尽管在这里规则破碎，修为完全看不出来。宁城依然能感受到这白发老者的强大，一举一动之间，都带着一种浑然一体的气息。这让宁城想起了满空圣帝，满空圣帝也给宁城有这种感觉。

白发老者低着头，坐在原处一动不动，似乎在闭目养神，又好像在想着什么难以解决的事情一般。在老者的身边，还有一只黑猫懒洋洋的卧着。

在这老者后面，是一个古朴的祭坛，祭坛上散发出一阵阵的灵魂气息，让人心里有些紧张。

“冉前辈，这两位是今天刚刚来的，要办理入谷的手续。”卡洛儿对白发老者小心的躬身施礼，语气轻柔的说道。

白发老者缓缓抬起头，扫了宁城和蛮会山一眼，语气淡然的说道，“说出你们的名字，每人交纳一千万上品神晶。”

“你是冉前辈……”蛮会山惊声叫了出来，显然他认出了这个白发老者。

白发老者明明知道蛮会山的意思，是蛮会山认出他在外面的身份了，这才如此惊讶。老者并不觉得意外，来这里认识他的人多了，他的语气依然平淡的说道，“谁都知道我是冉前辈。”

见白发老者并没有多话的意思，蛮会山也知趣的没有再说。

宁城取出装有一千万神晶的储物袋递过去，恭谨的说道，“晚辈宁城，这是一千万神晶。”

蛮会山也只能和宁城一样，报出自己的名字，然后交纳了一千万神晶。

“宁城，你和谷中的人有没有仇隙？如果没有的话，你可以出去了。如果有的话，你要说出来。”白发老者收起两人交纳的神晶，不紧不慢的问道。

宁城没有隐瞒，只好说道，“我和蛮会山有仇隙，我就是被他追杀进平安谷的。”

老者一指祭坛，淡淡说道，“去祭坛用自己的元神起誓，誓言如下，我宁城以自己的元神起誓，千年之内不得以任何方式，任何借口对付蛮会山，如违此誓，即刻神魂俱灭。”

宁城呆了呆，他区区一个永恒境修士，去对付蛮会山，他疯了吗？他要防备的是蛮会山才是。

“前辈，是蛮会山追杀我，不是我追杀蛮会山。”宁城无奈的说道。

白发老者这次连回答都懒得回答宁城了，只是闭目不语。

宁城无奈，只能站着祭坛前，将老者的话重复了一遍。这种誓言看起来很厉害，其实对他没有任何影响。蛮会山是什么修为？千年之内，他能是蛮会山的对手？蛮会山不找他，他就幸运了。

宁城发誓完毕后，老者又对蛮会山问道，“蛮会山，你和谷中的人有没有仇隙？如果没有的话，你可以出去了。如果有的话，你要说出来。”

蛮会山心里暗骂，你这不是废话吗？没有仇隙我会追杀宁城来到这里？面对这种强者，蛮会山还不敢睁着眼睛说瞎话，只能老老实实的说道，“我追杀宁城，和宁城有仇隙。”

老者一样的一指祭坛，“去祭坛用自己的元神起誓，誓言如下，我蛮会山以自己的元神起誓，千年之内不得以任何方式，任何借口对付宁城，如违此誓，即刻神魂俱灭。”

宁城听到这里，心里大爽。这誓言对他有好处啊，蛮会山来这里就是为了追杀他的。只要这个誓言发出来，千年之内，给蛮会山一万个胆子，蛮会山也不敢对付他了。

这个祭坛肯定不一般，在这祭坛前用元神起誓，就算是蛮会山也不敢违背。

蛮会山张张嘴，半晌都没有说一个字出来。他自然知道，只要他起誓了，那千年之内就没有办法对付宁城。哪怕两人同时站在平安谷之外，他蛮会山也不敢对付宁城。

这他如何可以甘心？

“冉前辈，那我不住在谷中了行不行？”蛮会山心里有些后悔，他不应该想着住进来的。

白发老者点点头，“可以，神晶不会退的，你发完誓，就可以离开平安谷了。”

不住在谷中还要发誓？蛮会山好歹是一个龙帝，他有些憋屈的看了看祭坛，又看了看远处幸灾乐祸的宁城，只能无奈的走到祭坛前躬身发誓，“我蛮会山以自己的元神起誓，千年之内不得以任何方式，任何借口对付宁城，如违此誓，即刻神魂俱灭。”

远处的卡洛儿见两人发完誓言，立即就上来对宁城说道，“宁城师弟，三天后谷主论道，如果你还有多余的神晶，我建议你再办一个听道牌。到时候，你得到的绝对比你想象的更多。”

宁城叫她师姐，她也不知不觉的将宁城当成了师弟。这里的修士大都在干着自己的事情，很少有人来和她这样一聊就是半天的。

虽然在劝说宁城，卡洛儿脸上已经露出了一些向往和羡慕，可见这种论道，她也很想去听的。

……

第九百二十五章 谷主论道

一个混元强者论道，宁城除非傻瓜了才不去，他根本就不用卡洛儿说第二遍，就急切的说道，“这种论道，我自然想要过去看看，不知道办理一枚听道牌要多少神晶？”

宁城担心的是神晶，他身上还有一千七百万左右的神晶。在破则之地，这点神晶用一点就少一点。

“听道牌是一百万神晶听一次，如果你办理五百万神晶的听道牌，那就能听道五次。”卡洛儿连忙答道。

这么便宜？宁城呆了呆。要是在太素域，听混元强者论道，恐怕多少亿神晶也听不到一次吧？而在这里一百万神晶就可以听道？

见宁城发愣，卡洛儿以为宁城认为价格太高，连忙解释道，“宁城师弟，这个价格已经算是很低了。谷主和一些前辈们，不是为了赚取神晶，而是想要通过论道的方式，将自己的道传出去。只有出了神晶去听的道，才会珍惜。之前我也去过几次，受益匪浅。”

宁城明白过来问道，“卡洛尔师姐，三天后你也一起去吗？”

卡洛儿黯然的摇了摇头，“我不去了，我的听道牌用完了。”

宁城点点头，在破则之地，根本就没有地方去挣神晶，神晶用完了，也只能和卡洛儿这样，坐吃等死。因为这个地方，是出不去的。

“冉前辈，帮我办理两枚三百万神晶的听道牌。”宁城毫不犹豫的再出了六百万神晶。

白发老者收起宁城的神晶，抬手就丢出了两枚黑色的牌子，每个牌子上都有三道银芒。三道银芒还有些淡弱的波动，宁城知道这应该是能听道三次的意思。

宁城将一枚听道牌递给卡洛儿，“卡洛儿师姐，这个送给你，谢谢你帮了我这么多。”

三百万神晶，宁城根本就不在意。现在蛮会山发誓不敢找他的麻烦，他甚至马上就可以出谷了。他有出去的线路，可不会和卡洛儿这样被困在平安谷。

“这……”卡洛儿没有想到宁城会送一枚三次听道的听道牌给她，她很想收下，却知道这东西太贵重了。

“宁城师弟，这东西我不能收。你刚刚入谷，还不知道神晶的宝贵。等你在这里面呆上个几千年，你就知道，神晶多么珍贵。”卡洛儿将听道牌推还给了宁城。

宁城再次将听道牌塞到卡洛儿的手中，嘿嘿一笑说道，“今朝有酒今朝醉，明日愁来明日愁。以后的事情，到了以后再说，你别想的太多。”

一直没有表达出任何情感的白发老者忽然抬头盯着宁城，嘴里喃喃说道，“今朝有酒今朝醉，明日愁来明日愁……好道，好道念，随心随性，不带一丝刻画痕迹……”

宁城有些无语，他随口借鉴了一句华夏诗词而已，这和道念有个屁的关系？

他说和道念没有关系，而白发老者已经沉浸在宁城这随口的一句话当中了。连蛮会山也想要和宁城一样，办理一张听道牌的话都没有听见。

听到宁城随口说的话，卡洛儿也是眼睛一亮，她没有再推宁城的听道牌。拥有‘今朝有酒今朝醉，明日愁来明日愁’这种道念的修士，绝对不会在意这三百万神晶。

得益于送了一枚听道牌给卡洛儿，卡洛儿帮宁城找到了一个不花神晶的最好住处。虽然没有什么神灵气，却好在宽敞。

……

回到住处后，宁城立即就开始疗伤。他被蛮会山伤的不轻，三天后要去听道，必须要以最佳的状态过去。

没有了蛮会山这个威胁，宁城轻松多了。仅仅两天时间，他的伤势就完全康复。毕竟这不是什么燃烧寿元，也不是什么根基的伤害。

三天过去，卡洛儿就主动找了过来，她是来邀请宁城去听谷主论道的。

宁城和卡洛儿来到论道场地时，这里早已坐满了修士。进入平安谷几天时间了，宁城并知道平安谷到底有多少人。现在他来到这里，才知道平安谷的人实在不少。

就是这里听道的人加起来，也有数百之多。那些没有神晶来听道的，不知道还有多少。

听道的地方只是一个平顶山上而已，周围没有任何屏障，除了一块平地和灰黑色的土石之外，再无它物。

卡洛儿示意宁城不要随便说话，就坐了下来。在这里，宁城一个人都不认识，自然不会随便说话。他也看见了蛮会山，蛮会山倒是满脸凝重，坐在了前排的位置上。看样子这家伙对混元强者的论道，也是很在意。

又是一炷香之后，一名身穿灰袍，身材高大的男子落在了论道场前面的巨大平石上。

看不出这名男子多大年纪，这高大男子的额头极为宽阔，看起来就很有智慧。

“这是司寇谷主，平安谷每一个人能活下来，都不能忘记谷主的大恩。”卡洛儿在宁城耳边小声说道。

司寇谷主坐下后，又是几道人影落在了这名高大男子的不远处坐下。这些人宁城一个都感受不到气息，可见都是强大的家伙。

司寇致远等所有的人都坐下后，这才张口说道，“这是我最后一次论道，这次论道后，我会闭关参演。在平安谷有很多和我一样，特意来到这里，参悟无规则神通和压制法则神通的道友……”

仅仅是听了个开头，宁城心里就有了一种他自己都说不出来的冲动。他也终于明白，为什么有人要故意来破则之地了。他之前不明白，是因为他的境界不够，而现在，他听谷主的话后，完全明了。

破则之地是没有规则的，如果能领悟透规则的存在和消失，施展出不受天地规则影响的神通。或者是在和对手对战的时候，直接让对方陷入没有规则的空间，而自己的法则神通照样可以激发，这样自然就站在了不败之地。

这些来破则之地的强者，就是为了领悟这种神通，控制天地规则。就连谷主司寇致远，也是这种想法。他们想要做的是，和愿族人一般，压制住空间规则，让对手无法施展法则神通。

果然，司寇谷主继续说道，“因为我们处于天地规则之下，所以我们可以在这种规则之下衍生出自己的法则神通。破则之地，规则破碎，甚至是没有规则，我们无法施展自己的法则。多年前，我就一直在想，如果我能在没有规则的地方施展出无规则神通，这种神通是不是会在有规则的地方不受规则限制？

或者说如果我在有规则的地方，限制住天地间的规则，那对对方来说，我就是天道，对方就是天道下的蝼蚁？接下来，我会论述我对规则道的领悟……”

仅仅是十几分钟时间，宁城就听的如痴如醉。司寇谷主说的由浅入深，清晰易懂。他完全明白这个意思，控制天地规则，甚至自己凝聚成天地规则。

他的实力现在很低，不代表他将来就很低。现在他办不到，将来也许可以办到。司寇谷主在谷中布置的一些规则世界，其实也是这种思想的指导。比如他之前布置短距离传送阵，传送到愿族，同样是自己模拟了一部分的空间规则。

一通百通，不过明白了这个道理，想要做到依然很难很难。原本宁城想要听完几次论道，就离开平安谷的，现在他只想在这里多呆一段时间，彻底的推演一下无规则神通。

“成于混沌，先有规则，后有天地。寂兮寥兮，独立而不改，周行而不殆，可以为天下母……破则所在，无规则，然有形体，有万物。余以为，无规则亦宇宙之一。子非鱼，焉知鱼之畅？凡人闭气于水底，亦如破则之地矣……”

意思是，规则这种东西在宇宙混沌初开的时候，就伴随存在了。只有有了规则，才会形成天地，才会形成别的东西。规则这种东西，我们听不到它的声音，也看不见它的形体。寂静空虚，不依靠任何外力而独立存在，决不停息。因为不停息，所以可以作为万物的根本……破则之地没有规则，但是有万物，万物也都有形体。所以我认为，没有规则，其实也是宇宙规则的一种规则。就好像我们不是鱼，却不知道鱼儿在水中很是舒畅。一个凡人在没有空气的水底之感受，就好像我们这些星空修士，处于破则之地一样难受。

宁城越听心里越清晰，水底对凡人来说就是破则之地，而鱼儿能在水底畅快的游动，是因为它们掌控了那种规则，或者是融入了那种规则。

破则之地没有规则，却同样是一种天地规则，只是不是常见的规则而已。如果修士能领悟到这种规则，就算是在破则之地，实力和外面有规则地方一样，都是很强大。

宁城握紧了拳头，如果他真的能和司寇谷主说的那样，掌控了破则之地的天地规则，那就算是蛮会山追杀进来，他也能以一个永恒实力轻松斩杀道元强者。

想到领悟破则之地的无规则神通，宁城就想到了阿含无则果。这是吸收了天地规则，反而变成没有规则的道果。假如他用这种道果去领悟无规则神通，那又如何？

宁城刚刚想到这里，就听见司寇谷主继续说道，“尝闻天地有道果，名阿含无则，吸天地规则，然不蕴规则。若得此果，或可事半功倍……”

……

第九百二十六章 道有大小

阿含无则果真的对领悟无规则神通有大用处，这让宁城心里愈发欣喜。司寇谷主是一个混元强者，一个混元强者的见识是多强大？宁城相信谷主绝对不是信口开河。更何况这个司寇谷主留在这里多少年了？

从他的语气当中，宁城可以听出，司寇谷主来破则之地，就是为了领悟这里的规则。说不定谷主也可以知道出去的路，只是人家留在这里仅仅是为了修炼而已。

十天时间很快过去，对一个混元圣帝来说，十天论道算是很短了。但宁城在这十天当中收获太多，他不但对破则之地有了新的理解，对无规则神通有了一个初步的概念。更是对道有了一个新的认识，对曾经修炼中的一些疑惑也有了更直接的明悟。

这十天时间抵得上宁城修炼百年，这让宁城心里感叹修道果然是要借鉴别人的经验，然后再去芜存菁。也许对别人来说是菁，对你自己来说却是芜。一个修道者，可以走多远，在于他能找到多少适合自己的，然后再从其中领悟到属于自己的。

第十天，司寇谷主陡然住口，让所有沉浸在司寇谷主论道中的修士突兀的清醒过来。

“谷主之道让我受益多矣，多谢谷主论道。”坐在前面的一名女修脸带激动的站起来，对司寇谷主躬身施礼。

司寇谷主摇了摇头，“你未明矣，我论的不是我之道，而是我对破则之地规则道的顿悟。”

“哈哈……”又有一人突第站了起来，“我明道了，我明道了……”

这是一名灰发老者，他站起来呼叫了几声后，手指虚空，朗声说道，“我欲以我领悟之规则塑道，恭天地之威，诚守道恩……”

随着这名灰发老者的话说出，宁城也能清晰的感受到他身上的气质在变化，显然是实力和之前有了天差地别。尽管在这破则之地，他的实力还无法体现出来，一旦出了破则之地后，塑道之威必将体现出来。

没有人多话，在平安谷有人塑道虽然少见，却也不是第一次。塑道仅仅和顿悟有关系，和神灵气强弱也有关系，却并不是必须。

一个时辰后，这灰衣老者气势大变，他躬身对司寇谷主施礼，表示感谢。

司寇谷主点点头，语气平缓的说道，“塑道需要天地规则，以自己的神通法则融合。你能在破则之地塑道，将来的成就已是强于一般的人了。”

灰衣老者再次感谢，这才躬身退去。

司寇谷主朗声说道，“若是没有问题的，请退走。若是有问题的，请询问。”

卡洛儿一拉宁城，“宁城师弟，我们走吧。”

宁城连忙说道，“我还有很多问题要问呢，怎么能走？”

卡洛儿小声说道，“问问题是需要神晶的，一百万神晶第一个问题，第二个问题二百万神晶，之后依次递增。”

宁城呆呆的看着上面高坐的谷主，心说还真是会赚神晶啊。他倒是没有抵触，知识就是财富。司寇谷主回答问题，收取神晶这也很正常。要是他，他也会收神晶回答问题的。

“卡洛儿师姐，你先走吧，我还有些神晶，等会要问几个问题。”宁城自然不会放过这种机会。在外面就算是有多少神晶，也无法请一个混元强者回答你的问题。

在知道蛮会山千年之内无法找他麻烦后，宁城早就想要离开平安谷了。现在他得知了阿含无则果的作用，更是想要找地方领悟这种无规则神通。至于留在谷中领悟这种神通，那还是免了。

不是宁城不相信别人，阿含无则果的价值实在太高了。谁能保证他取出阿含无则果的时候，会不会引起别人的觊觎？

留在这里询问的修士并不是很多，显然大家都不是很富裕。蛮会山这个老家伙倒是不客气，他直接上前拿出了一个储物戒指。

宁城也不知道这家伙提了多少个问题，反正宁城是等候了他将近半天时间，这家伙才心满意足的离去。

蛮会山走后，宁城这才上前取出一个储物戒指放在司寇谷主面前，再次抱拳施礼说道，“前辈，晚辈有几个问题，想要提问。”

见司寇谷主微笑，宁城这才说道，“晚辈永恒圆满，刚刚转化神元，现在想要塑道。只是晚辈一直是一个散修，没有师父教导，对证道一途不是很明了，还请前辈指教。”

司寇谷主点点头，“你一来我就看见了你的神元转化的很完美，你的神元澎湃，远远强于一般的永恒境修士，将来不可限量。我还一直以为你是哪一个大宗门出身，没想到你仅仅是一个散修，很了不起。”

司寇谷主的话，让宁城明白了，这个谷主根本就不是想要通过回答问题赚取神晶，而这是一种博爱的胸怀。无论司寇谷主论道，还是司寇谷主主动回答问题，收取这点神晶，都说明了问题。

一个为了赚取神晶的修士，绝对不会和他说这么多废话。

果然司寇谷主在说完那些话后，语气变得凝重起来，“你神通杂芜，利用丹力太多，主次失去了平衡，若是无法化解，将来成就将大受限制。”

宁城心里大汗，他自己知道自己的事情，的确是用了很多丹药。因为他一直没有感受到什么副作用，也没有在意。现在司寇谷主说起来，他才明白自己走进了误区。至于他的神通，哪里有杂芜，他还真的不知道。

司寇谷主叹息了一声，“我从未见过有你这种惊才艳艳的永恒修士，你的年龄让我不敢相信，也许你有自己的秘密……”

听到这里宁城心里大惊，他没想到因为这里没有规则限制，他的骨龄竟然被谷主看透了。而他最大的秘密是玄黄珠，这东西可千万别被对方看出来。

好在司寇谷主并没有继续说秘密的事情，而是转言说道，“你领悟能力惊人，我看的出来你的神通大都是自己领悟而来。以你这种领悟能力，你无须借助太多丹力。丹力或者会让你段时间加快速度，若是你找不到遏制丹毒的办法，终究是虚妄一场。”

宁城听到司寇谷主的话，更是下定决心回去要寻找解毒丹方。别的丹药他可以少用，但是空城渡识丹，他必须要不停的服用下去。识海强大了，才是根本。

“道有千万，塑道是证道的第一步。这一步很关键，你在理清了你的神通，去掉了你的成就限制后，可以轻松塑道。”

司寇谷主说到这里，稍微顿滞了一下，他仔细看了看宁城，这才问道，“你觉得刚才有人证道如何？”

宁城老实回答道，“那位前辈塑道后，气质大变，实力明显提升了数个档次。加上在破则之地证道，应该很强大。”

司寇谷主摇了摇头，“他塑的是小道，将来成就有限。唯一比别人强大的地方，是他在破则之地塑道成功了。”

“道有大小？”宁城第一次听到这种说法，心里更是震惊，暗自欣喜幸好遇见了司寇谷主。不然的话，他哪一天证了小道，那才是后悔不迭。

“修道者逆天而行，他的道在天地掌控之下，此生恐怕永不能踏入第二步。”司寇谷主认真的回答道。

宁城想起了之前那灰发老者塑道时的塑道誓言来，“我欲以我领悟之规则塑道，恭天地之威，诚守道恩……”

果然是天地之下，诚恐诚慌之道。司寇谷主不说，他不清楚，司寇谷主一说，他就明悟了过来。

“请教谷主，何为大道，何为小道？”宁城语气间更是恭谨。

司寇谷主叹息一声，“当年我师父告诉我，道无大小，在于证道之人尔。数百万年来，我始终在混元徘徊，无法合道，这才明悟，天地万物皆有高低大小。何为大道，我只是在冥冥之中感应到，并不能明确的告诉你。大道在于自己，大道在于你的道念。

不过我要告诉你，纯借助外物证道，没有自己立于天地之外的根本，永在天道之下，皆为小道。”

宁城听到这里，心里震动。大道是要超越天道的道，这怎么去证？这么说来，任何以道果塑道的手段，都是小道了？

之前，他决定用阿含无则果领悟无规则神通的时候，还有些犹豫。毕竟，这是可以让人塑道的宝物。而现在，他是没有了半分犹豫了，他坚决不用道果塑道。

“证大道需要有大毅力、大智慧、大气魄、大机缘，此缺一不可。若是你没有这些，小道也是一种道。好了，我就和你说到这里。你之道，还需要你自己去明悟……”司寇谷主说完这句话后，整个人直接虚幻起来，很快就消失不见。

宁城本还想问问证道第三步的，没想到司寇谷主说走就走。不过刚才他提的问题，加起来也不止三个了。他留在戒指里面的神晶，也才六百万而已。

有了明确的方向，宁城对塑道更是有了一个清晰的认识。他决定离开平安谷，自己寻找地方先领悟无规则神通，然后再出去寻找塑道机会。

……

第九百二十七章 我要嫁给你

两天后，宁城找到了卡洛儿。

卡洛儿正准备闭关的，没想到宁城找过来了。她欣喜的将宁城迎进了自己的洞府，急急忙忙的问道，“宁城师弟，司寇谷主解决了你的问题吗？”

宁城说道，“司寇谷主胸怀宽广，我受益匪浅。我是来告诉师姐，我打算离开平安谷，寻找出去的路了……”

“你可千万别这么做，进入平安谷的人，有很多实力比我们强多了。但是他们为了寻找出去的路，十有八九都陨落在了破则之地。”卡洛儿听到宁城说要出去，急忙劝说。

她猜测宁城也想邀请他作伴，她肯定不能出去的。

宁城笑了笑，“卡洛儿师姐你不用担心，我有六成把握可以出去，因为我得到一枚出去的地图玉简，我只是打算一个人……”

这次卡洛儿再次打断了宁城的话，“宁城师弟，地图玉简在平安谷也不止出现一次了，没有一次是真正的地图玉简，很多都是虎头蛇尾，只是为了骗取神晶而已。我的道侣还在谷中闭关，我也不能和你一起走。其实我也劝你最后不要离开，出去的机会实在太渺茫了。”

其实宁城来这里并不是要卡洛儿和他一起走的，他还要在破则之地寻找地方闭关参悟无规则神通，自然不想和卡洛儿一起走。只是他没有想到卡洛儿还有一个道侣，不过想来也是，在平安谷这种地方，如果没有道侣，日子过的也的确是无趣之极。

宁城取出一枚玉简塞和一枚牌子给卡洛儿，“卡洛儿师姐，这枚地图玉简的可靠性应该很大，将来如果你和你道侣想要出去的时候，就用这枚地图玉简。我要走了，再见。”

见宁城执意要走，卡洛儿也劝说不了，只能相送到平安谷的谷口。宁城不但给她留下了一枚地图玉简，那没有用完的听道牌，也送给她了。

……

这是宁城离开平安谷的第九天，宁城再次找到了玉简地图上的方向，这让他心里大定，只要按照这个地图，终究有一天，他可以走出去的。

更让宁城放心的是，蛮会山没有追上来。看样子蛮子也知道追出来也不能将他怎么样，与其这样，还不如在平安谷感悟无规则神通。

在找到方向后，宁城没有继续赶路，他在一处山谷内挖了一个洞府，准备感悟无规则神通。

卡洛儿说过在破则之地，一不小心就会被突兀降临的无规则束缚住。对这个宁城并不是非常担心，他相信以自己现在的神识，是可以在危险来临之际逃走的。就算是走不掉，他也有玄黄珠可以退。

挖好洞府后，宁城并没有布置护阵，而是将追牛叫了出来，在洞府外面护法。无规则之地，如果没有自己的法则支持，就算是他布置起来了阵法，用处也有限。

追牛不喜欢留在真灵世界，喜欢留在外面，是因为这货喜欢热闹。这破则之地，毫无半分热闹可言，它根本就不想留在外面。

怎奈宁城闭关后，就再没有任何动静。它也只能老老实实的守在外面，最多在宁城醒来的时候，在宁城面前表功几句。

宁城没有指望他可以不用阿含无则果，就能领悟无规则神通。尽管他修炼玄黄无相，领悟能力远远强于一般的人，他也不会以为比司寇谷主这种强者还厉害。

阿含无则果颜色是一种极淡的灰色，破则之地本身就呈现一种灰色，阿含无则果放在破则之地，一点都不明显。倒是果子上那些淡淡的波纹，散发出一阵阵玄奥的道韵气息。

宁城在这些道韵气息中感受不到任何规则信息，他却可以感受到，这些道韵气息扩散出去后，瞬间在他的身周形成一种新的规则。这种新的规则似乎和普通的天地规则相同，又似乎完全不一样。阿含无则果本身不蕴含任何规则气息，周围却可以因为它的气息产生淡弱规则。

……

哪怕是破则之地，无法施展时间神通，却依然无法阻止时间的流淌。

随着时间流逝，宁城手中的阿含无则果渐渐缩小，宁城依然沉浸在其中，半点都没有感受到。

一个月过去，就算是在洞府外面护法的追牛都可以感受到空间规则波动了，宁城依然没有醒来。

对周围空间有规则波动，追牛自然是欣喜不已。它正想取出一些恒元丹也来修炼试试看，宁城闭关的地方忽然传来一声爆响。

宁城在这个时候突兀的睁开了眼睛，他抬手一拳轰了出去，周围刚刚形成的薄弱规则消散的无影无踪。

“轰……”宁城的临时洞府被他一拳轰成碎渣。

“老爷，你学会无规则神通了？”追牛赶紧过来问候。

宁城看着手中只有一半大小的阿含规则果，叹了口气说道，“我弄错了，浪费了半枚果子。阿含无则果不是在破则之地用的，而是在有规则的地方才有更大的作用。我一直以为，既然要修炼无规则神通，那肯定要在破则之地……咦，不对……”

宁城话没说完，就再次明悟。

他的修为和实力还太低了，他要领悟的东西和司寇谷主完全不同。司寇谷主是要在破则之地寻找到一种新的规则，然后凝聚成这种规则。无数年来，司寇谷主都是这样做的，也有了一些成绩。

而他根本就不需要这么做，也没有资格这么做。他只要领悟无规则神通就可以了，在和对方动手的时候，他让对方的法则神通失去规则，而他的法则神通可以继续，这就成功了。

这么做，比司寇谷主要简单无数倍。事实上，经过这一个多月的闭关，他已经有了一些成绩。之前一拳轰出，将周围因为阿含无则果产生的规则气息完全轰散，只有他自己的拳头存在，这不等于摸到门了吗？

“走吧，追牛，我们可以出去了。”宁城哈哈一笑，将余下的半枚阿含无则果收入玉盒，直接挥出了星空战舰。

……

九转圣道池外围弟子居住区的一个普通洞府中，燕霁脸色有些苍白的坐在蒲团上，她的手也略微有些发抖。

刚才她冲击生死境中期再次失败，经脉犹如开裂了一般的难受，似乎下一刻，她整个人都会崩溃掉。

两行泪水从她洁白的脸上滑落，从修炼至今，她经历过太多的苦难，经历过太多的危险，却从未流过泪。而此时，她却流泪了。

她明白自己的处境，她的修炼生涯到此结束了。哪怕她不修炼，她的根基也将渐渐的毁去，紫府也将渐渐的枯萎，她会在这种绝望中慢慢老去，然后陨落。

“不……”燕霁颤声叫了一句，她不甘心。

从开始到现在，她经历过什么，她最清楚。

她甚至感觉到自己的识海现在就在颤抖，她无力的看了看简陋的洞府，她真的不甘心啊。

她不甘心，不是后悔了自己的所作所为。是不甘心在知道宁城去处后，她却无能为力。

她的脸色越来越苍白，额头有些许的冷汗渗出，她的眼前似乎呈现出了一种幻觉。她再次看见了那奔腾汹涌的血河山，再次看见了自己被困住血河中，宁城特意来救她。他冒着死亡的威胁，将她抱起，冲出血河，她的脸色泛起了一些不健康的红艳……她看见了宁城被翻滚的血河卷走，她毫不犹豫的冲过去要救宁城，结果也被血河卷走。

她想起了在血河之底，这种没有灵气，没有生机，轻易就可以迷失的地方，她说出了要去寻找宁城后，师姐向芷兰的震惊，甚至以为她疯了。

她没有疯，她还是离开了血河之底那个可以生存的地方，单独去寻找宁城。而那个时候，她甚至连宁城的真正长相是什么都不知道。

燕霁嘴角露出一丝不自觉的微笑，人的一生中，终究要做一两件疯狂的事情。到现在，她都觉得那是她最正确的选择。后来，她才知道，那是喜欢一个人，喜欢一个人，真的很简单，真的很幸福。

她更是永远也无法忘记，她在血河之底看见那个衣衫褴褛，身形蹒跚，后面还跟着一个同样脏兮兮，毛发干涩可怜小狗男子时的心酸。

那个时候，她以为他已经迷失了。后来他却让她和师姐向芷兰，走出了血河之底。

在离开血河之底，却得知宁城并没有和她们一起出来之时，她毫不犹豫的再次冲上了血河山，任凭血河将她卷落下。她再次冲进血河山不是找死，只有一个念头，那就是为了找到宁城。她不愿意宁城救了她后，一个人孤独的留在血河之下。

从始至终，她都没有后悔这件事。而宁城的确没有让她后悔，他在血河之底再次看见她后，就一直将她背着，想办法为她疗伤。

他为了她穿衣洗澡，他为她做过太多太多。哪怕她再失去了神智，他对她的照顾也是细心无比。她觉得自己为他做再多，也是应该。

燕霁嘴角慢慢的绽放出一丝微笑，被他看见身体的时候，她没有神智，但却是她多年来最喜欢回忆的美好。

如果时间可以再来，她一定要说，我要嫁给你。她不是因为害羞说不出口，而是因为她一直没有机会说出口。可惜，她的时间没有办法再来了，她的生命即将枯萎。

……

第十七卷

第九百二十八章 宗门联姻

洞府门口的禁制突然响起，燕霁从回忆中清醒过来，她站了起来，打开了洞府的禁制。

“燕霁师妹，你怎么弄成这样了？你又强行晋级……”一个焦急的黄发少女冲进来，抓住燕霁的手焦急的说道。

燕霁虚弱的笑了笑，“舒兰师姐，谢谢你来看我。我想我应该坚持不了多久了，我并不后悔。若是我不努力，也许现在还在虚空中徘徊，说不定早就萎了星空妖兽了。因为我的努力，我甚至来到了之前想都没有想到的地方，见识了许多想都没有想到的事情。”

“燕霁师妹，修道一途漫长无边，这不是急的来的，你要学会寂寞，要学会等待……”舒兰无奈的说道。

燕霁摇了摇头，“我就是害怕寂寞，害怕永远也等待不到，这才想要快点提升自己的实力。有时候，是你的终究是你的，不是你的强求也没有用。若是我学会了等待，也许我早已失去了美好的追求。追求可以失败，但我毕竟经历过。我要走了，舒兰师姐你多保重。”

舒兰气结的说道，“燕霁师妹，你都这样了，还能去哪里？”

燕霁摇了摇头，“这里不属于我，我去我该去的地方……”

她要去破则之地，她很清楚，就算是她精力充沛，身体完好无缺。以她这点修为，恐怕一辈子也走不到破则之地。

而这是她的信念，她从进入虚空后。确切的说，自从她从规则路出来后，她的信念就从未变过，她的心就从未变过。就算是陨落了，她也要陨落在自己的路上。

“你现在哪里都没有办法去，你的状况很差。”一个清脆的女子声音再次传了进来，打断了舒兰和燕霁的对话。

舒兰看见来人，连忙躬身问候道，“舒兰见过依霜师姐。”

进来的是一名身材高挑的女子，她对黄发少女点了点头，转向燕霁说道，“你的灵根资质算是一流的，太素域一些大宗门在转嫁灵根。如果你愿意转嫁自己灵根的话，宗门愿意为你做一件事。”

转嫁灵根这种事情，燕霁也知道。就是在修士临死的时候，将优秀的灵根转嫁给资质一般的人。让资质一般的修士，拥有优秀的资质。前提条件必须是，这个临死修士心甘情愿，绝对不能有半分强迫。

舒兰抿着嘴唇，她心里很气愤宗门这么做。宗门明明有能力修复燕霁的根基，却并不想浪费这个精力和资源。现在反而要转嫁燕霁的灵根，这实在是太过分了。

燕霁表情平静的说道，“转嫁灵根我同意，不过我有两个要求，如果不能达成，我宁死也不会转嫁的。”

她自然也知道，九转圣道池有能力帮她修复根基，只是九转圣道池不愿意在她身上消耗而已。说白了，在九转圣道池，她只是一个可有可无的人。也许当初九转圣道池收她为弟子的时候，就想到了今天的场面。

师依霜点点头，“你说吧，转嫁灵根这种事情，自然是你情我愿。如果你自己不愿意，就当我的话没有说过。”

“第一我的灵根只会转嫁给女修，第二我希望宗门能帮我找到一个叫纳兰茹雪的女修，同时将我的遗嘱和遗物交给她。”燕霁躬身说道。

宁城易容成嵇和，逃进了破则之地。在宁城认识的人中，这件事只有她知道。她现在是没有希望了，只希望将来纳兰茹雪可以修炼成功，去破则之地找到宁城，帮宁城一臂之力。

“可以。”师依霜毫不犹豫的就同意了燕霁的话。

当初九转圣道池招收燕霁，就隐约有这种想法，现在燕霁提的这两个要求都不算什么，同意自然可以。

……

半崖圣城。

这个圣城没有天素圣城大，却也不小。因为半崖圣城附近，有两大宗门和数十小宗门，两大宗门分别是九转圣道池和玄月神门。这种宗门环绕，造成了半崖圣城的繁华。

宁城神清气爽的站在半崖圣城门前，看着同样雄伟、仙境万千的半崖圣城，心里是愉快无比。

走出破则之地的那一瞬间，他心里的那种舒爽感觉，实在是难以言叙。对阿离，他是愈发感谢。没有阿离的地图玉简，短短半年时间就走出破则之地，他想也别想。

而现在他不但走出来了，身上还有半枚阿含无则果，甚至对无规则神通，也有了一定的接触。他不敢说和对手对战的时候，完全限制住周围的天地规则，却可以在小范围内让对方的法则神通变弱，他的法则神通变强。

强者争斗，有时候就相差那么一点点。也许就是这个一强一弱，能让战局逆转。

之所以来到半崖圣城，是因为宁城不想去天素圣城见到那个踏星楼主。

尽管蛮会山发誓了，不敢再对他怎么样，宁城还是小心的易容了。这次他没有用嵇和的形象，也没有用自己原来的形象，而是易容成了当初在时光荒域满脸胡须的粗狂散修形象。

半崖圣城和九转圣道池还有玄月神门都很近，宁城来这里还有两个目的，一个是去看看齐十三星是怎么回事。按照齐十三星的秉性，就算是要留在宗门闭关，也会派人去天素圣城和他打个招呼。而事实上，从他到了天素圣城后，就一直没有收到齐十三星的消息。

第二个他想去九转圣道池看看，在太素秘境中，他看见了一个神似师琼华的女子。哪怕他知道，那是师琼华的可能性不大，他还是想要去看看。

师琼华是他的妻子，而且洛妃说师琼华是被她妹妹带走的。九转圣道池很有可能就是师琼华妹妹所在的宗门，不去弄清楚，他实在不甘心。

宁城一进入半崖圣城，就看见热闹拥挤的人群。他心里暗自惊异，听说天素圣城才是太素域第一圣城，怎么半崖圣城比天素圣城还要热闹？当初他在天素圣城的时候，加上太素大比，按理说天素圣城人更多才是。

随即宁城就看见了街头巨大的宣传大屏，在宣传大屏上清晰的写着，“贺九转圣道池和七星圣门联姻之喜，半崖圣城所有属于九转圣道池和七星圣门的丹器殿阁物品，三日内一律八折。”

难怪这么多人过来，三天时间，所有的东西都是八折。这给许多想要购买丹器的修士，节约了很多神晶。

这大宗门就是有气魄，别看这小小的八折，这么多人涌来，那是要付出极大代价的。

七星圣门宁城只晏昔霜，他不认为是晏昔霜要联姻。九转圣道池的修士大部分都是女子，联姻的女方应该是九转圣道池……想到九转圣道池，宁城心里就是一跳，他忽然想到了那个和琼华相像的女子，该不会是她吧？

宁城心里忽然有些焦躁，他赶紧走进了一家不小的息楼。

宁城还没有进去，就被息楼的伙计拦住了，“这位朋友，息楼的客人已经满了，您请换一家。”

这个时候哪家息楼不是满的？宁城直接取出一把神晶塞到伙计的手中，“我不喝灵茶，只想问问九转圣道池和七星圣门联姻的双方是谁啊？”

听到宁城仅仅是问这么简单的一个问题，伙计赶紧收起神晶，小声说道，“是九转圣道池最近名声响亮的水悦可和七星圣门的应永轩，这真是一对璧人啊。”

宁城听到是水悦可，没来由的松了口气。水悦可他并不陌生，这个女人进入了域外神泉，而且还因为他的缘故，最后占据了第六个石门。

那个应永轩宁城也认识，听说是这家伙和水悦可联姻，宁城心里暗笑。这家伙之前追单瑶岑，他可是亲眼看见的。也不知道是追不上单瑶岑，还是看见了水悦可进入了域外神泉，特意联姻巴结。

伙计看出来了宁城不是一个缺神晶的主，他见宁城要走，忽然神秘的说道，“这次联姻大礼在九转圣道池举办，朋友如果想要去九转圣道池参加联姻大礼，其实也是有办法的。”

“你说你有办法让我去九转圣道池？”宁城惊喜的看着这个伙计，他自然想去九转圣道池，不过他知道这仅仅是妄想罢了。以他的身份和来历，还无法去九转圣道池。

伙计得意的一笑，“我自然是没有这个能力，我可以指点你一个方向，通过这个地方，你可以弄到一张请帖。”

说到这里，伙计住口不说，他相信宁城明白他的意思。

宁城自然明白伙计的意思，随手取出一个储物袋放在伙计手中，“说出来，这个就是你的。”

伙计的神识在储物袋上转了一圈，很是满意的将储物袋收起，取出一个玉简，神秘的将玉简递给宁城，“这个地方有请帖出售，你想要的话趁早啊，晚了别怪我，这是我的独家秘密。”

一看这伙计的动作，宁城就知道，这伙计不知道做过多少次这种勾当了，还独家秘密？宁城也懒得去戳穿他，点点头，抓过玉简转身就走。

……

第九百二十九章 我这是欢迎你

玉简标识的地方很偏僻，加上半崖圣城到处都是神识禁制，宁城足足找了一个时辰，这才找到这个偏僻的地方。

这里处在一条小街道的拐角，低矮的门虚掩着，似乎怕别人不知道这里有古怪。

宁城刚刚闪身进去，一道凌厉的气势就将他笼罩住。因为没有感受到其中的杀机，宁城并没有异动，只是沉声说道，“我要一张参加九转圣道池和七星圣门联姻的贺典请帖，听说这里有出售。”

“普通请帖已经没了，只有一张高级的金贴，价格十万上品神晶。”一个略带阴冷的声音传来，却无法看清楚对方的长相。

宁城连价都没有还，直接取出一个储物袋丢过去，“这是十万上品神晶，请帖在哪？”

他本来就要高级的请帖，如果弄一张只能在外面做看客的请帖，他肯定看不到那个女子。

那人也没有想到宁城如此干脆，他顿了一下，这才取出一张金色的请帖交给宁城。

宁城的神识在请帖上扫了一遍，立即收起转身就走。

“这里是不是有去九转圣道池的请帖？”宁城刚刚转身，一个带着一丝略微磁性的女子声音就传了过来。

这是一个强者，宁城心里一紧。他在破则之地，见过太多的强者，这女人一出现，他就知道这女人是一个强者。就算不是证道第二步，也是接近第二步的存在。

这女子脸上带着一丝面纱，宁城依然能感受到一种高贵和圣洁的气息。

那出售请帖的男子似乎也感受到对方的强大，连忙说道，“只剩下最后一张，刚刚出售给了这位朋友。请帖现在已经没有，抱歉了。”

“你等等……”女子忽地转身，叫住了要跨出去的宁城。

宁城戒备的停了下来，不亢不卑的抱拳说道，“不知道朋友有何见教？”

“将你的请帖出售给我，价格你说。”女子看着宁城用毫无情感，也不容置疑的语气说道。

宁城真想说一声，难道你的屁股比别人的脸白一些？好在最终他还是忍住了。他估计，如果他真的敢说出这句话，那他是别想再去九转圣道池了。

“抱歉，这张请帖我不打算出售，我恰好不缺神晶。”宁城抱了一下拳，毫不犹豫的拒绝。

女子听到宁城拒绝，顿时皱了一下眉头，身上的气势突兀压了下来，瞬间就将宁城笼罩住。

感受到对方强大无比的气息，宁城暗叹，实力低了就是郁闷啊。如果实力高一些，他现在就用气势反压回去，将对方也压的死死的。

宁城奋力的鼓动神元，依然无法挣脱对方的束缚。不过因为宁城的抵抗，强大的空间波动瞬间扩散了出去。

“赶紧住手，如果再不住手，我们一个都跑不掉。在半崖圣城动手，是死罪。”暗中的声音再也无法顾忌，赶紧吼了出来。

似乎也知道这里不能动手，女子收敛了自己的压抑气势，冷冷说道，“一个小小的永恒境，能在我的气势下站着，也算是有点门道。看在这一点，你交出请帖，我放你一次。”

宁城自然知道这里对方不敢动手杀他，之前被蛮会山追杀这么久，心里就憋屈的很了。现在一出来，就又被一个女人如此威胁，心里更是不爽到了极点，“老子就是不交，你能咬我？”

他连蛮龙族的九皇子也敢杀，岂能被一个女人威胁？刚才被这个女人气势压制住，是他不谨慎。如果这个女人敢再用气势压他，他会再瞬间施展无规则手段，挣脱对方的压制逃走。除非这个女人不想活了，敢在半崖圣城追杀他。

这女子听到宁城的话，气得浑身发抖。从修炼到现在，她还没见过谁敢对她充老子的。

看见两人再起冲突，宁城要走，这女人要动手，暗中出售请帖的人暗自叫苦。如果宁城的请帖不是他这里出售出去的，这两个人是死是活，他才懒得管。现在一旦这两个人在外面闹出事情来，肯定会查到他这里来的。

想到这里，暗中的男子急忙说道，“其实还有一个更好的办法，这请帖是高级请帖，可以带一个人进去。你们两人只要合作，都可以进入。”

脸带纱巾的女修听到这个提议，没有再动手，只是拦住了宁城出去的路。

宁城知道对方的意思，那是认同了这出售请帖之人说的话，要和他共用一张请帖。

宁城也是无奈，他知道自己必须同意。这个女人的实力强大到可怕，根本就不是他能拒绝的。如果这里不是半崖圣城，说不定他都被人家干掉了。

“好，我同意。不过我是主，你是次，否则没有的谈。”宁城略一犹豫，还是认同了这个提议。

他刚才扫过请帖的时候，看见了请帖上可以带一个人的。

女子点点头，“好，就这样。”

她对谁主谁副根本就不在意，只要进入九转圣道池就可以了。

两人达成一致，这才一起走出这暗淡的地方。

“请帖是后天，我们后天再联系。”宁城说完后，加快了脚步，他要找一个地方住下来再说。

女子似乎没有听到宁城的话一般，一样加快了几步，跟上了宁城。

宁城停了下来，平静的看着这脸带纱巾的女子，尽量放缓自己的语气说道，“我要找地方住，你跟着我做什么？我说过，后天一起去，就后天一起去。如果你不相信我，那就自己想办法。”

女子吸了口气，似乎也在强行压制心里的不舒服说道，“我不大相信你。”

还真直接啊，宁城很是无语。他没有再理睬这个女子，直接走向附近的一家息栈。

“两位客人，息栈住满了，请去下一家吧。”息栈的一名伙计拦住了宁城。

女子并没有说话，她知道宁城是找不到住处的。之前她都问过好多家了，没有一家息栈有空房间。

宁城对这种事情轻驾就熟，自然不会因为伙计的一句话就走。他取出一个储物袋丢在伙计面前说道，“给我找一个好点的房间，多的就是你的。”

伙计正想拒绝，当他的神识落在储物袋中，看见是五万神晶的时候，立即改口说道，“我只能帮你去看看，如果实在没有的话，我也没办法了。”

宁城没有说话，只是一挥手，意思是你要去赶紧去。他猜测这伙计没有说假话，之所以给出五万神晶，有部分神晶是交给伙计给退住的修士。请别人离开，自然要补贴神晶。

伙计转身退去，仅仅半柱香时间，伙计就满脸堆笑的下来对宁城抱拳说道，“刚刚位朋友退了一间房，我已帮两位办好手续了，丙五十九号。”

说话间，伙计取出两枚玉牌递给宁城。

宁城知道这伙计误会了，以为这个脸带纱巾的女子是和他一起的。他也没有多话，直接将两枚玉牌收起上楼。

脸带纱巾的女子心里是暗自钦佩宁城，这么简单的办法，她怎么就没有想到呢？

宁城上楼，那女子倒是没有跟着上楼了。等宁城走远后，她也拿出一个储物袋递给伙计说道，“帮我也找一个房间，多的是你的。”

有了上一次经验，伙计自然是欣喜的抓过储物袋上楼去调换房间。果然，不大一会，这伙计再次交换出了一个空的房间出来。

……

宁城进入房间后，开始在房间中重新布置禁制。一炷香过去，他的禁制还没有布置完成，门口的禁制就动了起来。

宁城看见外面的女子，有些无奈的打开禁制问道，“我相信你现在也有住处了，去参加贺礼还有两天时间，你现在来做什么？”

女子闪身进入宁城的房间，神识四处扫了一下，这才取出一个通讯珠递给宁城说道，“交换一下通讯珠，我还是不大放心你。”

宁城讥讽的说道，“如果不放心的话，那就进来和我一起住吧，我大度的很。”

女子犹豫了一下，竟然点点头，“也好，这里正好有两间房。”

说完，她直接收起自己的通讯珠，走向其中一个房间。

宁城呆呆的看着这个脸带纱巾的女子，心里有千万羊驼奔走。这女人听不出来他是讥讽吗？尼玛，我是讥讽你的啊。

这女人看起来高贵圣洁气息逼人，竟然和陌生男修住一个房间的事情都干的出来。这人还真是不能光凭感觉，感觉这东西完全不可靠。

看着这个女人自顾走向房间，宁城实在是忍不住，伸出了中指在她的背后摇了摇。

更让宁城没有想到的是，这女子竟然突然站住，回头皱眉看着宁城说道，“你伸出中指是鄙视我，想要骂人对不对？”

宁城手一抖，赶紧将手指放了下来。这是地球上的一个手势，这女人怎么知道？想到对方恐怖的修为，宁城笑了笑，“不是，我是说很荣幸和你住在一起，伸出中指，是欢迎你，是热烈欢迎。”

女子摇了摇头，“不对，我曾经和一个人联手对付过一个小白脸。那个人就对小白脸伸出过中指，这不是什么好动作。”

宁城心里一惊，难道是和他一起从地球而来的人？他顾不得别的，赶紧问道，“请问一下，那个人叫什么名字？”

……

第九百三十章 又见子符

“我为什么要告诉你？我们只是互相利用而已，有什么好问的。”女子语气平淡，拒绝的没有半分迟疑。宁城说话和动作都不礼貌，她心里其实很反感。

宁城讥讽道，“利用是利用，不过不是互相利用。你只是用你的实力压迫我，利用我而已。而我，利用了你什么？说句难听的话，如果我的实力比你强，我早就一脚将你踹走了。”

这女人不说，宁城也不在意。伸出中指也就不一定是地球来的，再说他之前还在踏星楼看见了一些熟悉的字眼呢，难道踏星楼主也是地球来的？这显然不现实。星空浩瀚，不知道有多少类似的事情。

女子脸上难得的有些发热，她不喜欢这种手段。可是她必须要去九转圣道池，九转圣道池不守信用，拿走了她重要的东西。属于她的，她要去拿回来。

“我不想提那个人的名字，我可以告诉你的我的名字。我叫若惜，这次的确是我沾了你的光，我本来就想要和你商量一下，你的请帖需要我出多少神晶的。该我出的神晶，我自然不会推诿。”这叫若惜的女修在听了宁城的话后，反而有些不好意思起来。

宁城经验老道，一看就知道这个女修应该很少干这种事情，这才不好意思。他心情稍微好了一些，点点头说道，“算了，既然我是男的，就吃点亏好了，你随便给个一二十万上品神晶就行。”

刚想拿出二十万神晶给宁城，忽然想到这些年她一直在虚空中渡过，加上刚才没有节约观念，直接拿了五万神晶给伙计，现在神识神晶还真没多少了。只是她一直对神晶都没有什么概念，要用就用，反正身上多的是。直到要拿神晶给宁城，才想起来身上的神晶不多。

“神晶以后再给你吧，我要休息，后天叫我一起。”若惜说完，急急忙忙的走进房间，随手打上禁制。

宁城瘪瘪嘴，心说我就知道会这样。这个女子不愿意出神晶，他也无法逼迫人家。毕竟从修为上来说，这个叫若惜的女人比他要强的太多了。

回到自己的房间，宁城直接打上数道禁制。

若惜的神识落在宁城的房间外面，当她发现自己的神识无法渗透进宁城的禁制之时，微微一怔。这个永恒境修士看起来才刚刚转化神元，怎么能有如此强大的阵法造诣？

一夜无事，第二天一早若惜就离开了房间，宁城自然不会去过问这个女人去什么地方了，他只是抓紧时间淬炼自己的识海。

半天过去，宁城房间的禁制被触动。宁城无奈的打开禁制看着门口的姬惜说道，“你到底还有什么事情？后天还没有到好不好？刚才我差点就证道成功了，被你这样一打断，也许我的证道之路会就此顿住。我知道你强，我打不过你，但是你这样做损人不利己的事情，难道不怕遭报应吗？”

刚刚想要张口的若惜，被宁城这一番话说的满脸火热。她不是那种和别人一样，死皮赖脸的修士。实在是因为她今天看见了急需要的东西，这才焦急的来找宁城。

“对不起，我不是有意的。”明知道宁城在胡扯八道，若惜还只能强行忍住。在半崖圣城，除了宁城之外，她还真的不认识别人。

宁城叹了口气，“好了，我知道了你不是有意的，你出去吧。”

“我想要问你借一点神晶……”若惜有些尴尬的说出了自己来的目的。

宁城站起来惊异的看着若惜，“不会吧，我无偿带你去九转圣道池，又无偿给房间给你住。你现在还要问我借神晶？说好听一点是借，说不好听一点，恐怕是有借无回吧？”

“我的确是有急用，我保证……”

宁城再次打断了对方的话，“我根本就不认识你，凭什么借神晶给你？后天我们到了九转圣道池后，你是你我是我，大家各不相干。”

若惜犹豫了半天，忽然拉掉脸色的纱巾说道，“现在你认识我了，我不是太素界的，而是来自太初圣道界。你应该不知道开天符，我有一枚……”

心里太过焦急，若惜的语气有些凌乱。

一张让人窒息的美丽容颜出现在宁城面前，蓝冰也很美，但是蓝冰的美让宁城心里有一种冰寒。而这个女人，是纯天然的美，绝美的容颜还带着一丝圣洁的道韵。这种美，让人忍不住要多看几眼。

宁城吸了口气，很快就平静下来。他想起了蓝淑姐，这应该是修炼莫一种功法，越修炼越漂亮，甚至带着一丝圣洁气息。

蓝淑姐说将功法传给洛妃，可是他后来就再也没有找到过她。就算是他修炼有成，回到奕星大陆的时候，也没有见到蓝淑。

见宁城怔怔的看着自己，若惜没有继续说下去，也不以为意，只是将纱巾收起，“现在你看过我了，我们也算是认识了。请相信我，我一定会还给你的。”

刚才因为若惜惊艳的容貌让宁城没有想起她后面的话，现在回过神来，宁城这才想起她的话，急忙问道，“若惜道友，你刚才说你有一枚开天符？”

若惜摇了摇头，“我之所以来到这里，的确是因为抢夺一张开天符，不过开天符我没有抢到。”

宁城忽然想到了苍蔚，苍蔚有一张开天符。难道苍蔚的开天符，就是这个女人参加抢夺的那一张？不对啊，苍蔚在血河之底多少年了？

他没有询问若惜关于苍蔚的事情，万一两人是对头，这个女人说不定会干掉他。说不定苍蔚在抢到开天符后，在虚空中遇见了时间规则世界。

“你有开天符的子符，找我有什么用处？”宁城不解的问道。

若惜吸了口气说道，“我当年因为不懂，错失了一样很重要的东西。后来我在得知这样东西很重要后，我用宗门的重宝想要将东西再换回来。没想到那人在收了我的宝物后，也得知了这件东西的珍贵，临时变卦。而他却不能返还我给他交换的东西，我在追杀他的时候，遇见了众多人抢夺开天符和九枚子符。

开天符珍贵无比，我自然也不会例外。当时抢夺开天符的修士有上百之多，我运气不错，抢到了一枚子符。因为抢夺开天符和子符的都是实力强横之人，强大的空间波动，激发了开天符和众多的子符……”

宁城有些明白过来，惊异的问道，“你是说，那些抢夺开天符和开天符子符的人，都因为符篆激发，穿过了位面？”

若惜沉默了一会后说道，“至于是不是都穿过了位面我不清楚，但当时随着开天符被激发后，穿过位面的肯定不少。我来到这个宇宙位面，就是因为我抓住的那枚子符也被激发了。”

“对了，那你错失的那样很重要的东西岂不是没有得到？”宁城心里有些痒痒的，若惜这种强者都觉得错失的东西，到底是什么珍贵之物？

“我拿回来又失去了，那个人也因为抢夺开天符，穿过了位面。我从他手中抢回了东西，只是那样东西再次落在了九转圣道池手中。”

听若惜说到这里，宁城有些无语的摇了摇头，这个女人的情商应该不咋地。否则到手的东西，怎么会落在九转圣道池中？以她的实力，九转圣道池应该不会是强抢的，不是强抢，那就是被骗去的了。

“那你借神晶干什么？”宁城问了一大堆，并不打算借神晶给这个若惜。看个脸就等于认识了？等对方借了他的神晶，用开天符子符走掉，他找谁要去？

若惜期待的看着宁城说道，“我的开天符子符被激发过，现在无法再次激发。我需要两种材料，才能再次激发开天符子符，今天我在半崖圣城的一家商楼看见了其中的一种。”

本来一副无所谓样子的宁城，听见若惜的话，差点抓住了她的手。好在他很快就冷静下来，略显激动的问道，“若惜师姐，你是说开天符子符被激发过，还可以通过外物来复原？”

他身上还有一枚开天符的子符，只是被用过了而已。如果能被激发，那岂不是说他可以再重复使用？

若惜点点头，“是啊，用天极纹霖和暗虚乳就可以重新复原被激发过的子符。今天我在半崖圣城看见的就是暗虚乳，数量不多，我怕被别人弄走了，这才急切的要来找你借神晶。”

宁城改口叫她师姐，这让她心里对宁城的厌恶少了不少，根本就不等宁城问，主动说了出来。

宁城听到若惜的话，就知道这个女人虽然很聪明，却没有什么社会阅历。看样子，她之前的日子是和市井喧闹隔绝的。否则，不会在自己还没有问的情况下，就说出了这两样东西。

“若惜师姐，正如你之前说的那样，我们现在是互相帮助的关系。你的事情，就是我的事情。走吧，我和你一起去。别多想，我和你一起去，是因为我比较会还价，我怕别人宰你。”宁城就差拍着胸膛保证了。

“好，我们现在就去。”很明显，若惜比宁城要焦急多了。

第九百三十一章 交易暗虚乳

若惜带着宁城急匆匆走出息栈的时候，才想起来问道，“谢谢你帮我，我还不知道你叫什么名字？”

宁城嘿嘿一笑，“我叫成念琼，对了，你的东西是怎么落在九转圣道池的？”

“她们宗门有一个弟子重伤，需要我的东西疗伤。加上我需要的天极纹霖，九转圣道池正好有……”若惜叹了口气。

宁城心里一喜，表面平静的看着若惜，“你是说九转圣道池有天极纹霖？那她们给你了吗？”

若惜点了点头，“那个女人很厉害，而且很有心机。她和我商量的时候，非常诚恳和大度。甚至还没有看见我的东西，就拿出了两瓶天极纹霖给我。还说，如果不够，她们会再想办法。”

宁城心里完全明白了是怎么回事，有些无语的说道，“这么说，你也将你的宝物交给了她们？”

若惜嗯了一声，语气带着一些无奈说道，“我以为如此干脆直接的人，肯定会在救完人后，将东西还给我。况且我急需要天极纹霖，加上九转圣道池和我原来的宗门有些差不多。

可是让我没有想到的是，一个如此大的宗门，连半分脸面都不要。她们在知道我是无根无底的人之后，直接没了我的珠子。当时她们有一个混元强者，说要再等几天，我就知道东西拿不回来了。怎奈我的实力不如对方，只能离开。”

宁城也有些同情这个若惜了，他感觉的出来，这个女人不坏。只是因为她不坏，才被别人故示的诚恳和大度迷惑，失去了那个什么珠子。这和他的性格有些差不多，如果对方敞开心胸，坦诚的相交，他也不好意思做的太斤斤计较。

“你现在不带面纱，去九转圣道池，会不会被别人认出来？”宁城有些担心的看了看身边漂亮无比的若惜，这或者是同病相怜。这个女人也算是被九转圣道池摆了一道，吃了大亏。

以她的修为，哪怕是道元境界，想要在九转圣道池拿到她的珠子，恐怕还有些困难。九转圣道池肯定有混元强者，一旦被发现，她说不定连小命都会送进去。

若惜摇头说道，“她们认不出来我，这才是我的本来容貌。和她们交易的时候，我是另外一个形象。”

“你和我说这些，不怕我去九转圣道池告密？”宁城带着笑意看着若惜。

若惜淡声说道，“你虽然看起来有些低俗，不过我相信我的眼睛，你不是那种要去告密的人……”

宁城听了心里很是舒服，这美女眼光不错嘛，知道我不小人。

“再说你花了大价钱去九转圣道池，我相信也不会真的为了去祝贺两派联姻。你去告密，是告你自己。更何况……”若惜说到这里，看了看宁城，微微一笑，“我一直在你身边。”

宁城心里郁闷无比，这个女人最后一句话应该才是真话。只要他稍微有移动，估计连骨头渣子都没有了，这个女人恐怕也不是好糊弄的。

“这么说来，你只要得到暗虚乳，你就可以修复子符了？”宁城心里想着那两瓶天极纹霖，忍不住试探了一句。

“是的。”若惜回答的倒是很干脆。

若惜找到暗虚乳的地方是千层商楼，宁城和若惜来到这里的时候，这里早已挤满了人。

若惜进入千层商楼后，急匆匆的走上五楼。她一进入五楼，脸色就是微微一变，宁城看见若惜的脸色一变，心里暗道不好。

果然，若惜几步就走到最里面的一个精致的柜台前面，指着一个空了的位置焦急的问道，“这里的暗虚乳呢？”

柜台前的伙计有些心不在焉的抬起头，当他看见若惜绝美的容颜时，脸色立即就端正起来，非常客气的回答道，“这位客人，暗虚乳不久前被一名客人购买走。”

“啊……”若惜啊了一声，整个人都有些焦急起来。

她寻找暗虚乳不是一天两天了，知道这东西极难遇见。她本来只是抱着试试看的心情，随便转一转半崖圣城，没想到还真的看见了暗虚乳。

她怕等自己弄来大笔神晶的时候，暗虚乳早就被人买走了。没想到，她拉下脸向宁城借神晶，也晚了一步。

“哎呀，就是那位客人购买走的。”柜台的伙计看着若惜的倾城容颜，终于找到了一句讨好的话。

若惜回头就看见了一名刚刚从六楼下来，经过五楼门口的凶悍男修。她甚至都没有想，直接追了出去。

宁城却没有跟着出去，而是笑着看着这伙计问道，“暗虚乳是什么东西？很珍贵吗？”

伙计对宁城可没有对若惜那么客气了，语气转淡说道，“一瓶七百四十万上品神晶，你说珍贵吗？”

若惜看见宁城没有跟出来，急急忙忙的又冲进来，拉着宁城就走。宁城是付神晶的，就算是她找到了对方，也没有神晶支付。用东西交换，她身上还真的没有什么可以和暗虚乳相比的宝物。

“道友，请留步。”若惜带着宁城冲出千层商楼的时候，那名满脸凶悍的男子才刚刚走出商楼。

这男子听到有人叫他，神识扫过来的同时，脸色也是一冷。

宁城永恒境修为，被这种神识一侵，不由自主的打了个激灵。他看的出来，这个凶悍男子的实力肯定不到证道第二步。若是他没有猜测的话，这家伙应该是一个化道强者。

不过当凶悍男子看见叫他的是若惜时，脸微微缓和了一些，语气依然冷漠的说道，“你叫我？”

若惜连忙上前抱拳，“是的，我有些事情，想要和道友做个交易，不知道道友能否抽出一点时间来？”

“抱歉，我不和陌生人交易。”说完，这男子转身就走。

若惜心里焦急，却毫无办法。宁城忽然上前说道，“我有朋友急切需要的东西，你可以看看。我保证，你会感兴趣的。”

化道男子再次回过身来，冷冷的盯着宁城，“你区区一个永恒蝼蚁，也敢在我面前说有东西我急需要？如果这里不是圣城，我早就杀了你这种大言不惭之辈。”

宁城淡淡一笑，忽然取出一个玉瓶弹了过去，“朋友先看看东西再说，如果觉得不错，那我们再谈。如果这东西对你真的没有用处，那就当我刚才什么都没有说过。”

化道男子伸手抓过宁城的玉瓶，冷哼一声，打开玉瓶神识扫了进去。随即他的脸色微微一变，语气转为低沉说道，“两位和我去前面的息楼交谈。”

他手中的玉瓶并没有还给宁城。

若惜也是惊异的看了一眼宁城，她的神识略微扫一下，就看出来了。宁城的玉瓶中有一枚丹药，丹药带着一种扩展识海的清新气息。她看着宁城的眼神一样不对了，扩展识海的丹药，是多么珍贵？一个小小的永恒境修士，怎么可能有这种丹药？

几分钟后，这名化道男子就走进了息楼。宁城和若惜跟着进去的时候，息楼的伙计早已拿出了备用的包间。可见，伙计也知道这化道男子很强。

宁城看了一眼身边的若惜，心说这就是对比啊。人家一个化道来到息栈，根本就不用多话，包厢就出来了。你估计是比化道还要高吧，竟然还要学他一个永恒修士的办法，交纳五万神晶。

若惜就好像没有看见宁城的目光一般，她没有必要和宁城解释这些。

等宁城和若惜都在包厢坐下，这化道男子这才抬手就打上了包厢的禁制，将手中的玉瓶放在桌子上，看着宁城说道，“这种丹药你有多少？全部拿出来。”

宁城无语的看了看若惜，怎么修为高一些，都拽的和二五八万一般？动不动就要求对方怎么样怎么样，能不能别这么不要脸？

若惜明白宁城的意思，她脸色微微一红，传音给宁城说道，“你想办法将暗虚乳交易过来，我给你一瓶天极纹霖。”

宁城一听若惜的话，就知道对方也知道自己有子符了。他也不在意，这个女人还算是顺眼，做事情也不是太过分。

他没有回答若惜，看着这个化道男子，语气平淡的说道，“既然是交易，自然是双方同意。你没有问过我要什么东西，也没有拿出什么东西，就让我将所有的东西全部拿出来？”

听到宁城竟然敢用这种语气和自己说话，这化道男子眼睛一眯，气势在两人的范围之内，狂卷而出。

一个化道也想要用仅凭气势将他压制的不能动，宁城心里冷哼了一声。不过没等他反抗，那这化道修士的气势就好像遇见了一堵无形的壁垒，瞬间就卷了回去。

“嘭”的一声轻响，在三人中间的玉桌消失的无影无踪。

化道男子脸色一变，忽地站起，震惊的盯着若惜，“道元强者……”

若惜坐在动都没有动，也没有回答这化道男子的话。

“刚才是我的不对。”这化道男子说完，手一挥，三人面前再次多了一张玉桌，他背后冷汗直冒。他感觉的出来若惜修为不低，甚至也是一个化道强者，不过他并没有放在心上。以他可以轻易压制同阶的手段，一个化道他根本就不会放在心上。却没有想到，这个绝美的女子是一个道元强者。

……

第九百三十二章 子符复原

宁城根本就不说话，只是平静的看着眼前这个化道强者。若惜没有神晶，也没有东西和对方交换，更何况她知道宁城谈判应该比她强，所以更是不会说话。

化道男子自然明白宁城和若惜的态度，他主动抱了一下拳说道，“重新认识一下，安智翰，有一个外号碎雨魔圣……”

说起碎雨魔圣，恐怕在太素域没有几个人不知道。虽然是化鼎圣帝，却绝对是强者中的强者。而且还是一个魔修，下手狠辣，滑溜无比，一些大宗门都不愿意和他结仇。

安智翰以为他说出自己的名字后，宁城和若惜两人会动容一下。让他没想到的是，宁城和若惜两人惊都没惊。以安智翰的眼力，自然看的出来，这两个人是真的没有惊，不是那种假装镇定。

原本想要用自己的名气取得一点优势的安智翰，只能吸了口气继续说道，“如果我没有看错的话，刚才朋友你拿出来的是神髓丹吧？甚至连神髓丹都没有如此强大。”

宁城微微一笑，“我拿出来的丹药不是神髓丹，不过主药却和神髓丹差不多，是神石髓。至于效果，我相信就算是五枚神髓丹，也不一定能有我的这一枚丹药厉害。这种丹药的名字叫空城渡识丹，对扩展识海，增强神识，斩掉神识杂质，甚至对识海疗伤都有一定的作用。说有价无市，也不为过。”

不要说安智翰，就连旁边的若惜听的脸色都是微微一变，这种丹药对她一样非常重要。

“请朋友出价，这种丹药我愿意购买。”安智翰沉声说道，他完全没有再将宁城看成一个永恒境修士了。

拥有这种逆天神丹的修士，就算是永恒，哪又如何？只要随便拿一些丹药出来，也有一堆证道第一步的强者跟在他后面。他对面这个绝美的道元女子，就是一个例子。

以安智翰的推测，宁城不但拥有这种丹药，甚至还可以炼制出这种丹药。否则他身边的这名道元女子，早就干掉这个永恒蝼蚁，抢夺他的东西了。

安智翰以己度人，以为若惜和他一样是一个心狠手辣之辈。

“我之所以找到你，是因为你身上有一瓶暗虚乳。”宁城笑了笑说道。

安智翰脸色一变，语气有些失落起来，“你们想要暗虚乳？那真是抱歉，虽然我很想要空城渡识丹，却无法交换暗虚乳。否则我也不会用千万以上的神晶，来购买一瓶暗虚乳了。这东西，对我非常重要。”

说完，安智翰甚至缓缓站了起来。他的语气和动作，表明了他虽然很想要空城渡识丹，奈何暗虚乳对他更重要。

若惜脸色一样大变，如果暗虚乳交换不到，她怎么回去？

宁城微微一皱眉，他没想到暗虚乳对安智翰如此重要。他正想吃点亏拿下暗虚乳的时候，心里忽然一动。

安智翰刚才绝对说谎了，暗虚乳对他没这么重要。如果暗虚乳真的对他这么重要，他就不会故意虚报暗虚乳的价格。明明只有七百多万神晶，他硬要说一千多万。更何况，若是这样东西真的对他重要，他就不会说出价格。

看着安智翰走出去，宁城动都没有动，若惜焦急万分。东西是宁城的，宁城不说话，她根本就做不了主。

但是现在安智翰要离开，就算是她做不了主，也顾不得了，忽地站起，就要追上去。

宁城抬手就要抓住若惜的手腕，不过若惜的修为比他强多了，手一抖，就将宁城的手避开了，让宁城抓在了她衣裙上。

“放开。”若惜微微一皱眉，她还要利用宁城，无法对宁城发作。

宁城不慌不忙的说道，“暗虚乳也不是只有这一瓶，既然对方有重要作用，我倒是有一个路子，也能弄到暗虚乳，只是稍微麻烦一些而已。”

“啊，你能弄到……”

宁城不等若惜将话说完，就摆了摆手，示意她不要继续说下去，同时站起来说道，“我们走吧，回去再说。”

若惜早已反应过来，宁城是在说假话，这是心理战术。宁城如果真的可以弄到暗虚乳，就不会和她来这里，也不会问她开天符子符如何激发了。

安智翰走出包厢，看见宁城没有叫住他，就知道自己的策略失败了。至于后来宁城说他也有别的地方能弄到暗虚乳，安智翰根本就没有放在心上。他不是真的急需暗虚乳，也知道这东西不是随随便便就可以弄到的。

但宁城就算是骗他，那又如何？他不是急需要暗虚乳，他急需要空城渡识丹啊？

明知道这是对方的心理战术，却不得不回来。清楚对方能找到暗虚乳是假话，他就是要受到影响。

安智翰叹了口气，道心啊，还是缺了那么一点点。无法在外物的影响下，纹丝不动。

不等宁城和若惜走出包厢，安智翰就再次返了回来，他没有一点尴尬，反而肃然的对宁城和若惜两人说道，“我刚才想了一下，我是急需暗虚乳。不过如果有足够的空城渡识丹，我也认了。”

宁城笑了笑，果然是这样。若惜平静无波，她在知道宁城用心理战术的时候，就明白了之前安智翰的话有些问题。

“我是这样考虑的，碎雨圣帝有一瓶暗虚乳，我愿意出两百万上品神晶，外加五枚空城渡识丹。刚才给你做样品的那一枚，算作我送你的。”宁城根本就没有坐下来，直接说道。

见安智翰要说话，宁城拦住他的前面说道，“我只有这点东西，如果碎雨圣帝愿意交换的话，那就交换。如果不愿意交换的话，我们就再想办法。七百万多万一瓶的暗虚乳，我还是可以弄到的。”

安智翰见宁城将话说到这样，连坐下的意思都没有，就知道他只能这样交换了。若是不同意，他将和空城渡识丹无缘。

若惜看见宁城和安智翰交换成功，这才松了口气。

……

“今天我承你的情了，欠下的神晶，我必定会还给你。”若惜和宁城一回到息栈，就主动说道。

宁城摆摆手，“大家谁都不欠谁的，我这里有一枚开天符子符，你也有一枚，我现在将暗虚乳交给你，你帮忙将我的这一枚子符也还原。”

宁城根本就不懂怎么还原子符，哪怕他有材料，也没有手段。

若惜点点头，就算是宁城不说，她也打算这么做。之前告诉宁城子符是需要两种材料，她就知道这回事了。

两枚暗淡的子符被放在若惜面前，若惜一抬手，这两枚子符就在她的面前悬浮起来。她开始不断的打下禁制，一道道禁制裹住了子符，随后两个黝黑的玉瓶被她取出。

在一边的宁城估摸着，刚才若惜取出的两个玉瓶，应该是天极纹霖。

又是半柱香后，若惜将两瓶天极纹霖完全倒入她打下的禁制中，又将暗虚乳玉瓶打开，同样倾倒了下去。

一种玄奥之极的空间规则波动在宁城面前形成，让宁城感觉自己好像就在一个暗虚深渊的边缘。宁城的神识根本就无法看清楚其中的变化，只能感受到空间规则和撕裂气息反复交换。

若惜的手印速度更快，到了最后，就算是宁城如此强大的神识，也只能勉强看见一些痕迹而已。

宁城心里暗自庆幸，幸亏他将东西都交给这个女人了，否则，他自己还真的完不成这种事情。

又是两个时辰过去，两道金芒从若惜手中的禁制中散发出来。

随即周围的禁制完全消失，两枚巴掌大小的淡金色符篆落在了地上。

果然是开天符的子符，这和当初苍蔚给他的子符一摸一样。宁城正想抓起其中一枚子符，却发现若惜脸色苍白无比的坐在原地，浑身有些颤动。强大的神元灵气被她卷走，在她周围形成了一个淡淡的漩涡。

看样子消耗很大啊，宁城对这个女人倒是多了一些好感。他取出两个玉盒，将两枚开天符子符装起。收起属于他的那一枚，然后将另外一枚放在了若惜旁边。

直到一炷香后，若惜才睁开眼睛，看了宁城一眼说道，“谢谢了。”

“应该是我谢谢你，这枚子符我收起来了。”宁城扬了扬手中的玉盒。

“成念琼应该是你的假名吧？你真名叫什么？”若惜微微一笑，收起了属于自己的子符。尽管宁城的修为和若惜相差天差地远，经过这次合作后，两人之间的提防反而小了一些。

宁城没有隐瞒，“我叫宁城。我见过的证道强者，很少有愿意和永恒修士废话的，你是一个例外。”

一般的证道修士，绝不会和一个永恒境修士这么多废话。宁城说若惜是一个例外，这倒也没说错。

若惜笑了笑，曾经她塑道的时候，也是不会去和永恒境修士多话的。这和看不起无关，而是一种境界。直到她遇见了那个逆天的人。

当初她第一眼看见他的时候，他就是一个小小的仙帝，用这个位面的境界来说，就是一个永恒境修士。而数年之后，自己在他面前只能仰望。

他当着师父的面说神女圣门是一群毫无人性的假道姑，对着师父的面呸，她神女圣门也只能忍住，认了。从那之后，她从不小看任何一名永恒境修士。而且，她在宁城身上看见了和那个人类似的强者气质。

……

第九百三十三章 圣道池的大典

在太素域，一直有一个说法。那就是太素域十大宗门有五个在地面，四个在海中，还有一个在空中。

那唯一在空中的宗门就是九转圣道池，宁城和若惜来到九转圣道池之外，这才感受到为什么有这种说法。

确切的说，九转圣道池是由庞大面积的山脉群，外加一个九转圣道峰组成。山脉群自然还在地面，真正建立在空中的是九转圣道峰。

众多的弟子，平时并不能进入九转圣道峰。这次九转圣道池和七星圣门联姻，这才单独开辟了一条通往九转圣道峰的路。进入九转圣道池中心九转圣道峰，并不需要经过外围的山脉群。

通往九转圣道池中心的入口有两名修士守着，淡淡的云层从地面延伸到空中。在淡淡的云层当中，有一条隐约的阶梯。

两名守护在阶梯入口的修士，在检查了宁城的请帖之后，对宁城做了一个请的手势，让宁城和若惜登上阶梯。

“这是一件神器法宝，等级并不算多高。”看见宁城在观察脚下的阶梯，若惜主动说道。

宁城是一个能炼制中品神器的炼器大师，自然知道脚下的阶梯是一件神器，而且仅仅是一件中品神器。他之所以观察，是因为他没有炼制过这种辅助神器。

阶梯不短，为了以示对九转圣道池的尊重，在阶梯上的修士都显得并不着急。宁城和若惜两人，自然也不敢造次。这条阶梯，两个人足足走了半柱香时间，这才来到了一个巨大的水池前。

在这水池前有几个大字，“一转圣道池。”

水池表面白雾缭绕，在水池的上面没有任何东西。宁城的神识扫了进去，不能扫入池中半分。接应客人的女修看见宁城和若惜来到池边，赶紧上前躬身说道，“两位客人请随我来。”

说完，这名带路的女修先行跨入池中，让宁城震惊的是，他明明没有感受到这名女修施展了踏空而行的法术，而池上也没有任何桥，这女修偏偏就这样踏池而过。

宁城跟了上去，他同样没有施展任何法术，在他虚空踏在这个水池的上方时，就好像有一种特殊的力量，托着他不落下池中。而他也并没有在周围感受到阵法，或者是池上有特殊的波动。

“请问一下这个池子为什么叫一转圣道池？”宁城问了一句，他想起了自己的七桥神通。

带路的女修微微一笑，略微欠身说道，“这是我九转圣道池修炼的入门之地。”

说完这句后，女修就不再多话。此时三人已经走过水池，来到了一条白玉铺成的路上。

若惜及时传音给宁城道，“九转圣道池的修炼功法我了解过一些，如果我没有猜错的话，要修炼九转圣道池的功法，先要在这个池中进行第一次轮回。”

宁城对九转圣道池轮回倒是知道一些，师琼华九世轮回，最后因为他的缘故，功亏一篑。

想到师琼华，宁城叹了口气，没有心情再说什么。

在宁城和若惜跟随这名女修来到典礼大殿的时候，大殿中早已坐满了修士。宁城的目光略微扫了一下，很多都是塑道以上的强者，这些强者他一个都不认识。

若惜的声音再次传来，“这里不要用神识乱扫，这里有许多证道修士。”

“谢谢。”宁城感谢了一句。

他和若惜的交易，到了这里后，事实上就结束了。是若惜依然提醒他，说明这个女人还有些人情味。

两人坐下后，又有人陆续进来。渐渐的有些宁城认识的人也走进了大殿，这其中有几个就是他在进入太素秘境时候看见过的证道强者。

当一个银发女子走进来的时候，宁城下意识的低下头。他很快就想起，自己现在易容了。

这个银发女子他认识，就是当初被蛮九仞要挟着去玄黄星陆，最后还是自己救了她，和她进行了一番交易。没想到，这个女人也来到九转圣道池参加典礼。

又过了片刻，几名美貌女修联袂走了进来。这几人宁城居然大部分都认识，师依霜和那元香，还有单瑶岑和晏昔霜。在这几人之后，屈白义、陆逸仙、姬平中，甚至彭山还在其中。

别的女人来这里，宁城倒也不觉得奇怪。水悦可有几个闺蜜过来为她婚礼加油，也是正常的事情。只是单瑶岑过来，宁城就有些不解了。宁城可是知道即将和水悦可成婚的应永轩，之前是追单瑶岑的。

让宁城极度失望的是，他没有看见那个酷似师琼华的女修。要知道他来这里，主要是为了那个女修来的。

所有的人都知道，这里是什么地方，进来后，就算是认识的人，也都只是点点头而已，没有人敢在这里大声喧哗。

一些珍贵的神灵果和一些美酒，不断的被送上来。随着这些顶级好酒下肚，大殿中的声音终于慢慢的多了起来。

就在气氛渐渐的上来后，一名头戴圣冠的美貌女子陪着几名同样带着圣冠的修士走了进来。

“见过天荷圣帝……”

“远空圣帝……”

看见这一群人进来，众人纷纷站起来问候，宁城和若惜也站了起来。

“我师天荷代表九转圣道池感谢大家来这里，参加我九转圣道池和七星圣门的联姻大典。”头戴圣冠的美貌女子微微一笑抬手问候。从容柔和的笑容配合她的手势，实在是完美的无法复制。

在这美貌女子说完后，她身边的那名中年男子也微微一笑，做了一个同样的问候手势，“牧远空也代表七星圣门感谢朋友们来这里，参加我七星圣门和九转圣道池的联姻大典。”

两人问候之后，走向了主人的位置。宁城看见了跟在牧远空后面的应永轩，却没有看见水悦可。

宁城听了周围的议论，才明白师天荷是九转圣道池的道池九圣之一，也是九转圣道池的副宗主。而牧远空同样是七星圣门的宗主。

若惜的传音再次过来，“那师天荷和牧远空都是刚刚接触到证道第二步的强者。”

宁城微微点头，他明白若惜的意思。虽然他没有告诉若惜，他想要干什么，这个女人还是怕他太过鲁莽。

众人坐定后，一名中年女修站了起来。

这中年女修一站起来，还没有开口，众多的欢呼就响彻大殿。宁城看见，就是师天荷和牧远空，也是在以手势支持。

宁城有些疑惑，这女修看起来修为不高啊，怎么有这么大的威望？他正想询问，就听见若惜传音道，“这个女人是太素域丹会的第三会主，清逸圣帝。她不但是一个化道强者，还是一个化道丹神，我也是刚刚听来的。”

她的实力远远强于宁城，听力自然也不是宁城可以相比。

难怪这么受尊敬，竟然是一个化道丹神。宁城很快就无语起来，怎么今天来的都是副的？第三不也是副的吗？而且还是副手的副手。

女修等众人的声音小了下来，这才和煦的一笑，“九转圣道池有神女水悦可，资质容貌天赐。七星圣门有圣子应永轩，太素翘楚。两人心悦相惜，结为道侣，典礼天成……”

宁城摇了摇头，明明是两个宗门要结为同盟，偏偏要找个婚姻借口。

他准备溜走了，他要偷偷的去找一下那个和师琼华长得很像的女子。在宁城想要和若惜说一下的时候，顿时傻眼了。

若惜不知道什么时候消失不见了，他连半点都没有察觉。

宁城的脸色有些难看起来，看样子他被这个女人摆了一道。两个人的座位走掉一个还不是很显眼，如果两个人都走掉，那肯定会很突出。也就是说，在若惜回来之前，他只能留在这里。

若惜那个女人是来偷东西的，她会回来？说不定这个女人会偷偷的暗算掉那个没掉她东西的圣帝，然后逃出圣道池。一旦这个女人不顾他逃走，那他可就完蛋了。

果然不能随便相信别人，漂亮的不漂亮的女人都是一样。宁城恨恨的摸了摸戒指，好在他还有一枚子符。如果实在是走不掉，他只能激发子符。至于破界符能不能破开这里的界面，宁城有些怀疑。子符是开天符出来的，应该没有问题。

此时宁城都有些怀疑，若惜是不是为了心里安定一些，这才特意帮他复原了子符。

清逸圣帝的声音还在继续，“现在典礼的第一步，请七星圣门的应永轩，九转圣道池的水悦可，为各位尊敬的客人展礼。”

随着清逸圣帝的话音落下，一身白色修士冠服的应永轩走了出来，他走到大殿中间，从容不迫的对周围的修士团团一礼。应永轩本来就长得帅气无比，穿上白色的修士冠服，更是显得俊武不凡。这一礼，立即就引来了一阵阵的欢呼和赞扬之声。

宁城无法离开，只能坐在座位上。他看出来了，这里的婚典和地球上完全不同。展礼，其实就是展示你的英俊或者是漂亮而已罢了。

“请九转圣道池的水悦可，为各位客人展礼……”清逸圣帝再说了一句。

此时宁城才发现，出来展礼的只有应永轩一个人。

作为九转圣道池的道池九圣之一，师天荷的脸色难看起来。这个时候，水悦可不出现，简直就是打九转圣道池的脸。

……

第九百三十四章 嫁灵

“九转圣道池水悦可见过各位前辈。”一名身穿淡黄色衣裙的女子走进大殿，对各位宾客躬身施了一礼。

清逸圣帝微微松了口气，总算是来了。

只是不等清逸圣帝说话，水悦可就再次说道，“感谢七星圣门应师兄对弟子的错爱，只是悦可觉得和应师兄并不合适……”

宾客都请来了，两方的大人物也都来了，水悦可竟然搞出这种并不合适的话来。在水悦可说出着话的瞬间，大殿中的来宾都愣住了。

这不是当面打七星圣门的脸吗？七星圣门好歹也是和九转圣道池并列为三大圣门之一的宗门。现在上门联姻，都邀请客人举办大典了，你在这个时候说这种话？

师天荷的脸色阴沉难看，就算七星圣门的副宗主牧远空脸色也变得难看起来。

大殿中间的应永轩握紧了拳头，他还从未被如此羞辱过。以他的才貌，那点配不上区区一个水悦可？你水悦可如果不是去过一趟域外神泉，我应永轩会专程来九转圣道池求婚？无论是七星圣门的晏昔霜，还是河洛圣宗的单瑶岑，哪一个不比你水悦可漂亮？

“理由？”师天荷面无表情的沉声说道，九转圣道池就是师姓女子也不能违抗宗门的决定。更何况在水悦可从域外神泉回来之前，宗门就知会过她这件事了。你就算要反对，也不能在这个时候，这个地方站出来反对。

水悦可躬身施了一礼，恭谨的说道，“回禀圣宗主，弟子无论是容貌还是资质，都远远不及应师兄。若是和应师兄结为道侣，恐怕会耽搁应师兄前途。”

应永轩淡声说道，“没有关系，我不介意。既然我愿意和悦可师妹结为道侣，就会出手帮你的。”

这句话说出来，他心里总算是舒服了一些。从来都只有他拒绝女人，什么时候轮到区区一个女人来拒绝他的？

如果水悦可没有当着这么多人的面拒婚，应永轩绝对不会这样说话。水悦可竟然当着这么多宗门客人面前，毫不留情的拒绝他。这岂不是等于踹了他一脚，让他如何下的了台？如果还低声下气的，别人还以为他应永轩是一个什么人都可以踹的垃圾。这次来九转圣道池，就是为了巴结水悦可的。

等将这个女人弄回七星圣门后，他会让她知道，有些话不是随便说的。

水悦可恭谨的语气同样变得平淡起来，“多谢应师兄的大度，悦可自从去过域外神泉后，才知道人外有人，天外有天。就连太素十二子，也不见得能占据上泉。我这种无名之人，更是靠着强者的火并，才侥幸占据了第六泉。”

应永轩手握的青筋毕露，水悦可的话他岂能不明白？那就是说他既不是太素十二子之一，也没有去过域外神泉。说白了，就是一个无名之辈而已。她水悦可，好歹也去过域外神泉第六泉，说起来，比他应永轩还要更胜一筹，你应永轩有什么资格说帮我？

此时周围的人都明白了是怎么回事，那就是水悦可不满意应永轩，觉得应永轩名不副实。

事情到了这一步，无论是牧远空和师天荷说话都不合适了，只能交给应永轩和水悦可去处理。

应永轩气急而笑，朗声说道，“不知道悦可师妹说的是哪些英才？我应永轩虽然没有去过域外神泉，也不是太素十二子，却也不惧任何同阶对手。”

水悦可淡声说道，“这么说来，应师兄连那占据域外第一泉的姬和也不放在眼中了？”

应永轩冷哼了一声，“一个连真面目都不敢示人的蝼蚁之辈，也配做我的对手？只希望他运气好，不要遇见我。”

宁城心里冷笑，区区应永轩他还真的不需要费力气就可以干掉。这家伙真是不要脸，敢说这种话。

“应兄果然是豪气干云，小弟是打不过那姬和的，现在听应兄一说，小弟倒是想要领教一下应兄的本事。”一个带着讥讽的声音传来。

应永轩看见这个说话的修士，顿时皱起了眉头，这是太素十二子排名第一的陆逸仙。陆逸仙的强大，他自然清楚，他绝对不是陆逸仙的对手，这点自知之明，他还是有的。

他没有想到陆逸仙会站出来说这个话，让他顿时难以下台。若是陆逸仙真的出来和陆逸仙比试一番，他将会将脸面丢尽。

宁城巴不得陆逸仙下去教训一顿应永轩，陆逸仙的厉害他知道。应永轩绝对不是陆逸仙的对手，甚至坚持不了多长时间。

“哈哈，陆师兄，这种人哪里用的上你出手？小弟出马就可以了。”一个胖墩般的修士飞身落在了大殿中间。

这胖墩修士一落在大殿中间，宁城就知道这是谁了。彭山，胖胖的，皮肤白皙。只是此时他的修为比当初要强悍了许多，应该是半步塑道了。人也比当初看起来成熟了一大截，至少有些男人气概。

不过宁城觉得彭山不是应永轩的对手，哪怕彭山的实力上涨了几个档次，和应永轩比起来，还差一截。

“彭山，你还是别丢人现眼了。”应永轩见彭山也敢挑战他，怒火蹭蹭直冒。彭山在离羽神山的地位比他在七星圣门高是事实，要说能和他对战，那简直就是一个笑话。

彭山根本就不理应永轩，而是对水悦可说道，“悦可师妹，我如果将这小子打败，不知道能不能向你求婚？”

水悦可嫣然一笑，“能被彭师兄求婚，是悦可的荣幸。”

所有的人都有些莫名其妙，水悦可连应永轩都可以拒绝，竟然同意了彭山？哪怕明知道彭山不是应永轩的对手，众人也有些想不通。

宁城却有些怀疑，彭山送出去的规则壤就是给水悦可的。

事情发展到这一步，九转圣道池如果再不阻止，那铁定要得罪人了，而且九转圣道池将被人看笑话。师天荷语气有些冷意的说道，“今天是九转圣道池邀请各方道友来观礼之日，不愿见刀剑之事。”

说完，她手一挥，应永轩和彭山被两道无形的力量卷起，落在了自己的座位上，随即师天荷用更为平淡的声音说道，“水悦可下去。”

水悦可低下头，躬身退了出去。宁城看见师天荷身边的一名女修跟着水悦可一起下去，他就知道水悦可不好受了。

好好的一场联姻大典，现在变成了这般模样。

清逸圣帝及时站了起来岔开话题，“我相信今天很多人来到这里，都知道另外一件同样重要的事情，那就是宗门内部的交易会。这里很多的宝物，都不会出现在商楼和拍卖中。而且这次交易会是以嫁灵交易开始，九转圣道池是主人，我们就从九转圣道池开始。”

刚刚有些沉闷的气氛再次活跃起来，很多人想办法来这里参加大典，其实就是为了交易会而来。当然，更多的人是为了嫁灵而来。九转圣道池嫁灵之强，可以说在整个太素界也是有名的。

因为九转圣道池不但可以完整的给修士嫁灵，还可以在原来灵根的基础上再加灵，让你的灵根资质变得更纯，更有潜力。

师天荷身边的一名年轻女子及时站了起来，“我九转圣道池这次准备了两个纯白灵根，一个无色纯灵根。同时我九转圣道池承诺，任何嫁灵交易只要成功，我九转圣道池都会帮忙嫁灵，只收取接灵方三成。第一个纯白金灵根女修，愿意和任何修士进行嫁灵。”

说完，这年轻女子抬手挥出一道水晶屏。一名秀丽的年轻女子形象出现在水晶屏中，虽然这女修嘴角带笑，但是她眼里的悲伤无论如何也无法抹去。

“第二个是纯白水灵根。”

又是一面水晶屏被挥出，同样一个清秀女子出现在水晶屏中。

现场再次被带动起来，修士资质最重要的几种身体资质，灵根、血脉、丹田、经脉骨骼……其中灵根排名前列，灵根高的修士，会让领悟更上层楼，激发更强的修炼潜力。

如果能在自己的灵根之上，再进行嫁灵，大部分人都巴不得。

宁城摇了摇头，他看了看身边的空位，若惜还没有回来，他想走也走不掉。

“第三个是无色纯火灵根……”

无色纯火灵根这几个字被说出来，大殿里面瞬间有了一些轰闹，这可是比纯白灵根更强的灵根资质。就凭这个灵根，只要有资源，修炼速度就会远超同阶。

宁城也忍不住看了一下，当他看见水晶屏上的女子时，整个身体都变得僵直起来，脑袋嗡嗡作响。

水晶屏上的女修赫然是他要找的燕霁，燕霁身穿淡青色衣裙，目光有些空洞，明明看着前方，却毫无神采。绝色无双的容颜，配合这一双无神的眼睛，让宁城的心在滴血。

“这个女修的灵根我要了。”一个惊喜的声音突兀响起。

九转圣道池的年轻女子微微一笑，“这个女修的灵根是我九转圣道池这次嫁灵最优秀的灵根，所以要得到她，还有两个条件。”

……

第九百三十五章 水悦可的房间

“第一，我九转圣道池需要纯白以上的异灵根，第二我们尊重献灵弟子的意思，她的灵根只能嫁接给女修，不考虑男修。”九转圣道池的年轻女修语气依然平缓的说道。

宁城冷眼盯着这个说我要了的修士，正是荒神宫的姬平中。当初在域外神泉，如果这家伙不装孙子，他说不定都干掉对方了。

姬平中抱了抱拳，并没有说话。在他身边的一名黑须男子呵呵一笑，“纯白以上的异灵根没有问题，我荒神宫这次就带来了一个纯白冰灵根，而且还是女子。”

听到是纯白冰灵根，就连师天荷眼里也闪过一丝惊喜，显然她们虽然说需要异灵根，但冰灵根肯定是最好的。

年轻女子没有说话，只是将目光落在了师天荷身上，应该是在请示师天荷。

师天荷缓声说道，“这名弟子只愿意将自己的灵根转嫁给女修……”

姬平中站了起来，对师天荷躬身施礼后说道，“自然要遵从这名师妹的意愿，嫁灵后，我会将她带回荒神宫，必定善待于她。”

大家都明白姬平中的意思，那就是先欺骗这个要嫁灵的女子，说她要嫁灵的是一个女子。等她同意后，嫁灵的对象是男是女，她岂能知道？而且嫁灵者嫁灵后，并不会立即陨落，至少还有几年寿元。

姬平中是想要嫁灵后将这女子带走，然后成为他的道侣，这样他的灵根融合也就会更完美。

大家都明白姬平中的意思，没有人觉得不对。嫁灵后等于即将陨落，一个即将陨落的无名弟子，自然不会有人在意。

荒神宫的黑须男子再次说道，“除了一个纯冰灵根外，我荒神宫愿意再加三瓶荒神髓。”

听到荒神髓，师天荷眼睛一亮。哪怕是她，也无法拒绝这个条件。荒神髓是只存在于荒神宫的顶级宝物，荒神宫之所以有偌大的威名，很大程度上就依赖了荒神髓。

任何修士在证道之前，可以洗灵。洗灵后的修士，证道后的道念更纯，发展潜力将更大。在嫁灵后，用荒神髓洗灵，效果更是成倍增加。所以荒神宫的证道修士，同阶都要比别人强一些，就是因为荒神髓。

荒神髓在荒神宫也不是很多，听说数年才会产出一瓶。荒神宫一次拿出三瓶，可见对无色的纯火灵根是多么在意。当然，这也和要请九转圣道池出手转灵有关系。

宁城死死地捏紧了拳头，额头青筋微微跳动。他应该早点干掉姬平中的，不应该等到今天。那个黑须男子对姬平中如此在意，可见姬平中在荒神宫的地位很是不一般。

虽然愤怒到了极点，宁城却动也不敢动。他知道，只要他敢有稍微的轻举妄动，那将是死无葬身之地。

荒神宫拿出了这种交易条件，别的宗门虽然也很想要无色的纯火灵根，也知道这不现实了。只能寻求另外两个纯白灵根交易，好在有荒神宫出手嫁灵，并不会弱多少。

……

交易越来越热烈，宁城没有继续留下去，他知道在交易结束后，就是嫁灵的开始。他必须要在嫁灵开始之前，将燕霁带走。

再也顾不得被别人发现，宁城慢慢的走出了大殿。

这次九转圣道池的大典来客很多，也有些客人从大殿走出来观看九转圣道池的景色。所以出来并不奇怪，若是出来后，长时间不回去，一旦被人发现，就肯定要查了。

宁城的神识早已看见九转圣道池外面有几名弟子守着，出去可以，但是出去必须在这些弟子的目光之下，是绝对不能他们的离开视线范围之内。

宁城一出去，用了一个隐身术。他明白自己的所作所为很危险，因为他并没有对隐身术有过研究。他修炼玄黄无相，隐身术比一般的永恒境修士应该要强，但绝对不可能躲避过一些强者的神识。

好在守护在外面的几个弟子中，最强的一个也不过是半步塑道，宁城准备冒险试一试。如果没有燕霁的消息，他还不敢这么做。现在燕霁要被用去嫁灵，就算是被发现了，他也要试试。

大殿中的交易正在火热当中，宁城走出去并没有多少人关注。

宁城在走出大殿的瞬间，施展了隐身术，他不远处有一名半步塑道的女修和一名永恒境修士在交谈。

宁城心里一喜，他相信以他的隐身术，只要小心一些，不弄出波动，躲过这两个人并不会有问题。至于稍远一些的两名永恒境修士，宁城更是不在意。

就在宁城刚刚绕过两名交谈的女修时，那名塑道女修忽然微微一皱眉头，随即她的目光和神识同时扫向了宁城这边。

被发现了？宁城这个念头刚刚起来，就听到远处发出一声剧烈的炸响。随即恐怖的神元在空间波动起来，就好像整个空间都会完全坍塌了一般。

这声炸响之后，又是激烈无比的神元碰撞传来。

这名半步塑道再也顾不得眼前的空间异动，她的神识立即就扫向了稍远些炸响的地方。

宁城趁机挥动天云双翼一个瞬移离开，心里却在暗骂。这肯定是若惜那个女人干的好事，这个女人绝对是被发现了，然后和九转圣道池的修士大打出手。

这边宁城刚走，大殿中师天荷的身影就冲了出来，只是闪了一闪，就消失在大殿门口。

因为若惜的动作，暂时没有人顾及到宁城这边。宁城反而叹了口气，他的机会更渺茫了。

等会如果九转圣道池找不到若惜，那肯定会大肆搜寻。若惜是道元圣帝，短时间内能被找到那才是怪事。可他就不同了，他一个小小的永恒境修士，在九转圣道池，还真是一个蝼蚁。

宁城选择了一个相反的方向，小心的隐身过去。

转过了数道弯曲的回廊之后，出现在宁城眼前的是一个居住建筑群。

“轰……”更为恐怖的神元炸裂在宁城后面响起，强大的神元波动，甚至让宁城都感觉到有些心悸。

如果可以破口大骂，宁城早就开骂了。若惜这个女人什么地方不能跑，偏偏要往他这边跑。

他明明都选择了和刚才战斗的相反方向，没想到还是要被波及到。以他的速度，绝对跑不过这些道元强者。

眼看剧烈的波动越来越近，宁城加快了速度，转入了最边角的一个房间。

他不敢在外面布置禁制，进入房间布置一个禁制总是可以吧？这些房间肯定是九转圣道池内门弟子居住的地方，既然是居住的地方，就有弟子门自己布置的禁制。所以他在房间中布置禁制，并不突兀。

“怎么是你？”房间中水悦可盯着宁城，惊异的问道。

“你认识我？”宁城下意识的摸了摸自己的脸，他易容了啊？他没想到自己运气这么不好。随便进一个房间，里面就有人，而且还是水悦可。

水悦可点点头，“当然认识，你是参加贺典的客人。满脸胡子，并不难认，我一进去就有看见了。”

水悦可一边说话，一边已是取出了一枚玉牌。只要她捏碎玉牌，宁城无论是什么变的，也走不掉。

“等等……我和彭山是朋友。”宁城看见水悦可要捏碎玉牌，连忙叫了一句。万一真的被水悦可叫人过来，他死定了。

“彭山？你和彭山是朋友和我有什么关系？”虽然嘴里这样说着，水悦可却也没有继续捏碎玉牌。

宁城厚着脸皮说道，“我知道你和彭山有些秘密，彭山的那块规则壤还有我的一份功劳。”

“规则壤？我会和彭山有什么秘密？”水悦可疑惑的看着宁城，显然不知道这件事。

宁城心里大骂彭山，这家伙看起来纯洁的样子，竟然也是一个喜新厌旧的主。明明用了规则壤讨好一个女人，现在又来讨好水悦可。如果你长得和那应永轩一般英俊不凡也就算了，关键你是一个小八戒啊。

不过宁城想到在地球上八戒可是众多美女的梦中情人，也不觉得有多少违和了。

“无论外面弄出动静的是不是和你一伙的，你现在就出去，我会当做没有看见这件事。否则，我要叫人了。”水悦可脸色冰寒，语气半分都不客气。

宁城心想现在叫我出去，岂不是找死，他赶紧再次说道，“就算是你不看在彭山的面子上，也看在我帮你弄到了域外神泉第六个石门的份上，让我躲一下。”

“第六个石门？”水悦可眼里顿时一紧，更是盯着宁城，“你到底是谁？”

宁城取出长枪，随手刺出几道枪纹说道，“我曾经易容成为姬和，你说你第六个石门，是不是也有我的一些功劳？”

水悦可看见宁城祭出长枪，更是一扬手，一道淡芒已是出现在她的手中。随后在听到宁城说是姬和的时候，她手一松，淡芒消失不见。取而代之的是震惊不已的看着宁城，“你说你是进入域外神泉第一个石门的姬和？”

不等宁城回答，她就自己回答道，“对，你说的没错，你的确是姬和。”

尖啸和剧烈的空间波动就在不远处传来，宁城心里是愈发焦急。水悦可不急，他急啊。

……

第九百三十六章 逼入噬神荷塘

“你进来。”水悦可也感受到了即将过来的波动。

宁城毫不犹豫的就冲进了水悦可闭关的房间，水悦可看见宁城冲进来，抬手就要打禁制。不过宁城比她的速度更快。已经在她之前，打上了数道禁制，随即整个人包括气息全部隐匿起来。

宁城这边刚刚隐匿好，几道强横的神识就冲进了水悦可的房间。

水悦可赶紧躬身在一边，没等她说话，一个略显苍老的声音就在她的房间中响起，“宗门有人入侵，立即出去加入搜寻……”

最后一个字落下，声音就消失不见。片刻之后，打斗又在更远的地方炸裂开来。

宁城松了口气走出房间，对水悦可抱拳感谢道，“多谢水师姐，刚才如果在外面，我肯定被人神识扫到了。”

“嵇和，你到底是谁？”水悦可盯着宁城，沉声问了一句。

“我真名叫宁城，因为杀了蛮九仞，被蛮会山追杀，不得不冒充嵇和……”宁城没有隐瞒，嵇和是宁城易容的，蛮会山都知道了，他也没有必要去隐瞒。

水悦可震惊的看着宁城，心里是钦佩不已。这家伙实力是同阶翘楚，胆子也不小啊。居然敢杀蛮九仞，还被蛮会山追杀。这次来九转圣道池，又不知道干什么大胆的事情。

“那外面被追杀的人是你同伴吗？”水悦可再次问道。

宁城摇了摇头，“我和她是一起来的不错，不过我们不是同伴，她有她的事情，我有我的事情。”

想到自己的事情，宁城连忙问道，“水师姐，你们宗门有一个叫师琼华的女子吗？”

水悦可摇了摇头，“我没听说过这个名字，你来找她的？”

宁城连忙说道，“不是，我还想请水师姐帮我一把忙，我必定不会忘记你的大恩。”

水悦可点点头，“你说吧，只要我能帮到的。只是你现在连如何离开九转圣道池都很困难，还要我帮什么？”

“我有一个非常要好的朋友，叫燕霁……”宁城明白水悦可是他唯一的路了，否则，他连燕霁在什么地方都不会知道。

“燕霁？”水悦可惊异的问了出来，“就是那个无色纯火灵根的外门弟子？”

“你认识燕霁，那太好了。她是什么弟子我不知道，但她是我非常好的朋友，我想要请你告诉我，她在什么地方？”

“燕霁的灵根即将被嫁走，我就是告诉你他在哪里，你也带不走她。”水悦可有些疑惑，燕霁的修为并不高，她见过燕霁，应该刚刚步入生死境而已，和宁城比起来相差太远。宁城是怎么认识燕霁的？

宁城对水悦可躬身施礼，然后取出一瓶空城渡识丹放在水悦可面前说道，“水师姐，这是一瓶空城渡识丹，可以扩展识海，也可以让神识增强，甚至修复识海受伤……”

“这就是当初你在天素广场上和踏星楼主交易的那种丹药？”水悦可不等宁城说完，就明白过来。她自然知道这种丹药的珍贵，如果不珍贵，踏星楼主那种人，岂能在意宁城的丹药？

“是的，如果水师姐需要，我还可以帮你炼制，只是现在我身上只有这一瓶了？”宁城诚恳的回答道。

水悦可倒吸了一口冷气，这种丹药她没有见过。但她作为九转圣道池的内门修士，甚至去过域外神泉的弟子，早就知道太素界最近传的最火的丹药了。就是这种空城渡识丹，这种丹药，就算是九转圣道池都没有得到一枚。

水悦可将玉瓶推给宁城，“这种丹药太珍贵了，我不敢收。有一枚上品的空城渡识丹在天素圣城拍卖过，你知道拍出了多少价钱吗？两千六百万神晶。这枚丹药被太神丹宗购买走了，虽然太神丹宗购买这一枚神丹是拿回去分析，却也表明了这种丹药的珍贵。”

宁城倒吸了一口冷气，他猜测这枚丹药是辛秀流出去的。一枚上品的空城渡识丹竟被拍卖出两千六百万神晶？他想到之前和碎雨魔圣交易暗虚乳，竟然拿出了六枚空城渡识丹，还加了两百万神晶。这样一比较起来，他就是一个白痴啊。

那碎雨魔圣绝对知道空城渡识丹，这家伙之所以装着不知道，就是为了让他吃亏。

这些老王八果然一个个都狐狸屎，又精又臭。他还以为自己看出了碎雨魔圣的小花招，没想到自己被人家算计的团团转。

可以肯定，碎雨魔圣不会就这么放过他的，只要他以原来的容貌出去，必定会被这王八蛋盯住。之前他装着不知道渡识丹的名头，只是忌惮若惜这个道元强者而已。

虽然说太神丹宗购买走他的丹药是为了研究，这才抬高了价格。从这里也可以看出，他的一枚空城渡识丹，绝对不止一百万神晶。

“对了，你刚才说空城渡识丹是你炼制出来的？你是一个丹神？”水悦可见宁城默然，突然想起宁城刚才最后一句话。

宁城点头，“没错，我的确是一个丹神，现在还只能炼制塑道神丹。这瓶丹药水师姐收下吧，我是真的可以炼制。”

尽管还没有炼制过育道神丹，宁城还是从旻空丹圣的玉简中获益匪浅。而且还知道，真正的塑道丹神，是要证道后才能体现出来的。否则炼制出来的神丹，有形无神。

他之所以可以炼制空城渡识丹，是因为空城渡识丹和道无关，仅仅是和识海有关系的神丹，而他恰好识海强大。当然，他也可以炼制一些普通的塑道神丹，不过丹韵绝对不深。

看过旻空丹圣的玉简后，他明白一个真正的丹神甚至丹圣，在炼丹的过程中，必须融入道韵。只有将道韵诠释到丹道中，才可以炼制出真正的神丹。而他自称丹神，实际上能炼制的神丹也是有限的。

“那就多谢宁师兄了，我修为比宁师兄低。地位更是和一个丹神相距甚远，宁师兄以后叫我悦可就行。”水悦可收起了丹药。

不等宁城再问，水悦可就取出一根细丝系在宁城的手腕上，又将另外一端系在自己的手腕上，“宁师兄和我一起来，我带你过去。”

“你带我去？”宁城惊异的看着水悦可。

水悦可点点头，“是的，本来我就打算带你去的，我系在你手中的是隐天丝，是我父亲留下来的一件宝物。我妹妹陨落后，这件宝物就一直在我身上。”

宁城点点头，没有询问水悦可的妹妹是怎么陨落的。这种事情，他不好问。

……

外面所有的人都被若惜吸引走，宁城和水悦可反而很轻松的就越过了数道禁制，进入了九转圣道池里面。

一炷香后，水悦可带着宁城来到了一个通体雪白的屋子之前。屋子前面只有数道禁制，却没有人守护。屋子外面，还有一个满是荷花的池塘，看起来并没有什么特别。

水悦可小声的对宁城说道，“燕霁师妹应该就在这个屋子里面，这里有一个净灵阵法，可以净化灵根。就是为了在嫁灵前，保持灵根最纯的状态。你看见这个池塘了吗？这个池塘中杂质非常多。这里的荷花都是噬神荷，只要修士进入这里面，识海就会被慢慢的吞噬掉。”

宁城下意识的看了看这个池塘，看着被大片荷叶覆盖住的水面，心说好厉害。如果他在这池塘中待个一段时间，不知道庞大的星空识海会不会被干掉。这池塘连他如此强悍的神识，也无法渗透进去一分，可见不是一般的可怕。

“我们进去，小心一些，这里的禁制很厉害……”水悦可刚刚说了半句话，整个身体就是一僵。

宁城和她共用一根系神丝，自然知道是怎么回事。数道身影从远处过来，方向正是这白色的屋子。可以肯定，哪怕有隐天丝，他和水悦可也无处可遁。

宁城经历的事情太多了，比起水悦可来，他处理事情更是果决。此时他根本就不等水悦可反应过来，随手一带，就带着水悦可落进了这个满是噬神荷的池塘中。

一种冰寒刺骨传来，随即识海就传来一阵阵的刺痛，似乎有一种无形的力量在吞噬识海。

哪怕知道这个池塘会吞噬识海，宁城依然震惊不已，还有这种恐怖的荷花。以他的星空识海都坚持不住，水悦可更是坚持不住。

尽管水悦可一直没有表现出什么，此时她的身体明显的出现了抖动，显然，她的识海已经开始在被吞噬了。

“水师妹，你赶紧取出一枚空城渡识丹吞下去。”宁城急忙传音给水悦可。

水悦可的识海完全在抵挡噬神荷的吞噬，现在听到宁城的传音，立即取出一枚空城渡识丹放入了口中，同时拿出一枚塞入宁城的口中。她心里在暗自震惊，宁城在这个地方都可以传音，修为果然比她强多了。

一股温暖的气息渗透进水悦可的识海，水悦可惊喜的发现，她的识海停止了被吞噬。不但如此，在她还没有运转功法修炼的情况下，识海还在缓缓扩展，神识还在伸展。

水悦可差点没有克制住自己的情绪，在有噬神荷的池塘中躲避，识海不但没有被吞噬，还在增加，如果换成别人说这个话，她肯定认为傻了。而现在事实情况就是这样，空城渡识丹简直太厉害了。

……

第九百三十七章 怒发冲冠

宁城同样是震撼不已，空城渡识丹可以扩展识海，强化神识，他早就知道，因为他一直就是用这种丹药在修炼识海。

他没想到的是，在这种吞噬神识的池塘中，用空城渡识丹修炼，效果比别的地方要强了将近一倍。这池底天生就适合淬炼神识，扩展识海。宁城尝试着伸展自己的神识，刚刚他明明无法伸展神识进入池塘，此时居然可以轻松的就看见了外面的情况。

宁城和水悦可刚刚躲好，服下空城渡识丹，三道人影已是落在了白色的屋子之前。

宁城肯定这三人当中，至少有一个是育道强者。哪怕他神元转化完美，他也不敢和育道强者对拼，这不是一个等级上的。

也许他塑道了，可以和化道强者勉强对抗一下。但是他永恒境肯定不是育道强者的对手，这是一个量和质的变化。塑道后的实力，和塑道前完全是两回事。

水悦可的传音过来，“宁师兄，她们应该是在这里埋伏的，不是为了要带走燕霁师妹。其中南蓉长老已经是育道修为，你一定要小心一些。”

“你为什么要帮我？”宁城疑惑的问道。

水悦可平静的回答道，“就算是你不来找我，我也可能会单独偷偷走掉。你知道我妹妹是怎么陨落的吗？”

没有等宁城问，水悦可就恨声说道，“我妹妹叫水悦欣，她真的很可爱。其实彭山最喜欢的人就是我妹妹水悦欣，我也是在我妹妹陨落后才知道的。我只知道彭山为了讨好悦欣，送了一样很珍贵的东西给她。直到今天，我才知道那样东西是规则壤。”

说到这里，水悦可沉默了良久，这才继续说道，“我妹妹问彭山要规则壤不是她自己用的，而是送给她的师父。你知道她的师父是谁？就是师天荷。”

“师天荷？那不是九转圣道池的道池九圣之一，宗门的副宗主吗？你妹妹竟然能拜她为师？”宁城惊异的问道，他心里更是奇怪水悦可直呼师天荷的名字。

水悦可冷哼一声，“你以为她真心对待每一个弟子吗？在九转圣道池，只有师姓、舒姓和那姓才是真正的掌控人，才能修炼真正的九转圣道。其余的弟子，就算是资质再强大，也很难有机会修炼九转圣道。现在我才知道，其余的弟子是被拿来为九转圣道池服务的。这种暗地里面的事情，知道的人很少。”

宁城隐约听出来一些古怪，他依然不敢相信九转圣道池这样一个名声在外的圣门，会暗地里做一些无耻的勾当。

“我妹妹是纯异风灵根，资质极佳，被师天荷收为门下。这本来是最让我姐妹两人开心的事情，可是在我妹妹临死之前给我的灵魂沟通，我知道了是怎么回事。”

水悦可的传音带着悲伤，“我和妹妹是双胞胎，有时候可以暗通心神。虽然她和彭山之间的交往没有告诉过我，我也猜测出一二，不过我没有过问这件事。我从域外神泉出来后，师天荷就告诉了我要我，让我和七星圣门应永轩联姻的事情，我虽然不喜欢应永轩，却同意了。

随后我才闭关几个月，就冥冥之中感受到我妹妹的灵魂沟通。我妹妹告诉我她陨落了，被强迫着和一个叫师月�的女修嫁灵。她被关在一个白色的屋子中洗灵，如果她不愿意，我也要被宗门灭掉……”

水悦可的声音越来越悲愤，“就在我急切的要去寻找妹妹的时候，师天荷带着假装伤痛的告诉我，悦欣急于塑道，识海裂开，神魂俱碎了。我看见了妹妹的遗体，看起来和师天荷说的一摸一样。我悲伤的大哭，再也没有心思去修炼。

如果不是我和妹妹可以灵魂沟通，我真的相信了那个贱女人的话。我只能将自己的仇恨埋在心底，不敢有任何泄露。在那之后，我不断的寻找白色的屋子，终于有一天，我找到了这里。本来我想要找一些证据，将九转圣道池的无耻之事宣出去，没想到联姻来的这么快。”

宁城终于明白，为什么会有水悦可当面出来拒婚的事情了。水悦可之所以选择彭山，一个彭山是水悦欣喜欢过的人，第二个是因为彭山的身份可以保住她安然无恙。

宁城叹了一声说道，“真没想到九转圣道池如此龌龊，我想就算是你能将那些东西宣传出去，也没有人相信你，你只会死的更快一些而已。我肯定，就是彭山愿意帮你，离羽神山也不会帮你的。”

水悦可收敛住了自己的悲愤，“我后来也明白了，而且我还明白，在我拒绝了应永轩后，我已经是一个死人。我肯定是走不掉的，最大的可能就是走向悦欣的后尘，被九转圣道池嫁灵。”

说完后水悦可沉默下来，她清楚，就算是和宁城躲在了这个池塘低下，最后是死是活，也难以说的清楚。宁城也没有再说话，他自然明白水悦可的想法。如果九转圣道池阵法封锁，他不用开天符子符，还真的难以离去。

几个呼吸之后，宁城忽然说道，“悦可师妹，我要进入我的真灵世界做一点事情，你等我一下。”

说完，宁城也不等水悦可同意，直接进入了真灵世界。他要炼制一炉丹药，既然处境如此艰难，他就要做好一些准备。

宁城要炼制的是爆神丹，这是一种爆发力非常可怕的丹药，也同样是一种后果非常可怕的丹药。爆神丹属于塑道神丹，可以让修士的实力以十几倍甚至几十倍的威力爆发出来。

但是爆发后，一旦修士抵抗不住，很有可能经脉、识海甚至元神尽数裂开。成为一个废人，陨落也不是不可能。

宁城炼制爆神丹，是以防万一。九转圣道池这种可怖宗门，一旦他被抓住了，九转圣道池用燕霁威胁他的话，那他的全系灵根还不全部要被嫁灵给嫁掉？就算是死了，他也不愿意被嫁灵。

一炷香后，宁城就再次从真灵世界出来。看到宁城出来，水悦可才微微松了口气。明明宁城出来也改变不了什么，但是两个人在一起，她的胆子似乎要大一些。

“我觉得她们暂时不会走，我们一直隐藏在这里吗？”宁城再次出来后，水悦可传音问了一句。

宁城正想回答，忽然浑身颤抖起来。感受到宁城的变化，水悦可的神识赶紧扫了出去，她的神识扫到姬平中走了过来。

看见姬平中后，水悦可立即就明白宁城为什么颤抖了。这显然是要嫁灵了，正因为这样，姬平中这才会过来。

九转圣道池在有外敌入侵的情况下，还要在这个时候嫁灵，实在是让人想不通。

白色屋子的禁制被打开，姬平中跟着那名荒神宫的黑须男子，以及圣道池的三名女修走向屋子。

宁城再也无法忍住，他将一枚符箓塞到水悦可的手中，忽地冲了出去。哪怕面对的是再强大的对手，他也不会眼睁睁的看着燕霁在他的眼前被嫁灵。

水悦可看见手中是一枚强大气息的传送符，她就明白了是怎么回事。宁城是在告诉她，如果他不行了，请自己用这符箓带走他和燕霁。水悦可也没有仔细看手中的符箓，叹息一声，就跟着冲了出去。

宁城一冲出来，就被走到白色屋子门口的五人发现，姬平中和那黑须男子仅仅是惊讶而已。九转圣道池的三名女修却不仅仅是惊讶了，而是惊骇。

她们竟然看见了两人躲在有噬神荷的池塘中，而且冲出来还如此生龙活虎。

黑须男子没有动手，他看出来了宁城的修为不值一提，而且他还要保护姬平中。九转圣道池的那名育道女修很快就冷静下来，冷哼一声，抬手就祭出了几道剑光。

宁城心中犹如被火燃烧了一般，他的头脑却越来越冷静，一枚爆神丹被吞下去，同时整个人的精血和寿元都燃烧起来。

恐怖狂暴的气息在宁城身上爆发开，这种威势很快就冲出永恒，接近了塑道的气息。而气息依然没有停下，还在不断的疯狂暴涨。似乎下一刻，宁城整个人都会被这种暴涨的气势完全轰碎。

“破则……”宁城根本就不看那名九转圣道池育道女修对他轰来的法宝光芒，直接挥手冷喝一声。

一道道看不见却可以感受到的波纹在周围的空间扩散，动手的育道女修就感觉到自己的神通直接被减弱了，似乎有一种和天地相反的力量横空而出，这一股力量将她的神通完全压制。

就连在一边的黑须修士也震惊的感受着周围的一切，下意识的祭出了法宝。他竟感觉到周围的规则在无限制变弱，他的实力在减弱的规则中降低。

“第一奈何桥……”宁城再次一步踏前，在破则之后，挥出了一道惨白色的石拱桥。

随着这五个字吐出，宁城的嘴角溢出可能一丝血迹。哪怕他用了爆神丹，燃烧了精血和寿元。面对一个化道强者，一个育道强者。他施展了破则之后，紧跟着施展第一奈何桥，也是损耗惊人。

……

第九百三十八章 第二望乡桥

滚滚血水在惨白石拱桥下翻滚奔腾而过，犹如缺堤血河。不，不是犹如，而是在惨白色的石拱桥下，直接形成了滚滚血河。

奈何桥上五个直欲飞腾的大字横空出现，第一奈何桥。

“生不回，死不退，一入奈何永不归；不望乡，不轮回，唯有血河洗孽罪……”

阵阵呼唤带着渗透灵魂的力量，带着五人走向奈何桥。在宁城早已施展了破则之下，除了九转圣道池的那名育道和荒神宫的黑须男子，其余两女一男，早已冲上奈何桥，眼里带着决绝无比的神情。

滚滚阴风越来越强大，破则之下，九转圣道池那名育道强者终于没有坚持住，走上了第一奈何桥。也许是看见了九转圣道池的育道女修都走上了第一奈何桥，荒神宫的黑须男子同样的走上了奈何桥。

和之前的三人完全不同，这两人走上奈何桥后，脚步虽然有些滞遁，却并不停息，眼看就要走过奈何桥。

宁城脸色苍白，张口就是一道鲜血喷出。哪怕他吞了爆神丹，燃烧了精血和寿元，甚至提前施展了破则。依然无法用第一奈何桥干掉一个育道强者和一个化道强者，他的底蕴还差了太多。

宁城拥有七桥界书，正在融合七桥神通前面的几桥。他当然清楚，七桥神通的第一奈何桥并不仅仅是跳下血河就作罢了。真正的第一奈何桥施展后，是可以掌控被困奈何桥的修士跳下血河，甚至让其成为自己的奴仆。

只要踏上了第一奈何桥，将永远被困在他的第一桥神通中，生死任由他掌控。但现在不是，宁城对第一奈何桥的掌控还太低，一旦对手走出第一奈何桥，将直接破开他的第一桥神通。

宁城强行忍住即将崩溃的身体，再次凝聚出一道道气息，又是一步踏出，“第二望乡桥……”

黑须男子和九转圣道池的育道女修刚刚走出第一奈何桥，还没有等两人完全清醒过来，两人眼前就再次一变。

滚股血河和无尽阴风消失的无影无踪，一条土黄色的拱桥出现在两人的面前，无穷道韵压抑而来，两人脸上都现出看迷茫。下一刻，时光在回流，两人回到了刚刚求道之时的场景。

爱人、留恋、不舍……

美好、艰辛、那一丝心灵的净土……两人脚落桥下，有一种难以遏制的冲动，想要回头看看……冥冥的呼喊在桥之深处响起。

“踏此桥，莫回首，望乡尽头无人候；别相望，勿彷徨，脚落此桥已断肠……”

已断肠，已断肠，已断肠……五个略显模糊的大字出现在桥前石碑上，第二望乡桥。

第二望乡桥远远没有了第一奈何桥的凝实，迷糊不堪，似乎随时都可以散去。

宁城颤抖不止，他忽然冷喝一声，“还不带走燕霁……”

哪怕是没有被宁城针对，依然陷入第一奈何桥的水悦可浑身一震，终于清醒过来。她惊骇的看着宁城，这是什么永恒境修士？

居然可以困住一个育道圣帝和一个化道圣帝，一旦等以后宁城成长起来，还有谁是他的对手？

不过她随即就看见了宁城浑身颤抖的样子，还有苍白的脸色，不断溢出血迹的嘴角。她心里微微一颤，她知道宁城没有以后了。到了这个时候，水悦可再也来不及多想，直接冲进白色的屋子。

“不……”一声撕裂的声音响起，荒神宫的黑须男子张口喷出一道鲜血，惨烈的嘶叫一声。

本来就虚弱不堪、模糊不清的第二望乡桥，突兀的溃散开来。宁城同样再次喷出一道血箭，倒在地上。

此时水悦可刚刚抱着燕霁冲出白色的屋子，她看见宁城倒在地上气息凌乱不堪。而黑须男子和九转圣道池的南蓉圣帝似乎还有些迷茫，水悦可知道这种迷茫仅仅是片刻时间而已。片刻之后，等这两人清醒过来，她和宁城将死无葬身之地。

水悦可来不及多想，直接冲上去，伸出另外一只手臂搂起宁城，就要祭出宁城给她的符箓。

黑须男子眼睛忽然睁开，他看见姬平中消失不见，瞬间就明白了是怎么回事，怒吼一声，“畜生，竟敢杀了平中……我要将你的灵魂都一点点的灼烧掉……”

强大的压制力量卷来，水悦可浑身一紧，她再也无法动弹一分。

水悦可眼角露出一丝绝望，直到此时，她才深刻的明白了化道修士的强悍。以她这点实力，在化道强者面前，连蝼蚁都不如。她实在是想不通，宁城之前是怎么制住两个圣帝的？

对了，是七桥神通，绝对是七桥神通。

水悦可在这瞬间想通了宁城用的神通，可是她一样是没有办法动弹。

九转圣道池的育道圣帝南蓉也在同一时间清醒过来，她完全没有在意身边的两名同伴消失不见，嘴角只是喃喃的说道，“竟然是无上大神通七桥……竟然是七桥……”

宁城施展的七桥完全没有成型，甚至连亿万分之一的威力都没有，却差点以一个永恒境修士干掉了一个育道圣帝和一个化道圣帝，这是逆天可以形容的吗？

随即南蓉就兴奋起来，这是七桥神通，七桥神通啊。如果七桥神通落在了九转圣道池，那九转圣道池将会如何？那她将会如何？

九转圣道池修炼九转圣道，有九道轮回池，七桥神通简直就是为九转圣道池量身定做的顶级大神通。

想到这里，南蓉圣道隐晦的看了一眼大怒的黑须男子，绝对不能让此人离开九转圣道池。

凌厉压抑的杀机彻底的笼罩住了水悦可，水悦可张口就是一道血箭喷出，没有半点抵挡能力。

就在此时，一阵血雨落下。

黑须男子和南蓉圣帝下意识的抬头看了一下，一个被鲜血染红的女子从空中落下。血雨就是她身上落下来的，她还没有落在地上，就冷冷的呵了一声，抬手挥出了九道莲花虚影。这九道莲花虚影犹如一个巨大的手掌，将黑须男子和南蓉笼罩在其中。

强大到宁城拼尽全力都不能束缚住的黑须男子和育道圣帝南蓉，在这九道莲花虚影下，和之前的水悦可一般，没有半点抵抗能力。

“噗……”血雾爆裂，黑须男子从清醒到愤怒，再到动手，前后也不过数息时间，就被化成了阵阵血雾，消失不见。

九转圣道池的育道圣帝南蓉，同样只是刚刚升起念头，就被这九道莲花虚影给轰杀，没有半分抵抗能力。

落下的女子卷起水悦可、宁城和燕霁三人，抬手丢出一枚珠子，在一阵爆裂声中，消失的无影无踪。

在四人消失的下一刻，师天荷等人才落在了白色的屋子之前。

一名年老的女子盯着被破开的护阵处，吸了口气说道，“我说这个妖女怎么一直在我九转圣道池打转，就是不出去。原来她是为了带走那个和她一起来的男修，应该叫成念琼的家伙吧？”

师天荷等人都是愤怒无比，这个女人的九瓣莲台根本就不能用厉害形容。哪怕九转圣道池出了一名混元圣帝，依然无法将她束缚住，只能让她重创而已，正如刚才的话，如果不是为了带走这几个人，这个妖女早就走了。

九转圣道池得罪这种强者，实在不是一件好事。

……

若惜心里也是非常不爽，如果不是为了宁城，她哪里会如此重伤？她早就走掉了。

她之所以不爽，是因为每次感受到宁城的位置后，宁城都会突兀的消失不见。她后面有几个强者追杀，自然不可能留下来仔细搜寻。

边打边逃，终于在身上伤痕累累的时候，她再次感受到了宁城出现。她这次以最快的速度冲了过来，终于在水悦可和宁城陨落之前，将宁城几人卷走。

若是她知道宁城是特意要从她相反的方向离开，她说不定会气的懒得去管宁城了。

水悦可没有动，在被若惜卷起的瞬间，她就看见了黑须男子和育道圣帝南蓉的陨落。

能挥手间就将一个育道和一个化道强者灭掉，这带走他们的女人，绝对是强者中的强者。无论如何，也没有比留在九转圣道池更坏的结果了，她也没有必要反抗。

宁城身上气息萎靡，经脉开裂，甚至连取出丹药送入口中都不能。

水悦可叹了口气，正想取出一枚丹药送入宁城口中，忽然感受到身体一顿，她落在了实地之上。

“他到底是怎么回事？怎么如此重伤？”若惜皱了一下眉头，看着水悦可问道。

水悦可的神识根本就不用扫出去，也知道这不再是九转圣道池中。她躬身施礼道，“回前辈，他为了救燕霁，用了爆神丹，又燃烧了精血和寿元，这才重伤。”

若惜无语的看了看宁城，一个永恒境修士，居然想要去对付一个育道圣帝和一个化道圣帝，是无知者无畏呢？还是他要救的那个女人对他太过重要？

证道和不证道，是区区一枚爆神丹可以弥补的吗？

“走吧，我们先找个地方疗伤，这次我也重伤不轻。”若惜说完，祭出了一艘飞船法宝，将宁城和燕霁卷上飞船。水悦可见这个强者似乎认识宁城，也没有什么恶意，这才微微松了口气，落在了飞船法宝上。

……

第九百三十九章 燕霁醒来

若惜迅速将自己情理了一番，这才走出来说道，“宁城因为燃烧了精血和寿元，又用爆神丹涨裂了经脉。我不敢说他会有性命之忧，但就算是他不陨落，今生的修为，也只能到这里为止了。想要再进一步，那……”

“求前辈救他一次。”水悦可赶紧躬身施礼，请求水悦可救宁城一命。

水悦可清楚，如果不是因为宁城，她恐怕没有机会走出九转圣道池。更何况，宁城送给她的那一瓶丹药，那对她来说是无价之宝。

若惜摇了摇头，“我之所以费尽心机将带他出来，是因为我进入九转圣道池，还有恢复一张符篆，受了他的帮助。现在我帮助他，将欠他的还给他。我是可以将他弄醒过来，不过我觉得我不能这样做。

他的识海很古怪，按理说在爆神丹和燃烧精血寿元之下，他最先爆裂的是识海。实际上他的识海不但没有爆开，似乎还在隐隐有气息流动。若是我将他强行弄醒，对他不一定是好事。我有感觉，如果他还有一线机会恢复，那就是他识海中这一点点气息流动。”

若惜还有一句话没有说出来，她感受到宁城识海中有本源气息流动，只是宁城的识海非常古怪，不但坚韧强大，还让人查探不到。如果她要强行查探宁城的识海，那宁城恐怕会彻底的废掉。所以她没有查看，也没有说本源的事情。

“那请问前辈，宁城师兄还有多久才可以清醒过来？”水悦可赶紧问道。

若惜沉默了一会后，这才说道，“也许一天，也许百年，也许是永远也不会醒来。”

“啊……”水悦可惊叫了一声。

若惜继续说道，“宁城应该是一个塑道丹帝，刚才我看过他的戒指，戒指里面也只有一些不怎么好的丹药和低级灵草，对他的伤势没有任何帮助。我建议你以后带着他的时候，不要去动他。不要想办法给为他求丹，就这样任其自然。”

“前辈你要走？”若惜惊声问道，眼前这个强大的前辈走了，她带着宁城和燕霁怎么办？

随即她就想起，宁城之前说他去真灵世界中炼丹。那就是说宁城至少有一个真灵世界，宁城在那种情况下还急着炼制的神丹，肯定是爆神丹无疑。既然可以炼制出爆神丹，那就是说宁城身上就有高级的神灵草。

眼前这个前辈说宁城戒指中没有什么好东西，那就是说宁城的真灵世界藏在另外一个地方，很有可能是识海深处。

只是真灵世界怎么能藏到识海深处？

若惜淡声说道，“我的东西没有找回来，我岂能罢休？所以我必定要离开。而且就算是我的东西找回来了，我也会离开，我要回我应该去的地方。”

“那前辈能不能帮忙救一下燕霁师妹？”水悦可也顾不得什么尊卑了，如果这个时候不求这个前辈，等这个前辈走了后，后悔也没有什么用处。

按照这个前辈话的意思，她欠宁城的。就算是自己的话冒犯了她，大概也不会对自己动杀机。

若惜看了看燕霁，眉头微微一皱，“此女根基尽毁，命不久矣……”

水悦可心里一沉，她知道燕霁应该是根基毁掉了。现在被一个前辈当面说出来，她心里依然有些为燕霁难受。

在九转圣道池，她的地位比燕霁高多了，燕霁甚至没有机会来九转圣道峰，只能在宗门外围。她只知道燕霁为了修炼很拼命，没想到最后落到了这个下场。

若惜扫了水悦可一眼，继续说道，“她资质非常好，按照她的年龄来说，修炼的速度稍微快了一些，但也不至于根基尽毁。她的根基会毁掉，是因为她用了很多低级劣质的丹药堆积自己的修为，这样一来，短期内她的修为的确是加快了，但是……”

若惜没有说下去，水悦可自然明白她的意思。燕霁急于求成，因为买不起昂贵的修炼资源，只能用最劣质的丹药或者是别的东西修炼，最后自己害了自己。

“其实她的修为还低，要救她，甚至让她的资质在现在的基础上跟上层楼也不是不行……”

水悦可听若惜说到这里，立即满眼期满的看着若惜。她和燕霁并不是朋友，也没有什么关系。宁城如此着紧燕霁，那就说明燕霁对宁城非常重要。宁城对她有救命之恩，无论如何，她也要让自己做到问心无愧。至少宁城醒来后，她会说她尽力了，而不是惭愧的低下头，无话可说。

若惜明白水悦可的意思，继续说道，“我的确是可以救她，我有一枚可以稳固根基，驱除杂质净化经脉的道果。我的这枚道果价值，就算是我自己也不舍得用。给她用，也有些浪费……”

水悦可听说有一种道果可以救燕霁，这个前辈有这种道果，现在她自己都舍不得用。可以预期这枚道果的价值有多高，恐怕一百个燕霁的小命也买不来这枚道果。她心里暗叹一声，没有说话。

这种逆天道果，她连求都没有胆子求。

“若是宁城清醒，我可以和他做一个交易。就算是吃点亏，也算是帮他一个忙。但刚才我看过宁城的戒指，他的戒指中没有任何我中意的东西，至于我想要的那种神丹，更是一枚都没有看见，所以……”

若惜看着水悦可摇了摇头，平白无故的将一枚她珍藏的圣髓果给一个只有生死境的小修士服用，她可不想做这种事情，她现在可不再欠宁城的了。

水悦可忽然想起宁城给她的一瓶空城渡识丹，这一瓶空城渡识丹还有九枚在里面。

想到这里水悦可毫不犹豫的将这一瓶空城渡识丹取出，交给若惜说道，“前辈，我这里还有一瓶空城渡识丹，一共九枚……”

“空城渡识丹？”若惜眼中现出惊喜，她想尽一切办法将宁城救出来，固然有还清宁城帮她忙的意思。未必就没有想要问宁城要空城渡识丹的想法，因为宁城的修为实在太弱，所以她并没有想到宁城的储物设备还可以存放在识海深处。能留在识海中的宝物，可不是一般的东西。

“我同意了，这是一枚圣髓果。”若惜毫不犹豫的取出一个玉盒递给水悦可，从水悦可手中接过玉瓶。

按照实际价格来说，水悦可手中的九枚空城渡识丹连她这枚道果的皮毛都难以买到。但是千金难买需要，她现在正需要的就是空城渡识丹。圣髓果是珍贵，对她的作用并不是那么大。

“我要走了，这个飞行法宝送给你。”若惜说完，身形一展，就消失的无影无踪。她甚至没有向水悦可解释，圣髓果的珍贵。

若惜刚刚离开，水悦可意识中就多出了一道控制飞船法宝的神念。她知道这是刚才那个前辈渡给她的，就是让她可以更迅速的炼化飞船法宝。

水悦可叹息一声，一边控制飞船加快速度远离，一边打开玉盒。

一枚白的透明的果子放在玉盒中间，玉盒一打开，一种清香扑鼻的气息就渗透出来。水悦可仅仅是闻了一下，就感受到自己整个神魂都清晰了许多。

就算是白痴，也知道这枚道果的价值。更何况，水悦可出身九转圣道池。

这一刻，水悦可甚至想要将这枚道果送入自己的口中。她肯定，一旦她服用了圣髓果，那她将会很快塑道成功。不但如此，她以后的修炼潜力也会增强许多。

沁人心脾的清香不断溢出，水悦可吸了口气，强行忍住自己的贪念，将这枚道果送入了燕雾的口中。

圣髓果落在燕雾的口中，就化成了汩汩气息流入燕雾的体内。

仅仅是半柱香时间，一道道淡淡的黑色气息就从燕雾的身体散发出来。凝聚在燕雾身上的死气瞬息扩散开来，燕雾整个人的生机都是越来越旺盛。

又是半柱香之后，一些细小的杂质从燕雾身体中渗透出来。水悦可微微皱眉，从这些杂质，她就可以感受到燕雾当初服用的丹药是多么劣质。

随即她看到燕雾的眼睛微微跳动，水悦可知道燕雾要清醒过来了，赶紧抬手打出几道禁制将宁城隐匿起来。她怕燕雾刚刚恢复，突然看见宁城的样子，又造成什么后遗症。

燕雾睁开眼睛，看见水悦可正坐在不远处盯着她，连忙叫道，“水师姐，你是来带我去嫁灵的吗？”

水悦可笑了笑，指着燕雾身体表面的一些杂质说道，“这是一个飞船法宝中，我们在逃命。你赶紧去内舱清洗一下，然后我再详细告诉你。”

“啊……”燕雾这才发现自己身体的污垢，顿时满脸通红的冲进了船舱。进入船舱的瞬间，她就猜测，应该是水师姐救了她。至于水悦可为什么要救她，她怎么也想不明白。

足足半柱香时间，燕雾才清洗完毕，换了一身鹅黄色的衣裙走了出来。她一出来就躬身对水悦可施礼的，“虽然我不知道水师姐为什么要救我，燕雾都会永远感谢师姐相救之恩。”

燕雾在清洗的时候，就知道她不但根基尽复，而且资质跟上一层楼。整个身体透露出来的轻灵和无尽潜力，让她有些不敢相信这是真的。她必须要弄清楚，这到底是怎么回事。

水悦可震惊的看着燕雾，说实在的，燕雾本来就比她漂亮许多。而此时燕雾整个人更是绝色倾城，犹如挂着一滴朝露的清晨嫩荷，恐怕整个九转圣道池也没有人可以和她相比了。不但如此，因为靠的很近，她还能感受到燕雾身上还散发出一种淡淡的体香。

……

第九百四十章 没有承诺的思念

“你这是天香体？”水悦可终于醒悟过来，惊叫出声。

随即她的眼里就露出了惊恐，怔怔的看着燕霁，竟然不知道如何是好。

天香体百分之百都是女子，身体有一种天然的淡淡香味。确切的说天香体不但是一种体香，更是一种辅助资质。这种身体会让修士在修炼的时候，吸收速度更快，领悟更是惊人，晋级速度也远远强于别人。

但天香体也是最悲惨的一种辅助资质，拥有这种体质的女子，十之八九都没有好下场。

因为这种身体是天生的绝世炉鼎，只要有修士发现天香体，就不会放弃。无论是任何修士，如果有这种炉鼎，修炼将会事半功倍。不但如此，修炼者对天地道韵的感悟也会明显增强。

当然，这是指将天香体当成炉鼎，如果仅仅是双修道侣，对男修的效果就很一般了。遇见了天香体女子，又有几个修士，会将她当成双修道侣的？

更让人无奈的是，天香体根本就无法隐匿。无论在什么地方，只要是天香体，就会被人发现。

水悦可之所以惊恐，就是因为发现了燕霁是天香体后，根本没有隐匿的办法。也就是说，等两个人一出飞船，燕霁就会被人发现。

这还仅仅是其中一个危险，天香体还有一个外号，叫着天香圣女体。

这种身体的女子最适合做宗门圣女，就算是没有被别的男修发现带走，也会被大的宗门发现带走，成为大宗门的圣女。

如果说这些都还不算是最可怕，那天香体的女修血液可以炼制天香丹，那几乎是致命的威胁。

天香丹，可以让女修拥有天然体香，还可以增强女修的修炼速度和领悟资质。就冲着第一点，那就是每一个女修向往的东西。想想看，一个天香体的女子被一个炼丹师发现了，那会如何？

燕霁看见水悦可看自己的眼光从羡慕到震惊，再到惊恐，她瞬间就明白了是怎么回事。

天香体，她竟然是天香体。

她知道自己有天然体香，是晋级天位境之后的事情。不过她的天然体香很淡，平时她都尽量隐匿起来，而且她一直也做的很好。

可是谁想到，这次醒来变成了天香体。燕霁想清楚水悦可惊慌的原因后，同样的惊慌起来。如果她真的是天香体，那她将无处可藏。无论她躲到什么地方，都会被人找出来。也可以说，根本就不等她找到躲避的地方，她就会被人找出来。

怎么办？

燕霁看着水悦可，忘记了水悦可为什么要救她。水悦可同样看着燕霁，她甚至连宁城的事情暂时都没有想起来。

这个时候，她们在飞船上，一旦飞船停下，两人去了人多的地方，燕霁天香体的事情就会被发现。

而且就算是在飞船法宝上，强大的修士一样可以感受到天香体，这是一朵盛开的鲜花，想要遮掩都遮掩不住。

水悦可忽然想起了那个救燕霁的女子，那个女子如此强大的修为，难道不知道燕霁服用了圣髓果会形成天香体吗？

想到这里，水悦可连忙将那个玉盒再次取了过来。这次她终于在玉盒的下面看见了一个刻着莲花的薄薄玉片。

水悦可将玉片拿起，上面还有一根红色的丝线连着。一排淡淡的字迹出现在水悦可的面前，“燕霁的身体有天然香味，服用圣髓果后，有一成几率形成天香体。万一她形成了天香体，记得戴上这枚莲花玉片。这枚玉片也能帮她这样几年时间，如果这几年她无法证道，那就让她躲在一个地方闭关不要出来了……”

字迹隐去，水悦可却欣喜不已。不要说隐匿几年，就算是能隐匿几个月，她也心满意足了。几个月时间，足够燕霁找一个地方躲着闭关不要出来。

“这个给你戴上，幸好那个前辈临走前留下了一枚玉片，否则我真的不知道如何是好。”水悦可连忙将玉片递给燕霁，微微松了口气。

“是哪个前辈？”燕霁显然也看见了那一排字迹，跟着就问道。

水悦可连忙将事情原原本本的说了出来，当水悦可说完后，燕霁已经是瞪大眼睛盯着水悦可，满脸不敢相信的看着水域可，好半晌才结结巴巴的问道，“水师姐，你说他，他……”

看见燕霁始终没有办法表达出来，水悦可只好点点头主动说道，“没错，宁城就在这里。”

水悦可抬手去掉隐匿禁制，露出了重伤依然无法醒来的宁城。怕宁城现在的容貌暴露，宁城脸上的易容早已被水悦可弄掉。

“宁城……”燕霁在看见宁城的那一刻，心脏剧烈的跳动起来，甚至连腿都在颤抖，她想要冲上去，却无法迈动脚步。为了找到宁城，她失去了太多，经历了太多，而现在，宁城就在她的面前。

随即燕霁就感受到了宁城的重伤，她颤抖的两腿突然变得有力起来，整个人都直接扑了上去，一把将宁城抱在怀里，元气就要输送到宁城的体内。

“等等……”水悦可连忙阻止了燕霁的动作，并且将若惜的话说了出来。

燕霁这才醒过神来，是啊，水悦可的修为比她要强，如果可以救醒宁城，水师姐岂不是早就动手了？

燕霁从不解到见到宁城的巨大欣喜，再到现在的无尽担忧，都在这一刹那体现出来。

“水师姐，那怎么办？”燕霁眼角的泪水在眼眶打转，这一刻她完全是六神无主。

她在自己的根基尽毁，生机消散的时候，都没有六神无主，都没有绝望。而此时，她居然六神无主，不知道应该去做什么了。

看见燕霁抱着宁城只知道流泪不知道怎么办的样子，水悦可心里叹息一声说道，“等。”水悦可坚定的说道，“那个前辈说过了，宁城只能靠他自己，别人帮他说不定是害了他。”

她想不到燕霁喜欢的人居然是宁城，还如此痴情。不过她想到宁城在太素大比，以及域外神泉大发神威的样子，就释然了。燕霁的眼光显然很高，她也没有看错。比起她本来想要嫁给的姬平中，宁城不知道强了多少倍。

水悦可走到燕霁身边，将那枚刻着莲花的玉片帮燕霁戴在脖子上。燕霁身体那淡淡的幽香慢慢的被收敛了起来，除非和她坦诚一室，否则是绝对感受不到半分。

“燕霁师妹，再伤心也没有用。现在九转圣道池还在追杀我们，我们最好是逃的越远越好。”水悦可在一边劝说了一句。

燕霁缓缓的吸了口气，终于停止了流泪。她擦了擦眼睛，将宁城放在一边，走到水悦可身前，对水悦可躬身到地，“水师姐，燕霁永远不会忘记你的大恩。等飞船到了僻静的地方，你将我和宁城放下就可以了。”

“那怎么行？”水悦可震惊的说道，“你修为才生死境，宁城如此重伤，将你们放下来，那岂不是……”

水悦可后面的话没有说出来，她相信燕霁明白她的意思。

燕霁再次抱起宁城，语气反而平静起来，就连整个人都变得不同了，“水师姐，我是说真的。当年我还是一个玄液境小修士的时候，宁大哥就带着浑浑噩噩的我渡过一个又一个危险。如果不是宁大哥，我早就死了。

上天将宁大哥再次送到我的面前，我心里早已非常感激。我很喜欢，是真的很喜欢。我拼命修炼，就是为了找到宁大哥，现在找到了，也没有什么遗憾。将来无论如何，我都会陪着宁大哥一起……”

说到这里，燕霁抬头看着水悦可，“水师姐你和我不同，你将来的成就注定无法估量。你要去寻求塑道机会，也许你塑道就在眼前。”

水悦可明白燕霁的话，如果不带着燕霁和宁城，她的确就要塑道了，而且成功的可能性很大。若是带着燕霁和宁城，她塑道将会无限制延期。甚至还有生命之危，毕竟燕霁是一个天香体。一旦有人发现了燕霁的天香体，那人是绝对不会让燕霁身边的人活着。

水悦可叹息一声，“难怪宁城会不顾自己的命去救你，你值得一个男人为你付出这么多。”

燕霁低头看了看毫无气息的宁城，她为宁城两次跳下血河，她为宁城浪迹星空，吃过无数的苦楚。不知道多少次，她都差点陨落。不知道多少次，她在睡梦中惊吓醒来。因为，她从离开乐洲后，就从未有过一天安稳的日子。

她为了宁城除了疯狂修炼，还是疯狂修炼。每次进入妖兽纵横区域，她就会用只要有修炼资源，她就会很快找到宁城去安慰自己。一次又一次，一年又一年……她永远也无法忘记，在太素墟得知宁城陨落后，她躲起来哭了几天几夜。她更是无法忘记，在知道宁城进入破则之地后，她更是拼命修炼，只是为了进入破则之地。最终她得知自己根基尽毁后，整个人都茫然呆滞。

在她听到水悦可说宁城冲出池塘，要从一个育道和一个相当于化道的圣帝手中，抢夺她的时候。她这些年的苦难完全不见了，都化成了思念，一种没有承诺的思念。

这一切，她无法告诉别人，也表达不出来。只有经历过那些苦难和磨砺，才会明白其中的真谛。这些，她都经历过。

……

第九百四十一章 炉沙变故

水悦可沉默下来，如果没有深仇大恨，她肯定会和燕霁宁城一起。但是她不行，她还有深仇大恨，她必须要寻找地方去塑道。若是有那么一天，她必定会打上九转圣道池，为妹妹水悦欣报仇。

“燕霁师妹，这样吧。这里距离九转圣道池还是太近，我们连续飞行几个月时间，如果宁城还没有醒来，我就找地方去塑道。”水悦可决定下来，如果几个月时间，宁城还没有醒来，那恐怕很难醒来。

没有九转圣道池的人追杀，宁城有燕霁照顾足够了。有九转圣道池的人追杀，加上一个她，也是无济于事。她的确需要去塑道，不塑道，如何为妹妹报仇？

……

炉沙，不是一种材料，而是一个地方的名字。

传闻炉沙之所以得名，是因为曾经有一名强大的丹圣在这里炼制丹药。炼制丹药的丹圣，因为低估了那一炉丹药的困难程度，将一炉丹药炼毁了。这一炉丹药的材料全是顶级天材地宝组成，这名丹圣再也无法得到这样一炉丹药的材料。丹圣一怒之下，将丹炉全部砸毁。

那丹圣炼丹的时候，就将这一片神灵气吸收走了九成。后来砸毁丹炉，丹炉中恐怖的温度，又将这一片地方炙成不毛之地。

这里成了没有灵草，也没有生机的地方。

无数年过去，这里才慢慢恢复了一些生机，有了一些低级的灵草出现。但这里的神灵气，一直都是贫匮无比。

一些不能修炼，或者是无法晋级的修士，慢慢的迁移到这里。最后，在这个地方渐渐形成了一个居住群。这个居住群都是些修为低下，甚至是没有修为的普通人。

在太素界，没有修为的普通人，就意味着死亡。所以那些没有修为的普通人，或者是一些修为低下的普通修士，都会聚集在一起生活。

炉沙就是这样一个地方，这里有许多修士的后代，他们不能修炼，或者是修为提不上去。

整个炉沙就好像一个乡村，一些不规则的建筑建的到处都是。丹药店、灵草店、法器店也都是简陋无比。这里甚至还有一些杂货店，如果一个修士突兀来到了炉沙，绝对不会相信这是太素界的地方，肯定会以为这是最低级修真界的一角。

事实上，这里的确确是太素界的地方，只不过是太素界边缘的边缘。

……

夕阳西下！

一些人影陆续从远处回来，这些都是去黑白山脉寻找修炼资源的普通人以及修为低下的修士。

修为高的，一般都不会每天回来，而是留在了黑白山脉。

一名灰衣女子从远处走来，渐渐斜下去的夕阳将她的身影拖的很长。在她的背后，还用一件法器背带固定着一个沉睡的人。

她的头发被晚风吹佛的有些凌乱，微乱的头发落在她带着面纱的眼角旁边，更是为她增添了几分柔美。

所有住在炉沙的人都认识这个灰衣女子，知道她叫燕霁。

没错，这灰衣女子正是燕霁。水悦可和她在一起半年后，就离开觅地塑道去了。燕霁就一直带着宁城往偏远的地方走，直到来到炉沙。

炉沙神灵气匮乏，强者根本就不会过来。对燕霁来说，这里是最合适她生存的地方。

算起来，燕霁已经在炉沙三年之久了。三年时间，她从未让宁城一个人单独过。就算是她去黑白山脉寻找修炼资源，也从不放下宁城。

得益于那一枚圣髓果，燕霁在这种神灵气匮乏无比的地方，也晋级到了生死境中期。

在炉沙，燕霁的修为算不上最高，却绝对是属于高层次的那一群人。很少有人来挑衅她，偶尔有一两个不开眼的修士过来，也被她毫不犹豫的杀掉。

燕霁一个人从星空到虚空，从一个星河到另外一个星河，甚至来到了太素界，她什么人都没有依靠。仅仅凭借自己的拼搏，就能成长到生死境。一路上经历的生死杀戮，不知道有多少了。战斗经验也是丰富无比，同阶修士，只要不是那种特别逆天的，她根本就不惧。越级挑战，她也不是没有做过。

以她这种人，来到炉沙这种角落，自然不惧一些小脚色。

原本燕霁要冲到生死境后期，才准备离开黑白山脉的。不过最近她感觉宁城身上似乎有了气息波动，而且这种气息波动还越来越强烈。

不但是气息波动越来越强烈，宁城的花白头发也渐渐的变成灰色，甚至有一些开始发黑。

正因为这些变化，才让燕霁觉得宁城有可能会苏醒，她这才带着宁城离开黑白山脉，回到了炉沙。

黑白山脉有一半地方是黑色的泥土，另外一半地方是白色的泥土。这个山脉距离炉沙只有万里之遥，里面虽没有多少高级神灵草，却因为广袤无边，有一些不弱的高级妖兽。

黑白山脉和炉沙之间的距离几近于无，一直没有什么妖兽来炉沙，就是因为炉沙的神灵气太弱了，弱的连最低级的妖兽都不愿意过来。

宁城要苏醒，那就肯定不能继续留在她的背上。燕霁怕在黑白山脉有危险，她一时间照顾不到宁城，这才带着宁城急匆匆的回到炉沙。

一进入炉沙，燕霁就感受到有些不对。她离开炉沙才两个月不到，这里就多了许多陌生的面孔。而且修为都不弱，她看到了数名永恒境强者。有几人的修为还超出了永恒境，她看不出来对方的修为到底是多少，应该不会弱于塑道。

燕霁都有些后悔从黑白山脉出来了，不过她很快就看清楚了形势。这些人似乎就是为了黑白山脉而来，因为不断有人进入黑白山脉，完全不顾天色泛黑。

燕霁赶紧低下头，急匆匆的走进炉沙。

炉沙外围一些较好地方的凌乱建筑，早就被人铲平，取而代之的是一些看起来豪华了很多的洞府法宝。到了自己的住处，燕霁发现她的住处同样被铲平了。

燕霁没有敢问是怎么回事，她加快了速度离开这里。当她的神识扫到一群常年居住炉沙的人，才微微松了口气。这些人因为住处被外来者铲平了，只能搬离原来的地方。一些人脸上带着悲切，大概是身边的人被外来者杀了。看样子这些外来者，也不是斩尽杀绝。

“余叔？怎么多了许多外来的人？”燕霁加快了脚步，来到人群中一名老者身边，同时小声的问道。

余叔名叫余才风，聚星境修为。这还是因为他出生在太素界，从小就用神灵气修炼。否则的话，以他的资质，恐怕连域都很难形成，更不要说涅槃了。

只是他如果不突破的话，寿元即将到顶。以余才风这种老化的经脉和骨骼，又是在这种几乎没有神灵气的地方，想要突破，那是非常艰难。

对一个没有修炼过的修士来说，才开始就用神灵气修炼，那站立的高度肯定比用灵气修炼的修士强很多。神灵气也不是万能的，它让你站立的高度再高，也有失去效果的时候。

余才风叹了口气，低声说道，“听说在黑白森林发现了一个丹炉，这个丹炉是当初那个丹圣留下来的，当年那个丹圣的丹炉并没有被打破。这些人来这里，就是为了寻找这个丹炉。还有人说，丹炉里面是一个世界，有许多的宝物……”

余才风说到这里，叹了口气，“以后我们将很难平静的在这里生存下去了。”

说完，他低着头，没有再回答燕霁的话。

燕霁心里一沉，这是她最不想见到的事情。她在这里带着宁城平静的生活，心里早已满足。这些外来的强者，要寻找丹圣留下的丹炉，她岂能继续留在这里？

燕霁回头看了看背后依然没有清醒的宁城，她知道自己必须要走了。戴在胸口的莲花玉片渐渐的淡弱，如果没有强者来这里，她还不是很在意。一旦有强者来这里，她天香体的事实被暴露出去，那就是一场灾难。

就在此时，一道凌厉至极点的杀意轰了过来。燕霁经历过太多生死了，这一道杀机过来，她的头皮都有些发炸。这个时候，她根本就没有时间去多想任何事情，全部的星元都凝聚起来，整个人化成了一道影子，从侧边遁走。

“轰……”爆裂的杀意落下，燕霁的神识扫到这是一道剑光，剑光从她所在的这一群人中劈过。一道道血雾溅起，除了一些修为强大些的修士，大部分人都在这一道剑光中消失不见。

之前还在叹息的余才风，也早已看不见影子，显然陨落在这一道剑光中了。

还存活下来的几个人，犹如惊弓之鸟，哪里还敢回头说什么，纷纷鼓动了全部的星元，奋力的往远处冲。

燕霁同样的鼓动星元，几乎拿出了最强大的遁术，斜刺着冲出去。面对这种没有任何理由就大杀一通的狠人，除了尽快走掉之外，还能做什么？

“雄兄，你刚才不是说阴阳丹炉有可能不在黑白山脉，反而在炉沙吗？”一名身穿金色修士袍的男子，似笑非笑的看着身边另外一名锦衣男修问着。

问完后，他还指着那刚刚被剑光劈出的巨大沟壑，“我这一剑下去，如果有什么宝物在下面，肯定有气息溢出，而事实是下面除了泥土什么都没有。”

看样子刚才那一剑就是他劈出来的，目的就是为了看看下面有没有什么宝物。至于那被他随手杀掉的上百人，他根本连提都懒得提一下。

被叫着雄兄的男子却盯着燕霁逃走的方向，皱着眉头说道，“我怎么感觉有些不大对劲呢？”

……

第九百四十二章 不证道，死死死

“轰……”黑白山脉深处爆发出一道惊天红柱，一阵阵的空间波动气息传来。

正在说话的金袍男子和叫雄兄的锦衣男子连互相询问一下都没有，身形一展，全都冲了过去。

这种惊天红柱冲起，十有八九是和丹炉有关系，说不定是丹炉中残留的丹火。想想看能被一个丹圣炼丹的火焰，岂能是普通火焰？这种火焰出现，不过去抢，那才是怪事。

……

正如若惜说的那样，虽然宁城表现出来是毫无气息，却并没有陨落。他的元神一直在紫府中酝酿，他的识海不但没有因为爆神丹裂开，反而更是扩散。

事实上若不是宁城的识海太过强大，他在吞服了爆神丹后不用燃烧精血和寿元，也彻底废掉了。

爆神丹是什么人吞服的？修为最低也要塑神境以上。宁城才什么修为？哪怕他的星元转化完了，他依然是一个永恒境修士而已。

在宁城浩瀚星空一般的识海中，他的元神正凝坐其中。紫府中的玄黄珠不断溢出玄黄本源滋润他断裂的经脉和受损根基，就连精血和寿元，也在玄黄本源的气息滋润下，缓缓恢复。

只是他的识海依然在扩散，尽管识海保住了宁城的元神不溃散，让他的元神有存身之地，却并不能帮助宁城彻底的清醒过来。相反的，星空识海还在分享玄黄本源气息，以至于宁城迟迟无法苏醒。

若是宁城可以自主疗伤的话，他自然是毫不犹豫的将这些本源气息全部滋润到断裂的经脉中。可惜，宁城现在不能自主疗伤。他只有一种隐隐约约的意识，这种意识被一层迷雾遮蔽，让他无法彻底的看清楚他自身的境况。

宁城的玄黄本源聚集了金水火土四种天地本源气息，经过这么多年的修复和滋润，宁城被爆神丹和燃烧根基造成的损伤已是在渐渐修复。

经脉在恢复……

根基在恢复……

宁城的意识越来越清晰，一种道念也在渐渐形成。

玄黄归于本源，本源凝聚功法，功法成就神通，神通衍生大道！

大道开始形成，道韵也渐渐成型。

我之道，依靠玄黄无相！

我之道，依靠造化本源！

我之道，为造化之道！

我之道，为本源之道！

我有如此无上机缘，何愁大道不成？我无须为塑道寻求道果，我无需为塑道历尽苦难，我的道韵玄黄生存，天地就在。

玄黄塑道，凝聚道韵，我道成矣！

“附于玄黄，阴阳交激，万物混而同波，浩其无质……”

“塑道已至，誓起道成！誓起道成！！誓起道成！！！”

冥冥之中，一阵阵的呼唤在宁城广袤无边的识海中回响。错非宁城的识海太过浩瀚无边，宁城早已承受不住这种意识中的冥冥呼唤。

凝坐在识海中的元神有一种清晰的意识，那就是只要他现在站起，按照这冥冥呼唤去誓起，那他的道念就成了。只要他的道念形成，下一刻，他就可以重聚神元，恢复整个意识。

哪怕宁城的意识处于混沌当中，没有完全清醒，但宁城依然感觉到不对。他塑道是要塑自己的道，而不是这样发个誓言道就成了。更何况，他隐约中还有一种更为不爽的念头。

那就是玄黄珠是依附于他的，造化本源也是因为他而存在的。什么时候，他成了依附玄黄珠，依附造化本源了？

还有一个，就是他一直感悟的都是归一道，玄黄珠依附于他，只是辅助他而已。这个时候却插手他的证道，这是什么意思？

可惜的是宁城此时的神念虚弱，意识混沌，那种自主的感悟也仅仅是一些微不足道的抵抗而已。

哪怕明知道，只要自己用元神起誓，他立即就可以以塑道强者的身份苏醒过来。但是宁城强行忍住，这似乎不是他要的道。不但如此，他还隐约中感受到了一丝不妥，玄黄珠的不妥。

就在此时，神魂深处另外一种不妥传来。似乎他的生命在这一刻，也受到了威胁。

“不证道，终成蝼蚁！”

“不证道，即将涅亡！”

“不证道，死死死……”

……

宁城凝坐在识海中的元神更是轻微颤抖，哪怕是再多的危险传来，他也不想在这个时候证道。这个道，似乎和他想要的道大相径庭，完全无法让他有半点激情，反而充满了死气沉沉。

不行，这不是我之道。用死来威胁我？不是我之道，坚决不妥协！

玄黄珠是我的世界，是依附我而存在，造化本源是玄黄珠中的本源气息，其余四种本源也都是我寻找而来。这些本源气息本身是我的东西，怎么可以让我依附于这些物品上证道？

我之道，以自身凝聚！

我之道，天地唯一！

我之道，不依附任何外物！

我之道，以万物归一！

……

宁城心神坚毅，本心激发。神魂中本心意志越来越坚强，越来越顽固。就算是不证道，就算是死死死，他也不想证那种不是本心之道。

哪怕是只有混沌意识，哪怕元神在被左右，他依然不愿意证这种依附玄黄的誓言大道。

“轰……”一种狂暴的力量在宁城的玄黄珠中轰然爆起，将宁城的紫府震颤的轰轰作响。

宁城的身体一阵阵颤抖，他的元神更是愈发虚弱。

他此时的神识无法外放，但是宁城的元神意识却是更为清晰起来。意识还在混沌模糊当中的宁城，都不愿意证依附誓言之道，此时他清醒一些后，意志更是坚定。

神识不能外放，但是他的意识完全可以掌控自己的紫府和识海了。此时宁城再也顾不得木本源珠只有半枚，他毫不犹豫的将这半枚木本源珠丢进玄黄珠。

玄黄珠中出现了他不能掌控的力量，如果不是他的意志一直比较坚定，他刚才差点就按照誓言，依附玄黄珠证道了。

木本源珠一落在玄黄珠中，无穷无尽的木本源气息就扩散开来。这些木本源气息和其余的本源气息凝聚在一起，瞬息间化成了无穷无尽的青翠色彩。

原本还有些沉沉之气的玄黄珠，在木本源化开之后，瞬间多了一种颜色。

山脉再也不是暗黄色，大地一不再是蒙蒙黄影。

大地开始清晰，山脉开始青翠，微风开始形成，大海开始咆哮……就好像春天突然来到，整个世界一下就精彩起来，五行聚齐，生出各种生机。就连他重伤的根基，也恢复的更是迅速。也许下一刻，他将可以睁开眼睛，恢复生机气息。

宁城震惊的感受着神念中的一切，他没想到木本源珠不完整，也可以凝聚出如此完整的玄黄世界。

玄黄珠中的每一个角落，都在他的意识当中清晰过来。每一寸泥土，都在他的神念之中纤毫毕现。

一种意识在他的神魂深处凝聚出来，这是玄黄珠彻底的认主了？没有任何征兆，没有任何不妥。

下一刻，他就清晰明了了整个玄黄珠的作用，他就算是将玄黄珠拿出来托在手中，也不会有人能认出他手中的就是玄黄珠。玄黄气息完全融入了玄黄珠之中，再也没有半分外溢。

玄黄珠开始形成世界，这是一个全新的地方。宁城能感受到玄黄珠中，日月星辰也在慢慢形成，这是真正的日月星辰。

同样的，他也知道了，在这一刻，他能在玄黄珠中栽植任何灵草，放置任何东西，再也不用布置小五行阵法。

唯一不能的，就是将和他一样的生命带入玄黄珠，也就是不能将人带进玄黄珠中。因为，玄黄珠缺少了部分木本源珠，有一种不自觉的不安全。

宁城忽然想到了之前蛊惑，甚至用死亡来威胁他证道的那个声音，玄黄珠是造化之物，怎么会有这种意志在其中？

宁城想到这里，他的意念就铺满了整个玄黄珠。几乎是在宁城动了一下念头的瞬间，他就在玄黄珠的一个角落看见了一个虚弱的神魂。那神魂整个身体都即将溃散了，此时正用一双浑浊的眼睛死死的盯着宁城。那样子恨不得将宁城一口吞下，吃个精光。

宁城的元神打了个冷战，他想不到自己的玄黄珠中，除了他之外，还有别的神魂存在。

对了，刚才就是这个神魂在左右他证道。玄黄珠是造化之物，自然不会蛊惑他。这个神魂很有可能就是玄黄珠上一任主人，那家伙陨落了，还残留了一丝意识留在玄黄珠中。

只要自己刚才听从了他的蛊惑，依附玄黄珠证道，那将来等他掌控了玄黄珠后，自己就等于是他手下的一个奴仆。

宁城想到这里，浑身冷汗直冒，这太危险了一些。若不是他意志坚定，若不是这个神魂虚弱不堪，他努力到今天，也不过是为他人做嫁衣而已。

宁城想通了这点，顿时愤怒到了极点，直接对着真灵世界嘶吼，“追牛，给我出来吞了这个垃圾魂魄。”

追牛本来就是一个元神，后来有了追风天麒的身体，这才不怎么吞噬魂魄元神了。但是这个残破的魂魄曾经得到过玄黄珠，必然非同一般，哪怕是虚弱的部分神魂，也够追牛爽一把。

……

第九百四十三章 玄黄珠中的残魂

宁城意识陷入浑噩，元神凝坐识海。追牛得不到宁城的允许，只能在真灵世界中担惊受怕。

追牛跟随宁城时间很长，自然知道宁城的真灵世界是在小五行阵法中。一旦宁城长时间不加固小五行阵法，真灵世界说不定会被玄黄珠化成虚无。

正在担惊受怕中，追牛得到了宁城的允许，它根本就没有半分考虑，直接就冲出了真灵世界。随即它就惊呆的看着玄黄珠中的浩瀚天地，哪怕追牛的修为差劲，也知道它所在的这一片天地规则比真灵世界强大了无数倍。

对了，这是玄黄珠世界。它出现在玄黄珠世界，却没有任何事情，说明老爷的玄黄珠彻底完善了。

“蠢牛，还不去吞噬了那个垃圾神魂。”看见追牛还在震惊发呆，宁城怒喝了一声。

哪怕留在玄黄珠中的这一丝元神虚弱不堪，宁城也浑身不舒服。

就好像他家里藏着一个外人，他能舒服才是怪事。这一丝魂魄把握的时机简直是秒到毫巅，在他最虚弱的时候，侵入他的意识中蛊惑他证道。错非在这个时候，哪怕这一丝残魂再强大万倍，他也可以随手灭掉。

这一丝魂魄不但把握的时机秒到毫巅，就连隐忍也是常人所不能。如果这一丝魂魄在他修为很低的时候，在玄黄珠中干掉他，他根本就无可奈何。

如果让这一丝魂魄活下去，宁城彻夜都难以睡着。他隐约感觉，这魂魄很强大很强大，强大到他根本就无法望其项背。

若是宁城早知道这大半边木本源珠可以让玄黄珠认主，他早就将这半边木本源珠丢进玄黄珠中了。

追牛得到宁城的命令，连忙说道，“是，老爷，我马上就去吃了进补。”

哪怕宁城虚弱的连身体都无法清醒，他的元神依然可以控制玄黄珠。而这一丝残魂，比宁城的元神还要虚弱无数倍，在宁城的地盘根本就没有反抗之力。

“等等……我有惊天的大机缘告诉你，你杀了我没有关系，但是在你杀我之前，我必须要将这件机缘告诉你。不然的话，我死了也不安心。这机缘不但可以让你成就宇宙主宰，就是你的宠兽也会主宰天下一切圣兽……”在追牛冲上去要吞噬残魂的时候，这一丝残魂尖锐的叫了出来。

追牛连嘴巴都没有张，就停了下来，带着询问的表情看着宁城。这个元神的话，让它觉得现在吃掉太不合算了。

宁城面无表情的扫了一眼追牛，淡声说道，“你退下吧。”

追牛欣喜不已的退了下去，连它都钦佩自己的英明抉择，老爷果然和它想的一样，也想要这惊天大机缘。

在追牛退下去后，宁城的元神忽然出现在这残魂面前。

这残魂眼里露出要叙说很多事情的神色，它微微张开口，等着宁城询问。

宁城没有询问任何东西，甚至连任何话都没有说，而是张口吐出一道火焰。

星河火焰一出现，瞬间就将这残魂包裹起来。一阵凄厉的尖锐叫声传来，这一缕残魂在宁城的星河火焰下化成飞灰，消散的无影无踪。

在这一缕残魂消失的瞬间，宁城整个精神都清明起来，他的意识也变得更为剔透，一切终于在他的掌控之中，再也没有半分盲点。

宁城轻轻吁了口气，他感受到这残魂的来历了。当初在玄黄星陆的时候，他去了圣光岭，在圣光岭的玄黄圣庙中也有一个声音让他祭拜。之后出现了一个金色的大手，那金色的大手差点将他干掉。

后来他在愿力玉玺的帮助下，将那金色的大手轰散。那金色的大手主人临走的时候，还用威胁的声音警告他，“我会回来拿走玄黄珠的，你这种蝼蚁不配拥有此等宝物……”

现在他玄黄珠中的这一缕残魂，和那金色大手的主人绝对有一丝联系。这不但是一个狠人，还是一个心机慎密的家伙。若不是他这次受伤，他要等着另外半边木本源珠到手后才完善玄黄珠，也许他就完蛋了。

这一缕残魂很有可能是那次玄黄圣庙的遭遇之后苏醒的，这才短短时间，就能干涉他证道了。如果再给这残魂一段时间，那将成长到什么地步？玄黄珠是他的，他重伤后，元神都会在玄黄珠的沟通下疗伤。这样一个定时炸弹在身边，什么时候爆炸，他根本就不知道。

能将一缕残魂藏在玄黄珠中，让他这个主人无法发现，可见此人的心机和手段是多么可怕。幸好实力差距太大，让他笑在了最后。至于让这缕残魂说那惊天大机缘，宁城想都没有想过。若是真的有这种惊天大机缘，他也不相信这缕残魂会详细的告诉他。

这种拖延手段，他玩的太多了，又岂能上当？无论有没有，他都不会给这一缕残魂说话的机会。

杀了这一缕残魂后，宁城长长的吁了口气，他终于没有了那种隐约的后顾之忧。

“老爷……”追牛看见宁城连问都没有问，就祭出星河灭掉了这一缕残魂，有些害怕的叫了一声。它刚才做主停下来，征求老爷的意见，老爷肯定生气了。否则这种上等魂魄，老爷怎么可能不给它吃的？

宁城扫了一眼追牛，语气淡淡的说道，“我等会将你知道我这里一切的意识全部抹去，你自己求生去吧。我养不起你这种兽宠，大家好聚好散。”

追牛一听宁城的话，就知道完蛋了。老爷小心眼，果然是生气了。它连想都没有想就跪了下来，一把鼻涕一把泪的哭道，“求求老爷饶了我这一次，下次老爷就是让我去吃屎，我也不会有半分犹豫。我绝对不会被屎的话迷惑住，一定以老爷的话为天理。”

宁城冷哼一声，“若不是我还有一些能力，说不定被你和残魂联手卖掉了。这残魂说的话难道我没有听到？若是真的不想让你吃的残魂，我不会出声叫住你？蠢货。”

追牛不停的点着牛头，半分都不敢反抗。

“自己拿一根绳子将自己的蹄子全部绑住，禁足你三个月。下次再犯，我不会让你走了，而是直接杀掉了事。”宁城大声呵斥道。

追牛听宁城没有继续赶走它，更是连声答应，不停的保证。

“我要开始恢复身体经脉，融合识海，复原元神，你好自为之。”宁城哼了一声。

事实上，他不让追牛吞噬那一缕残魂，除了追牛被蛊惑后停止吞那残魂的原因之外，还有一个更重要的原因。那就是这缕残魂太让宁城忌惮，他怕追牛吞下这一缕残魂后，不但没有干掉对方，反而让对方夺舍了。

正因为这种忌惮，宁城这才祭出星河干掉了这一缕残魂。

“咦，老爷，这里有一棵死树。不对，这棵树还没有死掉……”在宁城元神即将再次回归紫府之前，追牛惊异的声音传来。

追牛一说，宁城就看见了这一株巨大的古树。这一株古树斜着倒在地上，半边树身已是枯萎，还有更多的部分被埋在了地下。如果不在意，这一株古树并不突出，一旦在意，宁城就从这即将枯萎的古树身上感受到了强大的道韵气息。

宁城得到一株道果树，比起那一株道果树来，这一株古树里面蕴含的道韵气息强大了何止万倍？

这肯定是玄黄珠中本来就有的一株树，宁城瞬间就明白过来。他对一边站着的追牛说道，“你负责将这一株树再栽起来，至于捆绑禁闭，暂时存着。如果表现好的话，就去掉，如果表现不好，加倍。”

“是，老爷。”听到宁城的话，追牛整个骨头都笑开了花。本来被自己绑着躺三个月的苦难，让它想想都不寒而栗。现在就因为它偶然间发现了一株树，老爷将这个惩罚暂时去掉了。它一定要表现的让老爷无话可说，减去它这三个月的折磨。

……

在宁城烧掉一缕残魂的瞬间，和太素界相隔无数界面的一个山脉深处，一道愤怒的尖叫声音响起，“小小蝼蚁竟然敢烧掉我的分身残魂，我绝不会放过你，啊……”

不过这些宁城都不知道，这完全和他无关了。此时的他再次凝坐在自己的识海中，恢复经脉根基和融合元神。他有了明确的意识，虽然神识还是不能外放，却比之前被动的恢复要强太多了。

……

黑白山脉深处，一道火柱从地底冲出，直达万丈，在这火柱周围围着无数强者。依然还不断有强者过来，这周围的强者是越来越多。因为火焰太强大，过来的无论是普通修士，还是圣帝，都只能围在一边观看。

“这是顶级天火，绝对是当年那丹圣残留下来的。”人群中有人指着火焰说道。

“这需要你说？这火焰中还带着淡淡的丹香味，谁都知道这肯定是那丹圣留下来的丹火。”立即有人不屑回应。

“香？天香……那女人……”一名锦衣男子听到丹香后，下意识的喃喃说了出来。随即，他就明白了什么，脸色聚变，瞬间就冲出人群，疯狂的往炉沙方向急遁。

第九百四十四章 争夺

看见这锦衣男子急切离开后，站在他身边的金袍男子皱了一下眉头，有些不明白锦衣男子是什么意思。这个时候，大家都急着来这里，他倒好，竟然远离这里。

“沐于雄干什么？”金袍男子不解的问了一下，他很清楚这个同伴的性格，绝对不是一个愿意吃亏的住，丹圣的丹炉还没出现，他岂愿意走？

这锦衣男子离开前略显激动的自语，显然有人听见。现在金袍男子问起，听见他话的修士笑了笑说道，“他想女人了吧，说了一句天香，那女人，就跑了，嘿嘿，可见女人比天火和丹圣的丹炉都重要……”

这回答的修士话仅仅说了一半，就突兀的顿住。天香，那女人，难道是天香体的女子？以沐于雄的尿性，面对丹圣丹炉和天火的诱惑，若是真的有天香体女子出现，他不顾一切离去就很好解释了。

这里虽然有丹圣的丹炉和炼丹的天火，毕竟来的强者也多。人多肉少，能不能分到头上，还是另外一回事。

若真的是一个天香体女人出现，那岂止是机缘？简直就是天上掉下来的馅饼，绝对是做梦也难以做到的事情。

一个天香体的女人，那等于无数的体悟道果，等于轻而易举的晋级，等于轻而易举的证道。就算是用废掉了将其买掉，也是数也数不完的财富。

几乎是在瞬间，周围的修士都明白过来。

数十道人影都冲了出去，跟着沐于雄离去的方向急遁而去。抢夺丹炉他们可能实力稍差，至于抢夺天香体的女人……就算是抢不到又有什么？只要弄到一杯血，那就是大赚了。

……

宁城的修为早已到了永恒圆满，这次受伤他借助元神完善了玄黄珠的五行本源，随着根基不断被修复，经脉再次凝合，元神反而超出了肉身之外。

紫府融合进玄黄珠后，道道本源气息让宁城的元神道韵流转更为顺畅自如，最后甚至形成了实质的吟鸣之声。

道韵吟鸣从模糊到清晰，再到化成连绵道纹在宁城的元神周围环绕不休，反复不断的冲刷着宁城的元神。宁城闭目凝坐识海中的元神，在这连绵道纹的环绕冲刷之下，越来越凝实。汩汩元气在元神体内流淌，似乎下一刻，元神即将化成下一个肉身。

道韵还在吟鸣，宁城感觉到自己元神的实力在不断疯狂飞涨。到了这个时候，宁城心里忽然有了一种莫名其妙的想法，他的元神太过脆弱，无法经受住这种道韵冲刷，他需要更强大的元神。按照这种程度下去，说不定有一天他的元神一样可以单独对敌。

宁城刚刚想到这里，他的元神就开始裂开，一阵阵撕裂的痛楚传来。

宁城是一个炼体修士，他经历过无数万蚁蚀心的痛楚，但是这些痛苦加起来，也没有这种元神撕裂痛楚的十分之一。

元神在裂开，抽搐，他的肉身也不断的颤抖。若不是他圆满的星空体，也许他的肉身在这种可怖的痛苦下，即将溃散。

“天地万物，欲更进一层，将融无数为一。修士涅槃，是将零散的体悟重新聚集；识海涅槃，是让识海再无裂痕，化而为一。今，神元无上，肉身元神分离，元神可涅槃而塑道……”

一道道道韵气息在宁城的意识当中出现，宁城清晰的明白了自己的元神在干什么，这是随着他的意念而动，是在涅槃重生。

撕裂的痛苦让宁城无法去想为什么元神也会涅槃，他没有这个精力。他所有的精力都在道韵的冲刷中，涅槃自己的元神，让元神重新升华。

玄黄珠的本源气息和环绕在宁城身边的道韵不断冲刷宁城碎裂的元神，宁城的元神再次重新组合起来。

一阵阵肉眼看不见的金色光芒在宁城的元神周围扩散出去，宁城的元神在识海中缓缓站起。

随着元神越来越凝实，宁城的元神一步踏出，手中做着玄奥的手势，口中在吟鸣：“夫道者，乃天地相参，亿万合一，然后可以窥其成功。夫神者，乃筋骨血肉为融，凌驾于肉身之上。生灵何止亿万，不能以神窥道，非不愿，唯不能尔！今我之道，由元神涅槃，踏足亿万生灵之上！”

“精神生于道，形本生于精。此天地伦常，然元神涅槃，凝聚道韵，何足道哉！”

“我之道，由元神涅槃凝聚！”

“我之道，由我开辟！”

“我之道，由万物归一！”

“我之道，踏足万道之巅！”

……

滚滚道韵在宁城的元神身周鼓动，犹如天地翻腾一般，声势惊人。宁城整个星空识海中，都是这种道韵在翻滚，都是这种道韵吟鸣在轰响。

这种滚滚道韵越来越凝实，哪怕宁城是星空识海，这无法阻止这种道韵的扩散。随着道韵越来越强大，宁城的元神越来越凝实，道韵也即将冲出宁城的识海。

……

燕霁有些担忧的将宁城从背上解了下来，抱在了怀里。

她感觉到了不对，之前宁城浑身颤抖，身上的肌肉也在不停的抽搐。似乎有人拿着刀子，在他的身上不断的割下一条一条的肉一般。

感受到宁城身上的痛苦，燕霁心如刀割，她恨不得将宁城身上的痛苦全部转嫁到自己身上来。

这种状态经历了大半个时辰，宁城那痛苦的抽搐总算是安定了下来，燕霁也擦了擦脸上的汗水，微微松了口气。

她再次抱起宁城，准备将宁城背在背上继续走，一道迅疾的影子突兀出现在她的面前。

燕霁看见这个人影，心里顿时一颤。这个锦衣人她见过，之前和一个金袍男子站在一起。那个金袍男子随手一招，就斩杀了一百多无辜修士。

“哈哈哈哈，记住了，以后你的男人叫沐于雄……”锦衣男子看见燕霁，张口哈哈大笑。他再次感受到了那种淡淡的香味，没错，就是眼前这个女子的。

以他的眼光，岂能看不出来，眼前这个女子是处子？看见燕霁脸上带着面纱，他想都没有想，抬手就抓向了燕霁。

哪怕燕霁长的再丑，他也不会在意。不过在他的内心深处，自然希望这个天香体的女人漂亮一些。毕竟在这女人活着的一段时间内，都必须要陪着他的。

燕霁看见对方的手印抓来，赶紧倒飞退了出去。只是她的修为太差，面对已经塑道的沐于雄，她的这点修为什么都算不上。若是对方不允许她动，她连动一下也许都不可得。

“刺啦”一声，燕霁脸上的纱巾化成碎布，消散不见。她胸口本来就淡弱的莲花玉片，在燕霁这一次用力之下，再多出来一道裂痕。

这刻着莲花的玉片本来就不能帮燕霁挡住天香体，现在又多了一道裂痕，一道极淡的清新幽香传出。普通人也许闻不到，但是作为一个修士，这种幽香气息立即就可以感受到。

沐于雄怔怔的盯着燕雾，他根本就没有想到，燕雾竟然如此绝色。哪怕他见过太多的美女，也被燕雾的容颜惊住。之后他才注意到，那种淡淡的清香气息。

没错，真的是天香体。一个如此绝色的天香体女人，居然出现在他的面前，想到这里沐于雄简直有些不敢相信自己的眼睛。

他很快就反应过来，更是想都没有想直接抓向了燕雾。至于黑白山脉的丹圣丹炉和丹火，谁爱要谁要去，他不是不想要，而是现在没有这个精力去竞争。有了天香体女人，嘿嘿……“嘭……”一道凌厉的元气突兀轰了过来，和沐于雄的手印撞击在一起，直接将沐于雄抓向燕雾的手印给轰开。

“谷金叹，你这是什么意思？”沐于雄恨声看着眼前的一名金袍男子，不久前他还准备和对方联手去黑白山脉。这才多少时间，联手的人就变成了对头。

金袍男修根本就不理沐于雄，他在轰开沐于雄后，同样是直接抓向了燕雾。

事情到了这里，沐于雄哪里还不知道谷金叹也知道了这个女子是天香体。更是不再废话，祭出了法宝和谷金叹打在一起。

哪怕两人根本就没有对燕雾直接动手，两人动手的余波依然让燕雾倒飞出去，张口喷出数口鲜血，已经是重伤。

燕雾死死地搂住宁城，她眼里充满了绝望。因为她看见十多人冲向这边，这些人显然是为了她天香体而来。

仅仅是短短时间，这一片地方就成了大战的现场。过来的修士为了抢夺燕雾，纷纷大打出手。每次有人过来抓燕雾，就有各种攻击过来。

这些攻击也许伤害不了抢夺燕雾的修士，却是让燕雾伤上加伤。这些抓燕雾的修士，可没有一个是为了救燕雾的。都是想要将燕雾带走，为自己修炼做打算，出手的时候，自然不会理会燕雾的死活。

一炷香之后，燕雾的整个骨骼都被这种无妄之灾轰的寸寸断裂。

又是两道元气在燕雾身前撞击开，燕雾张口再喷出一口鲜血，低头看着宁城，嘴里喃喃的说道，“既然如此，那我们一起走吧。”

……

第九百四十五章 宁城证道

燕霁很快就感觉到了不对，她在宁城身上感受到了一种玄奥无比的气息，似乎是一种至高无上的道韵在流转。

随即她就再次看见了宁城的眼睛在微微颤动，这是要苏醒过来了？燕霁心里没有半分惊喜，取而代之的是一片凄凉。

如果在往常，宁城苏醒过来，她是最开心的，可是现在，她开心不起来。宁城一醒来，就要被人杀掉。

在这面临绝望的处境当中，她可以对自己动手，却对宁城下不去手。

“轰……”燕霁仅仅是犹豫了片刻，两道元气再次轰在她的身前。

狂暴的气息将燕霁直接卷飞到空中，一道血雾喷出，燕霁摔落在一个山坡脚下，再也没有任何气息。尽管如此，她依然抱紧了宁城，甚至是让自己的背朝下。

一道略带咸味的血液流进宁城的口中，宁城忽地站起，但是他的眼睛依然还没有睁开。

他的道念还在形成当中，甚至不知道燕霁就晕倒在自己的脚下，更不知道周围数十修士还在争斗。这一刻，他整个人都沉浸在自己道韵的形成当中。

“天地有玄黄，宇宙和洪荒；玄黄聚本源，本源生万物；万物皆有道，道法自然中；混沌规则成，日月星辰张；天地参寂寥，我道证归一……”

滚滚道纹从宁城的身周扩散出去，一道道天道道韵声音犹如天成。这一刻，所有打斗中的修士都听见了这种道韵声音，听见了这种天地道纹……道韵从简单到繁杂，再从繁杂到简单……所有的人都能感受得到这种道韵气息，有些修士甚至盘膝坐下，开始感悟这种天道道韵气息。

“开天辟地之间，就有玄黄气息，就有宇宙和毫无人烟的洪荒地带。玄黄带着生机，凝聚了各种本源，这些本源又催生出了各种各样的万物生灵。一切生灵都有自己的道，这些道蕴含在整个天地之中，蕴含在整个自然之内。

这些道凝聚出了混沌气息，形成了规则天地，化成了日月星辰，布满宇宙星空。形成的天地寂寥而空虚，不依赖任何东西生存。而我却在这天地之间，寻得自己的大道，我的大道逆朔而上，让万物归一……”

道韵气息滚滚而来，犹如天地初分，气息越来越惊人，势气越来越磅礴。

越来越多的修士因为这种天地道韵的扩散而过来，一些修士凝坐在地上感悟道韵，同样有一些修士明白了宁城是在干什么。

“他在塑道，他竟然在这个地方塑道？”

“不对，他的气势似乎已经是塑道圣帝……”

明白宁城是在塑道后，一些贪婪的修士，顿时祭出法宝轰向了宁城。宁城选择在这里塑道，他身上肯定有道果，他身上必定有众多的宝物。

一个修士在塑道的时候，抵抗能力是最弱的，在他最弱的时候出手，肯定可以得手。

明白这一点的修士不是一个，一时间更多的修士是祭出法宝冲了上去。

只是宁城身周的道韵越来越强大，这些法宝的攻击无一例外的被宁城的道韵挡住，轰开。

道韵还在形成，道韵吟鸣还在继续。浩大的滚滚道韵气势，越来越磅礴宏大。

在宁城身周的道韵气息将数名攻击他的修士轰开后，宁城忽然睁开眼睛，周围的那些攻击他的修士，此时在宁城眼中似乎全部是空气，他凝目远视浩瀚无际的虚空，嘴里发出龙吟般的吟啸：“我证道时，不受天地束缚！”

“我证道时，终驾天地规则之外！”

“我证道时，我之玄黄归一！”

“我证道时，踏雷劫之上！”

“我证道时，规则再成，神通重塑。”

“我证道时……”

……

随着宁城道韵吟出，天地间道韵更是滚滚如潮。哪怕这里的神灵气几近于无，但是在这滚滚道韵当中，无穷无尽的神灵气依然犹如被巨鲸吸水一般，翻滚而来。

宁城身周开始是由道韵道纹组成的金色波纹，随着道韵翻滚，他身周的金色波纹幻化出了一道道金色的光芒。金色光芒四射出去，和着道韵的气息，将这一方空间完全遮蔽住。

来到这里的修士都呆滞住了，这是一个塑道修士弄出来的声势？这是塑的什么道？不但声势如此惊人磅礴，连证道的口气也如此狂妄。敢不受天地束缚，敢踏雷劫之上，敢凌驾规则之外，重塑规则，再造神通？

落日黄昏、莫相依、时光轮、七桥神通…… 枪意、斧意、规则神通……

丹道、阵道、器道，甚至只有一些皮毛的符道……五色裂星箭、星河、无极青雷城、七桥界书……到了最后，连玄黄珠也出现在金色的道韵当中。

这一切神通、法宝、道念，犹如记忆一般，在这些金光道韵中不断凝聚出来。

若是说之前宁城证道的声势让周围的修士震惊，羡慕。那现在宁城的神通不断凝聚出来，宁城的法宝和道念不断出现在金色的道韵当中，顿时让这些旁观的修士都红了眼睛。

“那是天火星河赤，还有无极青雷城，不对，那支由黑色转换为无色，搭在五彩长弓上的竟然是五色裂星箭……”

“天啊，我竟然看见了七桥界书……”

所有的人都疯了，如果说燕雾的天香体会让人不顾一切的要去争夺，那宁城证道凝聚出来的神通和法宝轮廓，彻底让周围的修士疯狂。

哪怕宁城的道韵再强大，也没有人愿意等下去。这一刻，几乎所有的修士都蜂拥着冲向了宁城。

难怪这个修士塑道闹出来的动静如此之大，难怪这个修士证道中有金色光芒护身。因为他有这么多逆天的宝物，因为他有如此恐怖的机缘。如果这些机缘放在他们身上，那他们一样可以做到这样。

万千法宝光芒轰向了宁城，宁城的道韵金光虽然强大，却也禁不住如此多的强者联手攻击。

但也因为这一阵攻击，连绵的道韵在这一刻彻底的凝聚成形。宁城一声长啸，周围的金色道韵完全消散不见。

“我之归一道，成！”

天地间凭空生出一阵阵云彩，这些云彩汇聚在宁城的身周。宁城的身体气息在这一刻无穷无尽的上涨，强大，再强大。

“轰……”宁城的道韵成形，塑道成功，这些攻击也和他周围的道韵护身一起消失。

“燕雾？”宁城第一眼看见的不是周围疯狂攻击他的修士，而是躺在他脚下，气息全无的燕雾。

燕雾浑身是血，生死不知。一阵阵清新的女子体香被宁城感受到，宁城作为一个塑道丹神，岂能不知道这是天香体？

尽管宁城一直没有恢复，完全是元神在凝聚，不代表他一点印象都没有。他在瞬间就想明白了是怎么回事，应该是燕雾带着他一路逃走到这里，结果她的天香体被人发现，这些人纷纷来抢夺。

在燕霁被人抢夺的过程中，他经历了和别人不一样的塑道之路。先从元神涅槃开始塑道，然后元神融合肉身，真正的塑道成功。

宁城一把将燕霁抱起，两枚丹药已经落进燕霁的口中。他明白了，之前他感受到血迹流入他的嘴角，那是燕霁的鲜血。若不是燕霁的血，也许他还在浑浑噩噩当中。

将丹药送入燕霁口中后，宁城冷眼扫了一下周围的修士。除了一名育道初期之外，塑道修士十一人，其余的全部是永恒境或者永恒之下。

“交出你手中的女子，还有你的一切法宝，我保你无事。”那名育道修士应该是后来，他看见宁城苏醒，立即从众人的头顶跨过，落在了宁城的身前。

一名育道强者来到了这里，周围的修士再多，也没有人敢站出来反驳。

宁城吸了口气，没有回答这育道修士的话，而是神念一扫，一本七页书册出现在他的头顶。

“果真是七桥界书……”一个贪婪的声音响起。

宁城语气带着些许的寒意，淡漠的说道，“既然来了，那就都别走了吧……”

那名育道修士不屑的冷哼一声，“区区一个刚刚塑道的蝼蚁，就以为自己是天地主宰了，给我死……”

说话间，这名育道修士两手翻滚，一道撕裂空间的红色光芒幻化而出，整个空间在这红色的光芒之下开始凝固。

宁城无动于衷，整个空间都在凝固，他依然还能行动自如。不等这红色的光芒扩散出去，宁城左脚踏前，挥手间喝道，“第一奈何桥……”

悬浮在空中的七桥界书犹如狂风吹动一般，发出‘哗哗’的声响。下一刻，滚滚阴风凭空升起，一道惨白色的石桥横空出世，在桥头有五个龙飞大字，第一奈何桥。

在这惨白色的奈何桥下，是实质生成的血河。血腥气息弥漫开来，周围的数十修士看着这惨白奈何桥，看着奈何桥下滚滚血河，脸上一片惊容。

“奈何已至，还不快快上路……”宁城的声音带着滚滚道韵气息轰出，他此时的神元比起吞爆神丹和燃烧精血寿元时候，不知强了多少。更何况，此时他不单单是神元强大，更重要的是他的道韵不再是那个区区的永恒蝼蚁。

“生不回，死不退，一入奈何永不归……”

奈何桥上低沉的悾悾之音开始在空间弥漫，没有一个修士可以留在奈何桥之外，都是带着迷茫跨上了奈何桥。

就连那名肓道强者，在犹豫了一会后，也一步跨上了奈何桥。

……

第九百四十六章 黑白山脉的丹炉

一些永恒境修士上了奈何桥后，根本就不用宁城去催促，直接跳下奈何桥，冲进血河。就是那些塑道圣帝，在奈何桥头被阴风吹佛，也只是迷茫了片刻时间，就冲向了血河。

数名塑道修士在跳下血河的瞬间清醒了过来，他们发出一阵阵的撕裂惨叫。宁城动也不动，他绝对不会因为有人求饶，就会放过这些人。

不要说这些人之前抢夺燕霁，造成了燕霁重伤不醒。就算是他的一切秘密在证道中暴露，宁城也不会让这些人还活着。如果他真的饶了这些人，那也许下一刻，他宁城就会被人围攻撕裂成碎片。

“我是沐家的沐于雄，你敢杀我……”沐于雄在清醒过来的瞬间，疯狂的叫喊着。

宁城嘴角露出一丝不屑的冷笑，淡然的语气落在沐于雄耳边，“我连蛮会山的儿子蛮九仞也敢杀，你沐家算个神马东西？”

沐于雄眼里露出惊骇，张口叫道，“你就是……”

可惜他的声音就到此为止，滚滚血河将他卷走，唯一能在他脸上看见的是无尽后悔。他永远也没有想到，在炉沙这种阴沟小地方，将自己的小命送掉了。

在如此多的修士跳下奈何桥后，七桥神通的第一桥愈发凝实起来。宁城略微感觉到有些吃力，哪怕他证道成功，现在道韵还没有稳固的情况下，控制奈何桥一次斩杀如此多的修士，也不是一件容易的事情。

那名育道圣帝在奈何桥上不断徘徊，他的脸色也在不断挣扎，就是不愿意跳下奈何桥。到了最后，他甚至开始想要冲出奈何桥。

宁城冷哼一声，识海更是催动七桥界书，奈何桥上阴风翻滚的犹如怒海波涛。

桥下冥冥的声音渗透而出，不望乡，不轮回，唯有血河洗孽罪……那育道圣帝的神色挣扎的更是厉害了，但他还是不愿意跳下血河。宁城皱起眉头，他知道自己和对方的实力相差有些大。如果不是七桥神通逆天无比，他困不住这个育道圣帝。

想到这里，宁城再也没有耐心等下去，他同样冲进奈何桥，一拳轰下，“给我滚下去。”

狂暴的拳风将周围的阴气完全轰碎，鼓动的神元犹如海啸一般冲向了这育道圣帝。这名育道圣帝在这一瞬间清醒过来，他根本就来不及有任何防御和准备，只能匆匆的一拳轰出。

“轰……”神元轰在一起，将惨白色的奈何桥震动的不断摇晃。

强大的反噬传来，宁城张口就是一道鲜血喷出，而这名育道圣帝直接被宁城轰的飞起，落进了滚滚的血河当中，再也没有半分声息。

宁城抬手就收起了第一奈何桥，心中激昂不已。在不久前，他还是个被塑道追杀的蝼蚁，而现在，他一拳就将一名育道初期轰进血河。

虽然这一拳有第一奈何桥的帮助在其中，却也显示了他的强大实力。要知道，他刚刚塑道，甚至还没有稳固自己的道韵修为。

一般来说，塑道圣帝想要越级干掉育道圣帝，那难度丝毫不亚于永恒境修嫩对付塑道强者。而今天他做到了，他以一个刚刚塑道的实力，干掉了一个刚刚育道的圣帝。

不过当宁城低头看到怀里毫无声息的燕雾，他强大后的欣喜消散的无影无踪。

“九转圣道池……”宁城一字一句的吐出这几个字，如果不去九转圣道池将这个场子找回来，他妄证归一道。

宁城仰起头，爆发出一阵阵的长啸。

这一阵阵长啸，是将长久以来的郁积闷气吐掉，是为自己证道归一而长啸，是为自己开辟了从元神到肉身证道的先河而长啸，同样是为了燕雾的苦难而长啸。

远处激荡的空间波动传来，宁城的神识就扫了过去。一道冲天的火柱出现在宁城的神识中，无数修士围在火柱周围。

这是丹火和丹韵？

宁城作为一个塑道丹神，自然清楚火柱周边的丹韵。能让自己的丹火产生丹韵，可见拥有这丹火的炼丹师对丹道的理解是多么强大。最重要的是，这个丹火不知道炼制过多少丹药，这才产生了丹韵。

这丹火不能错过，想到这里，宁城已经决定要抢夺这丹火。

燕雾并没有陨落，宁城相信，以他的丹道水平，想要救燕雾应该不会有问题。

他刚刚看见的丹火拥有丹韵，如果他得到的话，丹道水平肯定会更上层楼。丹道水平越高，对燕雾的帮助就越大。

宁城没有立即过去，而是取下了燕雾脖子上的薄薄玉片。这玉片有了一道裂纹，宁城一看就知道这玉片是遮挡燕雾天香体的佩饰。

尽管他现在还无法单独炼制出这种遮挡天香体的佩饰，以他的炼器水平和阵道水平，按照这种炼制好的佩饰重新修复一下，他还是可以办到的。

仅仅半柱香时间，宁城就修复好了玉片。他将玉片重新佩戴在燕霁的身上，这才将燕霁背好，冲向了黑白山脉发现丹火的地方。

之前沐于雄发现燕霁的天香体离开，随后跟着沐于雄一起离开的修士依然是少数。大部分修士都留在了这爆发的丹火之前，等候丹火平息下去，好去抢夺东西。

宁城来到这里，根本就不会引起任何人的注意。对这丹火旁边的修士来说，充其量只是多了一个人而已。

这里还有一个超级丹炉？宁城一来到这里就发现了不对。他炼丹无数，丹炉的气息自然一来就感受到了。他不但感受到了丹炉的气息，还感受到了这丹火和丹炉有联系。

宁城一直用的丹炉是无痕炉，无痕炉算得上是一个顶级的丹炉。在宁城开始炼制神丹后，他就感觉到无痕炉有些力不从心了。

对宁城来说，他自己也可以炼制丹炉。不过丹炉这种东西，不是炼器水平强就能炼制出顶级丹炉的，更何况宁城的炼器水平在太素界只能算是普通。

丹炉更重要的特性就是丹韵，丹韵这种东西可不是炼器能炼制出来的。而是长期炼丹后凝聚起来的，炼制的丹药越多，产生的丹韵就越浓。

阵阵丹香在冲出来的火柱中散逸出来，许多修士在感受到这种丹香和丹韵之后，盘膝坐在原地开始感悟。更多的修士，是满脸贪婪的盯着火柱中间。只等这火焰下去，马上就冲进去抢夺东西。

“我的要求很简单，只要能弄到一瓶神丹就心满意足了。至于道丹，嘿嘿，如果有一颗的话……”

“这丹炉绝对是空间法宝，说不定里面还有道果，否则怎么可能有这种丹香？现在丹炉和丹火都出现了，可见黑白山脉的丹圣传说是真的。”

……

周围的议论声让宁城知道了这里是黑白山脉，黑白山脉是有一个丹圣炼丹后形成的。这丹炉和丹火，就是当初那个炼丹的丹圣留下。

一说到丹圣，宁城就想起了旻空丹圣。他没有见过旻空丹圣，也没有得到过旻空丹圣的传承。丹圣旻空丹圣留下的空城渡识丹推衍玉简，就让他受益匪浅。否则以他自己的能力，就算是能找出空城渡识丹的丹方，也不是一两年的事情。可以说，他之所以能这么快炼制出空城渡识丹，是因为他站在了旻空丹圣的肩膀上。

现在这里又有一个丹圣出现，而且还有丹炉和丹火等完整的丹道传承，宁城心里是暗下决心，要将这丹炉抢走。

他的神识扫了一下周围，三名育道圣帝，其余的都是育道之下，甚至还有许多永恒境修士在。

丹炉的火焰依然在燃烧，有了明显的下降趋势。一些心急的修士甚至都暗暗祭出了防御法宝，准备到时侯一冲而下。

又是半个时辰过去，冲天的火柱终于落了下去。尽管温度还是恐怖无比，对这里的塑道圣帝来说，这点温度根本就算不上什么了。

几乎是在火柱落下去的瞬间，数道身影就冲了下去。有了几人带头，其余塑道之上的修士，纷纷冲下去。宁城跟随众多的塑道强者一起，冲进了火焰下方。

他仅仅祭出了一道防御盾牌，并没有拿出其余的防御宝物。以宁城的这种境界，自然是不会惧怕现在的温度。更何况，他还是一个星空体圆满的炼体修士。

他祭出盾牌，一个是不愿意显得特别。毕竟这里大部分修士都祭出了防御法宝，就他一个人无视这里的残火，立即就会引起众人的注意。要知道，他是想要抢夺这里丹炉和丹火的。

第二个，他的防御盾牌主要是护住燕霁，不让燕霁受到半分伤害。

随着众多强者冲入地下，那仅有的残火也被扑了下去。宁城跟在众多修士之后，只花了一分钟时间，就落在了地上。确切的说，是落在了一个巨大的丹鼎的足上。

宁城的目光扫了出去，这丹炉是倒扣在地上。让宁城惊喜不已的是，这丹炉和他的无痕炉一般，也有五足。此刻每一足上都有修士伫立在上面，一些若隐若无的丹火还在周围环绕。

一些精明的强者，已是冲下鼎足，开始往下遁去。想要取得这个丹炉，或者说想要取得这个丹炉中的东西，肯定要从炉口进去再说。

……

第九百四十七章 古怪的命名

宁城也清楚，想要带走这种丹炉，前提条件必须是炼化丹炉。炼化丹炉，自然不可能是在丹炉外底部，他也必须要和其余的修士一般，进入丹炉内部。

不过这种事情很危险，一旦有人先炼化丹炉了，那其余在丹炉中的人，都会成为先炼化丹炉者的祭品。

仅仅是犹豫了片刻时间，宁城就决定也进入丹炉里面进行抢夺。这种好丹炉，若是错过，恐怕他以后很难再遇见了。

宁城在落下鼎足的瞬间，神识在这丹炉的底部看见了两个字，没炉。

这是丹炉的名字？宁城甚至有些愣神。这个丹炉看起来气势惊人，来历非同小可，竟然有这么一个土里吧唧的名字，没炉。如果不经意听上去，还以为是煤炉了。

无论是不是没炉，宁城也没有多做犹豫。如果他觉得丹炉的名字不好听，将来再改一个就是，现在最重要的是将这丹炉抢到手再说。

片刻之后，宁城就来到了丹炉的入口处。这丹炉就好像悬浮在地底一般，四面都可以进去，里面爆发出恐怖的温度。

数名修士来到这里后开始犹豫，毕竟这一进去，就很有可能陨落在丹炉之中。

宁城没有犹豫，直接了当的从倒扣的炉口冲进了丹炉当中。既然做了决定，那就越快越好，否则，他干脆远走再说。

一进入丹炉，浓郁的丹香和恐怖的温度夹杂在一起轰来，宁城毫不犹豫的祭出了无极青雷城将燕霁团团护住。他不怕这里的恐怖温度，他担心的是燕霁。

无极青雷城祭出后，宁城没有立即上冲。这个丹炉果然是一个空间法宝，里面的空间很大，就好像天空倒扣下来一般。

宁城的神识扫了出去，一道道禁制、阵法屏蔽充彻在其中。

仅仅是十几个呼吸时间，宁城就是一震，他感受到了丹韵散逸出来的位置。就在他的斜对面，也就是说，他必须从丹炉的这一边飞跃到另外一边，这才能到达。

宁城心里一阵激动，在这丹炉当中，他一个塑道丹神对丹韵的感觉，绝对远远强于一般的人。也许别人需要慢慢的寻找，才可以找到爆发丹韵的位置，而他轻而易举的就感应到了。

丹韵爆发的位置，十有八九就是炼化丹炉的地方。

想到这里，宁城立即就遁了过去。

进入丹炉的修士自然不是宁城一个，在丹炉中飞行的同时，宁城不时和一些修士擦身而过。也有些修士发现了护住宁城的无极青雷城很强大，不过这里是丹炉内部，宁城的实力看起来也很强大，倒也没有人起觊觎之心。

大多数进来的修士先入为主，都认为要炼化丹炉，肯定是在丹炉底部炼化速度最快。这些修士都是奋力冲往丹炉底部，一些先到丹炉底部的修士已是祭出了法宝对轰。

一些零散的丹药悬浮在丹炉的各处，这些丹药在丹炉内部的空间之下，被禁制保护住，并没有受到丹火的灼烧。

更多知道抢夺丹炉和丹火比较渺茫的修士，开始在炉身当中抢夺丹药。遇见顶级的神丹，这些修士毫不犹豫的祭出法宝大打出手。

不怪这些人大打出手，实在是因为顶级丹药太少了。而这丹炉的炉身中，不时就有几枚顶级神丹冒出，不抢才是怪事。宁城却是无动于衷，他的目标不是这些丹药，而是丹火和丹炉。他绝对不会将时间浪费在抢夺这些丹药上面，哪怕这些丹药再珍贵。

十多个呼吸之后，宁城出现在丹炉的一个耳角处。这里有一个极为严密的禁制，宁城一来这里，就感受到这禁制有人动过。

有人进去了？宁城瞬间就得出了结论。看样子这里也有炼丹强者，对方和他一样感受到了丹道的丹韵。而且此人对阵法研究也想当深湛，居然在如此短短的时间内，就破开了禁制。

宁城没有半分犹豫就祭出了十数道阵旗，这些阵旗落在禁制的周围，丹炉耳角的禁制瞬间发出一阵阵的咔咔声响。仅仅几个呼吸时间，一道缝隙出现，宁城毫不犹豫的冲进缝隙，同时收起阵旗。

一阵沁人心脾的气息扑面而来，宁城忍不住深深的吸了口气，还没有等他回过神来，一道强大的杀机就从侧边轰了过来。

宁城头顶的无极青雷城瞬间凝实，道道雷光在青雷城周围啪啪作响。

“轰轰轰……”数十道白色的刃芒轰在了无极青雷城上，在无极青雷城表面激发出一道接着一道的青色雷光。

宁城根本就不等这名偷袭他的修士再动手，侧移一步，同时一拳轰出。

一种诡异的波动在宁城的拳头之前扩散出去，周围的规则似乎在这一拳之下发出轻微的咔咔响动。下一刻，这周围的规则就凌乱起来。

“死吧。”宁城拳头前重新凝聚出一种新的规则，狂暴的神元在眨眼间聚拢起来。

在这一拳之下，时间顿滞住了，空间消失掉了。

这偷袭宁城的修士惊骇不已，如果周围的规则不变，宁城这凝聚了时间法则和空间法则的一拳虽然厉害，他还是可以躲过的，充其量是受伤而已。

但是现在，他发现自己的神通始终缺少了那么一点点。只差那么一点点，就可以完成的神通，在这种凌乱的规则之下，就是无法形成。

“轰……嘭……”夹杂着恐怖神元的一拳轰在这名偷袭宁城的修士身上，血雾爆裂出来。这名修士偷袭了宁城一下后，被宁城一拳轰杀，连元神都没有来得及溢出。

宁城吸了口气，这才看了看自己的拳头。一名塑道后期的修士，在偷袭他的情况下，反而被他一拳轰杀。他证的道果然和普通的道完全不同，这种强大绝对不是普通塑道修士可以相比的。

宁城这才有机会看周围的情况，这是一个并不大的空间。一枚枚玉简存放在空间的一角，还有三个丹炉放在角落处。

作为一个炼器宗师，宁城一眼就看出了这三个丹炉的不同。这三个丹炉是由弱到强排列，每一个丹炉都散逸出阵阵丹韵。

宁城走到最弱的一个丹炉旁边，当他的手刚刚触摸到这丹炉之上的时候，炉身出现了五个金光闪闪的大字，混沌第一炉。

宁城哑然失笑，这个丹炉虽然比他的无痕炉要强一些，但想要称为混沌第一炉，简直就是一个笑话。他相信自己绝对不会看错，这就是一个比较普通的丹炉，连旁边的两个丹炉都比不上。

摇了摇头，宁城将这‘混沌第一炉’收进自己的戒指。再次走到第二个丹炉前面，第二个丹炉比第一个丹炉要好，宁城一走到这丹炉旁边，又有几个金色的大字在炉身显示出来，天下第二炉。

到了这个时候，宁城连查看的心情都没有了，直接将这天下第二炉丢进自己的戒指，走到第三个丹炉面前。

又是五个金色的大字出现在炉身，只能称第三。

宁城有些无语，这三个丹炉最好的一个命名为只能称第三，最差的一个居然命名为混沌第一炉。加上外面那个丹炉命名为没炉，宁城估计这些丹炉的主人也是一个古怪的家伙。

宁城将三个丹炉全部丢进戒指，这三个丹炉所在的位置忽然发出一阵阵的波动，又是一个禁制突兀的出现在宁城的面前。宁城呆呆的看着这个突兀出现的禁制，整个人都定住了。

这种取走东西后，突兀的出现禁制的手段算不上什么，宁城也能布置的出来。他震惊的是这禁制中的东西，一团拳头大小的青绿色悬浮液体。这团青绿色的液体悬浮在一个迷你丹炉之上，显得很是独特。

“难道这是丹髓？”好一会后，宁城才喃喃自语。他没有在意那迷你丹炉，而是盯着这团青绿色的液体。

丹髓不是什么天才地宝，其价值却绝对不逊色任何天才地宝，甚至是可遇不可求。

丹髓只会出现在丹炉当中，而且还是最顶尖丹师的最顶尖丹炉中。丹师长期炼丹，灵草精华会不断的在丹炉中凝聚。随着岁月流逝，丹炉中就会形成一团丹髓。

一般的情况下，丹髓只有龙眼大小。好的丹髓有鸡蛋大小，这种拳头大小的丹髓一旦拿出去，绝对会让所有的人疯狂。

宁城心里大喜，就算是他弄不出丹药让燕霁苏醒，有了这一团丹髓，燕霁也可以醒来。

明白这是丹髓后，宁城立即就冲上去，撕开丹髓所在的禁制，将这一团丹髓送入玉盒。

丹髓虽然好，在没有确定这团丹髓的主要作用之前，宁城可不敢将这丹髓给燕霁服用。若是这个炼丹师长期炼制的都是毒丹，那这一团丹髓就不是救命的东西，而是催命的东西。

取走丹髓后，宁城这才注意到这迷你的丹炉。丹炉的炉身同样有两个字，没炉。

宁城明白过来，这个小小的迷你丹炉才是真正炼化外面大丹炉的中枢所在。想到众多修士冲进来要抢夺没炉，宁城没有犹豫，直接一口精血喷在了小小的迷你丹炉之上，磅礴的神识就涌了进去。

……

第九百四十八章 黄昏斩育道

宁城神识强大，用精血炼化起来速度更是迅疾。随着一道道丹炉印记被他炼化，仅仅是大半柱香时间，丹炉的第一层禁制就被宁城彻底掌控。

随即一道讯息出现在宁城的意识当中。

“鼎定天地，丹器无形，可名没！”

宁城有些惊异的盯着手中的迷你丹炉，他不但是一个塑道丹神，同样是一个可以炼制中品神器的炼器强者。

这个丹炉叫着没炉，宁城早就知道。可是他炼丹炼器这么长时间，也没有听说过有炉子可以炼丹也可以炼器的。

一般情况下炼丹的炉子和炼器的炉子完全是两回事，不但炉子的格局阵法不同，就是锻造炉子的手段也大相径庭。

正因为这样，宁城才震惊。不过他炼器从来都不用器炉的，都是完全凭借神念控制。

普通修士的神识不强，也许无法做到这一点，对宁城来说，这并不困难。他在太素墟炼制的神器之所以可以大卖，除了价格便宜之外，还有一个就是他不用器炉炼器。

不用器炉炼制的法宝，拥有的战斗力比用器炉炼制的法宝更强大一些。一旦成为自己的法宝，将有一种天地间的写意，这是用器炉无法炼制出来的。当然，天下不用器炉能炼制法宝的修士很多，但是和宁城一样，控制的如此完美的，并没有多少。

没炉可以炼器，但宁城在炉中并没有感受到炉中的炼器痕迹，显然这个炉子并没有真正的炼过器。应该是一直当成丹炉在用的。

宁城没有再深究下去，就在他抬手要将丹炉收起之时，一朵皎洁如雪的火焰出现在宁城的神念当中。这一团火焰躲在没炉的另外一个角落，因为宁城没有炼化整个没炉，这才没有发现。

熟悉的气息传来，宁城瞬间就明白过来，这就是之前爆发出惊天火柱的丹火。这火焰缺少了主人的掌控，想要用惊天的火柱将这些觊觎它的人吓退。却适得其反，引起了更多的人前来抢夺。

现在这团白色火焰残余能量耗的差不多了，只能躲在丹炉的一角残喘。

宁城心里一喜，这种拥有丹韵的丹火是他最缺少的东西。他毫不犹豫的延伸出自己的神念，落在了这团白色的火焰上。

炼化火焰宁城有足够的经验，因为他有星河。星河火焰从种子的时候，就跟着他一起，所以宁城对火焰掌控很熟练。

这团白色的火焰本来就有些虚弱，宁城只是花了几分钟时间，就完全束缚住了它。又是半柱香后，宁城直接将这团火焰禁锢在了丹炉之上。他已经知道了这团白色火焰的名字，并不是他想象的那种有一个雪字，而是叫无名。

无名火焰配合没炉，留下这两样东西的丹圣，绝对是一个妙人。

宁城一抬手，罩在他头顶的丹炉直接飞出地面，瞬息间就化成了一道影子没入宁城的手心。

丹炉和丹火被宁城收走，众多抢夺的修士纷纷冲出巨坑，围在了宁城的身周。

宁城摇了摇头，他心还是软了一些。如果换成一般的修士，肯定是将丹炉中的修士全部干掉。

不过宁城并不在意，如果能够灭口，干掉也不是不行。事实上，就算是他干掉了丹炉中的修士，在丹炉外面还有许多修士。灭口是肯定灭不掉的，他还背着燕霁呢。

虽说宁城刚刚塑道成功，他周身的道韵凝实，这是一个强者的标志。加上之前宁城手下留情，并没有对丹炉中的修士斩尽杀绝。丹炉中出来的修士围住了宁城的去路，却并没有人带头动手。

宁城不慌不忙的又取出一枚丹药送入燕霁的口中，扫了一眼围着他的众修，语气淡然说道，“各位如果不让开的话，我就当成要对我下手了。”

几名塑道修士和一些塑道之下的修士，听了宁城的话后，略作犹豫，就缓缓退开。片刻之后，又有一名育道圣帝让开了身形。

依然有七个强者拦住了宁城的去路，这七个人当中，就有两个育道圣帝。

“留下你的丹炉和丹火，我可以放你一条活路。”一名身材壮实的育道初期扫了宁城背后的燕霁一眼，语气淡漠的说的。

宁城没有回答他的话，只是冷然盯着其余五名还围着他的塑道圣帝说道，“你们围着我是要送死呢，还是准备舔别人的脚底？”

这五名塑道修士被宁城一讥讽，脸上顿时现出怒气。能成为一个塑道强者，自然不是白痴。宁城的话他们听的明白，那就是你们区区塑道，就算是帮两名育道圣帝杀了我，你们屁也得不到。而且还会得罪两个育道强者，因为你们竟然敢和育道抢宝物。

如果这两个育道圣帝都杀不掉我，你们拦着我有用？

两个育道圣帝杀不掉宁城，那是不可能的。这五名塑道圣帝至少明白另外一个道理，那就是他们围着宁城，除了得罪人，是半分好处也拿不到。

随着第一个塑道圣帝退下，其余四人略作犹豫后，也都是纷纷退下。好东西人人想要，如果肯定拿不到，还要上去抢，那就不是抢夺宝物，而是白痴了。

“有一张会说的嘴，可惜了，我还是不会就这样放过你。我劝你一句，趁早放下你那逃跑的念头。”五名塑道修士退走后，另外一名白脸育道圣帝横跨了一步，将宁城的去路封死。

宁城一抬手，一杆中品神器长枪就出现在他的头顶，冷冷的看着两名拦住他的育道圣帝说道，“老子根本就没有打算走，抢我东西的，我不杀了心里不会痛快。”

“死……”那育道初期圣帝抬手轰出了一道黑色长桥，长桥一出现，直接跨越了空间，将宁城死死锁定。

而另外一名白脸育道圣帝，站在一边掠阵，根本就不屑出手。他只要封住宁城的去路，让宁城无法走脱就可以了。两个育道圣帝联手对付一个小小的塑道初期，他还丢不起这个人。

育道圣帝的领域气势狂压下来，狂暴的气势不但将宁城周围的空间完全锁住，萧杀的意境还直接将宁城脚下的泥土化成虚无。片刻之后，除了宁城脚下站立的地方，周围全是沟壑。

这名育道初期，想要仅凭自己的气势就压制的宁城无法动弹，然后任凭他宰割。

一个育道圣帝，的确有这个资本。

宁城看见黑桥落下，晒了一声，敢在他面前玩桥。如果不是他顾忌自己的七桥未成，实力还太弱，他的第一奈何桥就可以干掉这两个育道圣帝。面对这个玩桥的家伙，他肯定会祭出第一奈何桥，让奈何桥死死的压制住对方。

不过就算是不用第一奈何桥，哪又如何？

宁城手中的神器长枪微微一动，不着痕迹的道韵散开，随着神器长枪的诡异线路划了出去。

神通破则，规则破碎……

原本越来越凝实，气势越来越磅礴的黑桥，在宁城这一枪划出后，立即就变得松动起来。不但黑桥松动起来，就连那压向宁城的气势也变得淡薄起来。磅礴的杀意就好像被水冲刷了一遍，也变得淡弱起来。

身材健壮的育道初期修士感受到周围的规则松动，原本在他掌控中的空间，变得虚幻，似乎下一刻就要脱离他的掌控。这名育道圣帝心里一惊，神元和神识更是狂压而下。

宁城根本不等对方重新掌控周围的空间，长枪幻化出一阵阵枪纹扫了出去，落日黄昏。

如果说宁城在塑道之前的神通还仅仅只有形，没有其神的话。那宁城塑道之后，他的落日黄昏早已不是当初的那种皮毛法则融合意境神通，而变成了真正的法则意境神通。

宁城的破则无法完全将这里的规则破碎，却可以让这里的规则凌乱。

凌乱的规则之下，这育道初期的神通威力瞬间下降。宁城的长枪却卷动出了一道道新的道韵，一轮硕大的似血残阳在这育道圣帝的眼前出现，残阳下是无尽的留恋。

这名育道圣帝本来就被宁城的破则神通影响，此时面对落日残阳，竟然有了一种步入其中的念头。

不对，这不是真实场景，这是幻境。这名育道修士瞬间就明悟过来，他嘶吼一声，黑色的长桥化成一道无数梯刃。

恐怖的梯刃凝聚出一道又一道的波浪轰向宁城，这些波浪还没有轰在宁城身上，梯刃的撕裂杀意已在宁城身上划出了一道又一道的血痕。可以肯定，一旦这些梯刃轰在宁城身上，哪怕宁城是星空体的炼体强者，也会被绞成肉渣。

宁城岂能让对方的梯刃将他锁住？然后在将他绞杀？在这些梯刃没有聚拢到他的身体之前，他的长枪已经划破空间，直接来到了这育道圣帝的眉心。

这是空间跨越，这育道圣帝自己就掌控了空间神通，自然明白宁城的空间跨越。只是在破则之下，他的空间神通根本就无法让宁城的空间神通顿滞半分。

育道圣帝冷哼一声，手中的无数梯刃不再攻击宁城，而是瞬息间再次聚拢。眼看就要化成一面巨大的刃盾之时，他感觉到周围的一切突地顿住。

他的梯刃顿住了，空间顿住了，时间也顿住了……不对，他看见了宁城的长枪还在动，他的念头刚刚升起，长枪已经落在了他的眉心。

夕阳无限好，只是近黄昏。这是他眼里最后的美景，残阳愈发耀眼，他心里忽然涌起无限的渴望，渴望自己再活下来。

宁城的长枪穿过这名育道圣帝的眉心后，任凭鲜血滴落，他也没有动。他再次有了新的感悟，这才是真正的时间法则神通。落日黄昏的时间很长，而他的时间法则充其量只能让那时间有片刻的顿滞而已。

他要做的，只是在那片刻的时间顿滞中，将长枪送入对方的眉心。

……

第九百四十九章 论丹盛会

宁城的长枪上挂着一名育道圣帝，枪尖还有血迹滴落，而宁城闭目不动，似乎在沉思着什么。

周围一片寂静，所有围观的修士都没有说话。特别是那名退出抢夺的育道圣帝，更是不敢相信的看着宁城。他之所以退出抢夺，是因为他觉察出了宁城的强大。他猜测，宁城肯定不是这两个育道圣帝的对手。不过这两个育道圣帝想要留住宁城，那是绝无可能。

既然留不住宁城，那何必上前动手？平白无故的得罪一个年轻的塑道强者，这不是他的作风。更何况，没有人知道，他在丹炉中早已有了收获。

就算是他也没有想到，宁城不但强大，还强大到离谱，一动手就干掉了一名育道初期。

宁城和这育道初期的圣帝战斗时间并不长，在这育道初期的圣帝祭出黑桥锁住宁城，到宁城施展破则，再在破则之中祭出落日黄昏，只是一连串的变化而已。

白脸育道圣帝看见宁城施展破则神通的时候，就感觉到不对。到宁城的落日黄昏神通出来，时间开始顿滞，他知道和宁城对战的这名育道圣帝完蛋了。

他并没有出手帮忙，或者说就算是他帮忙，也无法阻止最终的战局。

就在这白脸育道圣帝还在犹豫着，是不是应该对宁城动手的时候，宁城睁开了眼睛。他手中的长枪微微一抖，那挂在枪头的育道圣帝就跌落在地。下一刻，这育道圣帝的黑桥法宝和储物戒指就消失在宁城的手心。

宁城的长枪并没有收起，他枪尖斜指着地下，往那名白脸育道圣帝走了一步，语气平静的说道，“论到你了，我允许你先出手。”

晋级塑道后，宁城就祭出了七桥神通干掉几十个人，这几十个人当中，就包括了一名育道圣帝。

现在宁城再次干掉一个育道圣帝，让他的归一道更是融合。他此时非常清楚，战斗越多，他的道融合就越深，实力也就越强。

白脸育道修士冷哼一声，淡声说道，“本帝不屑和你动手。”

说完，这育道圣帝身形一闪，整个人都淡弱起来，也许只要半息时间，他就会消失在原地。

宁城手中的长枪再次划出一道枪痕，破则神通卷起一阵阵波纹将周围空间的规则破坏。

这即将走掉的白脸育道圣帝身形凝实起来，他的脸色微微一变，显然刚才他施展的遁术并没有成功。

宁城身形一闪，天云双翼挥动之间，拦在了这白脸育道圣帝的面前，“怎么？不要我留一点东西，就这样想走吗？”

这白脸育道圣帝的脸色更是难看起来，手一张，一道白森森的光影就出现在他的身前。这是一个刀轮法宝，刀轮还没有祭出，那白森森光影的凌厉撕裂杀机就将周围空间刮的飒飒作响。

“你想要怎么样？”白脸育道圣帝语气森寒，两眼凶光的盯着宁城。

他育道中期，比宁城刚刚杀掉的育道初期要强大。他还是不敢主动对宁城动手，宁城刚才的破则神通，他又领教了一次。这种神通似乎可以让周围的天地规则虚弱，他的神通和一些法则都依赖周围的天地法则。一旦天地规则虚弱或者是凌乱，他的神通必将减弱。

他不明白为什么宁城区区一个塑道圣帝，可以影响到天地规则。但是他不敢去尝试，他可不想莫名其妙的被一个塑道圣帝杀了。

宁城手中的长枪微微一晃，几道枪纹自动散溢出去。看见这几道枪纹散出，这名白脸育道圣帝的领域立即就展开，将宁城枪纹挡住，整个人更是谨慎，他怕宁城突然动手。

宁城淡淡一笑，“我想要怎么样？刚才好像是你要拦住我吧？难道不是你说要我留下丹炉和丹火？”

白脸修士脸色一顿，他很不想和宁城打起来，却又不知道应该如何应付宁城。

“我刚才祭出的神通损耗了一千万神晶，拿出神晶，否则，我不会就此罢休的。”宁城说话间，枪纹再次散开。

宁城的确是缺少神晶，不过他要这一千万神晶还有另外两个原因。他感觉自己越战斗，实力就越强大。还有就是，周围这么多人看见他拿走了丹炉和丹火。如果不拿出点实力，想必还有人不甘心。

白脸修士恨恨的盯着宁城，犹豫了好一会，还是取出一枚戒指丢给宁城，随即化成一道遁光，消失的无影无踪。

宁城抓住戒指，神识扫了一下，就将戒指丢进真灵世界。到了塑道这个层次，他早就有了自保的能力，加上刚才斩杀一名育道，又让一名育道服软走掉，应该是不会有人再不开眼了。

“这位前辈请稍等……”一名身材很高的年轻男子叫住了宁城。

宁城一看见这名年轻男子，就认了出来，他点头笑了笑，“原来是郗兄，好久不见了。”

这个男子叫郗子敏，宁城认识。是他刚刚到太素界的时候，在边素海认识的，原因是他的莫相依酒。

郗子敏很是热情，宁城刚到太素界后，很多东西还是对方告诉他的。后来郗子敏还邀请过他去太素域郗家做客，宁城没有去，他和纳兰茹雪一起去了太素墟。

“真的是宁兄……宁前辈……”郗子敏惊喜的叫了出来，显然他早就认出了宁城，只是不敢相信而已。相比起刚到边素海的时候，宁城多了几份独特的气质。郗子敏出身大家族，自然知道这是证道者身上的道韵气息。

一想到他刚刚和宁城见面的时候，他的修为比宁城还要高，转眼宁城都塑道了，而他还在永恒圆满徘徊，郗子敏心里就升起一种无名的敬畏。

宁城上前拍了拍郗子敏的肩膀，“郗兄，还是和以前一样称呼，直接叫我宁城或者是宁兄就可以了。”

郗子敏常年在外面奔波，人情世故绝对不是一般人可以相比。他看的出来，宁城不是客气话。和宁城称呼的更为亲近，对他来说绝对是好事。

“那我就高攀了，宁兄。”郗子敏赶紧一抱拳，说完后，又满脸带笑的说道，“这里属于神灵气贫匮之地，宁兄若是没有急事，可以和我一起去雷河做客。”

宁城歉意的说道，“我师妹身受重伤，我要带她觅地疗伤。改日有空，宁某必定去雷河拜访郗兄。”

郗子敏早就看见了燕霁，也看的出来燕霁身受重伤，一直昏迷不醒。他邀请宁城去雷河，还有一个原因，那就是想要请郗家的丹师出手相救。宁城这种修炼速度，肯定是万年难以一见的天才，如果郗家能拉拢这种人，绝对是有价值的投资。

只是现在宁城不想去郗家，他却不好说帮燕霁疗伤的事情。燕霁去了，他郗家的丹师可以出手看看。如果现在还没有去，他说了这个话，到时候治不好的话，说不定还耽搁了宁城为他师妹疗伤的事情。

“我郗家虽然有一个塑道丹神，你师妹这种情况，我也不敢肯定能不能帮到忙。我邀请宁兄，还有一个原因，那就是为了太素界的论丹盛会。”郗子敏隐晦的说了一句。

“论丹盛会？”宁城疑惑的问道。

郗子敏点点头，“论丹盛会在太素界很有名，每过双百年都会举办一次。宁兄想必知道五太界吧？太素界虽然是五太界之一，残破却很是厉害。想要踏足更高的层次，必须要去太易界，而通往太易界的手段很少。我只能知道论丹盛会和前往太易界有联系，至于怎么联系我也不是很清楚。”

郗子敏知道宁城得到了丹炉和丹火，他郗家有一个塑道丹神，邀请宁城是想要问宁城借丹火。

宁城听到郗子敏这样一说，还真是有些心动。不过他很快就拒绝道，“多谢郗兄了，我还是不能去你郗家。我杀了蛮会山的儿子蛮九仞，如果让蛮会山知道我和你郗家有关系，会连累你们的。”

“啊……”郗子敏怔怔的看着宁城，他被宁城的话彻底的惊呆了。

蛮九仞的儿子被杀，他也听说过，他并没有关注这件事。现在宁城说出来，他才明白宁城的胆子有多肥。如果蛮九仞真是宁城杀的，那他还真的不敢邀请宁城去郗家，那的确是会给郗家带去灾难。

看见郗子敏满脸震惊，又有些尴尬的样子，宁城对郗子敏笑了笑，“郗兄，我走了，我们后会有期。”

“宁城道友，请稍等一下。”一直没有走的那名育道圣帝突然叫住了宁城，刚才宁城和郗子敏的对话，他一直在一边听着。

宁城再次停下，对这名育道圣帝抱拳问道，“这位道友找我有事？”

刚才他收了丹炉和丹火后，在场的三名育道圣帝，只有这个育道圣帝没有对他动手，宁城对这个育道圣帝还是很有好感的。

这名育道圣帝也笑吟吟的对宁城抱了抱拳，“我叫剑三山，宁兄手段惊人，让我叹为观止。”

“啊……你就是化道丹神三……”宁城还没有说话，边上的郗子敏已是惊声叫出。

这育道圣帝微微一笑，“没错，我就是人称的三座山，勉强算是一个化道丹神。”

化道丹神？宁城疑惑的看着剑三山。如果对方是化道丹神，为何之前没有找到炼化没炉的位置？

……

第九百五十章 联手剑三山

听到剑三山承认，郗子敏更是震惊。剑三山的名气在太素界谁人不知？听说他炼制的合天丹几乎相当于道丹。一枚合天丹就可以让化道圣帝有两成几率突破证道第一步，晋级道元层次。

不过也有人说合天丹不完美，有很大的后遗症。用合天丹晋级道元的圣帝，终身只能止步道元。

无论怎么传说，剑三山的名头也是非常响亮。向他求合天丹的圣帝，不知道有多少。而能让剑三山炼丹的人，却是少之又少。求剑三山炼丹，就好像攀登三座没有尽头的高山一般困难，所以剑三山也叫着三座山。

“三座山？”宁城重复了一句，他来太素界时间本来就不长，而且大部分时间都在修炼和逃亡中，哪里知道什么三座山？

见宁城连剑三山都不知道，郗子敏赶紧传音给宁城，将剑三山的事情说了一遍，这才对剑三山躬身施礼，“雷河郗家郗子敏见过剑前辈。”

剑三山对郗子敏点点头，再将目光看向宁城，嘴角还带着一丝笑意。

无论剑三山能炼制什么丹药，宁城都不感兴趣，他正想离去，却听见剑三山再次说道，“如果我没有看错的话，你师妹曾经因为根基破损，被洗灵过。本来被洗灵后，再修复根基对修士来说是难得的机遇。只要一心修炼，将来会登上一个无上的高度，可惜的是……”

宁城自己就是一个塑道丹圣，听到剑三山的话立即就知道，对方的见识比他强多了。他对什么合天丹不在意，但对燕霁的情况却非常在意。

“在下宁城，还请剑兄指教。”宁城收住了离开的脚步。

剑三山也没有摆谱，直接说道，“你师妹在修复根基之后，修炼吸收的神元灵气都是糟粕，这一点我也不知道是为什么。按理说她洗灵后，再修复根基，修炼吸收的神灵气都是精华中的精华才对……”

宁城心里一惊，瞬间就明白了是怎么回事。他常年在燕霁背上，元神感受到了一种外来的浓郁神元灵气冲刷和清洗。他自己不能吸收神灵元气，那毫无疑问的是燕霁吸收的。

也就是说燕霁吸收的神灵气精华被他吸收了，而余下来的糟粕她才自己吸收了。明白了这一点后，宁城更是愧疚。

“她的根基被修复，最重要的是吸收纯净的神灵气稳固自己的根基。而她却恰恰相反，在吸收了这些糟粕神灵气修炼后，修复好的根基被这些糟粕充彻同化，虽然修为再提升一步，事实上已经让修复好的根基第二次受损。这次重伤之下，更是犹如决堤之水，再也无法恢复。也就是说，她这一生就到此为止了。”说到这里，剑三山摇了摇头，表情很是同情。

宁城的心情顿时如落冰窟，他不认为自己在这方面见识比剑三山还要厉害。

看见宁城呆滞不语，剑三山又说道，“听说太神丹宗有一种道果叫着五行天果，这种道果可以炼制五行神丹感悟五行神通。五行天果还有另外一个作用，那就是直接服用，可以让人醒神。也就是说这种道果可以让你师妹清醒过来，当然也只是清醒过来而已。”

“多谢剑兄指点。”宁城躬身施礼，剑三山的消息对他很重要。

剑三山还了一礼说道，“区区小事而已，我要提醒宁兄的是，如果你就这样去太神丹宗，恐怕是得不到五行天果的。这种道果每一枚对太神丹宗都很重要，不会随便交给外人。”

宁城沉默下来，他知道，哪怕自己晋级塑道圣帝了，还是一个塑道丹圣，想要和太素界一些大宗门相抗还差的远。也许现在来一个道元圣帝，他可以从容走掉，但想要和对方叫板，还差了一把火。

“我倒是有一个办法，可以帮助宁兄接触到太神丹宗的丹神，至于如何交换到五行天果，那就要看宁兄的手段了。”

剑三山说完也不等宁城询问，就继续说道，“刚才你的这个朋友也说过了，那就是参加太素界的论丹盛会。论丹盛会肯定会有太神丹宗的人参加，宁兄如果去的话，想必可以遇见。”

宁城绝不相信剑三山会无缘无故的帮他，他看着剑三山开门见山的说道，“剑兄，我一个没有参加比赛的资格，第二我炼丹水平很差，如何可以参加论丹盛会？”

剑三山微微一笑，“宁兄的炼丹若是很差的话，那就不会得到鼎鼎大名的没炉和那丹火了。能找到炼化没炉的地方，并且如此短的时间内收起没炉，至少也是一个塑道丹神。”

宁城眉毛微微一凝，语气转淡的说道，“剑兄是一个化道丹神，竟然后我一步炼化没炉，我相信剑兄的收获也不会比我少。”

宁城早就想到了这一点，拥有没炉和无名火焰的丹圣传承，绝对不止他得到的这点东西。既然这个化道丹圣感悟到了没炉的中枢所在，并没有来得及赶过去炼化，那就说明他找到了更好的东西。

剑三山不置可否的说道，“各人的机缘罢了，我的东西也许送给你，你也不会要，对我却是重要无比。对于丹炉和丹火，我多的很，也不习惯去改变，这么说是大家各取所需。”

简单将刚才的机遇揭过之后，剑三山这才有些慎重的说道，“这次论丹盛会的初赛是两人一组，只要有丹帝以上的身份就可以参加。我一直独来独往，没有找到同组之人，我觉得和宁兄组队，是最合适的。如果宁兄愿意的话，我们可以组成一组参加初赛。我相信以宁兄的炼丹水平，丹帝的身份牌肯定是有的。”

宁城这才明白剑三山的意思，淡笑一声说道，“剑兄抬举我了，我很想知道剑兄为什么选择我。还有，我刚才说过我杀了蛮九仞，剑兄竟然不惧蛮会山要和我组队？”

剑三山哈哈一笑，“就凭宁兄刚才能得到没炉和丹火，还有宁兄得到了丹炉和丹火，也没有斩尽杀绝，我就相信宁兄无论是丹道水平还是人品都值得信任。至于蛮会山，呵呵，我没有去惹他蛮龙族，我相信他就算是看见了我们在一起，也不会对我怎么样。至于他对宁兄如何，我也是帮不上忙。”

剑三山说的很直截了当，虽然宁城猜测对方肯定不是这点原因，倒也算是满意，他点点头说道，“好，既然如此我就和剑兄一起去这论丹盛会。”

他身上有一枚八级丹帝的身份牌，这个身份牌还是嵇和的。对于论丹盛会来说，只要你有身份牌就可以了，至于是谁的身份牌，才不会有人在意。

直到宁城和剑三山谈妥合作，郗子敏这才恭谨的向宁城、剑三山两人提出告辞。

……

论丹盛会在太素界第一大圣城天素圣城举办，在和宁城达成联手后，剑三山就祭出了一艘飞船法宝，直接前往天素圣城。

天素圣城宁城去过一次，当初太素大比就是在天素圣城。也是在这个地方，他花费了十瓶空城渡识丹换了踏星楼主一个不用出手的维护。

当然，对宁城来说，这十瓶空城渡识丹他花的不冤枉。如果不是踏星楼主的承诺，他根本就无法完成域外神泉的神元转换，更不要说领悟破则神通，最后成功证道。

现在他塑道修为，神通强大，再去天素圣城完全是光明正大。不要说蛮会山还不一定出来，就算是蛮会山出来了，也不敢对他怎么样。退一万步来说，哪怕蛮会山要对他怎么样，他也不惧。

他在永恒境的时候就能逃出蛮会山的追杀，现在他比当初的永恒境强大了何止千百倍？

“宁兄，如果我没有猜错的话，你就是嵇和吧？听说龙帝蛮会山追杀你进入了破则之地，到现在都没有出来。”剑三山和宁城并排站在飞船的船头，笑吟吟的说了一句。

蛮会山早就知道他宁城就是嵇和，现在剑三山问起，宁城也没有隐瞒，直接承认，“没错，我就是嵇和。”

“那空城渡识丹也是真的了？”剑三山的语气稍微有些激动。

宁城也直接承认道，“是的，空城渡识丹是我和另外一名丹圣联手研究出来的，等初赛完毕，我会将这个丹方送给剑兄。”

“多谢宁兄，只是如此珍贵的丹方，我恐怕受之有愧。”剑三山明知道自己受之有愧，却无法拒绝这种诱惑。

空城渡识丹是什么丹药？这可是扩展识海，修炼神识的绝世神丹，这种丹方，他想要拒绝，也找不到借口。他还不是那种超然一切之外的人。至于宁城为什么要等到初赛之后，再送给他丹方，剑三山心里清楚的很。

宁城恐怕是想要用这个丹方和太神丹宗交换五行天果，这可真是便宜太神丹宗了。

宁城笑着点点头，并没有说话。剑三山是什么人？一个化道丹神。如果说这个化道丹神仅仅是因为自己的人品不错，就愿意带他参加论丹盛会，就算是宁城也不相信。

现在剑三山说起空城渡识丹，宁城哪里还不知道对方的意思。也许对剑三山来说，他只要几枚空城渡识丹就可以了。宁城还不如索性大方一些，直接将丹方送给对方。反正空城渡识丹丹方没有神石髓，也是一张废纸。

……

第九百五十一章 宁城的杀意

“我在天素圣城有一个洞府，你是入住我的洞府中，还是住在息栈中。”进入太素圣城后，剑三山询问宁城。

对和宁城合作，他是太满意了。实际上以他的名声，想要找一个人合作初赛，有太多丹神想要巴结他。他选择和宁城合作，其实算是帮宁城。他之所以帮助宁城，除了因为宁城得到了没炉之外，还有一点就是想要向宁城购买几枚空城渡识丹。

没想到宁城如此大方，竟然承诺将空城渡识丹的丹方给他，这份人情可大了。

宁城笑了笑，“我还是住息栈好了，若是有事情，剑兄可以给我讯息。”

此时距离论丹盛会还有五个月时间，宁城身上有一堆神灵草，却一直没有时间去炼丹。这五个月时间，他可以研究一下炼丹，同时也可以研究一下如何让燕霁苏醒。

虽然他相信剑三山的话肯定不是瞎说，不过宁城还是想自己确认一下。

剑三山并不在意，和宁城交换了通讯珠后，又将自己的住处告诉了宁城，这才和宁城分开。

剑三山走后，宁城并没有选择天素圣城的第一息栈踏星楼，而是选择了一个中等的息栈，寻道息栈。

踏星楼那个姓聂的楼主太可怕，宁城身上有太多的秘密，可不想住在这种强人的眼皮底下。

距离论丹大会还有几个月时间，天素圣城虽说还是很繁华，还不至于和上次一样，连一个房间都找不到。

“这位前辈，请问有什么可以帮助你的吗？”宁城一跨入寻道息栈，一名只有天位境的机灵伙计就迎了上来。

“我要最好的房间，另外我还需要你帮我办一些事情。”宁城随口说道。

听到宁城说最好的房间，几道神识瞬间就扫了过来，在看见宁城的修为后，这几道神识又立即收了回去。

宁城并不在意，若他还是一个永恒境修士，就凭借刚才他那句话，就会被人惦记上。现在他作为一个塑道圣帝，哪怕知道他富有，也不敢有人打主意。那些育道之上的圣帝，还不至于为了区区一些神晶就想要打闷棍。

寻道息栈现在很空，宁城如愿住进了一个大套间。有五六个房间不说，还有一个会客大厅，房间中的神灵气也很是充沛。

宁城取出一个储物戒指递给送他上来的伙计，“这戒指里面有五百万神晶，你去帮我将整个天素圣城关于疗伤的玉简全部购买来，其中五十万是你的报酬。”

伙计听到宁城前面半句话还有些愣神，在听到五十万神晶的报酬之时，连半句废话都没有，赶紧抓过戒指恭谨的应道，“是，前辈，晚辈必定帮前辈办妥当。”

在伙计离开后，宁城就开始重新布置房间的阵法禁制。

这个伙计做事倒是很快，仅仅是三天时间，他就将宁城需要的玉简全部收集了过来。

挥退伙计，宁城直接挂出闭关的牌子，他准备一边炼丹，一边研究疗伤玉简。

……

在黑白山脉斩杀的那名育道初期圣帝的戒指被宁城打开，里面除了数千万神晶之外，还有一堆炼器和炼丹材料。至于那些丹药和法宝，宁城根本就没有放在心上。

真正让宁城欣喜的不是这个育道圣帝的戒指，而是没炉。没炉被他炼化后，宁城才是真正的欣喜。这个丹炉远不是他的无痕炉可以相比，不要说没炉，就是他在没炉当中找到的混沌第一炉、天下第二炉、只能称第三，这三个丹炉也远强于他之前的无痕炉。

至于那朵叫着无名的雪白火焰，更是惊喜中的惊喜。宁城不知道剑三山在没炉中得到了什么，如果让他用这四个炉子加上无名火焰和剑三山交换，宁城是绝对不愿意的。更何况，宁城在没炉中还得到了一堆的炼丹玉简。这些玉简不但包括了一些炼丹心得，还有就是一些珍贵丹方。

炼化了四个炉子和一团火焰，宁城继续研究丹道和燕霁的伤势。

一旦宁城专心研究一件事的时候，他的进度绝对是迅速，三个月时间过去，宁城已经能炼制育道神丹了。

因为一边要炼丹，一边要研究燕霁的伤势，他身上的神灵草消耗也是惊人。三个月时间，几乎消耗掉了一小半。

可惜的是，他晋级了育道丹神，研究过上万枚疗伤玉简，依然无法让燕霁苏醒过来。

不过三个月也不是白费，至少他清楚了剑三山没有骗他。燕霁的确需要五行天果才能醒来，五行天果可以让燕霁平安醒来，却无法复原燕霁的修炼根基。

他花费了五百万神晶购买玉简，一样没有找到答案。

这天宁城正在炼制一炉寂厄丹，寂厄丹是一种疗伤神丹，属于化道级别的神丹。事实上，这种神丹宁城炼制的成功率已有四成。按照宁城炼丹要总结经验的方式，再有一个月不到的时间，他就可以成为一个化道丹圣。

宁城刚刚将寂厄丹收起，还没有清理丹炉，剑三山给他的通讯珠就亮了起来。

一道讯息出现在通讯珠中，“宁兄，论丹盛会即将开始，许多丹神都聚集在天素圣城。这几天在天素圣城百草楼二楼进行丹草交易，宁兄如果有兴趣的话，可以过来看看。”

天素圣城百草楼宁城知道，这是天素圣城最大的丹草交易地方。这个地方不属于任何宗门和势力，而是当初百草圣帝留下来的。一共有三层，每一层面具都是面积庞大。

一楼是大家交易各种普通神灵草或者是丹药的地方，你可以在这里摆地摊，也可以拿着东西叫卖。但是有一点，就是不允许在这里设立长期的店铺。

二楼是高级神灵草的交易大厅，也是零散形式，在这里可以叫卖也可以拍卖，同样不允许设立店铺。

三楼是谈论丹道的地方，这是唯一需要收取门票的楼层。一旦举行丹道论会，这里就需要收取一定的费用。

三个多月没有成效，宁城本来就打算出去转转，现在剑三山叫他，他自然是没有犹豫，直接收拾了东西前往百草楼。

百草楼距离宁城居住的地方不算远，宁城只是花了半柱香不到，就来到了百草楼。

百草楼的外面看起来有些斑驳不堪，显然是有些年份了。数丈高宽的大门，不时有人进出。

宁城进入百草楼一楼后，唯一的印象就是乱糟糟。无数嘈杂和还价的声音充彻在其中，犹如一个菜市场。

宁城摇了摇头，这百草楼不设规则，的确方便了许多散修。同样也让这个地方看起来没有什么档次，很多拥有珍贵神灵草的修士，都不大愿意来这个地方。就算是来，也不会在一楼。

没有在一楼多做逗留，宁城直接来到了百草楼的二楼。

二楼看起来比一楼干净多了，嘈杂声音也消失不见。就算是有讲价的，也是压低了声音，在角落进行。

毕竟来二楼的大都是一些强者，或者是一些丹神。如果低级修士在这里嘈杂，会有人毫不犹豫的将这些嘈杂的修士丢走。

“宁兄，这边。”剑三山一眼就看见了走进来的宁城，宁城背着燕霁，实在是太明显了一些。

宁城挥了一下手，正想过去，忽然听到不远处有人不屑说道，“空城渡识丹我都出售过，炼心丹虽然珍贵，也不会比空城渡识丹更珍贵吧？我贝家能弄到炼心丹又有什么稀奇？如果你想要的话，只要你能拿出我要的东西，我保证给你弄到……”

空城渡识丹？宁城的目光立即就落了过去。随即他就看见了这说话的修士，是一名年轻的长发男子，脸色微微有些发白，眼睛细长，嘴唇很薄。塑道修为，看起来道韵还比较凝实，应该是晋级塑道有一段时间了。

不等他交易的对象说话，宁城就走了过去问道，“你刚才说你能弄到空城渡识丹？”

这长发塑道男子扫了宁城一眼，他的目光很快就落在宁城背后的燕霁身上。哪怕燕霁昏迷未醒，他也被燕霁的绝色惊住了，一时间竟然忘记了回答宁城的话。

宁城脸色微微一沉，语气有些不愉的说道，“你是不是可以弄到空城渡识丹？”

这长发塑道男子这才将目光从燕霁身上移开，冷冷的看着宁城说道，“没错，我是能弄到空城渡识丹，上次太神丹宗竞拍到的空城渡识丹就是我弄到的。你就是问也没有用，因为我不想卖给你。若是你将你背后的女人交给我，也许我还可以考虑一下。”

“嘿嘿，贝拜，就算是人家将炉鼎给你，你也弄不到空城渡识丹吧？你不会总有这么好的运气，遇见两个拿着空城渡识丹的蝼蚁了。”一个讥讽的声音传来，显然戳穿了这个长发塑道圣帝的话。

宁城听到这里眼眉一凝，周身的杀气瞬间凝聚起来，冰寒的杀气让站在宁城周围的修士一寒，下意识的让开了一些距离。这些修士都是暗自震惊，宁城的凝聚出来的杀气实在是太可怕了些。

“你的空城渡识丹是从一男一女那里抢来的？”宁城一步跨前，杀势完全笼罩住了这叫贝拜的塑道男子。

……

第九百五十二章 贝家

原本根本就不将宁城看在眼里的贝拜，此时在宁城的气势压制下，连分毫都不敢动弹。他有一种感觉，那就是只要他动一下，宁城的杀势就会将他撕裂成为碎片。

“你想要怎么样……”贝拜惊颤的说了一句，示弱的语气显露无疑。

宁城忽然上前一步，伸手捏住了贝拜的脖子，直接将贝拜拎起来，“听清楚了，现在是我在问你的话。”

死亡的气息笼罩过来，贝拜亡魂直冒，他这才想起宁城刚才询问的话，战战兢兢的回答道，“是一个叫巫奇宏和一个叫辛秀的女修卖给我们的。”

宁城冷笑一声，手中用劲，杀势更是将贝拜完全锁住，“这两个人在哪里？若是你说不知道，那你就投胎去吧，我允许你投胎。”

对贝拜的话，宁城是半个字都不信。辛秀和巫奇宏好歹也是闯荡多时的散修，如果连这点智力都没有，直接以真名真姓的将空城渡识丹拿出来出售，两人早就死了，岂能坚持到永恒境？

对于贝拜的谎话，宁城连揭开都懒得揭开，直接用杀灭威胁。

“我是贝家……”

贝拜的一句话还没有说完，张口就是一道血箭喷出，他的经脉直接被宁城震断了两条。

“我说，他们在我贝家……”贝拜再也不敢用贝家来威胁宁城，直接说出了辛秀和巫奇宏的下落。

宁城心念一转，就明白过来。姑且不论辛秀和巫奇宏是怎么落到贝家去的，仅凭借贝家到现在还没有杀他们两个，意思就非常明显了。

巫奇宏和辛秀两个人最多只是永恒境而已。这种修为没有什么利用价值，唯一的利用价值就是他们两个是嵇和的师弟师妹。他们手中的空城渡识丹是嵇和给的，现在贝家将辛秀和巫奇宏关押起来，显然就是等嵇和上门去送丹。

退一步来说，就算是嵇和不去，贝家也不损失什么。关押两个散修，是死是活根本就不必在意。

“大胆，区区一个八级丹帝也敢在百草楼动手……”一声冷斥传来，一道凌厉的杀机就罩向了宁城。

这次根本就不等宁城动手，同样是一道卷动空间的气势轰了过去，两道气势在大厅中激荡开，神元爆发出一阵阵的炸裂声音。

若不是动手的两人都有顾忌，再加上百草楼的阵法禁制强悍无比，这一下交锋，就可以将百草楼化成虚无。

一道强大的神识横扫过来，同时一个冰寒的声音说道，“若是再敢在百草楼动手，我直接抹杀了。”

强大的神识震动过来，宁城手直接一松，贝拜落在了地上。

所有的躁动都安静下来，这是一个混元强者的神识，这种神识扫来，谁还敢动？虽说百草楼不属于任何人了，但是这个地方自有强者守护。

“剑兄，你这是什么意思？”刚才对宁城动手的是一个育道圣帝，他看见拦住他的是剑三山，脸色有些难看。他原本是见宁城修为不怎么样，想要帮一下贝拜，给贝家一个好印象，没想到剑三山会出手。

别看贝拜出生贝家，其实剑三山一个人的名头，就不会比贝家差。贝家在太素域只能算是一个不入流的家族而已，之所以被很多人知道，不是贝家的实力，而是贝家有一个化道丹神，同时有点渠道能弄到一些珍贵的神灵草和丹药。

剑三山同样是化道丹神，而且还是唯一可以炼制合天丹的化道丹神。

剑三山站在宁城身边，语气平淡的说道，“宁城是我朋友，你对他动手，就是对我动手。”

宁城对剑三山点点头，转而对落在地上的贝拜寒声说道，“带路。”

“啊……”尽管被混元强者救下，贝拜依然对宁城有了一种天生的害怕。

宁城冷眼一扫，“带路去你贝家，你贝家不是要空城渡识丹吗？恰好我有几枚。”

这次贝拜终于听清楚了，心里一阵狂喜，这家伙以为制住自己就可以横扫贝家了。现在对方找死，他还有什么好犹豫的。

想到这里，贝拜二话不说，站起来就走。他的经脉断了两根，不是全部断裂了，实力退步，行动却没有什么问题。

宁城立即就跟了上去，他不是没有想过贝家有道元强者的事情。宁城相信，就算是有道元强者，他也可以从容走掉。

再说，以贝家这种小家族，想要拥有道元强者，恐怕不是很容易的事情。想想那蛮龙族，除了一个合道强者，修为最高的也不过是道元而已。

“宁兄，我和你一起去。”剑三山跟上了宁城。

见宁城疑惑想要说话，剑三山微微一笑，“贝家只有一个化道圣帝而已，算不上什么家族。之所以有点名气，是因为他们还有一个化道丹神。”

宁城一听剑三山的话，就明白过来。剑三山跟随他一起去，并不一定要动手。一个化道丹神，还是可以号召很多强者出手帮忙的。有了剑三山这个化道丹神一起，那些响应对方化道丹神号召的就会少很多。

就好像刚才在百草楼有一个育道圣帝对宁城动手，就是为了讨好贝家。而剑三山站出来后，这个育道圣帝屁话都没有一个，就灰溜溜的走了。

“那就多谢剑兄了。”宁城抱拳感谢道，事实上如果贝家只有一个化道圣帝的话，他还真的不惧。大不了他用五色裂星箭干掉这个化道圣帝，其余的人，一个奈何桥就够了。

剑三山也是一片好心，宁城索性没有拒绝。

……

勒林川贝家，距离天素圣城千万里之遥。

这个距离对普通人来说，一辈子也无法到达，对一些圣帝来说，千万里就好像后门口一般，根本就用不了多久。

如贝家这种家族在太素域不知道有多少，贝家之所以能凌驾其余的小家族之上，就是因为贝家有三名丹神。成就最大的一个，已经是化道丹神。

一个化道丹神，就要算是十大宗门也要拉拢的存在。

此时贝家却洋溢着欣喜，一个就是家族的化道丹神贝莱栎出关，准备去天素圣城参加论丹盛会。还有一个就是，即将出关的贝莱栎在空城渡识丹的丹方研究上，取得了突破性的进展。

家主贝千海正和贝家的一众长老，为贝莱栎出关祝贺，然后准备专门派人送贝莱栎去天素圣城。

贝千海面白无须，和贝拜一样，眼睛细长。估计是和修炼的功法有关系，身上有一种无形的戾杀气息。

就在这个时候，一个惊慌的人影冲了进来。

贝千海看见这个惊慌的人影，微微一皱眉，脸色就沉了下来。贝家是要冲向太素域大家族行列的存在，做事当然要有规矩。这样慌慌张张的冲进贝家大厅，只会让贝家永远上不了台。

“孟执事……”坐在贝千海身边的一名育道圣帝不等家主发言，就主动要问责。

这名冲进来的执事不等问责下来，就慌慌张张的说道，“刚刚从天素圣城得到的消息，拜少主被人废去了经脉。”

“什么？”贝千海脸上怒气横生，忽地站了起来。

贝家好歹也算是一个有名望的丹药家族，竟然有人敢直接废掉贝拜的经脉？贝拜表面上是他的侄子，事实上就是他的儿子。有人废去他儿子的经脉，他贝千海岂能忍住？

“大兄，我贝家好歹在太素域也算是薄有名气，此人敢废去拜少的经脉，想必有些来头……”有一名黑脸男子凝重的说道。

不用这黑脸男子提醒，贝千海也冷静了下来。儿子经脉被废，这仇是必定要报的。不过在报仇之前，他必须要弄清楚对方是谁。

“马上就查，此人是谁？”贝千海冷厉的声音渗牙而出。

孟执事还没有回答，大厅中的人就听见外围的禁制一阵阵的咔咔作响，随即一个带着寒意的声音传来，“不用查，我来了。”

辛秀和巫奇宏是受了自己的连累，宁城来到贝家，岂会客气。他的神识刃轰出，早就将贝家的禁制和阵法搅的一塌糊涂。贝家还没有感受到宁城的到来，宁城已经先一步知道了贝家的动作。

这就是神识攻击配合阵道的强大之处。

随着宁城的声音落下，大厅中所有的人都看清楚了来人。

来的有三人，宁城捏着贝拜的脖子，背上竟然还背着一个女子。贝拜的嘴角依然在流血，浑身气息凌乱，显然经脉被废不是假话。剑三山站在宁城的身边，没有表情。

“剑三山？你这是什么意思？我贝家和你剑三山根本就毫无瓜葛，你竟然……”贝千海第一个认识的自然不是宁城，而是站在宁城身边的剑三山。

剑三山微微一笑，“贝家主，你可能弄错了。这次可不关我的事情，我只是顺便路过。对了，我向贝家主介绍一下，这位是宁城。”

贝千海听到剑三山的话，冷厉的目光再次落在宁城身上。就算是有剑三山撑腰，哪又如何？他贝家可不惧一个剑三山。

“我贝家不知道什么地方得罪了这位朋友？朋友下手竟然如此狠毒，直接废去了贝拜的经脉。”贝千海语气反而平静下来。

在没有得知宁城的跟脚之前，他不想贸然动手。

……

第九百五十三章 战化道

“听说你贝家在寻找空城渡识丹的丹方？我恰好有这个丹方，还恰好有这个丹方的材料，甚至恰好会炼制空城渡识丹。”宁城语气淡然的说道。

贝千海瞬间就明白过来，当初蛮会山都说嵇和是假冒的。现在宁城说这个话，如果他还不明白眼前的宁城就是那个假冒嵇和，他就是猪了。

“你就是……”贝千海指着宁城脸色甚至有些激动。

如果宁城是嵇和，他根本就不需要害怕。那假冒嵇和的修士，是一个没有任何靠山的散修。否则他又怎么会拿出十瓶空城渡识丹给踏星楼主，请求踏星楼主保他一命。

一个没有靠山的散修竟然敢打到贝家来，不是找死是什么？只要贝家拿住他的话，贝家将拥有空城渡识丹。

一个拥有空城渡识丹的贝家，可以想象，很快就会成为太素界数一数二的大家族。

若不是忌惮宁城手中还抓着他的儿子贝拜，他早就下令一哄而上了。

“放下贝拜，我允许你离开。”贝千海强行将自己的激动收回去，比起空城渡识丹，他儿子的几条经脉断裂又算什么？

宁城不慌不忙的说道，“听说我师妹辛秀和师弟巫奇宏被你贝家关起来了？将他们送出来换贝拜，否则贝拜死。”

宁城说到死字后，神元再次在贝拜身上打了一个转。贝拜的经脉又是断裂了数条，本来就苍白的脸色现出一丝不健康的红色，张口就是几道血箭喷出。

贝千海看见贝拜被宁城如此折磨，气得手脚发抖。好一会，他才忍住自己的愤怒说道，“去将辛秀和巫奇宏带上来。”

十几个呼吸时间，辛秀和巫奇宏就被带上来了。

如果说没有看见辛秀和巫奇宏之前，宁城还只是想给点颜色给贝家看看。现在他看见辛秀和巫奇宏后，怒火蹭的一下就爆发出来。

辛秀和巫奇宏早已没有了四肢，不但如此，浑身上下没有一处好的肌肤，辛秀一个女修被人打的只有几根布条在身上，根本就遮不住什么东西。可以说如果不是贝家不让辛秀和巫奇宏死去，这两个人不知道死去多少遍了。

想到自己仅仅废去了贝拜两条经脉，贝千海就说他的手段恶毒。愤怒的火焰在宁城心中燃烧，若不是辛秀和巫奇宏两人还有救，宁城早已动了杀手。

“人我已经带上来了，现在朋友可以将贝拜交给贝家了吧？”贝千海冷眼盯着宁城，只要宁城有半点异动，他就算是不要贝拜这个儿子，也会毫不犹豫的动手。

宁城吸了口气，将自己胸膛中的火焰强行压了下去，取出两件衣服将辛秀和巫奇宏裹住，这才对剑三山说道，“剑兄，我这两个师弟师妹还请你帮个忙，带他们去天素圣城。我将这里的事情做完后，很快就会过来。”

尽管剑三山有些怀疑宁城能不能挡住贝家的怒火，却也知道，自己在这里并不能帮上什么。一旦打起来的话，贝家可不会再认得他剑三山。

“好，宁兄多保重。”剑三山抓起辛秀和巫奇宏两人，瞬间离开了贝家。

宁城的神识一直看见剑三山远去，这才将神识收回来。

从宁城交代剑三山，到剑三山带着辛秀和巫奇宏远去，贝千海没有任何动作。

直到剑三山走远，贝千海这才冷眼盯着宁城，“现在你可以将贝拜交给我贝家了吧？”

“可以。”宁城冷冷的说了两个字后，抬手就丢出了贝拜。

贝千海心里一喜，跨前一步，抬手就抓向了贝拜。只要贝拜安全了，这个宁城就算是有三头六臂，也走不出贝家。

在贝千海刚刚要碰到贝拜的时候，一阵剧烈的空间波动传来，贝千海心里一惊。还没有等他做出反应，就听见‘嘭’的一声炸响。

原本丢向他的贝拜在空中化成了一团血雾，强大的神元炸裂，将贝千海炸的满身都是血沫。

“畜生，我要活吞了你……”贝千海一声撕裂的惨叫，随即用更是凄厉的叫声吼道，“贝家所有子弟听命，对来人活捉，贝家必将此人剥皮灼魂……”

不要说贝家要对宁城动手，宁城在干掉贝拜的瞬间，就准备灭掉贝家。

“第一奈何桥……”宁城几乎是在和贝千海同时发出指令，七桥界书飒飒作响，悬浮在空中。

惨白色的第一奈何桥在无尽的阴风中凭空出现，阴气卷动，第一奈何桥比以往任何时候都要凝实。

滚滚血河凝聚出来，在短短时间就将贝家化成了阴间地狱。

大厅中的贝家子弟一个都无法幸免，纷纷冲向奈何桥。而更多的贝家修士，根本就不需要他们主动进入奈何桥，第一奈何桥的阴风早已席卷出来，只要是在贝家范围之内，无一例外的被第一奈何桥卷走。

随着越来越多的贝家修士被卷入血河，第一奈何桥的血河愈发翻滚起来。而狂卷的阴风也愈发可怖。

“生不回，死不退，一入奈何永不归……”来自奈何桥上的遥远呼唤，在不断的轰着贝家子弟的心魂，这一刻，无尽的灾难降落在贝家。

“不……”贝千海发出一声撕惨的悲呼，他在跨入奈何桥的五字石碑前止住了自己的脚步。他心里只有四个字，贝家完了。

此时他的恨可以洗净三江，轰干四海。他贝家是要准备晋级太素界大家族行列的，怎么会被人一锅端掉？

作为一个化道圣帝，如果他还不知道宁城的神通是七桥之一，他也不配当贝家的家主。

一个小小的塑道圣帝，竟然有如此可怖的手段。他以为必杀的蝼蚁，现在居然想要灭掉贝家。

此时他的后悔同样可以卷起太素海，空城渡识丹再好，贝家都没了，要来有什么用处？他后悔自己被空城渡识丹迷住了双眼。一个连蛮九仞都敢杀的人，又怎么会惧怕他贝家？

“你给我住手……”贝千海祭出了自己的法宝，尽管他没有跨入第一奈何桥，却也受到了第一奈何桥的滚滚阴风影响。

三名踏上第一奈何桥的育道圣帝，在贝千海的惨烈悲呼之下，瞬间清醒过来。这三名育道圣帝立即就要退出第一奈何桥，而此时贝千海的法宝已经祭出。

上了第一奈何桥，宁城岂能让这三名育道圣帝走出来？他毫不犹豫的祭出了破则神通，同时十数道时光轮轰了出去。

破则之下，这三名育道圣帝都是微微一顿，不等他们反映过来，一道道时光轮就犹如催命符一般的轰杀了过来。

“轰……”一道亮的耀眼的光芒轰入了宁城的胸口，宁城依然不管不顾，他的时光轮更是一道接着一道。

哪怕他最后面对贝千海一个人，也不能有育道圣帝在边上帮忙。

“噗噗噗……”当宁城的胸口再次被一道光芒穿透之时，还在奈何桥上徘徊的三名育道圣帝被时光轮扫进血河，消失的无影无踪。

第一奈何桥发出咔嚓一声，虚空中消失的无影无踪。

宁城吐出一口鲜血，吞下几枚丹药，冷冷看着眼前的贝千海。

此时整个贝家大厅，只剩下了贝千海一人，其余的人早已在奈何桥下化成了血河一滴。

贝千海没有受伤，因为宁城为了对付其余的人，没有精力对付贝千海。

贝千海的身体甚至都在颤抖，他的眼珠红的犹如血水。此时他根本就不用说任何话，宁城将贝家无数的弟子卷入第一奈何桥，他不将宁城抽魂点灯，他岂能甘心？

硕大的红塔在贝千海的头顶凝聚的杀势越来越强，周围的一切都似乎被贝千海掌控。不，不是似乎，而是真正的被贝千海掌控住。

他已经明白了宁城是星空体的炼体强者，否则刚才他的那两道光芒，就可以将宁城化成虚无。现在贝家只有他孤家寡人一个，他绝对不会如此简单杀了宁城，他要将宁城镇压起来，剥皮抽筋炼魂融灯。

“镇界塔……给我镇压……”随着贝千海的切齿声音，那红塔的可怖压力越来越大，宁城甚至连呼吸都难以坚持。

宁城的领域完全裹住了燕霁，他知道如果他不是炼体强者，刚才那两道光就可以将他轰杀。

贝千海是一个化道圣帝，现在看来，贝千海的实力比他强大。而他的第二望乡桥还没有凝实，就算是祭出，也不一定能留下贝千海。也许等他塑道后期的时候，可以和贝千海一战，但是现在还不行。或者说，就算是行，宁城也不想在贝家浪费时间。

对宁城来说，贝家绝对不宜久留，因为他重伤了。

在贝千海的红塔落下同时，看似被束缚住的宁城，手忽然诡异的挥动了一下，破则。

这一刻，他周围被束缚住的空间瞬间畅通起来，一支黑色的长箭凭空出现。而在这黑色长箭之下，有一柄不知道何时凝聚而成的五色长弓。

长箭一出，杀意在这瞬间攀升，很快就将周围的空间化成了一片杀势，箭身也变得五色斑斓起来。

一种无名的寒意从贝千海的背脊升起，贝千海惊恐的发现，他被长箭锁住，根本就无法动弹。恐怖的死亡气息弥漫开来，将他的心神完全笼罩。

第九百五十四章 灭

死亡的气息从他的心神扩散，死气越来越重，五色长箭却越来越淡弱。

长弓越来越圆，贝千海似乎看见自己一步已经踏上了死亡的悬崖边缘。这是五色裂星箭，绝对是五色裂星箭。除了五色裂星箭之外，他想不通有什么箭，可以让一个塑道修为的人锁住自己，让他眼睁睁的看着死亡的到来。

“不……”贝千海再次撕声惊叫，他不想死，更不想这样一步步的看着自己走向死亡。

“求你不要射出这一箭，我贝家的一切东西都是你的，我就是你的一条狗……”在死亡面前，贝千海颤抖了，他害怕了。

若是可以选择，他宁可自己杀掉了贝拜，也不愿意去招惹宁城这样一个可怖的塑道强者。

宁城无悲无喜，全身的神元犹如决堤之水被五色裂星箭卷走。他终于明白了五色裂星箭的可怖之处，不是他的修为提高了，就能轻松射出五色裂星箭。此时他到了塑道，虽然受了伤，实力也远不是当初的永恒境可以相比。

就算是这样，他射出五色裂星箭，神元和神识一样的不够。要射出这一支箭，他同样需要燃烧精血和寿元。

他的实力提高了，他要用五色裂星箭锁定的对象实力一样不是当初的半步塑道。

眼看自己的神元即将干枯，而五色裂星箭依然无法射出。宁城吸了口气，他实在是不想燃烧精血，他还要去天素圣城参加论丹盛会。如果就这样燃烧精血和寿元，没有一个多月，他根本就无法复原。

看着撕裂求饶的贝千海，宁城的神念一动，一枚丹药突兀的落在口中。

爆神丹，当初宁城就是因为一枚爆神丹昏迷了三年。此时宁城再吞服爆神丹，却没有了这么多的顾忌。

爆神丹本来就是塑道以上修为的修士吞服的，几年前他吞服爆神丹的时候，还才永恒境修为，自然挡不住爆神丹的可怖药性。

此时他塑道了，再吞服爆神丹，还有五色裂星箭这种东西在疯狂的吸收神元，多少爆发神元也不够五色裂星箭吸的。

果然，爆神丹爆发出来的恐怖力量瞬间就被五色裂星箭吸走。周围的杀气更是浓烈，就连空间都爆发出咔咔的响声。

“你杀了我，荒神宫不会放过你的……”看见宁城根本就不理睬自己的求饶，贝千海转而变成了威胁。

宁城最不怕的就是威胁，他被威胁过太多次了，现在他还是活的好好的，而那些威胁他的人，都化成了飞灰。

“嗤……”长箭脱弦而出，周围的空间明显的被撕裂出了一道黑色的痕迹。

恐怖的杀意完全罩住了贝千海，贝千海眼里露出一丝绝望，眼睁睁的看着五色裂星箭从他的眉心穿过。

一道血雾爆棚而出，宁城伸手抓出了一枚戒指。下一刻，贝千海整个身体都化成了一团血雾。五色裂星箭，实在是太强大。

宁城缓缓吐了口气，胸中的愤怒和火焰，这才慢慢平息下来。一枚爆神丹，免去了他燃烧精血和寿元的厄运。

贝家被他灭掉了，贝家的灵药园，他可不会放过。

……

这已经是宁城前往贝家的第五天了，尽管宁城还没有回来，但是天素圣城却流传着一个消息。

那就是贝家被一个叫宁城的塑道圣帝灭掉了，这个叫宁城的塑道圣帝狠辣异常，不但将贝家灭掉了，还直接将贝家化成了废墟。

贝家虽然算不上什么大家族，在太素域也算是小有名气。就因为这是一个丹药世家，家族不但有一名化道丹神，还有一名化道圣帝。

一时间，天素圣城众多的修士都在议论宁城。唯一的消息，就是这个宁城带着一个非常漂亮的女修炉鼎，和化道丹神三座山是朋友。

在天素圣城的一个神灵气非常浓郁的洞府中，剑三山正陪着两名永恒境修士坐着喝灵茶。

若是在之前，能让剑三山作陪的，至少也是化道以上，甚至是第二步的证道圣帝。陪着永恒境小修喝茶？别开玩笑了。

此时剑三山不但一点都没有开玩笑，心里还震惊无比。他知道宁城厉害，如果宁城不厉害，就不可能干掉一个育道圣帝，还吓退一个育道圣帝了。

可就算是他，也想不到宁城居然厉害到这种地步。直接将贝家灭掉了，他以为宁城留下来是要恶心一下贝家再走的。没想到宁城如此干脆，直接灭掉了一个不小的家族。

想到这里剑三山不由的暗自庆幸，他没有做错。能在蛮会山手中走脱的圣帝，果然不一般。事实上，如果宁城一般的话，也不敢和他公然在天素圣城露面了。

当初他猜出宁城身份的时候，幸亏没有用强硬手段压迫宁城，而是选择和宁城合作。如果当初他用强硬手段，也许现在这个世界上已经没有他剑三山了。

宁城，绝对是他剑三山见过最可怕的一个塑道圣帝。

辛秀和巫奇宏虽然和剑三山坐在一起喝茶，心里却完全没有写意的样子，反而很是紧张。作为一个散修，剑三山的大名两人自然听说过，这是地位和他们相差十万八千里的强者。多少化道圣帝想要求剑三山炼一枚丹药，都不可得。

他们是被剑三山救的，剑三山不但耗费最珍贵的丹药为他们重新生出了四肢，还让他们的修为并没有受到影响。剑三山这种有名望的强者为他们疗伤，甚至还对他们如此客气，辛秀很是忐忑。她唯一知道的，就是剑三山是宁城的朋友。而宁城，就是当初冒充她大师兄嵇和的那个人，也是给她空城渡识丹的人。

犹豫了足足半柱香时间，辛秀才担心又有些谦卑的问道，“剑前辈，我师兄不会有事情吧？”

剑三山从发愣中清醒过来。赶紧说道，“没有事情，我忘了告诉你们。你师兄刚刚将贝家灭掉了，他自己是安然无恙。这几天没有过来，应该是有别的事情。”

最近几天已经有好多人向剑三山求证宁城的来历了，剑三山只是说了那是他的朋友宁城，别的都没有说。至于宁城到现在还没有回到天素圣城，剑三山也可以猜出一二，宁城应该也受伤了，在觅地疗伤。

剑三山刚刚回答完辛秀的话，他的通讯珠就亮了起来，剑三山哈哈一笑，站起来说道，“你师兄过来了。”

宁城的确来了，他这几天正如剑三山预料的一般，觅地疗伤去了。他还带着昏迷没有醒来的燕霁，是绝对不可能带着重伤来天素圣城的。

剑三山打开禁制，宁城人还未进来，声音就传了进来，“剑兄，你这真是好地方啊。”

“多谢宁大哥救命之恩。”不等剑三山说话，辛秀和巫奇宏早已上前来躬身感谢，宁城这是真正的救命之恩，如果没有宁城，两人生死不如。

巫奇宏显然也听辛秀说过，宁城并不是真正的大师兄嵇和。这让他对宁城更是感激，宁城不是他的大师兄，几次救了他们的命。

宁城惭愧的说道，“这件事也是我引起来的，如果不是我的话，你们恐怕也不会被贝家惦记。”

辛秀连忙摇头，“不是的，是踏星楼的那个黄执事，他知道我们和你认识。”

不用辛秀说下去，宁城也完全清楚了是怎么回事。他和辛秀认识，在他离开天素圣城后，别人想要空城渡识丹，找他找不到，自然是找到了辛秀两人。

宁城冷哼一声，这踏星楼果然没有一个好东西。聂姓踏星楼主主动拿出他给的空城渡识丹，让所有的人都知道有这种丹药。这种行为本身就是不将他宁城的小命放在心上，结果没有害到他，却害到了辛秀和巫奇宏。

“你们放心，那个姓黄的，我迟早会干掉他。”宁城忍住了心里对聂姓女子的不满。他干不掉踏星楼主，干掉踏星楼的一个执事总是没有问题。

巫奇宏不善言辞，辛秀赶紧说道，“我们能活命已经是天大的幸事，踏星楼强大无比，宁大哥不可去冒险。”

宁城笑了笑，“你们放心，我自然不会打去踏星楼，我还没这个实力。至于你们两个，以后有什么打算？”

辛秀和巫奇宏听到宁城的询问，都是沉默不语。两人身上现在连储物戒指都没有，可以说是不名一文。

宁城见两人不说话，也知道两人的处境。他取出两个储物戒指递给两人说道，“这里面有些你们急需要的东西，这些东西也都是贝家的，算是给你们的补偿。”

辛秀接过戒指忽然跪倒在地，“宁大哥，我和师弟无处可去，宁大哥如果需要跑腿的，我们愿意跟随宁大哥身边……”

巫奇宏看见辛秀跪下，赶紧也跪了下来。他明白师姐的想法，宁城和剑三山这种传闻中的化道丹神都认识，一个人就能灭掉贝家，将来前途绝对是无比光明。他们如果能跟随在宁城身边，那丝毫不比大宗门的弟子弱半分。

宁城赶紧将两人叫起来说道，“好歹我也借助过嵇和的身份，既然如此，那你们两人就真的作为我的师弟和师妹吧。我也没什么好教给你们的，一些我得到的功法和神通，我都放在你们的戒指中了。倒是修炼用的丹药，对我是没有什么压力。”

“辛秀、巫奇宏见过师兄。”见宁城真的收下他们，辛秀和巫奇宏都是欣喜不已。尽管对戒指中是什么神通很是想知道，但对能跟随在宁城身边，两人更是满足。

……

第九百五十五章 奇葩的考核者

“恭喜宁兄多了一个师弟和一个师妹。”剑三山很是见机，连忙恭贺宁城。

宁城对剑三山抱拳感谢道，“还要多谢剑兄援手，不是剑兄的话，我恐怕没有这么顺利。”

宁城倒是没有说谎，没有剑三山帮忙，他想要放开手做掉贝家，估计很难。

剑三山哈哈一笑，“宁兄，说这些就见外了。我正等你回来，还有另外一件事。不过这件事不急，我们边坐边聊。”

见宁城和剑三山有事情要交谈，辛秀连忙说道，“宁大哥，这位师姐有伤在身，不如让我照顾吧。”

宁城想到过几天他要去和太神丹宗交易，背着燕霁过去终究不好。不但给了别人加价的借口，而且还不方便。

想到这里，宁城将燕霁抱下来说道，“那就谢谢辛秀师妹了，这是你燕霁师姐，她被仇人所害，现在重伤在身。”

“宁大哥放心，我肯定会照顾好燕师姐的。”辛秀连忙小心的抱过燕霁，认真的说道。

同时她心里在暗赞宁城的细心，燕霁师姐身上连一丝灰尘都没有，显然宁大哥经常用去尘诀和清水诀为燕霁清洗。

等辛秀带着燕霁和巫奇宏离开后，剑三山这才为宁城倒了一杯灵茶说道，“后天天素圣城的城主乐介笙，邀请各方强者以及来天素圣城参加论丹的丹神，在城主府举行家宴，宁兄不知道有没有兴趣？”

宁城摇了摇头，直截了当的说道，“没兴趣。”

剑三山和宁城一起时间也算是不短了，对宁城的脾性也了解一些，见状只好解释道，“乐介笙是一个道元强者，也是乐家的家主。每次论丹盛会之前，他都会邀请一些强者和丹神参加家宴。而且他出手极为大方，甚至会送出道果这种珍贵的礼物。

一些丹神只要求到他，他都会尽量帮助。就算是办不到的，他也会想尽一切办法协助。虽然丹神是人人巴结的对象，不过能多认识一些强者，对丹神来说，也算是多一些门路。”

剑三山的话说的很明白了，那就是乐介笙的宴会不知道多少人想要参加也参加不到。哪怕是丹神，谁知道哪一天就要别人帮忙呢？多认识一些大能，在寻求别人帮忙的时候，总是多一条路。

宁城听到这里，心里倒是一动。他对参加乐介笙的宴会没有什么兴趣，燕霁的状况需要啊。能参加乐介笙宴会的，大都是一方强者，要不就是一些丹神。一人见识短，多人见识长，说不定就有人知道燕霁的状况。

“剑兄，我决定和你一起去参加乐城主的宴会。”宁城下了决心，当即就说道。

剑三山笑了笑，“要参加乐城主的宴会也很简单，只要我们去丹会办理一个塑道丹神的身份牌就可以了。”

说完剑三山看着宁城，他猜测宁城是一个塑道丹神，只是他从未见过宁城炼丹，也不是非常的肯定。

宁城当即就站了起来，“剑兄说的不错，还是去办理一个自己的塑道丹神资格牌。”

既然要在天素圣城参加论丹盛会，又要参加乐介笙的宴请，办理一个属于自己的塑道丹神资格牌，终究是用得上的。

看见宁城愿意去办理塑道丹神的资格牌，剑三山大喜，这说明宁城肯定是塑道丹神。

……

天素圣城能成为太素域的第一圣城，除了天素圣城本身的因素之外，还有一个原因就是太素界的丹会、器会、符会、阵道联盟都在这里。

丹会的造型就是一个巨大的丹炉形状，一枚散发出袅袅白雾的洁白丹药悬空浮在丹会的外面，这是丹会的标志。浓郁无比的丹药气息散发出来，如果不是这附近不允许任何闲杂人聚集，说不定都有人留在附近修炼。

剑三山一来到丹会门口，护卫就认出来了，立即恭谨的在一边招呼，显示出剑三山非同一般的身份。

丹会中化道丹神不多，也是有一些的。剑三山和一般的化道丹神不同，他能炼制合天丹。仅仅凭借这一点，就足以让众多的宗门对剑三山尊敬无比。哪怕是在丹会，剑三山的身份也非同一般。

“请问前辈需要晚辈做些什么？”剑三山和宁城刚刚走进丹会，一名俏丽的女修就走了过来，躬身施礼。

宁城主动说道，“我要认证塑道丹神，请问需要哪些手续？”

听到宁城是认证塑道丹神，这名女修肃然起敬，用更是恭谨的语气说道，“两位前辈请随我来。”

剑三山总觉的宁城不是一个普通的塑道丹神，现在听到宁城的话，他索性说道，“宁兄，如果你能炼制育道神丹，也可以直接申请育道丹神的身份。”

宁城笑了笑，“这对我来说都是一样，用最小的力气，做最多的事情。”

事实上，对宁城来说，他还真的从未将区区一个丹会认证的资格牌放在心上。如果这次不是为了燕霁，他连丹会都懒得进来。

他能炼丹，炼丹水平怎么样，不是因为丹会的承认就高大上了。对他来说，只要自己能做到就可以，至于那个牌子，要不要都无所谓。

至于为什么要选择塑道丹神的资格牌，那是因为宁城也知道一点点丹神认证的规矩。在认证丹神资格的时候，所有炼制的丹药都归丹会所有。而且参加认证的修士还必须自己拿出部分神晶购买神灵草，塑道神丹的神灵草自然比化道神丹的神灵草便宜。

所以尽管宁城能炼制出化道神丹，他也只是选择了认证塑道丹神。

说话间，三人已来到了一个大门前。

见那女修站在了门前，不等这女修说话，剑三山就主动说道，“宁兄，这里就是丹会的认证考核大殿。我不参加考核，就在外面等你。”

那女修感激的说道，“多谢前辈。”

她最怕剑三山不参加考核，也要跟着进去。那她一个小小的带路修士，就劝也不是，不劝也不是了。

宁城笑了笑，“那就劳烦剑兄等等，我估计要不了多少时间，最多两个时辰。”

带路的女修偷偷看了一眼宁城，心说这个来参加考核的圣帝口气好大。一般塑道丹神考核，都需要一天时间。参加这种考核的修士都是很谨慎，不但炼丹之前要静心几个时辰，炼丹之时，选择材料也极为谨慎。因为一旦考核失败，再次考核就需要百年之后了。

剑三山赶紧说道，“宁兄不必担心，两个时辰有些仓促，你尽管炼丹，我不着急。”

一声冷哼传来，“好大的口气，两个时辰就可以考核完毕，果然是什么人交什么朋友。”

说话的是一名身穿红色修士袍的男子，他身边也跟着一名个带路的女修，显然也是来参加考核的家伙。

剑三山的传音及时来到宁城耳边，“宁兄，此人叫索耶，是仙尸门的人。我和仙尸门有些过节，这人应该是认出我了，故意找茬，不用理这种货色。”

宁城微一点头，转身对这红袍修士说道，“我炼丹几个时辰，关你屁事？你是鸡屁股吃多了吗？喜欢学鸡下蛋？”

剑三山心里暗笑，这宁城说话果然毒，他故意问道，“宁兄，为什么鸡屁股吃多了，就会学鸡下蛋？”

宁城呵呵一笑，“鸡下蛋的时候，就无缘无故的哼叫，刚才我们不是也听到了？”

红袍男修冷哼一声，似乎知道自己说不过宁城，转身先进入了大殿。如果在外面，他不介意教训一顿宁城。但是在丹会，给他一百个胆子，他也不敢动手。

宁城对剑三山笑了笑，转身也进入了考核大殿。

原本宁城以为考核塑道丹神的修士并不算很多，当他进入大殿后，才知道自己的想法大谬。大殿中考核塑道丹神的修士，足足有二十多位。

宁城有些傻眼的看着身边的带路女修问道，“这么多人考核，每一个人半天，论到我也是十几天后了吧？”

这女修连忙答道，“不会的，最多明天就可以轮到前辈了。不过今天恐怕是很难了。”

宁城微微一皱眉，明天轮到他，倒是不影响他参加城主府的宴请。只是，他根本就不想在这里等一天时间。他估计今天之所以这么多人考核，应该都是想要弄到丹神认证资格，想要去城主府的。

比宁城先进来的那红袍修士嘿嘿冷笑一声，“还有人说两个时辰就可以考核完毕，我呸！”

听到红袍修士讥讽的嘿嘿笑声，周围的人就开始询问。很快众多的目光就落在了宁城身上，尽管没有人站出来说话，那讥笑的意思已是很显然了。

宁城没有理会这些人，直接对身边的女修说道，“带我去考核育道丹神的地方。一个丹会太小家子气，考核一个身份，还要丹师自己出神晶。”

“啊……”这女修还以为自己听错了，那有认为考核塑道丹神要等候一天时间，就去考核育道丹神的？这是她见过最奇葩的参加考核丹师。

她很快就反应过来，小心的说道，“前辈请随我来。”哪怕她再认为宁城奇葩，也不敢表达出来。

说完，她似乎觉得宁城说丹会小气，她有必要解释一下，又补充了一句，“其实丹会考核丹圣是不需要缴纳神晶的，前提条件是能考核的过去。如果考核通过，不但不缴纳神晶，丹会还会让出五成的丹药。当然一旦考核不过，不但要缴纳神晶，还要罚一倍的神晶。”

第九百五十六章 考核化道丹圣?

商会的女修将宁城带到一个蓝色的大门前，停下来对宁城恭谨的说道，“前辈，进入这个大门就是考核育道丹神的地方。”

宁城却没有进入蓝色的大门，而是笑吟吟的看着这个女修说道，“我又改变想法了，你带我去考核化道丹圣。”

“啊……”如果说宁城第一次改变主意，这女修还只是觉得宁城很奇葩，那现在宁城说要去考核化道丹圣，她不是觉得宁城很奇葩了，而是觉得宁城在找死。

好一会，她才结结巴巴的问道，“前辈你说，你要去考核化道丹圣？”

不怪她如此吃惊，化道丹神在太素界不少，可是化道丹圣，那在太素界一个手掌都是可以数过来的。化道丹神和化道丹圣仅仅相差一个字，其中的差异简直是天差地别。

什么是丹圣？只有能炼制出道丹的人，才可以称之为丹圣。一个塑道丹圣也远比一个化道丹神更受人追捧，更有价值。更何况，宁城要去考核的是化道丹圣？

道丹，一般都是道果或者是类似于道果一般，蕴含天地规则的神灵草炼制出来的。或者不是道果炼制，却蕴含着和道果类似天地规则的丹药。大多数道丹的效果，要比道果的效果还要好。

不用道果和蕴含天地规则的神灵草炼制道丹，比道果炼制道丹更为艰难十数倍。能不用道果就炼制出道丹的，至少是道元丹圣，而且修为不可能低于证道第二步。

道果天下有多少？又有多珍贵？谁能奢侈的用无数道果练手，来学习炼制道丹？正因为道果少又珍贵，蕴含天地规则的神灵草同样少，这才造成了能炼制道丹的丹圣很少。

宁城想要选择考核化道丹圣不是随便说说的，他可以炼制化道神丹，那就代表他有炼制化道道丹的实力。

他炼丹的天赋之所以高，不是他比别的人更聪明。而是因为他修炼的是玄黄无相，天生就有不断完善的能力。更重要的是，他的灵根平衡。不存在主灵根为某一个灵根的情况，而是八系灵根同样出色。

这种灵根平衡，让他学习炼丹和炼器比别人简单，也造成了他需要的修炼资源是别人的数十倍，甚至数百上千倍。

还有一个更重要的原因，那是因为他的功法是本源功法。玄黄珠中不但蕴含五行本源，还蕴含着开天辟地的玄黄本源。

丹道的表面是提取各种灵物的精华，聚合在一起。再进一步就是提取灵物的本源精华，聚集在一起。更深层次的理解，那就是提取灵物本身的本源精华和灵物所蕴含的天地规则，聚集在一起。

宁城修炼玄黄无相，几乎是在一开始修炼的时候，就研究丹道。到现在为止，他对丹道的理解要远甚于一般的炼丹师。

更何况，对他来说，道果和普通神灵草没有任何区别。他能用普通神灵草炼制化道神丹，就可以用道果炼制出化道道丹。

这的确和玄黄无相有关系，无相根本就不着眼一草一木的表面形态。加上他现在对破则神通有一定的理解，道果中蕴含的规则，肯定不如天地间的规则强横，他相信自己可以驾驭的了。

最主要的是，一旦炼制成功了，他将能得到五成的道丹。退一步来说，万一失败，他用空城渡识丹抵押总行吧。空城渡识丹表面上看是没有道丹珍贵，但是道丹可以得到，他的空城渡识丹可是独一份。

“怎么，有什么问题吗？是不是考核丹圣还有各种限制？”宁城见这女修迟迟不说话，主动问了一句。

带路的女修这才反应过来，赶紧说道，“前辈，化道丹圣不是谁都可以考核的。考核前，要抵押许多的神晶或者是等同于道果的宝物，一旦失败，这些东西不但会被收走，甚至还会有更严重的处罚。”

似乎觉得自己的语气稍微重了一些，女修连忙又解释道，“我没有轻视前辈的意思，是因为，因为……”

女修怕宁城发怒，语气更是忐忑不安。

宁城微微一笑，“我知道，如果每一个人都可以尝试来考核丹圣，丹会岂不是要拿出无数的道果。你放心带路好了，别的不用你管。”

女修见自己都这样说了，宁城依然要坚持考核丹圣，她只好应道，“那请前辈跟随我来……”

事实上如果宁城真的通过考核了，她这个带路的女修地位将飞涨。但她很清楚，宁城是觉得不会考核通过的。宁城看起来年纪并不大，甚至连一个塑道丹神都不是。要去考核化道丹圣，别开玩笑了。

从考核育道丹神的地方到考核化道丹圣的地方，只有数百米。这数百米对这个带路的女修来说，就好像数百万公里一般艰难。

好不容易，她才将宁城带到了一个淡金色的台阶前，“前辈，踏上这淡金色的台阶，就是考核化道丹圣的地方。”

宁城一路看了过来，也略微明白淡金色的意思。在淡金色前面，还有一个金色的阶梯，想必是考核道元丹圣的地方。金色后面，就再也没有阶梯了。也就是说在天素圣城丹会，最多也只能考核道元丹圣。

“辛苦你了。”宁城点点。

“那晚辈就在这里等候前辈。”女修额头渗出了一些细汗，这显然不是热的，而是紧张的。她从未带过人考核丹圣，更何况是考核化道丹圣。

“好。”宁城应了一声，踏上了这淡金色的阶梯。

一种强大的神识威压轰了下来，宁城这才明白要进入考核化道丹圣的地方，也不是简单的事情。难怪这带路的女修没有敢上来，这种对神识的威压，绝对不是普通圣帝可以抵挡的。

宁城不是普通的塑道圣帝，他最强大的其实不是神元，而是神识。

神识防御打开，这强大的神识威压，对宁城并没有形成多大的影响，宁城就已经踏过这淡金色的阶梯，来到了一个大厅中。

脚下的淡金色阶梯消失的无影无踪，就好像突兀出现一般。没有来路，也没有大门。

“咦，刚刚塑道，神识却如此强大。”一名矮胖老者盯着宁城，有些疑惑的自语了一句。

宁城上前抱拳说道，“散修宁城，前来考核化道丹圣。”

他感觉的出来，这矮胖老者的修为至少是一个道元强者了。

矮胖老者并不以为意，语气淡然的说道，“只要你有东西抵押，能赔偿的起，哪怕你每过百年就来考核一次，我也不会在意。”

宁城一听这话，就知道对方根本就没有看好他能通过化道丹圣的考核。这矮胖老者在意的是，宁城能不能拿出参加考核的抵押宝物。

“请问前辈需要一些什么东西抵押？”宁城再次问道。

矮胖老者站了起来，走到宁城身边，绕着宁城走了一圈。他的身高才到宁城的胸口，看起来有些滑稽。

一圈走完后，矮胖老者这才摇了摇头说道，“看你的样子，我估计也没有什么好东西。你要考核化道丹圣，需要的材料是一枚道果，就算是最差的化道道果，恐怕你也买不起啊。这样吧，你将戒指交给我看看，能不能炼制一炉化道道丹。”

宁城淡淡一笑，想要看他的戒指？那就别做梦了。他直接取出一个玉瓶放在老者的手中，“这东西，可以炼制几十炉化道道丹？”

矮胖老者脸色一沉，如此小的一个玉瓶，就算是再珍贵的东西，也无法炼制几十炉。

“年轻人，在这里你可以随意的炼制道丹，只要你能拿出东西抵押。如果拿不出东西抵押，想要消遣本圣的话，那就别怪你的命不好。”

宁城根本就不在意老者的威胁，平静的说道，“前辈为何不看看再说？”

事实上他也不知道那龙眼大小的一点丹髓能值多少。说几十炉，就是怕这矮胖家伙忽悠他。

老者冷哼一声，打开玉瓶，随即就震惊的瞪大了眼睛，“这是丹髓？”

丹髓是无价之宝啊，这是顶级丹师用顶级丹炉，长期炼丹凝聚出来的丹道精华。这不但是灵物的精华，更是岁月的精华。

这龙眼大小的一团，比道果有价值太多了，难怪这个小小的塑道敢说这个话。

“你怎么会有如此大的一团丹髓？”老者再也淡定不下来。

宁城脸色有些不好看的说道，“前辈，我是来考核化道丹圣的，不是接受盘问的。”

他得到了拳头大小的一块丹髓，这点不过是其中的一小部分而已。

“对对，你可以参加考核，可以参加。”老者兴奋的搓搓手，他今天竟然遇见了丹髓。

宁城不慌不忙的问道，“我知道我可以参加考核，我是问，如果我炼丹失败，这一团丹髓可以抵押几十炉化道道丹？”

“几十炉？不行，不行？”老者连忙摆手，“化道丹圣考核是三炉丹药，我就给你抵押三炉，不能再多了……丹圣的成功率必须在六成以上，你三炉道丹，至少要成功两炉才可以通过。如果失败，百年后再来。”

宁城本以为最多只有一炉到两炉的，没想到老者居然说出了三炉，这让他心里大喜。随即他就明白过来，不是这丹髓只值三炉，而是丹圣的考核需要六成以上成功率，这三炉是他能考核化道丹圣能炼制的最多炉数。

宁城并没有提出异议，“既然如此，那就三炉吧。请前辈拿出材料来，我第一炉要炼制的是紫霄丹。”

反正只要他成功晋级化道丹圣，这丹髓他还是要拿走的，他是抵押不是赔偿。

“啊……”这次论到这老者呆住了，紫霄丹虽然是感悟化道圣帝的道丹，可是其主道果紫霄道果的价值可不是一点两点啊。明知道宁城炼制不出来，要拿出紫霄道果给宁城糟蹋，他实在是有些心疼。

……

第九百五十七章 哪里来的妖孽

“前辈，还有什么问题吗？”宁城见这矮胖老者脸上肉痛不说话，又问了一句。

矮胖老者犹豫了一下说道，“反正你是考核丹圣，炼制普通的道丹也是可以的。”

宁城明白这矮胖老者的意思，这老头是想让他随便炼制几炉道丹，成功与否，他都不会在意。炼制的道丹越普通，丹会付出的代价自然越少，而最后丹髓还要归丹会。

“我听说考核丹圣，炼制的道丹有一半是我自己的。再说，紫霄丹材料很珍贵吗？这是我打算炼制的最普通的一炉。”宁城嘿嘿笑了笑。

矮胖老者差点被宁城的话呛得吐出一口血来，紫霄丹还是最普通的，那后面的丹药材料，岂不是要逆天？

宁城压了丹髓在他身上，矮胖老者不好直截了当的说，就你这水平还想炼制道丹。我让你炼制普通的道丹，是想要节约一些。他犹豫了半天，只好拿出一堆玉盒放在面前，“好吧，既然你执意要炼制紫霄丹，那也由得你。”

反正只要紫霄丹炼制不成功，他就有借口不拿出更高级的道丹材料来。

宁城抬手就挥出了一个丹炉，丹炉上刻着‘混沌第一炉’几个字。

老者看见宁城这丹炉，差点就笑出声来。这种丹炉还敢叫混沌第一炉？简直是太不要脸了。难怪这个小小的塑道敢来这里参加化道丹圣的考核，敢情他活在自己的世界里面。

见宁城要那起炼丹材料，矮胖老者忽然说道，“等等，将你的化道丹神资格牌给我看看。”

宁城疑惑的看着老者问道，“考核化道丹圣，还要化道丹神的资格牌？我有资格牌，还需要来考核？”

矮胖老者被宁城的话轰的外焦里嫩，不过心里立即就欣喜起来，嘿嘿说道，“没有化道丹神的资格牌，那你只能考核育道丹圣了。将你的育道丹神资格牌拿出来吧，嘿嘿……”

宁城尴尬的说道，“我只有一个八级丹帝的身份资格，不是说参加考核，不需要一级级的吗？”

这次矮胖老者真的是无语了，他瞪着宁城好半天，这才叹息了一声说道，“我晟侯天活到今天，总算是见识了什么是敢想就敢做了。一个八级丹帝，居然跑来和我说要考核化道丹圣。论起胆子之大，牛皮之强，你认了第二，没有人敢承认第一。”

宁城淡声说道，“不让我考核，这么说晟前辈是想要没掉我的丹髓了？”

“没掉你的丹髓？呵呵，丹髓的确是珍贵无比，就算是我也急需要。我晟侯天还不至于如此下作，会没掉你的丹髓。就算是我晟侯天想要这么做，丹会也不允许。你去考核化道丹神吧，等考核完毕后，再来我这里。”晟侯天语气平淡的说道。

宁城的语气忽然变冷，“你这么说是让我一个化道丹圣和那些普通的考核者一起排队了？如果待遇都一样，我还考核个屁的化道丹圣？”

晟侯天哈哈一笑，“你果然是天下第一塑道牛皮，还好，你现在还不是化道丹圣，你要是化道丹圣的话，恐怕鼻孔都要朝天了。也罢，你不站队也行，那就在我这里考核。不过从我这里考核，就需要从塑道丹神一步步的考了。否则的话，你就去站队。至于丹髓，无论你考不考，丹会都有规矩，只要你没有通过化道丹圣的考核，那就不会退给你。”

宁城要的就是晟侯天这句话，现在晟侯天将这句话说出来，宁城的语气反而变得缓和下来，“晟前辈，在你这里考也不是不可以。只是那些神灵草是谁的，丹药又归谁？”

晟侯天怒声说道，“神灵草就都算是本圣的，丹药都算是你的，哪又如何？”

在听了晟侯天的话后，宁城的脸色突地变得和煦起来，“那就多谢前辈了。”

晟侯天冷笑一声，也不说话，抬手挥出了两份药材，“第一个考核是塑道丹神，炼制爆神丹。”

宁城无语的看着这两份药材，犹豫了一下才说道，“能不能换一种丹药炼制？”

他身上的爆神丹还没有用完，而且爆神丹他也不想用的太多，他炼制这么多爆神丹干什么？

晟侯天根本就没有理睬宁城的话，继续说道，“一共三份药材，成功率在六成以上通过。也就是说你必须炼制成功两炉，这才可以成为一个塑道丹神。”

见晟侯天这老头没有什么妥协的意思，宁城干脆将一份爆神丹材料打开，通通丢向丹炉。

晟侯天看见宁城的动作，脸色顿时气得通红。这也叫炼制塑道神丹？片刻之后，他的愤怒就消失的无影无踪。

有什么好怒的？这小子失败的越快越好，那样他根本就不用拿出别的药材了。

一团白色的火焰被宁城祭出，晟侯天看的脸色大变，惊声叫道，“这是无名火焰……”

无名火焰可不是真的无名，这是天下排名第六的火焰，他没有想到宁城一个塑道圣帝却可以拿出如此珍贵的火焰出来。

宁城也懒得理睬晟侯天，火焰升起，丹炉中瞬间就是青气缭绕。

仅仅片刻时间，晟侯天的脸色就再次一变。他自己就是一个化道丹圣，自然明白宁城不是在胡闹。

丹炉内的神灵草在短短时间就被宁城炼化，提纯出来，三分之一柱香不到，爆神丹的香味就完全散出。

又是十多个呼吸之后，十二枚散发出强大气息的丹药就被宁城送入玉瓶。

晟侯天再也坐不住了，他站了起来，瞪大了眼睛。十二枚爆神丹，全部是特等塑道神丹。就算是他，也不可能做得比这更好。

这就说明宁城是真正来考核化道丹圣的，而不是胡闹。

晟侯天直接将地上一炉还没有炼制的爆神丹材料收起，再次丢出了一份材料，“你的水平不用炼制第二炉爆神丹了，你塑道丹神考核通过，现在考核的是育道丹神。”

他的语气很是平静，心里早已翻江倒海，什么时候太素界出了这么一个逆天的炼丹强者？若不是对方来丹会考核，他根本就不知道太素界还有这种强大的丹神在，说不定都是丹圣。

宁城暗骂晟侯天小气，他也不在意，爆神丹他本来就没有放在眼里。这第二炉丹药是仙霖丹，属于育道神丹，这是一种疗伤神丹，很有价值的一种神丹。

不出晟侯天的预料，宁城同样只用了三分之一柱香时间，就炼制出一炉特等的仙霖丹。

晟侯天也不说话，直接丢出了一炉青离赤火丹。青离赤火丹属于化道神丹，这种丹药是辅助火系主灵根修炼神通的神丹，同样是很有价值的一种神丹。

晟侯天看着宁城熟练的提炼、融合、聚灵，成丹，中间没有半分间隔和迟钝，可见宁城不知道炼制过多少化道神丹了。他心里是越看越震撼，他好歹也是丹会的第二会长，论起炼丹实力，那是丹会的第二人。

以他的眼光，竟然看不出宁城的丹诀是什么。无论是启丹、凝丹还是收丹诀，他一个也看不出来。不要说看出，就是扑捉到一点皮毛，都无法扑捉。宁城的神识挡住丹炉，没有宁城的允许，他的神识根本就不好探入丹炉查看。

“叮叮叮”丹药在玉瓶中撞击的声音响起，晟侯天长叹一声，这不是来考核炼丹的丹神，而是一个妖孽。十二枚火红色的青离赤火丹，无一例外的是特等丹药。这小子到底是哪里来的妖孽啊。

就算是宁城炼制化道神丹时间稍长，他从开始炼丹，到完成塑道丹神、育道丹神、化道丹神的考核，总共也不过两柱香时间而已。化道丹神的考核，只要成丹在三成以上，就可以通过。不用宁城炼制第二炉，晟侯天也知道宁城的成功率肯定是百分之百，不但成功率是百分之百，而且丹药品质也都是特等。

晟侯天叹息一声，“宁城道友，我收回之前小看你的心思，你有资格考核化道丹圣，也有资格藐视那些丹神。”

晟侯天直接承认自己小看了宁城，宁城反倒是对这老头有些好感了。一些强者，一般是不会承认自己错误的。

“宁城道友，这是一炉落痕道丹的材料，其中有一枚道果落痕果。”晟侯天取出一炉材料放在宁城面前，“虽然我知道你有资格考核化道丹圣，我还是想让你考核一下塑道和育道丹圣。”

宁城点点头，他无所谓，反正丹药是他的。这次是炼制塑道道丹，他开始小心起来，甚至连分开神灵草也变得谨慎。毕竟道丹他也是第一次炼制，玄黄无相再强大，也有一个适应的过程。

落痕果这种东西，宁城见识过，当初太素墟交易会上出现了一枚落痕果，后来被空凝卖走。为了购买这枚落痕果，空凝还问他借过积分。

落痕道丹最珍贵的材料自然是落痕果，宁城将落痕果放入丹炉后，丹火卷上来，宁城的神识瞬间就感受到了一种淡淡的天地规则气息。

宁城没有判断错误，落痕果当中的天地规则的确不强横，可以说是淡弱的不能再淡弱了。不过这种规则很是清晰，而且一触即溃。宁城的神识甚至还没有对落痕果进行动作，落痕果中的规则就开始溃散起来。

感受到落痕果的规则溃散，宁城心里大急。炼制道丹的主要标志是什么？就是规则，一旦道果的规则溃散，他炼制的这一炉道丹等于失败了。

第九百五十八章 丹道顿悟

宁城终于明白了为什么丹圣如此之少，道丹如此难以炼制了。这种淡弱的规则下，只要对规则理解不足，那就绝对炼制不出来。同样的，哪怕你对规则理解再强大，对神灵草的本源药性和规则的融合有一丝差异，也会炼制失败。

就算是你对规则理解透彻，对神灵草的本源药性也非常理解，甚至你可以做到轻易融合。但是你的神识不行，还是炼制不出来道丹。

这里说的神识不行，可不是神识太弱的意思。而是对自己神识的掌控，那就是你的神识必须强大，你必须对神识的掌控秒到毫巅。

只有这些全部结合起来，你才有可能炼制出道丹。之所以说是有可能，是因为每一种道果的天地规则都不同，每一枚道丹的药性本源也都不同。也许你能炼制出这一种道丹，却炼制不出来另外一种道丹。

抓住神灵草的本源药性，掌控道果中的规则气息，神识随意念而行……宁城在道果规则破碎的瞬间就明白了是怎么回事，此刻，他整个人都融入了这一炉落痕道丹中。

在一边的晟侯天看着宁城的专注神态，叹了口气，摇了摇头。他早已感受到落痕果规则消散了，也就是说这一炉丹药失败了，哪怕宁城不承认失败，还在专注着炼丹，他也炼制不出来这一炉落痕道丹。

尽管他知道宁城失败了，依然没有去打搅宁城的专注神态。

果然半炷香后，一阵焦臭传来，宁城的混沌第一炉中冒出一股青烟，神灵草被烧坏的焦臭味道传来。

明明一炉道丹炼制坏了，宁城还是沉浸在其中，并没有清醒过来。

如果这一炉道丹是宁城第一炉丹药，晟侯天早就发作了。在见识了宁城前面炼制的几炉丹药后，哪怕这一炉塑道道丹炼制失败，晟侯天依然没有发作，而是静静的等待。

宁城在控制神识对丹炉中的丹药进行规则融合的时候，他的识海就产生了变化。开始的时候，他还需要自己控制着神识动作。到了后面只要他一个意念表达，神识就完全可以根据他的意念去独立完全动作。神识就好像化成了一个世界，去做他想要做的事情。

这样的结果，让他自身可以将更多的精力放在别的地方，同时神识控制的结果也更是完美。

丹炉中的丹药化成飞灰后，宁城的识海发出咔嚓一声轻微细响。宁城心里狂喜，他没有炼制成这一炉道丹，却意外的让识海再次晋级。他的识海即化成无形，再也无法被一般的修士扑捉到。

宁城的识海再进一步，晟侯天在一边看的一愣，他明显的感觉到了宁城的实力再度增加。这让他对宁城更是惊异，一个在炼丹中晋级的圣帝，他还从未见过。

可是宁城依然没有醒来，他的识海意念完美的演绎着宁城想象中的道丹完成过程。

在这一个演绎过程结束的瞬息，宁城的身体再次一震，整个人都变得犹如烟雾笼罩一般。

晟侯天再也忍不住，第二次站了起来。宁城之前修为上升一个档次，就让他很是震撼了。他没想到宁城会再次晋级，这次晋级不是修为上的，而是炼丹水平在晋级。

作为一个化道丹圣，晟侯天自然很清楚宁城是丹道顿悟，这次顿悟后，宁城对丹道的理解必定再进一步了。

笼罩住宁城身周的淡淡薄雾，在这一刻被浩瀚的丹道道韵环绕，犹如晨钟暮鼓。

晟侯天眼里冒出精光，这要对丹道体会有多深，才能有如此深奥浓厚的丹道道韵环绕？无论宁城有多深的体悟，晟侯天也顾不得别的了。他立即就坐了下来，在宁城身边感悟宁城所领悟到的丹道道韵。

一炷香时间很快过去，宁城周身的丹道道韵慢慢消散，宁城身周的道韵薄雾也消散的干干净净。

宁城睁开眼睛，眼里全是欣喜。

晟侯天也及时睁开眼睛，他眼里的惊喜比宁城更为夸张。他隐隐抓住了第二步丹圣的影子，要知道，哪怕他是化道丹圣十数万年了，依然还是一个第一步丹圣而已。

“前辈……”宁城有些不好意思的对晟侯天抱了抱拳，他炼垮了一炉丹药，就怕晟侯天不给他炼制第二炉。

如果晟侯天真的不给他炼制第二炉，那他今天的考核就算是失败了。

晟侯天连忙跳了起来双手连摆，“别叫我前辈，宁城兄弟，如果你看的起我晟侯天，我们就是兄弟。你以后就叫我晟兄，哪怕是叫我侯天，我心里也舒服。我要感谢你，如果不是你对丹道顿悟，丹道道韵扩散，我要抓住那一点点东西，还不知道要多少年我才能理解。”

晟侯天一脸的激动，到了他这个程度，想要再晋级，可不是天材地宝或者说是外物可以帮助的，完全靠自己对丹道的领悟。而他的丹道资质走到现在，几乎到了极点。宁城这次的顿悟，直接推了他一把，让他有可能成为第二步的丹圣。

宁城在顿悟丹道的时候，知道晟侯天也在感悟他的顿悟。他并不在意，他拥有玄黄本源，修炼的是玄黄无相，这种顿悟是经常性的。晟侯天跟在他身边沾点光，他也不介意。

现在晟侯天领情，宁城自然不会矫情，连忙说道，“那就多谢天候兄了……”

“好，好……”晟侯天激动的搓了搓手，在宁城没有开始丹道顿悟的时候，他就肯定宁城将来的成就远远强于他。本来他还想等宁城考核结束后，和宁城攀点交情的。

没想到，他还没有开始攀交情，宁城就再次表现出远超妖孽的可怕资质。和这种人结交，也许现在他要帮一把，将来他的收益远远超出他的这点帮助。

宁城见晟侯天没有说让他继续考核的事情，只好主动提到，“侯天兄，我想要继续考核塑道丹圣，不知道能不能再炼制一炉落痕道丹……”

晟侯天大手一摆，“按照规定，你本来就还有炼制一炉的机会。三炉丹药，你只要炼制出来两炉就没有问题了。”

说完，晟侯天觉得这样显示不出他对宁城的帮助，又小声的传音给宁城说道，“宁兄弟，你尽管炼制，如果失败了，我再你几炉炼制机会。这东西，我不说出去，没有人知道。”

说完，晟侯天挥手就丢出了两炉落痕道丹的材料。显然晟侯天也清楚，炼制同一种道丹，每多炼制一次，成功率就会更大。

宁城呵呵一笑，他知道就算是晟侯天不说出去，丹会也知道。这周围一堆的监控阵法，又不是摆设。晟侯天之所以这么说，那是因为怕他有心理负担而已。

不过宁城根本就不会认为他还会失败，顿悟丹道，识海晋级，如果他再炼制道丹失败，那他也不好意思去炼制第三炉了。

这次宁城没有小心翼翼的分开丹药，然后再小心翼翼的去提取神灵草的本源精华。他和之前炼制神丹一般，动作也是迅疾起来。

晟侯天看见宁城的动作比之前迅疾了许多，心里甚至有些怀疑，宁城之前炼制的那一炉落痕道丹，是他平生炼制的第一炉道丹。

他很快就打消了自己的想法，宁城之前炼制的那一炉落痕道丹绝对不是第一炉道丹。因为宁城的动作再次恢复了炼制神丹时候的从容和流畅，他依然看不清楚宁城的丹诀，却可以从宁城的手法当中体会到一种如沐春风的悦目之感。

半柱香后，药渣就被丢出，一炷香后，丹炉上方的丹韵就在环绕。半个时辰后，丹韵就开始凝聚，甚至可以感受到丹炉中有无穷无尽的天地规则。随即，一阵阵的丹香就开始散逸出来。

就在晟侯天还在感慨震惊宁城的炼丹手段之时，宁城的手带起一道道的虚影，跟着丹药落在玉瓶内的叮当声音响起。

晟侯天激动不已，宁城的这一炉丹道成功了。虽然他怕影响宁城炼丹，不敢放出神识查看，但他感觉这一炉道丹的品质很高。

“侯天兄，请帮忙看一下。”宁城笑着将装着十二枚落痕道丹的玉瓶放在晟侯天手中。

晟侯天迫不及待的打开玉瓶，片刻之后嘴里就说道，“果然，十二枚特等品质的道丹，就连我恐怕也很难炼制出来。”

宁城也很是满意，他在顿悟丹道后，炼丹比之前更是轻松和写意。

在晟侯天查看丹药的时候，宁城已开始在炼制第二炉落痕道丹。半个时辰后，宁城轻松的再炼制出一炉特等的落痕道丹。

晟侯天又取出两炉道丹的材料放在宁城面前，嘴里感叹道，“要不了多久，你的丹道就会在我之上，也许现在，你的丹道就在我之上了。”

这次他取出的是紫心凝丹的材料，紫心凝丹的主要道果是天璇道果，这种道丹是育道以下的圣帝道心溃散时用的，可以再次凝聚道心，属于育道道丹。

道心溃散对圣帝来说并不是什么稀奇的事情，在修炼、凝道、对敌的时候，道心被搅动的话，都有可能造成道心溃散。紫心凝丹就是针对道心溃散的最佳道丹，唯一的限制是紫心凝丹只能针对育道修为之下的圣帝。

……

第九百五十九章 六枚资格牌

相比起落痕道丹，紫心凝丹中的主道果天璇道果的规则更是玄奥繁杂，而凝实程度比起落痕果还要脆弱。

尽管宁城顿悟了丹道，在炼制第一炉紫心凝丹的时候，也溃散了部分天璇道果的规则。结果只是炼制出五枚紫心凝丹，这五枚紫心凝丹还都只是中等和下等的丹药。宁城很少炼制出下等丹药，这次却因为道果规则溃散，炼出了下等丹药。

晟侯天极为干脆，在宁城炼制第二炉紫心凝丹的时候，他毫不犹豫的又取出了一炉紫心凝丹材料。

当他看见宁城的第二炉紫心凝丹炼制起来极为流畅，他心里又起了怀疑。似乎每提升一个等级，宁城炼制第一炉丹的时候，总是有些磕磕碰碰。但是只要宁城第一炉炼制好了后，后面的炼制起来就流畅无比。

难道宁城真的是第一次炼制道丹？而且还只要学习一次？

这次晟侯天没有询问，在宁城炼制完第三炉紫心凝丹的时候，他直接拿出了三炉紫霄丹的材料。

这也是宁城一开始来考核时想要炼制的化道道丹，紫霄丹的主道果是紫霄道果。属于感悟化道的道丹，价值无与伦比。对育道圣帝来说，得到一枚紫霄丹，那就是梦寐以求的事情。

在宁城炼制紫霄丹的时候，晟侯天眼睛眨都不眨的盯着宁城的动作，甚至神识还在宁城丹炉的外面小心查看。

果然和他预料的一摸一样，第一炉丹药宁城再次失手，只是炼制出三枚下等紫霄丹，这和失败基本上没有什么两样。但是第二炉和第三路紫霄丹，宁城不但炼制成功，而且至少都是上等丹药或者是特等丹药。

晟侯天拿起宁城炼制的紫霄丹看了将近半柱香时间，这才感慨的说道，“宁城兄弟，你的这个炼丹水平，就是我也达不到。”

“还得多谢侯天兄的支持，换成别人，说不定我连塑道丹圣都没有办法考核。”宁城感谢了一句。

晟侯天想想也是，若他强行不允许宁城炼制第二炉落痕道丹，宁城告到什么地方都没有用。

“宁兄弟，我有一句话实在是很想问你。你以前到底有没有炼制过道丹？为什么每次炼制更高层次的道丹，你第一炉丹药总是磕磕碰碰？”晟侯天终于忍不住，将自己心里的疑惑问了出来。

宁城脸上现出尴尬，“我弄不到道果，所以来这里炼制道丹，实在是第一次。”

宁城知道自己今天来考核化道丹圣有些托大了，他之前以为炼制道丹和炼制神丹是差不多。他能炼制化道神丹，也就可以炼制化道道丹。在他炼砸了第一炉落痕道丹后，他就知道自己的想法大谬。

换句话说，如果他的识海没有晋级，他没有顿悟丹道。他今天就算是考核塑道丹圣，也有些困难。就算是最后被他考核过去，育道丹圣考核也是肯定会失败的。

以他现在对丹道的理解，要研究空城渡识丹，绝对不会和之前一样困难了。在有旻空丹圣的经验之下，宁城肯定，他最多只要几个时辰就可以研究出空城渡识丹来。

晟侯天张大嘴巴盯着宁城，他被宁城的话吓到了。他一个化道丹圣，道元境强者，什么事情没有见过，可他还真的没有见过如宁城如此逆天的炼丹师。尽管他在宁城每次炼制第一炉丹药失败后，有过怀疑，那毕竟是怀疑。他甚至为自己的怀疑好笑，现在宁城亲口承认，他反而不敢相信。

“侯天兄，能不能帮我办理一下化道丹圣的资格牌？”宁城见晟侯天惊住，只有提醒他。

晟侯天长长的吁了口气，叹息说道，“宇宙之大，真正的天才果然不是我能想到的。能认识你这样一个妖孽天才，也是我晟侯天的运气。宁兄弟，我这就为你办理丹会的身份资格牌。”

仅仅是半柱香不到，六枚牌子就放在了宁城的面前。

从淡蓝色到蓝色再到深蓝色，一共三枚。另外三枚分别是白色、银色和淡金色。

“侯天兄，为何要给我六枚？我只要一枚化道丹圣资格牌就好了。”宁城看着这一字排开的六枚丹会身份资格牌说道。

晟侯天嘿嘿一笑，“你参了六次考核，这六枚认证资格牌自然都全部是你的。淡蓝色是塑道丹神资格牌，蓝色是育道丹神、深蓝色是化道丹神。白色是塑道丹圣、银色是育道丹圣，淡金色是化道丹圣的身份资格牌。还有这些丹药，三炉神丹你都全部收起了，这是我同意的。至于那些道丹，你可以拿走一半，这是丹会规定的。”

宁城听完晟侯天的话，也没有拒绝，将道丹拿走一半，神丹全部拿走。他猜测他拿走三炉神丹，晟侯天可能要赔偿丹会。不过这是事先说好的，如果他不拿的话，以晟侯天的秉性，说不定会说自己看不起他。再说了，三炉神丹的材料，他都可以轻易拿出来，晟侯天显然没有什么压力。

看见宁城收起六枚资格牌和丹药，晟侯天很是满意。他将宁城抵押的丹髓交到宁城手中，“宁兄弟，你考核通过，这抵押的东西丹会就不能收了。”

宁城看着晟侯天眼中的不舍，接过丹髓笑了笑，又将丹髓塞到晟侯天手中，“侯天兄，这丹髓我收回来了，现在送给你个人。”

晟侯天没有拒绝，接过丹髓哈哈大笑，“那就多谢宁兄弟了，我正好缺少这个东西。”

他明白了为什么宁城拿走三炉神丹没有说任何废话，原来是等着送丹髓给他，这个兄弟结交的实在是太爽快。不但能力逆天，还豪爽无比。

“侯天兄，我还要请教你一个问题。”宁城等晟侯天收起丹髓后说道。

晟侯天举起手拍了拍宁城的肩膀，“我们已经是朋友，宁兄弟你有什么问题，请尽管说，只要老哥能办到的，必定帮你解决。”

宁城点点头说道，“我有一个师妹，她修炼的时候不注意，根基受损。后来又被九转圣道池洗灵，准备嫁灵。在机缘凑巧之下，她应该是被人救了，甚至恢复了她的根基。可是，因为我的缘故，她在根基恢复后没有稳固，反而再次受伤……”

宁城将燕霁的事情原原本本的说了一遍，在他说完后，晟侯天大怒，“九转圣道池这些女人太过分，宁兄弟，这口气老哥绝对帮你讨回来。”

“谢谢侯天兄，这口气将来我会自己去讨回来。我现在担心的是我师妹的伤势，不知道侯天兄有没有什么解决的办法？”晟侯天是活了无数年的老妖怪，姑且不论丹道水平，就是见识，也比他多了不知道多少。正因为这样，宁城这才想要来询问晟侯天。

晟侯天点点头，“好，什么时候你去九转圣道池找场子，记得叫我。你师妹的伤势的确是很严重，并不是没有办法。”

宁城听到这句话，欣喜不已的抓住晟侯天的肩膀，“侯天兄，你真的有办法救我师妹？”

晟侯天脸色凝重的说道，“救是有办法救，但并不是很容易。首先，你要让你师妹尽快苏醒。让她苏醒有很多手段，最好的手段就是用五行天果。五行天果现在很难找到了，倒是太神丹宗有一株五行天果树。你不用担心，这五行天果我可以帮你去太神丹宗弄到。”

晟侯天的办法和剑三山一摸一样，宁城连忙说道，“侯天兄，五行天果我自己去和他们交易好了，你告诉我后面的办法。”

宁城相信，他用空城渡识丹丹方肯定可以交换到五行天果。既然他能交换到，何必去麻烦晟侯天呢。晟侯天自己也没有这种道果，他要去弄的话，必定也会拿出东西交换。

“好，那帮家伙很小气，如果你弄不到，再跟我说。”晟侯天也没有反对，继续说道，“在你师妹醒来后，就要用真极复灵丹给她服用。”

“真极复灵丹？”宁城重复了一句，他还真的没有听说过这种丹药。

晟侯天凝重的说道，“不错，就是真极复灵丹。这种丹药很特别，虽然只是塑道级别的道丹，其价值却远超一般的化道道丹。就因为这种道丹的三种主药太过逆天，这三种主药分别是真极道果，绮星金隐叶还有一滴丹髓。”

除了丹髓，其余两种灵物宁城同样是没有听说过。

晟侯天取出宁城给他的丹髓说道，“这丹髓还给你，救你师妹要紧。其余两种主灵物，真极道果倒是有办法，那绮星金隐叶可真的难以见到。绮星金隐叶是蕴含天地规则的神灵草，价值等同于道果……”

宁城将丹髓推回给晟侯天，“侯天兄，丹髓我还有，你告诉我真极道果从什么地方去弄？以及绮星金隐叶的主要出产地在什么地方就好？”

“天素圣城城主乐介笙你应该知道吧，每次论丹盛会，他都会举办城主宴。邀请各方宗主和大能，以及参加论丹的丹道强者去参加。他之所以能邀请动这些大能，还有众多的丹道强者，就因为他有道果来源。而真极道果，就是他能拿出来的一种道果。”晟侯天回答道。

宁城连忙再问，“那我如何才能从他手中得到真极道果？”

第九百六十章 城主宴

“这你不用担心，以你的丹道水平，想要从乐介笙手中弄到真极道果并不难。”晟侯天呵呵一笑说道。

不等宁城询问原因，他就仔细解释道，“每次论丹盛会，各方强者都会来天素圣城，接受乐介笙的邀请。他们接受这个邀请，也同样是为了道果。因为乐介笙有一个幻果园，里面的道果不计其数，真极道果就是其中的一种，所以我说你不用担心真极道果。”

宁城更是不解的问道，“侯天兄，道果如此珍贵，天素圣城城主府拥有一个幻果园，他能保得住？”

太素域强者如云，那乐介笙再强大，也只有一个人而已。不要说别的宗门，就算是丹会恐怕也不会放过幻果园吧？

晟侯天嘿嘿一笑，“你可别小看了那乐介笙，他可是一个道元巅峰的强者，只差一步就能问道混元。再说了，那幻果园放在任何人手中都是一样。因为哪怕在你手中，你也进不去。可不是你想的那样，随时随地都可以去采摘道果的。”

宁城连乐介笙邀请众多强者和炼丹师去参加城主宴，也是从剑三山那里听到的。对这些事情，他自然不清楚。

“幻果园不是用强就可以打开的，要打开幻果园，必须要是塑道丹神以上的丹道强者。幻果园里面又分为多个层次的神灵药园，这些药园的大门必须有现炼的丹药打开。”

“用现炼制的丹药打开灵药园？”宁城还是第一次听说有这么一回事。

晟侯天点点头，“第一层次的药园是塑道层次的神灵草，这个层次的门只有十二扇，每一扇门上都有十二枚丹药凹槽。只有在特定时间内炼制出十二枚特等的塑道神丹，并且将这些丹药全部镶嵌在大门凹槽的炼丹师，才可以打开这扇大门。”

“那大门打开后，大家都可以进去？”宁城问道。

“当然不是，只有炼制出丹药的炼丹师才可以进去，不可能进去第二人。在塑道层次的灵药园之后，还有更高一级的育道层次灵药园。要进去的话，只有炼制出育道神丹，同样全部需要特等神丹，才能打开门。”晟侯天解释道。

宁城终于明白为什么剑三山没有告诉他这些了，应该是剑三山知道他们两个都没有机会，说了也是白说。一个化道丹神，不一定就能炼制出一炉全部是特等的塑道神丹，更何况是在特定时间内。

晟侯天继续说道，“听说这个幻果园，一共有六个层次的入口大门，第一个层次是十二扇，第二个层次是九扇，第三个层次是六扇，第四个层次是三扇，第五个层次是两扇，第六个层次应该是一扇门。”

宁城立即就抓住了晟侯天话的意思，“侯天兄，你说第六个层次应该是一扇门是什么意思？”

晟侯天叹了口气说道，“第六个层次的大门内应该是化道道果，因为幻果园开启到今天，第六个层次的大门，还没有人能进去个过。一扇就代表只能有一个人进去，前提条件是，这个人能在第一炉丹药炼制出开启这扇门的十二枚特等丹药。在太素界，还没有人能随随便便就炼制出一炉特等的化道道丹。”

“这岂不是说就算是第一个层次的灵药园，也只能进去十二个人？”宁城想到这么多来天素圣城的丹神，心说这种分配方案应该是谁能先炼制出来，谁先进去吧？

听宁城有这种担忧，晟侯天笑道，“宁兄弟，你这就放心好了。这十二个大门足够了，在太素界能找出十二个第一炉就炼制出十二枚特等塑道神丹的丹神，并不是一件简单的事情。宁兄弟你很有希望进入第五个层次的灵药园大门，如果你真进去了，那连我也要沾光。

你应该明白，那些一方强者和宗主为什么要接受城主的邀请了吧？这不但是给了乐介笙一个面子，而且在幻果园的寻药结束后，还能进行稀有神灵草的交换。若是你能找到高等级道果，这次收获绝对超出你的想象。”

宁城明白晟侯天的意思，第五个层次的灵药园，那就是育道道果园了。他之前炼制的塑道道丹，十二枚全部是特等丹药。就算是后面的育道道丹和化道道丹，也有部分特等道丹。

将这些都解释给宁城听了后，晟侯天这才笑着说道，“幻果园的这种进去限制，让大家默认了城主府守护。以你的丹道水平，这次必定会有大收获。如果你能进入第四层次的塑道道果药园，说不定能找到绮星金隐叶。”

宁城心里大喜，只要没有特别的意外出现，他绝对有把握进入第四层。他很奇怪的是，为什么幻果园只有六个层次，似乎化道道果是最高等级了。他也没有去问晟侯天，他仅仅是第一步证道圣帝，想要炼制第二步的道丹，应该不大可能，问了也没有意义。

“多谢侯天兄告诉我这些，我先走了，后天我们城主府再见。”宁城起身告辞，他相信晟侯天肯定会去城主府。

“好，后天见。”晟侯天哈哈一笑，抬手一挥，一道淡金色阶梯突兀的出现在宁城面前。

宁城走出阶梯，就看见那带路的女修依然在一边等着。

“前辈，您出来了？”那带路的女修见宁城出来，赶紧上前躬身问候。事实上，她从未带人来参加过丹圣考核，宁城连塑道丹神的资格牌都没有，其实没有资格考核丹圣的。

之所以没有人告诉她，是因为她现在还没有资格带人进来考核丹圣。考核丹圣的，至少都是化道丹神。化道丹神，还轮不到她这个刚来的新人带路，因为丹神要继续考核是进入贵宾厅的。一个糊里糊涂的带路，一个糊里糊涂的考核，居然就这样通过了。

宁城取出一瓶丹药递给这个带路的女修，“多谢你的带路了，这一枚丹药送给你，我去找我朋友，这没你的事情了。”

带路女修那里敢说不字，赶紧躬身施礼，“多谢前辈。”

看见宁城从路的尽头消失，她心里还是有些鄙视的。一般丹师都是最富有的一群人，别看她仅仅带个路，一般的丹师都会丢一个储物袋给她。储物袋里面，至少有几瓶不错的丹药，有些甚至还有一堆神晶。和宁城这样，仅仅送一枚丹药的小气鬼，她还真的没有见过。

就算是宁城不送东西给她，她也不敢说半个不字，也不敢有半分脸色。

好在这个丹师没有让她等多久，几个时辰的时间，对她来说，损失并不大。

尽管如此，她还是打开了玉瓶看了一下。当玉瓶打开，那枚丹药的道韵散逸出来，这女修顿时呆滞住了。

她是一个永恒境修士不错，但这不代表她没有见识。在丹会也有一段时间了，她自然认识这枚丹药是道丹。道丹，每一枚价值都比同类型的道果还要珍贵，这一般都是拍卖会才可以购买到的。现在她的手中，居然有了一枚。

这女修心里怦怦狂跳起来，她赶紧将玉瓶的盖子盖起，甚至四处张望了一下。

有了这枚道丹，她铁定可以换取一批修炼资源，晋级塑道圣帝的机会大大增加。

好大方的一个丹师，她还从未见过有丹师随手就送出一枚道丹的。这个丹师不是小气，而是大方的不能再大方了。一个考核失败的丹师，会拿出如此珍贵的道丹随便送人？

想到宁城可能考核化道丹圣成功，这名带路的女修都激动的有些颤抖了。并不是所有的考核丹师都和宁城这样无所谓的，有些丹师前来考核，带路的女修必定是有成绩的。

什么是有成绩，那就是被她带路的考核丹师成功要高。若是她带出一个化道丹圣，她的名望将会在丹会无人能比啊。这样，她还会担心修炼资源？

事实上，宁城看这个带路的女修顺眼，加上他身上的落痕道丹有不少，随手就送了一枚给这个女修。对他来说，一枚落痕道丹，还真不算什么。

宁城一走到剑三山等候的地方，剑三山就走了出来，他看着宁城笑着说道，“宁兄，这么快？考核应该通过了吧？”

宁城点点头，“算是有些运气，总算是通过了。我们走吧，后天去城主府。”

……

两天时间一晃而过，城主设宴这天，宁城将燕霁托付给了辛秀，和剑三山前往天素圣城城主府。

看见天素圣城城主府外面的防御护阵，宁城就知道，乐介笙绝对不是一般的城主。

不管乐介笙的修为有多高，这个防御护阵他就打不开。他是一个阵道主，用太素界的境界划分来说，他属于一个初级神阵师。他的证道造诣，远远超出一般的初级神阵师。

剑三山看见宁城皱眉，就知道宁城的神识在查探，他连忙在一边说道，“宁兄，到了这里，可千万不要用神识查探，不然我就被你害死了。”

宁城笑了笑，“我知道，你放心好了。”

如果是在考核化道丹圣之前，宁城绝对不敢这样查探。剑三山的话没错，一旦城主府发怒，他们两个的确是蝼蚁。现在不同了，不要说他本身就是一个化道丹圣。就算是晟侯天的面子，乐介笙也不敢不买。

宁城跟着剑三山在城主府带路的修士带领下，进入宾客大殿的时候，这里早已来了一百多人。不但如此，还不断有人进来。可见，这次城主邀请的人不少。

剑三山一进来，就有众多的修士站起来和他打招呼，显然他的地位也算是不错。在这个地方，剑三山可不敢怠慢，一一还礼问候。

宁城和剑三山坐下后并没有多久，又有一百多人走进宾客大殿。

看到九转圣道池的师天荷和几个女人走进来，宁城脸色顿时一沉，冷哼了一声。

……

第九百六十一章 胆子好肥

“是你？”跟在师天荷身边的师依霜的眼光一扫，立即就认出了宁城。

宁城一个小小的塑道圣帝，师依霜似乎在人群中一下就找到他，这让师天荷微微皱眉，“依霜，这是谁？”

师依霜的高傲，她自然清楚，绝对不会无缘无故对一个散修如此在意。

师依霜看着宁城冷笑了一声，这才说道，“他叫宁城，不过他另外一个身份，我相信所有的人都知道，那就是嵇和。”

“依霜，你说嵇和是他假冒的？”站在师天荷身边的另外一名中年女子惊咦问道。

说宁城没有几个人知道，但是说起嵇和来，这里恐怕是没有人不知道。

太素大比前十，抢夺了域外神泉的第一泉。空城渡识丹的拥有者，杀了太素十二子之一的郭浩歌，压的另外一个太素十二子之一姬平中唯唯诺诺，只敢占据第十泉。杀了蛮九切，被十大宗门之一蛮龙族族长蛮会山追杀进破则之地。

这些还不算，听说嵇和还在太素秘境中杀了太素十二子之一的霍尔奇，得到了无数的神灵草。他就好像和太素十二子有仇一般，被他欺负的不是太素十二子，就是龙子。

嵇和出现的时间很短，干的事情却很多，而且每件事情都是让人背后冷汗直冒。

师依霜的声音不小，大殿中来的都不是弱者，几乎全部听见了师依霜的话。这一刻，所有的目光都落在了宁城身上。

宁城干下这么多事情，还敢大摇大摆的出现在城主府宴中，胆子还真不小。看样子，他是跟随剑三山一起来的。剑三山虽然有些名气，在这种地方，想要保住宁城，那几乎是不可能的。

“你怎么知道他就是嵇和？”师天荷盯着宁城，她总感觉这个人有些熟悉。

师依霜扫了宁城一眼，这才回答道，“蛮龙圣帝在太素墟追杀无生毒手和无心和尚，其实就是为了找他，因为他杀了蛮九切。后来他易容成嵇和参加太素大比，蛮龙帝立即就放弃了在太素墟等候，及时来到了天素圣城。

很多人猜到嵇和就是宁城易容的，只是大部分人都不认识他而已。我恰好就认识此人，此人胆子还真的不是一般大。他在太素墟交易会的时候，就直接得罪过无生毒手和无心和尚。现在无生毒手已被蛮会山化成了飞灰，而他却依然活的好好的，还敢来这里。”

师天荷和她旁边另外一名中年女修交换了一下眼色，盯着宁城的目光顿时亮了起来。只要她们拿下宁城，交给蛮会山，那绝对可以换回一大批东西。最主要的，这个小修士身上还有空城渡识丹。

师天荷这么想，别的人自然都是这么想。如果这里不是城主府，说不定早就有人对宁城下手了。

“他是不是得罪过你？”师天荷语气变冷的说道。

师依霜自然明白这话的意思，这是想要找借口拿下宁城。她想了好一会，还真的没有想到宁城得罪她的地方。

一声冷哼传来，一道强大的气势涌了过来。

盯着宁城的人都感受到了这一股强大的气势，都估计今天宴会还没开始，有人就要倒霉了。因为散发出这道气势的人是通明子，河洛圣宗的长老之一。他还有另外一个身份，那就是郭浩歌的师父。

郭浩歌被假冒嵇和的宁城杀了，现在宁城还敢出现在天素圣城的城主府，这胆子可不是一般的肥。以通明子道元初期的修为，挥手间就可以将宁城拍成飞灰。

不过很多人都清楚，通明子更多的不是为了弟子报仇，而是宁城身上的空城渡识丹。

看着许多人都想要将宁城吞下去，剑三山无语的摇了摇头。宁城这得罪的人也太多了，哪怕他想要帮宁城，也不敢说半个字。

就在通明子想要跨到宁城身边的时候，又有几人走了进来。这三人一进来，就好像三方世界一般。

“乐城主……”

“蛮龙圣帝……”

“费宗主……”

这三人进来后，一众人纷纷站起来打招呼。剑三山满嘴苦涩，他没想到蛮会山会来这里。

想到宁城和蛮会山之间的恩怨，他下意识的看了看宁城。却发现宁城表情平静，并没有任何不妥惊慌。甚至还转过头笑吟吟的看着剑三山问道，“那乐城主就是天素圣城的城主乐介笙吗？”

嘴里在问，宁城心里在怀疑，卡洛儿是不是将他的地图共享给蛮会山了，否则这老小子怎么这么快就从破则之地出来了？

至于害怕，他还真的不害怕。虽然心里恨师依霜故意害他，但只要他拿出丹圣资格牌，在这里没有人敢对他动手。

剑三山心里暗赞宁城的神经真是粗大，也只好介绍道，“最左边那长发黑须的英气圣帝，就是乐城主了。另外两个，一个你应该认识，就是蛮龙族的龙帝蛮会山，还有一个是玄月神门的宗主费风。”

宁城只是塑道圣帝，他也能感受到蛮会山的修为再次提升了。这家伙在破则之地得到的好处似乎比他还要多，当初他都道元圆满，现在再提升，肯定是混元圣帝强者了。

在蛮会山身边的乐介笙和费风身上的磅礴气息一点也不比蛮会山弱，显然这两人也都是混元圣帝。晟侯天说乐介笙还是道元，这个消息应该落后了。

“剑兄，玄月神门的宗主难道不姓齐吗？”宁城皱眉问道。

剑三山愈发佩服宁城的豁达，在这种情况下，他不是最应该关注蛮会山吗？竟然关注到了玄元神门的宗主费风。

好在他也知道一点宁城的过去，宁城和齐十三星是朋友，自然会关注齐十三星的老爹。齐十三星的老爹，正是玄月神门上一任的宗主。

“听说玄月神门齐长归宗主闭关出了一些问题，原来的大长老费风任了新宗主。这件事玄月神门很低调，也不知道为什么。”

听完剑三山的回答，宁城忽然感觉到有些奇怪。一个混元强者闭关会出问题？还有他从和齐十三星分开后，七十三星就没有来找过他，难道也因为这件事？

三名混元圣帝强者进来，本来想要抓住宁城的通明子止住了自己的身形。在城主府宴的宾客殿，如此不客气的抓人，显然是不给城主面子。他要抓人也可以，先要告诉一声乐介笙，以示尊敬。

蛮会山的目光在宾客殿中扫了一圈，很快就落在了宁城的身上，他冷哼一声，“阴魂不散，到处都可以看见你这个蝼蚁。”

虽然恨不得立即就抓住宁城带走干掉，蛮会山现在也不想见到宁城。因为现在他看见宁城，哪怕宁城指着他的鼻子骂，他也不能动宁城一根毫毛。

宁城同样不屑的反讥道，“蛮子，老子也想说这句话，破则之地怎么没有让你这垃圾死掉，果然是祸害活千年。”

“你……”蛮会山脸色气得铁青，他好歹是蛮龙族的族长，一个龙帝。现在更是一个混元强者，宁城区区一个刚刚塑道的小小圣帝，也敢骂他一个混元圣帝，他不气才是怪事。

整个宾客殿中的人都惊呆了，宁城一个刚刚塑道的小小圣帝，敢对龙帝蛮会山如此说话。这家伙的胆子到底是什么东西做的？

更让所有人震撼的是，蛮会山竟然忍了下来，并没有对宁城动手。以蛮会山的个性，他肯定会对宁城动手的，最多是和乐介笙打个招呼而已。现在蛮会山不动手，这才显得诡异。

“哼。”乐介笙盯着宁城一声冷哼，强大的神识就压制向了宁城，“区区一个塑道，也敢如此大胆，来人，给我丢出城主府……”

他以为蛮会山是顾忌他的面子，这才没有对宁城动手。宁城区区一个塑道圣帝，和蛮会山这个蛮龙族的族长来说，哪里可以相比？乐介笙说这个话，是想要让蛮会山领他一个情。

“嘿嘿，乐城主好大的威风。动不动就要将人丢出去，莫非乐城主真的以为幻果园是你乐家的私产？或者说，乐城主觉得晋级到了混元，就完全不将天下人放在眼中了？”一个讥讽的声音传来，打断了乐介笙的话。

乐介笙听到这话，脸色一变，随即他就看见一高一矮两名男子走进了进来。他赶紧上前抱拳说道，“乐介笙见过晟会主，见过沮护法。刚才这个塑道敢对太素海的蛮龙圣帝无礼，我这才心生怒火。”

就是他胆子再大，也不敢将丹会的第二会长晟侯天不放在眼中。别看他刚刚晋级混元圣帝，在丹会面前，却什么都不是。不要说丹会，就是晟侯天身边的沮护法，就可以干掉他，人家是混元圣帝后期。

“我怎么听到是蛮子先对我兄弟宁城无礼，我兄弟才反唇相讥的呢？莫非人家是龙帝，就是客人。我兄弟不是龙帝，就要丢出去？”哪怕修为上比乐介笙还弱一些，晟侯天的气势可比乐介笙更加强大。

晟侯天的兄弟？宁城才刚刚晋级塑道，什么时候有了这么强大的一个老哥？晟侯天可是化道丹圣，更是丹会的第二会长。就算是十大宗门的宗主见到他，也要低他一等。

这两个八竿子都搭不上的人，却成了兄弟，整个宾客殿完全寂静下来，再也没有半点声音。

……

第九百六十二章 道果酒

虽然不明白为什么宁城会和晟侯天是朋友，乐介笙还是很快反应过来，连忙说道，“原来宁兄弟是晟会主的朋友，我之前鲁莽了。”

就是宁城也不得不佩服晟侯天，这种人才是最危险的。他在最短的时间内，就权衡了厉害关系。丹会是不属于十大宗门，却一点都不输于十大宗门。他乐介笙只是一个城主而已，哪怕是证道了混元，也远远不及丹会的雄厚底蕴。

乐介笙看起来见风使舵，对晟侯天低头了，但他骨子里面的那根本就没有将这当一回事的强者气息，宁城一下就扑捉到了。

这种能屈能伸，而且对表面屈服也不影响道心的家伙最是可怕。

乐介笙对晟侯天做出姿态后，还对宁城遥遥抱了一下拳，“宁兄弟，刚才是我不对，就算是要将你赶走，也要找到正当的理由才是。”

宁城冷冷的说道，“我兄弟不多，你还没有资格当我的兄弟。”

众人一阵哗然，一个塑道圣帝说一个混元强者没资格当他的兄弟，这简直太嚣张了。

乐介笙脸色一冷，整个人都阴沉下来。他根本就不在意暂时对晟侯天低下头，但是宁城区区一个塑道圣帝，也敢讥讽他，这简直就是找死。

“哈哈……”晟侯天走到丹会所属的席位坐下，目光扫了一下站起来的通明子，带着寒意的说道，“本圣今天就看看谁敢动我兄弟。”

“很热闹啊。”随着又一个声音，跟着数名圣帝走了进来。这个插曲，打断了乐介笙愤怒。

让宁城疑惑的是，为首的一人竟然是一个育道圣帝。而且这个育道圣帝看起来还非常的年轻，整个人都有一种道韵环绕。宁城是一个化道丹圣，他很快就明白过来，这是丹道道韵的气息，此人是一个炼丹强者。

剑三山被宁城的强势镇住了，直到晟侯天站出来，剑三山这才吁了口气。他想不到宁城和丹会的第二会主晟侯天也有交情，而且交情还不深。如果真的是这样，那别的宗门想要动宁城，就要忌惮许多了。

蛮会山和宁城的仇恨无法解开，因为宁城杀了蛮会山的儿子蛮九仞。但是别的宗门，如果为了一个死去的圣子得罪晟侯天，那似乎有些不值。

“宁兄，这是太素界最年轻的化道丹圣荆寒，是最有希望踏上道元丹圣的圣帝，他也是太神丹宗的长老。他身后的两名丹神也都是太神丹宗的。”剑三山小声的解释给宁城听。

宁城点点头，因为本源的关系，他顿悟丹道，晋级化道丹圣后丹道道韵不是很显眼。这个荆寒身上丹道道韵环绕，想来剑三山说的没错，他应该是一个化道丹圣。

“不错，此人的确是一个炼丹强者。”宁城点了点头。

“太神丹宗并不是什么大宗门，就因为最年轻的化道丹圣荆寒在太神丹宗，让太神丹宗的地位不下于十大宗门。”剑三山叹息了一声说道。

他自己就是一个化道丹神，自然知道要晋级化道丹圣有多么困难。正因为这样，他对荆寒同样的是带着钦佩和崇拜的。

宁城微微一笑，“是化道丹圣不错，如果说最年轻的化道丹圣，那就过了。我也是化道丹圣，我相信我比他的年龄要小很多。”

剑三山笑了笑没有回答宁城的话，宁城的话他是不会相信的。

不过他和宁城结交，除了宁城有空城渡识丹之外，还有就是宁城的炼丹天赋。一个炼丹天赋差的丹师，短短时间内绝对找不到没炉的炼化中枢所在。以宁城的炼丹天赋，就算是将来无法踏足化道丹圣，想要弄一个丹圣称号，也不算是难事。

每一个丹师都是自负的，他同样自负。宁城将自己的目标定在成为化道丹圣，这并不奇怪。

宁城一看剑三山的表情，就知道剑三山不大相信他，他只好取出一个淡金色的资格牌说道，“剑兄，我说的是真的。”

剑三山原本不在意的目光落在宁城手中的资格牌上，顿时如被雷击。他是一个化道丹神，自然明白，这淡金色的资格牌绝对是真正的化道丹圣资格牌。

宁城收起化道丹圣的资格牌，嘿嘿一笑说道，“剑兄，这下你总相信我没有骗你吧。”

足足过了几个呼吸时间，剑三山这才深深的吸了口气，带着狂热的目光盯着宁城，“我终于明白了。”

他终于明白了为什么晟侯天要和宁城称兄道弟，甚至不惜得罪乐介笙了。也终于明白，为什么宁城不惧蛮会山。

不要说宁城是一个化道丹圣，就值得晟侯天投资。就算是宁城和晟侯天不熟悉，任何一个丹会认证的化道丹圣，也不是别人可以欺负的。只要宁城拿出化道丹圣的资格牌，有任何人了针对宁城，那将是和丹会不死不休的场面。

他一个化道丹神，虽然也是丹会认证，地位却远远比不上一个塑道丹圣。而宁城，拥有化道丹圣资格牌。

“宁兄，和你成为朋友，真是我的运气。”剑三山冷静下来，尽管他心里还是很激动，神情却平缓下来。

平静下来，剑三山就想起了两天前宁城给自己的一枚丹药来。当时宁城仅仅说了一句，只是他炼制的最高级丹药，送自己一枚。现在想来，宁城一个丹圣怎么可能送普通的丹药给他一个化道丹神？

剑三山立即取出了装那枚丹药的玉瓶，之前以为宁城是想要让自己帮忙看看这丹药的优缺点，然后指点一下。他还准备等城主宴结束后，再拿出丹药和宁城探讨一番的，现在他明白，肯定不是这么一回事。

“紫霄丹？”剑三山的神识扫到了丹药，差点叫出声来。

紫霄丹是让育道圣帝感悟化道的道丹，对他来说，正是急需要的东西。宁城显然是知道他的需要，这才送了一枚给他。

“宁兄，谢谢。”剑三山激动的将玉瓶收起。

以前都是他帮别人炼丹，别人如此感谢他，而现在他却同样的如此感谢宁城。他帮助宁城，大部分还是因为有求于宁城。而且他的帮助也只是一般的帮助而已，现在宁城给他的回报早就超出了千万倍。

……

荆寒的地位的确是高，他受到的热情招呼，甚至仅次于晟侯天和乐介笙。城主乐介笙直接没有再理会宁城，亲自将荆寒引到了太神丹宗的坐席。

等众人坐好后，乐介笙站在了主位上抱拳说道，“感谢各位宗主、一方强者，太素界最强的丹师们来我天素圣城城主府做客。上灵果，上道果酒……”

随着乐介笙一声招呼，一个个俏丽的女修端着玉盘走进了宾客殿，将灵果和美酒流水般的送到了各个座位前。

宁城在听到道果酒的时候，心里就是一动。如果用道果炼制酒，那岂不是比道丹有趣多了？丹药吃了就吃了，一点道果的味道都尝不出来，除了利用其中的道果规则外，完全没有别的用处。

但是酒就不同了，不但有道果的味道，还有道果规则。这乐介笙的确是大手笔，就凭借这道果酒，这一趟来的就不冤枉。恐怕也只有乐介笙，才如此富有，用道果酿酒了。

“用道果酿酒的不少，但是能拿出来招待客人的，也只有乐城主了。”剑三山在宁城耳边小声的说了一句。

宁城点点头，用道果酿酒，拿出来招待这么多人，的确算是豪爽。

很快道果酒就送到了宁城面前，宁城的神识扫了一下，只有非常淡薄的规则气息，这让宁城有些失望。

看着面前的这一杯酒，宁城心里忽然想到一个致富的途径。如果他能用道果炼制出道果酒，而且还能保持这种道果酒的规则和味道，那绝对比道丹更吃香一百倍。

宁城越想越觉得可行，他甚至忘记了这里还是城主府宴，端起面前的道果酒喝了一大口。

酒味醇厚，一股干净浓郁的神灵气息涌入咽喉，味道的确是上佳。可是那微弱的灵果香味，还有淡薄的规则气息，让宁城很是失望。这种酒就算是用普通的神灵果，也一样可以炼制出来。

用道果酿这种酒，充其量只是吸引眼球而已。并没有体会出真正的道果规则气息和道果香味，可以说是糟蹋东西。

“哼，果然是粗俗不堪，见不得世面。乐城主的话还没说完，就迫不及待的喝道果酒了，丢人到家。”师依霜的声音传来。

她和宁城在太素秘境中有过冲突，当时宁城易容的就是嵇和。所以她抓住一切机会，要对宁城落井下石。

在宁城一边的剑三山也举起杯子喝了一口，陶醉的说道，“乐城主的道果酒实在是太香了，我完全忍不住要先喝一口。”

乐介笙哈哈一笑，端起玉杯说道，“我在这里庆祝这次幻果园大家收获不菲，同时提前庆祝论丹盛会圆满举办。”

随着这一杯酒下去，宾客殿的气氛热烈起来。众多的丹师都是众人巴结的对象，就连剑三山，都有很多人过来招呼，至于晟侯天和荆寒这种丹圣更是被人不断敬酒。

……

第九百六十三章 交换五行天果

剑三山一边和对他敬酒的圣帝客气招呼，一边传音给宁城，告诉宁城哪些是丹圣。

在剑三山的介绍下，宁城知道这里除了他之外，至少还有三个化道丹圣。晟侯天和荆寒，除此之外，还有一个红脸的中年男子。那红脸中年男子叫雷沙姆，是一个化道圣帝，同样也是一个化道丹圣。

至于塑道丹圣和育道丹圣，这里至少有十个之多。太素界的丹圣，十有八九都来了这里，看样子这些丹圣对论丹盛会都很是重视。

“宁兄，你能打的陆逸仙不敢废话，占据域外第一泉，我对你是非常钦佩。珀西敬你一杯。”一名满脸胡须，的粗狂男子端起酒杯站在了宁城面前。宁城作为一个化道丹圣，这还是第一个人向他敬酒。

宁城有些奇怪，这个珀西看样子和他一样刚刚晋级塑道。如此公然的对他敬酒，这岂不是打蛮会山的脸吗？

剑三山知道宁城很多事情都不了然，索性传音给宁城，“宁兄，这珀西是太素十二子之一。来自很神秘的宗门，虚星宗。”

难怪自己打了陆逸仙后，这家伙很是欢喜，原来是排名陆逸仙后面的珀西，宁城笑了笑，端起酒杯一饮而尽。他猜测珀西来这里找他，绝对不会只是因为他教训了陆逸仙，肯定有别的事情。

“各位道友。”就在珀西想要继续说话的时候，荆寒忽然端起一杯酒站了起来。

在众人眼中，荆寒是太素界最年轻的化道丹圣，这种人站起来谁都不会不给面子，哪怕是没有站起来的混元圣帝，也都举起了酒杯。将来荆寒晋级道元丹圣的时候，谁能保证不求到人家头上？

“我太神丹宗得到过一枚空城渡识丹，这枚丹药的确很了不起。不但可以让识海扩展，还能净化神识，增强神识。可以说这是我见到的最强大的神识丹药……”

荆寒说到空城渡识丹，大殿中多了一些古怪的气氛，甚至有许多目光落在了宁城身上。

荆寒来的晚一些，并不知道宁城就是嵇和，也不知道宁城身上有空城渡识丹。

“现在我太神丹宗已经从这枚丹药中找到了空城渡识丹的丹方……”荆寒的这句话说出来，顿时引爆了整个宾客殿的气氛。

宁城拥有空城渡识丹不错，不过大多数人猜测宁城是从太素秘境中得到的。至于宁城自己会炼制空城渡识丹，并没有多少人相信。哪怕是剑三山猜到了宁城的身份，最初也只是想问宁城要两枚空城渡识丹而已。

现在荆寒拥有空城渡识丹的丹方，不引起轰动才是怪事。

等大殿中的议论声音稍微小了一些，荆寒才继续说道，“我太神丹宗决定将空城渡识丹推给整个太素界的修士，让大家都受益。”

更热烈的气氛起来，众多的圣帝纷纷赞扬荆寒，赞扬太神丹宗为太素界做了贡献。

宁城顿时皱起了眉头，空城渡识丹的炼制方法和手段很繁复。一旦成丹，完全没有任何灵药痕迹，他肯定没有人能推断出丹方来。荆寒区区一个化道丹圣，能推衍出空城渡识丹的丹方，宁城绝不相信。

现在荆寒说的如此信誓旦旦，难道他真的推衍出来了？问题是他从什么地方去弄神石髓？

“因为炼制空城渡识丹的神灵草太过珍贵，太神丹宗只能用另外一种方式出售这种神丹。除了神晶之外，还需要炼丹需要的部分神灵草，无华花、白虹佛榴……”

宁城听到这里，心里冷笑。荆寒报出的神灵草，除了极个别的之外，大部分和空城渡识丹毫无关系。很显然，这些神灵草不是荆寒自己要的，就是太神丹宗要的。

“幻果园即将开启，我相信这里面将会出现很多这些神灵草。如果你需要空城渡识丹，我太神丹宗将和你合作。”

荆寒将话说完后，宁城终于明白过来，这家伙是在打幻果园的主意。

“荆丹圣，你恐怕还不知道最初拥有空城渡识丹的嵇和在这里吧……”通明子的声音响起。显然他也明白荆寒的目的，如果正版嵇和在这里，那太神丹宗的就是盗版。盗版想要大卖，自然要将正版遏制住才行。

荆寒的话语顿住，空城渡识丹的丹方有没有弄出来，他最清楚不过。他太神丹宗推出的空城渡识丹副作用太大，效果比起空城渡识丹来，相差千百里。如果可以抓到嵇和，他太神丹宗早就将嵇和抓走了。没想到嵇和竟然来到了这个地方，他的目光立即就扫了出去。

这次宁城根本就不等别人站出来提他，就对珀西示意有话等会说，然后拿着一个玉瓶，主动站了出来。

“各位道友，你们猜的不错，空城渡识丹的确是从我手中流出去的。我手中这个玉瓶里面还有五枚空城渡识丹，这五枚空城渡识丹也许将是绝唱。当然，我没有见过荆寒丹圣炼制的空城渡识丹，不敢说他的丹药效果和我的丹药效果想比如何。我相信，这里的丹圣也不是吃素的，两种丹药一对比就能知道哪种更好一些。”

说话间，宁城将手中的玉瓶举了起来，“现在我要出售这五枚空城渡识丹，而且其中一枚品质很高。”

宁城肯定荆寒想要出售假空城渡识丹，那就必须要将他手中的真丹购买走，否则的话，太神丹宗将吃不完兜着走。

“我要，是什么价格？”

宁城的话一说出来，众多修士就站了起来，气氛嘈杂哄闹。

荆寒盯着宁城皱了皱眉，片刻后他忽然朗声说道，“这位道友举着手中的丹药说是空城渡识丹，空城渡识丹除了踏星楼主和我之外，这里估计没有人见过。也不知道他是否骗人，这样吧，你将空城渡识丹拿过来我检查一下。”

如果宁城不是化道丹圣，荆寒说这个话，一点都不突兀。不但不突兀，还显得大义凛然。哪怕有人明知道他的心思，也不敢说出来。

大殿中先来的人都是露出一副看热闹的表情，宁城是什么人，他们早就知道。连蛮会山都敢骂，连城主乐介笙也不放在眼中的狂徒。而且他的朋友晟侯天就是化道丹圣，还是丹会的第二会主。恐怕荆寒再牛叉，宁城也不会鸟他的。

事情偏偏出乎所有人的预料，宁城听到荆寒的话后，赶紧抱拳对荆寒说道，“荆丹圣要查看自然在情理之中，只是我这丹药太珍贵了，我还打算靠这几枚丹药交换修炼资源来着，万一……”

荆寒脸色一冷，“你说吧，要我将什么东西压在你这里，你才放心？”

宁城连忙摆手，“怎么敢让荆丹圣压东西在我这里，那我岂不是太目中无人了。”

荆寒的脸色稍微缓和了一些，还没等他继续说话，宁城的声音就再次传来，“要不就做个等价交换吧，我听说太神丹宗的五行天果很多，我这五枚丹药就换个五十枚五行天果好了……”

一阵阵的倒吸冷气声音传来，这家伙还真敢开口啊，五枚丹药要换五十枚五行天果，这简直要逆天了。

荆寒的脸色甚至有一层薄冰了，宁城在他说话之前，忽然从玉瓶中倒出了一枚丹药，“大家看看啊，货真价实的空城渡识丹，绝对假不了。”

这枚丹药一出来，荆寒的眼神就是一紧，宁城拿出来的这枚丹药的确是货真价实的空城渡识丹，虽然只是中品，却绝对没错。

“我只有两枚五行天果，如果你要交换，那就交换，如果不愿意，那就算了。”荆寒握紧了拳头，一个塑道圣帝敢在他一个化道丹圣面前如此说话，早就挑衅到他的尊严了。

宁城叹了口气，将手中的玉瓶放在了乐介笙的面前，“好吧，两枚就两枚吧。谁让你是化道丹圣呢，我就算是讨好你了。所以，我决定和你交换。东西放在城主面前，城主作证。”

荆寒没想到宁城如此好说话，从五十枚瞬间就下降到两枚。看见宁城将丹药放在乐介筮面前，荆寒吸了口气，取出两个玉盒，也放在了乐介筮面前，同时取走了宁城的玉瓶。

宁城抬手就将两个玉盒卷了过来，他心里狂喜，用四枚半下品和一枚中品的空城渡识丹，就换取了两枚五行天果，这简直就是运气好到家了。这些丹药都是他研究空城渡识丹丹方时候炼制的，几乎等于废丹，没想到现在还用上了。

如果荆寒不用他的空城渡识丹招摇撞骗，宁城还打算用真正的丹方交换的。这家伙用他的丹药招摇撞骗不说，还趁机敛财败坏他和旻空丹圣的名头。不坑他一把，宁城都觉得对不住自己。

荆寒打开玉瓶，当他的神识看见只有一枚中品空城渡识丹，其余都是几乎要报废的丹药，一张脸顿时犹如猪肝。

“好，很好。”荆寒将玉瓶收起，冷眼扫了一下宁城。

在场的人都不是的傻瓜，一看荆寒的模样，就知道宁城又得罪了一个化道丹圣，这家伙的胆子简直是比天还大。

满空圣帝受了宁城的好处，只好站起来解围道，“乐城主，大家来这里都是为了幻果园而来，既然灵果也吃了，道果酒也喝了。不如大家一边看我太素界的天才丹师争夺道果，一边论道，岂不快哉？”

第九百六十四章 药园所得分配

乐介笙老奸巨猾，自然知道是怎么回事。满空圣帝的话一说完，他就站了出来，朗声说道，“满空圣帝说的对，一边品尝美酒，一边欣赏我太素界丹道宗师轻易收获天材地宝，的确是一件快事。”

说完乐介笙手一扬，两道青色的旗子就落在了大殿中间，相距数丈左右。

随着这两道青色的旗子落下，大殿中间突兀出现了一个立体形状的水晶大屏。水晶大屏中，显示出十二扇大门。十二扇门在水晶大屏中犹如在仙境中，如梦如幻。片刻之后，立体水晶大屏下方出现了一个圆形的药园大门。一道道空间波纹，在这圆形大门中波动。

宁城听晟侯天介绍过，知道这十二扇大门应该是幻果园的第一层。将这个入口称之为幻果园，的确是名副其实。

宁城没有见识过幻果园的开启，他也知道这个立体水晶大屏下方的圆形大门是进入第一层考核的入口，同样属于一个传送阵。

“这是幻果园的第一层，只有炼制出一炉十二枚特等塑道神丹的丹神才有资格进去。我现在还炼制不出来十二枚特等塑道神丹，不过我还是想去试试看。”剑三山在宁城身边小声说道。

“有请想入幻果园的丹道强者。”乐介笙说完后，对四周抱了抱拳。

“哈哈，我先来吧。”一名瘦长的育道圣帝走了出来，他先是对周围抱了一下拳，这才走到乐介笙面前送出一个储物戒指说道，“北斗七峰梁丘哲见过乐城主，我这次就多加一成吧。”

乐介笙收起戒指，取出一个不小的储灵袋递给梁丘哲，笑着说道，“多谢了，祝贺梁丹神这次会更进一层。”

宁城有些不解的问道，“剑兄，这叫梁丘哲的话是什么意思？”

剑三山这才醒悟过来，宁城是化道丹圣，显然是要进入幻果园的。他之前以为宁城不会进去，所以也没有说幻果园的事情。现在宁城问起，他赶紧说道，“因为幻果园是乐城主守护的，所以每一个丹师进入幻果园的分成是二八，也就是说丹师得到二成，城主府得到八成作为看护幻果园的报酬……”

宁城顿时皱起了眉头，“这幻果园的入口传送阵都掌控在城主手中，这种看护也要报酬？”

剑三山只好解释道，“看护幻果园虽然不能自盗，却是一个肥差。也不一定一直是乐家，至于太素域如何分配，我就不知道了。如果不交任何神晶，一旦进入幻果园，那就是二八分成。

梁丘哲说多加一成，是指的是一旦进入幻果园，他想要分配三成。想要分配三成，那就要送出五百万神晶。刚才他拿出来的戒指中，应该有五百万神晶。如果要分配四成的话，那就要送出一千万，五成就是两千万，依次成倍数的增加。”

宁城倒吸了一口冷气，这简直是抢神晶啊。

此时越来越多的丹师走进了大殿中间的水晶屏下大门，宁城发现大部分的丹师都没有缴纳神晶，显然是打算二八分成。不过那些丹圣都是缴纳了许多的神晶，并且说出了自己需要的分成。

“其实乐城主还是很豪爽的，毕竟进入药园的丹师是少数，在宴会结束后，乐城主会给部分丹师送上不菲的礼物。”剑三山继续说道。

“那乐城主如何知道进去的丹师找到了多少神灵草或者道果？”

剑三山嘿嘿笑了一声，“幻果园每过百年就要开启一次，每个进去的丹师能得到多少神灵草早就固定了。再说你看见了乐城主每一个人都会给一个储灵袋吗？进入幻果园后，是无法使用空间储物设备的，就算是真灵世界也无法使用。只能将得到的神灵草或者道果放入储灵袋中，所以每个人得到多少神灵草，都是一目了然的。

幻果园里面是没有危险的，丹师进去后只要采集神灵草就可以。一般情况下，丹师都会将自己需要的一些东西放在储灵袋中，比如丹药，丹炉等等……”

宁城心里暗自庆幸，幸好他问了一下剑三山。他之前还说为什么乐介笙要给每一个人一个储灵袋了，这种储灵袋神识可以清晰的扫进去，原来是为了存放东西用的。

幻果园不能用空间储物设备，不知道他的玄黄珠在幻果园能不能用。宁城很快就将这个想法丢在了一边，幻果园既然不能用空间储物设备，肯定是大能布置起来的。

谁知道这种地方有没有监控阵法等小后门之类？他还是谨慎点，不要在这里动用玄黄珠，也用储灵袋算了。

“我要八成。”荆寒的声音在这个时候响起。

宁城看见乐介笙拿起了荆寒的储物戒指，看了好一会，这才点点头说道，“好，祝荆丹圣再接再厉。”

“八成？这要有多少神晶？”宁城心里很想知道荆寒的储物戒指里面到底有多少神晶。

剑三山又小声在宁城耳边说道，“一般情况下八成是无法全部用神晶计算的，肯定有别的宝物作价。以荆寒这种化道丹圣，最多也只能要八成，再多的话，乐城主也不会同意的。”

此时进入幻果园的已有七十多人了，宁城站起来对剑三山说道，“我先进去，你跟着就来。”

看见宁城站起走向乐介笙，所有的人目光都集中在了宁城身上。不管宁城的胆子有多肥，也不管宁城的靠山有多强。就凭借宁城身上有空城渡识丹这一点，他就足以吸收众多的眼球。

乐介笙似乎完全忘记了之前宁城说的话，不等宁城开口，就笑吟吟的主动说道，“宁丹师因为第一次来我城主府参加幻果园，我这个城主实在是失职，竟然不知道宁丹师的级别。”

宁城取出一枚淡蓝色的身份资格牌说道，“乐城主言重了，这是我侥幸考核通过的，还请乐城主检查一下。”

乐介笙眼角闪过一丝鄙视，区区一个塑道丹神的资格牌，也配让他检查？这里的塑道丹神一抓一大把。

他直接取出一个储灵袋递给宁城说道，“那就祝贺宁丹神能得到更多的道果。”

大殿中的人自然知道乐介笙是讥讽宁城，祝贺一个塑道丹神在幻果园得到更多的道果，这是赤裸裸的打脸。要得到道果，至少要是丹圣级别，塑道丹神差的太远了。

宁城也不在意，笑着说道，“多谢乐城主，因为道果对我有大用处，万一我得到了很多道果，拿出去太多，心里总是有些肉痛。所以，我也想拿点东西出来折算神晶，少分一些道果出去。”

宁城这句话说出来，大殿中终于有人忍不住笑出声来。

乐介笙脸上依然带着淡淡的笑意，“哦，宁丹神说的也是，不知道宁丹神要分走几成？”

宁城犹豫了好一会，这才取出一个玉瓶说道，“我还以为身上没有空城渡识丹了，没想到又找到了一瓶空城渡识丹，真是运气太好。这里面一共有六枚，而且都是特等的渡识丹……”

乐介笙脸上的笑容瞬间收敛起来，抬手就抓住了宁城拿出来的玉瓶。他虽然表面上晋级了混元，但是识海并不稳固，可以说实力比起真正的混元强者来说，还差一个档次。

而空城渡识丹这种神丹，正是他急需要的东西。之前宁城拿出空城渡识丹出售给荆寒的时候，他都恨不得去抢了。现在宁城再次拿出了六枚空城渡识丹，还都是特等丹药，他就算是表面淡定，心里也淡定不起来。

宁城任凭乐介笙抓走他的玉瓶，并不在意。

还没有进入幻果园第一层考核的荆寒看见宁城再次拿出一瓶空城渡识丹，手都气的发抖了。

宁城之前说卖给他的是最后几枚，现在却又找到了一瓶。如果可以动手，他立即就会杀掉宁城。

乐介笙的打开玉瓶，神识扫了进去，一种让识海犹如浇灌了先天气息的清爽传来，乐介笙心里一阵阵的狂喜。这就是他需要的东西，无论如何，这六枚空城渡识丹，他也要留下来。

“你可以分走幻果园的六成神灵草。”吸了口气后，乐介笙将玉瓶盖起，沉声说道。

宁城伸出手，“算了，我第一层都不知道能不能进去。结果拿出一瓶空城渡识丹，就只能得到六成。我还不如将这一瓶空城渡识丹留着，等会和别的丹圣交换道果。对了，刚才我就向大度的荆寒丹圣交换了两枚道果，乐城主这是欺负我没见过世面呢？”

“那你要多少。”哪怕明知道不将玉瓶放在宁城手中，在这里会被众人看见，乐介笙依然没有交出玉瓶。

宁城叹了口气说道，“我忽然有些后悔了，我的这种炼丹水平，充其量只能进入第一个层次，得到一些普通的神灵草。听说当初太神丹宗为了购买一枚空城渡识丹，就花了几千万上品神晶，那还是上等的丹药。我这里是特等的，还有六枚，天啊，到底有多少上品神晶？我怎么这么糊涂呢，就算是我得到的神灵草和道果全部给我，我好像也吃亏了。”

……

第九百六十五章 幻果园闯门

大殿中的人都是冷笑，你好像也吃亏了？你个白痴是铁定吃亏了。难怪胆子这么肥，敢直接得罪这么多的强者，这家伙原来是一个白痴。

“好，就给你全部，你在幻果园得到的神灵草我一点也不要。”乐介笙根本不等宁城说出反悔的话，就直接说道。

宁城背后站着晟侯天，可不是任他欺凌的存在。

宁城皱着眉头，似乎有些后悔的样子，不过片刻之后，他就再叹了口气说道，“我这六枚空城渡识丹，是我和我朋友剑三山一起的。他的分成……”

乐介笙对剑三山太熟悉了，参加城主宴，去幻果园也不是一次两次。但是他从未有一次进入幻果园的，可见他之所以有这个名气，完全是合天丹这种垃圾丹药带来的。

合天丹是感悟道元的丹药，剑三山自己也不过是一个育道圣帝，竟然敢炼制感悟道元的丹药。这种丹药如果没有后遗症，或者是没有隐患，那才叫怪事。况且也没有听说谁因为合天丹晋级道元的。

“好，我同意了。”乐介笙回答的毫不犹豫。

宁城和剑三山分二成和分十成，完全没有区别，因为这两个人连幻果园第一个层次的门都进不去。

“那就多谢乐城主了。”宁城抱拳感谢了一句，对在他后面的剑三山招了招手。

他之所以拿出空城渡识丹，就是知道乐介笙无法拒绝。他的识海强大无比，乐介笙刚刚晋级混元的不稳定，他已经猜到。面对一点都不损失，白白得到六枚空城渡识丹，乐介笙岂能不赶紧答应？

“这个白痴。”看见六枚自己也急需要的空城渡识丹被乐介笙拿走，九转圣道池的那名中年女修恨声骂了一句。

师依霜却在一边说道，“太师叔，宁城此人非常狡诈。我见过他的几次事情中，他从未吃亏。就连蛮会山都对他无可奈何，他怎么会做出这种白痴的事情？”

师天荷沉声说道，“依霜说的没错，这个叫宁城的很是诡异。”

中年女修也反应过来，盯着宁城点了点头。

乐介笙收起六枚空城渡识丹后，同样觉察到了不对，宁城应该有把握进入第一层，否则不会干这种事情。

就算是宁城有把握进入第一层，哪又如何？六枚特等的空城渡识丹，无论如何他也是必须要得到的。

不但乐介笙反应过来，大殿中大部分的修士都知道有问题。宁城好歹也是从蛮会山手中逃走的低级修士，怎么可能连这种账都不会算？唯一的可能，那就是宁城真的有把握进入幻果园的第一层次药园，甚至是第二层次。

蛮会山冷笑，也不说话。他追杀宁城几年时间，对宁城更是了解。宁城阴险狡诈，这种人会平白无故的拿出六枚特等空城渡识丹？如果换成他的话，他就算是再渴望空城渡识丹，也不会同意。

蛮会山想到不会同意的念头，下意识的看了一眼乐介笙，心里也是叹息。他真的不会同意吗？如果有六枚空城渡识丹在他面前，他估计明知道宁城会占便宜，恐怕也会同意宁城的要求。

宁城将混沌第一炉取了出来，送入储灵袋。众人看见宁城的混沌第一炉，纷纷哑然失笑。这混沌第一炉不算是太差，绝对算不上什么好炉子。这种炉也敢刻上混沌第一炉的字，不怕雷劈吗？

宁城可不管别人怎么想，他抓起储灵袋，跟着众人已是走进了那个圆形的入口。

进入入口后，宁城就感觉到眼前的景物一变，又是一个大殿出现在他面前。在这个大殿的正前方不是墙壁，而是一座山崖石壁。在这山崖石壁上一字排开十二扇大门，正如晟侯天说的那样，每一扇大门都有十二个丹槽。在十二扇大门的上方，是一片虚空。

进来的丹师有八十多个，这些丹师都是各自找好了位置，甚至连丹炉都取出来放在了眼前，就等着幻果园开启的时候炼丹。

宁城见晟侯天没有进来，他大概也猜到了一些原因。毕竟晟侯天是成名已久，还是丹会的第二会长。万一进来后，闯进的层次还不如小一辈，不但他的名望将会受到大打击，就是丹会的名声也会受到打击。

“剑兄，你就在我旁边吧。”宁城对跟在身后的剑三山小声说了一句。

剑三山本来就没有打算远离宁城，宁城是一个化道丹圣啊，他跟在宁城身边炼丹肯定更好。

又过了半柱香时间，那进来的大门终于缓缓消失不见。

大门消失不见的同时，众多的丹师就第一时间取出了丹火和丹炉。所有的人都知道，炼丹抢夺药园大门开始了。

药园大门只有十二扇，这里有八十多个丹神和丹圣。肯定是谁最先炼制出一炉特等塑道神丹，谁就可以先一步进入幻果园的第一层。听说最早进去的，得到的神灵草最珍贵也最多。

“宁兄，你是化道丹圣，尽量炼制自己能炼制的最难塑道神丹。”剑三山在宁城取出混沌第一炉后，就传音给宁城。

“为何？”宁城疑惑的看着剑三山，不是说只要炼制出十二枚特等的塑道神丹，就可以打开大门了吗？

剑三山也取出了丹炉，同时传音给宁城，“每一个层次虽然说只要特定等级的丹药，就可以打开大门。但是大门里面的神灵草珍贵程度和数量是有区别的，你炼制的开门神丹越高级，越难炼制。打开大门后，里面的神灵草就会越珍贵也越多。”

宁城明白过来，这些大门等于一个个传送阵，这些传送阵只需要丹药提供丹气就能打开。不同的丹药，打开的传送方位应该是不同的。按照剑三山的说法，越难炼制的丹药，就能打开通往更加珍贵药园的传送阵。

宁城原本想要随便炼制一炉普通塑道神丹的，在听了剑三山的话后，立即找到了一炉原始清幽丹的神灵草。

原始清幽丹只是塑道神丹，主要神灵草是紫电蕊和一元芝，辅助数十普通神灵草，炼制难度堪比中等的育道神丹。原始清幽丹可以说是最顶级的塑道神丹，可以让塑道圣帝顿悟道念。无论是闭关还是感悟神通，这种丹药都比一般的神丹更好。

看见宁城炼制的是原始清幽丹，剑三山只能叹息一声。在第一层次的大门前就炼制原始清幽丹的，恐怕也只有宁城了。就算是荆寒，估计也不敢炼制这种丹药。

虽然很想看看宁城是如何炼制原始清幽丹的，剑三山也知道现在不是时候，他自己也必须要开始炼丹了。他要炼制的仅仅是一炉普通的恢复神元丹药，乾衡丹。

此刻每一个丹师都沉浸在炼丹当中，完全不会理会周围的人。

剑三山和周围的丹师一样，也忘记了一切，全部身心都放在面前的一炉乾衡丹上。他和宁城成为了朋友，他也不想让自己在宁城面前显得太垃圾。如果宁城进入了幻果园第四个层次的一药园，他连第一个层次都进不去，这也太尴尬了。

心里越想成功，就越有差错。眼看一道丹诀无法成形，丹气开始外溢，剑三山只能叹息一声。他这一炉丹药想要炼制出十二枚特等乾衡丹，恐怕是很难了。

就在这个时候，他的耳边忽然传来宁城的传音，“丹诀有裂，丹气外溢，神念锁丹液，丹诀如下：‘灵养神炁，真极火行……’”

剑三山心里大喜，尽管他不知道为什么宁城在炼丹的同时，还可以关注他的丹炉，但对宁城的传音他是坚信不疑。

仅仅几个呼吸时间，散逸的丹气就聚拢回来，丹药等级再次提升。只要继续下去，这一炉特等乾衡丹绝对是跑不掉的。剑三山强忍住内心的激动，小心翼翼的行丹。

城主府的宾客大殿中，所有的人都盯着大殿中间那个立体水晶屏。尽管他们看不清每一个丹师的面容，却可以清楚的看见八十多名丹师在十二扇大门前炼丹。

“看样子这次第一个层次的十二扇门争夺不小啊。”满空圣帝看见水晶大屏上丹气四溢，笑着说了一句。

“我估计第一个打开大门的应该是太神丹宗的荆寒丹圣，他是化道丹圣，丹道天赋应该是这里的翘楚了。”一名化道圣帝赞叹了一声后说道。

“不一定吧，雷沙姆前辈同样是化道丹圣，对丹道的理解应该不比荆寒丹圣弱……”

宾客殿中观看的众人，还在议论当中，宁城就站了起来。

“这人是谁？这么早就站起来干什么？这才多久啊，三分之一柱香都不到，就炼丹失败了？也太垃圾了吧。对了，这家伙肯定是……可惜了一瓶空城……”这名看见宁城站起来的育道圣帝话仅仅说了一半，就停了下来。

水晶大屏上只能看见炼丹师的身形，却看不见相貌。他猜出来了是宁城，不过随即就想起了宁城的空城渡识丹是给乐城主的，这怎么能说可惜？

猜出是宁城不难，因为敢进入幻果园闯门的，除了宁城是塑道丹神外，其余的最差也是育道丹神。

……

第九百六十六章 第十三道门

“不对吧，失败了应该被传送出来才是啊？怎么他并没有被传送出来？咦……”

不用这名圣帝继续说，宾客大殿中所有的人都看见了十二道青光从宁城的丹炉中射了出去。这十二道青光竟然没有射到这十二扇大门中的任何一扇，而是射在了十二扇大门之上的虚空之中。

在这十二枚青光射出后，在十二扇大门的上方突兀的出现了一扇新的大门，这扇大门比下面十二扇大门大了一倍都不止。

“幻果园第十三扇大门被打开了？”晟侯天一脸的激动，突兀的站了起来。

原本脸上始终带着一丝微笑的乐介笙也呆滞的站了起来，喃喃说道，“幻果园有第十三道门难道是真的。”

不但是晟侯天和乐介笙，大殿中几乎所有的人都没有心思继续品尝道酒，纷纷站起盯着水晶屏上的第十三道门。

激动和不敢相信，充彻在整个大殿当中。

好一会满空圣帝才长叹一声说道，“传说幻果园有第十三道门，那里面有无数太素界已经绝迹的神药。只是亘古以来，从未被人打开过，没想到今天被竟然被人打开了。”

“绝对是荆寒丹圣，只有他才有这个能力，才能在如此短的时间内，炼制出最难炼制的塑道神丹。”立即就有人热切的说道。

很多人都认为这个观点是正确的，的确也只有荆寒丹圣才有这个能力。

乐介笙握紧了拳头，心里忽然有些后悔。荆寒给他的东西是珍贵，可是再珍贵也不如幻果园第十三道门中的神灵草珍贵吧？更何况，荆寒是一个化道丹圣，他的路绝对不会止步于第一个层次，后面的神灵草岂不是越来越珍贵？

好一会后，他才自我安慰了一番。好在荆寒得到的神灵草和道果，还有两成属于他，这让他稍微有了一些平衡。

仙尸门的一名暗红脸男子嘴角露出一丝冷笑，太神丹宗的荆寒丹圣？呵呵，别做梦了。也许没有人知道，这次参加幻果园的还有他仙尸门的一个化道丹圣，窦僵石。

窦僵石虽然只有一个塑道丹圣的丹会资格牌，他的炼丹实力却绝对是一名化道丹圣，只是没有去丹会认证而已。

仙尸门将会因为窦僵石成为太素界的新生强大宗门，窦僵石天生就适合仙尸门的任何修炼功法，包括仙尸门的炼丹法决。

这次他仙尸门带着窦僵石来参加幻果园，就是为了收集大量的资源，为仙尸门炼制更多的神丹，甚至是圣丹。没想到窦僵石这么给力，打开了幻果园传闻中的第十三道门。

“淳道友，你的看法似乎有些不同啊，莫非那名打开第十三道门的丹师是你仙尸门的？”坐在这暗红脸男子身边的一名中年男子呵呵一声，故意问了一句。

他是紫雾仙谷的圣帝盖和，紫雾仙谷和仙尸门争夺神晶矿，大打出手，一直不睦。

仙尸门的暗红脸男子淡声说道，“这种事情谁能说得清？也许是我仙尸门的也不一定呢？不过无论如何，也轮不到你紫雾仙谷。”

盖和脸色一沉，顿时语塞。他紫雾仙谷就是没有炼丹强者，这才来这里求购道果。

……

一炉塑道神丹，哪怕再难以炼制，对宁城来说也不存在任何问题。如果不是帮剑三山，他甚至连在四分之一柱香的时候就可以炼制完毕。

在帮助剑三山后，宁城的也完成了原始清幽丹的炼制。他站起来，正准备收丹，却看见丹炉中的十二枚丹药直接射了出去。

随即宁城眼前一变，他清晰的看见在这十二扇门的上方虚空突兀出现了一道新的大门。一条淡青色的通道出现在他的面前，一直通往这个新的大门。

第十三道门？宁城疑惑的看了看四周。其余的丹师都在全神贯注炼丹，没有一个注意到他，就连身边的剑三山也在全神贯注的打着丹诀。

宁城很快就明白过来，他应该是被一种禁制隔绝了。哪怕他打开了大门，也不会影响到其余的丹师，说不定其余的丹师根本就看不到他。

宁城吸了口气，无论是怎么回事，这都是他炼制了一炉特等塑道神丹打开的大门。如果规则没有错的话，他应该可以进去。

想到这里，宁城没有犹豫，直接踏上了这条青色的通道，进入了这第十三道大门。在宁城进入这扇门后，这扇虚空出现的门再次消失不见。

宁城消失在原地，没有任何人关注。在宁城进入第十三道门一炷香后，一名僵尸脸的男子忽地站起，他的丹炉中十二枚黑光直接射了出去，落在了左边第一扇大门上。

左边这第一扇大门突兀打开，一个通道从他的脚下延伸到大门。这僵尸脸男子不屑的扫了一圈周围的丹师，昂头迅速走了上去，片刻之后，就进入了大门之中。在他进入大门后，这扇大门一样的消失无踪。

在这僵尸脸消失的瞬间，荆寒手一抬，也站了起来。他丹炉中十二枚丹药同样射了出去，他淡淡的扫了一下依然还在努力炼丹的众多丹师，这才抬起脚准备踏上落在他面前的通道。

在他脚步落下的同时，他的脸色一变，他看见原本十二扇门的崖壁，此刻只剩下了十一扇门，也就是说有人比他更先一步进入了幻果园。

荆寒的脸色难看起来，这里只有两个化道丹圣，而他刚才看见雷沙姆还在炼丹。也就是说，有一个不是化道丹圣的家伙先他一步进入了幻果园的第一层。

这简直是当面打脸，他是太素界最年轻，前途最远大的丹圣，居然被别人捷足先登。不要说他得到的神灵草将远不如第一个进入大门的，就算是名声也会因为这件事跌落许多。

绝对不能让此人更先一步进入幻果园的第二层次，想到这里，荆寒再也不敢多留，身形一闪，就直接消失在大门里面。

……

宁城进入药园之后，立即就被惊呆了。

在进入这里面之前，他见过最有价值的神灵草药园就是旻空丹圣留在太素秘境中的。

来到了这里，他才知道，旻空丹圣的药园简直就是小打小闹。这个神灵草药园的灵药，不但年份充足，而且基本上都是珍稀的神灵草。很多都是他渴求看许久都得不到甚至绝迹的，在这里是多不胜数。

涅槃焱、雷霆仙果、夺魄幻参、无量宝花……只有想不到的，没有见不到的。宁城心里狂喜，他对进入幻果园第三层找到绮星金隐叶更有信心了。

宁城正想将手中的储灵袋打开，忽然觉得不对。他的神识可以直接沟通到储物戒指，也可以直接沟通到真灵世界。

宁城一抬手，储物戒指中的一杆长枪法宝就落在了手中。他疑惑的看着手中的长枪法宝，心里疑惑，不是说只要进入幻果园第一层后，就不能用空间戒指吗？他怎么还可以用？

这种疑惑很快就被宁城丢在了一边，能用对他更好。他根本就不用将神灵草放在储灵袋中，直接丢到栽到真灵世界中就行了。

搜刮灵药园，宁城经验丰富，哪怕这里的神灵草再多，他也是一路扫过，不留下一丝痕迹。

宁城心里暗自庆幸，幸亏这里可以用真灵世界，否则他的这个储灵袋，绝对装不下这么多的神灵草。

一个时辰后，宁城收完这里的神灵草，站在了又一扇大门前面。和晟侯天说的不同，这里不是九扇门，而是只有一扇门。

宁城猜测这应该是他并非从幻果园那十二扇门进来的，所以出现的也不是原来的九扇门。

这次宁城直接挑选了九窍心丹，九窍心丹的主要神灵草是九窍神璃。这种神丹属于最顶尖的育道神丹，也是最难炼制的育道神丹之一。九窍心丹不算是道丹，却可以让育道修士感悟化道境界，有一丝晋级化道的希望。而且还可以清洗神魂，净化经脉。

这种丹药价值很高，除了难以炼制之外，九窍神璃极为珍贵也是一个原因。在太素界传闻九窍神璃早已绝迹，而在幻果园的第一层，宁城至少得到了十几株九窍神璃，自然不会不舍。他炼制的丹药越难以炼制，越珍贵，就代表打开门后神灵草越有价值越多。

因为这次不需要帮助剑三山，宁城炼丹的时间更短。同样是三分之一柱香不到，十二枚特等的九窍心丹就从宁城的丹炉射出，直接落在了大门上的凹槽中。大门打开，浓郁的神灵草气息扑面而来。

……

剑三山打出收丹诀，十二枚特等的乾衡丹直接射出丹炉。剑三山惊喜的站了起来，只要乾衡丹能射出丹炉，那就说明他有机会进入幻果园。

果然他看见了前面山崖壁还剩下三扇门，一个通道直接落在了他的面前，指引他进入其中一扇门内。

剑三山强压住内心的狂喜，一步步的走进幻果园。此刻他对宁城的佩服简直不能用言语表达了，他肯定宁城先一步进入了幻果园。能在自己炼丹中，还指点他炼制出一炉特等塑道神丹的人，对丹道的理解是何等的强大?

一炉炼制出十二枚特等神丹，他剑三山偶尔也干过，那只是偶尔而已。他相信，从今天以后，他将会经常炼制出特等神丹。没有别的，就因为宁城教他的修复丹诀。

……

第九百六十七章 绝迹的神灵草

宁城刚刚踏入门中，心里忽然多了一种感觉，他似乎丢下了什么东西在刚才路过的药园中。

宁城正想回头，几道压抑的气势就围了过来。他看见后面的门这一刻也完全消失不见，围过来的是六个人形傀儡。

傀儡在修真界属于机关术，除了需要精通机关手段之外，还需要有强大的炼器实力和阵道水准才能炼制。

这六个傀儡除了不会施展道术，强大的攻击绝对不逊色一般的塑道圣帝出手，个别的甚至可以媲美塑道后期。

宁城只能祭出一杆中品神器长枪，卷起一片固定范围的枪纹轰了出去。他的七桥神通很强大，不过对这些傀儡施展七桥神通，那等于对牛弹琴。也许等他的七桥神通大成之时，可以轻易用七桥卷走这些傀儡，现在肯定是不行。

时光轮倒是最好的对付手段，宁城却不敢用时光轮。时光轮扫过一切都化成虚无。这里是药园，时光轮扫过去，宁城估计存在的神灵草也不多了。

“嘭嘭嘭……”枪纹轰在这几个傀儡身上，将这几个冲上来的傀儡气势暂时压制住。长枪的枪身轰在其中一个傀儡的肩膀，将这个傀儡的肩膀全部轰塌掉。

宁城松了口气，这些傀儡似乎没有想象中的厉害。

但是下一刻，宁城就愣住了。那被他轰去一个肩膀的傀儡，竟然开始自动修复，一道道清晰浓郁的神灵元气从药园下涌进在傀儡的身体，片刻时间这傀儡就再次完好如初。

原来是这样，宁城呆呆的看着这几个撕裂他领域围向他的傀儡，终于明白了他之前丢失了什么东西。

能提供药园中如此多的珍贵神灵草生存，还长的如此茂盛，那这地下必定有神灵源泉。就好像他在太素秘境看见旻空丹圣的神灵草药园一般，也是有浓郁的神灵元气，结果在地下就有一片神灵脉。

他错过的是前面那个药园中浓郁无比的神灵元气，现在这些傀儡就是有药园下的神灵元气提供行动甚至修复的。在刚才涌上来的神灵元气中，他还感受到了一种木本源的气息。

此时六个傀儡再次压了上来，好在这些傀儡无法施展神通，只能凭借强大的力量压迫宁城。

宁城知道了这些傀儡的实际威胁能力只是一般，没有继续保留，鼓动了全部的神元，一枪扫了出去。

这些几乎都要让空间颤动的枪纹扫出去，六个涌上来的傀儡这才被逼停下。宁城的长枪在这一瞬间从六个傀儡身上碾压过，带出刺耳的破声。

“嘭嘭嘭……”六个傀儡被宁城这一枪直接轰的瘫痪下来，散落在地。

宁城还没有来得及吁口气，就震惊的盯着这六个瘫痪的傀儡。地下一阵阵浓郁的木本源神灵元气涌出，这些气息迅速的涌入这六个傀儡身体。这六个傀儡似乎还在不断的颤动，按照这种程度下去，这六个傀儡很快就会复原。

这么强大的恢复能力？宁城直接祭出无名火焰丢了出去。无名火焰落在其中一个傀儡上面，这个傀儡的恢复速度似乎慢了下来。但是这傀儡不知道是什么材料做的，竟然无法一次性烧毁。

不能一下烧毁，我就慢慢烧……宁城的想法刚刚出来，他就看见在远处出现了一个巨大的计时沙漏。这个计时沙漏被阵法悬浮在空中，里面的细沙不断下漏。

这是怎么回事？难道在这沙漏结束的时间他没有从这个药园出去，就会被传送走？

宁城想到这里，心里就是一紧。他越想就越觉得有可能，这种战斗力不是很强的傀儡出来，很有可能就是浪费他的时间。

好不容易来到这里，他连道果园都没有进去，甚至还没有看见绮星金隐叶，怎么能如此走掉？

宁城再也没有心情和这些傀儡啰嗦，直接将乌冥鬼藤丢王了出来，说了一句，赶紧锁住这几个傀儡，就直接冲向了灵药园。他不敢赌，万一被传送出去，那就糟了。

这里的灵药园等级比他刚才过来的要高一些，一共分为三块，每一块灵药园都有禁制锁住。

宁城也顾不得什么不伤害神灵草了，时光轮直接轰向了禁制。他要在最短的时间内将这三块小药园的禁制去掉，收走这里的神灵草，前往下一个层次的药园。

轰碎第一块药园禁制的时候，宁城看见乌冥鬼藤王已锁住了六个瘫痪在地的傀儡，心里松了口气。

乌冥鬼藤王等级虽然低，好在这些傀儡完全瘫痪了，只要不让这些傀儡复原就行。

宁城也感受到了乌冥鬼藤王在这里疯狂吸收木本源熟悉的神灵元气，不过这和他没有关系。这里的神灵元气又不是他的，乌冥鬼藤王才是他的，乌冥鬼藤王吸收的越多越好。

当宁城将三块小药园的神灵草全部收走后，他发现漏沙最多只有半柱香的时间了。

宁城赶紧冲到乌冥鬼藤王面前，他正想帮助乌冥鬼藤王干掉这六个傀儡，却发现这六个傀儡这次是真的完全废了。没有任何动作，也没有任何气息涌入其中修复它们。

乌冥鬼藤王的实力到了星空八级的圆满，浑身充彻着即将突破的气息。

宁城就要收起乌冥鬼藤王，他打算让乌冥鬼藤王出去后再渡劫。在这里面无法渡劫，要不就必须得去玄黄珠中渡劫。这个地方显然是大能布置下来的，宁城还不敢在这里使用玄黄珠。

一直是指挥如意的乌冥鬼藤王竟然没有第一时间被宁城收起，反而传出了一些急切的信息。

“你说这下面有一条木本源属性的神灵脉？”宁城震撼的说出声来。

果然乌冥鬼藤王的反馈是肯定的，下面就有一条木本源熟悉的神灵脉。

宁城深深的吸了口气，难怪这里的神灵草如此茂盛，原来是这么一回事。看着即将消失的漏沙，宁城强忍住了内心的贪念，收起乌冥鬼藤王和六个傀儡，直接冲到了下一扇门的前面。

如果他拥有一条这样的神灵脉，那他完全可以在玄黄珠中开辟一个巨大的神灵草药园。甚至那个被他规则壤养着，一直没有动静的道果树也会开花结果。

好在他知道，现在绝对不能动这条木本源属性的神灵脉。一个他没有时间，第二他知道这条神灵脉绝对是贯穿整个幻果园的，就算是不在这里弄，去别的层次也一样可以弄。最重要的是，他不知道弄走这条神灵脉会造成什么后果。

一旦他弄走了这条神灵脉，整个太素界都知道了，哪怕他是化道丹圣，就算有晟侯天保他，也无法承受众多的怒火和嫉恨。

站在通往幻果园第三层次的大门前，宁城直接取出了和菩丹的炼丹材料。和菩丹的主要神灵草是天和仙草和菩尘莲，菩尘莲同样是绝迹神灵草。

宁城之所以有，也是刚刚从这里弄到的。可见幻果园中，有多少太素界绝迹了的神灵草？

和菩丹是最顶尖的化道神丹，在服用此丹后，可以看见自己道心和功法的缺失，然后加以完善。可以说在晋级道元之前，一枚和菩丹的价值根本就不是神晶可以衡量的。这种丹药除了菩尘莲太过珍贵，炼制起来也是极为困难。

一炉和菩丹看看炼制完毕，那沙漏就即将漏完。宁城在眼前这扇门打开的瞬间，就冲了进去。

……

城主府宾客殿中，众人依然还在议论着，是谁打开了第十三扇门。这个议论持续了几个时辰，依然没有任何结论。那些炼丹失败被传送出来的丹神，也不知道到底是谁打开了幻果园的第十三扇门。

“我听说幻果园第十三扇门的药园和下面十二扇门的药园截然不同，里面都是一些绝迹或者是极为珍贵的神灵草。若这进去的丹师真得到了这些，他拿出这些神灵草传承下去的话，对我太素界的功德是莫大无比。”一名身材高大的紫铜脸男子语气凝重的说道。

在座的人都认识这说话的人是谁，玄月神门的宗主费风。玄月神门自从上一任宗主齐长归出事后，就由原来的大长老费风继任了宗主。

这里也没有傻瓜，大家也都知道费风这话的意思。那就是无论是谁进入了第十三道门，他得到的珍稀绝迹神灵草，都应该拿出来分给大家。让这些珍稀药材传承下去，不至于再次灭绝。

理由很光明正大，也很高尚。不过人家进去得到的珍稀神灵草，为什么要给你？费风说这话，只是因为他玄月神门没有什么炼丹强者而已。

“费宗主此言有理，无论是谁，都应该站在我太素域和太素界的角度，为所有太素界的修士考虑。”九转圣道池的师天荷第一时间站出来附和。

“呵呵，我就怕那进去的丹师能拿出这些稀缺的神灵草，玄月神门也没有足够的资源去竞购。”太神丹宗的一名化道圣帝呵呵笑了一声，他的修为远远不能和费风相比。不过太神丹宗因为有荆寒，如日中天。

费风冷哼一声，“幻果园本来就是我太素界前辈大能建立起来，除了为我太素界的发展之外，还有一个目的恐怕就是留下可能会绝迹的神灵草。现在既然第十三道门被打开了，我们就应该遵循我太素界前辈的意思，怎么能谈竞争？”

第九百六十八章 怪异的水晶禁制

“不是自己的东西，强夺回去，说不定会崩坏牙齿的。如果是我仙尸门的丹师进入了第十三道门，我仙尸门偏不拿出那些珍稀神灵草，我就要看看，谁敢从我仙尸门抢夺过去？”一名暗红脸的男子同样是冷笑一声说道。

费风心里恼火，却没有再说什么。那个进入第十三道门的丹圣，有百分之九十的可能是太神丹宗的荆寒，他不明白仙尸门为什么要如此没有眼力的帮助太神丹宗说话。

仙尸门这个宗门很是诡异，他玄月神门现在只有他一个混元圣帝。他成为玄月神门宗主时间太短，还没有齐长归的那种底气。他这次来天素圣城参加城主宴，主要就是寻找一些道果回去，培育一些属于他这一方的力量。

所以仙尸门的淳非说话，他并没有理睬。

“大家不要争论了，一旦有人进入幻果园第三层次，炼制的启门丹药就会出现在水晶屏上。如果真的有绝迹的神灵草，丹师为了得到更多更珍贵的灵药，肯定会体现在丹药上的。大家看看，幻果园第二层次已经有人出现了。看样子，就是那个打开第十三扇门的丹师。想必他进入幻果园第三层，也只是时间问题而已。”一名女子出声止住了继续争论。

这女子虽然只是一个化道圣帝，却没有人表示反对。来这里的人可没有不认识她的，丹会的副会主清逸圣帝，也是一个化道丹神。

而且清逸圣帝的话的确不错，在她说话的时候，水晶屏的第二层次中出现了九扇门，一名丹师落在这九扇门之前。这名丹师查看了一下周围的环境，这才取出丹炉，开始炼丹。

在这丹师刚刚开始炼丹之时，大殿中间的立体水晶屏上就出现了一列丹药名称。

“怎么可能？”一名化道圣帝震惊的说出声来。

的确是不可能，因为立体水晶屏上要出现幻果园丹师炼制的启门丹药，就必须要等开启幻果园第三层的门后才会出现。

现在幻果园第二层九扇门前的丹师才刚刚坐下，甚至还没有炼出丹药打开幻果园第二层的门，水晶屏中怎么会出现启门丹药名称？

“和菩丹？我没看错吧？真的是和菩丹……”宾客大殿中再也无法保持冷静，排名第一的赫然是和菩丹。

“真的有绝迹神灵草，和菩丹要用到菩尘莲。菩尘莲在太素界早已绝迹多年了，现在居然再次出现。”

一阵阵的惊叹和倒吸冷气，大殿中绝大多数人都激动的站了起来。

在这里来的除了顶级圣帝，就是顶级丹神或者是丹圣。和菩丹的主要神灵草，大家自然很清楚。

“排在第二的是九窍心丹，天啊，九窍神璃又是绝迹的神灵草……”

“排在第三的是原始清幽丹，这种塑道神丹的神灵药虽然没有绝迹的，其难以炼制程度堪比普通的化道神丹了。这人竟然用这种丹药打开幻果园的第一层，难怪可以开启幻果园第十三道门……”

大殿中再也无法冷静下来，每个人的心中都好像猫爪的一般。所有的人都清楚，这次进入幻果园的丹师当中，有一个极为强悍的家伙。这家伙真的打开了幻果园最有价值的部分，幻果园中隐匿的药园，那里面几乎都是绝迹神灵草。

绝迹神灵草为什么绝迹？就因为太重要，人人都挖。加上一般这种神灵草又难以栽植，不绝迹才是怪事。

乐介笙激动的握紧了拳头，无论是谁打开了幻果园的隐匿药园，他至少都有两成可以分到。无论如何，他也会得到部分的绝迹神灵草。如此一来，乐家成为太素界第一家族将更快。

“会主，我丹会的药园也没有九窍神璃和菩尘莲啊，这还仅仅是两种丹药体现出来的。由此可见，那个丹师得到的绝迹神灵草更多。”丹会的副会主清逸圣帝都有些忍不住激动的传音给晟侯天。

晟侯天暗自皱眉，他猜到应该是宁城开启了第十三道门。可是这对宁城是好事还是坏事，他也不知道。清逸圣帝问起，他只能叹息一声说道，“无论这人是谁，我丹会都要站在他这一边。”

“是。”清逸圣帝心里疑惑，依然还是肯定的回答道。

清逸圣帝能想到这件事，别的人谁想不到？不用说也能猜到，这个打开幻果园隐匿药园的丹师身上有多少绝迹的神灵草。

……

宁城根本就不知道宾客殿的人都知道他得到了很多绝迹的神灵草，就算是知道，他也顾不得这些。幻果园前面两个药园得到的神灵草，绝对是给了他巨大的惊喜。

他修炼需要的资源是别人的数十倍，而且他身边还有许多人，也同样需要大量的资源。再多的神灵草，他也不会嫌多。

此时宁城已经炼制了一炉特等的和菩丹，打开了幻果园第三层的门，进入了幻果园的第三层。在这一层中同样有一个悬浮的沙漏，宁城估计了一下这个沙漏时间，大约是一个时辰左右，宁城微微松了口气。

这里没有傀儡挡路，有一个时辰给他挥霍，他完全够用了。这一个时辰时间，他可以轻轻松松的收走这里的神灵草，然后进入幻果园的第四层。

在进入这一个药园的时候，宁城就看见了远处的神灵草。这些神灵草被一个水晶禁制圈了起来，水晶禁制中的神灵草并不多，看起来只有一百多株，远远不如前面两个门中的神灵草数量。

这让宁城略微有些失望，不过当宁城走到这水晶药园前的时候，就激动的心里怦怦乱跳。

这里的确是只有一百多株神灵草，但是里面的每一株神灵草不是珍贵无比，就是在外面绝迹的宝贝。

佛光枝、逍遥龙叶、霓光藤、转生泪花……特别是转生泪花，这种神灵草比众多的道果还要珍贵，早已在太素界绝迹多时。

宁城的目光从这些绝迹神灵草扫到后面，心里更是狂喜，后面是一排道果树。这些道果树并不是很高大，足足有十多株，落痕道果竟然是这些道果树中最差的一种。宁城想到当初空凝为了一枚落痕道果，向他求借积分的事情。

空凝这样一个十大宗门的弟子，求一枚落痕道果都如此艰难，而这里他见到了多少？足足有二三十枚。

宁城的惊喜很快就消退了下来，他在这些神灵草和道果树中扫了几遍，也没有看见绮星金隐叶。宁城迫切的想要进入这一层，绮星金隐叶是他最想要的神灵草，可是他却没有看见。

宁城很快就定下心来，这一层没有，不代表下一层也没有。他决定将这一层的道果园全部移走，然后去下一层次，这些东西对他都很重要。

无论是药园禁制，还是各类阵法，宁城破开的太多了。在幻果园的第二层药园中，他还强行轰开了三个禁制，所以宁城并没有将这个水晶禁制放在心上。

在宁城准备破开禁制，神识仔细查看这水晶禁制的时候，顿时傻眼了。这是他从未见过的一种禁制，而且充满了暴戾的力量。

哪怕还没有动手，宁城也可以猜的出来，一旦他强行破开这个药园的水晶禁制，那这个药园将会在那种暴戾的力量中毁灭掉。

足足看了几分钟时间，宁城这才小心的将手放在这水晶禁制上面。一种淡淡的神灵元气流转被他感应到，这是？

宁城第一时间就从戒指中丢出了一个废去的人形傀儡，随即他就明白了过来。这个遮掩住神灵草和道果的水晶，并不是禁制，而是和傀儡一般的炼制手法。确切的说，这是另外一种形式的傀儡，或者说这是一种和阵法无关的水晶禁制，是用那炼制傀儡的手段炼制出来的。

如果他强行攻击，只要攻击效果不大，这个水晶就可以自动修复。如果攻击太大，那里面蕴含的暴戾气息将会将这里轰成平地。

想到这里，宁城直接祭出长枪，对这水晶禁制轰了一下。果然，他长枪还没有收起，那一道轰出来的痕迹就消失不见，水晶再次恢复了原样。

宁城终于明白了为什么前面一个药园中出现了六个对他威胁并不大的人形傀儡，原来是布置这个药园的大能故意的。

他是要让后来的人从这六个傀儡中学习到傀儡术，然后开启这个水晶禁制。

说的直白一些，就是那个布置幻果园的大能，根本就没有打算让人打开这个水晶禁制，拿走这些神灵草和道果。

因为没有人能在短短一个时辰之内，学会傀儡术，除非正好遇见一个本来就会傀儡术的机关师。事实上这种可能性几乎是没有，能进入这个地方的绝对是强大的丹圣。一个人成为了丹圣，又怎么可能花时间去学习旁门左道中的机关傀儡术，而且机关傀儡术还如此强大？

宁城的心冷了下来，很快就再次变得炙热。既然来了，他就一定要找到绮星金隐叶。绮星金隐叶是带着天地规则的神灵草，很有可能在幻果园的第四层。

他不知道布置幻果园的强者，布置在这里的水晶禁制是什么意思。既然不想让人进入下一层，何必拿出傀儡让人参悟？

也许这就是强者的手段，如果不给一点点出路可能，说不定会影响布置者的道心。这就是天道不绝，总有一线吗？

无论是什么意思，他一定要去下一层。

……

第九百六十九章 真正的幻果园

想到这里，宁城放下一切心思，将整个心神都放在了他拿出来的人形傀儡上。

对别的丹圣来说，也许到了这里就结束了。他和别人不同，就因为他修炼的是玄黄本源功法，玄黄无相。无形无相，只要有形的东西，在他的推衍中就会无可遁形，清晰无误的显示出来。

唯一担心的就是，他能不能在漏沙结束前，领悟傀儡术，破开这个药园上的水晶禁制。

宁城的心神完全沉浸在了被他轰碎的人形傀儡上，神识没有丝毫顾忌的一点点破开傀儡中的阻碍禁制。暗冥噬神在这个时候，给了宁城巨大的帮助。一些别人要慢慢剥离的禁制，在他的神识撕裂下，直接破开。

当宁城陷入玄黄无相的推衍当中时，玄黄本源气息几乎将他完全包围起来，傀儡的炼制手段渐渐在宁城脑海中成型。

此时，整个药园中除了漏沙的声音外，异常的寂静。

宁城不但是一个丹圣，他同样是一个炼器强者。机关傀儡术虽然单独分开，却依然属于炼器的一个分支。

在本源推衍的帮助下，宁城仅仅用了大半个时辰，就再次睁开了眼睛。他知道，现在他完全可以单独炼制一个人形傀儡出来。

不过宁城眼中没有半分惊喜，他能炼制出傀儡，不代表他能破去这个傀儡水晶罩。

因为他弄明白了傀儡的炼制方法，却没有弄明白傀儡是如何提供神灵元气的，也没有弄明白为什么那六个人形傀儡可以迅速恢复。

这些都没有弄明白，就算是他能炼制人形傀儡也是白搭。更何况，他现在能炼制的人形傀儡等级太弱了。和之前他对付的那六个人形傀儡，完全不在一个档次上面。

恐怕就算是他弄清楚了人形傀儡的神灵气是如何提供，甚至是如何恢复的，他也无法通过这半个时辰学来的傀儡术，破开眼前这个用傀儡手段炼制的水晶禁制。

无论从理论和实际上说，他都无法完成这个艰巨的任务。除非他有和苍蔚说的那种时间阵盘，可惜那种东西太过珍贵了，至少他没有见过。

宁城叹了口气，他将戒指中另外五个废掉的人形傀儡全部丢了出来。又是对这一堆人形傀儡，足足研究了半柱香时间。

看见沙漏上的沙越来越少，宁城心里也是越来越焦急，他叹了口气，终于放弃了继续研究傀儡术，而是传了一道神识给乌冥鬼藤王，“乌冥鬼藤，你之前缠住这些傀儡的时候，有没有发现什么异常的地方？”

乌冥鬼藤正沉浸在实力大增的喜悦当中，只要出去能成功渡劫，它将成为星空九级妖藤。这才多少时间，它就快星空九级了。比起当初它自己漫长的成长岁月，现在它做梦都会笑出声来。

这跟在主人后面，不对，应该叫老爷，这是追牛大哥招呼过的。只要跟在老爷后面，它还说不定有塑道成为人形的机会。

现在宁城询问，它哪里敢怠慢，赶紧传了一道神念过去，它要将自己知道的全部告诉老爷。

这些人形傀儡可以吸收木本源属性的神元，它们的体内有一种星空妖植，叫着无形石茎。

宁城的脑海中一道闪电瞬间划过，似乎有什么东西要被他抓住，他突地站了起来，急切的问道，“那无形石茎是什么东西？”

乌冥鬼藤的神念再次传来，“无形石茎是一种极其稀少的星空妖植，这种妖植很诡异。只有一枚石头一样的种子，发芽生长的石茎都是无形的。虽然无形，生存能力却很强，最长的无形石茎可以将自己没有形体的根茎延伸到星空数百里之外。

想要灭掉无形石茎，最简单的办法就是将这无形石茎的种子内的元气全部吸的一干二净。这样无形石茎就会彻底死亡，无法再吸收神灵元元气，我就是这样干的。”

宁城哈哈大笑，什么叫得来全不费工夫？这就是啊。他想过了一切手段，就是没有想到这人形傀儡是无形石茎种子提供动力的。那个大能在炼制这些人形傀儡的时候，就控制了这些无形石茎的生长方式。让它们只能在傀儡体内形成无形的根茎，这些根茎就好像人体的血管经脉一般，提供傀儡行动。

哪怕他将傀儡干碎掉，只要没有吸光无形石茎种子内的神灵元气，它就可以吸收神灵气，再次让人形傀儡恢复过来。傀儡体内的无形石茎种子他也见到过，他一直以为是一些被轰碎的傀儡材料，没想到却是一种妖植。

这炼制傀儡的家伙是一个天才啊，不但是一个天才，而且还对无形石茎非常了解，甚至能控制无形石茎的生长方式。可惜的是，遇见了他的乌冥鬼藤王。这是他的乌冥鬼藤王等级不足，如果等级足够，这种人形傀儡出现的再多，也不够乌冥鬼藤王吸的。

宁城抬头看了看漏沙，还有一炷香左右。如果他时间抓紧一点的话，应该还是可以赶在漏沙完毕之前，开启幻果园第四层的道果园大门。

在不知道这个水晶禁制的手段之时，宁城是没有半点办法。现在知道了这个水晶禁制是靠无形石茎成型，就是没有乌冥鬼藤，他也有办法对付，更何况他还有乌冥鬼藤？

“乌冥，这个水晶禁制也是由无形石茎构成，等会我用阵法禁锢住这地下的神灵气几个呼吸时间，你要在最短的时间内将这些无形石茎全部吸死。”宁城直接叫出了乌冥鬼藤王。

如果乌冥鬼藤王办不到的话，他也可以破去这些无形石茎，只是时间恐怕要超出一炷香了。

乌冥鬼藤王最喜欢的就是无形石茎种子里面的神灵元气，就算是现在用不上，存在体内，等它晋级星空九级妖植的时候，也可以用上。

别人一时找不到无形石茎的存在，乌冥鬼藤王是没有半分压力。所以宁城一将它叫出来，它根本就不等宁城吩咐，整个根茎就伸展了出去，很快乌冥鬼藤王的根茎就布满了整个水晶禁制。

仅仅几个呼吸时间，这水晶禁制中的无形石茎种子就全部被乌冥鬼藤王锁定。水晶禁制发出一阵阵的嗡嗡颤抖，显然这些无形石茎也是有一些本能智力的，它们感受到了极度的危险。

宁城可不会有半分手软，一道道阵旗早已丢了出去，仅仅十多个呼吸过去，这水晶周围的神灵气息就弱了下来。

“吸！”宁城一声喝，乌冥鬼藤王是疯狂的吸收无形石茎种子内的木本源属性神灵元气。

无形石茎没有多少战斗能力，它们最大的作用就是辅助。无论是辅助人形傀儡，还是辅助这个水晶禁制。辅助，才是它们最大的本事。

现在宁城用阵法隔绝了地下的神灵元气，乌冥鬼藤王再如此疯狂的吸收无形石茎种子里面的元气。

仅仅半柱香时间不到，这个水晶禁制就裂开来。

几个呼吸后，“咔嚓”一声，这怪异的水晶禁制彻底的消失不见。浓郁的神灵草味道和道果的清香夹杂在一起，让人新神气爽。

从开始到宁城打开这个水晶禁制，可以说傀儡术根本就用不上。那个布置幻果园的大能留下的一线可能，完全是骗人的。他骗人将时间浪费在研究傀儡术上，等一个时辰过去后，就算是你研究出傀儡术了，也是枉然。

宁城叹息一声，三人行果然是必有我师。他只是有一个乌冥鬼藤王，也能在这个时候给他上一课，还帮了他的大忙。

破开这个水晶禁制，宁城根本就不去多想，直接丢出一道又一道的阵旗。他要将这个药园全部移走，现在他可没有半分不好意思。

只用了几分钟时间，宁城就将这个药园挪动，在一阵阵的咔咔声中，他直接将这个药园移到了真灵世界中。

药园移走了，药园中所有的神灵草和道果都移走了。宁城却傻了眼，他眼前并没有和想象中一样，出现幻果园的第四层入口大门。

再看看只有半柱香都不到的漏沙，宁城心里焦躁万分。就算是他找到了幻果园第四层入口的大门，恐怕他也没有时间去炼丹开启大门。

宁城的神识没有半分保留，一道道的轰出去。强大的神识攻击能力，在这个时候一览无余。

十多个呼吸之后，一道隐匿禁制出现在宁城的神识中。宁城根本就没有想，一道道阵旗就丢了过去。现在他找不到去路，任何有可能进入幻果园第四层的地方，他都不会放过。

这道隐匿禁制并不强大，在宁城的阵旗下，短短时间就显露出来。这是一个果园，确切的说，是一个道果园，因为里面全部是道果树。

宁城冲了过去，震惊的看着眼前成排的道果树，他粗略扫了一下，足足有五六十株。

这是怎么回事？没有第四层，也没有第五层，更没有第六层。他在破开第三层的水晶禁制后，直接出现了这么多道果树，而且这些道果树的等级从塑道道果到化道道果都有。甚至还有十多株，宁城都无法认出是什么道果。

恐怕这里才是幻果园的精华所在，也是真正的幻果园。

宁城回头看了看那个漏沙，漏沙估计连四分之一柱香都没有了。

不好，宁城瞬间就明白过来。这几个道果园是连在一起的，估计漏沙一结束，他还是会被传送出去。

……

第九百七十章 夺舍

宁城的第一想法就是将这些道果树全部挖走，不过他只是挖了几株，就明白这有些不大可能。这里的道果树和之前的药园不同，这里的道果树每一株都有禁制保护。等他将这里的禁制去掉，然后再挖起来，那小半柱香时间早就过去了。

就在这时乌冥鬼藤王的神念再次传来，“老爷，你将这些禁制去掉，道果树我可以挖走。”

宁城心里一动，他时间上来不及，乌冥鬼藤王可以啊。

想到这里，宁城一大把阵旗就丢了出来，这一片禁制瞬间就弱了下来。眼看漏沙就要结束的时候，这片连着的禁制发出咔嚓一声。

在禁制破碎的瞬间，早已伸展出去的乌冥鬼藤王根茎卷起翻滚的泥土，将这一片道果树全部卷走。

宁城回望漏沙，发现这些全部干完之后，漏沙还剩下几个呼吸时间。宁城的神识特意选出一批低级神灵草，装在储灵袋中。此时漏沙完毕，宁城才感觉到一股强大的力量袭来。

应该是要被传送出去了，宁城刚刚想到这里，一道幽灵一般的气息已经冲入宁城的识海当中，根本就没有给宁城反应的时间。

如果不是在要传送的瞬间被侵袭，以宁城强大的识海防御，这道幽灵一般的气息绝对无法入侵他的识海。可以说这道气息选择的时机，是恰到好处。

狂暴的撕裂力量轰在宁城的识海中，宁城在这一刻就好像感觉到自己的灵魂陷入了一个巨大的搅拌机中，即将被一个恐怖的力量吞噬。

随即宁城就感觉到自己对身体的控制越来越弱，他的身体似乎也要离开他而去。

“咦，好强大的识海，好强大的灵魂神念……”一个惊咦的声音在宁城的意识深处响起。

“不对，这是星空识海？还是八系全灵根，每一种灵根都是顶尖，天啊……”这个声音不再是惊咦，而是狂喜。他就好像一个在沙漠中即将渴死的人，突兀的看见了一个巨大的水湖。

夺舍？

宁城在瞬间就明悟过来，正因为他经历过夺舍，他立即就知道有人要对他夺舍。

敢夺老子的身体，找死，就算是拼了命也要干掉你。

无极青雷城，给我防住紫府识海。星河火焰，给老子烧死这王八蛋……宁城的无极青雷城瞬间就在识海中凝化起来，形成了一道道雷弧城池，星河火焰也在这一刻狂暴起来。

他最不怕的就是夺舍，没想到在这个地方再次遇见了夺舍，此时宁城终于明白了幻果园存在的目的。

幻果园肯定是这个要夺舍他的家伙建起来的，也许的确有为太素界做贡献的意思。不过更多的可能，应该是为了寻找一个真正夺舍的目标。这个目标就是能打开幻果园第十三道门的炼丹师，而他巧合打开了第十三道门。

“等等，我不想让我的识海将被破坏。如果你不反抗的话，我会给让你轮回，或者是给你熔炼一副身体。”在宁城祭出无极青雷城和星河火焰，准备疯狂反击的瞬间，一个声音在宁城的识海中响起。

宁城气的甚至笑出声来，这家伙居然将自己的识海当成他的，还说出如此不要脸的话。

“我为了等候开启第十三道门的人，足足等了一百零九万年。原来幻果园是一万年开启一次，后来我改成一千年，再后来我改成一百年，可是依然没有找到我要等的人。本来再过一段时间，我都要放弃了，天可怜见，终于让我找到了你。你的星空识海很完美，我不想因为我的攻击造成任何不妥。你也是我见过最强大神魂的人，所以我希望你也不要动手，我愿意……”

这夺舍的神魂话还没有说完，宁城的星河火焰就轰了出去，“少给老子废话，你还要不要脸，我的识海变成你的了？我的识海是不是星空，是不是完美，关你屁事？给老子去死。”

“轰……”一道突兀的火焰冲了出来，和宁城的星河火焰完全绞在一起。

恐怖的炙热传来，宁城的识海一阵阵的翻滚。宁城眼睛瞪起，这道在他识海中挡住星河的火焰绝对不比星河的火焰等级低。否则，他不会有这种可怕的炙热感觉。

可以说如果不是星河火焰，还有无极青雷城防住，他的识海说不定真的要崩溃了。不行，绝对不能让这个元神在他的识海中继续斗下去。这是他的地盘，他要速战速决。

“你竟然拥有神级的星河火焰，天啊，那个还是无极青雷城？我竟然感受到了一丝本源气息……”在宁城识海中的神魂声音越来越颤抖，完全被宁城识海中体现出来的东西惊住了，再也压制不住内心的狂喜。

只要他夺舍了宁城，这些东西将全部是他的。

“你住手，否则我可以在瞬间摧毁你的神识和识海。”这道神魂的意念表达出来后，一道道更为可怕的气息在宁城的识海中充彻，似乎下一刻就要将宁城的整个识海吞噬掉。

“暗冥噬神卷？”宁城震惊的说了一句。

暗冥噬神卷他太熟悉了，他就得到了这个功法，而且还花费了一大把时间去完善这个功法。

“咦，你也知道暗冥噬神卷？那就再好不过。你既然知道暗冥噬神卷，就应该知道只要我施展暗识风暴，困住你的神魂，将你拖进神识风暴空间，你根本就无法再攻击我，只能任凭我虐杀。

若是我再施展吞噬神识，你的识海还不够给我吞噬的。我之所以没有这么做，只是因为不想如此完美的识海有损。”宁城识海中的神魂见宁城连暗冥噬神卷也知道，说话的语气倒是轻松起来。

无知者无畏，他就怕宁城不知道暗冥噬神卷的厉害。现在宁城知道了，他反而放心了。

宁城心里冷笑，在知道对方也会暗冥噬神卷后，他就明白对方为什么不攻击了。也不知道暗冥噬神卷是不是这家伙创出来的，这种功法就好像化功大法一般，吞噬了神识后，是有后遗症的。

他当初就是吞噬了对手的神识后，造成了识海多出一丝异神识无法切除。最后还是在空城渡识丹的帮助下，这才彻底的解决了隐患。这家伙的识海崩溃，说不定就是因为吞噬了太多的异神识无法驱出，这才造成了陨落。

“你不是不敢施展暗冥噬神卷，如果我没有猜错，你的前身就是吞噬了太多的异神识，这才陨落吧？”宁城不屑的说道。

“你果然知道。”这个神魂在宁城知道这件事后，反而更是冷静下来，“没错，所以我才不愿意吞噬你的神识。但是你应该知道，如果我要吞噬你的神识，就算是你拥有无极青雷城，拥有星河，也无法逃脱。而且，就算是我不吞噬神识，只用神识风暴，一样可以干掉你的神魂。”

“你寻找炼丹强者夺舍，想必就是为了解决暗冥噬神卷的隐患吧？”宁城一边准备攻击，一边问道。

他最不怕夺舍，不过这个夺舍的神魂是他遇见的最强大一个。普通的夺舍神魂，进入他的识海后，根本就坚持不了一时三刻。和眼前这个夺舍神魂一般，可以和他对峙，甚至一点都不落在下风的，宁城还真没有见到过。

这个神魂似乎也不想宁城破坏即将成为他的星空识海，语气反而放缓了一些，“没错，你很聪明。我寻找天才丹圣夺舍，的确就是解决暗冥噬神卷的隐患。你放弃自己的身体，同时留下炼丹传承记忆，我保证不会灭掉你。”

宁城嘿嘿一笑，“我就问你一个问题，我是八系灵根，按照普通说法，应该是修炼最弱的。你似乎知道了还很高兴，为什么？”

这个神魂听了宁城的问题，淡声说道，“那是他们无知，真正能问鼎天道的绝对是全灵根。天地间最好的灵根不是单系纯灵根，而是全系灵根。你不但是全系灵根，还是全系纯灵根，我有了你的身体，自然会问鼎天道极致。说心里话，你的识海是我见过最纯净，也是最强大的。如果是普通的人，我早就将他的身体夺过来了……”

这神魂说到这里的时候，暗冥噬神卷忽然卷了出去，神识风暴和神识斩完全毫无顾忌的轰向了宁城的识海。

“给我死吧……”神魂在攻击的同时，不屑的哼了一声。区区一个塑道蝼蚁，也敢和他讨价还价。这种身体，还有星河火焰、无极青雷城，本源气息，他怎么可能留给对方？

宁城不屑的声音传来，“早就知道你这个老东西不老实，神识风暴，卷；暗冥噬神，吞噬……”

“你竟然也修炼暗冥噬神卷？这不可能，绝对不可能……”宁城识海中的神魂发出一阵阵的惊呼。

修炼了暗冥噬神卷，还敢吞噬神识，星空识海怎么可能如此纯净？

感觉到宁城的暗冥噬神卷比他的更为强大，如果说他的暗冥噬神是一条小溪，那宁城的暗冥噬神就是滚滚江河。不但带着可怕的吞噬气息，而且还带着碾压的疯狂气势。

……

第九百七十一章 算你狠

“你给我住手……”感受到宁城可怖强大的攻击，这个入侵宁城识海的神魂是真的害怕了。

宁城就好像没有听到对方的话一般，识海中神念翻滚，一道道恐怖的杀意凝聚出来。想要夺老子的舍，给我去死吧！

“星河火焰，给老子继续烧！”

“时光轮，给老子将这垃圾铲为渣渣！”

“第一奈何桥，给我架起……”

“第二望乡桥，给我预备……”

“落日黄昏，给我凝聚枪意……”

“莫相依，给我压制住他的神念……”

“五色裂星箭……你就不用射出去了，只要悬浮在识海上空压阵就行……”

偷袭进入宁城识海中，原本以为必定可以干掉宁城夺舍的神魂，此时呆呆的看着如此恐怖的杀机手段，一道接着一道过来。

他都要哭出来了，之前宁城用暗冥噬神压制住他的神识吞噬，星河火焰攻击，他都感觉到可怕了。而现在，这根本就不是可怕可以形容的。如果哭可以解决这些攻击的话，他早就哭出声来。

此时他只能喃喃的说道，“我到底想要夺舍一个什么人啊？疯子，疯子……”

也不知道是说宁城疯子，还是说他自己是疯子，竟然想要去夺舍如此一个变态修士。如果再给他一个机会，就算是让他去夺舍一个合道强者，他也不愿意来宁城这里。

如果可以吐血，这个神魂早已吐血一百升。这哪里是夺舍，这他妈的就是闯进了一个变态的龙潭虎穴当中。

这怎么对抗，他还没开始动作，人家的手段吓也吓死他了。他修炼暗冥噬神卷，碾压过太多的识海，见识过各种各样的强大识海。可是这些识海和眼前这个丹师的识海比起来，都是毛毛雨。这个丹师在自己的识海中，可以任意施展神通，任意构建规则。哪有这样玩的？这还能不能好好的来一个攻击和防守对抗了？

就在宁城要轻松干掉这个入侵他识海的神魂之时，他锁住对方的神识风暴忽然裂开了一道缝隙，还不等宁城反应过来，他识海中的这道神魂，就从这道缝隙中冲了出去，逃出了他的识海。

下一刻，宁城就感受到一股强大的推力席卷而来。一个沙哑的声音落在他的耳边，“本圣算你狠，搞不过你，让你总行吧。”

宁城脸色很是难看，他明白问题出在什么地方，就是暗冥噬神卷。

此时宁城可以肯定，暗冥噬神卷就是这个想要夺舍他的神魂搞出来的。正因为这样，对方才会在他的神识风暴中打开一道缝隙逃走。如果他不用暗冥噬神卷，这个神魂肯定走不掉。

看样子暗冥噬神卷还不完善，他要用这个功法，就必须再花一些时间，完善这个功法。

这片空间是这个神魂的，他既然逃出了自己的识海，那就可以将他传送走。

果然，在那强大的推力之后，是传送的力量卷来。随着传送的力量消失，宁城出现在了城主府宾客殿中间的水晶屏旁边。

宁城暗地里松了口气，既然被传送了出来，那就算了，反正他也没吃亏。看在那些神灵草和道果树的份上，他不和这个要对他夺舍的元神计较。也许不用他去计较，这个想要夺舍他的元神也会吐血三升，这才叫真正的赔了夫人又折兵。

看见宁城被传送出来，不但是刚刚出来的剑三山有些不解，就是晟侯天也有些疑惑。

在晟侯天看来，现在就被传送出来，宁城应该不是开启第十三道门的人。能开启第十三道门，就不会这么早被传送出来。剑三山不解，是因为他知道宁城的炼丹手段，绝对不会这么早就被传送出来。

大殿中所有人的神识都落在宁城的储灵袋上，可惜的是，宁城的储灵袋现在神识已是扫不进去，显然宁城自己加了屏蔽神识的阵法。

“看样子能炼制空城渡识丹的人果然厉害啊，到这个时候才出来，这应该是闯进了幻果园的第二层了吧？”蛮会山慢悠悠的声音传来，就好像怕别人不知道宁城进入了幻果园第二层一般。

宁城冷冷的扫了一眼蛮会山，“我进入了第几次关你屁事，记得你刚才的话最好没有坏心思，否则的话，嘿嘿……”

蛮会山脸色微微一变，没有再说话。宾客大殿中的人都有些不解的盯着宁城和蛮会山，有人感受到了这两人之间似乎有些秘密。

“宁兄，到这里来。”剑三山的声音及时传来。

宁城早就看见剑三山的位置不再是原来的地方，而是非常突出的在宾客大殿中间显眼的地方。和剑三山坐在一排的，是一名眯缝眼的化道圣帝。这名化道圣帝身边也放着一个储灵袋，和剑三山的储灵袋一般，没有任何禁制，里面的神灵草神识一扫，就一览无余。

他储灵袋中的神灵草和剑三山的一样，都是一些珍贵，甚至等级不低的神灵草。不过这些神灵草，比起他弄的那些绝迹神灵草来，差的就不是一点两点了。

看样子这显眼的座位是交换神灵草的座位了，应该是专门给进入过幻果园的丹师准备的。

宁城没有立即过去，只有剑三山和这个眯缝眼坐在交易神灵草的位置。这么说进入幻果园的丹师，到现在为止只有他们两个出来了，他应该是第三个进入幻果园后被传送出来的丹师。宁城的目光扫向那水晶屏，发现水晶屏上通往幻果园第二层的门开启了六扇，已经有两名丹师站在了第三层的门前。

“只要进入幻果园的丹师，都不允许在自己的储灵袋上加禁制，看样子宁丹师对这个规定不屑一顾啊。”一个略带阴沉的声音讥讽道。

又是九转圣道池，宁城的眼光扫过九转圣道池的几名女子，眼里闪过一丝厌恶。

剑三山的传音也及时来到宁城耳边，“宁兄，的确是有这个规定。”

“宁丹师，我在这里代表天素圣城先祝贺宁丹师进入了幻果园的第一层。刚才九转圣道池舒长老说的没错，只要是进入过幻果园的丹师，都不允许在储灵袋上打禁制。”乐介笙洪亮的说道，语气中还带着几分正气。

宁城的目光早已扫到了水晶屏上，他看见前三难以炼制的丹药都是他炼制的，就知道自己进入幻果园第十三道大门迟早都会暴露出来。现在乐介笙询问，宁城索性抱拳说道，“因为之前我对幻果园的规矩不是很懂，才为自己的储灵袋上了禁制……”

乐介笙微微一笑，“没有关系，你将储灵袋的禁制去掉就可以了。”

脸上带着微笑，乐介笙心里早已暗骂这个宁城果然狡诈，知道他和剑三山都可以进入幻果园的第一层，这才拿出六枚空城渡识丹。虽然自己也不一定吃亏，不过却绝对上了宁城的当。

宁城能拿出六枚空城渡识丹，显然身上还有。也就是说，这六枚空城渡识丹对他很重要，对宁城来说，并不是很重要。只是因为宁城背后站着晟侯天，他也不敢说出收缴宁城储灵袋的话。如果宁城背后没有晟侯天，他毫不犹豫的收了宁城的储灵袋。

宁城淡淡一笑，“我之前不懂幻果园的规矩，现在我看了幻果园的规矩后，我才觉得这个禁制上的没错。”

幻果园的规矩，在水晶大屏的一角很清晰的刻着。很少有人去看这个规矩，现在听了宁城的话，几乎所有的人都将目光落在了水晶大屏的一角。

其中第三条就是，为了公平分配幻果园中的神灵草，进入幻果园的丹师必须用储灵袋，而且储灵袋不得用屏蔽神识禁制，以示公开。

“乐城主，请问什么是公平分配幻果园的神灵草？”宁城笑吟吟的看着乐介笙问道。

乐介笙老奸巨猾，岂能不知道宁城的意思。他心里有些后悔起来，早知道之前就不该答应宁城，可以全部留下神灵草的要求。只要他要求一成神灵草，宁城就没有借口了。现在宁城得到的神灵草全部归宁城自己所有，自然不需要公平分配。不需要公平分配，哪里需要让别人知道他得到多少神灵草了？

宁城知道乐介笙不会回答，他也没有指望对方回答，继续说道，“我进入幻果园的时候，就和乐城主协商好了。我付出了六枚顶级神丹，而乐城主则是不要我在幻果园中得到的神灵草。我相信，在座的各位道友都听得清清楚楚。现在这些神灵草全部是我的，我自然有权力打上禁制。”

河洛圣宗的通明子冷笑一声，“幻果园的神灵草本来就要公开交易的，就算是你的，也要公开。否则所有的人都不愿意拿出神灵草或者是道果交易，那幻果园存在还有什么意义？”

“此人是河洛圣宗的长老通明子，郭凯歌的师父。”剑三山的传音来到宁城耳边。

宁城的目光落在通明子身上，冷冷的说道，“按照你的说法，只要来这里参加幻果园，自己的东西就要公开？”

通明子可不上宁城的当，“我什么时候说自己的东西要公开了？我只是说神灵草属于要交易的东西，所以要公开。”

……

第九百七十二章 谁进了第十三道门

宁城冷笑一声，“我自己的神灵草，我不交易你又能如何？你在幻果园的规定中找出必须要交易幻果园神灵草这一条给我看看？”

宁城的胆子之大，通明子是早就见识过的，他连蛮会山和乐介笙都敢顶回去，别说他通明子了。如果宁城胆子小，他就不会干掉蛮九仞，也不敢干掉郭凯歌了。

幻果园还真的没有强制交易这一条，通明子正恼怒当中，宁城却跟着问道，“通明子道长，我问你，你来这里是不是要交易神灵草或者道果的？”

对宁城的这种反问，通明子很不客气的说道，“我来这里自然是要交易神灵草或者道果的，如果每个进入幻果园的丹师都和你一样，那幻果园开启大家都别来了，只要那些有资格进去的丹师来就可以。”

宁城平静的说道，“通明子道长，你刚才说属于交易的东西就要公开，不知道你用什么交易神灵草？我猜测应该是你戒指中的宝物吧？既然如此，你先公开你的储物戒指吧？反正那也是交易之物。我保证你公开了后，我会公开我的交易神灵草。”

“你……强词狡辩。”通明子怒声呵斥，让他公开戒指，这是在找死。

宁城呵呵一笑，不屑的盯着通明子说道，“有一句话叫着己所不欲，勿施于人。你自己都不想公开属于你的东西，你在这里唧唧歪歪让我公开自己的东西，是什么意思？哦，对了，你该不会因为我干掉了你的那个不肖弟子郭凯歌，才故意找我的茬吧？太素大比可是有明确规定，不允许因为大比的事情寻仇，你难道想违反整个太素域的规定？”

反正和通明子不会成为朋友，宁城也懒得去顾忌他的想法，说话毫不留情。

宁城的话占理，但是在宾客殿的众人大部分都站在通明子这一边。大家来这里都是购买神灵草和道果的，自然不想宁城独吞神灵草。

宁城不是白痴，他很清楚在这个地方不能惹众怒。

就在所有的人都以为宁城会将储灵袋收起的时候，宁城忽然将储灵袋放在剑三山旁边的桌子上，然后抱拳四周转了一圈，“各位道友，我知道今天大家来这里是为了购买道果和神灵草。我来这里除了赚点神晶花花之外，也想为我太素界做一些贡献。好在我总算是进入了幻果园，也得到了一些不错的天材地宝。

我站得正行得直，一直以太素界之崛起为己任，自然不会独吞这些神灵草。我将这些神灵草放在这里，等别的丹师从幻果园出来后，大家一起出售。我会以比别人更便宜的价格，出售这些神灵草。

要告诉各位道友一个好消息的是，我这次得到了一些非常珍贵的神灵草，我相信不会让这里的朋友失望。现在不打开禁制，就是为了保持一个神秘，给来这里的道友增添一些乐趣。”

愤怒的通明子顿时傻眼了，他自然知道哪怕他不占理，也不会有人支持宁城的。他以为宁城如此躲躲藏藏，是不想拿出这些神灵草。没想到宁城在教导了他一番后，居然愿意拿出这些神灵草。这让他那点点优势，消失的无影无踪。只要不是傻瓜，这个时候就不会有人站出来帮他通明子说话。

晟侯天心里松了口气，他怕宁城太过年轻，做事没有分寸。一旦宁城不愿意拿出这些神灵草，对宁城来说，绝对不是一件好事。

果然，宁城的话音刚落，就引来了一阵阵的赞扬声音。无论宁城的话有多少高大上，这个时候都不会有人觉得反感。高大的话谁都会说，之前有人开启第十三道门的时候，高大上的话早就被人说了几遍。

对在场的人来说，只要宁城能拿出东西就行。哪怕宁城说他的愿望想成为太素界的救世主，也没有人废话。

……

通往幻果园第三层的入口处，荆寒一落下来就看见了准备炼丹的窦僵石。

窦僵石看见荆寒过来，根本就不作理会，依然自顾取出一堆神灵草，准备炼丹。

“看样子你得到了不少好东西啊，你仙尸门隐匿的果然深沉。前面两层，都是你得到了第一，不过从幻果园第三层之后，你还是老老实实的跟在我后面吧。”荆寒的目光从窦僵石拿出来的神灵草上扫了一遍，脸色和语气都有些冷。

窦僵石僵尸般的脸半点表情都没有，只是在荆寒说完后，才发出一句犹如来自地狱的声音，“难怪能拿出假空城渡识丹的丹方，你太神丹宗的嘴上本事比我仙尸门厉害多了。”

说完，更是不理荆寒，直接祭出火焰，开始炼丹。

荆寒的脸色更是阴沉，被宁城用几枚废丹交换走了两枚五行天果是他的耻辱。就算是窦僵石不拿这个来讥讽他，他出去后，也不会放过宁城。

……

此时又有一名进入幻果园的丹师被传送出来，宾客殿中的修士依然在议论到底是谁进入了第十三道门。

因为宁城进入过幻果园，在众人热烈的议论中，有许多人过来主动找宁城问候攀交情。

“宁丹神能进入幻果园，对丹道的领悟出类拔萃，在即将到来的论丹盛会当中，肯定可以拔得一筹。很有可能代表我太素界参加丹道大比，夺得进入太易界的宝贵名额。”出乎宁城预料的是，乐介笙就好像没有责问过宁城一般，一样的主动向宁城示好。

宁城只知道论丹盛会和进入太易界有关系，至于具体通过什么办法进入太易界，他并不是很清楚。

“多谢乐城主吉言了。”宁城随意的抱了一下拳。

乐介笙这种人城府太深，如果不是必要，宁城也不想和这种人闹矛盾。这人之前为了讨好蛮会山，差点要干掉他。

宁城非常清楚乐介笙的心思，乐介笙也许的确是为了讨好蛮会山要干掉他，但这家伙要将他丢出去，恐怕还有空城渡识丹的原因。如果他没有自保能力，乐介笙应该会将他关起来，等幻果园事情结束后，再慢慢的拷问他空城渡识丹。

既然都肯定要干掉他了，他何必对这种人客气？

让宁城惊讶的是，到现在为止，有五个丹师进入了幻果园第三层。要知道，幻果园第三层最多只能进入六人而已。

幻果园的第三层虽然只需要化道神丹就可以打开，事实上，在第三层已经有部分道果。历来幻果园出现的众多道果中，有很大一部分都是幻果园第三层出现的。

又是一个时辰过去，随着一名丹师被传送出来，幻果园第四层的门被打开了。

“这次进入幻果园的丹师真是强大，第四层的三道门全部被打开了。”看见幻果园第四层的三道门全部被打开，有人惊叹出声。

“如果我没有猜错的话，进入第四层的应该有荆寒丹圣和雷沙姆丹圣。让人不解的是，第三个人是谁？”

通往幻果园第四层的三扇门全部被打开，宾客殿的众人更是热切。这次幻果园不但开启了第十三道门，还有三人同时进入幻果园的第四层。

第四层就意味着更高级的道果，就意味着他们不虚此行。

这个时候，议论的声音反而更小了些，众人更多的是期盼能不能有人打开幻果园的第五层。

在三名丹师进入幻果园第四层不久，跟着三名丹师就被传送出来。看见这三名丹师被传送出来，所有的目光都落在了仙尸门的方向。

已经很明显了，还留在幻果园的三人中，除了荆寒和雷沙姆之外，还有仙尸门的塑道丹圣窦僵石。

宁城的目光没有看仙尸门，他的目光落在和他坐在一排，准备出售神灵草或者道果的丹师当中。他在猜测，这当中有没有被人夺舍的。之前那个家伙夺舍他不成功，说不定就在别的丹师中选择一个了。

之所以这么猜测，是因为他进入幻果园的核心处后，将最珍贵的神灵草，还有道果一网打尽。那个神魂就算是留在幻果园的深处，没有神灵草和道果，恐怕也呆不住。

况且那个神魂肯定不甘心吃了这么大一个亏，怎么会个甘心？无论是谁，将他收集了这么多年的神灵草和道果全部夺走，也不会甘心的。

宁城很是谨慎，那个神魂非常厉害。之所以被他压着打，是因为那家伙胆子比他还要肥，竟然敢闯入他的识海进行夺舍。

再强大的神魂，敢进他的识海夺舍，也是死路一条。但这个神魂夺舍失败却没有死，反而还逃出了他的识海。

出来的几个丹师表现的都很是正常，至少宁没有看出半分端倪。

“难怪之前淳道友要帮进入第十三道门的丹师说话，原来那个人也可能是你仙尸门的丹师啊。仙尸门隐匿的可真深，竟然连化道丹圣都有。”费风大声讥讽道。

之前他总是想不明白为什么仙尸门要帮太神丹宗说话，原来是这么一回事。

太神丹宗的那名圣帝脸色有些难看起来，本来他肯定打开幻果园第十三道门的是太神丹宗的荆寒。现在突然冒出来一个仙尸门窦僵石，联系到之前仙尸门淳非说的话，他心里有些不大确定起来。

在众人的猜测当中，两道人影一前一后的落在了大殿的水晶屏旁边。所有的人都清楚，这是两名丹师闯幻果园第五层失败，被传送出来了。

……

第九百七十三章 就不承认

宾客殿中的人很快就看清楚，被传送出来的两人就是荆寒和窦僵石。荆寒在前，窦僵石在后。

所有的人都看着这两个人，一时间大殿中有些寂静起来。这两个人当中九成有一个打开了第十三道门，问题是到底是谁打开了第十三道门？这上前问候的顺序很重要，一旦先问候了那个没有进入第十三道门的丹圣，惹的另外一位不快，想要绝迹的神灵草或者道果，那就难了。

“恭喜两位在幻果园大获丰收，两位丹圣请坐。”乐介笙站起来打破了寂静。

乐介笙是城主，荆寒和窦僵石也不敢怠慢，都是客气了一番这才坐下。

“荆丹圣是化道丹圣，想必是第一个进入幻果园的，我仙尸门在这里恭喜荆寒丹圣了。”仙尸门淳非有些不怀好意的站起来说道，说完还嘿嘿的笑了一句。

谁都知道淳非的意思，那就是淳非认定了是他仙尸门的窦僵石先进入幻果园，这才有底气站出来讥讽荆寒。

荆寒的脸色一冷，语气淡漠的傲然说道，“你仙尸门是第一个进入幻果园第一和第二层不错，不过第三层和第四层却是我荆寒先进入。”

他有傲然的理由，白痴都知道，越先进入幻果园，得到的神灵草和道果就越多而且越珍贵。但同样的是，幻果园后面层次的神灵草远比前面的更加珍贵。窦僵石是首先进入幻果园的第一和第二层，而他荆寒却是更先一步进入幻果园的第三和第四层。

荆寒参加幻果园也不是一次两次了，他自然知道为什么他和窦僵石出来的时候，众人问候显得有些迟缓。那是因为这大殿中的人，想要弄清楚他和窦僵石到底谁弄到的道果更珍贵而已。

让荆寒完全没有料到的是，他的这话说出来后，宾客殿中的人是热烈起来了。和他想象的不同的是，几乎所有的人都来到了仙尸门的窦僵石面前抱拳问候。那种客气，就差一点没有叫亲爹了。

窦僵石的僵尸脸没有什么表情，不过面对如此多的热情问候，他也不得不站起来，强行在僵尸脸上挤出一些笑容。

荆寒的脸色更是难看起来，这些人问候完窦僵石后，才向他问候。表现出来的势态，显然是将他放在了窦僵石后面。

乐介笙哈哈一笑，甚至主动走下来对窦僵石抱拳说道，“恭喜窦丹圣第一个进入幻果园，打开幻果园的第十三道门。”

荆寒听到这个话，心里顿时一惊，他瞬间就明白了为什么众人对窦僵石如此热情。原来这个僵尸脸打开了幻果园的第十三道门？作为一个化道丹圣，自然听说过幻果园其实还有第十三道门的。现在窦僵石打开第十三道门，只是让第十三道门的传闻变成了真的而已。

不对啊，他打开幻果园第一层大门的时候，明明还剩下十一扇门。也就是说窦僵石比他先进去，也只是十二扇门中的一扇而已，什么时候这僵尸脸打开第十三扇门了？

窦僵石原本就有些僵硬的脸，在听到乐介笙的话后，就更是僵住了。他很快就反应过来，疑惑的说道，“我是第一个进入幻果园没错，只是我打开的也是十二扇门中的一扇啊？”

随即他就和荆寒一起惊声问道，“幻果园的第十三道门被人打开了？”

宾客殿中陷入了沉默，第十三道门不是窦僵石也不是荆寒打开的，那唯一的可能就是雷沙姆打开的。

众人刚刚想到雷沙姆，雷沙姆就被传送出来，落在了大殿中间。

面对热情的问候，雷沙姆并没有觉得特别。能进入幻果园第四层，自然会有人对你热情。幻果园是什么地方？这是盛产道果的地方。哪怕他是第三个进入幻果园第四层的，得到的道果也有近百枚。

这些道果他自然要不了这么多，基本上都是交易出去。

但是雷沙姆很快就明白过来，为什么大家对他如此热情，他有些惊异不定的问道，“有人进入了幻果园的第十三道门？”

雷沙姆的话表明了开启幻果园第十三道门的不是他，不是荆寒，不是窦僵石，又不是雷沙姆，那是谁打开了幻果园的第十三道门？众人的目光都落在了先出来的八个人身上。

“会不会水晶屏出错了？”一名圣帝疑惑的说了一句。

他的话立即就被人反驳了回去，“幻果园的水晶屏绝对不可能出错，这次进入幻果园的一共是十一名丹师，事实上进入幻果园第一层的十二扇门还有两扇门没有开启。这就表明了，有一人不是从第一层十二扇门中进去的。”

许多人的目光都在宁城身上扫来扫去，虽然宁城只是一个塑道丹圣，却是最可疑的人。因为宁城拥有空城渡识丹，还和丹会的晟侯天是朋友。

也有数人的目光落在了先出来的两名育道丹圣身上，那两名育道丹圣根本不等有人询问，就主动站出来否认进入了第十三道门。

其余先出来的数人，也纷纷站起来否认，没有进入幻果园的第十三道门，最后没有站出来否认的只有剑三山和宁城两人了。

剑三山没有站出来，是因为他猜出了那个打开幻果园第十三道门的应该就是宁城。一个可以在炼丹中还能提示他，帮助他炼制出一炉特等塑道神丹的化道丹圣，打开幻果园第十三道门，并不足为奇。

宁城早就知道这件事根本就无法躲过去，他是一个化道丹圣，这件事摆在这里。哪怕现在所有的丹师不对质，他也逃不掉，所以他提前就说过了自己得到一些珍贵的神灵草。现在所有的人目光都集中在他的身上，他立即传音给剑三山，让剑三山站出来否认。

剑三山听了宁城的传音，也站了起来否认自己进入了第十三道门。

宁城在剑三山否认之后，呵呵一笑说道，“该不会是我进入了幻果园的第十三道门吧？我进去的时候迷迷糊糊，好像很快就被传送出来了。不过我得到了一些珍稀的神灵草，倒是真的。”

没有否定，也没有肯定。这种事情，哪怕别人都知道是他进入了第十三道门，他自己也不会站出来认领的。修炼到今天，他见识过太多强取豪夺的人了。也许仅仅因为他打开了第十三道门，就会引起别人的抢夺。只要他不承认，这些想要人就算是要抢夺，也要花时间去找一个合理的借口。

“呵呵，宁兄你可真实在。以你的炼丹水平，想要打开第十三道门恐怕还有些难。也许有人进入了第十三道门，却不敢站出来承认。”一个突兀的声音传了出来。

宁城心里一喜，他可不认为这个人是在讥讽他。就算是讥讽他，他也不在意，这是帮他说话呢。

“哈哈，珀西兄说的有道理。我可能没有开启第十三道门，但是我还真得到一些珍贵的神灵草，我准备将这些神灵草全部交易出去。”宁城哈哈一笑，对帮他说话的珀西抱了抱拳。

这里的人心里都有数了，无论宁城是不是愿意承认，进入第十三道门的应该就是宁城。

乐介笙心里的怒火是蹭蹭直冒，如果他知道宁城能打开幻果园的第十三道门，宁城给再多的好处，他也不可能让宁城占据全部的道果。

乐介笙看了看大殿中的其余圣帝，他很想有人能在这个时候站出来让宁城交出神灵草。没有一个人站出来，甚至大部分人都在客气的和宁城招呼。

显然宁城刚才的话起了作用，他想要将得到的那些神灵草全部交易出去。

荆寒的脸色愈发难看，他发现自己小看了宁城，此人隐藏的似乎比窦僵石还要深沉。

“乐城主，幻果园可以关闭了，现在宣布开始交易神灵草和道果吧，我相信大家都等的有些急了。”见乐介笙迟迟没有宣布，满空圣帝站出来说话了。

乐介笙满脸堆笑的说道，“对对，我太高兴，竟然将这事情耽搁了。”

说话间，乐介笙抬手收起了两枚阵旗，宾客殿中间的立体水晶屏消失的无影无踪。大殿本来就很宽阔，现在立体水晶屏消失后，就显得更为宽阔起来。

“宁丹神，我是来自太素海沉鱼宫的岑如萱。之前我看见有人炼制出了和菩丹和九窍心丹，不知道是不是宁丹圣炼制的？”一名容颜俏丽的女修站了起来，对宁城抱拳问了一句，甚至还躬身施了一礼。

太素海沉鱼宫本来就是太素域十大宗门之一，以岑如萱道元修为对宁城如此客气，还施礼，肯定是有求于宁城。

宁城呵呵一笑，“我只是在第二层就被传送出来了。”

宁城的意思很明显，他在第二层就被传送出来，怎么会去炼制和菩丹和九窍心丹？

岑如萱听到宁城的话，心里一沉，忽然有些后悔。她后悔自己不应该现在就问宁城，就算是要问宁城，也要等没有人的时候问。和菩丹需要的神灵草是菩尘莲，这种东西根本就是购买不到的绝迹神灵草，宁城怎么可能承认？如果宁城痛快的承认了，他之前就不会对打开幻果园第十三道门模糊其词了。

这只能怪她太心急了，果然是欲速则不达。

……

第九百七十四章 被夺舍的人

所有出来的丹师，除了宁城的储灵袋有禁制之外，其余的丹师储灵袋都是一览无余。他们和城主府是有分成的，在交易神灵草之前，必须要将属于城主府的神灵草或者道果交给乐介笙。

这次有五人进入幻果园的第三层，三人更是进入了幻果园的第四层，可以说乐介笙这次收获非常丰厚。不过所有的人都知道，乐介笙这次是吃了闷头亏。

总共十一个丹师进入幻果园，就有两个人不用拿出任何神灵草给他。这还不说，其中宁城更是打开了幻果园的第十三道门。能打开幻果园第十三道门，哪怕宁城很早就出来了，他得到的东西肯定也是非同小可。

乐介笙城府深沉，在收齐了众多的神灵草和道果后，也坐在了交易神灵草的那一排上。

乐介笙坐下后，笑吟吟的说道，“现在神灵草和道果交易开始，宁丹神这次收获巨大，甚至还得到了一些稀缺的神灵草，我们今天就从宁丹神开始吧。”

宁城知道乐介笙的意思，他根本就不在意，直接取出两个玉盒放在桌子上面，“我这里有一枚雷音天果，以及一株缘灭花……”

“竟然是道果和稀缺神灵草……”宁城的东西一拿出来，就有人惊讶出声。

雷音天果可是非常珍贵的道果，这种道果是感悟雷属性神通的规则道果，价值很高。雷音天果也叫着小雷音果，价值虽远远不如大雷音果，却极为难得。

缘灭花还没有到灭绝的地步，也是极难寻找，处于灭绝边缘的神灵草。缘灭花可以炼制寂尘丹，为修士增加感悟育道境界的机会。

幻果园的交易还才开始，宁城就拿出了这种珍贵的东西，可见，这次交易绝对是有大惊喜。

“宁丹神请报价吧。”一名修炼雷属性神通的育道圣帝，忍不住的说了出来。这枚雷音天果如果被他得到，他的神通不但可以再进一步，甚至可以直接跨入化道阶段。

这种诱惑，没有人能忍得住。哪怕他知道自己交易到的可能性很低，他也想看看价格。

宁城抱了抱拳，“我的交易第一选择是绮星金隐叶，只要你拥有绮星金隐叶，就算是你看不上我拿出来的道果，也可以向我提要求。”

宾客殿中陷入了短暂的沉默，绮星金隐叶虽然没有绝迹，其珍贵和稀少的程度不比缘灭花低。

看见宾客殿中一时间没有人站出来说话，宁城心里微微一沉。他最渴望得到的不是那些绝迹的神灵草，而是绮星金隐叶。

他进入了幻果园的第十三道门没错，里面也有许多珍贵的神灵草没错，但是他却没有找到绮星金隐叶，所以他希望有别的进入幻果园丹师能拿出绮星金隐叶。现场的反应，让宁城失望了。应该没有人拥有绮星金隐叶，否则他的这两样东西以及他的话，肯定会有人站出来的。

“绮星金隐叶我是没有，我听说宁丹神是枪道高手，我有一块虚空冷光铁。我相信宁丹神用这块冷光铁肯定可以炼制出一杆绝世神器长枪，如果宁丹神想要的话，再加十枚能感悟塑道境界的道果。如果没有这种道果的话，别的道果也行，但是等级不能比雷音天果差。除了这些之外，我还需要两朵转生泪。”

一名看起来飘逸脱俗的长须男子站了起来，说完还一挥手，一块犹如小山一般散发出青色光芒的精铁落在地上。

尽管这块精铁被打上了禁制，依然有渗入骨髓的寒意出来。

大殿中的人都是瞪大眼睛盯着宁城，虚空冷光铁的珍贵所有人都知道。不过他们不会认为这笔交易会完成，十一枚道果就是无上价值了。更何况陌文商狮子大开口，除了这十一枚道果之外，还要两朵转生泪。

转生泪又叫着转生泪花，价值不会比菩尘莲差半分，同样是绝迹的神灵草。这种神灵草就算是没有绝迹，也比大多数的普通道果强。

不等宁城说话，在他旁边的剑三山就传音给宁城，“宁兄，这人是北斗七峰的陌文商。这块虚空冷光铁非常有名，曾经出现过很多次，没有多大用处。没想到落在了陌文商的手中还，太素界的炼器强者很多，也没有人能融化这块虚空冷光铁，更不可能有人能用这冷光铁炼制出法宝。”

剑三山的意思就是这东西名声大，不适用。他传音给宁城，就是要告诉宁城不要交换。

按照正常思维，用十一枚道果，而且还指明十枚是感悟塑道境界的道果来，外加两株转生泪交换一块肯定不能变成法宝的材料。哪怕这材料再珍贵一些，大部分人也不会同意。

“我交换了。”出乎所有人的预料之外，宁城竟然毫不犹豫的同意了交换。

事实上宁城一看这块精铁就喜欢上了，他的造化神枪现在肯定是炼制不出来的。他缺少的就是一柄长枪法宝，现在有人拿出炼制长枪的材料，实在是雪中送炭。

虚空冷光铁的名声他早已听说过，这是炼制超越极品神器法宝的材料，根本就难以求得。最主要的是他隐约看见了一些秘密，就是这块虚空冷光铁蕴含着一种气息。这种气息，他在阿含无则果中感受到过。

从来只听说过道果，他可没听说过道材。

这种东西陌文商一次性拿出这么多，他岂能不动心？和天地规则有关系的材料啊，这该有多珍贵？

宁城说完直接一挥手，他的储灵袋中再次飞出一个大的玉盒和一个小的玉盒。宁城跟着就打开大玉盒，十枚落痕果整齐的摆放在玉盒中。再打开小玉盒，里面赫然是两朵转生泪花。

如果不是特别情况发生，宁城决定不拿出那些绝迹神灵草的。虚空冷光铁就是特殊情况，他必须要弄到手。这不但是他自己需要炼制一杆长枪，他还打算给洛妃炼制一件称手的法宝。洛妃纯水主灵根，用虚空冷光铁炼制法宝正合适。

他知道陌文商想要他还价，他之所以不还价，那就是他看见窦僵石盯着虚空冷光铁眼中闪烁着激动。

如果窦僵石真的还是那个仙尸门的丹圣，宁城也不在意这家伙，因为他说不定拿不出来转身泪花。不过宁城有些怀疑窦僵石被幻果园那个神魂夺舍了，在窦僵石和荆寒三人出来后，宁城的神识一直注意这三个人。幻果园被他搬走了，那个神魂也许没有耐心再等下去，在三名进入幻果园第四层的丹圣中选择一个夺舍，也不是不可能。

一旦窦僵石真的被夺舍了，而且想要虚空冷光铁的话，那他要得到虚空冷光铁，就必须花费更多的代价。无论是不是，他不愿意赌，他要抢在别人开口之前交易走虚空冷光铁。

宁城可不认为那个想要夺舍他的神魂没有转生泪，要知道他的转生泪也是从人家手中抢来的。

看见宁城连价格都不还，真拿出了这么多的珍贵东西，大殿中有人甚至震骇的站了起来。一些人更是眼露凶光，宁城拥有转生泪，也就是说他身上肯定有更多的绝迹神灵草。

由此可见，这次宁城进入幻果园第十三道门得到的好东西，绝对是无法估量。否则，谁有能力一次性拿出十一枚道果，还拿出了缘灭花和转生泪？连价都不还的？

这种富有，看在别人眼里，已经不仅仅是眼红这么简单了。晟侯天叹息一声，他觉得宁城太鲁莽了。就算是再想要虚空冷光铁，也应该等事后交易。

北斗七峰的陌文商也是一愣，论价值，他的这些虚空冷光铁足以换取宁城的东西了。但是正如剑三山说的那样，他的东西是中看不中用的。他报出这个价格，并没有指望宁城会同意。漫天要价就地还钱啊，宁城还价只要不离谱，他照样交易。

让他没有想到的是，宁城一点价都没有还，直接拿出了他需要的东西。

“好，我交易了。”陌文商话音还未落下，宁城就冲了过去。

还没有等宁城动手，一个冷喝的声音传来，“慢着，我出双倍的价格交换这块虚空冷光铁……”

宁城岂会听窦僵石的话，早已将陌文商的虚空冷光铁收入了戒指当中，同时将自己的东西扫到了陌文商的面前。

窦僵石的话更是让他肯定，这个仙尸门的家伙被夺舍了。那个神魂的眼光还真不是一般的差，夺舍也选择了这样一个僵尸。就算是不选择荆寒，选择雷沙姆，也比选择窦僵石这僵尸脸好吧？

“你刚才说你愿意出双倍的价格？”陌文商反应过来，怔怔的盯着窦僵石。

窦僵石冷哼一声，“你将东西拿回来，我给你三倍的价格。”

说话间，窦僵石抬手挥出了一堆落痕道果，同时六株转生泪花出现在桌子上。他心里有些恼火，只是慢了一个呼吸时间，就被宁城的手了。如果宁城现在没有将东西收起，他绝对可以从陌文商手中竞争过来。现在既然已经报价了，他索性恶心一下宁城，给宁城拉点仇恨。

……

第九百七十五章 看中宁城的沉鱼宫

宁城心里冷笑，窦僵石应该是知道自己认出他来了，所以也不在隐瞒，拿出道果和灭绝的神灵草也是毫不顾忌。也是，这家伙现在在仙尸门，势力比他大的多。

“石长老……”淳非有些不敢相信的看着窦僵石，他一个不敢相信窦僵石弄到了这么多珍贵的道果。第二个不相信窦僵石竟然拿出这么多珍贵的道果，甚至还有六株转生泪来交换无用的虚空冷光铁。

别看他的修为比窦僵石高一个层次，但是在仙尸门，他的地位不见得比窦僵石高。

窦僵石对淳非点点头，“淳长老，你放心吧，我有分寸。”

陌文商脸色更是难看起来，他以为自己狮子大开口了，没想到窦僵石出的价格是宁城的三倍。

可惜只是慢了一个呼吸时间，如果窦僵石的报价能够早一个呼吸，他绝对不会让宁城卷走他拿出来的虚空冷光铁。

现在东西被宁城收入戒指，他想要再让宁城拿出来，恐怕有些困难。难怪连蛮会山都拿他没有办法，这家伙果然狡诈。

宾客殿中的人更是狂热起来，这次幻果园到底出现了多少绝迹的神灵草和道果？宁城得到了，窦僵石得到的更多。

已经有人怀疑宁城是不是打开第十三道门的丹师了，因为有了窦僵石的出现。

荆寒也盯着窦僵石，他也怀疑窦僵石没有说实话。窦僵石很有可能进入的是第十三道门，因为他身上有绝迹的转生泪花，而他却没有得到。

“宁丹神，现在有人的报价是你报价的三倍。”陌文商吸了口气，对宁城抱了一下拳。

毕竟价格是他自己出的，宁城没有还价。宁城拿出东西后，他也同意了交易。如果没有窦僵石的出现，这个交易是皆大欢喜，窦僵石的出现，让他有了不平衡。

宁城知道窦僵石就是要给他拉仇恨，恐怕在窦僵石心里巴不得他和陌文商打起来，他笑了笑对陌文商抱拳说道，“陌圣帝的确是耳听八方，不过我并不打算将冷光铁卖给这个僵尸脸。”

陌文商脸色阴沉，找不到话来反驳宁城。宁城的话就是说东西是他购买下来的，自己也同意了。现在就算是要卖也是他宁城来做主，和他陌文商毫无关系。

看见陌文商拉不来脸和宁城闹起来，窦僵石抬手收起了自己的东西。

“窦丹圣果然好本事，没有进入第十三道门，居然也弄到了我们根本就没有看见的转生泪。”荆寒出声讥讽道。

“那也没什么，转生泪我也在里面挖到了。”一名育道丹圣取出一株转生泪，看着荆寒淡声说道。

荆寒看见有三个人都拿出了转生泪，脸色难看起来。好歹他是太素界最有前途的丹圣，他没得到的东西，别人都得到了。

“他叫什么名字？”宁城见又有第三个人拿出了绝迹的神灵草转生泪，立即就传音给剑三山。

剑三山心里对宁城是钦佩不已，他这才明白为什么宁城一点价都不还了。现在宁城问起，他随即就传音道，“这是荒神宫的桑子濯，是一个育道丹圣，听说有一次还进入过幻果园的第四层。”

荒神宫？宁城想起了被他干掉的姬平中。没想到再次遇见了荒神宫的人，他特意注意了一下桑子濯，总感觉这个桑子濯有些古怪。按照正常的思维，就算是这家伙得到了转生泪，这个时候也不可能拿出来现的。

要不是窦僵石被宁城肯定为神魂夺舍过的，他甚至要怀疑桑子濯了。无论如何，桑子濯和窦僵石都拿出了转生泪，事实上是为宁城分摊掉部分的压力。

没有人跟着荆寒一起对窦僵石问责，不但没有人问责，更多的是热情的问候。在知道窦僵石和桑子濯都有绝迹的神灵草时，这两个人和宁城一般，成为了最受欢迎的对象。

接下来的交易虽然没有宁城和陌文商那一笔交易大，也都是热闹非凡。宁城一共交易出去三十二枚道果，一百六十多株神灵草。除了转生泪，他没有拿出第二种绝迹的神灵草。

交易出去最多的是窦僵石，他交易出去两百二十一枚道果，神灵草更是有一堆。甚至只要来城主府的，都有和他交易。可以说在这次幻果园的道果交易中，他是最受欢迎，人气也最高的丹圣。

除了转生泪之外，他也没有拿出别的绝迹神灵草。

宁城没有揭露窦僵石可能被夺舍的事情，一个他还不敢确定。第二个，以窦僵石现在的这种人气，若他敢说窦僵石被夺舍了，那他将成为炮灰，等于让人找到对付他的借口。

幻果园的道果交易结束，宁城除了多出一些他必须要的材料之外，还多出了一亿六千万神晶。

因为这次幻果园出来的道果非常多，神灵草也多。只要是来到这里的人，几乎没有空手而归的。

从交易开始到交易结束，没有出现过菩尘莲，也没有出现过九窍神璃。之前有人用这两种绝迹神灵草炼制和菩丹和九窍心丹的事情，就好像无头公案，没有人承认。

宁城的神识一直没有离开过窦僵石，也不知道这家伙和仙尸门的长老淳非说过什么。开始淳非还一脸不舍，到了后面竟然来帮助他进行交易。

对窦僵石宁城并不怕，这家伙也只是一个化道初期而已。哪怕夺舍窦僵石的元神再强，他也可以对付。就怕这家伙不来对付他，缩在仙尸门。只要这家伙敢找他的麻烦，他绝对要将那一条木本源属性的神灵脉抢来。对这条神灵脉，他眼馋好久了。

道果交易结束，除了一些和乐介笙要好的圣帝被留下来之外，众人纷纷告辞。

“宁城兄弟，如果有什么事情，一定要去丹会找我。”晟侯天特意叫住了宁城，大声说道。

宁城知道晟侯天的意思，这是为他撑腰。他感谢了之后，和剑三山匆匆离开城主府，他要急着去让燕霁醒过来。

数道目光送宁城离开，也知道哪怕再要对付宁城，这里也不是动手的地方。不说宁城有晟侯天撑腰，就算是宁城自己，也不是一个好惹的主。好惹的话，蛮会山会对他无可奈何？

“雨琇，你和宁城在一起抢夺过域外神泉的石门，你觉得他是一个什么样的人？”天素圣城城主府外，一名美貌女子看着宁城远去的背影，沉声问道。

这女子正是之前在城主府宾客殿询问宁城菩尘莲的岑如萱，来自十大宗门之一，太素海沉鱼宫。

站在她身边的同样是一名肤色极为白皙的年轻美貌女子，宁城也认识这个女人，叫钟蒙雨琇。心气很高傲，奈何实力一般。

当初在域外神泉抢夺十个石门之时，因为眼高手低，被人从第二个石门一直扫到了第八个石门。这还是因为宁城干掉了郭浩歌，压住了姬平中。否则的话，她很有可能占据第十个石门。

“他很强势，实力也横扫同阶，有点不会做人，眼睛长在额头。”钟蒙雨琇语气平静的说道。

她清楚记得宁城对她说的话，在她要抢夺晏昔霜的石门之时，宁城告诉她，晏昔霜是他的朋友。如果她敢动手抢，就别怪他不客气。因为这件事，她对宁城是没有半分好感。

“如果我将你许给宁城，你会不会愿意？”岑如萱忽然问道。

“啊……”钟蒙雨琇听到这话，心里顿时怦怦狂跳起来。

她对宁城没有好感是真的，那是因为宁城没有给她面子，直接将她从第四个石门扫到了第八个石门。可是要说她不在意宁城这种还是一个丹神的强者，那是绝不可能的。

之前她从未想过会成为宁城的道侣，现在萱姨说起这件事，她心里忽然多了这一点心思。如果她成为了宁城这种强者的道侣，那将如何？宁城的容貌比起嵇和来，要英俊多了。更重要的是，人家是一个丹道强者，还和丹会的晟侯天是朋友。

这个念头没有的时候，她根本就不在意。一旦这个念头出现，就好像荒草一般，在她的心里狂长起来。她很快就想到了晏昔霜，晏昔霜比她还要漂亮，还是宁城的熟人，宁城就是要找道侣，肯定是先选择晏昔霜。

“应该不行……”不等钟蒙雨琇回答，岑如萱就自己摇了摇头，“那宁城看似鲁莽，事实上很有心机，平衡玩的很好。我不知道他和蛮会山有什么交易，他连蛮会山这种威胁都可以摘到一边，也没有在意乐城主，结交的不是晟侯天这种丹会丹圣，就是化道丹神……”

说到这里岑如萱停顿了一下，微微皱眉，过了一会才继续说道，“也许月姝会让他留在沉鱼宫……”

这话的意思就是钟蒙雨琇的魅力，不足以让宁城留在沉鱼宫。

“萱姨，月姝师姐是我沉鱼宫第一……”钟蒙雨琇心气再高，也知道比不过月姝。

岑如萱伸手拦住了钟蒙雨琇的话，沉声说道，“不仅仅是要他帮我们炼制和菩丹，更重要的是我沉鱼宫需要他这样的丹师。我没有猜错的话，他至少是一个育道丹圣。太素界自从破碎后，就没有安稳过。过一段时间就会乱一次，现在太素域各大势力又开始蠢蠢欲动，我沉鱼宫实力实在是太弱了。”

“怎么可能？他怎么会是育道丹圣？”钟蒙雨琇瞪大了眼睛，根本就不敢相信岑如萱的话。

……

岑如萱叹了口气，“我也不相信我猜的，那种直觉告诉我没有猜错。他应该住在剑三山的洞府，今天不大合适去找他，明日我们再去拜访他。”

第九百七十六章 燕霁

宁城背着燕霁带着辛秀和巫奇宏离开了剑三山的洞府，再次回到了寻道息栈。

回到息栈的第一件事，就是要让燕霁醒过来。

让根基破坏致命的修士醒过来，唯一不损害修士身体的东西就是五行天果。

为了不让别人打搅到燕霁的苏醒，宁城特意在房间中加了数道禁制，又叮嘱辛秀和巫奇宏拒绝来访的客人。

五行天果呈现乳白色，散发出淡淡的清香气息。宁城打开玉盒，取出一枚五行天果，抬手就是一道清水诀落在五行天果上。

吃道果还要用清水诀去清洗，恐怕只有宁城一个人了。换成任何人，绝对不会用清水诀去清洗道果的。

清水诀落在五行道果上，一道淡淡的神念印记立即就被宁城的神念扑捉到。宁城心里一惊，他清洗道果仅仅是一种习惯。如果他自己吃的，倒也无所谓，毕竟这道果是给燕霁吃的。

却没有想到，这道果上还有一层淡淡的神念印记。错非他用清水诀清晰，这一道神念印记他还真的很难发现。宁城的脸色有些难看起来，无论这道果上的神念印记是不是荆寒做的，都和他有关系。

这道神念印记根本就扑捉不到，如果不是他的神识强悍，又卷动了清水诀落在道果上，只要稍不留神肯定会忽略过去。

宁城抬手就将这道淡淡的神念印记卷起来，封禁在一个玉盒当中。随即拿出另外一枚道果，果然，在另外这一枚道果中，宁城再次找到了一丝极为淡弱的神念印记。

将两道淡弱的神念印记全部封禁在玉盒中后，宁城的神识在两枚五行天果上又寻找了半天，确信没有任何不妥的情况下，这才将其中一枚破开放入燕霁的口中。

道果入口就化成了一道道清香的果液，融化不见。

一枚五行天果很快就被燕霁服用，燕霁依然沉睡不醒。宁城没有拿出第二枚道果给燕霁服用，就这样静静的坐在燕霁身边。

如果这一枚五行天果不能让燕霁醒过来，他给再多的五行天果给燕霁服用，也是枉然。

时间在静静的等待中流过，宁城凝视着燕霁清秀脱俗，却略显苍白的脸，脑海中浮现出的是他和燕霁第一次见面的情景。

那是在前往规则路的途中，玄丹修为的阙鹏海想要借机干掉他，讨好纳兰茹雪。那个时候，是他根本就不认识的燕霁站了出来，拦住了阙鹏海。

纳兰茹雪对燕霁站出来帮助他，完全不解，甚至开口让燕霁不要多管闲事。而燕霁的话，他到现在都记得清楚，“……每个人的眼睛都代表着自己的心窗，虽然是同一件事，只是我们看见的东西不同而已。”

之后，她邀请了自己一个只有筑元四层修为的修士加入了她的小队。她的做法，让整个小队都不理解，但她依然这样做了。

在他落下血河山后，燕霁毫不犹豫的跟着冲入了血河，想要救起他，结果也落进了血河之底。那个时候，他仅仅是认识她而已，或者是说仅仅是在血河山上救了她一次而已。

在他将她和向芷兰救出血河之底后，就因为自己没有出去，她就再一次跳下血河，最后迷失在血河之底。忘恩负义或者是不将恩义这种东西放在心上的人宁城见得多了，如燕霁这样，只有滴水之恩，就一直不忘报答，甚至几次主动跳下必死的血河之底的女人，他还是第一次遇见。

走出规则路后，他被三大势力追杀，在她的姐姐燕月要杀他的时候，她仅仅说了一句话，“谁动他，我杀谁。”

那个时候，她的神智还没有恢复。说这句话，仅仅是心里的一种执念。

为了找到自己，她从乐洲来到天洲。从天洲前往星空，从星空跨越位面……她疯狂不要命的修炼，丹药无论好歹，只要是能提升修为就可以吃下去。如果不是遇见纳兰茹雪，他根本就不知道燕霁只是想要早点提升自己的修为，回去再找他。

她同意洗灵，只是为了将一个消息带给纳兰茹雪。虽然告诉他这件事的水悦可也不知道是什么消息，但是宁城猜测那个消息应该也会和他有关系。

宁城低头看着燕霁，忽然觉得自己亏欠了这个女子太多太多。他为她做的，仅仅是在规则路中照顾了她一段时间。

宁城的思绪越来越远，他轻轻的抱起燕霁，低下头，只是为了更近一些的凝视…… ……

周围是一片黑暗，燕霁躲在黑暗的一角，她感觉有些寒冷。她看不见光，看不见一切东西，有的只有黑暗，还有黑暗中充彻的冰寒死意。

她不知道自己躲在这个黑暗的一角多久了，她想要强行走出去，可是她的身体就好像僵了一般，没有办法移动分毫。

渐渐的黑暗越来越黑，甚至压迫了她的灵魂。她的呼吸都觉得困难起来，她只有一个念头，那就是要死了吗？

在这死去的一刻，她努力想要想起一些美好的事情，努力想要让自己在死去之前多一些憧憬。可是她始终无法想起任何东西，只有一个名字在她的意识中不断萦绕，她一切都忘记了，就是没有办法忘记这个名字。

宁城，对了，宁城对她很重要。为什么很重要，她的思想却无法伸展出去，只能被束缚在这两个字上。

她不断的想着这两个字，忽然这两个字要从她的眼前飞走，记忆也渐渐模糊。她心里焦急万分，这似乎是她能记忆起来的唯一东西，如果这两个字都从她的记忆中消失了，她的意识和灵魂将同样会消失不见。她挣扎着，想要抓住这能记忆起来的唯一东西。

就在这个时候，一道亮光从这两个要飞走的字上散发出来。亮光渐渐的驱散了周围的黑暗，她渐渐的看的清晰起来。

亮光范围越来越大，她的记忆就好像这亮光一般，在慢慢扩散，似乎也慢慢的多了起来。

她即将消散的世界也因为这亮光变得清晰，她的心里竟然多出了一丝丝的生机。

她努力的要睁开眼睛，她决不能让这种机会消失。

记忆越来越清晰，宁城的形象越来越清晰。强大的求生毅力和宁城的名字，让她终于睁开了眼睛，她看见了她记忆中宁城的样子。

“我终于看见了你……我说过再见到你的时候，要说嫁给你……”燕霁的声音带着一丝沙哑，盯着宁城的眼睛，头微微抬起，吻到了宁城低下来的嘴唇。

嘴唇刚刚接触到，燕霁就再次闭上眼睛，沉睡过去。

“燕霁，你醒了？”宁城惊喜的问出声来，他刚刚低下头，燕霁就睁开了眼睛。这是说五行天果是真的有用处，让燕霁清醒过来了。

燕霁再次沉睡过去，宁城心里却松了口气。燕霁这次不是昏沉过去，而是沉睡过去，很快就会再次醒来。

“谢谢你，燕霁。”宁城再次低下头，在燕霁的嘴唇吻了一下。他知道刚才燕霁并没有真正意识到他的存在，应该只是一种潜意识的行为，或者以为她在梦中看见了自己。

宁城猜测的没错，燕霁的确是以为自己在梦中看见了他。在她再次沉睡下去后，她的意识中已经清晰的显露出了宁城样子。

听说要死之前，会见到自己最想要看见的人。

不对，她的个感觉如此真实，而且还真的接触到了宁城。那不是梦？

燕霁努力的再次睁开自己的眼睛，她终于真正的看见了宁城，这一次，她的意识清晰无比。

“宁城，真的是你？这时真的……”燕霁的语气依然有些沙哑，还带着一丝颤抖。一句话没有说完，她的眼角就多出了一些雾气，宁城的身影瞬间模糊。燕霁心里大急，她想要伸出手来将自己眼角的模糊抹去，只是她的手根本就动不了。

宁城抬起手，轻轻将燕霁眼角的泪水擦掉，“霁师妹，以后再也没有人敢对你洗灵……”

“呜……”燕霁终于肯定了眼前的就是宁城，她真的躺在了宁城的怀里，再也无法遏制住自己心里的孤苦，泪雨滂沱。

她从未想过有一天自己会如此哭泣，她性格独立，从来都是一个人承受。她一个人遇见过太多的危险，生生死死的事情见的太多，多的她面对死亡也可以心如止水。

而现在她却无法忍住心里的悲伤，也许不是悲伤，而是发自内心深处的幸福，是无法言表的喜悦。

宁城轻柔的再次擦去燕霁眼角的泪水，“等这边事毕，我带你一起回去见洛妃……”

燕霁睁大眼睛看着宁城，这一刻，她经历的一切都有了答案。她的身体也多了一些力气，她下意识的要抬起手。

感觉到燕霁的身体越来越柔软，宁城知道燕霁在渐渐恢复了。虽然还不能修炼，但他相信只要自己努力，就肯定可以为她找到绮星金隐叶。

燕霁的手终于抬起来，反手将宁城轻轻的搂住，她感觉到了强劲有力的心跳。她的脸上有些发热，这是她第一次在意识清晰的时候抱住一个男子。这种感觉，让她有一种安定和祥和。

……

第九百七十七章 最难炼的化道道丹

“燕霁师妹好了？”辛秀惊喜的看着跟宁城一起走出来的燕霁，语气透着欣喜。

就是不善言辞的巫奇宏也上来祝贺，他和辛秀都清楚，宁城对燕霁非常的在意。

“谢谢辛秀师姐和巫师兄。”燕霁早就听宁城介绍过辛秀和巫奇宏，连忙出声招呼。

宁城摇了摇头，“霁师妹只是清醒过来，她现在根基未修复，还不能修炼。我要找到绮星金隐叶后，才可以帮她彻底的恢复。”

“绮星金隐叶？”巫奇宏震惊的重复了一句，他和辛秀都是炼丹师，自然知道绮星金隐叶的难寻。

这种东西如果是给他们去找，一辈子也找不到。他们知道宁城的本事，却也不认为宁城肯定就可以找到绮星金隐叶。

宁城叹了口气，“无论如何，我也要找到绮星金隐叶。”

燕霁虽然无法修炼，但是精气神都很好，听到宁城的话，她轻声说道，“就算是找不到也没什么，我已经很满意了。”

“宁大哥，刚才有一个叫珀西的人前来拜访，我让他在外面等着了。”辛秀及时说道。

“珀西？”宁城立即就想起了那个太素十二子中，排名第二的那个满脸胡渣长相粗狂的家伙。听剑三山说，珀西来自神秘的宗门虚星宗。这家伙找了他几次了，而且还在城主府帮过他。

宁城的神识扫出去，果然发现珀西还在外面等候，他连忙打开禁制抱拳说道，“珀西道友请进，因为我有一些事情，多有怠慢，还请珀西道友见谅。”

珀西哈哈一笑，也抱拳还礼，“宁丹圣，你能见我，对我来说已是莫大的喜事了。”

宁城笑了笑，将珀西请入客厅坐下。珀西知道他是丹圣并不稀奇，知道他是丹圣的恐怕也不是珀西一个。

给珀西倒了一杯灵茶后，宁城才问道，“珀西道友几次寻找我，想必是找我有什么事情？”

珀西尴尬的点点头，随即就凝重的说道，“的确是如此，因为我想要请宁道友炼制一炉续霄纹骨丹。”

宁城端着灵茶的手顿住了，他甚至又问了一句，“你要炼制续霄纹骨丹？”

续霄纹骨丹宁城自然知道，这是化道道丹中最难以炼制的，就算是化道丹圣去炼制，成功率也是微乎其微。

这种丹就有一个作用，解毒。天地间存在十种最厉害的毒药，其中纹骨毒就是其中的一种，排名第十。中了这种毒后，整个身体的骨骼都慢慢被一道道纹路腐蚀掉。元神被禁锢在身体的骨骼当中，无法离开肉身。

有些修为强大的圣帝，在中了纹骨毒后直接抛弃了肉身。但是在他们的元神神魂找到新的肉身，或者是重塑了肉身后，纹骨毒依然犹如跗骨之蛆一般，继续纹化腐蚀他们的骨骼。

纹骨毒只有一种丹药可以解去，这种丹药就是续霄纹骨丹。续霄纹骨丹是化道道丹，主要神灵草有三种。

其中一种道果就是金蝉心果，除了金蝉心果外，炼制续霄纹骨丹还要两种规则神灵草浑天芝、青霜冥枝。浑天芝和青霜冥枝的价值一点也不比金蝉心果低，同样是蕴含天地规则的神灵草。

可以说一炉续霄纹骨丹的材料就是无价之宝，想要收集这几种灵物，是难之又难。

就算是聚集起来了这一炉丹药材料，也几乎没有人能炼制出这一炉续霄纹骨丹。续霄纹骨丹不但材料难寻，同样是化道道丹中最难炼制的，就算是一些道元丹圣，也不一定能炼制出来。

因为这一炉道丹中蕴含了三种不同的规则道果或者是神灵草，要将其融合起来，化成道丹，其中的难度可想而知。

“没错，我们已经收集了一炉续霄纹骨丹的材料，就是想请宁丹圣炼制一炉续霄纹骨丹。”珀西的语气慎重无比，回答的时候，人都站了起来。

宁城摇了摇头，“对不起，我的水平想要炼制续霄纹骨丹恐怕还有欠缺。马上就要论丹盛会了，到时候整个太素界的炼丹强者都会聚集在一起。我想珀西道友更应该在论丹盛会上去寻找丹师，而不是找我这样一个半路出家的丹师。”

这种事情，宁城是毫不犹豫的拒绝。开玩笑，一炉续霄纹骨丹的材料多少珍贵？如果他炼坏了，还赔不起。要是珀西得到了几炉这种材料，他说不定还会考虑一下，只有一炉续霄纹骨丹的材料，他连想都没有想就拒绝了。

珀西听了宁城的话后，叹了口气，对宁城躬身施了一礼，“宁丹圣，我知道，如果太素界还有人能炼制出续霄纹骨丹，那只有宁丹圣你。”

宁城微微皱眉，“珀西道友，我想你恐怕是有所误会。哪怕做个假设，就算那幻果园的和菩丹和九窍心丹是我炼制的，那种水平想要炼制续霄纹骨丹，也不行。”

珀西更是恳切的说道，“我知道宁丹圣至少是一个化道丹圣，能够炼制特等紫霄丹的化道丹圣，在太素界并没有多少。就算是丹会的会主，道元丹圣司尘邱天，恐怕也不过是这种程度。

只要宁丹圣愿意出手，就算是最后失败，我虚星宗保证，也绝对不会让宁丹圣负半分责任。如果炼制成功，我们只要一半的续霄纹骨丹。另外一半作为报酬送给宁丹圣，除此之外，我虚星宗的东西任凭宁丹圣挑选。同时承诺宁丹圣在太素界的一切对手，都是我虚星宗的对手。”

宁城听到这里顿时动容，他没有去过神秘宗门。却知道在太素界，每一个神秘宗门的实力都不会比十大宗门弱。这样一个宗门，让他随意挑选东西，可见这个中了纹骨毒的人对虚星宗是多重要。

而且宁城知道自己得罪了哪些人，蛮龙族的龙帝蛮会山，河洛圣宗的通明子，甚至连天素圣城的城主府都对他有意见。这么多有实力的对手，虚星宗也愿意承担下来，那虚星宗中毒的人简单了才是怪事。

宁城再次深吸了一口气，还是摇了摇头，“抱歉，我的实力有限，无法炼制这一炉丹药。”

他很想帮这个忙，心里是有些分寸的。这么重要的一炉丹药，万一他炼制失败，那虚星宗绝对会疯狂掉。他的实力，还承受不起虚星宗的这种疯狂。

别看他得罪的人多，事实上他知道表面上他并不会有什么问题。蛮会山不敢对他动手，通明子也不敢明着对他动手。至于城府深沉的乐介笙，更是不会明着对他动手。加上他有晟俟天这个朋友，事实上，他在天素圣城稳如泰山。

一旦离开了天素圣城，蛮会山都抓不到他，通明子又算什么东西。

这一点他早就想的清清楚楚，但是一旦得罪虚星宗，那就完全不同了，这种平衡马上就被打破，他估计要亡命天涯。

“那就不打搅宁兄了。”珀西眼里闪过一丝失望，变得黯然起来。他知道宁城的顾忌，宁城不愿意炼制，他也无可奈何。

宁城也有些歉意，他是真的不敢保证这一炉续霄纹骨丹可以成功，如果他可以保证的话，他是无所谓。

珀西走到门边，忽然回头说道，“有一件事差点忘记了，你如果想要绮星金隐叶的话，可以去一趟太素墟的葬影蓝沙。我虚星宗的一名长老在寻找青霜冥枝的时候，就在葬影蓝沙看到过绮星金隐叶。我不久前询问过那个长老，他也不记得具体方位了，否则的话，我倒是可以刻一枚玉简给你……”

“千万不要去。”燕雯惊慌的打断了珀西的话，她常年在太素墟求存，对葬影蓝沙太熟悉了，能进入葬影蓝沙的最低修为都是化道圣帝。其中能活着出来的，很少很少。就算是她死了，也不要宁城去太素墟的葬影蓝沙。

“你为什么不用这个和我交易，只要你告诉我你知道绮星金隐叶可能存在的地方，也许我会同意帮你们炼丹？”宁城看着珀西平静的问道。

珀西淡淡一笑，“宁丹圣，在城主府我就很欣赏你的为人。无论你是不是将我当成朋友，我珀西都将你当成可交的朋友。我从来只是和朋友交换，要挟朋友的事情，我珀西从不做。”

语气中透露出强大的骄傲。

宁城和太素十二子打交道的太多了，太素十二子每一个都很骄傲。但是珀西这种骄傲宁城很赞赏，这是一种发自骨子里面的骄傲，而不是为了面子名声的那种自大骄傲。

宁城走上几步，在珀西肩膀拍了拍，“珀西，谢谢你将我当成朋友。你的那一炉续霄纹骨丹，我炼了。”

“宁丹圣……”珀西有些不敢相信的看着宁城，之前他许诺了任何一个人都无法拒绝的条件，宁城都不愿意冒险帮他虚星宗炼丹。而现在，他只是随便告诉了宁城一个绮星金隐叶可能出现的地方，宁城就答应了？

他很快就反应过来，连忙转身带着欣喜说道，“谢谢，宁丹圣，就算是你炼丹失败，哪怕我珀西被杀掉，我也不会让你有半分损伤。”

宁城呵呵一笑，“我就是相信你，这才答应帮你炼丹。以后就别叫我什么宁丹圣，直接叫我宁城就可以，你这个朋友我交了。”

珀西哈哈一笑，“认识我的人都叫我西胡子，宁兄以后也直接叫我西胡子吧。”

宁城看着满脸胡须的珀西，心说这个外号还真合适啊。

……

第九百七十八章 论丹盛会开幕

“宁兄，我马上就传讯回宗门，请我虚星宗长老带药材来天素圣城。”珀西得到了宁城的同意，急切的就要告辞。

宁城还以为要他去一趟虚星宗的，现在珀西说带炼丹的药材来天素圣城，显然是不想让他跑了。

他本来也不大想去这些神秘宗门，得知绮星金隐叶的产地后，他心里急着要去太素墟寻找绮星金隐叶。

再者，他虽然答应了帮忙炼丹，却也要为自己的安全考虑。珀西应该可信，只是珀西才是一个刚刚塑道的圣帝，在虚星宗能有多少话语权是可以想象的。在天素圣城，好歹还有晟侯天帮他。

送走珀西后，宁城看着担忧的燕霁说道，“霁师妹，你不用担心，我不会将自己陷入危险的。别人可以从葬影蓝沙出来，我就可以。”

燕霁点点头，没有继续劝宁城。她始终会和宁城在一起，就算是陨落了，也陨落在一起。

……

时间匆匆而过，转眼十天过去。宁城在这十天当中，没有离开过息栈的房间一步。

他在房间中，将那些神灵草和道果树全部移栽到了玄黄珠世界中，同时也留在房间中炼制道丹。

没有人知道他得到了多少神灵草和道果，他一个要为即将到来的论丹盛会准备，一个也不想在炼制续霄纹骨丹的时候出问题。

他的道果和神灵草多，各种各样的道丹都是可以随意炼制。为了对道果的规则掌控更深，宁城甚至专门炼制有几种道果或者是道果和规则神灵草融合的道丹。

一炉又一炉的道丹被宁城炼制出来，宁城完全沉浸在了各种道果规则的融合和丹道的感悟当中。

眼看论丹盛会即将开始，宁城这才收起丹炉，打开禁制走出房间。这次论丹盛会，他决定也带燕霁和辛秀还有巫奇宏一起过去。

论丹盛会这种地方，辛秀和巫奇宏是没有资格参加的。作为一个炼丹师，参加这种盛会绝对是好处多多。辛秀和巫奇宏都是在底层挣扎的炼丹师，现在既然跟在他身边，宁城就想要让他们跨入更高的层次。燕霁因为根基受损，不能修炼，也跟在宁城后面学习一些神灵草的药材。

“宁大哥，有一个叫岑如萱的人求见，说来自沉鱼宫。”辛秀见宁城出关，赶紧过来说道。

沉鱼宫的岑如萱？宁城的神识落在门外，立即就看见了在城主府询问他和菩丹的那个女人。说实在话，宁城对这个女人并不喜欢。珀西知道他能炼制紫霄丹，也知道不应该在城主府说出来。

知道是一回事，被大家确认是另外一回事。这个女人毫不顾忌的当众询问他和菩丹，根本就不为他考虑，让他不爽。

在岑如萱身边还有两个女子，其中一个宁城认识，钟蒙雨琇。这个女人眼高手低，曾经被他呵斥过一次。站在岑如萱另外一边的是一个脸带纱巾的女子，看那身材，甚至比蓝诚愿族的蓝冰还要柔软三分。

“请她们进来吧。”这次宁城没有主动去打开禁制，只是让辛秀去开禁制。

如果不是看在岑如萱已经是道元的份上，又是来自沉鱼宫，他甚至连见都不想见。

“沉鱼宫岑如萱见过宁丹圣。”岑如萱似乎知道自己在城主府有些冒失了，进来的时候并没有以一个道元强者的姿态来面对宁城。

不过在说话的时候，依然还是称呼宁城丹圣。

“岑前辈请坐。”宁城让三位坐下后，同时倒了几杯灵茶。

无论喜欢不喜欢，来到了这里就是客人，表面上的客气还是要做的。

“不敢称前辈，宁丹圣如果看的起我，叫我如萱师姐就可以。”岑如萱说话间，眼神从坐在宁城身边的燕霁身上扫了过去。

燕霁看起来很弱小，可是她的容貌显然要强于钟蒙雨琇，哪怕是比起月姝来，也不弱多少。如果不是为了让月姝来天素圣城，她在十天前就来拜访宁城了。现在看来，宁城似乎有了道侣。

宁城微微一笑，“晚辈和前辈修为天差地远，尊称一声前辈，那是应该的。”

岑如萱心里一叹，宁城这话的意思是我高攀不上你，大家桥归桥路归路。她知道肯定是自己在城主府的话让宁城没有多少好印象。

钟蒙雨琇知道一些宁城的秉性，倒是不以为奇。坐在岑如萱身边的那脸带纱巾的女子倒是惊异的仔细看了看宁城，她自然知道宁城是一个散修。一个散修居然可以拒绝十大宗门之一沉鱼宫的结盟善意，这绝对是少有的事情。

萱姨的意思很明显了，那就是我沉鱼宫想要交好你。说心里话，她对萱姨将她叫到天素圣城来见一个丹师，心里是有些不愿意的。为了沉鱼宫，她没有将这种情绪露出来。

现在宁城的表现，让她有了一些略微的不爽。沉鱼宫是什么地方？不说美女如云，更是十大宗门之一。宁城一个散修丹师，有什么底气拒绝这种示好？

岑如萱心里叹息，表面上却微微一笑说道，“我想找宁丹圣寻求两枚和菩丹，价格请宁丹圣出……”

说完，似乎觉得自己的话语有些缺少温情，她又补充了一句道，“我沉鱼宫有一个沉鱼冰池，尤其适合水属性的女子修炼。在里面修炼一天，足足比外面修炼一月还要有效果。就算不是水属性的女子，在里面修炼也有十数倍的效果。除此之外，沉鱼冰池还有清灵的作用。如果宁丹圣不愿意要别的东西，也可以带着你的道侣去沉鱼池修炼。”

这话一个是继续示好宁城，一个是间接询问宁城有没有道侣。

宁城听说适合水属性的女子修炼，就想起了洛妃。洛妃主水灵根，若是可以在沉鱼冰池中修炼，那会如何？

他身上后来炼制的和菩丹足足好几瓶，至于神晶，现在他多的是。神灵草，他也不缺。

想到这里，宁城直接取出一个装有两枚和菩丹的玉瓶送到岑如萱面前，“如萱师姐，这里是两枚和菩丹。至于神晶，我就不要了，将来我可能要向沉鱼宫借用一下沉鱼冰池。”

岑如萱心里暗叹，这个宁城太现实了。之前还叫着岑前辈，说什么叫前辈是应该的，这分明是不想和沉鱼宫有什么交集。现在听说了沉鱼冰池后，马上就改口叫如萱师姐。

不过她心里也是暗惊宁城的本事，和菩丹这种珍贵的神丹，人家说拿出来就拿出来了，一点都不打折扣，这至少说明她没有找错人。

钟蒙雨琇脸色依然平静，她在外面闯荡时间很长，对宁城的反应觉得很正常。那脸带纱巾的女子眼中闪过一丝鄙视，这种见风使舵的人也配让她青睐？她要的道侣是那种性情坚毅，威武不屈的强者，而不是这种为了区区一个冰池就改变的善变之辈。

宁城自然不知道这女人的想法，事实上他也不知道为什么岑采萱来这里，还要带着两个跟班。

他只知道既然要让洛妃去沉鱼宫修炼，就有必要和岑采萱拉点关系。就算是他知道了对方鄙视，也不会在意。这本来就是交易，他付了东西，只是他要的东西暂时还没有拿回来，自然不能一点关系都不攀。

岑采萱打开玉瓶，果然是两枚和菩丹，而且还是特等的神丹。她赶紧站起来对宁城感谢道，“多谢宁丹圣的和菩丹，若有需要我岑采萱帮助的，宁丹圣也可以来找我。”

她没有再提和宁城联姻的事情，宁城显然没有什么要和沉鱼宫拉拢关系的想法，她继续提联姻，那是自找没趣。

……

论丹盛会在天素圣城丹会总部举行，宁城带着燕霁、辛秀和巫奇宏三人来到丹会的时候，论丹广场早已聚集了上千人。

丹会的论丹广场不是露天广场，而是丹会里面的一个广场。这个广场被众多强大丹师刻画了各自的丹道道韵，一些低级的丹师来这里，就算是不听论丹盛会，也能从这些丹道道韵中感悟许多东西。

广场呈现扇形，丹道水平越低的，只能排在后面。广场的最上方是炼丹演示台，也是给丹师论丹、丹比的地方。

论丹盛会不但有丹师上台谈论丹道，如果丹道不一致，还要进行比试。只有最后胜出的数名丹师，才有资格代表太素界去和别的界面进行论丹，争夺前往太易界的名额。

塑道丹神只能带一个人进入论丹广场，宁城带了三个人，他必须要拿出化道丹神的资格牌才能进入。

“宁兄，我等你可有一会了”剑三山的声音及时传来，宁城在闭关的时候，他找过宁城几次了。因为一直没有遇见宁城，这次索性在论丹广场外面等着。

有剑三山这个化道丹神，宁城连化道丹神资格牌都免了，就和剑三山一起带着三个人进入了论丹盛会的化道丹神席位。

“宁丹神……”宁城刚刚坐下，岑采萱就带着两个女弟子坐在了听丹席不远的地方，并且主动向宁城打招呼。

论丹广场的席位分为两部分，一部分是丹师的，一部分是听丹宾客的。岑采萱作为十大宗门之一，是有资格坐在听丹宾客前列的。

“宁城，我也来了。”珀西一来，就远远的招呼一声，坐在了岑采萱附近。

宁城刚刚应了一声，就看见数人从论丹广场的另外一端走了进来。晟侯天走在第二个位置，在他前面的是一名身穿黑色丹圣道袍的无须男子。宁城一看就着人，心里就是一震。他在这人身上感受到了一种融入整个空间的道韵气息，这种气息似乎是丹道，又似乎和丹道毫无关系。

好强大，宁城吸了口，他猜测这人应该就是丹会的第一会主司尘邱天。

……

第九百七十九章 宁城眼热的奖励

这一行人坐在了广场前方最显眼的地方，紧靠着丹台。晟侯天的目光扫到了宁城，对宁城笑着点了点头。

此刻广场上已经有了将近三千人，不过依然显得很是空旷。宁城的神识扫到了更多的强者，不但是蛮会山、师天荷、乐介笙、费风等各大宗门的大佬都来了，他甚至看见了那个身穿黑袍的踏星楼主。

看样子这次论丹盛会果然是不简单。

随着三声渗入心神的鼓音响起，丹会广场的禁制被打起，意味着将不会再有人入场。

鼓音停下后，身穿黑色丹圣道袍的男子走上了丹台。

他先是做了一个很是隆重的丹师礼，这才缓声说道，“又是双百年一次的论丹盛会到了，我是丹会会主司尘邱天，主持这次论丹盛会。我在这里欢迎前来论丹的同道，也欢迎前来听丹的道友和各门宗主。听说这次幻果园涌现了众多的丹道奇才，这让我很是欣喜，我也渴望我太素界这次论丹盛会可以远超过往。”

所有的人都知道每次论丹盛会开始，司尘邱天都会论述一番自己对丹道的理解，此时整个丹会广场一片寂静。对来参加论丹的丹师来说，这是至高无上的享受，也是一种机遇。以司尘邱天这种道丹强者，谁都不知道什么时候他会长时间闭关，或者是离开太素界。

“丹，对我辈丹师来说，亦道。丹道亦人道，亦天道，亦长生道。丹者，玉鼎汤煎，金炉火炽，得玄珠成象。需洞晓阴阳，深达造化，方能追二气于黄道，会三性于元宫，攒簇五行，和合四象……此乃小丹之道，大丹之道，聚阴阳、集五行、沟天地、论规则……大丹之道，何止天人之道？何止长生之道？丹道无止境，反手星空宇宙，只等闲耳……”

司尘邱天的声音不大，却犹如在每一个人的耳边响起，清晰中蕴含着无穷无尽的道韵气息，让在场的所有人都听得如痴如醉。哪怕是不懂丹道，也能在这种论道中寻找到自己的感悟。一些丹师，更是犹如醍醐灌顶，许多东西豁然开朗。

尽管司尘邱天的丹道理念和宁城的丹道理念完全不同，宁城也是受益匪浅。

一天时间犹如滴答一声，转瞬即过。司尘邱天住口的时候，大部分人都还沉浸在丹道当中，无法自拔。

直到司尘邱天离开，丹会的副会主清逸圣帝的声音响起，很多人才醒悟过来。

“自从旻空丹圣陨去，我太素界丹道日益薄弱。至上次论丹盛会，我太素界已是无一人可以丹道入太易……”

清逸圣帝的话让宁城有些不解，他疑惑的传音问身边的剑三山，“剑兄，清逸圣帝的话是什么意思？”

剑三山回道，“太素界规则破碎厉害，无论是丹道、器道、符阵之道都远远不如别的界面。包括第二步的证道圣帝，在整个五太界也是排在后面。上一次五界丹比，太素界排名最后，未得一个可入太易界名额。”

宁城心里暗惊，荆寒和雷沙姆能进入幻果园第四层，说明他们可以炼制出一炉特等的化道神丹。这种实力，进入连一个进入太易界的名额都没有？

“正如我们太素界唯一的道元丹圣邱天会主所说，这次我太素界涌现出了数名天才丹师，我们相信，这次我太素界肯定可以在五界丹比中获得一些成绩。因为连续数次我们太素界的丹比成绩很差，这次代表我太素界参加丹比的只有五人……”

清逸圣帝的话顿时引起了一些议论声音，宁城听的清楚，这些议论是说上一次还有十人代表太素界参加丹比，这次怎么只剩下五人了。宁城完全不懂，只能再次询问剑三山。

剑三山显然比大多数人都知道的清楚，他解释道，“五太界炼丹大比、炼器大比以及斗法大比，都是一样的。如果成绩一直垫底，那名额就会逐年减少，五个名额是最低的了。成绩最好的一般都是太易界……”

宁城不解的问道，“剑兄，太易界又不要名额，他们为什么要参加大比？”

剑三山笑着说道，“这些名额有很大的用处，有些用处我也不清楚，不过我知道太易界每次得到众多名额后，会出售部分名额。他们将这些名额出售给别的界面，索要的价格高昂的离谱。就算是十大宗门之一，想要购买一个名额，也要伤筋动骨。”

“那可以偷偷进入太易界吗？”宁城又问道。

剑三山摇头，“绝无可能，太易界规则完善，界面稳固无比，护界禁制更是天成。哪怕是合道强者，也无法不经过太易界掌控者的允许进入太易界。进入太易界只有两个手段，一是通过大比，第二就是通过飞升。”

宁城倒吸了一口冷气，掌控者？他忙不迭的问道，“剑兄，你说太易界有掌控者？掌控一界？那我们太素界也有掌控者？我们的一切都在掌控者的眼皮底下？”

宁城不得不紧张，他知道这种事情不是没有可能。就好像他的玄黄珠一般，一旦成为世界，他也是这个世界的掌控者。

剑三山笑了笑，“太易界有掌控者不错，却不是能够掌控太易界的任何一个人。如果这样的话，谁还愿意去太易界？至于我们太素界，原本也是有掌控者的，只是因为界面破碎后，掌控者失踪。现在就变成了宗门联盟以及各大宗门势力一起，掌管太素界的事情。”

宁城总算是松了口气，万一有人掌控太素界，他可的赶紧想办法走掉。和太易界这样的掌控，等于一个掌权者一样，这种事情他还是可以接受的。

“宁兄，你有机会在论丹盛会中夺取一个去五太界比赛的名额，你一定不能错过。”剑三山说完，还叮嘱了宁城一句。

宁城刚想询问，就听见清逸圣帝继续说道，“这次论丹盛会，我们太素界将会选出五名丹师代表我太素界参加五太界的丹比。能代表这次太素界参加五界丹比的丹师，除了获得各大宗门家族的支持外，每人将获得一枚乾元果……”

乾元果这三个字传出，整个会场都变得热烈起来。这种无价道果，一次性就拿出了五枚作为奖赏，这种手笔简直是不敢想象。

幻果园中出现的道果虽然多，但是数百枚加在一起，也不一定有一枚乾元果的价值高。就算是荆寒等人进入了第四层，最多也不过是能得到极少数的化道道果而已。

乾元果可是真正的道元道果，而且还是道元道果中最珍贵的之一。这是让第一步证道圣帝感悟第二步的规则道果，可以说，得到一枚乾元果，就有证道第二步道元圣帝的机会。

就算是宁城，也是有些动容。他在幻果园得到的道果树都有几十棵了，也没有得到一枚乾元果。最值钱的道果比起乾元果来，也相差不少。

“……据我们所知，这次丹比如果能在五太界中得到第一，将获得一条极品木属性的神灵脉。除了第一，第二和第三的奖励一样珍贵……”

听到这里，宁城早将刚才的乾元果丢在一边，他的脑海中完全是那木属性的极品神灵脉。

因为稀少，所以属性神灵脉比无属性神灵脉更有价值。而其中最有价值的，自然是木属性的神灵脉，更何况是极品的木属性神灵脉？

宁城在幻果园看见那条木属性的上品神灵脉，心里就痒痒的了。现在居然还有奖励一条极品木属性神灵脉，这次大比他一定要去。无论能不能得到第一，他必须要去争取这条木属性的极品神灵脉。

只要他得到了这条神灵脉，他玄黄珠中的各种药园，还有道果树，将会焕发出新的生机。

“宁兄，你不要以为最珍贵的就是那乾元果了。其实只要你得到了前五，能代表太素界参加五太界的丹比，你的收获一点也不比那乾元果弱。”剑三山见宁城眼冒金光，还以为宁城对乾元果动心了。

他可不认为宁城是想要木属性极品神灵脉，宁城是一个丹道天才不错，要说宁城能在五太界的丹会大比中得到第一，他是不相信的。

别看太素界只有五个人参加五太界的丹比，别的界面参加丹比的丹圣动辄几十个，甚至还有混元丹圣，那档次完全不是太素界可以相比。

“你的意思是清逸圣帝说的各大宗门和家族的支持？”宁城问道。

剑三山嗯了一声，“对啊，每次太素界有资格参加五太界大比的人，无论你是比试炼丹还是炼器或者是比试道法，都会得到许多宗门的示好。他们的要求很简单，那就是你得到名额了，要分配部分给他们的宗门。所以只要你能在这次论丹盛会中取得前五，那修炼资源滚滚而来。”

“那五太界丹比的第一，会获得多少个名额？”

剑三山答道，“这我就不知道了，我只知道无论是哪一种比赛，最终只有前十名会获得奖励。”

宁城心里已是有些明白，难怪太素界想要获得名次很难。五个人在数百名强大的丹圣面前争夺前十，这其中还有不少的混元丹圣，这想要赢的话，还真是很难。

……

第九百八十章 论丹顿悟

“现在我宣布论丹正式开始！”清逸圣帝说完后，走下丹台。

宁城从未见识过是如何论丹的，不过他倒是没有再问剑三山，等会看别人如何论丹，他也如何论好了。

清逸圣帝刚刚走下去，一名五短身材，方脸男子就飞身落在了丹台之上。这男子稽了一个丹师礼，朗声说道，“天药门育道丹圣别翰元见过各位前辈、宗主，见过各位丹道道友。

论丹盛会是我们每一个丹师都期盼的日子，邱天前辈的大丹之道让我感悟甚深，丹念犹如骨鲠在喉，不吐不快。借助这次丹道，别翰元在此抛砖引玉，丹论有误的地方，还请各位前辈指点。”

剑三山的传音再次过来，“宁兄，别翰元虽然是一个育道丹圣，实力非同小可。他是天一药宗的第一丹圣，上一次五界丹比，他就代表太素界去过。”

宁城点点头，这个别翰元他见过，参加过幻果园，并且进入过幻果园的第三层药园。见别翰元的论丹开始，宁城传音询问剑三山，“剑兄，你会不会上去论丹？”

剑三山尴尬的说道，“一般人比较少的时候，我打算上去论一番。这样会得到一些指点，对自己的丹道很有帮助。不过论丹的丹师人很多的时候，我就不会去凑热闹了。一般去竞争这种名额的，最低也是塑道丹圣。我一个丹神，没有多少竞争力。”

“论丹盛会是如何选拔出五个人的？”宁城继续询问。

剑三山仔细的解释道，“只要是有塑道丹神的资格，任何人都可以上丹台论丹。第一轮论丹的总分三十分，这个分数由丹会的会主根据丹师的丹道给出，论丹得分前二十名的丹师进入第二轮。第二轮就是驳斥对方的丹道，然后通过你的丹道手段，炼制出比对方更好的丹药，你就赢了。这一轮只有分数高的才可以驳斥分数低的。

驳斥对方的丹道，最多只能驳一个丹师。如果你赢了，对方在第一轮论丹的分数全部给你。为了避免输掉，所以在驳斥丹道的时候，大家都挑选比较弱的对手，以防万一。

第二轮结束后，第三轮竞丹，这是直接比试。那就是比谁炼制的丹药价值高，难以炼制。炼丹的材料都是自己提供，炼制的丹药也都是属于各人所有。事实上每次论丹盛会放在幻果园开启之后，也是为了炼丹的材料考虑。这一轮的分数是七十分，是根据炼丹难易和成色给出分数。”

“若是没有进入论丹的前二十名，炼丹水平又很高，那怎么办？”

“如果真的有炼丹水平，在决出前五名之后，还可以挑战。挑战至少需要压三枚化道道果，只要你能战胜得分最高者，就算是你不参加论丹和驳丹道，也能代表太素界参加五界丹比。因为无论输赢，道果都不会退还，所以事实上这种可能性几乎不存在。”

剑三山说到这里，还怕宁城不明白他的意思，又解释了一句，“其实就算是挑战，也必须要和对方驳丹。”

听了剑三山的解释，宁城点点头。就算是他也不愿意拿出三枚化道道果，然后换取一个挑战的机会。三枚化道道果可不是一点两点的珍贵，再说得分最好的丹师绝对不会是无名之辈。无论是赢是输，都会得罪一个大势力。

所以他想要代表太素界参加五界丹比，还不如从第一轮就开始参加。

在宁城基本上弄明白论丹选拔后，别翰元完全沉浸在了他自己的丹道之中，“……所以我认为丹即单，单亦为一。人能知一，万事毕。知一者，无一之不知也。不知一者，无一之能知也……邱天丹圣有言，丹道亦天道，亦人道，亦长生道……道自虚无生一气，便由一气产阴阳，阴阳再合成三体，三体重生万物昌……”

宁城本来对这些丹道论并不在意，但是他听到别翰元说道到‘知一者，无一之不知也。不知一者，无一之能知也……道自虚无生一气，便由一气产阴阳，阴阳再合成三体，三体重生万物昌……’的时候，他的心中竟然引起了共鸣。

这岂不是和他的归一大道有共通的地方？他对别翰元的丹道不以为意，可是对这个一道的说法却很是在意。道虚生一气，一气还阴阳，阴阳合三体，三体生万物……一切都是由一开始，一切都归于一。

这一刻，他再次进入了归一大道的顿悟当中。

坐在前方的司尘邱天忽然将目光落在了宁城的身上，他眼里露出一丝惊异。他早就注意到了宁城，因为在他得到的消息中，宁城是有可能打开幻果园第十三道门的丹师。这种天才丹师，他自然不会忽略。

说心里话，宁城在别翰元的论丹道中陷入顿悟，让他心里还是有些失望的。别翰元的论丹虽然借助了他的丹道，但是错误百出，完全不能成为体系。用他的话来说，这就是小丹之道。

宁城在小丹之道中顿悟，成就显然有限。

司尘邱天叹了口气，正要将目光从宁城身上移走，忽然感觉到了不对。随即他就更是震惊的盯着宁城，因为他看出来了宁城感悟的竟然不是丹道，而是他自身的大道。

在别人论丹道的过程中没有感悟丹道，而是顿悟了自己的大道，这是论丹者的悲哀，还是感悟者的逆天？这简直不能以常理度之啊。

对宁城顿悟感受最深的却是剑三山，他就坐在宁城身边。宁城陷入顿悟，身上的气势不断攀升，这显然是宁城对神通道念的理解逐渐上升。他心里一样是惊骇宁城恐怖的顿悟能力，在这种情况下都可以顿悟。

剑三山不是司尘邱天，他只能感受到宁城陷入了顿悟，却不知道宁城并不是对别翰元的丹道顿悟，而是对他自己的归一道进行了顿悟。可以说宁城的顿悟，和别翰元毫无关系。要一定说有关系，就是别翰元给了宁城一个提醒。

别翰元的论丹并没有持续多久就结束了，司尘邱天不知道是因为什么原因，给了别翰元二十一分，这算是一个高分了。

得到了二十一分，别翰元从丹台上下来的时候，脸上都带着笑意。

剑三山很快就感觉到不对了，按理说别翰元都下来了，第二个论丹的丹师上台，宁城应该从顿悟中结束了才是。宁城不但没有结束，身上的气势继续在攀升。

一个接着一个的丹师上台论丹，就连荆寒、窦僵石、雷沙姆等这些化道丹圣都上台论丹结束了，宁城还是没有清醒过来。

眼看第一轮论丹就要结束，剑三山有些焦急了。他上不上都无所谓，宁城是一个化道丹圣，这次是绝对有机会取得前五的。如果错过了论丹道，宁城想要进入前五，那几乎是不大可能。

随着上台论丹的丹圣越来越少，剑三山知道来不及了。宁城陷入顿悟，他总不能将宁城叫醒吧。有的修士，一辈子都没有一次顿悟，一旦你打搅了对方的顿悟，那就是生死仇敌啊。

参加丹比再重要，也没有这种长时间的顿悟重要。

不要说剑三山，就是熟悉宁城的晟倏天、岑如萱以及珀西都疑惑的看着宁城这边，他们也奇怪为什么宁城不上台论丹。

一些猜测宁城进入幻果园第十三层的丹师都在关注宁城，在确信宁城没有上台论丹的想法后，都有些怀疑宁城到底有没有进入过幻果园第十三层了。

第一轮结束，第二轮驳丹开始后，宁城依然还在顿悟当中。到了后来，剑三山只能叹息一声，不再纠结这件事，专心感受丹台上众多丹道强者的丹道互驳和炼丹丹韵。

这次第一个上台的是荆寒，他一上台就直接说道，“丹道和一毫无关系，丹道者，集元气神识，融合天地众多灵物，聚集精华，岂能为一？一可为道果，可为灵物，却不可为丹。我要驳斥的是天药门育道丹圣别翰元……”

所有的人都恍然，别翰元在第一轮得分太高，就算是荆寒不驳斥他，也有人驳斥他，谁不想要这个二十一分？

别翰元有些无奈，第一轮得高分的喜悦消失的无影无踪。比丹道，比炼丹，他都远不是荆寒的对手，这一轮他输定了。明知道自己输定了，也只能上丹台应战。

……

宁城醒来的时候看见丹台上的人是清逸圣帝，清逸圣帝脸带笑容的说道，“经过三轮的论丹，最后决出的前五人是，仙尸门化道丹圣窦僵石，太神丹宗化道丹圣荆寒，城主府化道丹圣乐稀真，离羽神山化道丹圣阎蒯甫，缺月谷育道丹圣梅秀婉……”

这是丹比结束了？宁城惊诧的看着丹台上的清逸圣帝，有些愣神。这次顿悟对他的好处难以想象，宁城相信，有了这次顿悟，他将很快晋级塑道中期。这种对道的底蕴，无法言传，只有自身清楚明了。

“宁兄，你竟然顿悟了十天十夜。”剑三山的惋惜的声音传来，显然觉得宁城顿悟时间太长了。

宁城疑惑的问道，“剑兄，不对啊，不是还有一个叫雷沙姆的化道丹圣吗？”

“雷沙姆丹圣，在驳丹的时候，输给了缺月谷的育道丹圣梅秀婉。”剑三山回答道。

……

第九百八十一章 我要挑战

一个化道丹圣输给了一个育道丹圣？宁城立即就想起了窦僵石。这家伙扮猪吃虎，明明是化道丹圣，偏偏不去考核，只是用了一个塑道丹圣的资格参加幻果园。

想到这里，宁城忽然觉得自己和他差不多，也是一个化道丹圣，却用塑道丹神去参加幻果园。自己比他好点的是，参加幻果园之前，就考核了化道丹圣的资格牌。

在幻果园中，那个神魂先是夺舍他失败，结果夺舍了窦僵石，这是不是报应啊？

“若是没有人上台挑战，那就是他们五人代表我太素界参加五界丹比，同时请愿意支持五位丹师的宗门和家族……”明知道不可能有人上台挑战，清逸圣帝依然提了一句。

宁城这才醒悟过来，如果他不提出挑战，那他根本就没有机会代表太素界去参加五界丹比，根本就不等清逸圣帝的话继续说下去，宁城就赶紧站了起来，“等等，我要挑战。”

清逸圣帝的话戛然而止，不但清逸圣帝，就算是整个广场上的人都将目光看向宁城。

“还是一个爱现的家伙……”坐在岑如萱身边那脸带纱巾的女子有些无语的摇了摇头。

不但是她，就算是认识宁城的师依霜和应永轩也都摇头无语。在当初太素墟的交易会上，他们就知道宁城爱现了，看样子换了一个地方，他还是改不掉这个毛病。

“这人是谁？”

“你不应该问他是谁，而要问他以为自己是谁，竟然敢在这种场合挑战？找死。”

一些不认识宁城的修士立即就问了出来，很快就转为无语的喝骂声。在太素界，丹师的地位一直比较高，更何况是五个代表太素界参加五界丹比的顶级丹师？宁城一个名不经传的丹师，敢对这五个人发出挑战，不被骂才是怪事。

挑战五大丹圣？这是谁都可以说的话吗？三枚化道道果是谁都可以拿出来的？面对这么多前辈大能，还有太素界最强大的道元丹圣司尘邱天，在这种地方乱说话是会死人的。

小小的一个塑道圣帝，在这里还不够别人一巴掌拍死掉。

“只能说你们孤陋寡闻了，连大名鼎鼎的宁丹师都不知道。你知道幻果园第十三道门是谁打开的？就是他。你知道谁和晟会主称兄道弟？也是他。”

“不会吧，他就是宁城？那个得罪了龙帝，又得罪通明子和乐城主的家伙？”

“不是他还有谁？”

“难怪……”

一些恍然的声音，一个连蛮会山儿子都敢杀，连乐介笙的面子都不给的来了，要说在论丹盛会发出挑战，这简直太正常不过了。这种天不怕地不怕的人，如果按照正常的手段来夺取前五，这才有些不正常。

“你是说你要挑战？”清逸圣帝惊异无比的看着宁城。她随即就想起宁城在幻果园得到了很多道果，想必身上有些化道道果，这才敢说这个话。可是化道道果如此珍贵，也不能这样随便浪费啊。就算是他宁城进入了幻果园的第十三道门，化道道果想必也不会得到很多吧？

事实上清逸圣帝还真的没有猜错，宁城在幻果园中得到的道果很多，不过化道道果加起来也不会超过十枚。

“没错，我的确是要挑战。”宁城赶紧将自己的话重复了一句。

清逸圣帝只能说道，“你知道挑战需要拿出三枚化道道果吗？而且不管输赢，这三枚化道道果都不会退还的。这三枚道果，有两枚是要给你要挑战对象的。”

她知道宁城和晟侯天有不错的交情，这才主动提醒宁城。

宁城笑了笑，走上丹台，取出三个玉盒递给清逸圣帝，“我身上恰好有三枚大衍神果，现在拿出来正好。”

所有的人都是倒吸冷气，都没有想到宁城还真的拿出了三枚化道道果。

大衍神果的确确是化道道果，可以衍化化道圣帝的规则神通。一个化道圣帝想要证道第二步道元境界，对规则神通的领悟程度非常重要。大衍神果显然是为晋级道元境界，加砖添瓦的化道道果。虽然不如紫霄道果珍贵，却远比一般的育道道果要珍贵很多。

清逸圣帝自己也没有这么大的手笔，她小心的打开了宁城递给她的玉盒，确认了后，这才点点头慎重的说道，“没错，这玉盒中是三枚大衍神果。”

说完，她将玉盒直接收起，这才继续说道，“宁丹师，你知道要挑战的话，只能挑战分数最高的。如果分数最高的丹师不接受你的挑战，你才可以挑战其余的人。当然，其余四人无论你挑战到谁，都必须接受。”

宁城点点头，“自然没有问题。”

清逸圣帝继续说道，“既然如此，你就准备挑战吧。分数最高的丹师如果拒绝挑战，必须说出不接受你挑战的理由。至于比斗的方式，也必须由你挑战的丹师提出。”

所有的人都将目光看向了窦僵石，心说这个宁城还真是无知者无畏。如果说在论丹盛会开始的时候，宁城说要和窦僵石比斗论丹，别人虽然觉得有些不大相称，也不会用现在这种眼光。

窦僵石的丹道水平，这里所有的人都见识过了。连太素界最有前途的化道丹圣荆寒都不是对手，更不要说是宁城。

先不谈宁城是不是真的打开了幻果园的第十三道门，退一步来说，宁城就是打开了第十三道门，也肯定没有到幻果园的第四层。只要没有到幻果园的第四层，那就说明宁城的丹道水平远远不如窦僵石。

再说打开幻果园的第十三道门，谁能肯定就是丹道水平强的？也许还有别的因素呢？

窦僵石站起来走向了丹台，宁城要挑战他，就算是他不愿意应战，也必须先上丹台。

论丹广场的人都以为窦僵石会恼羞成怒，毕竟被宁城这样一个塑道丹神挑战，那是很没有面子的事情。

出乎所有人预料的是，窦僵石对广场四周抱了抱拳，这才看着宁城说道，“我拒绝你的挑战，拒绝理由因为我不是你的对手。”

说完窦僵石毫不在意别人的看法，缓步走下丹台，再次坐在了胜出五人的那一排座位上。僵尸脸上看不出任何表情，更不要说尴尬和不好意思了。

广场上顿时寂静无声，在窦僵石坐下后，这种寂静很快有化成了嘈杂议论，这是什么节奏？论丹盛会抉出来的第一名窦僵石，这个仙尸门的超级大黑马竟然拒绝了一个塑道丹神的挑战？

如果拒绝理由是看不起或者不屑和宁城丹比，那还差不多。窦僵石的拒绝理由是不是宁城的对手，这个理由实在是太奇葩了。

宁城看着窦僵石笑了笑，并没有说话。此时他愈发肯定窦僵石就是被那家伙夺舍的倒霉蛋，否则绝对不会拒绝他的挑战。

窦僵石如果就是那个神魂的话，那自然很清楚他的炼丹手段，这才知道不是他的对手。而且窦僵石不惜认输，也要代表太素界去五太界丹比，肯定有什么原因。

窦僵石认输下去，广场上众多听丹的人这才正视宁城起来。虽然还有些人认为窦僵石是不大想冒险，这才故意认输。毕竟窦僵石早已获得了代表太素界参加五界丹比的资格，根本就没有必要和宁城论丹。

但是大部分人都觉得窦僵石可能真觉得不是宁城的对手，那就是说宁城是一个极为厉害的丹师。

窦僵石不愿意和宁城比，那宁城只能在其余四人当中寻找一个。

宁城的目光扫向其余四人，除了缺月谷的育道丹圣梅秀婉很是疑惑的看着宁城外，其余三人都很是无所谓。

荆寒不知道宁城的丹道水平有多强，他和宁城有不小的仇。如果不是为了准备丹比，他早就想办法要干掉了宁城。若是宁城挑战他，他绝对会将宁城的脸打的啪啪作响。此时，他巴不得宁城挑战他。

宁城的目光并没有在他脸上停留，若不是五行天果有问题，宁城肯定挑战荆寒了。他交换回来的五行天果有问题，就如荆寒不放过他一样，宁城同样决定不放过这个家伙。这家伙是太神丹宗的王牌，身边总是有强者跟随，想要在这里干掉他还不大容易。只有让这家伙代表太素界参加丹比，然后在离开太素界的时候找机会干掉。所以，他不能让荆寒下去。

宁城又看向了阎蒯甫，他想不到离羽神山还有一个化道丹圣。这家伙似乎没有去幻果园，也不知道是什么原因。

离羽神山宁城认识彭山和彭芮美，看在这两个家伙的身上，他就放过这个阎蒯甫一次。至于缺月谷的梅秀婉，这倒是一个好对手，还只是一个育道丹圣。

不过宁城的目光很快就移走，找一个女人比斗，还是这里最弱的一个，似乎有些丢锐气啊。如果没有的选择，那就是她了，现在还有选择的，只能选择这个城主府的乐稀真。

乐家掌控了天素圣城的城主府，还管控着幻果园，这底蕴果然不一般，居然还有化道丹圣。也是，人家都用道果酿酒了，培养一个化道丹圣出来，也没有什么稀奇的。

……

第九百八十二章 宁城的丹道

看见宁城的目光落在乐稀真身上，听丹席上的乐介笙脸色一沉。他明知道宁城论丹绝对不会是稀真的对手，心里依然不爽。

等稀真将这不知天高地厚的小东西压的翻不起来身的时候，他再让这个小东西知道。他乐介笙好说话，不是好欺负。一个小小的塑道圣帝，也敢对乐家不敬。

不等宁城说话，乐稀真就淡淡一笑说道，“看样子宁丹师是要挑战我了？”

宁城抱了抱拳，“还请乐丹师不吝赐教。”

清逸圣帝见宁城已经对乐郗真发出挑战，直接说道，“乐丹师可以提出三道任何和炼丹有关系的丹比题目，宁丹师不得有异议。现在挑战赛开始。”

清逸圣帝不想得罪宁城，也不想得罪乐郗真，在宣布了挑战赛开始后，将两枚大衍神果递给走上来的乐郗真，赶紧下了丹台。

乐郗真走上丹台，先是对广场上的听丹众人做了一个丹师礼，这才走到宁城对面坐下平静的说道，“宁丹师既然要挑战我，就请出题吧。”

宁城一伸手，不紧不慢的说道，“根据规则，我是挑战者，应该是乐丹师出题。”

乐郗真哈哈一笑，“好，后生可畏，那我就来请教一下宁丹师，丹亦为道一，丹道之如玄牝之门，凝聚天地之根，成就本源精华，修之必。丹诀如启门之匙，源于玄牝，乃丹道之基，宁丹师以为然否？”

宁城明白乐郗真的意思，就是说丹道的初始就是凝聚天地间万物灵草的本源精华。这个思想并不突兀，很多丹师，就是宁城也这么认为。但是后面乐郗真说，正因为丹道是从天地万物的提炼而来，所以炼丹的丹诀也是根据天地万物的本源特性寻找出来的。他要问宁城，这个观点对不对。

任何一个丹师，都不会觉得这个观点不对。

宁城却笑了笑，“也许这是乐丹师的丹道理念，不过我却不这么认为。正如邱天前辈说的大丹道和小丹道，每一个刚刚入门的丹师，都会认为丹诀源于灵物本源，是启门之匙。当你一旦步入大丹之道，就知道丹诀实乃外物。

炼丹之道，随天地间的规则和周围的元气浓厚，以及炼丹者的心境变化而变化，岂会束缚于丹诀？当你完全理解丹道之途，你回首间会笑曰，丹诀为何物？”

宁城这话也不是故弄玄虚，故作深沉。他炼丹很少用丹诀，这不是他不懂丹诀，而是他的丹道的确和别人的丹道不同。他修炼的是玄黄无相，就算是修炼，每时每刻修炼的功法也是不同的，更不要说炼丹了。在破则之地出来后，他对这种天地规则的变化理解更加深刻，所以才会说出这种话来。

哪怕是他有时候用丹诀，每一炉丹药的丹诀也是不同的。正因为他有这个本事，这才可以指点剑三山炼制出一炉极品的塑道神丹。

乐郗真愣住了，他早就布置好了陷阱让宁城踏下去。只要宁城认为这个观点正确，那他就会继续询问丹诀的成型，以及丹诀为什么是根据万物变幻而来。他研究丹道无数年，对这些丹道理念精通无比，更是举一反三，源源不绝。不要说是一个宁城，哪怕是一万个宁城，也不是他的对手。

谁知道宁城不按照常理出牌，竟然敢说不赞同自己的观点。不对，这不是自己的观点，这是丹道公认的观点。宁城不赞同这个丹道公认的观点也就算了，还敢说一旦真正步入了丹道殿堂，连丹诀也可以不要。这简直是不要脸，胡扯八道。

乐郗真脸色顿时气得铁青，这哪里是论丹，完全是胡闹。和这种人论丹，是一种耻辱。

不要说乐郗真，就算是整个广场上的丹师也都愤怒的盯着宁城。出风头可以，但是这种不要脸的出风头，已经是触怒了整个追求丹道的丹师们。谁炼丹不要丹诀？谁敢说炼丹还要根据周围的天地规则变化而变化了？

“滚下去……”

“丹道界的败类……”

“就凭一张嘴，也敢来挑战论丹盛会的五大丹师？”

……

群情激奋，整个论丹广场似乎有些不受控制了。剑三山、燕霁等人都是一脸担心的看着宁城。

在这种大场合，一旦宁城犯下大错，别人就算是要杀掉宁城，也不可能有人能够阻止。

晟侯天一脸忧色，他知道宁城很有可能没有说谎。因为宁城炼丹的时候，他在一边看见过。他的神识无法探到宁城的丹炉，却能感觉到宁城似乎真的没有用丹诀。

随即他就震惊起来，这么说宁城触摸到了他说的那种大丹境界？可惜了，他的实力还差一点，如果他是混元境界的话，也许能更容易明白宁城说的‘炼丹还要根据周围的天地规则变化而变化’。

乐郗真忽地站起，对丹会的会主司尘邱天抱拳说道，“邱天前辈，此人根本就不是来挑战论丹的，他是来搅乱论丹盛会的。”

不等司尘邱天说话，宁城就冷笑一声说道，“这么说你做不到的事情，别人就是胡闹的了？你还要不要脸？我听说蛮龙族还有一个合道强者，只是大家都没有见过。你这一辈子是无法合道了，按照你的说法，蛮龙族的那个合道强者也是装的？假的？”

蛮会山听到宁城的话，冷哼一声，“宁城，若是你无视你说的话，就别怪我不客气了。”

他是蛮龙族的龙帝，自然可以感受的出来宁城的意思，宁城不但是在打击乐郗真。同时也是在告诉别的宗门，蛮龙族有没有合道强者，这种事情谁也不知道。这无形中降低了蛮龙族威望和对别的宗门压力。

宁城抱拳嘿嘿一笑说道，“我只是尊敬合道强者，既然蛮龙帝都不愿意我提，那我就不提好了。”

蛮会山再次冷冷的哼了一声，没有理睬宁城。

早已认定了宁城是胡说八道的乐郗真根本就不看宁城，依然躬身请丹会会主评判。

司尘邱天缓缓说道，“丹道万千，论丹各凭自己的丹道所得，论丹盛会不会以论丹不切合实际，就作出抉择。我们不知道的，也许有人知道。我们认为不可能的，也许在别人看起来很正常。

事实上，我也曾经尝试过不用丹诀，事后证明这是行不通的。原本我也以为这是不可行的，在我修为和丹道都更上一层楼，触摸到大丹丹道边缘的时候，我隐约觉得也许是我的丹道水平还不到家。所以这不算胡闹，两人论丹观点暂时各持。”

暂时各持的意思就是暂时不分胜负，等会驳丹的时候，如果用自己的丹道证明了观点，那之前论丹的胜负也会从不分胜负，改成驳丹胜者。

连这个都不算宁城输掉，很多人顿时想起了宁城和丹会晟侯天交好的事情来。看样子，宁城和晟侯天交好的事情，影响到了会主司尘邱天。只有极少数知道司尘邱天性格的修士，才没有这样想。

乐郗真显然也认为是因为晟侯天的因素，他心中不忿，再也没有和宁城论丹，然后教训宁城一顿的想法。宁城这种人不配和他论丹，他冷声说道，“既然宁丹师跨入了大丹道的行列，那就请不用丹诀为我们炼制一炉丹药来？”

宁城的语气也冷了起来，“你以为你是谁？我要在你面前表演不用丹诀炼丹？我凭什么要教你，你算老几？”

“哈哈……”乐郗真气极反笑，直接抛出一枚白色的塑道丹圣资格牌，语气阴沉无比的说道，“既然比赛规则由我提，那你拿出一枚塑道丹圣的资格牌吧，如果没有，你输，滚下台去。”

他的这种提出比赛的方式完全是欺负人的方式了，这种欺负人的方式又并不违背他提出比赛规则的手段。丹会资格牌，也是和炼丹有关系。不通过丹会验证，根本就得不到资格牌。

所有的人都明白了乐郗真的想法，也都感觉到解气。你不是很厉害吗？我现在连炼丹都懒得和你比，我就是塑道丹圣，你呢？能拿出来塑道丹圣的资格牌，证明自己数塑道丹圣吗？拿不出来啊，你滚下去吧，因为你输了。

宁城微微一笑，这是恼羞成怒，开始比文凭了啊。比什么东西，你乐郗真也是一个字，输。

他连话都懒得说，同样丢出一枚白色的塑道丹圣的资格牌。

“你是塑道丹圣？为何之前……”乐郗真皱着眉头看着宁城拿出的白色塑道丹圣资格牌，有些疑惑。

不等他将话说完，宁城就说道，“之前不拿出来是不是？我进入幻果园只要塑道丹神的资格牌就可以了。我进入这里，也只有塑道丹神的资格牌就好了，难不成，我要将自己的丹师资格牌全部挂在身上？怕别人不知道我是塑道丹圣了？”

乐郗真竟然没有生气，再次取出一枚银色的育道丹圣资格牌，然后也不说话，就这样盯着宁城。

……

第九百八十三章 乐郗真的底牌

宁城懒得废话，直接取出自己化道丹圣的资格牌丢出去，“乐丹师，要比就比点实在的，别比文凭了，我的文凭多的很，从小学到博士后都有……”

说完一挥手，六枚资格牌都丢了出来。

乐郗真听不懂宁城的话，但是夹杂在六枚资格牌中，那淡金色的化道丹圣资格牌他自然认识，因为他也有这种资格牌。

什么是寂静中的震撼，这就是。包括乐郗真在内，除了极少数的几个人之外，没有人知道宁城还是一个化道丹圣。别的资格牌也就算了，那枚淡金色的化道丹圣资格牌显得格外呛眼。

现在宁城连化道丹圣的资格牌都拿出来了，显然是化道丹圣无疑。哪怕晟侯天和宁城关系再好，也不敢随随便便给宁城弄一个化道丹圣的资格牌。

这一刻，再也没有人敢小看宁城，甚至连他们以为宁城之前胡扯的丹道理论，现在也变成了那还真有可能存在。

之前骂宁城的几名丹师，此时更是将脑袋缩了起来。宁城是一个塑道丹神，他们骂是毫无关系的。但宁城是一个化道丹圣，要追究他们的责任话，他们完全担当不起。

就连乐介笙也皱着眉头，他也没有想到宁城是一个化道丹圣。难怪丹会的晟侯天对宁城客气有加，这样一个年轻的化道丹圣，不客气才是怪事。宁城是一个化道丹圣，那宁城打开了幻果园第十三道门几乎是可以肯定。

荆寒脸色阴沉无比，宁城是一个普通塑道圣帝，哪怕是一个丹神，他要干掉也没有关系。

宁城一旦是一个化道丹圣，他太神丹宗也不敢说干掉人家。

太素界总共才几个化道丹圣？每一个化道丹圣都几乎相当于一方不小的势力。他太神丹宗之所以敢说冲进前十宗门，就是因为有了他一个化道丹圣。

“宁城是一个散修，他竟然还是一个化道丹圣？”师天荷震惊的盯着宁城，她的脸色变幻不定。

九转圣道池缺少的就是强大丹师，宁城一个散修，又是如此强大的一个化道丹圣，她不起心才是怪事。

在师天荷身边坐着的是一名脸上带了几条皱纹的女子，她在宁城拿出化道丹圣资格牌后，有些疑惑的转头看向师天荷，“天荷，为何一个散修化道丹圣，我九转圣道池到现在才知道？”

师天荷连忙欠身恭谨的说道，“代芙师叔，此人一贯喜欢隐匿自己的本事。不要说我们，就是台上和他比斗的乐郗真也应该不知道他是化道丹圣。”

这叫代芙的女子点点头，师天荷说的没错。如果乐郗真知道宁城是化道丹圣，他肯定不会用丹会资格牌来比斗。

“天荷，此人可以邀请到我九转圣道池，哪怕是付出一些代价，也……”

尽管代芙师叔没有继续说下去，师天荷已经明白师叔的意思，恭谨的说道，“是，师叔，我明白。”

……

太素海沉鱼宫的岑如萱看见宁城拿出化道丹圣资格牌后，心中暗道她果然没有猜错，宁城还真的是一个化道丹圣。

“萱姨，我明白你的苦心了。”坐在岑如萱身边那脸带纱巾的女子忽然说道。

岑如萱摇了摇头，不管你明白不明白，现在说这些都没有用处。人家对她的美人计根本就没有半分兴趣，再说他身边就有一个绝色美女。

“或者在论丹盛会结束后，我可以约他谈谈。”脸带纱巾的女子见岑如萱没有说话，主动说了一句。

岑如萱叹了口气，“月姝，你也不用委屈自己了，再说谈也没有用的。”

她是委婉的说法，实际上她知道宁城应该不会在意月姝，所以才委婉的叫月姝不要委屈自己。

叫月姝的女子微微一笑，“我很了解他这种人，立场摇摆、爱现、虚荣，但是的确有些本事。”

她自认为对宁城很是了解，宁城见风使舵，变脸又快。还喜欢出风头，她要对付这种人，实在是太简单了。她有百分之九十的把握，让宁城服服帖帖的为沉鱼宫做事，还不能碰她的手指。

……

虚星宗珀西旁边也坐了两名男子，一名瘦弱的犹如一个骷髅，整个人都弱不禁风。另外一个脸色漆黑，一双非常细长的眼睛挂在额头下面，显得有些不大协调。

看见宁城拿出化道丹圣的资格牌后，那眼睛不大协调的黑脸男子沉声说道，“珀西，看样子你眼光不错，此人居然真的是一个化道丹圣。”

珀西赶紧说道，“宗主，宁城为人很光明磊落。他和我性情相投，这才同意为我炼丹，我只希望一点，就算是他炼丹失败了，也请宗主不要问责他。否则，我将无颜活着。”

黑脸男子微微一笑，“你放心好了，他如果炼丹失败，我不会伤他的。”

伤是不会伤的，绝对是会杀掉这个蝼蚁丹师。为了续霄纹骨丹的几种主灵药，虚星宗甚至失去了一个道元圣帝。宁城如果胆敢炼丹失败，那必须要用命来抵偿。

珀西再担保，也无法保住宁城的小命。

可惜的是珀西不知道，在他看来宗主自然是一言九鼎。事实上，宗主也的确没有骗过他。

宁城也不知道，以宁城的脾性，要知道谁敢用他的小命威胁他炼丹，他早就一口吐沫吐过去了。虚星宗的宗主又如何？不炼就不炼。宇宙浩瀚，我就不信你能找到我。

就算是被抓到了，要他强行炼丹，他也会想尽一切办法在丹药中做一点手脚。

……

“你也是一个化道丹圣？”乐郗真再也没有了半分看不起宁城的意思，有时候人就是这样。要看一些表面的称号，无论是仙人还是普通人，都是一个秉性。

宁城将几枚资格牌全部收起，“论丹盛会比这些毫无意义，既然我要挑战你，你还是出一些实际点的题目来吧。我听说你可以出三题，只要有一题我输掉了，你就赢。现在你出了两题，还有一题的机会，你出不出？”

乐郗真吸了口气，将自己的资格牌收起，脸色慎重的对宁城说道，“这一轮我们就比赛炼丹，我先炼了，如果有缺失的地方，还请宁丹圣指点。”

说话间，乐郗真抬手祭出了一道暗红色的丹炉，再一抬手，一株株神灵草就悬浮在了他的身边。这是论丹中的驳丹，乐郗真要炼制丹药，自然要让别人的神识可以查看到他到底用了哪些神灵草，也要让人知道他到底要炼制什么丹药。

“龙魄果？用这种化道道果炼丹？”广场上旁观的丹师认出了乐郗真要用到的道果，立即说了出来。

“这种道果可是蕴含一丝真龙魄念规则，不但清晰，而且极易破损，想要入丹更是难上加难。乐丹圣真是有魄力，竟然要用这种道果入丹。”

论丹广场上都是一些炼丹行家，乐郗真一拿出龙魄果，不但有人认出来，还有人解读出来了龙魄果的特性。

荆寒也微微皱眉，看样子乐郗真在和他们驳丹的时候，并没有出全力。至少他自己现在就无法用龙魄果入丹，等等，龙魄果入丹，乐郗真不会是想要炼制至元度脉丹吧？他有这个本事？

断空神花？看见断空神花的时候，荆寒的脸色阴沉起来，此时他肯定乐郗真是要炼制至元度脉丹。乐郗真敢炼制至元度脉丹，就说明他有点把握。

荆寒一直以为他是化道丹圣中的最强者，之前被窦僵石打败，心里就很是窝火，现在看来连乐郗真的丹道水平也在他之上。这种连续打击，他能高兴的起来才是怪事。

“断空神花？乐丹圣竟然要炼制至元度脉丹……”广场上的丹师也看出来乐郗真要炼制什么丹药了，这是至元度脉丹啊。

如果说化道道丹中有十种最难炼制的化道道丹，那至元度脉丹肯定会名列其中。这种化道道丹需要两种规则灵药，一种就是化道道果龙魄果，还有一种就是规则神灵草断空神花。

化道道丹中最受大众欢迎的应该是紫霄丹了，不过紫霄丹的炼制难度，恐怕连至元度脉丹的十分之一都不到。

至元度脉丹是仅有的几种可以让化道之下圣帝更改经脉的道果，至元度脉丹可以去掉经脉中的道念郁结，然后扩展经脉强度，提升修炼道基。

只要涉及到提升圣帝道基的丹药，都是无价之宝。更不要说至元度脉丹去掉道念郁结，扩展了经脉后，还能让一些不能晋级道元的圣帝，晋级道元的几率将大增了。

宁城一看乐郗真拿出来的炼丹灵草，就知道他要炼制的是至元度脉丹，这让宁城很是皱眉。不是他比不过乐郗真，而是他拿不出这么珍贵的神灵草来。他可以炼制的化道道丹也有许多，可是没有任何一种能够和至元度脉丹相比。看样子至元度脉丹是乐郗真的底牌了，他之前没有拿出来，是因为没有遇见对手。

想到难以炼制的化道道丹，宁城忽然想起了珀西。珀西要求他炼制一炉续霄纹骨丹，要是论起难炼程度来，续霄纹骨丹是完胜至元度脉丹。如果说有三种最难以炼制的化道道丹，那续霄纹骨丹绝对可以名列其中。

问题是，他现在还没有拿到续霄纹骨丹的材料啊，怎么办？

……

第九百八十四章 全场震动

很快所有的人都被乐郗真的炼丹手段吸引，乐郗真的火焰很奇特，黑色中带着一丝白线。

宁城一看这火焰，就知道乐郗真的火焰同样跨入了神焰。不过这火焰应该还没有他的无名火焰等级高，更是无法和星河火焰相比。

一株株神灵草被乐郗真丢入丹炉，开始的时候，还有些痕迹可循，到了后面，乐郗真的每一个动作都带着一丝道韵气息。就算是不懂炼丹的人，此时也可以看出来，乐郗真的炼丹手法浑然天成，绝对比之前取得第一的窦僵石要强。

宁城心里也是暗暗赞叹，真不愧是掌控了幻果园，有许多道果练手的城主府。如果有足够道元道果练手的话，乐郗真现在肯定是道元丹圣。因为这个时候，乐郗真已经在道元丹圣的边缘了。

难怪不屑参加幻果园，幻果园的道元道果宁城还没有看见过，看样子乐郗真是不在意那些道元之下的道果了。当然还有一个原因，应该是乐介笙不愿意吃相太难看。

每次幻果园开启，城主府都是大赢家。就算是这次被宁城暗算了一记，但是乐介笙在窦僵石身上也得到了近百枚道果。若是乐郗真再参加幻果园，估计要眼红一大批人。

……

“好强……”听丹席上珀西身边的黑脸男子盯着乐郗真的炼丹动作，眼里露出精光，自言自语的感叹了一句。

随即他就将目光转向珀西，语气低沉无比的问道，“珀西，你觉得那个宁城的丹道水平和乐郗真比起来如何？”

珀西犹豫了好一会，这才说道，“我不敢肯定，城主府的这个乐郗真没有参加幻果园，所以他真正的炼丹水平我也是才知道……”

黑脸细长眼的男子已然明白珀西的意思，珀西心里感觉到宁城不如乐郗真了，只是没有说出来而已。也是，以乐郗真这种丹道水平，估计都不下于司尘邱天了。

黑脸细长眼男子没有再问珀西，而是传音给身边那名骷髅男子，“康祖，乐郗真的炼丹手段，应该可以炼制我们要的丹药，而且成功的几率非常大。我当年和乐家也有些来往，相信可以请的动他出手。”

骷髅男子点点头，没有说话。

……

哪怕乐介笙再低调，此时乐郗真强大的道丹水平，也让很多人眼光闪烁，心里多了一些想法。幻果园被乐家掌控的时间似乎太久了，风水轮流转，也应该让别的人掌控一下幻果园了。

感受到一些神识落在他这边，乐介笙也很是无奈。他唯一的念头，就是对宁城更是恼怒。如果不是宁城，乐郗真会按照他的意思，低调行事，也只是一个普通的化道丹圣而已。虽然这样也会引起别人嫉妒，却不至于和现在这样。

……

时间慢慢过去，众人都被乐郗真的炼丹手法吸引，完全忘记了周围的时间变化。

一个时辰、半天，当一天时间即将过去的时候，乐郗真的手印从有迹可循，到幻化成了一道道无迹可寻的影子，一个又一个玄奥无比的丹诀落在丹炉之中。

至元度脉丹还没有出炉，在乐郗真的这些丹诀落下后，丹炉中清香的丹气已散发出来。至元度脉丹这种顶级化道道丹，哪怕仅仅是香气，也足以让众人感受到一丝不同。

“厉害，这种丹香表明至元度脉丹不但要成丹了，而且还至少是上等丹药。”

“乐丹圣之前应该留手了，以这种丹道水平，恐怕接近道元丹圣了吧？”

“这还用说，如果有道元道果，我估计乐丹圣应该早已是道元丹圣了……”

乐郗真的至元度脉丹即将收丹，众多沉浸在那种丹道道韵中的丹师这才回过神来，纷纷发出一些感叹。这里的丹师，都是太素界丹道强者，尽管炼制不出来至元度脉丹，却不影响他们的眼光。

晟侯天看见乐郗真这种炼丹手法和丹道道韵，心里感叹不已。宁城的炼丹手法很强，恐怕也不一定能有乐郗真强。唯一的期待，就是宁城炼丹时间远远比乐郗真短。

只是丹道比的不是炼丹时间，而是成丹的成色等级和丹药的难度。只有两人的丹药一摸一样的时候，炼丹时间才会被用来作为一个考虑对象。

“叮叮叮叮……”

在众人还沉醉在丹香和乐郗真手法当中的时候，一道道白色的影子从丹炉中被乐郗真拉出。这些影子落入乐郗真早已准备好的一个玉盘当中，犹如珍珠落下一般，发出清脆的叮当声响。

十二枚乳白色的丹药散列在玉盘之上，淡淡的丹韵配合着至元度脉丹特有的丹香，美不胜收。

丹药没有送入玉瓶，所有的人都可以看见玉盘上的十二枚至元度脉丹。七枚特等丹药，五枚上等丹药，没有中品和下品。

“好丹！”就连司尘邱天也忍不住赞了一句。就算是他，也无法炼制出这种完美的一炉至元度脉丹。

随着司尘邱天这句话出来，论丹广场犹如烧沸了的开水，完全被这十二枚至元度脉丹征服了。

乐郗真在玉盘上打了一个护丹禁制，将玉盘放在论丹台上的展示处看着宁城缓缓说道，“宁丹师，我的丹药已经炼制完毕了，还请宁丹师为我们展示不要丹诀的炼丹手法。”

乐郗真自己也很是满意，这一炉丹药在他憋了一口气的情况下，完成的非常完美。就算是让他再炼制一炉至元度脉丹，他恐怕自己也炼制不出来这么完美的丹药。

他不是一个愿意服输的人，压力越大，他就越能发挥出本事。至于刚才说的话，倒是没有半分小看宁城的意思。宁城能拿出化道丹圣的资格牌，那就说明宁城的丹道水平绝对不允他小看。

乐郗真知道他除了天生对丹道敏感之外，生在乐家也是一个不可忽略的因素。没有任何一个宗门，或者是家族，能够像他这样随意的拿出各种道果练手。所以他不但没有小看宁城，对宁城是化道丹圣还很是尊敬和敬佩。

宁城对乐郗真抱了抱拳，语气慎重的说道，“乐丹师的确是一个丹道强者，宁城钦佩不已。”

乐郗真的本事同样赢得了宁城的尊重，至于乐郗真有很多道果练手，这是次要的。如果没有对道丹的感悟，再多的道果也无法培养出乐郗真这种丹道强者。

热切的议论声音渐渐小了下来，所有的人都将目光落在了宁城身上。乐郗真的至元度脉丹大获成功，广场上的人都想知道，宁城的丹道水平，是不是和他的嘴巴一样厉害。还是宁城仅仅是一个只会说，而不能做的虚夸之徒？

宁城吸了口气，将目光落在了珀西身上，他早已看见了珀西身边的两名男子。其中那个黑脸，眼眉细长的男子身上看起来犹如浩瀚虚空，想来应该是一个混元强者。

另外一人，犹如骷髅，病怏怏的。尽管宁城看不出来这个瘦弱到犹如骷髅的男子是不是中毒的那个，他猜测应该是。

这两个人和珀西一起来这里，恐怕除了要看他的丹道水平之外，还要看看有没有别的厉害丹师。

“珀西兄，我想问你借一副丹药的材料，我今天就在这里炼制了。至于别的，就按照之前说的。”宁城站在丹台上对珀西说道。

他相信珀西能听出来他的意思，他是说就在这里帮珀西炼制续霄纹骨丹。这样既可以帮珀西炼丹，也可以借续霄纹骨丹击败乐郗真。

若是换成参加幻果园之前，宁城还真的不敢说这个话。但是现在，哪怕乐郗真炼制出了至元度脉丹，宁城依然有把握打败他。

为了炼制这一炉续霄纹骨丹，他在息栈闭关整整十天，每天都在用各种道果炼制道丹。可以说晟侯天看见宁城的炼丹水平，和宁城现在的炼丹水平完全是两个档次。

珀西大喜，连忙站起来说道，“当然可以，丹药材料我们带来……”

“等等……”在珀西身边的黑脸细长眼男子出声打断了珀西的话。

在珀西还在惊讶中，他就对宁城说道，“宁丹师，珀西和你说的丹药材料正在路上，应该很快就能到天素圣城。到时候，还要麻烦宁丹师了。”

珀西的脸色顿时难看起来，续霄纹骨丹的材料明明在宗主身上，宗主居然说还在路上，这岂不是不想拿出材料让宁城比赛？珀西瞬间就明白过来，宗主是要想找乐郗真帮忙炼丹了，这才采用拖延的办法拒绝宁城。

他看了一眼虚星宗的老祖宗，嘴巴张了张，最终还是没有敢开口说话。

宁城冷笑一声，他岂能看不出来这黑脸细长眼强者的意思？这是看见乐郗真的强大，想要乐郗真炼丹。换句话说，这等于单方面毁约。若是别的时候，宁城也不生气，但是这个时候关系到他挑战胜败的事情，虚星宗的家伙做出这种事情，让他心里很是不爽。

“这位前辈，我现在的状态应该是最好的，如果能够拿出珀西说的炼丹材料，我相信有很大把握。要是等论丹过后，恐怕我不大敢炼这种丹药了。”宁城不亢不卑的抱拳说道。

他的意思很明确，要让我炼制续霄纹骨丹，那现在就拿出材料，否则以后别找我。连这点忙都不愿意帮我，也要让我帮忙炼制续霄纹骨丹？

……

第九百八十五章 就怕你不敢炼

被珀西叫着宗主的黑脸男子冷冷的说道，“宁丹师这是威胁我来着？”

宁城淡淡的说道，“不敢，刚才的话是我的错，我向前辈道歉。前辈大人大量，就当我刚才那句话没有说过。”

说完，宁城的目光再也没有看这黑脸男子。虚星宗在拒绝说好的续霄纹骨丹之时，就被他划入黑名单，刚才那句话的意思他相信珀西可以听出来。那就是我为你虚星宗炼制续霄纹骨丹的事情就等于没有说过，以后大家都不要再提。

黑脸男子冷哼了一声，如果这里不是论丹会场，敢这样和他说话，他早就一巴掌将宁城化成飞灰了。

珀西叹息一声，他和宁城的交往并不深，却感觉到宁城是一个可以交往的朋友。

宁城的脾性他也了解一些，想要以占尽便宜，半分亏都不愿意吃的姿态和宁城交往，趁早熄了这个心思。相反的，如果自己肯吃些亏，收获或者更多，宁城绝对不是那种亏待朋友的人。

他宁城连蛮会山和乐介笙都不鸟，自然也不会跪着求着他们虚星宗。更何况，炼丹的事情是虚星宗求他，不是他求虚星宗。

此时广场上的人都听明白了，宁城这是要问虚星宗借挑战乐郗真的炼丹材料。听宁城的语气，这件事之前就说好的，不知道是什么原因，虚星宗突然反悔，暂时不愿意借。

“乐丹圣早就炼制完一炉至元度脉丹了，宁丹师提出来的挑战，为何到现在还不动手炼丹？”一名坐在晟侯天身边的男子忽然出声问道，语气带着几分不屑。甚至称呼乐郗真为丹圣，称呼宁城只是丹师的泛称。其中恐怕有宁城这个丹圣来历可疑的意思。

宁城一看晟侯天皱眉，就知道这个人在丹会中和晟侯天关系一般，说不定都是不睦。

“这位道友，难道挑战比赛还限制我炼丹的时间不成？”宁城故作疑惑的问道。

“时间是不限制，莫非宁丹师一直就这样站在丹台上？宁丹师有时间这样耗着，我们可没有时间在这里陪你耗着。宁丹师你炼丹是无丹诀，而我们都是有丹诀的炼丹手法，我还要回去研究丹诀呢。”这男子见宁城反驳，语气就更是不屑了。

宁城对司尘邱天抱了抱拳，又对广场上其余的人抱了一下拳，“刚才乐丹圣炼丹时间是一天，如果在一天后我没有炼制出丹药，我就算输吧。”

宁城这话说出来，这名男子只能闭嘴不说。乐郗真用了一天时间，宁城为什么就不能用一天时间？更何况宁城还故意给自己增加了条件，一天不炼制出来丹药，就主动认输。

哪怕人家等了十一个时辰，最后一个时辰炼丹成功，也不犯规。

“各位丹道道友，以及前来听丹的各位前辈。乐丹圣刚刚炼制出来了一炉至元度脉丹，我身上虽然也有道果，却再没有比至元度脉丹更难以炼制的丹药。就算是我炼制出我身上最难炼制的丹药，充其量也只是和乐丹圣平手而已……”

这次宁城的话没有说完，就被听广场上的冷笑声音打断，“平手？宁丹圣虽然有化道丹圣资格牌，说话却不能乱说。就算同是化道丹圣，也分为几个档次。丹道谨慎，来不得半点尘埃。宁丹圣也是追求丹道的一员，希望宁丹圣等炼制出平手的丹药后再说这个话。”

宁城懒得去和这人辩驳，继续说道，“在场的各位道友，今天我在这里承诺，只要有人能提供比至元度脉丹更难以炼制的丹药材料，并且愿意给我炼制的话，我愿意免费为你炼制这一炉。”

论丹广场一片寂静，没有人说话。如果宁城说是普通的化道道丹，那早就有人拿出来请宁城帮忙炼制了。

但是比至元度脉丹更难以炼制的化道道丹，除了那有数的几种之外，就是道元道丹了。姑且不说道元道丹，就算是那有数的几种，哪一种丹药材料不是逆天之极？哪一种丹药材料不是要费劲千辛万苦才能收集到的？

这种珍贵材料拿出来给你比赛练手，除非傻了才会这么做。

珀西再将目光看向宗主，不说他答应了宁城的事情，就冲着他和宁城是朋友，续霄纹骨丹就应该拿出来给宁城炼制。现在宗主不拿出材料，让宁城在丹台上处于无丹可炼的尴尬处境，这让他以后根本就没有脸见到宁城。

燕霁握紧拳头，她有些恨自己没有珍贵的材料让宁城炼丹，让宁城在台上如此孤单，让人看笑话。

晟俟天也是无奈，他身上倒是有这种丹药的神灵草。可他是主持论丹的人，本来就有人说他为宁城弄假了。如果他再拿出这种炼丹材料帮宁城，恐怕就算是宁城赢了，也会落人口舌。

宁城心里暗叹，要说这个广场上没有人能拿出比至元度脉丹更难炼制的丹药材料，宁城还真不大相信。这里集中了整个太素界的丹道天才，各大门派宗主。这些人又是来参加论丹盛会的，要什么样的丹药材料没有？

之所以到现在没有拿出来，不是拿不出来丹药材料，而是没有人愿意相信他宁城而已，毕竟这种材料价值难以估量。

又等了半柱香后，宁城决定炼制寂尘转生丹了。寂尘转生丹的主要神灵草是化道道果寂尘道丹和转生泪，要说难以炼制程度，那是比不上至元度脉丹的。不过也算是化道道丹中极难炼制的道丹之一，宁城选择寂尘转生丹也是无可奈何。他身上最难以炼制的化道道丹，就是寂尘转生丹。

论丹盛会有时候明明你的丹道水平比别人强大，也要认输。不为别的，就因为你拿不出来材料。

“宁丹师，我有一炉材料，就怕你不敢炼制。”宁城刚刚转身间，一个突兀的声音从论丹广场中传来。

宁城回头已经看见说话的人，这是一名看起来有些妖异的银发年轻男子。不过宁城很快就明白这银发男子为什么愿意拿出炼丹材料帮他了，因为在这银发男子身边的那名银发女子宁城认识。

就是当初被蛮九仞胁迫着去玄黄星陆，最后被蛮九仞锁在圣光城九皇峰峰顶的女子。当初自己也算是救了她一命，这银发男子说有炼丹材料，肯定是看在这个银发女子的面子上。

果然，见宁城看过来，那银发女子微微一笑，对宁城点点头，却并没有说话。

宁城也对她点了点头，转而看着这银发男子说道，“只要你能拿出来，我就敢炼。若是我炼坏了，恐怕暂时赔不出来同样的东西。”

“哈哈……”这银发男子哈哈一笑，“你既然敢炼，那我就拿出来给你炼，至于赔偿，那就算了，恐怕你也赔偿不起。若是炼坏了，就算我宫化玉的。”

广场上的目光全部集中在了这个银发男子身上，宁城好歹也是一个化道丹圣。不说他之前有什么财富，就仅仅凭借幻果园中所得，那就比绝大多数的丹师富有。这叫宫化玉的银发男子口气如此之大，竟然说宁城赔偿不起。

这一刻所有的人都想知道，宫化玉到底想要宁城炼制什么丹药。

“我要你炼制的是六阴魂魄丹……”

六阴魂魄丹这几个字就好像让人无法呼吸的掐脖大手一般，丢出来后，瞬间让论丹广场窒息。哪怕是宁城也有些难以置信，他的确知道六阴魂魄丹，而且他还专门查过这种丹药，对这种丹药的丹方一清二楚。

不但如此，他后来还从没炉中找到了有关六阴魂魄丹的丹方。在没炉中的六阴魂魄丹和外面相传的六阴魂魄丹有些微的差别，不过宁城认为没炉中留下来的六阴魂魄丹更加准确一些。

无论是没炉中传承的六阴魂魄丹，还是宁城从外面查找到的六阴魂魄丹，主要的神灵草都是三种，除此之外，还有将近两百种的辅助神灵草。

这三种主要神灵草第一个就是六阴果，六阴果是一种蕴含更高层次的天地规则道果。如果一定要将其归类，就应该归为道元规则神灵草。

也就是说六阴魂魄丹是一种道元道丹，炼制道元道丹最低的要求是道元丹圣，而宁城只是一个化道丹圣而已。

除此之外，六阴魂魄丹还有两种规则神灵草，一个是九曲魂魄草，一个是忘忧花。这两种规则的神灵草都是化道级别的规则神灵草，正因为如此，六阴魂魄丹更是难以炼制。

就算是在道元道丹中，六阴魂魄丹也算是难的。这种程度根本就不是续霄纹骨丹能够相比，更不要说是至元度脉丹了。

如果一定要用至元度脉丹和六阴魂魄丹相比，那只能说是小孩和大人相比。

六阴魂魄丹还有一个特性，那就是满丹为六，而不是十二。

宁城之所以寻找六阴魂魄丹，就是因为这种丹药的作用是起死回生。

事实上就算是在修真界和星空中，起死回生也是非常艰难。这种起死回生可不是元神还在的情况下，而是元神破碎，魂魄消散的情况下起死回生。

六阴魂魄丹可以让道元修为以下，元神破碎魂魄消散的人有四成几率重聚魂魄，再次还阳。前提条件是，肉身必须存在，否则毫无意义。

……

第九百八十六章 以我之归一道

宁城之所以查找六阴魂魄丹，就是为了蕈菡瑞。蕈菡瑞是他的朋友，也是因为他的缘故陨落。蕈菡瑞陨落后，宁城一直将她的肉身带着。只是他一直没有能力让蕈菡瑞活过来。

在星空中的时候，他就打听到，要寻找到蕈菡瑞的魂魄，就必须去阴冥界，而他的实力还远远不能去阴冥界。六阴魂魄丹还是宁城在太素界来后，知道的一种道元道丹。

“你说让我炼制六阴魂魄丹？”宁城甚至都有些激动的看着宫化玉，他知道六阴魂魄丹的材料自己弄不到，这才断绝了这个想法。

却没有想到宫化玉会如此大方，会拿出六阴魂魄丹的材料让他炼丹。尽管宁城知道宫化玉可能是因为自己救了那个银发女子，但是宁城心里依然感激不已。

“我没听错吧？六阴魂魄丹？道元道丹？”

“应该是弄错了，六阴魂魄丹的材料多珍贵，就算是十大宗门也不一定能拿出来吧？”

“那宫化玉就是十大宗门之一太素海银龙宗的少门主。”

反应过来的论道广场犹如丢进了水豆腐的热油锅一般，翻滚不息。

就在别人还在怀疑宫化玉的话之时，宫化玉却肯定的说道，“没错，我要你炼制的就是六阴魂魄丹。这副丹药材料留在我太素海银龙族不知道多少年了，一直没有能变成丹药。我想就算是再过这么多年，恐怕也无法变成丹药了，索性今天就成全了你。”

所有的人都清楚，宫化玉是说的客气话。这种丹药材料，就算是不能变成丹药，也是价值无法估量，哪怕拿出来拍卖，争抢的人也是成群结队。

宫化玉又不是白痴，为什么要拿出如此珍贵的炼丹材料？这显然是要拉拢宁城。毕竟宁城是一个化道丹圣，这种人如果能用一副化道道丹的材料拉拢，绝对不会吃亏。不过用道元道丹材料来拉拢，似乎有些过了。

一些拥有比至元度脉丹难炼的化道道丹材料的人心里已经有些后悔了，之前他们竟然没有想到拿出材料来拉拢宁城。哪怕丹药材料被宁城炼坏了，那又如何？拉拢一个化道丹圣，当然值了。

太素海的岑如萱叹了口气说道，“银龙族的这个少宫主还真有魄力，连六阴魂魄丹的材料都敢拿出来。我的想法比起他来，似乎差了一些。”

她只想到用美女去拉拢宁城，却没有想到用丹药材料来拉拢。如果知道在论丹盛会中会有这么一回事，她想尽一切办法，也要拿出一副比至元度脉丹更难以炼制的化道丹药材料，去拉拢宁城。

“看那宫千雨和宁城眉来眼去的，宫化玉真是一个白痴。说不定这两个人都给他戴绿帽子了，他还自得的拿出六阴魂魄丹来给宁城。”在岑如萱身边脸带纱巾的女子哼了一声，声音极低的说道。

岑如萱皱了皱眉，用略有些严厉的语气说道，“以后不允许说这种话。”

虽然责备了月姝，她心里也是暗叹。月姝是修炼天才，只是常年闭关，让她的道很是薄弱，而且人情世故连修为远低于她的钟蒙雨琇也不如。

宁城对宫化玉躬身施了一礼，抱拳说道，“多谢宫兄，别的事情不论，我宁城欠下了你一个人情。”

宫化玉走了出来，特意将一枚戒指递给宁城，笑着说道，“那就先祝你成功。”

宁城收起戒指，再次说道，“宫兄，我还有一个不情之请。如果六阴魂魄丹成丹了，我想问宫兄求一枚。”

宫化玉哈哈一笑，“就按照普通的行情，如果成丹了，我们一人一半，如果不成丹，那就算了。”

宁城点点头，也没有矫情拒绝。既然宫化玉这样说，那他就不必拒绝了。他是一个化道丹圣，宫化玉将来肯定有求到他的地方。

看见宁城拿到了宫化玉的戒指走回，乐郗真有些不敢相信的看着宁城，“宁丹师，你要炼制六阴魂魄丹？”

不要说是乐郗真，包括司尘邱天在内的所有人，都有些不敢相信。宫化玉拿出六阴魂魄丹给宁城，显然是不想要这副丹药材料了。只是想要结交宁城而已，而宁城真的要炼制六阴魂魄丹，那就是两回事了。

“不会吧？还真的敢炼啊？”

“那自然，你没看见人家都取出丹炉了？要不是第二会主只能发出化道丹圣资格牌，说不定他还可以拿出道元丹圣的资格牌呢。”

“这话不要乱说，管好你自己的嘴巴。”

无论广场上如何议论，宁城依然挥出了没炉。这次他没有用那虚假的混沌第一炉，而是选择了没炉。没炉被他炼化，早已变成了普通丹炉的大小。

挥出没炉后，宁城才看着乐郗真，“没错，我的确是要炼制六阴魂魄丹。”

“这是没炉？”司尘邱天惊异的看着宁城挥出来的丹炉，认识宁城丹炉的人不多，他恰好就认识。

没炉原本的名字并不是叫着没炉，而是叫着黑白丹炉。是黑白老人炼丹的丹炉，因为黑白老人炼丹无人可及。只要是他祭出了黑白丹炉，天下根本就没有任何人能比的过他。所以后来别人就说，黑白一出，天下没炉。最后，黑白老人干脆将自己的丹炉改成了没炉。

黑白老人失踪后，这个丹炉就传承给了他的徒弟闵。闵死后，这个丹炉失踪了，没想到这个丹炉落在了宁城的手中。司尘邱天眼里顿时闪过一丝热切，不过这一丝热切很快就消散不见。

天下灵物都会认主，没炉既然被宁城得到，那就说明没炉认准了宁城。就算是他强行夺来，也不再是没炉。更何况，他还不至于为了一个炉子去和后辈动手。

宁城早已坐在丹台禁制之内，抬手挥出了数百神灵草。六阴果、九曲魂魄草、忘忧花全部被宁城的神识裹住。

这一刻，整个论丹广场的人目光都集中在了宁城的身上。无论宁城能不能炼制成功六阴魂魄丹，能看见一个丹圣炼制六阴魂魄丹，都是一件了不起的事情。

宁城没有将任何一株神灵草丢入丹炉，他的星空识海完全将这些神灵草裹在了其中。他之所以敢炼制六阴魂魄丹，除了他对规则的理解远强于一般的丹圣之外，还有就是他迫切的想要帮助蕇菡瑞。

之前在考核塑道丹圣的时候，他第一炉炼制失败了。但是这次炼制道元道丹，他绝对不能炼制失败。

考核塑道丹圣失败了，对宁城来说其实影响并不是特别大，毕竟他塑道神丹炼制成功了。所以他炼制落痕丹的时候，速度很快。但现在不行，不说六阴魂魄丹的材料只有一炉。一旦他炼制失败，那要帮助蕇菡瑞，还不知道要等到什么时候。

在化道丹圣当中，宁城绝对不弱于乐郗真，所以对宁城来说，晋级道元丹圣同样只有一步之遥而已。可是这一步之遥，对宁城来说，比乐郗真更为艰难。

因为乐郗真是化道圆满，已经在道元境界的门外，只差感悟。而宁城才塑道圣帝修为，距离道元还遥遥无期。

炼制道元道丹，不但和丹道水平有关系，还和自己对天地大道的领悟有关系。简单的来说，就是和修为有关系。

玄黄无相完全运转起来，这一刻，宁城早已忘记了他还在炼丹，还在比赛丹道。

在别翰元论述丹道的时候，宁城就因为归一而陷入过对自己大道的顿悟当中。因为这里是论丹盛会，他没有机会去闭关稳固自己的大道感悟。

而现在他要炼制六阴魂魄丹，除了丹道道韵之外，他的大道道韵同样和三种规则神灵草渐渐的融合。

天地规则道韵在宁城身周越来越浓，尽管宁城还没有动手，宁城带动的共鸣早已超越了乐郗真。

此时在所有人的眼里感官中，就好像处于一片绿意快然的宇宙世界。这个世界有无穷无尽的植物和无穷无尽的生灵，这些生灵植物经历了悲喜交欢，经历了风雨雷电，经历了阴晴圆缺……它们开始枯萎，在这个绿意快然的世界也开始荒凉。慢慢的，这个世界的生机渐渐消散，这个世界也开始溃散，最后化成碎片，这些碎片和空间中无数的这种碎片聚集在一起，然后化而为一。这似乎在演示着世界的来源，然后再将这些历程慢慢的返回到宇宙混沌。

广场上无论是听丹的宾客，还是丹师，都沉浸在宁城的这种归一道韵中。就算是有些证道第二步的圣帝，也震惊宁城磅礴浑厚的道韵气息，甚至也开始被慢慢影响。

可惜的是，宁城炼丹的地方被禁制完全挡住，只能去感受，而无法用神识去查探。否则，不知道会有多少神识去查探宁城的大道道韵。

时间慢慢的过去，宁城规定的一天时间早已离去，甚至十天时间都已经悄然而逝。而这一刻，没有任何一个人提出异议。就算是不能修炼的燕霁，也沉迷在宁城的归一道韵之间。

归一道韵在宁城的意识间不断环绕，“我之道，天下一致而百虑，同归而殊途。无根无茎，无叶无荣。万物以生，万物以成，我之道成……”

犹如晨钟暮鼓一般的道韵不断轰在宁城的意念当中，宁城有一种感觉，一旦他的道韵世界，再次从那种荒凉的无根无茎，无叶无荣茂盛开来，他的道就真的小成了。

丹道亦道之一，六阴果道韵远超他的理解，终究归结为天地规则的一道而已。在他的归一大道中，总是可以找到这一道天地规则。再强大，亦无法超越他的大道之外。

九曲魂魄草、忘忧花……普通规则神灵草而已，他在自己的道韵中早已抓到。

以我之归一道，融六阴果！六阴果入炉！

以我之归一道，融合九曲魂魄草！九曲魂魄草入炉！

以我之归一道，融忘忧花！忘忧花入炉！

……

以我之归一道，融六阴魂魄丹！道韵起，丹韵生！

第九百八十七章 丹成劫起

随着一株株神灵草落入丹炉，宁城身周的道韵开始聚拢，随后慢慢的和丹炉中的丹药融合在一起。

“好强大的道……”一些因为宁城聚拢归一道韵，而清醒过来的修士心里暗自惊骇。宁城在凝聚道元道丹中，散逸出来的仅仅是自身大道的冰山一角。就是这冰山一角，也让众多的圣帝陷入感悟中，由此可见，宁城要证的道绝对是非同小可。

乐郗真看着宁城的炼丹手法，心中愈发惊骇。宁城果然没有固定的丹诀，偶尔几个和丹诀类似的手印落在丹炉中，乐郗真很快也确定那不是丹诀，而是……他不敢想下去，因为他在丹台上距离宁城更近，感受到更深。之所以不敢想下去，是因为他感受到宁城的那些手印是一些规则气息。

哪怕是司尘邱天也不敢说将天地规则气息打入丹炉吧？而宁城竟然在丹炉中融入规则气息？

这是他自己的规则，还是他感悟到的天地规则？或者是六阴果中的规则气息？

乐郗真没有完全猜测对，却也猜到了一些蛛丝马迹。宁城的确是扑捉到了六阴果中的淡弱规则气息，那种规则远远要高于他现在对归一道的领悟。如果仅凭他现在的丹道能力，他绝对无法将六阴果中的道果规则融入六阴魂魄丹中。

正因为如此，宁城才开始用自己的大道去扑捉六阴果的道果规则。十天时间，让他对归一道的领悟再进一步，而他在归一道的宇宙归一中也扑捉到了六阴果的规则气息。

之前那名丹师要挑宁城的毛病，至少他有一句话没有说错，丹道谨慎，来不得一丝尘埃。

宁城在顿悟了十天十夜后，将包括六阴果在内的所有神灵草全部融入丹炉。十天十夜的大道顿悟，十天十夜的规则道韵扑捉。宁城以为他在归一道中扑捉到了六阴果的规则气息，他应该可以将这种远远高于他现在能力的规则道果融入六阴魂魄丹中。

丹道没有应该，更没有可能，成就是成，不成就是不成。

宁城扑捉到了六阴果的道果规则，却无法留住这种道果规则。不是他的理解不够，不是他的丹道水平不够，而是他的实力不够。

也许再炼制十几炉道元道丹，他将可以完美的炼制出六阴魂魄丹，也许修为再晋级一些，他也可以炼制出六阴魂魄丹。但是现在，他不行。

感受到六阴果的规则气息渐渐要散开，宁城心里涌起一阵哀伤。他尽力了，为了救蕇菡瑞，他用了十天十夜去顿悟大道，在他的归一大道中寻找六阴果的规则气息。甚至不惜让自己的道被别人看见冰山一角，甚至不惜用输掉这场驳丹比斗。

他还是要失败。

因为，这超出了他的能力，他还没有能力炼制出完美的道元道丹。

丹炉中丹韵滚滚，丹炉下白色的火焰犹如六月飞雪。宁城周身的道韵更是稀薄，尽管他还在努力着，但他的心已经颓废了。

没有人能感受到宁城丹炉中的变化，除了司尘邱天。

司尘邱天心里长叹一声，宁城绝对是他见过最有丹道天才的人。他肯定宁城是第一次炼制道元道丹，一个第一次炼制道元道丹的丹师，差点将六阴果的规则道韵留下，融入丹药。就凭借这一点，整个太素界，无人可及，他也远远不及。

可惜的是……

如果早知道这件事，司尘邱天绝对会拿出几炉道元道丹，交给宁城去练手。

丹道亦道之一，宁城这次炼丹失败，道心很有可能会被反噬。不但他的丹道之心，恐怕就是大道也会受到影响。

“我辈丹师，炼丹成败乃常事，宁丹师不必在意……”司尘邱天终于忍不住传了一个音给宁城。

如果说这里有谁可以传音到宁城的炼丹禁制之内，那他是唯一的一个。他实在不想宁城因为这一炉丹药堕落，实在不想看见一个丹道天才陨掉。就不说丹道，仅凭宁城的大道，也比他的大道要强大。

宁城心里一震，他从自己的世界清醒过来。若是别的丹药失败就失败了，可这是六阴魂魄丹。以后他晋级了道元丹圣，就肯定可以得到六阴魂魄丹的材料？或者说，就算是他得到了材料，那是多少年以后？

他输掉了不要紧，他可以不要那木本源的极品神灵脉。可蕈菡瑞怎么办？哪怕是六阴魂魄丹，也无法拖太长的时间，而蕈菡瑞拖的时间够长了。

规则，什么才可以让他的规则再次聚拢起来，凝聚在六阴魂魄丹中？他对天地规则的理解？可这来不及了，他总不能去修炼数年再来炼制这一炉丹药。

对，他还有半枚阿含无则果。这是一种吞噬了天地规则，却没有规则的道果。阿含无则果没有规则，不代表和规则无关，如果和规则无关，他也无法通过阿含无则果来领悟破则神通了。

正因为宁城领悟过半枚阿含无则果，这才知道这种无则果不但可以吸收吞噬天地规则，还可以束缚住规则，更不要说区区一枚六阴果的道果规则。

哪怕是一百副六阴魂魄丹的材料加起来，也许都比不上阿含无则果的珍贵。宁城在想到阿含无则果后，想都没想，直接取出阿含无则果无则果丢进了丹炉中。

没有人知道宁城丢入丹炉的是什么神灵草，所有的人都惊异的盯着宁城。

哪怕是不懂炼丹的人也都在疑惑，在这种神灵草全部被融合，杂质都被提取出来了，这个时候还加入神灵草，这是什么意思？

仅仅是片刻时间，一道道浓郁的天地规则气息就再次从丹炉中环绕。

宁城根本就不用费力，就直接将六阴果中的道果规则完全束缚住融入了六阴魂魄丹。宁城甚至怀疑，哪怕仅仅是一个普通的塑道丹神来这里炼制六阴魂魄丹，只要有这一枚阿含无则果，他也可以成功。

很快宁城的心神就完全曾经在了这规则当中，一道道天地规则清晰无误的被他扑捉到。然后又是一道道压制和吞噬这些天地规则的气息同样被他扑捉到，这也是一种规则，确切的说这是一种反规则，因为它的存在压制住了天地存在的规则气息。

这是破则道韵……

若不是宁城想到他还在炼制六阴魂魄丹，他差点陷入了第二次破则顿悟当中。

宁城没有陷入破则顿悟，而看宁城炼丹的众多圣帝，却被这种清晰的天地规则惊呆了。他们甚至还感受到了一丝破开压制天地规则的道韵气息，这是……可惜的是，他们的神识无法渗透进宁城的炼丹禁制，他们知道这种气息非常了不起，却无法去真正的感悟。

破则，自然了不起。如果破则一般，那也没有那么多强者去破则之地想要领悟这种破则神通了。

丹炉中的规则气息越来越淡薄，丹炉中的丹韵却越来越清晰。

又是二天过去，丹炉中的清香传出，清香中还带着一丝微弱的血气息，所有的人都瞪大眼睛盯着宁城的没炉。

“六阴魂魄丹的丹香出来了，蕴含丹韵和血气，这是六阴魂魄丹要成丹？”

“我还在这丹韵中感受到了刚才那种宇宙归一的气息，难道真的是宁城炼制成功了道元道丹？还融入了自己的道韵？”

哪怕宁城前后用去了小半个月，此刻所有的人也都被宁城惊呆了。只要在太素界，都知道司尘邱天是一个道元丹圣。但从未有人见过司尘邱天炼制道丹，而且他也从不为人炼丹。

现在，宁城在大家的眼皮底下炼制出来了道元道丹，还是六阴魂魄丹。这一刻，早已没有人在意宁城是输是赢，都盯着宁城。似乎宁城比那一炉六阴魂魄丹更有吸引力，因为宁城是一个道元丹圣。

一阵阵清脆的丹鸣在丹炉中响起，论丹广场的上方似乎有滚滚的轰鸣之声。

“这是丹劫？”一名塑道丹圣不敢相信的抬头看了看广场上空，这个广场是室内广场，因为禁制，根本就看不见外面的情况。

“道元道丹这种级别的丹药，应该不会引起丹劫。更何况，就算是引起丹劫，太素界规则破碎，也不会下来雷击的。”

“那外面的滚滚雷鸣……”

一些丹师议论纷纷，完全不敢相信的看着宁城丹炉中的丹药。

司尘邱天惊异的站了起来，道元道丹引起丹诀？就别开玩笑了。不要说太素界破碎，就算是太素界规则完好，区区一个六阴魂魄丹也不可能引起丹劫。就连永恒境修士证道塑道圣帝，也因为规则破碎没有了雷劫，更何况一枚小丹？

唯一的可能就是因为宁城后来在丹炉中加了一种神灵草，那到底是什么东西？

宁城也震惊的看着上方，他知道因为太素界规则破碎，证道圣帝的时候也没有雷劫。他炼制一枚小小的六阴魂魄丹怎么可能来丹劫？

对了，不是他的六阴魂魄丹，而是逆天的阿含无则果。

“轰轰轰……”六道强悍粗大的雷弧轰破广场的禁制，直接落向了丹炉。

……

第九百八十八章 实力赢得尊重

“竟然真的有丹雷劫？”广场上几乎所有的人都站了起来，震惊的盯着六道落下来的丹劫雷弧。

尽管这六道雷劫弧和他们没有任何关系，但是所有的人都知道，这六道雷劫弧宁城可能承受不下来。别看六道雷劫弧很简单，那雷劫弧上溢出的天地规则气息，就知道绝对是远胜于塑道圣帝的劫雷，这种劫雷只能让炼丹师去承受了。

宁城忽地站起，竟然连任何法宝都没有祭出，直接飞身而起，数拳接连轰出。

广场上无论是来听丹的修士，还是炼丹的丹师都不敢相信的看着宁城，这是傻了吗？丹药再重要，也不能用血肉之躯去硬抗雷劫吧？更何况这六道雷弧规则道韵流转，一看就知道不是普通的塑道圣帝可以抵抗的。

“嘭嘭……”众人还在疑惑间，宁城的早已和落下来的雷劫弧轰在了一起。

蕴含规则气息的雷劫轰在宁城的拳头上，发出如击棉布的嘭嘭声音，似乎没有血肉飞溅，也没有骨骼碎裂。

“咚！”宁城从空中落下，脚踏丹台的咚声好像铁锤敲打了一下每一个人的心神，让大家醒过神来。

宁城除了胳膊上的衣袖被雷轰掉之外，身上不要说受伤，就连一块皮都没有破。而雷劫消失的无影无踪，这次的丹雷劫只有一波六道，挡住就没有了。

宁城真的是塑道圣帝？在宁城轻易将六道规则丹雷劫轰掉之后，再也没有人愿意相信宁城是塑道圣帝。没有任何一个塑道圣帝，能和宁城这样，轻易的轰走六道蕴含天地规则的丹雷劫。

六枚暗红色清香丹药飞出，被宁城直接送入了两个玉瓶。因为宁城炼丹的禁制早已被雷劫轰裂，所有的人都看见了宁城的这六枚丹药。

没错，真是六枚六阴魂魄丹，不但是六枚六阴魂魄丹，还是六枚特等的六阴魂魄丹。哪怕是上等丹药，也没有看见一枚。

广场没有声音，根本就没有人去想宁城输掉了比赛的事情。炼制出六枚特等的道元道丹，还是六阴魂魄丹，宁城的丹道水平到底有多高？一双双热切的眼光落在宁城身上，这一刻每个人的心思都各不相同。

宁城是一个比司尘邱天还要强大的道元丹圣，可宁城和司尘邱天不同，宁城是一个散修，一个没有任何后台的散修。

宁城同样吸了口气，他自己最清楚自己的事情。他不是道元丹圣，至少他现在还炼制不出来道元道丹。他之所以能完成这一炉六阴魂魄丹，不是因为他的丹道水平多强，而是因为阿含无则果。

没有阿含无则果，他这一炉六阴魂魄丹已是失败。就是说，现在让他再炼制一炉六阴魂魄丹，他还是炼制不出来。

想要炼制六阴魂魄丹，他至少要闭关将自己在论丹盛会上顿悟的大道理解的更彻底一些。然后在他的丹道中，融入归一大道，这些都需要时间。

而且在那一道丹道雷劫落下的时候，宁城隐约感觉到这雷劫不是太素界的天道雷劫。这种感觉很是玄奥，让他也弄不明白。

宁城对惊呆在一边的乐郗真抱了抱拳，同时对清逸圣帝也抱了一下拳，语气平静的说道，“晚辈大言了，我的挑战已经失败，我输给了乐丹圣。”

尽管输掉了，宁城没有半分遗憾，他成功炼制出了六枚六阴魂魄丹，这就够了。木属性的极品神灵脉很好，再好也比不过一条命。也许在别的修士眼里，用一条极品神灵脉，甚至还搭进去了半枚阿含无则果换取一个失败，这是最愚蠢的人干的事情。一个小小元魂修士的命，岂能如此值钱？

但是宁城不这么认为，他只做自己认为应该做的事情。

再说，他的这种丹道水平去参加五界丹比，也许距离那条极品神灵脉还很远。除非他有大堆的道元以上道果练手，而事实上，这是不可能的。

乐郗真张了张嘴，却没有说出一个字。他知道真正输掉的是自己，而不是宁城。正如宁城说的，宁城自己说输掉，是为他的大言负责，因为宁城没有在一天之内炼制出六阴魂魄丹。

事实上不要说宁城，任何一个塑道修为的化道丹圣，也绝不可能在一天之内炼制出六阴魂魄丹。

“哈哈哈哈……”宫化玉放声狂笑，直接冲了上来。他没有想到宁城炼丹成功了，而且还是成丹六枚特等的，这简直是惊天之喜。至于宁城比赛是输是赢，他可不在乎。

用一副六阴魂魄丹材料，收获三枚特等的六阴魂魄丹，又还了宁城的人情，同时收获了一个道元丹圣的友情。这种事情，除了他宫化玉之外，还有谁有这种魄力？有这种大气运？

宁城将一个玉瓶放在冲上来的宫化玉手中，感激的说道，“多谢宫兄慷慨拿出六阴魂魄丹的丹药材料，宁城幸不辱命，这里三枚丹药归宫兄所有。宫兄将来要有驱使，只管开口。”

宫化玉抓过玉瓶，收敛了笑容，对宁城抱拳说道，“宁兄，我也是这句话，将来宁兄有所驱使，也尽管开口。”

这里毕竟是论丹广场，宫化玉没有和宁城多说，拿了丹药后，立即回到了听丹席上。他要的是宁城的友谊，而他得到了。

宫化玉的狂笑，没有人会在意。无论如何，宫化玉也是宁城的朋友。将来他们求不动宁城，也许可以求宫化玉。

直到宫化玉下去，论丹广场才再次沸腾起来。至于广场上方被雷劫轰出来的巨大豁口，根本没有人去在意。

大家在意的是道元丹圣，是宁城。哪怕是激动的议论，声音也刻意压制下来。

至于赢了比赛的乐郗真，早已被人忽略掉。

站在丹台边的清逸圣帝也不知道自己应该怎么办，是宣布宁城赢了还是宣布乐郗真赢了？

按照论丹盛会的规则，这一次比赛，是宁城赢了。但谁要让宁城比赛前说过一天炼制不出丹药，就认输呢？

这一刻，除了宫化玉之外，反而没有人去找宁城说话。

司尘邱天的声音打破了这种氛围，“宁城，能否将你炼制的六阴魂魄丹给我看看？”

“当然可以。”宁城毫不犹豫的取出一枚丹药放在玉盘上，将玉盘交给了清逸圣帝。

从论丹开始到现在，司尘邱天都很是公正，而且最开始论丹的时候，也没有藏私。甚至在他道心有损的时候，主动提醒他。对这种人，宁城还是很尊敬的。

司尘邱天看着玉盘上的六阴魂魄丹，好一会才叹息一声说道，“真是完美无缺的道丹啊，不但丹道韵息浑厚，规则气息也是清晰无比。这种道丹，我炼制不出来，也许在太素界，只有宁丹圣一个人能炼制出来。这岂止是好丹？”

司尘邱天在观察丹药的时候，别的人都在用神识观察。宁城炼制的六阴魂魄丹，丹韵和规则气息清晰，甚至蕴含一丝宁城的那种大道道韵。这种丹的确是如司尘邱天说的那样，岂止是好丹。

司尘邱天之前说乐郗真炼制出来的至元度脉丹是好丹，现在说宁城炼制的岂止是好丹，这个意思非常明显了，那就是宁城的丹道水平远胜于乐郗真。

这次不等清逸圣帝说话，乐郗真就主动说道，“宁丹师，这次论丹是我失败了。我的丹道，远远不是宁丹师的对手。”

宁城微微一笑，他是很想去参加五界丹比，却不是靠这种方式去获得。根本就不等乐郗真将后面的话说出来，宁城就主动说道，“乐丹师不必多说，我输的很满意。至于代表太素界参加五界丹比，我就不去了。”

“宁丹师，我觉得你应该代表我太素界参加五界丹比，也许你会成为我太素界的骄傲。”司尘邱天忽然开口说道。

司尘邱天没有开口的时候，论丹广场上是没有人说什么的。现在司尘邱天开口说宁城应该代表太素界参加丹比，晟侯天立即就站出来说道，“之前宁城在考核化道丹圣的时候，我就觉得他有资格代表我太素界去参加五界丹比，我赞同会主的话。”

“我也赞同让宁丹圣代表我太素界参加五界丹比。”这次说话的是听丹席上的岑如萱。

跟着坐在宫化玉身边的一名银龙族强者，也站起来支持宁城。

七星圣门、九转圣道池、离羽神山、天极岛、紫雾仙谷、天药门、缺月谷、太素界郗家……等等一众前来听丹或者是论丹的大小宗门、家族纷纷表示赞同宁城代表太素界参加五界丹比。到了后面，就算是河洛圣宗和荒神宫也都赞同宁城参加五界丹比。

“我也赞同宁丹圣去，我丹道水平不如宁……”

这次乐郗真的话被司尘邱天打断，“乐丹圣也要代表我太素界去五界丹比，这次我亲自带队过去，我相信以我这张老脸为我太素界多谋一个名额还是可以做到的。”

宁城靠自己的实力赢得了众人的尊重，无论有多少是虚假的，宁城也知道，经历了这次论丹盛会，他在太素界总算是站住了脚跟。以后，无论谁要追杀他，也要考虑一下后果。

……

这个时候，如果说还有沉默的宗门，那就是听丹席上的虚星宗。

珀西坐在座位上低头不语，在珀西身边的虚星宗宗主，脸色更是阴沉难看。他刚刚拒绝宁城为他虚星宗炼制续霄纹骨丹，宁城就当面打脸了，这脸还打的啪啪作响。

因为人家炼制出来了比续霄纹骨丹不知道要难炼多少倍的丹药，道元道丹六阴魂魄丹。

他刚才看过宁城炼丹的全过程，自然可以确定，只要宁城炼制续霄纹骨丹有这种水准，那宁城百分之九十九可以成功炼制出续霄纹骨丹。

第九百八十九章 老乡见老乡

司尘邱天都这样说了，宁城自然不会矫情。现在能得到六阴魂魄丹，在不抢夺乐郗真名额的情况下，还能代表太素界去参加五界丹比，宁城怎么会拒绝？

“多谢邱天前辈，宁城必定全力以赴。”宁城连忙感谢。

司尘邱天点点头，取出一枚金色的牌子递给宁城说道，“宁城，这是道元丹圣的资格牌，这也是我太素界丹会能发出来的最高等级资格牌。你炼制出六枚特等的六阴魂魄丹，这枚资格牌理应给你。”

宁城本想拒绝，因为只有他自己知道，他还不是道元丹圣。应该说，他距离道元丹圣，只有几炉道元道丹的距离。他很快就想到了这枚资格牌的价值，如果他得到了道元丹圣的资格牌，在整个太素界，除了合道强者，恐怕就算是混元强者要动他，也要考虑一二。

宁城再次感谢了一遍，这才双手接过道元丹圣的资格牌。他还不能炼制道元道丹，已经是太素界第二个拥有道元丹圣资格牌的炼丹师。

论丹会场上没有一个人对宁城得到这枚炼丹师资格牌有异议，宁城刚才炼制出六阴魂魄丹大家都看见了。宁城不但是一个道元丹圣，还是一个可以炼制出特等六阴魂魄丹的道元丹圣。

在宁城收起道元丹圣资格牌后，清逸圣帝走上丹台朗声说道，“恭喜宁丹圣，也祝贺我太素界再多一位道元丹圣。本次论丹一共六名丹圣代表我太素界参加五界丹比。

因为这次多出一人，所以各宗门和家族对每一位丹师的支持，将会通过丹会送到各位参赛丹师手中，然后由各位丹师挑选出支持他的宗门和家族。本次论丹到这里就结束了，感谢我太素界的丹师，感谢我太素界的各位道友前来。”

每次参加五界丹比，都有一些宗门和家族对一些看好的参赛丹师进行支持，目的自然是为了分配名额。

这个支持可不是空口说白话，而是拿出实质性的东西。清逸圣帝最后的话就是这个意思，那是支持的宗门和家族，你们拿东西出来吧。丹会会将你们拿出来的东西清单交给参赛丹师，至于丹师会选择哪一家，那就看你东西拿的多少了。

“宁城，若是有空，随时可以去我的洞府共论丹道。”在宁城走下丹台的时候，司尘邱天对宁城发出了邀请。

司尘邱天在太素界的地位可不仅仅是一个会主，他的地位绝对比一般的大宗门宗主要高出很多。现在司尘邱天亲自邀请宁城，而且还是随时都可以去他的洞府，这可是无上的荣誉，可见司尘邱天对宁城的看重。

“有空的时候，晚辈必定和侯天兄去前辈洞府聆听教诲。”宁城赶紧回应，同时拉了晟侯天一起。虽然感谢司尘邱天，宁城可没有打算将时间浪费在论丹上面。他还有一堆事去做，哪里会将时间浪费在口舌上？

司尘邱天哈哈一笑，“你叫侯天师弟为兄，我自然不能托大了，以后就叫我邱天兄亦可。”

对别的丹师来说，司尘邱天这种看重，简直是烧高香都换不来。不过对宁城，这似乎并不是什么离谱的事情，毕竟宁城自己就是一个化道丹圣，而且丹道水平比司尘邱天似乎还要高一些。

这边司尘邱天刚刚走开，众多的人纷纷来和宁城招呼，似乎和宁城说一句话，都是无上的荣誉。

“宁丹圣，我刚刚得到消息，你要的神灵草已经到天素圣城了。”一个突兀的声音打断了宁城和众人的招呼。

一些人认识这说话的是谁，黑脸，不协调的细长眼，正是虚星宗的宗主毋不封。

毋不封说了话后，周围和宁城问候的人都安静了下来。虽然大家都不知道虚星宗和毋不封有什么交易，却猜出来了毋不封之前拒绝了宁城求借丹药材料的要求。现在估计是看宁城丹道强大，又想要借丹药材料给宁城。

虽然很多人都觉得毋不封对宁城的丹道水平判断失误，却也觉得很正常。

一些知道宁城秉性的人，都知道毋不封在说废话了。如果不是银龙族的宫化玉，宁城这次别说得到道元丹圣资格牌，然后去参加五界丹比。恐怕现在赢来的不是众多问候，而是众多的讥讽。

宁城看着这名黑脸男子，语气平静的说道，“你恐怕弄错了，我从来都不认识你，也从未问你要过什么神灵草。如果我有什么说错话的地方，我已经道歉过了。”

黑脸男子顿时皱起眉头，宁城现在成了道元丹圣，地位的确是水涨船高。但他是虚星宗的宗主，他亲自说这个话，就是要请求宁城炼丹了。宁城不但拒绝，还以这种语气拒绝，让他极度不爽。道元丹圣又如何？他虚星宗捏死宁城，就好像捏死一只蚂蚁。

只是现在他要求宁城，还不得不忍耐住。他回头看了看珀西，希望珀西能够站出来说话。珀西低着头，连头都不敢抬起来。他没有脸看宁城，请人帮忙炼丹，哪有这种方式的？

之前人家需要你虚星宗帮忙的时候，虚星宗装死。现在人家渡过难关了，你虚星宗知道了人家的本事，再自己打自己一个耳光，说前面装死不是真的。谁愿意理你？

宁城根本就没有给毋不封再说话的机会，直接对燕霁和剑三山等人说道，“我们走了。”

五界丹比还早得很，宁城打算将这边的事情收拾一下，去太素墟寻找绮星金隐叶，然后再想办法回到四大星空去。

宁城现在是风云人物，人人都想要结交的存在。宁城要离去，自然是让开了通道，让宁城先行。

“宁丹圣，请稍等。”又是一个声音叫住了宁城。

“原来是踏星楼主。”宁城看见一名黑衣女子走过来，立即就认出了是谁。这个女人实力很强，宁城不想和她有任何交集，也不想得罪她。

黑衣女子对宁城点点头，“恭喜宁丹圣获得道元丹圣资格，代表太素界去五界丹比。”

“多谢。”宁城说了两个字后，就再无下文。他的意思很明显了，如果你没有什么事情，那我就走了。

踏星楼主似乎不在意宁城的意思，继续说道，“不知道宁丹圣可否有空，去我踏星楼一聚？上次我受了你一瓶空城渡识丹，也没有出什么力气，心里倒是有些过意不去。”

宁城心里冷笑，你会过意不去？别笑掉老子的大牙了。就算是给你一百瓶空城渡识丹，你也不会过意不去。

“多谢踏星楼主邀请，只是我事情太多，恐怕暂时没有时间过去。刚才邱天会主邀请，我也是暂时没有时间去拜访。”宁城语气恭谨的说道。

宁城的语气很是恭谨，他的言外之意可一点恭谨意思都没有。那就是司尘邱天的邀请我都没有去，你邀请我，我自然不会去的。大家都是明白人，不是一条道上的。

踏星楼主微微皱眉，忽然说道，“我只是想要和你去讨论一下文凭的事情，我小时候因为家里穷，所以也没有什么高学历……”

宁城心里咯噔一下，他瞬间就明白过来。这踏星楼主就算是不是来自地球，也可能和地球有关系。他想到了之前在踏星楼看见的一些条款字样，心里是愈发肯定。

如果这个黑衣女子是善良之辈，宁城此时说不定都激动不已，马上上去相认。老乡见老乡，两眼泪汪汪啊。

可宁城知道这个黑衣女人是厚黑之辈，绝对不将别人的小命放在心上，这样的老乡他绝对是不敢相认的。换句话说，和这种老乡相认，那绝对是老乡见老乡，背后捅一枪。

“前辈，什么是高学历？这和文凭有什么关系？”宁城茫然的看着踏星楼主问道。

踏星楼主紧紧盯着宁城，只是宁城的眼神纯粹，没有半分别的情绪在其中。

“那我问你，你之前说比文凭，什么的都有，这句话是什么意思？”

宁城眼里露出怀念说道，“那是我曾经遇见的一个朋友，他教了我很多东西。他因为经常将文凭两个字挂在嘴边，我就问他是么是文凭。他说文凭就是资格，小学就是低级资格，博士就是顶级资格，还有什么中间的乱七八糟反正很多。正因为如此，我才将丹会资格牌说成文凭，有什么不对吗？”

“他叫什么？”踏星楼主捏紧了拳头，她也分不出来宁城是说真的还是说谎。只是无论宁城是说什么，她现在都不敢将宁城怎么样。

“他叫苍蔚，是一个很强大的圣帝。我估计他早已超越了混元境界，只是因为被人围攻，这才流落到低级界面，然后认识了我。”宁城的话全部是真的，但又全部是假的，因为苍蔚也不知道什么是文凭。

说完这句话后，宁城心里暗道，苍蔚师兄，你可不能怪我，这个女人太厉害，我搞不定她。将来如果你碰见了，你去搞定。

踏星楼主没有再问，而是盯着宁城凝视了好一会，这才轻笑说道，“宁丹圣，有空去我踏星楼吧，我等着你哦。”

看着踏星楼主消失的背影，宁城总算是松了口气。去踏星楼？等他证道第二步的时候，再去吧。就算是你不问我，我也要问你。至于现在，那就算了。

……

“天荷，你去和那个宁城叙叙。也代表我九转圣道池，对他发出邀请。”一名脸上带着几道皱纹的女子看着走出论丹广场的宁城说道。

“是，师叔。”师天荷赶紧应道，说完她就要走向宁城。

“师父，等会过去。”师依霜叫住了要去和宁城招呼的师天荷。

师天荷疑惑的问道，“怎么？”

“跟在宁城身边的那个女人是我们九转圣道池的燕霁……”师依霜语气带着一些不敢相信的震惊说道。

“燕霁？”师天荷自然不会将燕霁这样一个无名之辈记在心上，师依霜说起，她一时间没有想起来。

师依霜连忙提醒道，“就是那个要嫁灵的燕霁，她后来在洗灵的时候……”

不等师依霜说完，师天荷就完全明白过来，眼里带着厉色说道，“她不是和水悦可一起被那个妖女救走了吗？怎么会在宁城身边？”

……

第九百九十章 再往太素墟

“那个叫燕雾的女子，根基并没有被修复。天荷，你去问几句话，暂时不要邀请宁城去九转圣道池。就打听一下，那个燕雾是如何在宁城身边的。如果此人真的和那个杀我九转圣道池圣帝的妖女有关系，我九转圣道池绝不放过。不过现在绝对不能动他，他一个散修，不怕他跳了天去。”九转圣道池那名脸带皱纹的女子传音给师天荷道。

师天荷点点头，明白师叔的意思。

“恭喜宁丹圣获得道元丹圣资格牌，代表太素界参加五界丹比。”师天荷带着师依霜来到宁城面前，满面带笑的恭喜宁城。

哪怕宁城再不怎么喜欢师天荷，师天荷也是九转圣道池的副宗主，而且修为远远强于他。现在师天荷亲自过来，宁城也只能抱拳还礼，“多谢师宗主。”

他心里还有一件事，那就是找出当初那个和师琼华很像的女子。宁城也知道，以他现在的能力，想都别想。甚至九转圣道池邀请他去，他都不能随便去。这个宗门明上一套，暗地里一套，谁知道她们会不会将自己关押起来，专门为九转圣道池炼丹？

“咦，燕雾师妹？你怎么会在这里，还和宁丹圣在一起？”师依霜惊咦的看着燕雾说道，似乎她刚刚才发现燕雾的存在。

宁城心里冷笑，你就装吧。根本不用问，也是师天荷等人早就看见了燕雾，这才过来打听消息的。这种事情他绝对不会承认，如果他承认了，哪怕他是道元丹圣，恐怕也难渡过。

宁城更是惊讶的问道，“你认识燕雾？”

师依霜连忙点头，“是啊，燕雾师妹本来是我九转圣道池的外门弟子，后来被奸人带走。不知道宁丹圣怎么会和燕雾师妹在一起？”

宁城露出恍然的样子，“是这样啊，当初燕雾是和水悦可一起的。只是她似乎昏迷不醒，我一看燕雾清秀，心里就有些喜欢。水悦可为人不错，再加上她有急事要走，就将燕雾交给我了。幸好荆寒丹圣和我交换道果，我才得到两枚五行天果，救醒了燕雾。”

说完宁城还喜爱的拉着燕雾的手，眼里全是欢喜。他的意思很明显，我对燕雾很在意，你九转圣道池就不要人了。如果要人的话，那就撕破脸。

刚才宁城的一番话可以说是大部分都是真的，水悦可和他认识，这是所有人了都知道的事情。而从燕雾的口中，正是若惜救走了他们三个。

“你……用五行天果，仅仅是让她苏醒？”在师依霜眼中，燕雾一个小小的外门弟子，除了容貌还有些外，根本就一无是处。宁城竟然用一枚五行天果救醒她，甚至不是完全将她恢复。原因仅仅是看中了燕霁的容貌，这种奢侈简直是……没有任何修士会如此奢侈的去救一个女人，正因为如此，她师依霜才不敢相信。

宁城脸色一沉，语气有些不大高兴的说道，“哦，莫非依霜仙子觉得我做法不妥吗？”

“我不是这个意思……”师依霜连忙解释，宁城再也不是那个当初她可以不放在眼中的蝼蚁了。

听了宁城的解释后，师天荷微微松了口气。只要宁城没有和那个妖女要瓜葛就行，她九转圣道池就可以利用宁城。

“宁丹圣勿怪，依霜只是觉得五行天果有些珍贵，说话考虑不周。”师天荷解围道，“燕霁美貌无双，跟在宁丹圣身边也是一桩造化。”

说完师天荷转向燕霁，语气温和的说道，“燕霁，你也是我九转圣道池的弟子。宁丹圣能看上你，是你的气运。以后你跟在宁丹圣身边，要尽好自己的本分。”

燕霁连忙躬身应是，师天荷说的没错，无论如何，她原来的确算是九转圣道池的弟子。

师天荷以训导的口吻说燕霁，宁城听了心里很是不爽。只是他也不能说什么，只好嘿嘿一笑说道，“我这个人就是这点爱好，看见漂亮的女子心里就痒痒的。上次我在太素秘境见过九转圣道池的一名女子，心里一直惦记着……”

师天荷听到宁城的话心里大喜，就怕你看不中我九转圣道池的女弟子，只要你看中了，那就好办。燕霁虽然是九转圣道池的弟子，那肯定是没有什么归属感的。毕竟九转圣道池都要对她进行嫁灵了，她还有归属感，那才是怪事。

“依霜，宁丹圣看中的是谁？”师天荷恨不得立即就将宁城叫道九转圣道池去。

师依霜赶紧传音给师天荷，“那是转世九次的圣女……”

不用师依霜再说下去，师天荷已经知道这件事绝对不可能成了。就算宁城看中了师依霜，她甚至也可以同意这件事。哪怕宁城是混元丹圣，也无法带走九转圣道池转世九次的圣女。

“晚辈告辞了。”宁城没有得到自己想要的答案，简单的打了个招呼，带着燕霁等人迅速告辞。

沉鱼宫的几人一直在宁城不远处，宁城和师天荷以及师依霜的对话，一句不落被她们听到。

“萱姨，这宁城本事是有的，为人太……”在岑如萱身边那名叫月姝的女子摇了摇头。

岑如萱看着宁城消失的背影，沉吟片刻后说道，“月姝，也许你的办法还真可以。如果你愿意的话，你倒是可以去试探一下他。若是我沉鱼宫有一个道元丹圣帮忙，那……”

岑如萱没有说下去，她身边的两名弟子都明白她的意思。

月姝点点头，“萱姨，我本来就打算这样去做的。你放心好了，现在我更有把握。”

宁城看中的九转圣道池另外一个女人，她没有见过，那个燕霁她看到了，比起自己还有所不如。

“若是他想要你的元阴，你也可以给他……”见月姝点头，岑如萱忽然又加了一句。

月姝脸色一变，随即就说道，“那我办不到，萱姨你也可以放心，我就算是不付出任何东西，他也会乖乖的为我沉鱼宫做事。”

一直没有说话的钟蒙雨琇忽然插了一句，“月姝师姐，那恐怕是你还不大了解他。”

……

“霁师妹，我之所以和师天荷说那个话，是因为我怀疑琼华在九转圣道池。”回到寻到息栈后，宁城还是向燕霁解释了一句。

师琼华和纪洛妃是宁城的道侣，燕霁早就知道。现在宁城解释，她恬然一笑，“大哥，你去救菡瑞师妹吧。”

她的意思是，这些事情不用和她解释。如果连这个都需要宁城向她解释，她就不会冒着九死一生去找宁城。

宁城点点头，直接进入了真灵世界。

覃菡瑞被宁城的阵法护住，除了脸色苍白，没有一丝血色之外，就好像睡着了一般。

宁城取出一枚六阴魂魄丹送入覃菡瑞的口中，六阴魂魄丹在覃菡瑞的口中，直接化成了道丹气息，渗入覃菡瑞的身体。

一个时辰过去，覃菡瑞没有半分回魂的迹象，宁城知道这件事急不得。六阴魂魄丹让人的魂魄重生，有时候甚至需要数年时间。而且在陨落的地方服用六阴魂魄丹，效果更好，甚至可以聚拢散去的魂魄，根本就不用魂魄重生。

有机会的时候，宁城决定带着覃菡瑞去奕星大陆的落虹剑宗，将覃菡瑞放在落虹剑宗里面。

宁城从真灵世界出来的时候，剑三山正在外面等着。他是知道宁城要离开天素圣城，特意过来的。

“剑兄，我有急事要带着燕霁去太素墟，辛秀和巫奇宏就跟在你后面学习丹道。在去参加五界丹比之前，我会回到天素圣城。”尽管这件事宁城早已和剑三山通过气，现在要离去之前，他还是慎重的再次拜托了一次。

事实上以他现在的地位，就算是不跟着剑三山，辛秀和巫奇宏的地位也是人人巴结的存在。绝对不会有不起眼的人去找他们麻烦，除非不想活了。

不等剑三山说话，站在一边的辛秀就说道，“宁大哥，剑师兄已经告诉了我和奇宏师弟，让我们跟在他后面学习丹道。而且剑师兄还帮我们在天素圣城找了一个丹楼。”

剑三山呵呵一笑，“宁兄，我是以你的名义在天素圣城弄了一个丹楼，以后我也在丹楼中混口饭吃。”

“多谢剑兄。”宁城连忙站起来感谢。剑三山的意思，他自然明白。以他的名义开办丹楼，一个有名气，第二个是为了辛秀和巫奇宏着想。至于剑三山说的混口饭吃，完全是为了帮忙。

毕竟辛秀和巫奇宏的丹道水平还太差，两人要开办丹楼，至少也要有一个是塑道丹圣。

宁城想到自己之前闭关，用道果炼制的大量道丹来。如果他将这些道丹放在丹楼中，那丹楼的生意绝对是火箭一般直线上升。

但宁城很快就将这个念头打消了，道丹太过珍贵，如果他真的敢这样做，那恐怕是给剑三山等人增加危险。

想到这里，宁城只是拿出了一些育道之下的神丹交给辛秀。又叮嘱了一番后，这才带着燕霁和剑三山等人告辞，离开了天素圣城。

……

第十八卷

第九百九十一章 任务大殿杀戮

宁城离开天素圣城除了剑三山几人知道外，没有再告诉任何人。他知道虚星宗绝对不会罢休，为了不被虚星宗拦住，他索性偷偷离开了天素圣城，甚至连传送阵都没有坐。

事实上宁城猜测的没错，他刚刚离开不久，虚星宗的那名黑脸宗主就再次找到了他所在的息栈。不但是虚星宗，别的宗门也都纷纷前来拜访。

没有人猜到宁城会突然离开，毕竟宁城还要等丹会将那些支持他的宗门送的东西清单给宁城看。谁知道宁城连这种好处都不等，就直接偷偷离开天素圣城？

……

“各位前辈，我师兄已经离开了天素圣城，至于去什么地方，我也不清楚。”辛秀站在寻到息栈宁城的房间门口，向一群来拜访宁城的修士解释。

“你就说虚星宗宗主毋不封前来拜访。”毋不封的脸色本来就漆黑，此刻听了辛秀的话后，他的脸色更黑，几乎都要滴出黑水来。

别的人听说宁城不在天素圣城，都是客气几句，然后马上离开。但是毋不封不行啊，他还要求宁城帮忙炼制续霄纹骨丹呢。

在毋不封的身边，还跟着珀西和那名犹如骷髅一般的康祖。

辛秀微微皱眉，再次说道，“毋前辈，我师兄的确不在天素圣城。而且，就是我和师弟也马上要离开寻到息栈。若是前辈不信，那就请进去自己查看吧。”

说完辛秀打开房间门口的禁制，让在了一边。

毋不封哼了一声，他很想进去查看。不过他也知道，他要真的敢进去查看，无论宁城在不在，那他和宁城之间都再无转圜的余地。在宁城离开论丹广场的时候，他就仔细打听了一些宁城的过往，宁城绝对不是一个受威胁的人。

“不封，我们走吧，我都活了这么多年，再活个几百年想必也没什么的。”站在一边的康祖忽然出声说道。

他不知道宁城是一个什么样的人，但从得到的消息可以肯定，宁城不吃硬的。如果宁城可以被威胁到，那早已向蛮会山妥协了。

毋不封咬了咬牙，他也知道康祖的意思。那就是等一段时间，和宁城搞好关系后，再请宁城炼丹那。他有些后悔，没有在宁城驳丹的时候帮宁城一把，结果便宜了太素海的那个小银龙。

“走吧。”毋不封将一口郁闷之气吞了下去，终究没有敢进房间搜寻宁城。

……

“当初我在这里听见茹雪师妹说你陨落后，我就下定决心要杀掉无生毒手和无心和尚为你报仇。天可怜见，我竟然还能活着和你在一起。”太素墟的任务大殿中，燕霁站在宁城身边，语气颤抖的说道。

若不是她想要加入宗门，努力提高修为为宁城报仇，她又如何可以再次遇见宁城？此时无心和尚的通缉任务早已去掉，她却已是站在了宁城身边。

“霁师妹……”宁城抓紧了燕霁的手，就冲燕霁经历的这些，哪怕再危险，他也要帮燕霁找到绮星金隐叶。

“嘿嘿，只是我听过最好笑的笑话，竟然有人在太素墟任务大殿说要杀掉无心和尚和无生毒手。”一个阴惨惨的声音传来，哪怕是在大白天，整个任务大殿也有些阴冷。

周围交接任务的修士听见这个声音后，都不由自自的让开。

宁城和燕霁立即就看见了一名手拿着佛尘的道人，此刻这道人正上下打量着宁城和燕霁。

燕霁看见道人手中的佛尘，下意识的后退了一步。别人手中的佛尘都是妖兽毛发炼制而成，而这个道人手中佛尘上的佛尘丝似乎是一根根肠子组合在一起。

别的道人拿着佛尘，有一股仙气，而他身上只有一股恶气。

“你又是何人？”宁城握住燕霁的手，冷声问道。燕霁根基尽毁，修为也全部丢掉。这道人的气势压迫过来，燕霁顿时受到了影响。

“你竟然不认识我？”道人疑惑的看着宁城，甚至以为宁城在说笑。

远处一些不认识宁城的修士都在暗自摇头，宁城死定了。敢在这里顶撞无肠道人，太素墟四无中，除了无脸女人之外，就是无肠道人歹毒。而且这个人有一个恶心的习惯，就是喜欢将漂亮女人杀掉，炼制佛尘。

“你算老几？我为什么要认识你？你是道元强者，还是合道强者？”宁城讥讽的说道。这道人不过一个育道初期，在他眼中根本就算不上什么东西，也敢如此嚣张？

要知道他在天素圣城，结交的那不是道元就是混元。育道？呵呵，站一边去。

燕霁却想起了这个道人是谁，连忙小声的在宁城耳边说道，“这人叫鲜无肠，还有一个外号叫无肠道人，和无生毒手，无心和尚还有无脸女人称之为太素墟四无。”

太素墟四无宁城是听说过的，而且还知道无生毒手和无心和尚。无生毒手被蛮会山干掉了，无心和尚逃到了太素墟。现在蛮会山找到了宁城，通缉无心和尚的任务也被去掉。

他想不到，会在这个地方看见无肠道人。难道无肠道人和无心和尚、无生毒手关系很好？

“嘿嘿，妹子说的不错。我的这佛尘都是极品美女的肠子加了无数珍宝材料炼制而成。无生毒手将他亲妹妹的肠子送给了我，所以他也算是我的亲戚，你想要杀无生毒手，那我就要帮他一点忙。你虽然修为不行，倒也勉强可以为我的佛尘加一根肠丝……”

无肠道人说完，浑身的压抑气势就轰向了宁城和燕霁。无生毒手早已死了，他说这个话，无非是找个借口而已。

哪怕是他在太素墟任务大殿也不敢动手，他要用自己的气势将宁城和燕霁压迫逃走，然后追出去干掉。

宁城在听到无肠道人说出最后一句话的时候，他的长枪已祭出。

无肠道人还要将宁城和燕霁压迫到离开太素墟再动手，宁城再无肠道人说要杀燕霁炼制佛尘的瞬间，长枪就卷向了无肠道人。

无肠道人的气势被宁城的杀意一激，顿时四散开来，甚至将周围的一个任务阵法屏都轰裂开。

一阵难以呼吸的气息压制而来，无肠道人就感觉到整个宇宙星空都在变化，生机收敛，似乎要返回洪荒。

这是大道的气息？无肠道人还没有反应过来，宁城的长枪就直接无视空间来到了他的面前。

无肠道人再也不敢将宁城当成一个蝼蚁，手中的佛尘幻化出一片网影。远远看去，就好像无穷无尽的肠子纵横在空间当中。

“轰……”空间中神元激荡，将周围炸裂的轰轰作响，整个太素墟广场任务大殿都在颤动。

“住手……”仅仅一交手，无肠道人就知道他不是宁城的对手。

育道圣帝在太素墟绝对算是强者了，什么时候来了一个比他还要厉害的家伙？

宁城就好像没有听到一般，那被他长枪轰开的无穷肠子实在让他恶心。他的长枪在被划破的空间中一顿，随即在枪头幻化出一道残阳。

天地无时间，落日有黄昏。

天地间的时间在这一瞬间消失了，唯有一道黄昏残阳。

这是宁城落日黄昏的再次升华，落日黄昏祭出后，这一片天地就没有了时间，有的只是生命的黄昏。

时间静止下来，无肠道人瞪大眼睛看着越来越大的残阳，完全不知道应该怎么去做下一步。

刺痛从他的眉心传来，他眼前的黄昏消失不见，天地间的时间再次开始流动，他惊骇的叫出声来，“不要……”

“噗……”血光炸裂，宁城的长枪将无肠道人的脑袋全部炸开，溅起一道红光。

无肠道人狰狞的元神溢出，正想逃出大殿，宁城的火焰就卷了过去。再次一声撕裂的惨呼，无肠道人神魂俱灭。前后也不过数息时间，宁城就杀掉了育道不久的无肠道人。

“住手，什么人敢在我太素墟任务大殿动手？”宁城刚刚杀掉无肠道人，一道强悍的气息就扑向了宁城，跟着一道影子就落在了宁城的面前。

宁城手中的长枪一卷，将这道压制过来的气息卷走，这才拉着燕霁看着眼前落下来的人。这是一名身穿太素墟任务大殿道袍的男子，化道修为。

“你竟然敢在任务大殿动手杀人？”这男子落下后，盯着宁城，语气中带着浓烈的杀意。

直到这一刻，任务大殿其余的人才反应过来。嚣张不可一世的无肠道人被人杀了，还是在太素墟任务大殿被人杀掉的，这简直是太素墟最惊人的消息。

“跟我走吧，不要让我动手。”这男子的领域伸展出来，瞬间就将宁城的去路和周围空间完全锁住。

宁城淡淡的说道，“你确信要我和你一起去？”

这男子冷哼一声，正想祭出法宝，忽然听到周围传来旁观修士的议论声，“我认出来了，这个人就是宁城。被蛮龙圣帝通缉的那个……”

“什么？是他？他还敢来太素墟？甚至敢在这里动手杀人？”

“不对吧，宁城听说仅仅是一个永恒境星空帝而已，怎么能够如此轻松的杀掉无肠道人？”

这正要动手的化道圣帝听到周围议论后，脸色微微一变，用带着疑惑的语气动容问道，“你是宁丹圣？”

“不错，我是宁城。”宁城点点头，说完指着地上无肠道人的戒指，“这个戒指就作为赔偿你太素墟任务大殿的损失好了。”

……

第九百九十二章 葬影恶魔

“哈哈……”一个爽朗的大笑声传来，“宁丹圣竟然来我太素墟了，有失远迎。”

哈哈笑声传来的时候，还在远处。等‘有失远迎’几个字说出来的时候，一名青衫男子已经是出现在宁城的面前。这青衫男子一抱拳，“太素墟弓羊笛，见过宁丹圣。”

“弓前辈是太素墟任务大殿的执事。”燕霁怕宁城不认识弓羊笛，连忙小声说道。

太素墟任务大殿是太素域各大宗门联手建立的，弓羊笛既然是这里的执事，显然早已得知了宁城是道元丹圣的事情，这才如此客气。

论起修为来，弓羊笛的修为比宁城强大太多了，是道元强者。不过无论是谁都知道，在太素界，一个道元丹圣的地位远远要强于一个道元圣帝。

宁城连忙一抱拳，“宁城见过弓前辈。之前无肠道人对我师妹不敬，被我一怒之下斩杀，污了大殿，实在是歉疚不安，我愿意赔偿大殿的损失。”

宁城的看法和别人不同，强者为尊，你再道元丹圣，如果没有修为，在道元圣帝面前也是一个渣。人家道元圣帝给你面子，是在这公众的地方。一旦没人处，谁认识你是一个道元丹圣？只有自己的实力强大了，哪怕不会炼丹，也不会心惊胆战。这点道理，宁城自然分的清楚。

弓羊笛再次哈哈一笑，“无肠道人这种败类，宁丹圣杀了他，也算是为太素墟做了一件好事。宁丹圣看的起弓某，就不要叫前辈了，能和宁丹圣成为朋友，是我弓某之幸事。”

宁城明白弓羊笛所想，毕竟自己是一个道元丹圣，弓羊笛想要结交他很是正常。

“那我就直接叫弓兄了，弓兄也直接叫我名字即可。”弓羊笛想要结交宁城，宁城自然不会拒绝。多一个朋友多一条路，更何况弓羊笛还是手握大权的道元圣帝，在太素墟广场简直是一个土皇帝。说不定以后他还有求弓羊笛帮忙的地方。

弓羊笛得到了宁城这个道元丹圣的友谊，心里更是舒畅无比，“宁兄弟，如果你不介意的话，就去我的洞府尝尝我新得的一种神灵茶？”

宁城一抱拳，“弓兄，我还有急事离开一趟，只能下次来打搅了。”

说完，宁城似乎想起了什么，又问道，“弓兄，我想要打听一下太素墟的葬影蓝沙，弓兄有这地方的地图吗？”

“葬影蓝沙？”弓羊笛疑惑的看着宁城，这个地方是死地啊。

先来的那名化道男子忽然指着地上被宁城干掉的无肠道人说道，“宁丹圣，无肠道人和无心和尚曾经被一个化道圣帝追杀。后来他们两个逃进了太素墟的葬影蓝沙，还在葬影蓝沙干掉了那个化道强者。”

宁城低头看了看连头都被爆掉的无肠道人，心说这家伙这么牛叉，居然被自己简单的在任务大殿干掉了。

随即宁城就想起了什么，他抬手就将无肠道人的戒指抓了起来，神识扫了进去，很快就在无肠道人的戒指中抓出十几枚地图玉简。

宁城抓出这些地图玉简，神识扫了一下，片刻间就找到了葬影蓝沙的地图玉简。他心里大喜，这真是得来全不费工夫，这家伙是来送地图的吗？

不过宁城很快就看清楚了，这个地图仅仅是一个角落。对他也许根本就没有多大用处，聊胜于无吧。

在无肠道人的戒指中，除了这些枚地图玉简外，还有一堆的女人用品，可见这个无肠道人杀掉过多少女修。

宁城将那一枚地图玉简收起，将戒指递给弓羊笛说道，“弓兄，这枚戒指就作为我的赔偿吧。”

戒指里面还有一堆神晶，想来赔偿应该是够了。

这个地方毕竟是公共场合，就算是弓羊笛再想交好他宁城，他在这里打架还毁坏了东西，也要拿出一点低姿态的诚意来。

弓羊笛明白宁城的意思，而且他也猜测宁城在羊笛的戒指中找到了需要的东西，索性接过戒指说道，“好，那就等你后来后，我们在畅谈。”

看着宁城在任务大殿杀了无肠道人，还一点事都没有的离开了太素墟任务大殿，甚至还受到了弓羊笛的邀请。在任务大殿中的修士都热切的议论起来，宁城到底有什么后台？居然这样华丽丽的转身？

……

太素墟深处，宁城收起星空轮，同时让燕霁进入了真灵世界。

哪怕燕霁修为都还在，在这种地方也帮不上忙。

葬影蓝沙，是太素墟的五大禁地之一。来这里的修士，无论你修为有多高，进来后离开的可能性都很小。一百个人进去，离开的最多不会超过十个。而且这些离开的人，大都是因为运气。

所以说，无肠道人和无心和尚能进入葬影蓝沙，还成功干掉对手出来，那绝对是幸运中的幸运。

宁城站在葬影蓝沙外面，还没有进去，就看见了一片蔚蓝的颜色，远远看去，就好像一片浪花翻滚的海洋。不但美艳，还气势磅礴。

宁城的神识也只能接触到这些翻滚沙影之外，根本就渗透不进去一点。这让宁城想起了太素秘境的迷石林，在那里面他也是神识被裹住，无法伸展。

无肠道人的葬影蓝沙地图，只是葬影蓝沙的一个角落，这种地图只能碰运气，至少现在对宁城是半点用处没有。

就在宁城准备进入葬影蓝沙的时候，一道白色的人影落在了宁城不远的地方。

宁城的目光扫了过去，这是一个穿着白色衣裙的女子。白色的裙子将她凹凸分明的身体勾勒的完美无缺，胸前的凸起到腰处，划出一道完美的曲线。这道曲线再次向后延伸，又是一个完美的曲线下来，最后落在那一双被裙子遮掩住一半的小腿上。

一种成熟诱人的女人风味，让宁城的小腹微微一热。宁城吓了一跳，他好歹也是一个塑道圣帝，竟然会被一个女色诱惑？

吸了口气，宁城这才发现这女子的头上还带着一朵白色的孝花，可见这个女人应该是刚刚死了男人。这个女人长相绝对算不上那种绝色倾城，却能如此吸引人，看样子她还修炼一种媚功，否则以自己的定力不可能会在这种情况下就被诱惑到。

宁城收回了目光，没有再看这个女人，他知道刚才不是那个女人有意诱惑他。

看见宁城盯着自己打量，这个女人微微皱了一下眉头，没有继续在原地停留，瞬间就冲进了葬影蓝沙中，很快消失不见。

宁城也没有继续在外面停留，而是慢慢的走进了葬影蓝沙中。他来葬影蓝沙是为了寻找绮星金隐叶，只要找到这种叶子，他马上就退出去。哪怕葬影蓝沙里面有再多的好东西，他也不会留在这里面。

一进入葬影蓝沙，宁城就被无穷无尽的蓝沙裹住。蓝沙带着强大的漩力，几乎要将宁城卷走。

这一刻宁城的神识被束缚住，只有他在祭出神识刃或者是神识风暴的时候，神识在可以伸展出去数十米。这对他的神识消耗太大，才刚刚进入葬影蓝沙，宁城可不想如此消耗。他直接祭出了无极青雷城。

无极青雷城几乎被宁城完全炼化，除了器灵没有外，和一个雷光城已是没有多少区别。

青雷城一祭出后，周围的翻滚蓝沙就被青雷城挡住，宁城这才轻松起来，他这才有空抓了一把蓝沙在手中查看。

蓝沙就好像普通的沙子一般，除了颜色是蓝色的外，别的似乎没有区别。宁城的神识扫入蓝沙，正想仔细观察一下这些蓝沙到底是什么材料组成，他手中的一把蓝沙忽然渐渐的模糊起来。才短短几个呼吸时间，这一把蓝沙就消失的无影无踪。

宁城惊异不已的再次抓了一把蓝沙，和之前一样，这些蓝沙一会就会消失不见。

好诡异的葬影蓝沙，宁城心里暗自惊叹，这种诡异的沙子，他还真的是第一次看见。

葬影蓝沙周围除了翻滚的呼啸的蓝沙之外，没有别的任何东西，哪怕地面也是清一色的蓝色沙子。

宁城一路深入，一路在地下深处做一些神识印记。十天时间过去，宁城不要说看到绮星金隐叶，就连一根杂草他都没有看见。

第十一天，宁城正在仔细辨认方位，一阵隐隐约约的声音从翻滚的蓝沙深处传来，宁城只能听见四个字，“棘昂姆鲁……棘昂姆鲁……”

而且这四个字还反复不停的叫着，无休无止。宁城完全不明白这四个字的意思，他正想过去看看，就看见一个半边身体都没有的修士从不远处逃走。他的脸上完全是惊慌的神情，似乎遇见了什么可怕的事情。

“快走，葬影恶魔来了……”一个沙哑的声音在宁城耳边响起，随即宁城就看见一个衣衫不整，披头散发的女人从他身边擦过。

是他进入葬影蓝沙前看见的那个戴孝女人，这个女人至少是化道修为，却如此狼狈。这葬影恶魔到底是什么可怕的东西？怎么还不停的叫着‘棘昂姆鲁’？

尽管宁城很想知道这东西到底是什么，此刻他也只能跟着逃走，他还没有自信到能挡住化道圣帝都怕的恶魔。

……

第九百九十三章 蓝沙中的绿地

葬影蓝沙中无法伸展神识，神元倒是不受影响。不过一旦鼓动神元，速度越快的时候，在葬影蓝沙中受到的阻碍力量就越大。

背后‘棘昂姆鲁’的声音越来越清晰，宁城甚至能够感受到一种死亡的威胁。一道道身影从宁城身边冲了过去，这些影子每一个修为都比宁城强大。可见尽管暗影蓝沙危险，来这里的人还不少。

宁城的神识强行破开后面的蓝沙，正好看见一名育道圣帝被一种无形的力量卷走，仅仅片刻时间，他的气息就消失的无影无踪。

宁城再也不敢留手，神识风暴席卷出去，形成了一个神识域。周围的阻力在这一刻变得薄弱起来，宁城的速度迅速上升。

原本超出宁城的圣帝，一个个被宁城丢在后面。就在宁城准备松了口气的时候，背后一阵阵的发冷，蓝沙中突兀张开一道漆黑的大口咬向了宁城。没有任何征兆，在这呼啸的蓝沙中也没有任何波动。

“咔嚓……”大口咬在了宁城的无极青雷城上，雷光四溅，神元反噬回来，宁城心头一阵阵的翻涌。

宁城连忙祭出长枪，他的神识扫出去，却没有扫到任何别的东西。周围除了呼啸翻滚的蓝沙之外，还是翻滚的蓝沙。

宁城暗自倒吸冷气，幸好他的无极青雷城没有收起来，否则就算是刚才那一下，他恐怕是凶多吉少。哪怕是真的逃出了那一口，也要受伤。

葬影蓝沙中隐匿着他根本就感应不到的威胁，宁城心里愈发谨慎起来。

或者是因为宁城谨慎小心的提防，又奔行了半天时间，他没有被继续偷袭。宁城也没有再感受到那种可怕的死亡威胁，这才放缓了身形。

一道道浓郁的神灵气被宁城感应到，宁城的目光扫了过去，这才发现他站在一片湖水之前。这里的飞舞蓝沙要弱的多，越靠近湖边，蓝沙越少。到了距离湖边百米的地方，蓝沙甚至一点都没有了，可以看清楚湖的对面全是青翠的草地。

进入葬影蓝沙以来，宁城还是第一次看见青绿色。

宁城没有贸然行动，他的神识伸展出去，强行在周围查看。半柱香后，他已经看清楚，这里是一个阵法。这个湖是阵法的阵基，这个阵法将葬影蓝沙的蓝沙减弱了，形成了一个稍微安全的地带。

明白这里是一个阵法后，宁城心里倒吸冷气。葬影蓝沙的力量是多可怕，宁城早已清楚。他的力量在这里面遇见危险，仅仅只能逃走，或者是勉强自保。

而这里的这个阵法，居然挡住了如此可怕的蓝沙席卷，这要什么样的实力和什么样的证道水平才可以布置出来？

宁城小心的绕过这个湖，走到对面。他的眼前豁然开朗，一道由石头组成的小路延伸到远处。

确认这条小路没有问题后，宁城这才收起无极青雷城，踏上了这条石头小路。

在宁城踏上这条小路的瞬间，他的神识束缚完全消失，一个巨大的青翠地出现在他的眼前。

这里面竟然有数名修士身影，宁城很快就在这些身影中看见了那个衣衫不整的白裙女子。

宁城心里微微一松，既然那白裙女子也逃到这里来了，那就说明这里暂时应该是安全的。

他加快了速度，也走了过去。这些人在葬影蓝沙里面时间比他长，应该是知道情况。也许他可以在这里打听一下那‘棘昂姆鲁’到底是什么东西，还有就是这里有没有人知道绮星金隐叶。

但是宁城很快就感觉到不对了，他在这里看见数具死去的尸体，这些尸体显然是刚刚被杀不久，那白裙女子身边也有两具。

这白裙女子看见宁城过来，到时露出一些诧异的目光。似乎在疑惑宁城这点修为，怎么能够逃到这里来？

看见这白裙女子看向自己，宁城对她点了点头。之前这个俏寡妇逃走的时候，提醒了他一句，他心里还很感谢的。

白裙女子脸色凝重，没有回应宁城。在她的对面是五名化道圣帝，这五人似乎在和白裙女子对峙。

“拿出储物戒指，然后滚。”一个带着寒意的声音落在宁城的耳边，说话的正是对面五人中的一个。

就算是一个化道圣帝，宁城也不认为自己能打得过，更不要说五个化道圣帝了。

“你们要我的储物戒指？”宁城看着对面的这五个化道圣帝问道，此刻他心里完全明白地上尸体是怎么来的了。这些人逃出了那个葬影恶魔，来到这里后，被这几个先来的干掉。

至于这个白裙俏寡妇为什么还活着，那显而易见呗。

宁城下意识的退后了两步，他打不过还走不掉吗？

“不能出去，出去必死无疑。”白裙女子的声音再次响起。

“我什么？”宁城下意识的问道。

白裙女子疑惑的看了看宁城，“难道你不知道葬影蓝沙中葬影恶魔的可怕？”

宁城微微皱眉，“我们早已逃出了葬影恶魔的威胁范围了吧？”

“哈哈……”那名要宁城交出储物戒指的化道圣帝哈哈一笑，就好像听到了最好笑的笑话一般，随即整个人都扑向了宁城。

宁城区区一个塑道圣帝，一个化道圣帝扑向了他，别的人都没有动。

这名化道圣帝显然没有将宁城看在眼里，甚至连法宝都没有祭出，直接伸出大手抓向了宁城。

在他大手抓下来的时候，这一方空间完全被他掌控住，强大的气势直接压迫的宁城无法动弹。

换成一般的塑道初期圣帝，在一个化道中期圣帝如此强大的压制下，根本就没有半分的反抗能力。

宁城心里冷笑，这家伙还以为自己是证道第二步的合道圣帝呢，竟然用这种老鹰抓小鸡的手段来对付他？

就在宁城准备祭出长枪动手的时候，又是一道人影冲了进来。这名要对宁城动手的化道圣帝，看见这人影冲进来后生生的止住了身形。

“芳琳师姐？你也来这里了？”来人立即就看见了那白裙女子，语气带着惊喜叫道。

“侯赋师弟……”白裙女子回了一句后，注意力依然放在对面的五名化道圣帝身上。

“他们是拦在这里想要抢劫？”后来的侯赋很快就明白了是怎么回事，盯着那五名化道圣帝说道。

“动手，这个女人能留下就留下，留不下就杀了……”看见又来一个化道圣帝，而且这一男一女还认识。对面的五个人再也没有耐心，直接冲向了俏寡妇和侯赋。至于宁城，也许在他们眼里，根本就是一个多余的。

白裙女子和侯赋立即就祭出法宝，他们只有两个，对方却是五个人，还没有开始打，就完全被压制下来。

宁城很清楚，这个时候，他绝对不能旁观。这对面五个人没有将他看在眼中，那是因为他的修为。等这五个人干掉白裙女子和侯赋，那就是他的死期。

五人全部围住白裙女子和侯赋的时候，宁城动了，他直接祭出了七桥界书。和这种强者战斗，他没有任何资格保留手段。

惨白色的第一奈何桥愈发凝固，刚刚祭出，就和七桥界书上的阴气完全融合在一起，搭建起了阴气滚滚的石拱桥。

翻滚的血河也愈发磅礴起来，犹如江河倒卷，直接渗入心魂。

惨白色的石拱桥瞬间就将战斗中的七名化道圣帝全部卷入，强大的崩溃力量传来，宁城的识海一疼，张口就是一道鲜血喷出。

“这是七桥神通中的第一奈何桥……”其中一名化道圣帝看见惨白石拱桥上的‘第一奈何桥’五个潦草大字，震惊出声。

宁城感觉到识海翻涌，似乎下一刻，第一奈何桥就要崩溃，他的识海就要被炸开，而此时被他第一奈何桥困住的五人甚至还没有动作。

“你们两个还不快动手，现在我们三个是一条线上的蚂蚱。”看见在第一奈何桥前茫然戒备的白裙女子和侯赋，宁城怒喝一声，随即也冲进了第一奈何桥，祭出长枪卷向了其中一名化道圣帝。

他之所以敢用第一奈何桥卷住这七人，就是肯定那白裙女子和侯赋会和他联手。

不等侯赋从惊骇之中明白过来，白裙女子就完全知道了宁城的意思，她祭出法宝攻向其中一名化道圣帝，同时厉声传音给侯赋，快动手。

无论宁城是什么心思，她也只能选择先和宁城合作。一旦宁城陨落，她和侯赋绝对是会被另外五人干掉。

侯赋也醒过神来，祭出战龙丹鼎就轰向了其中一名化道圣帝。

白裙女子和侯赋选择帮助宁城动手，宁城的压力顿时减弱。他的第一奈何桥更是阴风席卷，奈何桥下的血河翻滚犹如心神巨锤，轰在每一个化道圣帝的胸口。

因为第一奈何桥是宁城的法宝，也是他祭出的神通，白裙女子和侯赋的压力自然没有多少，更多的压力被另外五人分摊。

仅仅是呼吸时间，宁城和白裙女子、侯赋三人就联手借助第一奈何桥占据了上风。

不过宁城很清楚，这种上风只是暂时的，他焦急的传音给俏寡妇和侯赋，“我的奈何桥最多只能压制住他们十几个呼吸时间，这十几个呼吸时间，一定要干掉一个再说。”

……

第九百九十四章 困杀化道

白裙女子和候赋听到宁城的话后更是全力出手，不留半点手段。他们可不认为宁城是骗他们的，七桥神通再厉害，宁城也不过是一个塑道圣帝而已。

一个塑道圣帝，能用七桥神通困住另外三名化道圣帝十几个呼吸时间，已是非常的了不起。

白裙女子和候赋这全力出手，被他们缠住的两名化道圣帝压力顿时大增。加上这里是宁城的七桥之中，他们心里更是焦急。

宁城自己缠住的那个化道圣帝，正是之前要将宁城当成蝼蚁抓住的家伙。此刻在宁城的七桥界书中，他被宁城的枪纹封住，这才惊慌起来。宁城一个塑道圣帝，却如此厉害，亏得他之前还想随手一巴掌干掉宁城。

这名化道圣帝没有心思和宁城在第一奈何桥上战斗，他心里想着的是如何冲出第一奈何桥。

他担心宁城还有什么后手，所以在想办法冲出奈何桥的同时，大部分心神也是放在防御宁城的身上。

宁城很清楚，就算是在第一奈何桥中，他要干掉这个化道圣帝，也不是简单的事情。如果只有这一个化道圣帝，在落入他的第一奈何桥后，他相信自己可以干掉。现在有五人在第一奈何桥，他一个人要挡住三个。

这名化道圣帝现在没有恋战心思，对宁城来说最好不过。在枪纹和这名化道圣帝僵持住的同时，宁城的长枪却突兀换了一个方向，一道巨大的残阳轰向了和白裙女子战斗的那名化道圣帝。

白裙女子正施展拼命的手段和对手硬拼，想要尽快干掉一个。奈何她的实力比对方实在是强不了多少，同样只能僵持住。

就在这个时候，两人中间一轮残阳落下。

时间在这一瞬间静止下来，除了残阳再无它物。

就算这里不是宁城的第一奈何桥，宁城的落日黄昏也可以让时间静止一息，更何况这里还是宁城的第一奈何桥？

奈何无时间，血河有残阳。

残阳落下，映衬着翻滚的血河，凄美无边。

白裙女子只是微微一愣，就看见了对手的迷茫，她的对手在这一刻似乎卷入了那种凄美的夕阳当中。不对，她的对手在这一刻静止了，或者说她的对手在这一刻没有了时间。

时间神通？白裙女子瞬间醒悟过来，再没有犹豫，手中的剑影划破了虚空，直接将和她对战的这名化道圣帝脖子斩断。

那元神刚刚溢出，就被翻滚的血河卷走。

宁城见这白裙女子及时配合了他的落日黄昏，心里大喜，这让他省去了很多气力。长枪再次卷回来，将之前这名和他对战的化道圣帝挡住。

这名化道圣帝刚刚找到打破奈何桥的办法，就看见自己的同伴被白裙女子杀掉。

宁城一个塑道圣帝，竟然在和他对战的时候，分心动手，联手那个白裙女子干掉了一个化道圣帝。这让他不但没有愤怒，反而是充满惊慌。

正因为这种惊慌，让他迫切的想要冲出宁城的第一奈何桥。在别人的地盘战斗，什么事情都可以发生。

白裙女子很是见机，在和宁城联手干掉一个化道圣帝后，立即就去缠住了另外一个刚刚挣脱第一奈何桥的化道圣帝。

加上和宁城对战的这个化道圣帝一心想要逃走，宁城的第一奈何桥压力更小。

压力减弱，第一奈何桥的威力终于爆发出来。配合宁城的神通，开始对这名化道圣帝进行压制。

滚滚阴风气息夹杂着翻滚的血河翻涌而上，和宁城这名对战的化道修士心里愈发惊慌。

一道道悾悾的声音传来，让他不由自主的退到了第一奈何桥的中间。

“……一入奈何永不归……不望乡，不轮回……”

这声音就好像驱走不掉的影子一般，不断在心头萦绕。

“啊……”这名化道圣帝终于忍不住的嘶叫一声，手中的北斗神勾直接勾出一片空间。

这一片空间不但将宁城的杀意完全挡在外面，甚至还多出了一条让他冲出第一奈何桥的路。

哪怕有第一奈何桥相助，宁城的真正实力和化道中期还有一些距离。前一刻，宁城还将战局掌控在手中，在这名化道圣帝的空间神通出来后，宁城再也无法掌控这里的一切东西。

感受到宁城被自己的空间束缚住，这名化道圣帝大喜。他终于醒悟过来，宁城表面再凶，也不过是一个塑道圣帝而已，他的实力并没有刚才表现出来的那么厉害。

明白这一旦后，他不但没有急着冲出被自己开辟出来离开第一奈何桥的道路，反而斜身飞起，冲向了宁城。

这一片天地完全成为了他的勾影世界，一道道由北斗神勾幻化出来的新世界直接将宁城裹住。这里是新的规则，这里也是新的地盘。这里的一切，都有幻化出这神勾世界的主人说话。

死亡的压抑传来，宁城心里惊怒交加。他没有想到在自己的第一奈何桥世界中被人勾画出了新的世界，他还被这个世界压制。哪怕对手是一个化道圣帝，这也是他的耻辱。

“破则……”宁城手中的长枪在这神勾世界中划出了一道又一道的规则，这些规则将原来的空间规则破坏的一干二净。

空间神通的空间规则被宁城破掉，化道圣帝的神勾规则世界瞬间破碎，宁城冲出了破碎的神勾世界，直接被破碎空间规则反击落下奈何桥。

如果这奈何桥不是宁城的神通法宝，哪怕宁城的破则神通破去了对方勾勒出来的世界，此时宁城也已经陨落掉。

桥下翻滚的血河鼓动出一道力量将宁城再次送回第一奈何桥的时候，这名化道圣帝早已转身。在看见宁城竟然破去了他的空间世界，他更是不敢在宁城的奈何桥上逗留，身形一闪，就冲到了第一奈何桥的边缘，眼看就要冲出第一奈何桥。

不单单是他，除了被白裙女子和候赋困住的两名化道圣帝，另外一名化道圣帝因为这名化道圣帝的空间神通反击，宁城被轰下奈何桥，也挣脱了第一奈何桥的束缚，冲出了第一奈何桥。

白裙女子和候赋心里一惊，这两个人一旦冲出了宁城的第一奈何桥束缚，那他们还是凶多吉少。

“在我的第一奈何桥上暗算了我一记，还想走……”宁城冰寒的声音传来，“第二望乡桥，给我凝……”

两名化道圣帝刚刚冲出宁城的第一奈何桥，还没有来得及走出去，磅礴的道韵就压抑过来。两人刚刚祭出防御法宝，一道土黄色的石拱桥就出现在两人面前。

‘第二望乡桥’五个大字悬浮在桥头，两名化道圣帝完全无法控制自己的脚步，直接跨上了第二望乡桥。

宁城知道他的实力还没有办法锁住这两个化道圣帝，这次他干脆放弃了其中一名化道圣帝，望乡桥的道韵气息锁住了那名之前用空间神通差点干掉他的化道圣帝。

“第二望乡桥？”被宁城放弃的那名化道圣帝瞬间就清醒过来，他再也顾不得同伴，疯狂的想要冲过望乡桥。

事实上如果此时他能和他的同伴联手对付宁城，宁城只能收起望乡桥逃走，哪怕他再不想放弃也毫无办法。为了束缚住这五个人，宁城损耗的太多了，再也没有能力继续束缚住两名化道圣帝。可惜的是，对手胆寒了。

七桥神通凶名赫赫，这还是第二桥，他就差点被干掉了，如果第三桥、第四桥出来怎么办？

面对第二望乡桥出来，这一刻，他只想疯狂的逃走，他甚至没有觉察到第二望乡桥远远不如第一奈何桥稳固凝实。

眼睁睁的看着一人逃出了第二望乡桥，白裙女子和候赋也毫无办法，他们都被各自的对手缠住，也只能任凭宁城一个人对付两个。

宁城没有管这逃出他望乡桥的化道圣帝，他甚至没有沟通望乡桥向对方攻击。

他的全部攻击都落在了那被他望乡桥困住的化道圣帝身上。

“……别相望，勿彷徨，脚落此桥已断肠……”

望乡桥的万千道韵压制下来，就算是这个化道圣帝，也无法解脱。

宁城的长枪不断的幻化成为枪纹，轰了过去。这次不是落日黄昏，而是单纯的枪道杀意。

长枪在接触到这名化道圣帝眉心的瞬间，这名化道圣帝竟然清醒过来。他愤怒的喝了一声，北斗神勾瞬息卷起。只是在望乡桥道韵的压制下，他的北斗神勾就好像一个挠痒耙，对宁城没有半分影响。

宁城冷哼一声，更是枪纹卷动，他同样是强弩之末。

“住手，饶我不死，否则我自爆……”这化道圣帝终于明白了宁城的可怕，他的杀意全部被望乡桥压制住了，在他的心神间，那种留念和不舍还没有消融去。

宁城语气平静，“我，在永恒修为的时候，就可以用七桥中的两桥困住一个化道。你，还没有资格在我的望乡桥自爆！”

“噗……”血光溅起，这名化道圣帝憋屈的发现，自己真的没有资格自爆。在宁城的第二望乡桥压制和枪意之下，他只能眼睁睁的看着自己被绞杀。

……

第九百九十五章 棘昂姆鲁

一个小小的塑道圣帝，这个他之前认为可以一巴掌拍死的蝼蚁，却轻易杀了他一个化道圣帝，人生为何如此憋屈？

宁城长枪一卷，这名化道圣帝的尸体早已化成一股力量渗入了第二望乡桥，而那一枚戒指却落在了宁城手中。

连续两名化道圣帝被宁城直接或间接斩杀，另外两名还在奈何桥上和白裙女子、候赋战斗的化道圣帝顿时胆寒。

他们还没有来得及想更多的东西，脚下的血河忽然翻滚起来，狂暴的阴风顿时卷住这两人。宁城解决了自己的对手，自然可以控制第一奈何桥对付这两个家伙。

宁城根本就没有继续动手，在他第一奈何桥的帮助下，这两名化道圣帝就被白裙女子和候赋斩杀。

白裙女子和候赋连戒指都不敢去收取，直接冲出奈何桥。他们担心宁城心生歹意，将他们也留着奈何桥中。

若是宁城真的心生歹意，的确是可以将这两个人留在奈何桥中。事实上就算是宁城想要留下这两个人，他现在的实力也不够了。控制第一奈何桥和第二望乡桥，他的损耗实在太大。

事实上宁城也从未想过要杀掉这两个盟友，如果不是这两个人，他单独面对这五个化道圣帝，恐怕是很难走掉。

白裙女子和候赋还没有走出奈何桥，就发现脚下的奈何桥消失的无影无踪。而宁城正站在两人的对面，其余五名化道圣帝，此刻一个都看不见了。

白裙女子和候赋倒吸了一口冷气，他们肯定从未见过如此厉害的塑道圣帝。宁城简直是逆天的不能再逆天了，一旦等这七桥神通完全炼层，恐怕整个太素界也没有他的对手。

“柳芳琳见过道友，多谢这位师兄出手相助。”白裙女子哪里还敢再将宁城当成一个塑道圣帝？连忙做了一个修士礼节问候。仅仅一个施礼的动作，就将她的魅惑更是勾勒的淋漓尽致。

一边的候赋也赶紧抱拳说道，“天罡丹门候赋见过道友，多谢道友出手。”

宁城连忙还了一礼，“我叫宁城，一个散修。大家刚才是互相帮助，如果没有两位，我自己也危险，可惜的是走掉一个。”

柳芳琳和候赋心里倒吸冷气，一个塑道圣帝干掉了四个化道，还要可惜走掉一个。别看这四个化道中有两个是他们干掉的，甚至柳芳琳一个人就杀掉两个。但是她和候赋心里都清楚，他们能杀掉对手，全部是宁城的相助。

换句话说，没有宁城，他们就算是对上其中任意两个化道圣帝，也只能自保，而绝对不可能杀掉对方。一旦对上五个化道圣帝，那只能等死。至于宁城说自己是散修，柳芳琳和候赋是不会相信的。

散修有这么厉害？如果散修都有这么厉害，那大家都去做散修了。

宁城取出两枚戒指递给柳芳琳和候赋说道，“这是两位刚才的战利品。”

柳芳琳和候赋连忙拒绝，“不敢，如果不是宁道友的七桥困住他们，我们是无法杀掉对方的。”

宁城见两人的确不想收，只好收起戒指说道，“我还有几个问题，想要请教一下两位。葬影恶魔是什么东西？为何现在逃到这里来了，也不能出去？”

柳芳琳知道宁城估计对葬影蓝沙并不了解，索性解释道，“葬影蓝沙最可怕的就是葬影恶魔，在葬影蓝沙中有无数的葬影恶魔。这些葬影恶魔隐藏在蓝沙中，我们的神识和肉眼都看不见。”

宁城忽然想起之前自己被一个神识都扫不到的巨口咬了一下，若不是他还有无极青雷城护住，说不定都被干掉了。

“柳道友，之前我在逃走的路中，被一个看不见，神识也扫不到的东西咬了一口，那是不是葬影恶魔？”宁城问道。

柳芳琳听到了宁城的话后，脸色一变，好一会才点点头，“那也是葬影恶魔，不过我们说的葬影恶魔不是这种，而是能够叫出‘棘昂姆鲁’的葬影恶魔。一般被这种葬影恶魔盯上，那是绝无幸理。在葬影蓝沙，有无数你说的那种看不见的巨口，这些都是成长中的恶魔。

它们一般都只会出口一次，如果没有干掉对手，就会隐匿掉。进入葬影蓝沙的人，有一半是被葬影恶魔吞噬掉的，还有一小半才是死于别的地方。”

柳芳琳的脸色一变，宁城看的很清楚，不过他没有问这个，而是问道，“‘棘昂姆鲁’是什么意思？”

在一边听着的候赋忽然说道，“‘棘昂姆鲁’就是味道鲜美的意思……”

宁城傻眼了，味道鲜美？味道鲜美也可以吓得众多圣帝逃走？

柳芳琳凝重的说道，“宁兄，你可不要小看这四个字，这四个字带有无穷无尽的魔力。一般只有最强大的葬影恶魔，才会叫出这四个字。意思是人的血肉和元神，味道很鲜美。

一旦出现这四个字，那无穷无尽的葬影恶魔就会聚集过来，对这一片进行搜寻。哪怕是道元圣帝，被这种葬影恶魔盯住，也是很难走掉。之前我让你不要离开这里，就是我肯定那外面的蓝沙中早已满是葬影恶魔。也许，再也没有一个人能够活着。”

“那这里是什么地方？似乎被一个阵法护住了。”宁城指了指周围清脆的绿草问道。

柳芳琳继续解释道，“这里是葬影蓝沙采集神灵草和顶级天材地宝的地方，有人说是一个前辈大能布置起来的，一般这种地方都叫着生谷。在葬影蓝沙中有许多这种生谷，每一个生谷，前面都有一个拒魔湖。哪怕葬影恶魔再厉害，也无法通过拒魔湖过来。

不过这个生谷应该早就有人来过了，所以虽然有许多的神灵草，却并不是特别珍贵。想要特别珍贵的神灵草，那只有去从未有人进去过的生谷。找到这种地方，只能凭借运气。”

宁城不解的问道，“既然这里有人来过，按理说应该没有神灵草了才是？”

柳芳琳耐心的说道，“这些神灵草都在生谷的边缘，采集每一株神灵草都很危险，一不小心就会再次被卷入翻滚的蓝沙之中。”

“我还想请问一下两位，有没有听说过绮星金隐叶？”这才是宁城来葬影蓝沙的主要目的。

柳芳琳和候赋都摇了摇头，表示从未听说过在葬影蓝沙有绮星金隐叶。

“多谢两位解惑。”宁城抱拳感谢道，这个女人诱惑力太大。看着他说话的时候，似乎整个身体都在随着曲线颤动，而且还是无意识的。这样一个诱惑无比的女人，他实在不想和她在一起多呆。看这个候赋的样子，估计也是对柳芳琳爱到骨子里面去了。

告辞了宁城，柳芳琳和候赋往里面走出数十米元后，忽然再次停了下来。

柳芳琳回头看着宁城说道，“宁兄，葬影恶魔还有一个可怕的秉性，那就是一旦被葬影恶魔咬过一口。只要等一天后再出现在葬影蓝沙中，就会吸引无数的葬影恶魔过来。而且在生谷中不能超过半个月，超过半个月，会被直接传送出生谷。”

宁城终于明白为什么之前自己说被葬影恶魔咬了一口，柳芳琳脸色一变了，原来是这个原因。

柳芳琳和候赋的身影很快就消失不见，宁城停了下来，神识在身体中仔细检查了数遍。他并没有发现任何不妥，心里顿时有些怀疑柳芳琳的话。也许那葬影恶魔只是咬了他的无极青雷城一口，对他的影响并不是很大。

尽管这样想，宁城心里还是充满了警惕，在生谷前进的时候，人都小心很多。

这个生谷让宁城想了很多，不是他疑心多，他很是怀疑那个布置生谷的前辈动机。如果真的是为了在葬影蓝沙中救人，为什么要限制十五天？但话说回来，如果不是为了救人，那前辈为什么要在葬影蓝沙中布置生谷？还在生谷的边缘栽了这么多的珍贵神灵草？

进入生谷的第二天，宁城就遇见了一株魔布草。正如柳芳琳说的一般，这一株魔布草在生谷的边缘，看起来外面蓝色隐现，似乎是蓝沙卷动。如果贸然去采集的话，也许真的会再次被卷入葬影蓝沙当中。

宁城没有去采这一株魔布草，魔布草也算是比较珍贵的一种神灵草了。这种东西宁城的药园中一大堆，他根本就看不上眼。

沿着生谷一路走过去，宁城看见的神灵草越来越多，甚至还有稀缺的血月仙莲。对这些神灵草，宁城都没有去动。无论如何，他也不能将柳芳琳的话当成耳边风。

第七天的时候，宁城终于看见了一株对他有用处的神灵草赤云波根。赤云波根是炼制真极复灵丹的辅助神灵草，尽管宁城身上早已有十几株了，但是这东西他不嫌弃多。

宁城祭出无极青雷城，小心的走到生谷边缘，他的手还没有触及到赤云波根，数道让他脊背发凉的气息就涌了过来。宁城再也顾不得摘取赤云波根，天云双翼瞬间挥动，迅速从原处离开。

就算是这样，他的无极青雷城也再次被那无形无影的巨口咬了一下，溅起一道道雷光。宁城再回头，看见一道蓝色的漩涡在赤云波根边缘卷走。宁城心里暗道好厉害，如果他晚了一点，就被这漩涡卷走了。

宁城再也不想要这一株赤云波根，他刚刚小心的退开，就听见一声凄厉的惨叫传来。宁城和柳芳琳说了这么长时间的话，这声音他一下就听出来了，正是之前和侯赋离开的那个俏寡妇柳芳琳。

……

第九百九十六章 嚣张的塑道

宁城的神识立即就横扫了过去，一道薄弱的屏蔽禁制拦在宁城面前，宁城的神识没有任何犹豫，直接撕裂了那道禁制。这里是葬影蓝沙，不是谁私人的地方，宁城破开禁制没有半分不好意思。

禁制破开，宁城看见十几道人影，从塑道修为到化道修为都有。

柳芳琳的胸口钉着一道冰刺，瘫坐在地，脸上露出极为痛苦的表情。宁城的神识在那道冰刺上扫了一下，立即就明白柳芳琳为什么如此痛苦了。因为那道冰刺带着神魂撕裂的效果，叫着灵魂冰刺。任何人被这种灵魂冰刺轰在身上，恐怕也承受不住这种痛苦。

在柳芳琳不远的地方，候赋头顶悬浮着战龙丹鼎。不过他的神态一样萎靡不堪，显然也是重伤。

宁城很快又看见了一个熟人，就是从他七桥中逃走的那个化道圣帝。

这十多人围着的是一个禁制，禁制还没有被打破。当宁城的神识落在禁制中，发现里面的东西时，顿时眼睛一亮，这禁制当中竟然是一株丹心神芝果树。那道果树上挂满了丹心神芝果，至少有五六十枚。

丹心神芝果是极为稀少的化道道果，不需要炼制成为丹药，可以直接服用。是顶级的疗伤圣果，化道之下的圣帝重伤后服用这种道果，比化道道丹都要强大。

更重要的是，丹心神芝果的道果中心有一枚龙眼大小的丹药。这枚丹药不是炼制的，而是天成丹药。这枚丹药除了是疗伤圣品之外，还蕴含丹道道韵，可以让丹师感悟丹道，领悟其中的丹道道韵。

宁城看见这株道果树的时候，天云双翼一阵闪动，瞬间就冲了过去。到了那禁制外面，直接抬手就破去了这道禁制。

正在商量瓜分道果的众人，在禁制被宁城撕开的同时，目光都落在了宁城身上。当这些人看见宁城才区区一个塑道圣帝之时，顿时愤怒了起来。

区区一个塑道圣帝，也敢撕裂别人布置的禁制，这简直就是找死。

那名从宁城七桥下逃生的化道圣帝看见宁城过来，脸色微微一变，随即低下头下意识的后退了两步。

重伤的柳芳琳和候赋看见宁城过来，脸上顿时露出喜色。

尽管宁城修为低下，而且直接撕裂了化道强者布置的禁制，众人都愤怒无比，却没有人站出来说话。

来这里的人，哪一个不是老狐狸。天塌下来有高个子顶着，这里的禁制是谁布置的，那自然是由谁出头。如果出头可以多分一枚道果，那他们早就出头了，既然没有好处，谁也不想多事。

“道友好嚣张啊，直接撕裂本帝布置的禁制，莫非仗着自己修为强大？”一名化道圣帝跨前了一步，站在宁城面前冷冷的说道。

他也没有对宁城立即动手，能进入葬影蓝沙的人都不会没有几下。宁城的修为也许不行，但既然敢这样做，那就说明宁城也许有很强大的后台。说不定是出自哪一个大宗门，或者是哪一个大家族。

若是这里没有人就算了，他直接干掉宁城，也没有人知道，但是这里却有很多人。

宁城扫了一下这名化道圣帝，化道初期，比他刚才杀掉的那个化道中期还弱一些。

“这倒是没有，不过我的两个朋友被人伤了，我要问问清楚。”宁城说完，指着之前逃出七桥神通的那名化道圣帝，“你说一下，我朋友是谁伤的？”

宁城倒不是一定要为柳芳琳和候赋报仇，这个地方他是后来者，既然要分道果，自然要先找一点借口。

周围十几名圣帝都愣住了，宁城才是一个塑道圣帝而已。这里除了重伤的柳芳琳和候赋，化道圣帝就有六个，还有五个育道圣帝，就算是和宁城一样的塑道圣帝也有四个。

这人是什么来历？竟然敢指着一个化道圣帝说，‘你来说一下，我朋友是谁伤的？’这要多嚣张，才能说出这种话？

就连那名说宁城嚣张的化道圣帝，一时间也没有再说话。他要看看被宁城指着的这名化道圣帝，怎么解决这件事。如果这名化道圣帝能够直接杀掉宁城，那是最好不过。

被宁城指名的这化道圣帝对宁城实在是胆寒了，他作为一个化道强者，自然不能太过示弱。此时宁城问话，他只能冷哼一声，“本帝如何会知道？那绝不是本帝所为就是。”

所有的人都完全不解的看着这化道圣帝，别看他说话很是严厉，可那色厉内荏的样子，大家都看的清楚。这一刻，再也没有人将宁城当成一个塑道圣帝。如果宁城真是一个普通的塑道圣帝，就凭他刚才那句话，这名化道圣帝就会直接杀掉宁城，而不是说绝不是本帝所为。

宁城暗道可惜，他自然不是想要询问是谁伤了柳芳琳和候赋，若是他真的想要询问这件事，他直接询问柳芳琳和候赋就好了。

他是想要找借口干掉这个化道圣帝，他的七桥神通第一桥才刚刚成型，虽然威力强大，可惜他的修为还太弱了一些。这个化道圣帝从他的七桥中逃走，他不想让七桥暴露出去，所以才动了杀心。

这名化道圣帝似乎知道宁城的想法，主动回答了宁城的话，让宁城一时找不到借口。

宁城也没有继续找借口，毕竟柳芳琳和候赋也知道七桥。这两个人和他只能说是萍水相逢，绝对不会为他保守秘密。他就算是再想要守住七桥秘密，也无法说服自己干掉柳芳琳和候赋。

暴露就暴露了，他一个塑道圣帝，岂会惧怕自己的神通被暴露出去？

想到这里，宁城正想反手解去柳芳琳胸口的灵魂冰刺，一个带着寒意的声音说道，“她两人是本帝所伤，你能如何？”

“我不能如何……”宁城说完，一枚丹药就弹了出去。

“服下丹药，和我一起干掉这个家伙。”宁城的丹药是给候赋服用的，候赋在他的道丹帮助下，肯定很快就可以恢复。

候赋听到宁城的话，想都没有想，直接吞下了丹药。他认为宁城不会害他，如果宁城真想杀他，那在七桥中就干掉他候赋了，绝对不会等到现在。

那化道圣帝冷笑一声，候赋的伤势，就算是服用了顶级疗伤神丹，也至少要数天时间才可以恢复。

他根本就不等宁城再说话，整个人飞身而起，一柄巨大的通天剪，无视了他和宁之间的空间，卷起气势磅礴的杀意席卷而来。

周围的圣帝连忙打起禁制，防护住这种怒涛狂澜般的杀势气息。

宁城手一张，长枪就出现在手中，他没有祭出七桥神通。尽管他有数种办法干掉这个化道初期，不过这些办法损耗太大。一旦他动用了，他会将自己陷入危险的境地。

比起化道圣帝，他还有一些距离。无论是七桥还是五色裂星箭，都是损耗强大的杀招。

所以宁城想要让候赋帮忙。

这是化道道丹？丹药入口的瞬间，候赋就差点震惊出声。他自己就是一个丹师，化道道丹他自然清楚。如此珍贵的疗伤丹道，宁城随便就拿出来给他服用，这宁城到底是什么来历？

疗伤道丹蕴含着一道道的规则气息，候赋的伤势在瞬间开始恢复。

此时宁城的长枪卷起一道道枪纹，直接裹住了这名化道圣帝的通天剪杀势。只是宁城的枪纹不断减弱，而通天剪的杀意愈发磅礴狂飙。

周围的人都看的出来，宁城处于绝对的下风。等到通天剪的磅礴杀意完全将宁城的枪纹灭掉，宁城只能等死。更何况大家都清楚，蔚景秉的手段岂止区区通天剪？

这一道通天剪出来，仅仅是试探而已。一个试探，这个嚣张的塑道圣帝就挡不住了，更别说等会蔚景秉全力出手了。

一些圣帝都是无语，他们还以为这个塑道圣帝多厉害，原来也只是这样。宁城作为一个塑道圣帝，能挡住化道圣帝的一击，的确算是非常厉害了，甚至远远超出一般的塑道圣帝。仅凭这些，还没有资格在这里嚣张。

只有那名从宁城七桥神通中逃生的化道圣帝心里冷笑，他知道宁城的实力根本就没有拿出来。他早已准备好，一旦宁城敢再次祭出七桥神通，他绝对是第一个逃走。绝不能再次被宁城卷入七桥中。

“难怪敢来这里嚣张，的确比一般的塑道要强一些，如果就是这些，那就给我去投胎吧……”这化道圣帝和宁城一个照面间，就知道了宁城的实力在什么地方，绝对不是他的对手。

他的通天剪气势更是毫无保留的伸展开来，磅礴的气势将宁城的枪纹压制，随即一道巨大的冰刺突兀出现，他要用对付柳芳琳的手段，将宁城也用灵魂冰刺钉住。

就在这时，候赋的战龙丹鼎就轰了过来。蔚景秉再牛，也不敢无视另外一个化道圣帝的攻击，专门去杀宁城。

尽管候赋不是他伤的，他却亲眼看见了候赋受伤的过程，在候赋攻击他的时候，他心里还在震惊候赋的伤是怎么这么快就好了。

……

第九百九十七章 分配道果

蔚景秉直接收起法宝，退出了战圈。候赋的实力不比他弱，还有一个宁城帮忙。这里人是多，到现在也没有人上前来帮他的忙，他自然不愿意损耗自己的气力。

蔚景秉退后，候赋没有追杀，宁城也停了下来。他来这里不是杀人的，是为了丹心神芝果而来，顺便救一下柳芳琳和候赋两人。

在对手退走后，宁城反手就抓住插在柳芳琳胸口的冰刺，往外一带。

“别动她……”候赋看见宁城不知道轻重，竟然敢抓住灵魂冰刺往外带，顿时大惊失色惊叫道。

灵魂冰刺撕裂神魂，如果强行往外带，可以轻松让中刺者魂飞魄散。

就算是柳芳琳也是大惊，她还不想现在就死，可是她没有能力阻止宁城动手。

宁城好歹也是一个丹圣，甚至还有道元丹圣的资格牌，岂能不知道灵魂冰刺的厉害？

他的神识不但强大，还拥有暗冥噬神神通。在他抓住灵魂冰刺的瞬间，他的神识早已裹住了这根冰刺，直接将冰刺上裹住的柳芳琳元神分开。在这冰刺离体的瞬间，宁城的一枚丹药就丢入了柳芳琳的口中。

在宁城动手拔柳芳琳身上冰刺的时候，在场的人都有些无语的摇头，柳芳琳死定了。就算是伤柳芳琳的蔚景秉也是大惊失色，他制住柳芳琳自然不是为了杀掉柳芳琳，而是要带走柳芳琳。对这个女人，他觊觎已久了。

但是随即让所有人不敢相信的是，柳芳琳安然无恙，而那根灵魂冰刺早已被宁城手中的火焰一卷，化成了虚无。

柳芳琳也明白过来，宁城是真的救了她，宁城不但帮她弄走了灵魂冰刺，那一枚丹药也是极品的疗伤神丹。

“多谢宁兄，又救了我一次。”柳芳琳连忙上前感谢宁城。

宁城点点头，“你准备一下，等会说不定还有一场恶战，我一个人恐怕不行，需要你和侯兄帮忙。”

宁城肯定刚才那个用通天剪的化道初期，不可能制得住柳芳琳，应该是有人帮忙。无论这些人是因为什么原因止住柳芳琳和候赋，等会要抢夺丹心神芝果，肯定要打一场的。他一个人打不过这么多，既然要拉盟友，柳芳琳和候赋最合适。

“我是战滨崖蔚家的蔚景秉，你到底是谁？”看见宁城可以轻松拔走自己的灵魂冰刺，蔚景秉顿时忍不住了。他的灵魂冰刺，就算是道元圣帝也要小心拔走，宁城这样随随便便就拔走了，很有可能和蔚家有关系。

“战滨崖蔚家？”宁城忽然想起了一个熟悉的名字蔚赫。

蔚赫是齐十三星的姐姐齐雨灵的未婚夫，算是风度不错的一个人，宁城对他印象也不错。齐十三星没有消息后，宁城一直很想去一趟玄月神门，只是他知道自己的实力还太弱了些。如果齐十三星真的出事，他去玄月神门，那不是帮忙，而是送死。

“一门人渣。”站在宁城身边的柳芳琳忽然厉声骂道。

“不守妇道的贱妇……”蔚景秉听到柳芳琳的话后，忽然怒气冲天，就要再次动手。

“等等。”一个浑厚的声音拦住了蔚景秉。

宁城就感觉到周身微微一冷，他这才发现自己来这里到现在，竟然一直没有注意这个人。

这人一身灰衣，长相也非常普通，看起来很是寻常，丢在人群中根本就找不到。但是他一站出来，这一方空间都似乎都被他掌控，所有人的一切细微动作，都在他的视线之下无可遁形。

化道圆满？宁城的眼光微微收缩，他刚到这里的时候，仅仅将对方看成一个普通化道而已，现在看来他看错了。

他如果要单独干掉这个人，就必须要动用五色裂星箭。而且在动用五色裂星箭之前，还要为自己找到出箭的机会。否则，也许他的五色裂星箭没有射出来，对方就已经干掉他了。

他的七桥还没有完全掌控，至少现在干不掉这人。

“宁兄，刚才就是他击伤我，控制住了芳琳师姐，这才被蔚景秉的灵魂冰刺击中。”候赋怕宁城不知道对手的厉害，及时传音给宁城。

“你能杀掉四名化道圣帝，显见不凡。也有这个资格破开吕利的禁制，分一杯羹。大家来到葬影蓝沙，都是为了求天才地宝，既然都聚在一起了，那就人人有份。”

这名灰衣男子说话的声音浑厚，而且不缓不急，在说完这句话后，又继续说道，“哦，倒是忘了自我介绍一下了，我的名字很好记，我叫丁四。我为人也和我的名字一样简单，喜欢结交朋友。刚才之所以对你的朋友动手，是因为你的朋友一来就要杀蔚景秉，我无奈之下，只能让蔚景秉伤了她，我在这里表示歉意。”

丁四，的确很简单好记。

宁城却不认为这个人和他的名字一样简单，此人的实力远远强于他。刚才他要杀的那个化道圣帝，绝对将自己拥有七桥神通的事情说给丁四听了。

丁四如此和颜悦色，只有两个可能，一个就是他真的和他说的那样，为人很简单，有财大家发。宁城认为这种可能只能骗骗小家伙，因为他认为丁四是这种人的可能性很小。

另外一个可能，那就是丁四知道他有七桥神通甚至是七桥界书。所以不想在这里干掉他，想要等这里的事情完毕后，再在没有人的地方独自干掉他。这种可能性占大多数，否则丁四没有必要说出他杀了四名化道圣帝的事情。丁四说出这个事情，就是让别人不敢对他动手。

可惜了，你知道我有七桥神通，你却不知道我还有五色裂星箭。想干掉我，你也得有一副好牙齿才行。

丁四的表情平静无比，宁城的表情也是平静无比，抱了一下拳说道，“宁城见过丁道友。”

周围听到的人都张大了嘴巴，宁城一个人能干掉了四个化道圣帝？可是宁城刚刚的实力，并不足以干掉四个化道圣帝啊？

话要说回来，谁知道刚才宁城有没有出力气？毕竟没有真正和蔚景秉打，人家说不定连十分之一的本事都没有拿出来。

一些没有主动出头的人，心里已是在暗自庆幸。不管宁城是不是有真本事，他都不是简单之辈，否则丁四不会这么说。

蔚景秉更是不敢相信的看着宁城，他甚至以为刚才如果不是候赋动手，他已是杀掉宁城了。宁城只是一个塑道圣帝而已？怎么有本事杀掉四名化道圣帝？

“宁道友，这里有一株丹心神芝果，树上一共有五十八枚丹心神芝果。我们这里一共有十八个人，我的想法是这样的，塑道圣帝一人一枚，育道圣帝一人两枚，化道圣帝一人四枚，其余的我们两人平分如何？”丁四说完，笑吟吟的看着宁城。

他说出来的分配方案，没有一个人反对，显然这里的人都知道丁四的厉害，对这种分配方案表示了认同。如果没有丁四说出宁城杀了四个化道圣帝，说不定还有人站出来说话。但在丁四这句话说在前面，这里没有人敢站出来反驳。

根据丁四的分配方案，最后还剩下了十六枚丹心神芝果，宁城可以分配到八枚。可以说，丁四对宁城绝对尊重，甚至将宁城放在他的同一个位置。

宁城也看出来了，这里是丁四做主。若不是七桥界书的事情被丁四知道，宁城还真的弄不明白丁四为何如此放纵他。

现在既然猜到了丁四的目的，他索性拱手抱拳说道，“多谢丁道友的慷慨，我只要四枚丹心神芝果就可以了。不过我想要这一株丹心神芝果树，不知道丁道友觉得如何？”

道果树极为难栽活，这种东西有很多宗门都需要。在众人看来，宁城要这一株道果树，是要借此发一笔财。

丁四之前没有说道果树的分配，自然是要道果树的，现在宁城提出要道果树，所有的人都看着丁四，都想看看丁四是怎么处置这件事。

事实上宁城也不是一定要道果树，宁城猜测丁四百分之九十以上会单独对他动手。要是丁四现在反目，他就可以借助柳芳琳和候赋一起，干掉这个丁四和蔚景秉。哪怕是那个布置禁制的化道圣帝一起上，他祭出七桥神通，也可以干掉。

丁四似乎也没有想到他给出了宁城如此高的待遇，宁城还要道果树。他仅仅是微微一愣，就呵呵笑道，“好，道果树对我来说并没有多大用处，就给宁道友了。”

尽管想不通丁四为何要妥协，但是大家还是联手轰开禁制，很快分配了道果各自散开，没有一个人多事要找宁城麻烦。就连丁四自己，分配了道果后，也很快离开。宁城则是毫不客气的收起只有四枚丹心神芝果的道果树。

“宁兄，那丁四的实力很强悍，我们亲眼看见他瞬杀了一名化道圣帝。你要小心一些。”候赋感激宁城两次相救，这才多了一句嘴。他也猜到了丁四知道宁城有七桥神通，想要对宁城暗中下手。

七桥神通谁不想要，这可是整个太素界都眼红的绝世大神通。

“多谢了。”宁抱了一下拳，他并不怕丁四，他有爆神丹，就算是杀不掉丁四，丁四也别想轻易干掉他。

见宁城明白自己的意思，候赋这才对柳芳琳说道，“芳琳师姐，我们也快点走吧。”

柳芳琳摇了摇头，“侯师弟，你先走吧，我想要和宁兄一起。”

……

第九百九十八章 柳芳琳的目的

候赋听到这话，脸色一僵。他同样对柳芳琳爱到骨子里面去了，这次来葬影蓝沙固然有别的事情，也有一部分是为了柳芳琳。

他很快就反应过来，以他的实力显然无法护住芳琳师姐。芳琳师姐选择和宁城在一起，比和他在一起要安全多了。

想到这里，候赋略显尴尬的笑着说道，“那好，我就先走了，芳琳师姐多保重。如果有什么事情，也随时传信给我。宁道友，告辞了。”

说完候赋身形一展，很快就消失不见。

宁城疑惑的看着柳芳琳说道，“柳道友，你知道我是不可能和你走在一起的，我还有很多事情。再说我被葬影恶魔攻击过，估计一进入葬影蓝沙，就会陷入葬影恶魔的围攻中。”

柳芳琳没有直接回答的话，而是再次欠身对宁城说道，“我是天生的一种媚体，不是有意做出那种魅惑的样子，请宁兄见谅。”

宁城这才恍然过来，他也知道柳芳琳应该是无意中流露出那种诱魅的样子，之前他还以为柳芳琳修炼的是一种媚功，没想到是天生媚体。这种天生媚体的女人非常非常少，不过这种人若是修炼魅惑功法，成就会非常了不起。天生媚体有很多种，不知道柳芳琳是属于哪一种。

见宁城恍然过来，柳芳琳这才继续说道，“宁兄，我留下来有两个原因，一个是那丁四肯定不会放过你，我想要祝你一臂之力。”

宁城微微一笑，“多谢了，这倒是不需要你帮助，我相信我自己可以对付得了那个丁四。”

柳芳琳并不在意，继续说道，“我虽然不知道哪里有绮星金隐叶，我却知道如果在葬影蓝沙有绮星金隐叶，那肯定在那个地方。我正要去那个地方，所以我希望能和宁兄作伴。”

“什么地方？”宁城脸上立刻就露出惊喜，他进葬影蓝沙就是为了寻找绮星金隐叶，只是到现在为止他连绮星金隐叶的影子都没有看见。现在柳芳琳说她知道的地方可能有绮星金隐叶，宁城岂能不惊喜不已？

柳芳琳摇了摇头，“我也不知道这是什么地方，我只有一个大致的方位。但我相信，只要在葬影蓝沙活着，我就能找到。”

“你需要什么东西，竟然要在葬影蓝沙中寻找？”宁城不解问道。

柳芳琳看着生谷的远处，沉默了好一会，这才说道，“是纹骨花……”

“纹骨花？”宁城惊声问出。

他是一个丹圣，纹骨花岂能不清楚？纹骨毒是天下十毒之一，能在太素界这种高级界面称为天下十毒，那岂会一般？

虚星宗请他炼制续霄纹骨丹，就是为了解去纹骨毒。如果纹骨毒简单，也不至于让一个宗门的混元宗主束手无策了。

宁城想不到柳芳琳是为了寻找纹骨花，她寻找纹骨花的目的显然只有一个，那就是想要纹骨毒。也不知道这个女人想要毒杀谁，无论她想要毒杀谁，一旦中了纹骨毒，那还真是凶多吉少。纹骨毒不但很难解去，而且极易散布。

“其实我还有一个身份，是一名育道丹神，出身天罡丹门。”柳芳琳说完发现宁城的表情很是平静，反而没有听到纹骨花时候的惊讶。

要知道在太素界一名育道丹神已是非常了不起，可以说是一般的人都争相结交的存在。

宁城点点头，“原来你和候兄是真的同一师门。”

他心里在想，难怪候赋看柳芳琳的目光如此爱慕。这候赋应该早就在天罡丹门，被柳芳琳吸引住了。

柳芳琳摇了摇头，过了一会才回答道，“候师弟人很好，他爱慕的虽然仅仅是我的身体，对我也是真心的。”

宁城倒是惊讶的看着柳芳琳，这种事情在柳芳琳的口中说出来就好像普通的话一般，这不是要隐晦一下吗？再说自己和柳芳琳好像还没有这么熟悉吧？

柳芳琳完全不在意宁城是怎么想的，自顾说道，“我的夫君叫涂钦飞，他也是天罡丹门的弟子。我和他相爱，在天罡丹门走到了一起。真正祝福我们的人并不多，很多人都觊觎我的身体，他们表面对我们很是友好，暗地里却想着肮脏的事情。”

宁城微微皱眉，这柳芳琳似乎有些偏激。修炼到圣帝了，心性自然不会是普通人一般。柳芳琳虽然诱惑人，也只是一时间有些感官上的共鸣罢了。

“终于有一天，一个叫蔚赫的人看中了我。然后我夫君就莫名其妙的陨落了，而我代表着天罡丹门嫁给了蔚家的蔚赫……”

听到这里，宁城终于觉得有些不对劲。蔚赫的道侣应该是齐十三星的姐姐齐雨灵才是，怎么又娶了柳芳琳，那齐雨灵呢？

“天罡丹门得到了蔚家的什么东西，我不知道，我知道天罡丹门用我买了一个好价钱。蔚家一门畜生，刚才那个蔚景秉，他是蔚赫的叔叔，也是想要我身体，却没有得手的……”

宁城这才明白为什么柳芳琳原来就要杀对方了，原来是因为这个。

“你去过战滨崖的蔚家？”宁城问道。

柳芳琳脸上露出一丝煞气，“是，我夫君陨后，我被天罡丹门控制着嫁入战滨崖蔚家。蔚家从老到小，表面上衣冠楚楚，暗地里都想要我的身体。若不是我是一个丹神，对解毒之道有些心得，我早就被蔚家那些畜生反复糟蹋。我装着中毒，在杀了蔚家的蔚泉后，逃出了蔚家。我来葬影蓝沙，就是为了找到纹骨毒，为我夫君报仇。

蔚景秉也猜到了我是逃出来的，加上他也对我暗中下过手，我一见到他就准备干掉他。没想到却有一个丁四，丁四来历神秘，实力强横之极。我在他面前，根本就没有还手的余地。”

宁城感受到一阵阵的杀意波动，心里暗道柳芳琳心里的恨意好强大。不过他也清楚为什么蔚家都对柳芳琳有想法了，这除了柳芳琳的媚体诱惑之外，还和蔚家修炼的功法有关系。

他和蔚景秉动过手，知道蔚景秉的神元缺少一种柔和，也就是说他的功法过于刚阳。修炼这种功法，一旦道心失守，无法调和，将烈火焚心而亡。天生媚体的女子对修炼这种功法的人非常有利，无论是双修还是别的，都比一些丹药要完美。可惜的是，无论是哪一种的天生媚体，都是少之又少。

估计蔚家想要柳芳琳，也和这个有关系。否则就算是蔚家的人再无耻，也不至于无法抵抗一个天生媚体的女人诱惑，更何况这个女人还没有主动去诱惑。

宁城没有再管这件事，而是问道，“那请问你是否知道一个叫齐雨灵的女子？”

“齐雨灵？我从未听说过。”柳芳琳摇头说道。

宁城猜测如果不是齐雨灵没有去蔚家，那就是因为玄月神门出事情造成的了。

想到这里，宁城干脆说道，“柳道友，你知道我得罪了丁四，丁四此人的厉害你也清楚。而且你也知道我一离开生谷，就会被葬影恶魔围攻。跟在我一起，你估计生机很渺茫。我的想法是，你将寻找那个谷的位置告诉我，然后我们单独寻找过去，如何？”

柳芳琳吸了口气，沉声说道，“宁师兄，你是唯一的一个不是因为对我有想法，而救我的人。我很想要报仇，也知道若连恩情都不报，还谈什么报仇？宁师兄你的七桥虽然厉害，只是你的修为还太弱了一些。如果有我帮忙，也许可以干掉丁四。如果没有我帮忙，恐怕……”

宁城听到柳芳琳前面的话，脸色微微一红。他对柳芳琳的确是没有什么想法，在第一次看见柳芳琳的时候，那种天然的生理反应还是有的。

当他听到柳芳琳后面的话时，就知道柳芳琳是真的想要帮他的忙了。毕竟他也猜测七桥现在还扛不住丁四这种真正的化道强者，柳芳琳也不知道他除了七桥之外还有五色裂星箭。

“既然如此，那就一起走吧，你在前面带路。”宁城也没有纠结这件事，七桥神通都被人知道了，五色裂星箭被人知道也没什么。更何况，柳芳琳有可能知道绮星金隐叶。

蛮九仞就知道他有五色裂星箭，尽管蛮九仞被他杀了，谁能保证他不说出去？与其担心别人知道自己的宝物，还不如努力提高自己的实力。

听到宁城同意，柳芳琳微微一笑，祭出一个五彩珠子悬浮在头顶说道，“生谷到了这里，再往前，就要离开生谷了。无论是葬影恶魔，还是丁四的威胁，我都建议你祭出你的雷城防御法宝。”

她见过宁城的防御法宝，无极青雷城。哪怕没有器灵，这也是一件顶级的防御法宝，至少她还没有见过比宁城无极青雷城更强大的防御法宝。

“不用，你在前面带路吧。”宁城摇了摇头，他根本就没有打算祭出无极青雷城。

无极青雷城完全是防御作用，既然葬影恶魔不能放过他，他为什么要被动防御？在听了柳芳琳关于葬影恶魔的描述后，宁城就猜测这葬影恶魔是类似魂魄类的东西。

而且又和魂魄元神又有很大的不同，至少在借助这葬影蓝沙的情况下，神识和目光是扑捉不到的。对付这种东西，没有任何法宝比他的七桥神通更好了。所以他没有祭出无极青雷城，而是直接将七桥界书抓在了手中。

如果七桥界书不能干掉这些葬影恶魔，他就选择用无极青雷城防御。

……

第九百九十九章 忘川桥上路遥迢

柳芳琳没有说错，两人走了才半柱香时间，生谷的青翠突兀消失不见，转而看见的依然是漫天席卷的蓝沙。

宁城再回头，那生谷就好像从来没有出现过一般。如果不是他的真灵世界还有一株从生谷得到的丹心神芝果，他甚至以为刚才的是幻觉。

狂暴的葬影蓝沙席卷过来，神识就再次被压制住。柳芳琳不知道用了什么办法控制神识，让她头顶的五彩珠子洒出一个五彩形状护罩，将她整个人都笼罩在五彩护罩中。

宁城是炼器大师，可以炼制中品神器，他一看柳芳琳的珠子，就知道这个珠子他炼制不出来。

“你要小心葬影恶魔。”柳芳琳在距离宁城不远的地方，她的叮嘱再次传来。

宁城点点头，没有说话。事实上他一被蓝沙包围住的时候，就将全部的注意力放在了防护之上。

他的修为不如柳芳琳高，但他对神识的运用，绝对不是柳芳琳可以相比，甚至他的神识也比柳芳琳要高出很多。这个时候他不但要防备葬影恶魔，还要防着那个丁四。宁城可不相信，丁四会如此好心，如此好说话。

让宁城疑惑的是，他的七桥界书都准备好了，出来后除了漫天席卷的葬影蓝沙，没有半点恶魔气息。

“你带路吧。”见柳芳琳并不动，似乎准备着随时支援自己，宁城无奈的叫了他一句。

“好。”柳芳琳看见宁城的确是没有什么事情，虽然不明白宁城为什么不祭出那个青雷城，也只能在前面带路。

开始的时候，柳芳琳速度还很慢，时刻准备城出手。大半天时间过去，两人没有遇见任何危险的时候，柳芳琳也有些怀疑这个传闻是不是正确了，她开始加快速度。

一个时辰后，她就感觉到了不对，一直和她在一起的宁城不见了。

她和宁城认识的时间并不长，却认为宁城不是那种偷偷离开的人。就算是要离开，也会和她打个招呼。

宁城被葬影恶魔吞了？这个念头一出来，柳芳琳心里就是一沉，她隐约觉得这个念头是真的。

前面灭掉五个化道圣帝，她和候赋还可以说是和宁城互相帮助，后面宁城的确确是救了她。

想到这里，柳芳琳立即回头。无论宁城是不是被葬影恶魔吞了，她也不见就这样装着什么都不知道就走。

……

宁城的确是遇见了麻烦，在柳芳琳加速后的不久，他就感觉到自己再次面临死亡的威胁。之前不知道是什么，现在宁城已知道，那就是葬影恶魔。

尽管宁城根本没有用神识扫到任何东西，他依然毫不犹豫的祭出了奈何第一桥。同时，他整个人都进入了第一桥中。柳芳琳走的太快，那偷袭又来的突兀无比，他根本就没有机会叫住柳芳琳。

因为宁城的速度太快，三四道蓝色的沙影如影随形的跟着宁城冲进了第一奈何桥。

在自己的第一奈何桥上，宁城终于看清楚了这葬影恶魔的影子。和外面的蓝沙颜色一摸一样，整个身体就是一个巨大的不规则球形，似乎还在不断的变换着形状。几条细长的手脚犹如挂下的鼻涕一般，缠在身体周围，看起来有些怪异。

看见宁城站在第一奈何桥的中间，这几道影子直接张开大口，冲向了宁城。

尽管看的清晰无比，宁城的神识依然无法扑捉到这葬影恶魔。这些蓝色的葬影恶魔嘴巴张开后，整个身体都消失不见了。似乎它们只有一张嘴，没有任何别的东西。

宁城动都没有动，数道狂暴的阴风卷了过来，将这几道还没有靠近宁城的葬影恶魔全部卷走，落在了第一奈何桥下的血河之中。

一道道凄厉的惨叫传来，奈何桥上再也没有半分痕迹。

宁城也很是惊异，他想不到葬影恶魔的还有如此清晰的惨叫。这东西不像神魂，也不像元神，不知道是什么玩意。

宁城很快就惊喜起来，第一奈何桥在吞噬了这几道葬影恶魔后，更是凝实起来。宁城发现第一奈何桥吞噬这种葬影恶魔的效果，比在这上面斩杀修士的效果更是强大了几倍。

这葬影蓝沙不就是修炼七桥神通的地方？宁城狂喜之下，让第一奈何桥幻化成为实形。

奈何桥的入口直接横亘在葬影蓝沙之中，宁城就站在奈何桥的入口处。

或者是葬影恶魔对宁城的攻击已经发动，在这几道葬影恶魔被宁城的第一奈何桥吞噬后，一道又一道的葬影恶魔冲了过来，纷纷扑向了站在第一奈何桥头的宁城。

宁城连攻击都不用发出，只要不停的让奈何桥阴风将这些冲过来的葬影恶魔卷进奈何桥。

葬影恶魔越来越多，宁城身边的第一奈何桥五个字彻底凝实起来。这五个字悬浮在惨白色的第一奈何桥上，横在葬影蓝沙中，磅礴气势中带着几许诡异的景象。

葬影恶魔就好像无穷无尽，蜂拥而来。宁城终于明白了柳芳琳说的那种只要被葬影恶魔盯上，必死无疑是什么意思了。

如果他没有七桥，在这种无穷无尽的葬影恶魔攻击之下，早就连渣子都没有了。

不过现在，这些葬影恶魔只能被宁城不断的卷进奈何桥下。仅仅两柱香时间，宁城就发现第一奈何桥几乎彻底的凝实。绞杀再多的葬影恶魔，也只是让这种气息越来越强大。

奈何桥上，滚滚的阴风和血河卷动，犹如无穷阴兵冲过。

“踏此桥，莫回首，望乡尽头无人候；别相望，勿彷徨，脚落此桥已断肠……”

奈何桥上的道韵越来越强大，在这种强大的道韵呼唤中，宁城也感觉到自己和第一奈何桥越来越融入。这一刻他可以不用七桥界书，就能挥出第一奈何桥。

宁城开始让这些葬影恶魔冲过第一奈何桥，进入第二望乡桥。

时间流逝，在和奈何桥一般，吞噬了无穷葬影恶魔后，望乡桥也越来越凝实。

“踏此桥，莫回首，望乡尽头无人候。

别相望，勿彷徨，脚落此桥已断肠。”

土黄色的望乡桥道韵一样的越来越强大，也渐渐和宁城融合在一起。此时的宁城，彻底融入了他七桥神通的形成当中。

也不知道过了多久，第二望乡桥发出一阵阵的道韵清鸣，滚滚的望乡道韵犹如奈何桥上的滚滚阴风或者是桥下的血河一般。

“第二望乡桥，成。”

宁城突然睁开眼睛，手中的手印道韵再次一变，更多的葬影恶魂安然冲过第二望乡桥，在第二望乡桥的前方多出了一丝模糊的影子。

这一丝模糊的影子很快就形成了一个淡弱的灰色桥头，第三忘川桥。

随着葬影恶魔越来越多被第三忘川桥吞噬，忘川桥和前面两桥一样，也越来越清晰，终于一道道忘川道韵融合起来，形成了宁城的杀意气息。

“忘川桥上路遥迢，来时忘川去时灰……”

再多的葬影恶魔进入第三忘川桥，也是刚踏上桥头的时候还是原样，等走到桥心之时，早已化成虚无或者是飞灰。

第三忘川桥上的雾气在悾悾的忘川道韵中完全遮住了桥身，而浓雾中的忘川桥再也不是那种一碰就散开，而是变成了真正的灰色桥身。

宁城在翻滚的葬影蓝沙中肆意的卷杀葬影恶魔，从远处退回来寻找宁城的柳芳琳完全呆滞住了。

她在不远的地方看着宁城站在比之前凝实了太多的第一奈何桥之前，不断的收割着葬影恶魔。

在葬影蓝沙中，她的神识和目光是根本看不见葬影恶魔的。可是在惨白色的奈何桥头，她第一次看见了葬影恶魔的样子。那是因为这里的葬影恶魔实在是太多太多，无穷无尽，无休无止。

只是无论来再多的葬影恶魔，也都被宁城卷入第一奈何桥中。她看不见第二望乡桥也看不见第三忘川桥，她心里清楚，宁城肯定不是无缘无故的收割这些葬影恶魔。

柳芳琳倒吸了一口冷气，她从未想过有人能在葬影蓝沙收割葬影恶魔，而这个人就在她的面前。

宁城看见了远处的柳芳琳，他没有打招呼。那些葬影恶魔全部是冲着他来的，哪怕柳芳琳就站在旁边，这些葬影恶魔也没有去攻击。也许是被他疯狂的杀戮激怒了，这些葬影恶魔只有一个念头，那就是干掉宁城。

宁城没有被干掉，宁城的第三忘川桥倒是开始慢慢凝实起来，只是那种凝实的速度越来越慢。宁城心里暗叫可惜，他知道葬影恶魔对凝实他的七桥很有效果，可惜的是，这个效果也只是在初期，到了后面效果就越来越弱了。

随着忘川桥上的道韵气势越来越磅礴，这个时候，那些葬影恶魔一到桥头的雾气处，就消散不见。

尽管知道在这里可能无法凝实第四黄泉桥，宁城还是不顾一切的收割着葬影恶魔。

一个尖锐的呼唤从远处传来，“棘昂姆鲁……”

宁城心头一震，强烈的危机传来，他再也顾不得收割葬影恶魔，卷起七桥界书对一边张大嘴巴的柳芳琳喝道，“赶紧逃！”

他有一种预感，自己的七桥神通还对付不了这可以叫出‘棘昂姆鲁’的葬影恶魔。不但对付不了，还差的远。

……

第一千零章 遥星相望无数里

不用宁城提醒，柳芳琳也清楚发生了什么事情，她疯狂的展开身形冲出去。

在葬影蓝沙，真正能称之为葬影恶魔的是这些可以叫出‘棘昂姆鲁’的。听说有个别道元强者，都会死于这种恶魔口下。哪怕宁城的七桥神通再强，宁城的实力也只有塑道。能杀十万蚂蚁，不代表你能杀掉一头老虎。

此时追在宁城身后的那头葬影恶魔，就好像疯了一般。哪怕在中途遇见了别的修士，这头葬影恶魔也丝毫不管不顾，只知道冲向宁城。

葬影恶魔出现，这一路的人早已分散开来。只有宁城和柳芳琳在翻滚的蓝沙间疯狂奔逃，两人都可以清晰的感觉到，葬影恶魔距离他们越来越近。

“柳道友，我们不能再逃了，如果继续逃下去，在葬影蓝沙这个地方，最后只能被葬影恶魔吞噬掉。”宁城叫了一声柳芳琳，他自己停了下来。

他叫柳芳琳是想要让柳芳琳帮忙，如果柳芳琳不帮忙继续逃的话，那他只能自己一个人挡住葬影恶魔。

在葬影蓝沙这种地方，他和柳芳琳逃走的越快消耗的越大，而葬影恶魔在这种地方消耗绝对几近于无。这种一方消耗，一方养精蓄锐的情况下，一旦被追上了，那结果可想而知。更何况，他和柳芳琳本来就远不是葬影恶魔的对手。

宁城一停下来，就祭出了第一奈何桥。

柳芳琳听到宁城的话，连半分犹豫都没有，直接回转身来，冲进了第一奈何桥中。她很清楚，如果不在宁城的奈何桥边，她说不定连动手的机会都没有，就会被葬影恶魔干掉。

宁城见柳芳琳如此果断，心里暗赞，身形一闪，也进入了第一奈何桥中。

这种强大的葬影恶魔绝对不是他随意可以用奈何桥碾压的，他必须进入奈何桥里面对付它。

宁城和柳芳琳刚刚进入奈何桥中，一道气势恐怖的呼啸就卷了进来，连半分犹豫都没有，直接冲进了第一奈何桥。

一样的不规则蓝色球形身体，却有不一样的手脚。这头葬影恶魔和之前被宁城轻易连杀的葬影恶魔有了本质的区别，尽管在宁城的第一奈何桥中，根本没有半分影响。大口张开，连一切都要被它吞噬进去。

宁城狂吼一声，长枪鼓动了全部的神元轰了出去，同时十数道时光轮轰向了葬影恶魔的口中。这还不算，他的破则神通和时间法则也在这一刻施展出来。面对这种强大的葬影恶魔，防御是最愚蠢的做法。

柳芳琳显然非常见机，在宁城动手的同时，她的无定青剑就化成了一圈又一圈的青色道韵。

这些攻击一点不落的全部轰在了葬影恶魔的身上，但那葬影恶魔仅仅是停顿了片刻时间，就嘶吼了一声，原本没有动的手忽然伸出，对准宁的第一奈何桥就拍了下去。

第一奈何桥滚滚的道韵，在这一巴掌下根本就没有坚持多久，就直接涣散，惨白色的桥身也开始裂开。

恐怖的反噬力量传来，宁城直接喷出一口鲜血，整个人都被轰飞了出去。

柳芳琳比宁城好不了多少，直接和宁城一样，被轰飞如血河。如果这里不是宁城的第一奈何桥，恐怕他们连被轰飞的资格都没有。两人全力出手，换回来的仅仅是让葬影恶魔不急用口吞他们而已。

宁城倒吸了一口冷气，他知道，以自己和柳芳琳的实力，哪怕在他的七桥中，想要杀掉这个真正的葬影恶魔，也是不可能的事情。

在柳芳琳即将落入血河的瞬间，宁城一道手印轰出，血河卷起一股强大的力量将他和柳芳琳送入了第一奈何桥的对面。

“赶紧走……”宁城带头冲入了第二望乡桥，柳芳琳跟着宁城冲入第二望乡桥的同时，第一奈何桥发出一阵哗啦的声音，直接被轰成废墟。

葬影恶魔跨过第一奈何桥，也冲到了第二望乡桥的桥头，望乡桥的望乡道韵仅仅是让葬影恶魔迟钝了半息都不到的时间，就浑然不觉的继续冲了上来。

柳芳琳披头散发，身上的衣衫比之前撕裂的更为厉害。只是宁城此时没有心情去欣赏这个诱惑的女人，他在焦急的想着对策。

五色裂星箭应该可以阻拦一二，现在宁城根本就不敢祭出五色裂星箭。不说这里还有一个柳芳琳，更重要的是那个丁四。宁城一直隐约觉得丁四在暗中窥探，寻找下手机会。一旦他祭出了五色裂星箭，那可就真的等死了。

柳芳琳完全不在意自己露点的情形，焦急的退到宁城身边说道，“你有没有办法缠住这头恶魔三息时间？只要三息……”

宁城连为什么要缠住三息都没有问，就直接祭出神通莫相依。

“莫相依，黄沙起……

西风古道有瘦马，相依漫漫泪满衫…… 莫相依，心已弃……

遥星相望无数里，不如转身常相离……”

莫相依神通完全是心道神通，宁城之所以祭出莫相依，是因为他在对归一道有了更深的领悟后，对莫相依神通的理解更是透彻。

七桥神通可以轻易杀掉普通的葬影恶魔，那就说明心道神通对葬影恶魔有用处。从某种角度来说，他的七桥神通的前面几桥，同样是心道神通的一种。只是他的七桥还没有完善，自己的修为还低，这才挡不住葬影恶魔而已。

莫相依肯定也挡不住葬影恶魔，但是莫相依神通是宁城成熟的大神通之一，威力绝对不下于落日黄昏。在他更深感悟了归一道后，对莫相依的体会更深。

第二望乡桥在葬影恶魔的巨大巴掌下，直接裂开。

同一时间，望乡桥头西风起，黄沙飞；古道现，夕阳落。

柳芳琳完全呆住了，她想到了宁城会问都不问，就配合她动作。可是她想不到宁城祭出的是如此凄美的心道神通，尽管宁城的神通不是针对她，她已经醉在了宁城的神通当中。

“莫相依，黄沙起……

西风古道有瘦马，相依漫漫泪满衫…… 莫相依，心已弃……

遥星相望无数里，不如转身常相离……”

……

一息时间瞬间而过，宁城愤怒的声音在柳芳琳的耳边响起，“还不动手，更待何时。”

不怪他愤怒，他完全承受不住葬影恶魔的恐怖气势，他的莫相依神通即将破碎！

柳芳琳心里一惊，顿时后悔的几乎要哭出来，她赶紧祭出了一枚珠子。珠子散发出恐怖的气息，她不断的打出手印和道韵进入珠子当中。

第二息时间已经过去，宁城张口吐出一道血箭，西风消失，黄沙停。

第三息时间过去，古道破碎，夕阳融。

仅仅三息时间，葬影恶魔就从宁城的莫相依中挣脱开来，张口就吞向了宁城和柳芳琳。

宁城暗叹一声，柳芳琳的这个珠子太垃圾了，哪怕威力再大，也没有多少实际用处。激发珠子都要三息时间，这三息时间，对手早就做出反应走掉了，可以说她这个珠子真的没有多少实用价值。

他好不容易用莫相依神通争来的三息时间，还被这个女人浪费掉一息。宁城看柳芳琳焦急无比，面对葬影恶魔吞噬过来，也无动于衷的样子，只能挥手卷起第二望乡桥轰向了葬影恶魔。

第二望乡桥丢入葬影恶魔的巨口，就好像泥入大海一般，无影无踪。葬影恶魔巨口依然吞了过来，死亡的气息压抑而来，宁城心里叹息一声，再次施展出了神识吞噬。

他不喜欢施展这种神识化功大法，尽管他有空城渡识丹化解，他也不喜欢。

眼前面临生死危急，他不施展根本就不行。

宁城的神识卷向葬影恶魔的时候，他才猛然惊觉，他的神识根本就扫不到葬影恶魔。神识都扫不到，怎么吞噬神识？

眼看葬影恶魔的大口就要将他和柳芳琳完全吞走，宁城再也顾不得，直接对着眼前的虚空施展了暗冥噬神。

一种恐怖狂暴的神识威压卷了过来，宁城张口再是几道血箭喷出，跟着无穷无尽的神识被他吞噬了过来。

“咔咔……”宁城强大的星空识海也发出了一阵阵的咔咔声响，宁城吓的魂飞魄散。这是要让他的星空识海崩溃啊？他还从未见过如此强大的神识反噬。

宁城想要强行止住神识吞噬，可是那种狂暴的神识反噬让他无能为力。

进入玄黄珠，宁城这个念头起来的时候，才发现他连进入玄黄珠都无法办到。他的识海完全被狂暴的力量压制住，连神念都没有半分动作的可能。

自己竟然陨落在这个地方，宁城心里涌起一些不甘。

这一刻，他完全没有精力去管葬影恶魔。而这一刻，葬影恶魔是真的顿滞住了，不过仅仅是顿滞了一息时间而已。这一息时间，就让葬影恶魔知道了宁城的识海是好东西，它要吞噬掉。

几乎是在宁城被葬影恶魔束缚住，要吞掉识海的同时，柳芳琳的珠子激发成功，丢进了葬影恶魔的口中。

葬影恶魔根本就没有将这小小的一枚珠子看在眼看，它的大口正想要继续卷动的时候，“轰轰轰轰……”恐怖磅礴的爆裂声音在葬影恶魔的身体内响起。

……

第一千零一章 战丁四

葬影恶魔的身体被爆炸撕裂出一道道裂痕，蓝色的东西从葬影恶魔的身体溅出，宁城的识海的反噬瞬间减弱，他赶紧祭出了无极青雷城。

葬影恶魔的惨吼传出，再也不是叫着‘棘昂姆鲁’。估计这一刻，就算是有再鲜美的人肉在它面前，它也没有心情去享用。

狂暴的气势从葬影恶魔身上传出，宁城和柳芳琳明知道葬影恶魔重伤了，也只能后退。

蓝色的风暴不断在葬影恶魔身体溢出，葬影恶魔终于没有继续追杀宁城和柳芳琳，整个身体直接化成了蓝沙漩涡，冲出了宁城的第二望乡桥。

葬影恶魔的嘶吼声音越来越远，显然是真的走掉了。那些比较弱小的葬影恶魔，在这嘶吼的声音下，也都瞬间消失的无影无踪。

站在忘川桥头的柳芳琳震惊的盯着消失的蓝沙风暴，嘴里喃喃的说道，“好强……”

那甚至是可以杀掉普通道元的裂道珠，竟然没有干掉这葬影恶魔。要知道她之所以一直没有用这枚珠子，是因为这枚珠子的缺陷太大，就是要激发时间太长，还有一个就是她还没有遇见能让她用这枚珠子的对手。

宁城取出一枚疗伤丹药吞了下去，抬手卷起七桥神通，并没有说话。

“我们快走，葬影恶魔虽然被伤了，说不定还会再来。”柳芳琳见宁城没有动作，有些焦急的说了一句。

“来不及了，有人不想让我们走。”宁城看着眼前空无一物的蓝沙之地说道。

不等柳芳琳回答，一声冷笑就传了过来，“我果然没有看错你，知道我来了。七桥神通也的确强大，连葬影蓝沙最强大的葬影恶魔也可以赶走。”

“丁四？”柳芳琳震惊出声。

一个灰衣男子身形慢慢显露出来，正是之前分道果给宁城的丁四。

丁四淡淡的扫了柳芳琳一眼，就再次将目光落在宁城身上，“听说修炼七桥神通初期，必须要七桥界书。传说真是有道理，你竟得到了七桥界书，难怪可以不惧葬影恶魔。可惜的是，现在你的第一桥和第二桥都裂开，以你现在的状态，短时间内也无法重新祭出吧？”

说完，他又看向柳芳琳，“那次品裂道珠，恐怕你也只有一枚。”

“你想要怎么样？”柳芳琳很是焦急，她知道宁城消耗很大。正如丁四说的，宁城的杀手锏七桥神通现在应该还不能出力。

以她的实力对抗丁四，那是绝无胜理。

丁四手一挥，在他的头顶就悬浮了一道白色山峰，“我不想杀你们两个，宁城，只要你将七桥神通和七桥界书叫出来，我放你们离开。你们两个在这里成双入对，想怎么做就怎么做，多快活逍遥？”

柳芳琳听到最后一句话，脸上一热，这才发现自己的身体暴露的厉害，她赶紧取出一件外裙套在了身上。

“如果我不同意呢？”宁城平静的说道。

“不同意也没有关系，毕竟大家有一个商量……”说到商量两个字，丁四头顶的白色山峰忽然裂开，犹如一道瀑布一般倾泻下来。

可怕的杀意和气势，将周围的莽影蓝沙直接卷走，这一刻，在白色山峰下的一切东西都会被杀意撕裂。

“刀山神通？”宁城的眼神一阵收缩。

刀山法宝极难炼制，因为消耗的顶级材料太多。不但如此，刀山神通不是有了刀山就能施展的，还需要强大的神识才可以办到。

这是有无数实质刀刃构成的山峰，一旦攻击下来，就会化成亿万刀器。仅凭刀意规则就可以将对手死死地锁住，撕裂为碎片。

普通的一刀，对一个证道的圣帝来说，哪怕是再强大，也有躲避和抵抗的手段。普通的一刀一旦聚集，形成了无数的普通一刀轰下来，那将由数量形成质变。

在这种亿万刀影的质变之下，一切领域，空间法则，都会直接破碎。整个空间将会形成一种新的法则神通，那就是刀道法则神通。

更何况，丁四的刀山法宝不是由普通的一刀聚集而成，而是亿万道蕴含刀道杀意的刀器组成。

一道道刀影犹如奔腾的江河翻滚而来，被湍急的刀光冲刷过，宁城和柳芳琳的领域犹如纸糊一般。在这种恐怖的刀山道韵之下，完全没有抵抗的余地。

周围的空间法则，更是被这种刀道法则压制，宁城和柳芳琳就算是要走，在这种被压制的空间规则下，也无法破开这流动的湍急刀山。

柳芳琳急切之下，无念彩珠幻化出一道道的彩色帘幕，想要挡住这种流光般的刀山。

可惜的是，刀山和她的无念彩珠帘幕撞击在一起，犹如撕裂一块破布一般，直接将这无念彩珠帘幕绞成凌乱的一片片。

“没想到会死在这里。”柳芳琳眼里露出一丝绝望，她知道丁四强大，没有想到强大到这种地步。

若是宁城的第一奈何桥还可以祭出，倒是可以牵制一二，而现在她和宁城只能等死。同是化道圣帝，为何她和丁四相差会这么大？

“你能发现我的存在，可见你还有一种极致的神识功法，可以发现我，甚至破开我的隐匿禁制。”丁四看着即将被刀山撕裂的宁城，语气平淡的说道。

他的平淡中，依然无法抑制那一丝兴奋，七桥神通神识功法，这让他无法不兴奋。

“看样子我选择的时机是恰到好处，也许遇见你，是我最大的气运……”说到后面，丁四已经无法保持那种淡漠的神态了。

“轰轰轰轰……”一阵阵的雷光激起，那犹如瀑布一般的刀山洪流并没有如丁四想的那样，将宁城撕裂成为粉碎。而是撞击在一座雷光闪烁的青雷城上，青雷城和刀光轰在一起，溅起一阵阵的雷光电弧。

等死的柳芳琳在即将被那刀光卷碎的瞬间，被一阵阵的雷光刺的眼前全是青蓝色雷弧。

“啊……”柳芳琳惊喜的看着身边的宁城。

她自然也看见了护住她和宁城的无极青雷城，她一直在疑惑宁城为什么不祭出无极青雷城，原来是为了这一刻。

铁定要干掉宁城和柳芳琳的刀山瀑布被一座雷城挡住了，丁四瞪大了眼睛，发现他的神识根本就扫不到这雷城里面去。他能看见的，只是刀山洪流和雷城撞击出来的真正雷弧。

“这是无极青雷城……”丁四的语气甚至不是颤抖这么简单了，无极青雷城同样是价值无法估量的宝物，这可是超越了神器的东西啊。难怪可以挡住他的刀山，这宁城身上到底有多少宝贝？

对了，他肯定是找到了一个传承之地，这才得到了七桥界书和无极青雷城。

这些东西，我要了。丁四的心中愈发火热起来，他的眼里几乎冒出了金光。选择单独干掉宁城，是他做的最正确一件事。

轰在宁城身上的刀山忽然卷起一道长龙，化成了气势更为磅礴的刀流轰下。

无极青雷城除了防御，攻击效果更是强大。而宁城现在只用无极青雷城防御，甚至没有用无极青雷城攻击他，这让丁四清楚，要不是宁城没有能力驱动雷城攻击，那就是宁城还没有完全掌控无极青雷城。

就算是你有无极青雷城又如何？你不能用无极青雷城反攻我，我就算是用刀山硬轰也将你轰杀。想到这里，丁四愈发庆幸他选择的时机。如果他鲁莽的在葬影恶魔之前想要干掉宁城，恐怕他很难杀掉宁城。哪怕是重伤了宁城，也会被宁城逃走掉。

“柳道友，你全力攻击丁四。”宁城感受到越来越大的压力，取出一枚丹药吞了下去，也招呼柳芳琳同时全力攻击。

这次他吞服的不是疗伤丹药，而是爆神丹。丁四的实力远在他的预估之上，他见过的化道圣帝很多，没有一个有丁四这么强大。

此时宁城只是在庆幸，庆幸自己在对付葬影恶魔的时候留了手，否则今天他死无葬身之地。

柳芳琳在听到宁城的招呼后，没有半分犹豫，无定青剑化成了无穷剑幕卷了出去。

一道道剑幕蕴含着剑道法则杀意，和丁四的刀山轰在一起。尽管柳芳琳不用防御，她的剑幕在丁四的刀山之下，依然犹如螳臂当车，剑意化成了无数剑芒溃散出去。

同时一间，柳芳琳和丁四都感受到了宁城身上越来越强的气息。这种气息很快就冲破了塑道，来到了育道初期。

“破则……”宁城冲出了无极青雷城，直接无视了那无穷无尽轰来的刀山。

破则神通轰出，周围的规则瞬间薄弱，那磅礴翻涌的刀山也在这一刻顿滞了一下。柳芳琳来不及为宁城担心，在她感受到压力剧减的时候，无定青剑直接化成了一条剑龙，冲进了刀山中间。

这一刻不拼命，那等会她就会没有命了。

“第三忘川桥……”一座朦胧雾气的灰色长桥出现丁四面前，雾气环绕，道韵不息。

“忘川桥上路遥迢，来时忘川去时灰……”

滚滚忘川道韵轰了过来，丁四微微一怔，很快就从顿滞中清醒过来，更是狰狞的挥动手印，“刀山破川……”

顿滞的刀山再次涌动，无论这个名字是不是恰好破开忘川桥，丁四都没有半分担心。

……

第一千零二章 宁城的底牌

“轰……”刀山洪流轰在忘川桥上，忘川桥的道韵还没有完全凝聚出来，就开始涣散。

宁城本来就没有指望他的这些手段可以挡住丁四，丁四的强大在祭出刀山的时候，他就已经知道。更何况，他的第三忘川桥还没有完全凝实，更是无法制住丁四。

宁城的这些攻击，为柳芳琳提供的机会。柳芳琳的青色剑龙直接斩在了气势弱了许多的刀山之上，刀山发出一阵阵的晃动。四周的蓝沙风暴被刀山道韵和剑气轰成虚无，丁四和他的刀山都是微微一顿。

就是这个时候，宁城抬手挥出了一支黑色的长箭。

长箭悬空，搭在凭空出现的五色长弓之上。

宁城浑厚的神元和神识被长箭吸走，哪怕是服用了爆神丹，在这种巨鲸吸水的抽取下，宁城也是脸色苍白。

滚滚的杀意瞬间铺天盖地的席卷而来，这一刻，丁四整个人都顿滞住了，他惊恐的看着那越来越淡长箭，越来越可怕的杀意，心里一片冰凉。

“五色裂星箭……”被五色裂星箭锁定，丁四动也不敢动，他心里有些后悔起来，不应该这么早动手的，他应该继续等待时机。就算是这么早动手，也应该警惕一些，不要让宁城的五色裂星箭杀意锁定。

他没有想到，宁城可以如此隐忍。在即将死亡的时候，都没有祭出五色裂星箭，也没有服用爆神丹。难道他很早之前就知道自已躲在一边，所以留着对付自己？

杀意疯狂攀升，死亡的气息扩散开来。丁四连颤抖都不敢颤抖，他的眼睛死死的盯着越来越淡的五色裂星箭，哪怕明知道无法躲开这一箭，可他不甘心就这样死去。

死亡的气息越来越浓，看着虚空中已经变成浑圆的五色长弓，丁四的心沉到了谷底。到了这种情况他已很清楚的明白，自己无论如何也无法躲开五色裂星箭。

就算是在一边的柳芳琳，在这种可怖的杀意之下，也浑身发冷。第一次，她感觉到了宁城的可怕。

之前她一直以为宁城仅仅是因为有七桥神通而已，而现在，宁城施展出来了弱化天地规则的破则神通，施展出来了时间法则，施展出来了顶级心道神通莫相依，还有无极青雷城。

这些如此强大的攻击，居然都还不是他的底牌，他的底牌竟是可怖的五色裂星箭。宁城的可怕和阴忍，让她心里发冷。她很想知道，假如她没有破道珠，宁城会如何对付葬影恶魔？

“住手，你不能杀我，如果你杀了我，你必将死无葬身之地……”

丁四的地字刚刚说出来，五色裂星箭卷起撕裂的声音，划破了空间。

对丁四说的话，宁城就当做放屁。丁四都要杀他了，他还会在意丁四的威胁？哪怕杀了丁四后，他马上要面临几个强大的葬影恶魔围攻，他也会毫不犹豫的射出这一箭。

“你……”丁四眼里闪过一丝狰狞和不甘，明知道宁城会无视他的威胁，他心里依然愤怒无比。

“嘭……”丁四的身体化成一团血雾，被五色裂星箭轰的粉碎。血雾中的丁四，魂飞魄散。

宁城张口又是几道血箭喷出，整个人都差点瘫痪下来。被葬影恶魔的神识伤了识海，他再也没有能力留下丁四的戒指。哪怕他明知道丁四的戒指不简单，他也无可奈何。

唯一的收获是，丁四的刀山法宝。

“你没事吧？”柳芳琳很快就将心里的震惊收起，赶紧上前要扶住脸色苍白的犹如一张白纸的宁城。

宁城收起东西说道，“我有一个真灵世界，我要进入真灵世界疗伤。你带着我的真灵世界去那个地方，到了后叫我一声就好。”

“好。”柳芳琳毫不犹豫的同意了宁城的要求。

宁城没有敢让柳芳琳背他，倒不是怕了柳芳琳的诱惑力。柳芳琳和他也是萍水相逢，知人知面不知心。面对他的如此多好东西，谁知道柳芳琳会不会突然起心？真灵世界是他的，就算是柳芳琳突然要对他怎么样，他也可以自爆真灵世界。

……

燕霁在宁城的真灵世界中，闲着无事，一直在帮宁城照看那些还没有移栽到玄黄珠中的真灵草。宁城突然重伤进来，让她惊慌不已。

不过宁城知道自己伤势看起来很重，其实要恢复起来比之前更加容易许多。现在他除了疗伤道丹之外，还有空城渡识丹。

在空城渡识丹的帮助下，宁城强行将葬影恶魔的庞大神识斩掉，迅速修复识海。

十天时间过去，宁城完全恢复过来。

……

嘱咐了燕霁不要担心后，宁城的神识扫了出去，他看见柳芳琳的气息有些混乱，显然不久前有过激烈战斗，而且她还受伤了。

因为想要尽快恢复实力，加上之前发现柳芳琳一直都在寻找那块生谷。所以宁城这几天一直集中精力疗伤，没有查看柳芳琳，没想到柳芳琳却受伤了。

“你这是怎么回事？”宁城赶紧离开了真灵世界问道。

“谢天谢地，你终于好了。”柳芳琳第一时间就将真灵世界戒指递给宁城。

等宁城收起真灵世界，柳芳琳才说道，“两天前，我遇见了蔚景秉，我重伤了他，自己也受了点伤。我怕他埋伏我，这才想要尽快离开。”

宁城没有再问，柳芳琳遇见了蔚景秉，不打起来才是怪事。好在他干掉了丁四，要是蔚景秉跟在丁四身边，那柳芳琳有死无生。

“那个地方还有多远？”宁城关心的是绮星金隐叶，燕霁根基一天不恢复，他一天就无法放心。

柳芳琳带着一些疑惑说道，“在葬影蓝沙有标识的东西不多，我只知道进入葬影蓝沙后，一旦遇见叠浪形的蓝沙漩涡，那就沿着漩涡的反方向走。只要这样走下去，肯定会遇见一个巨大的灰色石碑。到了那个石碑后，我就知道怎么走了。古怪的是，我进来都一个月了，还是没有找到那个灰色石碑。”

宁城忽然想到从无肠道人手中夺来的那张地图，那地图的入口正是一个灰色石碑，他连忙取出那张地图说道，“是这个地方吗？”

“咦，你怎么会有这张地图？”柳芳琳惊异的说完后也取出了一张地图，地图和宁城的一摸一样。

“我从一个道人手中抢来的。”宁城说道，“只是我不知道怎么找到这灰色石碑。既然你有方法，那就继续按照你的方法走。”

柳芳琳不知道宁城说的道人是谁，只有点点头，“好。”

葬影蓝沙中的蓝沙漩涡有各种各样的形状，叠浪形的漩涡不是非常多，也不算少。

宁城和柳芳琳两人接连再走了十多天，也没有看见任何灰色石碑。

不知道是不是葬影蓝沙中的那些葬影恶魔知道了宁城七桥的厉害，宁城和柳芳琳走了这么多天，硬是没有遇见一个葬影恶魔。

“等等……”宁城叫住了要继续前进柳芳琳，“按照你这种办法，我怕是碰运气，现在还是我来带路好了。”

柳芳琳脸上微微一红，她显然也明白了宁城的意思，那就是宁城怀疑这地图的规律并不完全正确，这才让他们到现在还没有找到地方。

既然知道了有一个灰色的石碑，宁城就有了目标。之前他不想完全展开神识，是为了不想做没有用的损耗，现在有了目标后，他自然不会继续保留着。

宁城的神识斩不再保留的轰出去，接近万米之内范围的东西全部清晰的出现在他的神识当中。

神识果然增强了，宁城心里大喜。在用空城渡识丹修复了被葬影恶魔伤害的识海后，宁城就感觉他的神识增强了很多，现在验证下来，还真是这样。

葬影蓝沙面积庞大，尽管有了神识范围，想要短时间内找到灰色石碑，也有些困难。换句话说，宁城的这个办法也只有碰运气。哪怕他划分了区域去寻找，也只能看运气好坏，一旦运气差的话，恐怕找一两个月都不一定能找到。

宁城的运气显然不错，在第三天，他就找到了那灰色的石碑。

这灰色的石碑看起来甚至像一座小山，上面没有任何字迹，周围也没有任何生谷的痕迹。

柳芳琳走到灰色石碑前，在自己的手腕上一划，一道血口出现。柳芳琳将手腕放在灰色的石碑上，手上的血迹瞬间就被吸走。就好像之前吸走宁城神元的五色裂星箭一般，仅仅三息时间，柳芳琳的脸色就变得犹如一张白纸。

“等等……”宁城早已看出来了不妥，这个灰色的石碑有问题。

宁城刚刚叫出这两个字，柳芳琳的手已经从石碑上拿了下来，同时有些虚弱的对宁城说的，“你也要这样做，不然的话，只有我一个人能进去。”

柳芳琳的话刚刚说完，一道若隐若无的门突兀出现在石碑之后。

宁城吸了口气，他隐约感觉这石碑吸血有些不妥，至于哪里不妥，他也说不上来。柳芳琳被吸血了，想要吸他的血，那绝无可能。

“柳道友，我觉得这样有些不妥。这样吧，我还是进入真灵世界，你带着我的真灵世界进去。”宁城沉声说道。

柳芳琳摇了摇头，“恐怕不行，无法用小世界带人进去，你的真灵世界也是一样。”

……

第一千零三章 燕雾恢复

“你试试看吧，如果实在不行再说，我总是觉得这个吸血石碑有些古怪，你要当心点。刚才三息时间，估计吸取了你体内九成的血液，这枚丹药送给你，会对你有些帮助。”宁城慎重的说道。

说完宁城取出一枚丹药放在柳芳琳的手中。

“道丹？”柳芳琳震惊的看着手中的丹药，她不知道宁城哪里弄来这么多道丹？这一枚道丹的价值就比他要找的绮星金隐叶珍贵许多了吧？真不知道宁城是怎么想的。她也是一个育道丹神，可是一枚道丹对她来说一样是非常珍贵。

柳芳琳知道宁城很神秘，尽管心里疑惑，她依然是没有询问，直接将宁城给的道丹吞下。

哪怕她是化道圣帝，失去了几乎九成的血液后，肉身也感觉到不舒服。不过在吞服了道丹后，她的血液迅速复原，不但如此，她整个人都变得轻松了许多。

“宁兄，你进入真灵世界吧，我带你进去。如果不行的话，那再想办法。”柳芳琳说道。

“好，在我进入真灵世界三息后，你就迅速冲进这个门中，冲进去的速度越快越好。”宁城说完，将真灵世界戒指放入柳芳琳手中，闪身就进入了真灵世界。

在真灵世界中，宁城等候了三息时间，立即带着燕雾进入了玄黄珠的小五行阵中。

若是没有燕雾，宁城根本就不用担心什么。但是燕雾是人族，身上的气息和功法规则都是人族。他的玄黄珠还缺少了半边木本源珠，除了他自己外，其余的人族现在还不能进去的。

宁城相信在玄黄珠小五行阵法中，坚持个三息时间总是可以，如果实在不行的话，那他也只能放血。

只要能在玄黄珠中坚持几息时间，宁城肯定柳芳琳可以带他进去。

这个灰色石碑的规则等级再高，也绝对高不过玄黄珠。如果比玄黄珠的规则还要高，这东西简直要逆天了。

柳芳琳严格按照宁城说的，等候了三息时间后，然后以最快的速度冲进灰色石碑后的大门中。

按照柳芳琳的想法是，在她进入大门的瞬间，就会被强大的推力轰出来。

让柳芳琳惊异的是，她冲进大门，甚至遁出了十多米，也没有被推力推出去。

正如宁城预料的一摸一样，在他带着燕雾进入小五行阵的时候，就被强大的规则推力轰了出去。好在这个玄黄珠对他认主了，只是木本源不全而已。否则的话，恐怕燕雾的小命都难以保住。

宁城在被推出玄黄珠后，立即就从玄黄珠中出来，他看见周围是一片青翠色，柳芳琳正看着手中的真灵世界发愣。

“谢谢你了。”宁城心里松了口气，他知道自己进入这个药谷了。

“没想到真灵世界真的可以带人进来，这和我得到地图时听到的完全不同。”柳芳琳感叹一声，将真灵世界递给宁城。

宁城接过真灵世界犹豫了一下说道，“我的真灵世界和别人的不同，所以我的世界能带人进来，不代表别的也可以。另外我想要告诉你的是，这个灰色石碑真的很古怪，你一定要谨慎一些。具体哪里不妥，我也说不上来。”

如果是自己的女人，宁城毫不犹豫的要将她整个身体检查个数遍，每一个地方都不会错过。柳芳琳不是他的女人，他有些犹豫是不是应该帮她检查一下。

“我知道，我会小心的。”柳芳琳随意的说道，显然她并没有将这件事放在心上。

宁城想到自己是柳芳琳带进来的，虽然有些担心柳芳琳误会他，迟疑了好一会后，他还是说道，“如果你不介意的话，我可以帮你检查一下。我的神识和普通人的神识不同，如果身体有不妥，我有很大的把握可以帮你找出来。只是要检查是不是有不妥的话，那就你就没有什么秘密了。”

柳芳琳听到宁城的话，脸蹭的一下就红了，她怀疑宁城是故意这样说的。

她之所以不在意，是因为她之前在听到宁城的话后，神识就仔细检查了一遍身体，并没有发现什么不妥。

她和宁城在一起，除了宁城救了她之外，还有就是宁城看她的眼神和别的人看她不同，没有什么要占有的欲望。

但是她很快就想到宁城第一眼看见她的时候，那绝对有了一些冲动。作为一个天生媚体的女人，她对这方面极为敏感。

现在宁城居然说要帮她检查一下身体，她心里顿时就有些别扭起来。宁城是厉害，可是他的修为摆在这里，也不过是一个塑道圣帝而已。而自己甚至是一个化道圣帝了，她比宁城弱，只是顶级法宝没有宁城多。难道她一个化道圣帝，还需要一个塑道圣帝帮她检查一下身体有没有不妥？

“不用了，谢谢。我想既然大家都进来了，那我们就各自找各自的吧。我准备右边走，你呢？”柳芳琳本来是打算和宁城一起的，现在宁城起了检查她身体的想法，她和宁城站在一起，再也没有之前的自然。心里也微微有了一些反感，她是天生媚体不错，她不是水性杨花。

之前宁城给她的好感，也渐渐消散。

宁城尴尬的摸了摸鼻子，他心里真不是柳芳琳想的那样。既然柳芳琳误会他了，还提出了分开走，他自然不能赖在人家身边，也只好点点头说道，“那我从左边走，后会有期。”

“后会有期。”柳芳琳说完后，身形一闪，直接从右边遁走，很快就消失不见。

……

至少有一点柳芳琳没有说错，这里面的神灵草不但多，而且大都是稀少的品种。就连道果树，宁城也找到了三四棵。

在没有看见绮星金隐叶之前，宁城实在是没有心思去采摘别的神灵草。按照柳芳琳的话，他在这里十五天不出去，就会被传送离开。所以宁城想要在半个月之内，找到绮星金隐叶。

宁城一路上的速度很快，开始的时候，路上的珍稀神灵草他还会停下来采集。到了后面为了节约时间，他直接掠过。

时间一天天的过去，宁城越来越焦躁。在第十一天的时候，他终于看见了一小片淡金色的神灵草。

这些神灵草就好像一片从土里长出的叶子一般，叶子的两边呈现星形。

绮星金隐叶？宁城激动的差点叫出声来，他很快就确定了，这的确是绮星金隐叶。

这一小片绮星金隐叶至少有二十多株，宁城强忍住激动，小心的将这二十多株绮星金隐叶全部挖了出来。

“雾师妹，我找到绮星金隐叶了。”宁城带着绮星金隐叶，欣喜不已的进入了真灵世界。

真灵世界中的燕雾，看见宁城真的找到了绮星金隐叶，心里也是一样的激动。尽管她能和宁城在一起，心里早已满足了。要是能够恢复根基，继续修炼，她自然是想要修炼到更高的境界。

和心爱的人在一起，百万年也是瞬息而过，时间怎么会嫌多？只有修炼到更高的境界，她才有更多的时间。

“那我们赶紧出去吧，这里太危险了。”自从数天前，宁城重伤进来，燕雾心里就是担心无比。

“不急，我现在就为你炼制真极复灵丹。然后你恢复根基，在真灵世界修炼。”宁城哪里还会等到离开葬影蓝沙再炼真极复灵丹？灵草找齐了，他马上就要动手炼丹。

真极复灵丹也不过是塑道道丹而已，以宁城可以轻松炼制出化道道丹的水平，炼制塑道道丹，实在不用费多少力气。

真极复灵丹的主要药材真极道果、丹髓、绮星金隐叶宁城都有十多份，他根本就不担心会炼坏掉。

仅仅是第一炉真极复灵丹，宁城就炼制出十二枚特等的真极复灵丹。

真极复灵丹的价值极高，甚至比一般的化道道丹价值都高。因为这种丹药有一种最难寻找的药材，这种药材不是真极道果，也不是绮星金隐叶，而是丹髓，宁城恰好有一大团质量非常高的丹髓。

燕雰在一边看着宁城炼丹，当宁城一炉炼制出十二枚特等的真极复灵丹，她的心里一样兴奋。

宁城取出一枚真极复灵丹放入燕雰口中，真极复灵丹很快就化成了一道道修复根基的规则气息，散在燕雰的紫府和经脉之中。

两个时辰后，宁城能够清晰的感觉到燕雰的变化。燕雰身上的那种虚弱渐渐消失，随即她周身的道韵也再次聚拢，修为也蹭蹭的上涨，直接来到了生死境后期。

燕雰被洗灵的时候，修炼资质就提升了一次。后来被若惜用顶级道果修复过一次根基，她的资质再提升一次。这次宁城用真极复灵丹为她做了第三次修复，可以说此时燕雰的资质能够媲美太素界最顶尖的天才。

“宁城，我好了……”哪怕找到宁城后，也有些彷徨的燕雰再也没有了那种彷徨，毫无保留的搂紧了宁城。

她的一切付出都值得了，她为宁城做了许多，宁城为了她一样愿意去做许多。

宁城微微喘了口气，他心里悬着的那一块石头终于落下。五界丹比还有很长一段时间，从葬影蓝沙出去后，他要回去看看洛妃和若兰。

想到洛妃，宁城竟然莫名其妙的想到了柳芳琳那诱惑无比的样子。燕雰搂紧了宁城，宁城身上的每一分变化，她都清晰的感受到了。

尽管她敢爱敢恨，可是面对这种事情，顿时有些不知所措起来，整个人都有些颤抖不堪。

……

第一千零四章 齐十三星出现

宁城同样感受到了燕霁的变化，他吸了口气，拍了拍燕霁的后背，“你赶紧在这里修炼，这里面各种修炼资源都有。我出去多挖点神灵草，然后我们回去看看洛妃。”

“嗯。”燕霁嘴里嗯着，哪怕她的修为恢复了，此刻她整个人也都没有多少气力。

……

让燕霁留在真灵世界中修炼，宁城继续在这里面寻找神灵草。

燕霁康复，宁城再没有后顾之忧，一路上基本上有些价值的神灵草都被他挖进了真灵世界中。

就在宁城想着柳芳琳是不是找到纹骨花的时候，他看见了一株从未见过的神灵草。

确切的说，这不是一株草，而是一朵花。只有一尺高大拇指粗的根茎顶端，开着一朵花。和绮星金隐叶恰好相反，绮星金隐叶只有一枚叶子，而这里只有一朵花。

宁城见过各种各样的花，有美有仇，有香有臭。但是他肯定这朵花是他见过最美艳的一种，花朵绽放开来，几种颜色交相辉映。乍一看似乎只有一种颜色，再仔细看时，又有十多种颜色。

在这些绽开的花朵中间有两片洁白的花瓣，花瓣上还带着一道道的纹路。整个花看起来很美艳，又无形中给人一种凄艳。似乎在诉说着一个没有结尾的故事，让人无形中增添了许多感伤。

确切的说，这种花的美是一种凄美。

宁城知道这是什么花了，这肯定是纹骨花。他知道纹骨毒，知道纹骨花，却是第一次看这种花。

难怪柳芳琳要在这里面寻找纹骨花，没想到还真有。不知道这里面除了纹骨花之外，还有没有纹骨毒的解毒灵药。

无论有没有纹骨毒的解毒药材，宁城已经将这一株纹骨花小心的挖了起来，放入真灵世界。同时叮嘱了燕霁，这是一株剧毒花朵。

如果出去后，柳芳琳没有找到纹骨花，他就将这一株纹骨花送给柳芳琳，以报柳芳琳带他进来的恩情。

纹骨花的价值绝对比一般的化道道果更是珍贵，这种东西极少，而且很难栽植。

……

半个月时间很快过去，正如柳芳琳说的一样，宁城被直接传送出了这个药谷。

周围没有灰色的石碑，也没有柳芳琳。不用说，柳芳琳被传送出来的位置和他的位置不同。

宁城在确信周围没有柳芳琳后，准备离开葬影蓝沙。

这次来葬影蓝沙，宁城很是满意。危险是遇见了不少，甚至差点陨落在葬影蓝沙中。不过收获更多，最重要的就是让燕霁的根基彻底恢复，而且资质再上一层。

葬影蓝沙中的死亡威胁除了葬影恶魔之外，出去的路也并不是那么好找。很多人进入葬影蓝沙，最后就是因为迷失，而陨落在了葬影蓝沙。

宁城的修为是塑道圣帝，他的识海和神识却远远强于塑道圣帝，哪怕是一般的化道圣帝，也不如他。

葬影蓝沙这种地方，本来就是抑制神识的。一般的圣帝，都有自己伸展神识的方法，就好像柳芳琳可以祭出自己的无念彩珠防御一般。

在这种地方可以伸展的神识越强大，存活的机会就越高，寻找到出路的机会也就越大。

宁城的神识不但强大，而且在葬影蓝沙中可以伸展出比别人更广的范围。加上在和那葬影恶魔一战后，也没有葬影恶魔敢来偷袭他，他仅仅用了七天时间，就走出了葬影蓝沙。

……

从太素墟广场到进入太素墟，是一段半沙漠的地带。很多修士都说，太素墟真正危险的地方不是太素墟深处，而是这一段半沙漠地带。

因为这一片地方不属于太素墟广场，所以在这里打斗是没有人管的。哪怕你被人在这里杀了，也没有人在意。

很多修士得罪了强人，还没有进入太素墟，就会被人在这里杀掉。事实上真正进了太素墟，可以逃生的地方很多，反而安全一些。

此时正有一名狼狈不堪的身影冲向太素墟，只是他受伤太重，在进入太素墟之前，就被人拦在了进入太素墟前的这一段半沙漠地带。

“齐十三星，如果我是你的话，还不如躲在太素秘境，出来就送死，何必呢？”说话的是一名育道后期，他和另外一名育道初期一前一后封住了齐十三星的去路。

齐十三星正想说话，忽然呆呆的看着远处飞来的星空轮。宁城的星空轮，他太熟悉了，然后他果然看见了站在星空轮前端的宁城。

在齐十三星看见宁城的同时，宁城也看见了齐十三星。

燕霁恢复根基后，一直留在真灵世界修炼。宁城从太素墟葬影蓝沙出来，准备在太素墟等柳芳琳几天，如果等不到的话，他就直接回江州星的。没想到，会在进入太素墟的地方看见许久不见的齐十三星。

这个时候看见宁城齐十三星没有半分惊喜，他心里只有焦急。他焦急的转开身形，想要斜着冲出去。他希望宁城看见后，不要上来自投罗网。这里两个育道圣帝，要杀宁城，简直就和捏死一只蚂蚁一般。

“想走？”那名育道初期手中的牙刺幻化出一道荆棘天幕，直接将要走的齐十三星困住。强大的领域和育道圣帝的威压横扫过来，齐十三星连动都不能动一下，就被完全束缚住。

他刚刚塑道成功，甚至道基都没有稳固，面对两个育道圣帝，能动一下才是怪事。如果不是这两个育道圣帝不想杀他，只想将他带走，恐怕他早就陨落了。

这名育道初期困住齐十三星后，一道绳索法宝就丢了出来。绳索法宝就好像长了眼睛一般，化成了一道道的纹圈，就要将齐十三星完全裹住。

眼看这绳索就要将齐十三星捆住，一道火光突兀的在齐十三星的身前爆棚开来。

要捆住齐十三星的绳索法宝竟然被这火光裹起，然后以肉眼看的见的速度化成了飞灰。

这要捆住齐十三星的育道圣帝，就感觉到识海一疼，他刚刚明白过来，他的绳索法宝就被人直接烧掉。同一时间，他看见了收起星空轮落下的宁城。

“你是谁？敢无缘无故对我动手？”这育道初期圣帝厉声喝问道。

他看的出来，宁城只有塑道圣帝修为，要不是刚才宁城轻而易举就烧掉了他的绳索法宝，他肯定直接动手。

宁城没有理睬这名育道初期，星河火焰在烧掉绳索法宝后，再次回头一卷，束缚住齐十三星的漫天荆棘就化成了熊熊火焰，迅速消散。

齐十三星浑身一松，立即就落在了宁城的身边，然后一脸惊容的看着宁城，半晌都没有想起来应该问宁城什么。

“你是宁丹圣？”那名正准备动手的育道后期圣帝，在动手前的一瞬间认出来了宁城。

齐十三星终于回过神来，震惊的问道，“宁城，你什么时候成了丹圣？”

齐十三星知道宁城是一个丹帝，但要说宁城是丹圣，他还真的不敢相信，这简直相差太大了些。

“这些等会再说，先说说这两个家伙为什么要追杀你？”宁城盯着眼前两个育道圣帝询问齐十三星。

齐十三星这才想起，刚才宁城一把火烧掉了一个育道圣帝的法宝，还直接破去了眼前这个育道初期圣帝的神通。在太素秘境的时候，宁城的修为似乎和他差不多，怎么现在宁城的进步这么大？

那名育道后期圣帝不等齐十三星回答，就对宁城抱拳说道，“既然是宁丹圣的朋友，那我们就不敢再冒犯了，就此别过……”

这育道后期圣帝说完后一拉那育道初期圣帝，瞬间远去。

宁城没有弄清楚原委，也没有去追，只要齐十三星没事就好。

“敖道友，你为什么要拉我走？那个人虽然火焰厉害，也不过是一个塑道圣帝而已，我们两个人难道还干不掉他？若是我们就这样退走，回去如何交差？”被拉走的育道初期圣帝，有些不大甘心的问道。

敖姓育道后期沉声说道，“桓兄，你没听见我叫那个人丹圣吗？”

“就算是丹圣又怎么样？区区一个塑道丹圣，也敢和……”

“住口。”不等桓姓圣帝将话全部说出来，敖姓育道圣帝就连忙止住了他的话，“他除了有丹圣的身份之外，还姓宁……”

桓姓育道圣帝第一时间还是没有反应过来，不过这次他很快就明白了过来，惊声叫道，“敖道友，你说他就是那个道元丹圣宁城？”

敖姓育道圣帝鼻孔哼了一声，只是点了点头，没有回答。

在得到肯定答案后，恒姓育道圣帝背后顿时出了一声冷汗。以他们区区育道修为，对抗宁城这个道元丹圣，那根本就是不知道死字怎么写的。

宁城不但是道元丹圣，更是代表太素界参加五界丹比的强人。只要他振臂一呼，有多少人愿意帮他杀人？也许这边宁城才放一句风，那边他的脑袋就没了。

“敖道友，这次谢谢你，这个任务我不干了。”育道初期的桓姓圣帝吸了口气，后怕无比的说道。

敖姓育道后期也点了点头，“我也不会干了，我没想到宁城和齐十三星关系这么好。现在他不找我的麻烦就算是好事了，让我继续追杀齐十三星？除非我活腻了。”

两人再也没有心思交谈，连太素墟广场都没有逗留，直接从传送阵离开太素墟广场。

……

第一千零五章 纹骨毒

看着追杀自己的两名育道圣帝灰溜溜逃走，齐十三星有些不敢相信的看着宁城，“宁城，你怎么变得这么厉害了？能烧掉育道圣帝的法宝，破去育道圣帝的神通，还能吓退两个育道圣帝？还有你什么时候变成丹圣了？”

宁城见齐十三星连这些都不知道，就清楚齐十三星之前根本就没有接触过外面的人和事。否则他偌大的道元丹圣名头，早就传到齐十三星耳边了。

“十三，这些等会再说。我倒是要问问你，你从太素秘境出来后去哪里了？我参加太素大比的时候还指望你老爹帮点忙，谁知道你没出现，害的我差点被蛮会山那个老东西干掉。”宁城有些怀疑齐十三星的老爹出事情了，要不然的话玄月神门不可能随便换宗主。

齐十三星脸色顿时难看起来，咬牙说道，“我刚刚出来，就被我老娘送到了一个地方闭关，要我必须塑道之后才可以出关。事实上，那个地方我不塑道也打不开。我告诉他们，我要去看你参加太素大比。结果我老爹说，他会帮我去为你助威。”

宁城心里更是怀疑，在他太素大比的时候，齐十三星的老爹并没有去为他助威。若是齐十三星的老爹真的去了，他也不会拿十瓶空城渡识丹给踏星楼主，也不至于被蛮会山追杀的到处跑。以齐十三星老爹这种地位的人，断然不可能骗齐十三星。唯有的可能就是他猜测的，齐长归出事情了。

“我也知道我在太素秘境耽搁的时间太长，所以没有反抗，决定塑道之后再出来。结果我还没有完成塑道，我闭关的地方被我姐姐强行打开。”

齐十三星说到这里，语气愤怒的有些发颤，“我姐姐告诉我，让我塑道后不要回宗门，直接去太素墟寻找大神通太素神雷，等证道道元后，再回来为爹娘报仇。”

“到底是怎么回事？”宁城语气凝重的问道。

齐十三星吸了口气，正想说话，一道迅疾的影子从太素墟深处冲了出来，这道影子掠过宁城和齐十三星几息后，再次反转了回来，然后落在了宁城身边。

本来要继续说话的齐十三星在看见有人过来，顿时止住了自己的话。

“柳道友，我正打算去太素墟等你几天……”宁城立即就认出了这个返回来的人是柳芳琳。宁城的话只是说了一半，就停了下来，他看见柳芳琳又受伤了。似乎每次他看见柳芳琳，柳芳琳都是受伤的。

应该说这次柳芳琳不是受伤，而是中毒了。若是在之前，宁城还不大确定柳芳琳中的是什么毒。在得到一株纹骨花后，现在宁城可以肯定，柳芳琳中的是纹骨毒。

柳芳琳是去寻找纹骨毒的，怎么现在她自己反而中了纹骨毒？

柳芳琳的修为应该远远不如虚星宗的那个骷髅男子，那个骷髅男子中毒后能够压制的身上没有什么中毒气息外溢。而柳芳琳的样子，就算是不懂的人，也能看出，她中毒很深。

“宁兄，我估计你应该出来了，没想到能在这里看见你……”柳芳琳的话有些急促，显然她自己也知道自己的状况。

“等等……”宁城止住了柳芳琳，“蔚景秉是不是追着你出来的？”

柳芳琳点点头，“是的，我对他下毒了，只是没想到他有一门强大的神通，让我也受到了反噬……”

“又是你？”随着柳芳琳的话音落下，蔚景秉从太素墟深处冲出，落在了不远处，满脸戾气的盯着宁城和柳芳琳。

他很快就看见了齐十三星，惊咦的说道，“齐十三星？你还活着？”

齐十三星浑身杀气直冒，“蔚景秉你这个狗东西，你蔚家一门畜生。我姐侥幸活下来了，如果我姐有什么三长两短，我让蔚家连一只蚂蚁都活不了。”

宁城看见蔚景秉果然中毒了，也是纹骨毒。

蔚景秉没有理睬齐十三星怒骂，只是盯着宁城冷哼了一声，直接祭出飞行法宝，很快就消失不见。

宁城的实力他亲眼看见的，他也和宁城硬拼过。不要说他中了纹骨毒，修为很快就会被腐蚀掉，哪怕他没有中毒，也不是宁城的对手。

柳芳琳并不认识齐十三星，也不知道为什么齐十三星和蔚家有仇。她看见蔚景秉走掉，这才对宁城说道，“宁兄，我恐怕活不了多久了。我夫君陨后，我也没有什么真正的朋友。如果说还有能让我信任的人，那只有你了，我想求你帮我一件事……”

宁城抬手阻止了柳芳琳继续说下去，“柳道友，暂时不要说生死的事情。你先跟随我一起去太素墟广场，找一个息栈住下。到时候，我也许可以帮你解毒。”

“你可以解纹骨毒？”柳芳琳下意识的惊声叫道，随即她就反应过来，对宁城躬身一礼说道，“宁兄，谢谢你的好意。纹骨毒天下除了续霄纹骨丹之外，没有任何办法可以解去。”

说完，她似乎还怕宁城不明白，又解释了一句道，“不说续霄纹骨丹的药材之珍贵，根本就不可能得到。哪怕就是得到了续霄纹骨丹的炼丹药材，也是没有用处。因为续霄纹骨丹是化道道丹，也是天下最难以炼制的化道道丹之一。恐怕化道丹圣，都无法炼制出续霄纹骨丹。”

宁城沉默了一下说道，“我不敢保证肯定能帮你解去纹骨毒，如果你相信我的话，就和我一起去住在太素墟息栈等候一段时间。如果你不相信我，那就请你将你需要我帮忙的事情说出来，只要我力所能及，我必定帮你办到。”

宁城之所以说让柳芳琳在太素墟等一段时间，是因为他肯定只要他现身了，虚星宗的宗主绝对会第一时间找到他，请他帮忙炼制续霄纹骨丹。只要虚星宗宗主找他炼丹，那柳芳琳的纹骨毒就有救。

只是柳芳琳对他有些不大相信，因为上次在药谷中说要帮柳芳琳检查身体，让柳芳琳心里对他有了怀疑。如果他坚持要柳芳琳跟着他一起等候，那恐怕会适得其反。再说每个人的命运都和自己的决定挂钩，柳芳琳一定要离开太素墟广场的话，那他也只能祝福她好运，同时帮她完成遗愿。

柳芳琳没想到她在说出续霄纹骨丹如此难以炼制后，宁城依然还说有机会帮她解毒。这换成任何一个人，恐怕都要怀疑宁城的动机了。

她看着宁城的眼睛好一会后，这才吸了口气说道，“好，我和你在一起等候十天。纹骨毒我最多只能再压制一个月左右，十天如果还无法解去，我不能再等下去了，我还要留下一些时间去做自己想做的事情。”

不是她相信宁城能解去她的纹骨毒，而是她真的想要宁城帮她做一件事。要她接连拒绝宁城的要求，那恐怕宁城就算是帮她做事，也不会尽心。

宁城微微一笑，“如果可以解去，那不用等十天，如果不能解去，就算是等十年也没有用处。”

虚星宗如果能找到太素墟广场，根本就要不了十天。十天后，虚星宗的人还没有找来，那就说明虚星宗的宗主找别人炼丹了。

柳芳琳似乎为没有再次拒绝宁城长长的吁了口气，在听完宁城的话后，她忽然又说道，“如果你真的解去了我体内的毒，我愿意让你帮我检查身体。”

宁城有些无语，说的帮她检查身体好像福利一样，我这是在帮你，不是在要福利。不过话说回来，帮柳芳琳检查身体，似乎真的是福利啊。

宁城摸了摸下巴，不知道怎么回答柳芳琳的话，他是回答好呢还是回答我这是在帮你，真的不是要福利。

齐十三星走过了，拍了拍宁城的肩膀，“宁城，你厉害啊。柳姐是我见过最吸引人的女人，恭喜恭喜。”

这一刻，他似乎忘记了自己刚才还被人追的犹如丧家之犬。

“别乱说话，柳道友和我是互相帮助的关系。十三，我们先去太素墟广场，别的话我们去息栈再说。”宁城连忙止住了齐十三星乱说。

齐十三星想起自己家的事情，顿时没有了和宁城说笑的心思，脸色又沉了下来。

……

神雷楼，太素墟的第一大息栈。

宁城提出三人住在一个大房间中，柳芳琳出乎预料的没有提出异议。无论宁城是什么心思，对她都没有影响。神雷楼的一个大房间，里面小房间有七八个。大家一人一个房间，只要宁城不去她的房间，就没有任何关系。

宁城自然不会去柳芳琳的房间，他一进入息栈后，就和齐十三星聊了大半天。

齐十三星的父亲在闭关的时候被大长老费风暗算，原因是为了一件很神秘的法宝。齐十三星的母亲为了救齐长归，身受重伤。

尽管重伤，齐十三星的母亲还是强行带着齐雨灵逃了出来。同时将一切事情告诉了齐雨灵，还给了一枚玉简给齐雨灵，让齐雨灵叮嘱齐十三星千万不能回宗门。还要齐十三星按照玉简的地址，去寻找太素界出名的大神通太素神雷。

齐雨灵却没有第一时间去找她的弟弟齐十三星，而是去了战滨崖蔚家，她准备找蔚赫。结果她还没有到战滨崖蔚家，就在途中偶然听到了蔚家支持费风，准备拿下她姐弟两人的消息。

“那你姐姐呢？”宁城连忙问道，齐十三星被两个育道圣帝追杀，齐雨灵的待遇肯定不会好到什么地方去。

“她说要去另外一个地方，让我不要担心，自管修炼就行。我还是等到了塑道才出来，出来后我准备去太素墟，结果被两个家伙追杀。”齐十三星嘴里这样说着，他眼里的担忧已是无法隐瞒。

宁城叹了口气，将自己的经历也简单说了一遍。就在两人谈话即将结束的时候，柳芳琳的声音在门外传来，“宁兄，蔚家的人来了，现在就堵在我们的房间外面。”

……

第一千零六章 去你坟头道歉可好

蔚家？宁城站起来和齐十三星走了出来。这蔚家来的很快啊，才大半天时间，就有人来支援了？

宁城的神识扫了出去，果然看见外面有三个人，其中两人他认识，蔚赫、蔚景秉。还有一个他不认识的，恰好是修为最高的。以宁城的感觉，对方应该是道元圣帝。

面对一个道元圣帝，宁城可不敢随便打开禁制，他的神识扫了出去，想要看看万一这个道元圣帝不按照规则来，在这里动手，他有什么地方可以走。

宁城没有想到的是，他没有看见什么地方可以走，却再次看见了一个熟悉的人，虚星宗的珀西。

珀西在这里，那估计是知道他来了，之所以现在没有上来找他，应该是不好意思见他。珀西到了，那个黑脸细长眼的宗主想必也将来这里。

虚星宗的人这么快就要找到这里来，倒是和他判断的差不多。想到这里，宁城取出一枚丹药递给柳芳琳说道，“你先服下这枚丹药。”

“这是什么丹药？”柳芳琳不明白宁城为什么无缘无故的给她丹药，尽管她知道宁城有许多的好丹。

“这丹可以压制你的纹骨毒，不让毒性扩散。”宁城随口胡扯道。

他的这枚丹药和解毒毫无关系，只是让柳芳琳收敛外溢的纹骨毒气息，让外人看不出来而已。

之所以要这么干，是因为宁城怕虚星宗那个中毒的家伙看出柳芳琳也中了纹骨毒，让他谈判捞取好处的本钱下降。

将丹药给了柳芳琳后，宁城再次发出了一道讯息，这次他是给弓羊笛发的讯息，邀请弓羊笛来这里做客。万一虚星宗不能及时赶到，弓羊笛在这里，他也有保命的手段。

柳芳琳好歹也是一个育道丹神，宁城给她的丹药一服下去，她就知道，这不是解毒丹药。很快她就明白了宁城的意思，宁城的丹药不是解毒丹药，却可以收敛她中毒的气息。

看见宁城走过去要打开禁制，柳芳琳连忙叫道，“不要，他们有一个道元……”

无论柳芳琳同不同意，宁城已经打开了房间的禁制。柳芳琳叹了口气，没有继续说下去，只能和齐十三星站在宁城身边。

如果宁城不打开房间门口的禁制，这些人还不敢破开房间的禁制。现在宁城直接打开了房间的禁制，他们只能听天由命了。

最先走进来的是那名道元圣帝，他扫了宁城一眼，就将目光落在了柳芳琳身上，眼里闪过一丝不易察觉的热切。跟在这道元圣帝后面的是蔚赫和蔚景秉，蔚赫对宁城点了点头，示意大家互相认识。

“你为何要和我蔚家作对？”道元圣帝的目光很快就落在了宁城身上，至于齐十三星，完全被他忽略掉了。

正如蔚景秉说的，宁城还真的只有塑道圣帝修为，这样的修为竟然可以击败蔚景秉，让他心里很是震惊。如果这里不是神雷楼，他可以直接动手拿下宁城，然后逼迫宁城说话。这里是神雷楼，他蔚家也不能随便动手。

宁城走到客厅的椅子上坐下，然后笑吟吟的说道，“大家坐下说话。”

他不着急，至少在弓羊笛到来之前，他不会急着和对方冲突。他心里还在疑惑，按理说自己的名头不会这么小啊。蔚景秉不知道他是道元丹圣情有可原，那蔚赫和这道元圣帝为什么也不知道他的名头？这让宁城感觉到很是失败。

看见宁城坐下，柳芳琳和齐十三星也都坐在了宁城身边。蔚家的三人似乎知道宁城跳不了天，也都坐了下来。

“回答我刚才的话。”蔚家的道元圣帝耐心似乎不是很好，坐下来后，语气有些严厉起来。

宁城的神识扫到弓羊笛急匆匆的走进神雷楼，这才不紧不慢的说道，“我倒是想要问问，你蔚家为何要和我作对？难道你蔚家不怕灭门吗？”

这道元圣帝还真被宁城的话吓了一跳，不过他很快就反应过来，无论宁城有多大的后台，现在在这个地方，宁城就是任他踩踏。

“啪……”这道元圣帝一巴掌将面前的茶几拍成粉碎，“好大的胆子，莫非你以为这里是神雷楼我蔚启就不能将你怎么样了？信不信我杀了你，也只要向神雷楼赔个罪了事？”

宁城淡淡说道，“不信。”

蔚启忽地站起，只是没有等他动手，一个更是冷淡的声音传来，“不要说你蔚启，就算是你蔚家也不能将宁兄弟怎么样。”

弓羊笛心里是高兴啊，蔚家算个屁，充其量只有两个道元圣帝而已，而且还都是普通的道元初期，估计这一辈子也只能这样了。

这蔚启他也知道，平时见了面倒也是客气的打个招呼。没想到这家伙竟然敢对宁丹圣无礼，这简直是给他人情做。在太素墟广场面前，蔚家什么都不是。只要他喝退蔚家，宁城铁定就欠了他一个人情。

“弓兄……”蔚启立即就认出来了门口的弓羊笛，脸带惊容的站了起来。他在宁城面前嚣张，可不敢在弓羊笛面前嚣张。

弓羊笛没有理睬他，只是看着他面前的一堆碎渣，嘿嘿一笑，“蔚道友真是好大的脾气啊，一发怒就将宁兄弟屋子里面的东西给拍碎了。好本事，好本事。”

蔚启心里一沉，弓羊笛的城府之深他自然清楚。这人绝对不会无缘无故的得罪他蔚启，莫非在他离开的这段时间有什么事情发生？他下意识的看向了宁城，宁城才区区塑道圣帝修为，怎么能和弓羊笛称兄道弟？

在一边的齐十三星和柳芳琳，更是张大了嘴巴。难怪宁城不惧蔚家，还敢让蔚启进来，原来他认识太素墟广场的弓羊笛。弓羊笛是什么人？在太素墟广场说一不二的执事啊。

“弓兄，我不知道宁城和你认识。因为他拐走了我蔚家蔚赫的道侣，我才追到这里来，要求他给一个公道。”无论宁城和弓羊笛是什么关系，蔚启决定先将大道理抓住。

宁城呵呵一笑，“哦，那你说我拐走的人是谁啊？”

“就是她，她是蔚赫的道侣，被你拐走了。我们来这里，就是为了这件事。”蔚景秉一指宁城身边的柳芳琳。

“放屁！”柳芳琳忽地站起，脸色发青的指着蔚景秉，“你蔚家一门畜生，不要脸的东西。我夫君是天罡丹门的涂钦飞，你蔚家和天罡丹门暗害了涂钦飞，然后强行让我嫁入蔚家，不要脸的畜生。”

在一边的齐十三星忽然说道，“蔚家的确是一门畜生，蔚赫，将来总有一天，我要扒了你的皮，为我姐姐讨回一个公道。”

蔚赫脸色发青，却禁闭嘴唇，一个字都没有说。

蔚启周身杀气四溢，却不敢动手。如果没有弓羊笛在这里，他早就动手了，现在弓羊笛在这里，他根本就不敢动。

感受到蔚启的杀气，弓羊笛也微微皱眉。他很想结交宁城，这里更是一个机会，但他也不想和蔚家直接动手，能吓退蔚启那是最好不过。

就在此时，宁城的房间门口再次出现了一个声音，“宁丹圣，好久不见，虚星宗毋不封前来拜访。”

门口站着三个人，正是珀西和虚星宗的黑脸宗主毋不封，还有那个犹如骷髅一般的男子。

毋不封？

不但是蔚启呆住了，就是弓羊笛也有些惊疑。弓羊笛只知道宁城是道元丹圣，因为他一直在太素墟一带，对于虚星宗求丹的一事，并不是非常清楚。

毋不封是什么人？神秘宗门虚星宗的宗主，还是一个混元强者。这样一个强者，前来拜访宁城？

弓羊笛想到宁城是道元丹圣，虽然震惊，倒也算是理解。可是蔚启等人不明白啊，此刻在蔚启心里不仅仅是震惊了，还有无尽的恐惧。一个混元强者，要灭掉战滨崖蔚家，恐怕只是挥手之间。

让毋不封松了一口气的是，宁城的态度比起论丹盛会上好了几个档次都不止。在看见他们三个人后，宁城连忙站起来，满脸堆笑的说道，“原来是毋宗主，快快请进。”

毋不封三人自然看见了蔚启面前被拍碎的茶几，只是他们也是求宁城，不知道这里发生了什么事情，也不好乱说话。

蔚启终于醒悟过来，赶紧对毋不封躬身施礼问候，然后又对宁城抱拳说道，“宁丹圣，既然今天你有客人，我们就不打搅了。”

“是不是改日再拜访呢？”宁城语气淡漠的说道。

蔚启额头渗出一些冷汗，“不敢，不敢……”

他听到毋不封叫宁城丹圣，心里隐约有了一些猜测，所以他追切的想要出去将宁城调查清楚再说。

宁城呵呵一笑，“不敢？”

“啪……”宁城忽然发怒，将自己面前的一个茶几也拍的粉碎，“我看你蔚启敢的很啊。”

蔚启心里一阵阵的发冷，宁城敢在虚星宗宗主和弓羊笛面前拍桌子，可见他的底气有多大。

“宁丹圣，我向你道歉。”蔚启根本就不问任何原因，低头认错。

宁城就好像没有看见一般，依然自顾说道，“来我这里抢夺美女，损坏我的极品法宝，道个歉就有用了？要不要我将你蔚家铲平了，然后我去你的坟头道个歉，可好？”

……

第一千零七章 赔偿后再走

因为宁城没有出声求助，虚星宗三人进来后就一直坐在座位上，并没有多话。

“你想要如何？”蔚启语气阴沉的问道。

宁城的目光扫向刚才被蔚启拍碎的茶几，平静的说道，“你蔚家强抢美女的事情，也没有成功，我就不追究了。我刚才就说过，这个茶几是我的一件极品法宝。你损坏了我的法宝，我想要干什么，你说呢？”

“我恰好有半条上品神灵脉，就作为赔偿你的好了……”一个普通的玉制茶几，都被说成极品法宝，蔚启再也不想留在这里废话半句，只想越早走越好。如果可以的话，他早就一巴掌将蔚景秉拍死了。要不是这个白痴，他也不会将宁城当成一个散修来处理。哪怕是要来这里，他也要调查清楚过来。

半条上品神灵脉赔偿一个破茶几，他几乎都要吐血。

宁城淡淡的说道，“价格我倒是没有异议，只是这里损坏了两个茶几法宝，难道你赔偿一个就行了？”

“宁城，不要欺人太甚。”蔚景秉知道他完了，经过了这件事，蔚家绝对不会为他去想办法解毒。此时也只能抱着破罐子破摔，怒声呵斥。

宁城还没有说话，坐在一边的齐十三星就说道，“就欺你蔚家，你又能如何？不是你蔚家做恶客，宁城会气的拍碎茶几法宝？这笔账自然是你蔚家承担。”

“十三说的没错，就是这个道理。”宁城竖起拇指赞扬了一句。

蔚景秉还要说话，蔚启伸手拦住，脸色平静的拿出一枚戒指丢给宁城说道，“这是一条上品神灵脉，现在我们可以走了吧。”

“看在你诚心赔偿，我不和你计较。不过你的上品神灵脉还真多啊，刚才恰好只有半条，现在突然恰好又有了一条。”宁城确认了戒指中是一条上品神灵脉，用讥讽的语气挖苦了一句。

蔚启一句话都不说，只是对弓羊笛和毋不封几人抱了抱拳，转身迅速离去。

等蔚家几人走后，宁城这才对毋不封等人抱拳说道，“刚才几个恶客打搅了大家的兴致，现在这里没有外人了。”

说完，宁城挥手将房间门口的禁制打上，又取出了灵茶，让柳芳琳为几个客人送上去。

弓羊笛心里也是暗自震惊，他想不到宁城还认识虚星宗的宗主，甚至宗主主动上门拜访。这一刻，他也有些拘束起来。

不过他想要结交宁城，还是主动说道，“那蔚家的确是不知所谓，不知道有什么底气，敢在宁丹圣的房间拍桌子。”

宁城呵呵一笑，“那蔚景秉中了纹骨毒，想要求我帮忙解毒，我没有心情，那个老家伙发火，在我房间里面乱拍东西。蔚家总算是还讲道理，赔偿了我的茶几。”

珀西等人有些无语，这茶几也不是你的吧。一条上品神灵脉赔偿两个茶几，这种道理就算是十大宗门，也不能经常讲。

弓羊笛不知道蔚启是什么原因发怒，倒还好点，只是惊疑蔚启竟然要宁城帮忙解纹骨毒。话说回来，在太素界如果宁城解不了这个毒，似乎也没有什么人可以解了。求丹会的会主司尘邱天？别开玩笑了。

齐十三星和柳芳琳更是无语的看着宁城，蔚启过来完全是为了教训他，什么时候来求宁城解毒了？

毋不封依然是黑着脸一抱拳说道，“宁丹圣，因为我虚星宗只有一副续霄纹骨丹的药材，所以我选择的时候有些谨慎。在这里，我向宁丹圣表示歉意。今天我们来的目的也是和他们一样，想向宁丹圣求丹。当然我虚星宗不敢逼迫宁丹圣，完全凭宁丹圣的自愿。如果宁丹圣还是不愿意帮忙炼丹，我们马上就走，决不啰嗦。”

宁城心里冷笑，我不帮忙炼丹，你们马上就走？别骗我了。恐怕就算是弓羊笛在这里，你们说不定也会强行带走我的。

对这一点宁城看的很清楚，如果他真的不愿意帮忙炼丹，他就不会留在这里等候虚星宗的人。尽管宁城打算帮忙炼丹，他心里依然有些不爽，实力低了啊，如果实力强悍，他岂能惧怕毋不封的威胁。

炼制续霄纹骨丹？柳芳琳不敢相信的看着宁城。她终于明白了为什么宁城说留在太素墟广场，还有一线机会为她解毒了。原来宁城早已算定了虚星宗会过来找他炼丹。

虚星宗是根本不下于十大宗门的神秘大宗，能够找到续霄纹骨丹的药材也不奇怪，奇怪的是，宁城是什么丹圣？竟然敢接手炼制续霄纹骨丹？难道宁城不知道，一旦他炼制失败，他会被直接干掉吗？

宁城做出很为难的样子，沉吟了好一会才说道，“看在毋宗主的份上，这个忙我自然不好推辞，只是炼制续霄纹骨丹消耗太大，我怕……”

毋不封冷笑，消耗个屁，你不就是要好处吗。

“宁丹圣，如果你可以帮我虚星宗炼制出这一炉续霄纹骨丹，我们只要三分之一的丹药。另外我虚星宗愿意拿出两条上品神灵脉，同时和宁丹圣成为最好的盟友。”

毋不封直接开出了实际条件。

宁城完全没有将毋不封说成为最好盟友的话放在心上，这种利益交换来的盟友能够成为最好才是怪事。除非一开始虚星宗就诚心诚意请他炼丹，而他也不要任何报酬的为虚星宗炼丹，否则说别的都是虚的。

相比起自己提出任意条件，宁城更满意毋不封的话。他能感受的出来，虚星宗要解毒的这个骷髅男子不简单。如果他帮忙炼制出了解毒丹药，再狮子大开口要好处，那恐怕会被人灭口。

想到这里，宁城故意一咬牙说道，“好，我拼了，就帮忙炼制这一炉续霄纹骨丹。”

在混元圣帝面前，柳芳琳不敢传音给宁城，只能不断的用目光注视宁城，希望宁城明白她的意思。那就是赶紧让宁城说万一炼制失败，那也是双方心甘情愿，虚星宗不得以此要宁城负责。

宁城就好像没有看见柳芳琳的目光一般，直接祭出了没炉，然后说道，“毋宗主，药材拿出来吧。”

他明白柳芳琳的意思，事实上他知道就算是毋不封同意了他的要求，这也等于废话。一旦他炼制失败，恐怕也只能等死了。要不要毋不封的承诺，实在是没有任何意义。

见宁城竟然没有提出万一炼制失败如何，毋不封倒是露出了一点欣赏的目光。宁城能成为一个道元丹圣，果然有些门道。不过当他看见宁城拿出丹炉，让他拿出续霄纹骨丹的药材之时，顿时疑声问道，“宁丹圣，你难道就在这里炼丹？”

“自然。”宁城回答了一句后，就没有再说话。他选择在大家眼皮底下炼丹，自然有自己的目的。

“好。”毋不封抬手取出一枚戒指放在宁城手中，“宁丹圣，这里面是续霄纹骨丹的药材。”

宁城的神识落在戒指里面，果然里面有一两百种神灵草，每一种都是禁制保护起来，存放的非常好。

他很快就找到了续霄纹骨丹的主要材料，断空凌霄果、绫罗银凰草、奇心木树芽、虚空露珠。

其中断空凌霄果是化道道果，绫罗银凰草、奇心木树芽都是规则神灵草。如果说断空凌霄果和绫罗银凰草极难寻找的话，得到奇心木树芽更是难上加难。

而最难找的还不是这几种规则道果或者神灵草，而是没有任何规则的虚空露珠。

虚空露珠只在虚空中存在，不但存在的数量极为稀少，还很快就会消散掉。也就是说在虚空中出现了虚空露珠，如果你不及时收集起来，你这虚空露珠一会就消失不见了。

虚空露珠不但可以在续霄纹骨丹中入丹，在许多的解毒丹药中，都可以入丹。而且还是炼制最顶尖疗伤丹药的宝物，可遇不可求。

毋不封给他的虚空露珠有六滴，可见虚星宗为了这幅丹药花费了多少心力。

炼制续胥纹骨丹需要的虚空露珠一般是三滴到四滴，宁城为了保证丹药的成功，决定等会用四滴。至于另外两滴，那自然要留在自己身上。

检查了神灵草不缺后，宁城打了一个简单的屏蔽神识禁制，直接祭出了无名火焰。

看见宁城开始将一株株神灵草送入没炉，众人再也不敢说话，都是紧张的盯着禁制中的宁城。柳芳琳心里更是怦怦乱跳，宁城居然敢炼制续胥纹骨丹，要知道这种道丹，恐怕连司尘邱天也不敢炼制。想到之前她还在宁城面前说自己是一个育道丹神，让宁城在丹药方面有什么需要帮忙的找她，现在柳芳琳更是尴尬不已。

同时她又想到万一宁城炼制成功了，那意味着她也可以解毒，这种复杂无比的思绪让她无法止住自己的心跳。

毋不封显然也听到了柳芳琳的心跳，顿时不满的盯了柳芳琳一眼，柳芳琳这才惊觉。这里不但有道元圣帝，还有一个混元圣帝。她强行止住了自己激动的心绪，专心盯着宁城炼丹。

……

第一千零八章 想要赖账

一株株神灵草被宁城丢入没炉中，炼制这一炉丹药宁城很小心，这关系到他的小命。

再难炼制的化道道丹和道元道丹相比起来，也是有很大的距离。宁城炼制过一炉六阴魂魄丹，哪怕这一炉丹药是借助了阿含无则果炼制成功的，但是那种丹道经验却无法抹去。

化道道丹宁城炼制过许多炉，续霄纹骨丹是很难炼制。不过宁城有了炼制六阴魂魄丹的经验，炼制续霄纹骨丹并不觉得多艰难。

加上宁城在更深层次的领悟了归一道，还将归一道融入丹道中后，他对道丹的理解远远不是一般的化道丹圣可以相比。

司尘邱天有一句话没有说错，丹道也是道的一种。如果你想要成为最好的丹圣，那必须要让你的大道可以对丹道诠释。如果没有自身大道的诠释，丹道也只能和司尘邱天说的那样，是小丹之道而已。

对这一点，宁城领悟的也许比司尘邱天还要深刻。因为他修炼的是归一道，就连司尘邱天也不得不承认宁城的大道比他的强多了。

上百种的神灵草在没炉中融化，被炼化了杂质后，精华部分互相融合起来，在宁城的丹道道韵之下反复淬炼。

正如宁城说的那样，他这个时候没有用任何丹诀。有的仅仅是道韵，每时每刻，他的道韵都不尽相同。

断空凌霄果融入没炉，规则凝聚。

绫罗银凰草融入没炉，规则凝聚。

奇心木树芽融入丹炉……

……

药液精华凝聚，规则凝结，尽皆归一！

无论是断空凌霄果的道果规则，还是绫罗银凰草和奇心木树芽的神灵草规则，都被宁城完整的融合在了丹药规则中，归集为一，没有半分溃散。

丹炉上的归一道韵完全形成了一个丹韵空间，这空间下的丹炉内不断发出清鸣之声。

从始至终，宁城都没有出现过道果规则溃散，他无法控制规则凝聚的情景。在他的归一道韵之下，一切都显得完美无缺。

禁制外面，哪怕是那个骷髅男子，也紧张的盯着宁城以及丹炉。他能感受到丹炉中上的浓厚丹韵，明知道这种丹韵越浓，宁城成功的机会越高，他心里依然还是有些不安。

这甚至可以说是他唯一的机会了，如果宁城炼丹失败，不说能不能找到这样一炉药材来。就算是找到了这样一炉药材，他又去什么地方寻找丹师炼丹？

宁城炼丹失败，虚星宗固然可以杀掉宁城，可这对事情完全没有任何帮助，徒增一些仇敌而已。要知道宁城可是丹会的道元丹圣，任何宗门要杀他，也要考虑后果。

柳芳琳早已沉浸在了宁城炼丹的丹韵当中，她是一个育道丹神，面对这种丹韵就好像一个沙漠中的饥渴行者遇见了甘霖一般，不断的去允吸这种甘霖。

半天时间过去后，宁城忽然对这丹炉不停的拍动，此刻就连毋不封都激动的站了起来。所有的人都知道，宁城要成丹了。

续霄纹骨丹呈现淡黄色，却没有任何气味。正因为如此，也没有人知道宁城的丹药到底是成功了还是失败。

六道淡黄色的影子终于从没炉中飞出，落在了一个悬浮在宁城不远处的玉盘之中。叮当清脆的声音，就好像仙音一般，让所有的人都迷醉。

丹都出炉了，宁城很有可能炼制成功了。

宁城拍去禁制，神情疲惫的托着丹炉出来说道，“幸不辱命，可惜的是只能成丹一半。”

宁城成丹自然不是一半，没炉是他的法宝，他在没炉的中枢藏匿了六枚特等的续霄纹骨丹，这里根本就没有任何人知道。

这也是他为什么要在众人面前炼丹的原因，那就是告诉虚星宗的毋不封。我真的只炼制出来了六枚丹药，现在一枚都没有隐藏，全部在这里。

毋不封哪里顾得上宁城说他只炼制出来了六枚续霄纹骨丹？他急切的抓过宁城手中的玉盘，目光紧紧的盯在玉盘上的六枚丹药上，他的神识早已仔细在这六枚丹药中查探。

六枚续霄纹骨丹，三枚特等，三枚上等。

好一会，他才激动的将玉盘托到骷髅男子面前，“康祖，这是续霄纹骨丹……”

叫康祖的骷髅男子，脸色也有些发红，不过他看起来比毋不封要冷静了很多。他的目光在玉盘上看了一会后，这才取出一枚特等的续霄纹骨丹放入口中。

这一刻，所有的人都盯着这个叫康祖的骷髅男子。

宁城并没有说话，哪怕毋不封不守信用，将六枚丹药全部收起，他也不会废话一句。形式人家比他强，他能如何？

仅仅一炷香后，一道道黑气就从骷髅男子的头顶升起。毋不封见机的打出一道阻碍禁制，让骷髅男子在禁制当中。

片刻后，一滴滴的黑水从骷髅男子的身上滑落，最后全部被他收集在了一个不知道什么材料制作的瓶中。

让人难以忍受的气味传出，骷髅男子脸上的血色越来越多，他身上的肉也多了起来。

一种浩大恐怖的气息从他身上升起，不要说宁城，在一边的弓羊笛都感觉到心惊不已。很快弓羊笛就猜到了什么，他的脸色变得苍白起来，他想不到虚星宗还有一个合道强者。而这个合道强者中了纹骨毒，结果在这里被宁城救了回来。

整个太素界的合道强者也不会超过一手之数，虚星宗竟然有一个。一旦这个消息传出去，那实在是太惊人。

这是合道强者的气息？宁城同样明白了骷髅男子的修为，他心里暗自惊骇。他知道骷髅男子很强，没有想到会强到这个地步。难怪虚星宗不惜一切努力，也为他解毒。

让他不解的是，既然这个骷髅男子是合道强者，那又有谁这么牛逼？能让一个合道强者中毒？

骷髅男子的气息越来越强大，很快整个太素墟都可以感受到这种强大的气息。这狂涨的强者气息并没有就此顿滞，依然在疯狂散逸。又是一个时辰过去，不但是太素墟，就连太素域也都感受到了这种强大的气息，一道道遁光冲向太素墟。短短时间，太素墟的神雷楼就被太素界的强者围了一圈又一圈。

这里很多的强者，没有一个人敢进入神雷楼。这种气息显然是合道的气息，合道强者在神雷楼，没有允许，谁敢冒犯？

又是两个时辰后，骷髅男子手影一挥，下一刻，他周围的禁制消失的无影无踪。

就连那不断狂涨的气息也消散殆尽，宁城等人看见他的时候，他早已换了一身衣服。不但如此，他再也不是瘦弱骷髅的样子，就和一个寻常的修士一般无二。

宁城甚至要揉一下自己的眼睛，倒不是因为这个叫康祖的合道圣帝恢复了修为，而是对方明明就在眼前，他却看见空无一人。

就好像融入了虚空一般，让他无法扑捉到。等他回归神来，眼前依然是寻常的一个普通修士。

宁城倒吸了一口冷气，合道，好强。

“宁丹圣，这次多谢你了，你将你的丹药取走，为你朋友解毒吧。说起来，我也算是沾了你朋友的光。”康祖看着宁城淡声说道。

宁城心里一惊，他明白虚星宗这个康祖的意思。那就是自己之所以为他炼制续霄纹骨丹，是因为他想要帮柳芳琳解毒。很显然，柳芳琳中毒的事情也被他看出来了。

“多谢前辈大度。”既然对方都明白了他的举动，宁城也没有必要继续隐瞒。在一个合道圣帝面前隐瞒，根本就是白痴行为。好在他的没炉早已收起，否则还不知道这家伙能不能看见没炉中还有六枚特等的续霄纹骨丹。

“康祖，你真的康复了？”毋不封依然还在激动当中，虚星宗的合道终于回来了。

康祖点点头，他的实力远远还没有恢复，他需要回宗门闭关，不过这些不方便在这里说。

看见康祖点头，毋不封强忍住内心的激动，取出一个玉瓶，将玉盘中两枚特等的续霄纹骨丹，和一枚上等的续霄纹骨丹装起。

玉盘中总共才五枚丹药，如果按照之前的分配方案，他最多只能再拿一枚。但是毋不封就好像忘记了之前的分配方案一般，装了三枚丹药后，才说道，“宁丹圣，因为我们还不知道续霄纹骨丹的后继效果如何，所以暂时借你两枚丹药。等确定这丹药没有问题的时候，我再还给你。”

宁城心里冷笑，果然是这样。毋不封说要三分之一丹药的时候，他就猜到这人要翻脸。现在看来，他还真没冤枉这个黑乌龟。借他两枚丹药？白痴都知道毋不封不会将这两枚丹药归还了。

宁城直接将两枚上等的续霄纹骨丹收起，淡淡说道，“毋宗主既然要借丹，那自然也由得毋宗主，我相信毋宗主将来会归还的。只是我们还谈了两条上品神灵脉的炼丹报酬，不知道毋宗主能不能也一起给我。”

毋不封不但多收了续霄纹骨丹，还装傻不拿出上品神灵脉，宁城决定主动要。他刚刚塑道，上品神灵脉对他很重要。

……

第一千零九章 他不是道元丹圣

毋不封点点头，“不错，的确有两条上品神灵脉。因为这次出来的仓促，所以神灵脉没有带在身边。只好麻烦宁丹圣和我们去一趟虚星宗，为了不让宁丹圣白跑，到时候我虚星宗还会给宁丹圣一份惊喜的礼物。”

惊你个老木，宁城心里大骂，他甚至可以猜到那惊喜是将他困在虚星宗炼制无数年的丹药。

早在论丹大会上毋不封临时更改主意，不让他炼丹，宁城就猜到了毋不封不是个好东西。因为不相信毋不封的人品，宁城都没有狮子大开口，甚至炼丹的报酬是毋不封提出来的，他半点价格都没有还。

却依然没想到，这家伙会如此不要脸。虚星宗也是一个大宗，两条上品灵脉还要回宗门去取？这骗鬼啊。

如果说之前宁城还无所谓，大不了大家就做这一次生意。在毋不封拒绝拿出神灵脉，还让自己去虚星宗取的时候，宁城有些担心了。

他是很渴望这两条神灵脉，但这种去了显然没有自由甚至没有命的事情，他绝对不会做的。宁城现在最担心的是，毋不封会翻脸不认人，直接将他掳走。只希望弓羊笛在这里，能让虚星宗忌惮一些。

想到这里，他赶紧露出一副惊喜的表情，抱拳说道，“多谢毋宗主了，早就听说虚星宗的名声，没想到还能去见识一番……”

说完，宁城有些犹豫的看着柳芳琳。

柳芳琳见宁城看向她，忽然眼圈一红，“宁城，我不用你管，你自己去吧，反正我就是一个苦命的人。”

宁城连忙说道，“别这样，芳琳。我暂时不去虚星宗，等陪你办完事情后，我再去虚星宗还不行吗？”

说完，宁城不等柳芳琳说话，就主动对毋不封歉意的说道：“毋宗主，真是很抱歉。我现在有些急事想要离开，等我将事情办完之后，我必定去一趟虚星宗。”

他心里在暗自感谢柳芳琳，这个女人很聪明，知道他不想去，也不能和毋不封闹的太僵。

早知道为虚星宗炼制这一炉丹药风险不小，这风险依然是超出了宁城的预估，他低估了毋不封的无耻。这一刻他甚至有些感谢蔚启，如果不是蔚启三人过来，他就不会邀请弓羊笛。没有弓羊笛，虚星宗恐怕真的不会说什么道理。

这个时候，他只希望毋不封能够忌惮一些。虚星宗有一个合道不错，但也不能在太素界称王称霸，好歹他也是一个道元丹圣。

毋不封脸上露出一丝失望，弓羊笛在这里，他直接动手，恐怕有些不妥。康祖毒解去了是真的，不过要彻底恢复元气，估计至少还要个几十上百年才行。更重要的是，康祖没有发话。

“那我就在虚星宗等候宁丹圣了。”毋不封笑吟吟的说道，“来日宁丹圣只要到太素海虚蒙山脉，就可以找到我虚星宗。”

“毋宗主的话，我记下了。”宁城客气的说道。

他心里略微松了口气，毋不封这么说，那是不会用强了。没想到虚星宗这个神秘宗门，会在太素海，话说太素海又有什么山脉？

“各位散去吧，不要都聚集在这里。”康祖忽然淡淡的说了一句。

聚集在神雷楼外面的修士耳边都清晰无比的听到了康祖的声音，没有人敢违背这句话，纷纷从哪里来，又回到了哪里去。哪怕是议论，也只能互相之间小声的议论着。

“宁兄，告辞了。”直到这个时候，珀西才忍不住和宁城打了个招呼。他知道，这个招呼恐怕代表着他和宁城的交情彻底结束。

等虚星宗的三人都走远，弓羊笛这才谨慎的问道，“宁兄弟，那是虚星宗的合道强者？”

比起宁城炼制续霄纹骨丹的消息，一个合道圣帝更是他震撼。

宁城点点头，“应该是了。”

这个时候，他实在是没有心情说什么。

弓羊笛感觉的出来宁城心情有些不好，他又随便说了几句后，提出了告辞。

送走弓羊笛，宁城这才对柳芳琳说道，“柳师姐，这次的事情多谢你了。否则的话，我恐怕凶多吉少。”

柳芳琳明白宁城的意思，她摇了摇头，“应该是我多谢你，如果你不是为了我，也不会选择留在这里帮忙炼丹。”

柳芳琳将前后的事情一对比，就猜测出了个大概。应该是虚星宗找宁城炼丹那，宁城拒绝了。这次宁城特意现身，虚星宗这才能再次找到这里来。

“这种宗门难怪是神秘宗门，如果十大宗门敢如此做，早就被人群起攻之了。”齐十三星不屑的说道。

宁城摆摆手，没有说话。

他就好像一个抱着黄金过街的小孩一般，虚星宗打他的主意也没什么奇怪的。更何况，他之前还拒绝了虚星宗，甚至让虚星宗知道他炼丹不是为了虚星宗，而是为了柳芳琳。

好一会后，宁才说道，“你们有什么打算？”

齐十三星犹豫了一下才说道，“我要继续去太素墟，我一定要找到太素神雷这个神通。”

柳芳琳咬了咬嘴唇，“我要去办一些事情，等我办完事情后，我来找你帮忙。”

宁城知道柳芳琳说的帮忙是什么意思，那就是帮她检查。他现在哪里有心情考虑柳芳琳为什么要办完事情后，才来找他帮忙？他只想越早走越好。

“柳师姐，十三，我们互相交换一下通讯珠。然后赶紧离开这里，太素墟不宜久留。就是柳师姐解毒，也要找一个单独的地方去解。”宁城说完将手中的两枚解毒丹全部递给柳芳琳，“这两枚丹药都给你。”

……

一艘前往太素海的飞船上，珀西坐在角落处，脸色有些难看。宗主过河拆桥，以后他见了宁城，再也没有脸说是朋友。

毋不封扫了一眼珀西说道，“珀西，你是不是觉得我做的有些过分？”

珀西犹豫了一下，站起来躬身说道，“宗主，我觉得那两条神灵脉应该当场给宁城。”

毋不封沉声说道，“我不给他是有目的，只是……”

康祖的声音及时传来，“只是你想问为什么我没有让你强行带走宁城，对吗？”

“是的。”毋不封恭谨的说道，“那宁城是道元丹圣，现在康祖你纹骨毒去掉，如果再有一个道元丹圣坐镇，那我虚星宗……”

尽管毋不封很想强行带走宁城，康祖不说话，他也不敢这么做。混元很强，不过一个混元在太素界真的什么都算不上。

毋不封没有继续说下去，康祖和珀西都明白他的意思。

康祖叹了口气，“若那宁城真的是道元丹圣，你带走他也是无妨，这个风险值得我虚星宗去冒。只是，他不是道元丹圣……”

“啊……”毋不封和珀西都是惊异的啊了一声，有些不解的看着康祖。

宁城是道元丹圣，他们亲眼看见的。不但是他们亲眼，就连丹会的会主司尘邱天也承认了宁城是道元丹圣，还颁发了道元丹圣的金色资格牌。

怎么在康祖口中，宁城就不是道元丹圣了？

康祖语气凝重的说道，“那宁城去过破则之地，肯定有过惊人机遇。因为他在炼制六阴魂魄丹即将失败的时候，拿出了阿含无则果加入丹炉中。”

“康祖……”毋不封更是惊咦，康祖是合道强者不错，可那个时候，康祖修为全失，目光绝对不会比他更强。

似乎知道毋不封要说什么，康祖摇了摇头，“我没有看见他的动作，我相信宁城也有把握任何人都看不出来他的动作。但是我见过阿含无则果，他一拿出来阿含无则果，我就感受到了阿含无则果的气息。他那一炉丹药在即将失败的时候，他强行用阿含无则果将六阴魂魄丹的规则留住。”

珀西的见识不多，但毋不封显然知道什么是阿含无则果，他倒吸了一口冷气。六阴魂魄丹是珍贵，再珍贵也比不上阿含无则果啊。用普通人的话来说，宁城是用黄金交换泥土，这不但奢侈也太败家了点吧。

“若不是年轻爱面子的话，那就是宁城有什么理由必定要去参加五界丹比。但有一点可以肯定，宁城只是一个化道丹圣，而不是道元丹圣。哪怕是再厉害的化道丹圣，也不至于让我虚星宗为之冒险。”康祖淡声说道。

宁城不知道，他拿出阿含无则果，还能让他免去一劫。

“我一直怀疑他隐瞒了部分续霄纹骨丹，没想到他并不是道元丹圣。”毋不封恍然说道。宁城炼制六阴魂魄丹都可以得到满丹，炼制远不如六阴魂魄丹的续霄纹骨丹也只有六枚成色更差的道丹，让他有些怀疑。

“那既然是误会宁城了，那我们就将两条上品神灵脉还给他吧。”珀西连忙说道。

毋不封冷笑一声，“误会他了？你以为宁城和你一样白痴，他真的是诚心为我虚星宗炼丹？如果不是他的那个女人也中了纹骨毒，他会留在太素墟帮忙炼丹？再说了，他为什么可以从蔚家敲诈走那条神灵脉？还不是因为借了我虚星宗的名头？”

“那如果宁城帮他道侣将事情做完后，来我虚星宗了呢？”珀西正因为感受到宁城是真心结交他，这才一直有心结。还有一句话他不敢说，宁城之所以不想帮忙炼丹，这怪的谁？在人家最需要帮助的时候，咱们虚星宗能帮助他，反而拒绝了。以宁城的性格，能主动帮忙炼丹才是怪事。

毋不封淡声说道，“如果他真的来了，他就是我虚星宗的一员。”

……

第一千零一十章 好巧的事情

宁城自然不会去虚星宗，他和柳芳琳、齐十三星分开后，特意易容成了一个中年男子，从太素墟的传送阵来到了边素神海城。

到这里后，宁城没有叫出在真灵世界中修炼的燕霁。他按照纳兰茹雪给他的地图玉简，只花了几天时间，就找到了这个隐匿在太素海边缘的传送阵。

传送阵的隐匿阵很高明，宁城自认以他现在的手段，也是布置不出来。如果不是纳兰茹雪告诉他这个地方，让他单独来找，恐怕很难。

宁城进入隐匿阵后，是一个巨大的海石平台。

海石平台被一个强悍的防御阵法护住，在海石平台上面明显是一个传送阵。宁城一看这传送阵的拆动痕迹，就知道以他现在的阵道水平，哪怕传送阵的部件都在，他也无法还原这个传送阵。

这燕霁和纳兰茹雪还真敢想，宁城肯定，按照燕霁的想法，她想要还原这个传送阵，哪怕是不修炼，专门研究阵法，没有个数万年也无法办到。这还要燕霁的阵道资质和修炼资质一般无二，否则数万年也不够看。

宁城很想去寻找银龙族的那个银发女子，不知道当初她是怎么去的玄黄星陆。不过想到自己现在的处境，他还是放弃了这个想法。

银龙族在太素海，他得罪了蛮龙族，蛮会山不出手，谁知道还有没有别人对他出手？再说，就算是他通过别的途径回到了四大星空，将来他再回来怎么办？毕竟他还要代表太素界参加五界丹比。

思虑再三，宁城决定就留在这个传送阵的地方一边修炼，一边研究阵法。

玄黄珠除了部分木本源外，五行基本上齐全了。可以说，宁城就算是进入玄黄珠修炼，玄黄气息也不容易被别人觉察到。为了以防万一，在进入玄黄珠之前，宁城还是布置了屏蔽阵法，取出了那一滴弱水覆盖。

……

在宁城闭关后，太素界却热闹非常。

道元丹圣炼制出续霄纹骨丹，解去了虚星宗合道强者的纹骨毒，让虚星宗突然多了一个合道强者，这个消息以最快的速度扩散出去。

神秘宗门虚星宗突然崛起，让众多宗门忌惮的同时，宁城的名头也是更响亮。道元丹圣的用处在这一刻体现出来，如果没有道元丹圣，谁能救回合道强者？

一些想要宁城帮忙炼丹的大宗门都开始寻找宁城，只是宁城就好像消失了一般，自从在太素墟为虚星宗炼制过续霄纹骨丹后，就消失的无影无踪了。

就连想要暗中寻找宁城的踏星楼主和天素圣城的乐介笙，在长时间没有宁城的消息，也只能选择放弃。

……

时间匆匆而过，转眼一年时间过去。因为之前在论丹大会上对归一大道的顿悟，宁城成功晋级到了塑道中期。

晋级塑道中期后，宁城专心研究阵道，他的阵道水平从初级神阵师到了中级神阵师。让宁城失望的是，哪怕他晋级到了中级神阵师，想要将传送阵上的部件还原回去，依然是太难太难。他的阵道水平越高，就越能感受到这个传送阵的复杂和强大。

宁城估计，恐怕就算是他现在晋级到了顶级神阵师，想要还原这个传送阵依然有些艰难。而且他要晋级到顶级神阵师，不专心研究个几十年阵道，恐怕很难。

宁城叹了口气，他不知道是不是应该继续研究下去，还有两年时间，就是五界丹比。按照这个时间，他肯定是没有机会回到四大星空，再赶回来。

“宁城，我要出来渡劫了。”宁城还在纠结的时候，耳边传来了燕霁的传音。燕霁修炼到了生死境圆满，准备晋级永恒。

听到燕霁要晋级，宁城心里大喜。他也没有想到燕霁会这么快就要冲击永恒境了，看样子燕霁的资质在连续几次提升后，又在顶级修炼资源配合下，修炼速度比他预料的还要快。

……

“咦，这个地方竟然有人在渡劫？”燕霁渡劫的雷弧被远处三名在太素海边缘寻找资源的修士看见，立即就遁了过来。

“是一个女修晋级永恒境。”过来的三名修士很快就感受到了燕霁的修为。

因为燕霁渡劫的目标太大，还有一堆神晶布置起来的聚灵阵，吸引了几人的目光。聚灵阵稍远处为燕霁护法的宁城，他们反而没有在意。几人眼里只有燕霁渡劫所在地方的一堆堆神晶，就算是看见了宁城在边上，恐怕也没有人在意。

宁城之所以距离燕霁比较远，是他怕因为自己的缘故，让燕霁的雷劫强度变大。燕霁可没有雷灵根，万一雷劫变大，很有可能会重伤，甚至陨落在雷劫当中。

看见几人眼冒红光的冲了过来，宁城哪里不知道这几人的意思？抬手就是几道雷弧轰了过去。

他的雷弧很简单，对付高手不行，对付区区几个永恒境修士，还真不费什么力气。

“轰轰轰……”四道雷弧突兀的落在了冲过来的三名永恒修士身上，其中承受了两道雷弧的那名永恒境直接被轰杀。另外两人重伤之下魂飞魄散，立即就要转身逃走。

“你们胆子不小啊，看见有人在这里护法还敢冲上来？”宁城一步就拦在了两名要逃走的修士之前。

“前辈饶命，我们是为丹会做事，无意中冒犯了前辈，绝不是有意要过来……”那名永恒后期修士看见宁城随便就干掉他们一人，知道宁城杀伐果断，赶紧将丹会搬了出来。

宁城冷笑道，“丹会会要你这两个永恒境修士做事？你脸比别人屁股白一些吗？”

“哈哈……”一个大笑的声音传来，片刻之间，一道红色的人影就落在了宁城不远处，“这两个杀才的脸是不是比屁股白我不知道，不过他们倒是没有说谎，他们还真是为丹会做事。”

红色的身影不是因为这人穿的衣服，而是他的长发。他有一头红色的长发，迅速遁过来，就好像红色的影子一般。

宁眼光微微收缩，这个人他见过。当初他刚刚到太素界的时候，落在了太素海中，这个红发男子是他来太素界第一个看见的人。

当时这个红发男子似乎在追杀什么人，一道攻击就劈出了数万丈的巨浪，实在是惊人无比。

他也差点因为红发男子的攻击余波陨落，想他一个永恒境修士，竟然差点被别人战斗余波干掉，也够郁闷的。这还是距离远，若是距离近，怕他宁城早已化成了灰尘。没想到在过了这么多年后，他再次看见这个红发男子。

现在宁城也看清楚了，这人是化道圆满修为，恐怕有半步跨入了第二步的道元境界。虽然这人刚才来的时候，他就发现，在宁城心里还是多了一些忌惮。因为他发现这人的时候，这人距离他很近了。

“我好像见过你……”这红发男子看见宁城后，皱着眉头说了一句。随即他就想了起来，“对，我想起来了，多年前我在这附近追杀一条薄角蛟，你在海中。咦，你怎么到现在还活着？”

想起宁城后，这红发男子这才惊咦不已的盯着宁城，按理说宁城小小一个永恒境修士，落进太素海中，早就死了才是。

这红发男子是一个半步道元，说实在话，宁城并不是在意。他塑道中期，修为比起塑道初期再次强大了许多。他在塑道初期，就可以杀掉化道顶级强者丁四，现在塑道中期，也不至于怕了红发男子。

只要没有跨入道元，再半步也只能属于化道境界。

“道友都没有死，我怎么能先死？”宁城不咸不淡的回答道。

红发男子微微一愣，似乎没有想到宁城敢用这种语气和他说话。他很快就反应过来，不但不生气，反而大笑说道，“好，厉害。短短时间，就从永恒境塑道成功了，的确有底气说这个话。我自我介绍一下，我叫巴蒙，还有一个外号，叫边海红发。当年我没有在意你的死活，是我的不是。”

宁城没想到这红发男子如此磊落，他的修为明明比自己高出很多，却反而向自己道歉。说实在话，当初那种情况下，对红发男子的做法他并不是多在意。

人家一个化道强者，会在意你一个小小落海永恒修士的生死？就算是现在，巴蒙的修为也远比他高。当然自己的实际战斗力，宁城相信巴蒙也不可能知道。正因为不知道他的实力，巴蒙的道歉才更显得真诚。

宁城和巴蒙从来都不认识，他不认为巴蒙要故意示好他。

那两名没有被击杀的永恒境修士，在听见巴蒙说宁城是塑道圣帝后，早已心惊胆战。现在两人又听到巴蒙说他是边海红发，更是浑身发冷。两人心里都在暗自嘀咕，是不是出来没有看时辰。

巴蒙说完，也没有等宁城说话，就指着两个永恒境修士说道，“他们在这里，应该是为丹会的晟侯天寻找神灵草。晟侯天中了纹骨毒，丹会会主司尘邱天要为晟侯天炼续霄纹骨丹解毒，还却少几种神灵草。现在整个太素界都在寻找这几种神灵草，所以他们说为丹会做事，也并没有瞎说。”

宁城一呆，晟侯天中毒了，还是中的纹骨毒？怎么会这么巧？

……

第一千零一十一章 太素洗龙池

宁城很快就明白过来，绝对不会有这么巧的事情，这是有人在找他。

他能炼制续霄纹骨丹弓羊笛知道，弓羊笛认为这事情没有必要隐瞒，现在恐怕是众人皆知。晟侯天又是他的朋友，恰好晟侯天又中了纹骨毒。

晟侯天中毒的这件事连太素海边缘的永恒境修士都知道了，只要他还在太素界，那就肯定会知道这件事。

晟侯天是他的朋友，他知道了这件事后，会怎么办？肯定是第一时间去丹会寻找晟侯天，然后帮忙炼制续霄纹骨丹。宁城估计再过一段时间，续霄纹骨丹的主要材料都会被传出已经找到，就等他回去炼丹。

谁在找他？

无论是谁在找他，有一点宁城可以确信，那就是找他的人绝对没安好心。

“两位前辈，晚辈是为丹会做事，无意间冒犯前辈，请前辈恕罪……”两名永恒境修士一边说着，一边后退。

宁城抬手就是数道雷弧出去，无论是这两个人要打燕霁的主意，还是为了他自身的安危，他都必须干掉这两个家伙。至于这个红发化道，宁城心里有些纠结，他不一定能干掉对方。

对宁城干掉两个永恒境修士，巴蒙半点惊讶都没。如果有人打他道侣的主意，他一样的毫不犹豫干掉。

等宁城收起几个永恒境修士的戒指，他才笑吟吟的看着宁城说道，“你是主修雷属性？”

宁城点点头，“我不算是主修雷属性，不过有雷灵根。”

“好，我们谈一笔合作。你陪我去一个地方，我给你一枚渡奇道果，如何？”巴蒙很是期待的继续说道。

宁城有些无语，不要说渡奇道果，就算是他戒指中的渡奇道丹也有一两瓶。渡奇道果是让塑道圣帝感悟育道的道果，增加塑道圣帝晋级育道的机会。这种道果对别的塑道圣帝来说，的确算是珍贵。对宁城来说，和垃圾相差不了多少。

“抱歉，我的实力有限，无法和道友一起去任何地方。”宁城毫不犹豫的抱拳拒绝。

似乎没有想到宁城连问什么地方的兴趣都没有，就直接拒绝，巴蒙微微一愣，随即就说道，“是不是你认为一枚渡奇道果不够？这样吧，你开条件。”

宁城歉意的说道，“我实力有限，所以要寻找地方闭关修炼。”

巴蒙的目光从正在渡劫的燕霁身上扫过，沉吟了片刻说道，“你说的也有道理，这样吧，我有办法让你短时间内晋级到塑道后期。”

宁城心里冷笑，他是一个丹圣，不是一个二百五。不要说短时间内晋级到塑道后期，短时间内晋级到育道，他也有办法办到。但这都是以无视根基，破坏大道规则为前提的。他拥有玄黄珠，前途远大，岂能如此短视？

“不感兴趣。”宁城没有耐心慢慢找理由拒绝了，干脆的直接拒绝。拒绝完后，宁城就准备和巴蒙硬拼一场。现在他晋级到了塑道中期，只要布局妥当，他很有可能干掉巴蒙。

让宁城意外的是，巴蒙竟然没有打算动手，而是吸了口气语气低落的说道，“你知道太素阴冥界吗？”

宁城摇了摇头，这他还真不知道。

巴蒙见宁城不知道，索性解释道，“修士陨落后，只要不是神魂俱灭，都可以进入轮回。太素阴冥界，就是修士魂魄轮回通道。可惜的是，听说现在的太素阴冥界轮回破碎……”

“等等……”宁城忽然想到还没有醒来的蕇菡瑞，蕇菡瑞魂魄再生很缓慢，他短时间内又无法回去，这巴蒙说的太素阴冥界不知道和奕星大陆的阴冥界有没有关系。

“请问一下，太素阴冥界的魂魄，是不是都是太素界的人陨落后才进入的？”宁城见巴蒙看着他，赶紧问道。

巴蒙摇头说道，“不是，在太素界这个位面下的所有界面，无论高低，只要是陨落了，魂魄都会进入太素阴冥界轮回。”

“那请问太素界位面下的低级界面有哪些？”宁城更是紧张的问道。

巴蒙疑惑的看了宁城好一会，这才解释道，“这种界面多如牛毛，谁能知道有多少？在太素界规则完善的时候，那些低级界面的修士想要进入太素界，都要通过飞升的办法。现在太素界规则破碎，比起那些低级星空来说，好不了多少。很多人通过符箓，甚至传送阵都可以来去。”

宁城心里顿时有些激动起来，他愈发感觉到四大星空属于太素界的低级界面，而奕星大陆又是四个大星空下的低级界面。由此可见，蕇菡瑞陨落了，魂魄也会去太素阴冥界。除了蕇菡瑞，还有……宁城脑海中突兀的浮现出虞青清秀绝俗的脸庞，也许他可以再次找到虞青的魂魄。

“我有一个朋友，她陨落数十年了，请问如果我和你一起去，我能不能找到她的魂魄？”宁城强忍住内心的激动，语气颤抖的说道。

巴蒙叹了口气说道，“虽然我要过去，必须借助你的雷弧，可是我不得不告诉你，你找不到。”

“为什么？”宁城脱口问道。

巴蒙继续说道，“太素阴冥界规则破碎，依然有强者守护。我们只能在最外围而已，绝对不能进入里面。你朋友陨落几十年了，恐怕早已轮回。”

宁城的神情顿时颓然起来，沉默了一会问道，“那请问一下，如果肉身保存完整的，魂魄不在了，是否可以找到魂魄？”

巴蒙凝重的对宁城点点头，“这就是我要求你帮忙的，我只有一个儿子，他被仇家所杀，所幸我夺到了他的肉身。现在他的肉身我都保存好多年了，这次好不容易找到了进入太素阴冥界的一张九幽破界符，所以我想请你帮我一个忙。”

“我同意了，因为我还有一个朋友，陨落后只有肉身，魂魄无法恢复。所以我和你一起去，也想要为我朋友寻找魂魄。”根本不等巴蒙继续劝说，宁城就很肯定的说道。

覃菡瑞服用了六阴魂魄丹，哪怕在太素阴冥界只有一丝魂魄存在，她就可以安然无恙。

“好，那先去我的地方，我们商量一下如何做这件事。”巴蒙听到宁城的话，心里大喜。

说完，他又对宁城说道，“我还不知道你的名字。”

宁城这次没有犹豫，实话实说道，“我叫宁城，这次事情如果结束后，我恐怕还要巴蒙兄帮我一个小忙。”

宁城说完，一直注意巴蒙的脸色。当他发现巴蒙脸上并没有露出什么惊异的表情，就知道巴蒙一直都在太素海中，并不知道太素界的大事情。

他之所以知道晟侯天中毒，估计也是因为来太素海寻找药材的人实在太多。

巴蒙哈哈一笑，“只要我们能后合作成功，救回我儿。无论是什么忙，我都帮了。”

宁城没有透露自己是丹圣的事情，也没有和巴蒙说要帮什么忙。巴蒙人看起来有些直爽，不过宁城并不了解他。这要等双方合作完毕后，这才能下结论。

此时燕霁渡劫完毕，收起一切神晶，直接落在了宁城身边，有些谨慎的盯着巴蒙。

“霁师妹，这位是巴蒙道友，我要和他合作去做一些事情，你先去真灵世界稳固修为。”宁城没有解释阴冥界的事情。

“好。”燕霁没有问任何话，直接进入了宁城的真灵世界。她刚刚晋级永恒境，的确需要稳固修为。

……

如果不是巴蒙带宁城过来，宁城恐怕自己在太素海找一万年也找不到这个地方。

巴蒙就住在太素海的深处，而且这里还是神灵气非常匮乏的地方。这个地方除了一些海妖之外，估计是没有人来的。修为低下的修士，不敢来这里。修为高的圣帝，岂会在意这样一个神灵气匮乏的地方？

跟着巴蒙进入一个天然的隐匿阵法，再穿过两道天然屏蔽阵法和一道人为的防御阵法后，宁城暗自感叹。这种天然阵法，就算是超越了高级神阵师的阵道强者来，也无法布置出来。在这种地方来一百次，也只能擦肩而过。

想到他之前闭关的隐匿传送阵，还有这里的天然隐匿阵法，宁城只能感叹太素海神秘的东西实在是太多。

“巴蒙道友，这里倒是一个好地方，可惜的是，这里的神灵气实在太稀薄了些……”

宁城的话还没说完，就张大嘴巴不敢相信的看着四周。

因为他说完这句话的时候，已经是跨进了防御阵，同一时间，他感受到了浓郁的无法形容的神灵气。

如果仅仅是浓郁，宁城还真的不在意。他也算是见过世面的人，更让他震惊的是，在这浓郁的神灵气息中，有完整的天地规则。也就是不修炼，坐在这个地方，修为也会不断提升。

“好地方。”宁城惊叹一声，他有些明白为什么巴蒙之前敢说要让他短时间内晋级到速度后期了。

巴蒙嘿嘿一笑，“这个地方也是我偶尔才找到的，你先跟我再去一个地方。”

宁城跟着巴蒙后面越走，感觉到周围的神灵气越浓郁，规则也愈发清晰。宁城心里暗道，看样子他有机缘，别人一样有机缘啊。

半柱香后，巴蒙打出几道手印，将宁城带到了一个白雾缭绕的巨大水池边。

宁城一看到这个水池，就知道外面所有的神灵气，都是从这里溢出去的。这里不是神灵气了，而是浓郁的规则神灵雾，蕴含着强大的规则气息。

巴蒙指着这雾气缭绕的水池说道，“这个地方是太素洗龙池，是太素海五池之首。沉鱼宫的沉鱼冰池和这个洗龙池比起来，连毛都不算。

当初太素海规则齐全的时候，五爪神龙一族就在这里。听说一旦有五爪神龙出世，就会在这洗龙池中洗百年。在洗龙池出来的五爪神龙，更是强悍。所以五爪神龙一族一直很强大。可惜的是，再强大，也挡不住岁月的淘汰。”

……

第一千零一十二章 洗龙池的好处

好地方啊，宁城惊叹的看着这个洗龙池，恨不得立即去修炼几个月。如果在这里修炼，短时间内到塑道后期并不是不可能啊，而且不但不损害任何根基，还对自己的根基和潜力有极大的好处。

“巴蒙兄，你将我带到这里来，该不会是要……”宁城不解的指着太素洗龙池，心里还不敢相信。如果巴蒙不是让他来这里修炼，为什么要带他到这里来？如果这里是他的，他可不会将这里随便借给别人修炼。

巴蒙神情变得凝重起来，很是认真的看着宁城说道，“宁道友，在太素界雷属性的修士极少，能够证道的更是少之又少。有几个强大的雷属性圣帝，又是出身大宗门，根本不是我这种散修可以请的动的。我能遇见你，真的很幸运。我儿子只有一个，我既然想你真心帮我，我就先真心帮你。我相信我的眼睛不瞎，不会看错人。”

说完他叹了口气，指着太素洗龙池说道，“这个地方我守护数千年了，这数千年里，我的修为也是直线上升，现在都是半步道元。可惜洗龙池对我现在来说，作用非常有限了。等我救回我儿巴骆后，我会继续留在这里几十年，几十年后，我将带着巴骆离开这里。如果你有兴趣，这个太素洗龙池就留给你了。”

宁城明白过来，巴蒙将他带到这里来根本就不怕他起心，先不说自己的修为才塑道，巴蒙实力远强于他。当然，这个远强于他，应该是巴蒙自己的认为。一般的人，就冲着巴蒙会离开这个地方，也不舍得将这里告诉给别人。还有一点，那就是如巴蒙说的，要让他真心实意的帮忙。

“多谢巴蒙道友，就算是没有太素洗龙池，这个忙我也帮定了。我现在就在这里修炼，巴蒙道友去准备，什么时候走，告诉我一声就行。”宁城在知道这些原委后，干脆利落的同意了巴蒙的要求。

虽然知道宁城会同意，在宁城给出肯定答案后，巴蒙还是欣喜的说道，“既然如此，那宁道友你就在这里修炼，我还要去找两个朋友。这次我们一共四个人进入太素阴冥界，你的那个师妹修为稍低，如果你的小世界规则一般的话，你可以让你的师妹留在我的府中。”

“巴蒙道友自管去找人，我就在这里修炼，我师妹会跟随我一起去。”宁城直接拒绝了。无论这里有多好，他人都不在这里，怎么敢将燕霁留在这里？

巴蒙也只是提醒宁城一声，宁城拒绝了，他自然不会不知趣的继续说这件事。

巴蒙离开后，宁城毫不客气的跳下洗龙池开始修炼。这种好机会如果错过了，那是活该不能提升修为。

宁城的玄黄无相对外界的资源要求本来就是极高，洗龙池的神灵气不但毫无杂质，还有浓郁的天地规则。在玄黄本源的配合下，宁城感受到了一种从未有过的畅意。

当初他在域外神泉修炼的时候，曾经以为那里是最佳的修炼场所了。现在比较起来，域外神泉跟洗龙池提鞋都不配。

无穷无尽的纯净规则神灵元气被宁城卷走，而更多的神灵元气再次疯狂涌来。

如果巴蒙在这里，肯定会惊掉下巴。他修炼的动静已经够大了，宁城修炼的动静比他的动静强几十倍都不止。

坐在洗龙池中，宁城就感觉到自己的整个肉身都渐渐淡去，存在的只有他的元神。这种精神上没有肉身的阻碍，修炼的吸收效果更是直线狂飙。

洗龙池中的纯净气息，不断冲刷着宁城的身体，宁城本来就没有什么杂质的身体更是被冲刷的一尘不染。

修为气息不断的在上涨，再上涨……汩汩神元犹如奔腾江河在宁城身周环绕，一枚枚空城渡识丹也在这个时候被宁城吞下，宁城的识海和神元持续增加。

时间在流逝，宁城连自己的肉身都感受不到了，更是感受不到时间的流逝。

从塑道中期到塑道后期，对大部分人来说，再多的修炼资源，恐怕也要数百年往上。哪怕资质再好，资源再强，也要几十甚至上百年。而他仅仅几个月时间，就跨进了塑道后期。由此可见在玄黄无相下，玄黄本源气息和洗龙池结合的强大。

进入塑道后期后，因为对归一道的感悟阻碍，宁城的修为速度终于慢了下来。宁城知道，这除了他对大道理解的阻碍，还有就是玄黄本源和洗龙池结合的特效过去，开始进入平缓期。哪怕是平缓期，修为的进步也比用神晶修炼强悍。

体内不断的咔咔声音传来，宁城差点呻吟出声，这种修炼实在是除了痛快还是痛快。

也不知道过了多久，宁城突兀觉察到体内的骨骼再次开始重组，焕发出一种新的规则气息。

玄黄炼体诀也自动开始运行，开始修正……宁城震惊的差点从洗龙池中站了起来，他的炼体功法到了星空体圆满后，因为没有后继功法，彻底止住了。这是要修正他的炼体功法啊？

此时宁城哪里还顾得上自己修为的不断提升，整个人的精神注意力都放在了炼体功法的修正上。

一道道新的炼体规则被宁城扑捉到，此刻他终于明白了洗龙池的来由和目的。洗龙池真正的意义根本就不在修炼，而是在淬炼身体。

难怪传说中的五爪神龙强悍之极，肉身更是可以破界裂空，原来还有洗龙池的功劳。

随着宁城的炼体功法不断完善，宁城的炼体修为从星空体圆满来到了星空体后期，再来到了星空体中期……宁城没有感觉错误，他的炼体实力的确是越来越下降，而他的身体强度却是越来越强大。

这是说他之前的炼体功法根本就是垃圾，之所以垃圾，是根据他肉身的骨骼匹配的，不是因为玄黄无相垃圾。

现在他在洗龙池中洗涤了肉身和骨骼，甚至连经脉都被洗了一番，他的身体强度更是增强。只有新的炼体功法才能适合他，也正因为如此，随着洗龙池不断的炼体，他的炼体等级反而下降。

“咔嚓……”就好像一个模具定型了一般，宁城的全身骨骼在发出最后一声咔嚓后，彻底的固定下来，而此时宁城的炼体等级下降到了星空体初期。

这个时候，宁城毫无顾忌的运转新的炼体功法。肉身强度再次增强，星空体中期，后期……尽管没有回到星空体圆满，宁城却心满意足。只要他继续寻找炼体的地方，他的肉身将超越星空体。原本对星空体之后的炼体等级，宁城没有任何概念，现在他却很清楚的知道，超越了星空体将是神体。

这可真是一个好地方啊，可惜燕霁现在的实力太低了些，还无法在这里修炼。将来一定要带燕霁来这里修炼一番，最好将若兰和洛妃也带来修炼。

宁城神清气爽的想到这里的时候，就收到了巴蒙的讯息，巴蒙让他去百万里外的一个小岛汇合。洗龙池这个地方是巴蒙的秘密，他既然打算将洗龙池送给宁城，自然就不能再将别人带进来。

尽管很是不舍，宁城还是飞身离开了洗龙池。收拾了一下，离开了这个洗龙池。

……

百万里的距离，对宁城来说，实在要不了多少时间。

宁城还没有到巴蒙说的小岛上，神识就扫到了巴蒙带着一男一女正在礁岛上说话。

巴蒙看见宁城落在岛上，心里暗自震惊。他出去才短短的大半年时间，宁城的实力就从塑道中期晋级到了塑道后期。可见宁城在修炼资质上，远比他强。

“宁道友，这两位是太素海的绿娘子计麦桃和丘元羿道友。”巴蒙笑吟吟的将这一男一女向宁城介绍。

介绍完后，又向这两人说道，“他就是我和你们提起的宁城，主修雷属性。”

宁城告诉过巴蒙，他主修的不是雷属性，不过巴蒙这样介绍，宁城也没有解释。

丘元羿一头黑发，化道后期修为，整个人飘逸脱俗，只是眼神有些飘忽。绿娘子计麦桃身形娇小，曲线傲然惹火，浑身上下都带着一种媚惑气息。看见宁城的目光扫过来，还特意的对宁城做了个诱人的眼神。

宁城叹了口气，他终于明白什么是土鸡和凤凰的区别了。柳芳琳的媚色完全是天成，根本就不用去做作就能吸引人。而这个绿娘子全身上下除了做作，还是做作。巴蒙交的朋友，倒是各有特色。

“绿娘子，平时你的眼睛都长在额头，今天怎么对一个塑道如此急色了？”丘元羿呵呵一笑，看着绿娘子说道。

绿娘子白了他一眼，依然看着宁城说道，“我觉得这位宁道友很有眼缘，想要和他多接触接触，怎么？不行吗？”

说完，又主动对宁城说道，“现在雷属性的强者可不多了，到了阴冥界雷系攻击可是最重要的，我们都要依靠你呢。”

在绿娘子看见自己，她眼里就冒出了一丝热切光芒的时候，宁城就猜测这个绿娘子恐怕认出他就是道元丹圣宁城了。宁城并不在意，绿娘子也不过是一个化道圆满而已。如果她要自己帮忙炼丹，只要条件可以，他也可以帮忙。若是想打他的主意，那就只怪这个女人招子不亮。

巴蒙哈哈一笑，“既然大家都到齐了，我们商量一下，然后准备出发。”

……

第一千零一十三章 踏足阴冥

四人中巴蒙是发起人，他拥有一枚顶级的九幽破界符。只有他能打开阴冥界通道，并且进去，他的主要目的自然是为了救他儿子巴骆。

丘元羿和绿娘子应该是想要去阴冥界寻找一样东西，至于寻找什么东西两人都没有说，宁城也不知道。

哪怕阴冥界规则破碎，想要进入阴冥界也不是那么容易的事情。破开阴冥界除了需要九幽破界符之外，还需要有天地规则之力的雷弧攻击。宁城是塑道圣帝，雷弧攻击自然带着规则之力。

巴蒙之所以找到丘元羿和绿娘子两人，是因为进入幽冥界，仅仅有九幽破界符和雷弧还不行，还需要几名化道级别的强者齐力才行。宁城只有塑道修为，如果宁城是化道圣帝，那巴蒙只要再找一个人来这就可以了。

宁城的作用除了配合九幽破界符进入太素阴冥界之外，还要在巴蒙找到巴骆魂魄后，在第一时间帮忙清楚魂魄中的阴晦气。

魂魄长时间在破碎的阴冥界中，会蒙上一层阴冥晦气，这种晦气如果不及时清除掉，哪怕是巴骆苏醒了，也会浑浑噩噩。最好的情况下，也会修炼资质下降。

……

巴蒙带路，绿娘子一路上不断挑逗宁城。只是宁城除了嗯啊之外，就再没有别的表示。绿娘子看见宁城对她似乎兴趣不大，也知趣的闭上了嘴。

几人离开太素海，又经过了数天的急遁，最后停在了一处几乎没有什么神灵气的荒芜之地。

宁城一到这里，就感受到了浓郁的阴气。这片荒芜之地到处都是白森森的骨骼，荒芜之地的深处，还有一些低级的阴魂在嚎叫。

“这里就是太素阴冥界的入口？”宁城疑惑的问道。

巴蒙摇了摇头，“太素阴冥界的入口在哪里，除了一些混元强者，恐怕很少有人知道。这个地方阴气最重，应该是最容易激发九幽破界符的位置。而且这里没有人来，不会有人打搅。”

“红发，动手吧。”丘元羿见宁城连这个都不知道，心里有些鄙视。这个道理，连一般的普通修士都知道，宁城好歹也是一个塑道后期圣帝。

“好……”巴蒙说完，抬手挥出一堆又一堆的神晶，在这周围布置聚灵阵。

丘元羿和绿娘子也在旁边帮忙，宁城见这几人的阵道水平都很是一般，连最差的低级神阵师都不到。

他也没有打算出手帮忙，一个普通的聚灵阵而已。这个聚灵阵仅仅是为了帮助九幽破界符更好的激发，实在不需要他再动手。

半天后，巴蒙停了下来说道，“现在我要祭出九幽破界符，一旦我的九幽破界符祭出后，就会有无数的阴魂扑过来。这些阴魂力量很是微弱，但就怕多，一旦多了，九幽破界符会功亏一篑。

宁道友，你看见这些阴魂扑向九幽破界符后，立即就祭出雷弧帮助。丘元羿和绿娘子和我一起出力，在九幽破界符的帮助下，撕开界面。”

没有人提出异议，巴蒙取出一块巴掌大小的漆黑符箓。符箓一拿出来，一道道强大的规则之力就被宁城扑捉到。宁城心里暗自惊叹，这种符箓，也不知道是什么人才可以炼制的出来。

他没有见过什么强大的制符强者，唯一听到过的制符强者就是苍蔚口中的符烈。

九幽破界符在巴蒙的手中被激发开，化成了一道道漆黑的天地规则力量轰在了虚空处。这些规则力量并不扩散，在轰出去后就越来越凝聚。越到后面，规则气息越来越恐怖。

“轰……”这些规则气息终于爆发，直接在虚空之中撕裂出一道漆黑的裂口。

无穷无尽的魂魄影子，从这漆黑的裂口冲出，无一例外的冲向了九幽破界符。

宁城知道到他动手了，他毫不犹豫的祭出一道道雷弧轰了出去。宁城并不是主修雷弧，他的雷弧攻击力量不强。不过再不强，宁城也是一个塑道圣帝，这些雷弧依然带着一些天地规则。

“轰轰轰……”雷弧纵横之下，那些蜂拥冲向九幽破界符的阴魂很快就化成飞灰，更多的阴魂感受到了雷源的气息，纷纷惊恐的逃了回去。

宁城暗想，面对这种阴魂，如果他不用雷弧，改用七桥神通，肯定更是有效果。

“动手……”巴蒙一声嘶吼，双手早已聚集了无穷的神元力量，向那裂口撕去。

同时一间，丘元羿和绿娘子也动手撕过去。

一条幽长的通道，终于在几人合力之下出现。巴蒙第一个冲了进去，宁城也跟着冲了进去，同时问道，“巴道友，等我们完事后，怎么出来？”

巴蒙无奈的说道，“九幽破界符是成对的，一进一出，否则谁敢购买这个？”

跟在后面的绿娘子呵呵一笑，传音给宁城说道，“宁丹圣炼丹如此厉害，竟然对符篆懂的这么少，空的时候去我的洞府，我慢慢教给你。”

这女人果然知道自己的底细，宁城并没有回答绿娘子的话。

幽长的通道似乎没有止境，周围除了无数的阴魂之外，还有无穷的阴罡规则之力，好在这种力量对几人的影响很小。

见宁城不说话，绿娘子特意加快了速度，遁到宁城身边再次传音，“那柳芳琳虽然是媚体，我却修炼的是媚功，若是单论那个功夫，我不会比她差的，你如果不信试试看就知道了。”

对绿娘子又开始挑逗，宁城实在是烦不胜烦，他无奈的说道，“绿娘子如果要找我帮忙，大家明码标价，就和虚星宗一般。若是做别的，抱歉，我没有那个兴趣。”

“好，我等的就是你这句话。”绿娘子呵呵一笑，“等出去后，我必定会拿出让你满意的报酬来。”

“嘭……”巴蒙脚落实地的声音传来，宁城几人也跟着落在了地上。

周围一片的灰色砂砾，没有半分生机，也没有半点神灵气。除了一些毫无灵性的魂魄不断的在周围飘走之外，就连一个能够自主的元神众人都是看不见。这里没有水，没有天空，没有生灵。整个世界只有一种单调的灰色，偶尔看见一点灰白或者是灰黑色。

“这里就是阴冥界？”宁城说话间，神识扫了出去。

在这里他的神识畅通无阻，可惜的是，他的神识扫到再远，看见的景象也都是一摸一样。

巴蒙沉声说道，“这里只能说是太素阴冥界的最外围，还没有进入太素阴冥界。以我们的修为，哪怕是太素阴冥界规则破碎，也无法进去。只要一进去，就会被压制住，轻者直接被传送走，重者直接压为魂魄。”

“那我们怎么找魂魄？”宁城疑惑的问道。

巴蒙没有回答，此时丘元羿和绿娘子却抱拳说道，“红发，我们先走了。一个月后，我们还在这里相聚。”

“好。”巴蒙抱拳送走这两人后，这才对宁城说道，“他们是进来寻找六阴果的，这种道果对证道道元非常重要。不过以他们的修为，想要在这里找到六阴果……”

巴蒙后面的话没有说下去，只是摇了摇头。显然巴蒙认为，这两个人在这里根本就找不到六阴果。

六阴果宁城知道，当初他为银龙族的宫化玉炼制了一炉六阴魂魄丹，就用了六阴果，而且现在他的身上还有两枚六阴魂魄丹。因为巴蒙打算将洗龙池送给他，他还准备一旦巴骆无法找到魂魄，他就送一枚六阴魂魄丹给巴蒙的。

“走，我们去招魂。真正的阴冥界我们的修为是进不去的，不过我们可以在阴冥界的边缘招魂。只要我儿的魂魄还在，他就可以感受到自己的肉身。”巴蒙说完，先一步往前遁去。

宁城跟在巴蒙身后，两人足足行走了数天时间，这才停在了一条若隐若现的石拱桥之前。

“第一奈何桥？”宁城失声叫了出来，这石拱桥带着惨白颜色，不是奈何桥又是什么？

巴蒙摇头说道，“这不是奈何桥，而是魂魄通往阴冥界的桥，叫过魂桥。你说的第一奈何桥，那是七桥神通中的第一桥，和这毫无关系。人陨落后，魂魄只要能来阴冥界，就会不由自主的靠近这条桥。只有通过了这条桥的魂魄，才有机会进入轮回通道。之前我们看见的那些魂魄，都是没有机会轮回的魂魄。”

说完，巴蒙再次小心的往前靠近了一些，这才说道，“这种过魂桥在太素阴冥界看见的有千千万万，但实际上只有一条。我们修为有限，只能在过魂桥外面。千万不能过桥，一旦过桥，很有可能会陨落在这里。”

巴蒙解释给宁城听了后，抬手挥出一个冰玉石床。石床上躺着一个年轻健壮的男子，和巴蒙一样，也是一头红发。

“这就是我儿巴骆，他的肉身在这里，只要他的魂魄还有一丝存在，就会主动过来。到时候就需要你的帮忙了，只要他的魂魄一过来，你就记得用雷弧洗去他魂魄身周蒙住的阴冥晦气。”巴蒙诚恳的看着宁城。

尽管还没有踏上过魂桥，宁城已经感受到了强大的规则推力。他一边在抵抗这种规则推力，一边在感受着这种阴冥规则。听到巴蒙的话后，宁城连忙说道，“这当然没有问题，巴蒙道友你放心好了。”

……

第一千零一十四章 完善七桥

一具没有阴魂的肉身出现在过魂桥头，无穷无尽的阴魂都蜂拥而来。这些魂魄完全是凭借本能，它们可以感受到这具身体，想要占去。

只是这些阴魂无一例外的被巴蒙干掉，看见宁城并没有动作，巴蒙一边说道，“你也可以和我一样做，只要你朋友的神魂还在阴冥界，就有五成机会救得。”

宁城点点头，抬手送出了犹如沉睡了的蕈菡瑞。

“她服用过六阴魂魄丹？”巴蒙看见蕈菡瑞后，不敢相信的盯着宁城。

宁城点点头，“是啊，我给了一枚六阴魂魄丹给她服用，但是一直没有醒来。”

“那你赶紧收回，六阴魂魄丹就好像轮回一般，只要她的肉身还在，服用了六阴魂魄丹后，她就有可能完整的醒来，甚至不会损害任何记忆和修为。若是她的魂魄在恢复的时候，你将她放在这里招魂反而不好。如果你担心她醒来的慢，可以将她放在陨落的地方恢复。”巴蒙心里震惊宁城连六阴魂魄丹都可以弄到，嘴里还是详细的解释了一番。

“为什么不好？”宁城不解。

巴蒙正想回答，忽然过魂桥上的阴魂暴乱起来，原本蜂拥过来的阴魂就好像被炮竹炸过一般，四处奔逃，甚至还发出一阵阵的刺耳尖锐鸣叫。

“那里面有我儿巴骆……”巴蒙一声撕叫，收起巴骆的肉身就冲向了过魂桥，之前他和宁城叮嘱的，不要去过魂桥的事情早已忘记。

宁城赶紧将蕈菡瑞收起，他也看见了依稀和巴骆相像的阴魂，只是这阴魂被众多的阴魂冲击，最后几乎都要溃散开来。

宁城才刚刚反应过来，巴蒙就被过魂桥上无穷无尽的阴魂卷没，宁城的神识也只能在这无尽的魂魄当中勉强看见巴蒙的影子。

巴蒙危险了，宁城刚刚想到这里，就看见一张巨大的黑口卷了过来。桥上的阴魂顿时少了一半，不过片刻时间，这少去的阴魂就被更多的阴魂填满。

宁城吸了口气，他不知道这巨口是什么东西，他想到了葬影恶魔。如果巴蒙被这巨口吞下的话，巴蒙死定了。

无论如何巴蒙对他还是有恩情的，如果不是巴蒙，他的修为绝无法在短时间内晋级到塑道后期，再说现在大家还在组队中。看见巴蒙陷入险地，宁城毫不犹豫的冲上了过魂桥。

他清楚巴蒙为什么无法反抗，巴蒙自己就说过，到了过魂桥修为会被压制的很厉害。巴蒙没有被碾压成为碎渣，或者是被传送走，已经是很幸运了。

“第一奈何桥……”落在过魂桥上，在巨大的规则碾压轰来的时候，宁城祭出了第一奈何桥。这次他连七桥界书都没有祭出，在这个地方谁知道会发生什么？万一出了点什么事情，他的七桥界书丢失了，那才叫郁闷。

第一奈何桥一祭出，无穷无尽的阴魂就好像找到了组织一般，疯狂的涌往第一奈何桥，狂暴的阴风也卷向了第一奈何桥，和第一奈何桥本来的阴风血河混合在一起。

第一奈何桥吞噬了无尽的阴风和阴魂后，不见削弱，更是增强。宁城心里忽然涌起一种冲动，如果在阴冥界凝练七桥神通，他会用多久？这里比葬影蓝沙似乎更好。

一旦他的七桥神通凝聚成功，再杀丁四那种化道，也许他连五色裂星箭都不用祭出。

“咔……”不等宁城意淫完毕，那磅礴的规则气息就轰在宁城的身上，哪怕宁城是一个炼体者，也感受到了自己的骨骼开始断裂。

此时宁城顾不得再想其余，抓起在桥头挣扎的巴蒙，疯狂后退。

一离开过魂桥，那种强大的规则压制就瞬间减弱。巴蒙的实力恢复，他落在地上呆呆的看着宁城，“你塑道修为，竟然从过魂桥上安然退出，还救了我？你刚才的那个神通，难道就是七桥中的第一奈何桥？”

宁城点点头，他心里在想着如果在过魂桥上完善七桥神通，有多大的可行性，还有就是有多大的危险。

巴蒙显然没有更进一步了解的意思，他仅仅问了宁城一句后，就木然的看着过魂桥，嘴里喃喃说道，“没用了，如此强大的魂修在这里，巴骆的魂魄早已消散，哪怕再次凝聚出来，也没有了神智。”

“魂修？”宁城皱眉问了一句。

巴蒙没有回答宁城的话，他足足沉默了几分钟，这才回过神来对宁城说道，“是的，魂修。阴冥界规则完善的时候，这些魂修一旦到一定的程度不去轮回，就会被规则挤压成虚无。现在阴冥界规则破碎，强大的魂修越来越多，刚才我们看见的那个就是。它们吞噬阴魂成长，越到后面神智就越低，而实力却越大。”

看着巴蒙失魂落魄的样子，宁城取出一个玉瓶递给巴蒙说道，“巴蒙道友，承蒙你将洗龙池送给我，这枚丹药就作为回报送你吧。”

巴蒙下意识的接过玉瓶，当他的玉瓶到手中后才反应过来，甚至连玉瓶都没有打开，就将玉瓶还给宁城，“宁道友，多谢你了。我现在要丹药也没有什么用处，我巴蒙在太素海边缘纵横这么多年，虽然失去了儿子，也不至于就此被打击到。”

宁城微微一笑，“巴蒙道友，我知道。我建议你还是打开玉瓶看看，如果真对你没有用处，你再还给我。”

巴蒙疑惑的打开玉瓶，随即就更是震惊的叫道，“这是六阴魂魄丹，还是特等？你怎么会有这种……对了，你朋友也服用了六阴魂魄丹。”

巴蒙双手攥紧玉瓶，心里早已被狂喜翻动，连说话都有些语无伦次起来。

“这丹药对你有用吗？”尽管巴蒙不将洗龙池送给他，也是丢在哪里，宁城心里依然很感激。等这边事毕，他有把握通过洗龙池再进一步。

巴蒙躬身对宁城一礼，“宁道友，你刚才救了我一命，现在又救了我儿一命，这大恩，我巴蒙实在不知道怎么报答。”

宁城拍了拍巴蒙的肩膀，“你将洗龙池送给我，这比一枚六阴魂魄丹贵重太多了。”

巴蒙有些尴尬的说道，“宁道友，你知道，那洗龙池就算是我不送给你，我也不能带走。”

“但是我承你情了。”宁城慎重的说道。

“好。”巴蒙小心的将六阴魂魄丹收起，取出一枚神念玉简递给宁城，“宁道友，将来有需要我巴蒙帮忙的地方，无论我在什么地方，我都不会推辞。还有，这次我们出去后，我不会再回洗龙池了，那个地方以后就属于你。”

宁城很是满意，距离五界丹比还有一年多时间，有洗龙池的帮助，也许他的修为还能再进一步。

“宁道友，我们离开这里吧，过魂桥前还是有些危险的，我们的实力还太低了些。”巴蒙此时早已原地满血复活，心情也变得开朗起来。

宁城笑了笑，“巴蒙道友，你先离开，在破界的地方等我几天。我的第一桥在这里可以完善一下，等我完善后，马上就来。”

巴蒙见识过宁城的第一桥，他点点头，“那你要小心点，在过魂桥前端可以，千万不要进去。”

……

目送巴蒙离开后，宁城再次小心的踏上了过魂桥。第一次他是为了救巴蒙，这次他是为了完善七桥神通。

一踏上过魂桥，恐怖的规则力量就轰了过来。宁城早有准备，他在祭出第一奈何桥的同时，就疯狂的开始运转炼体功法。

可怕的阴冥规则碾压下来，在宁城的功法运转下，瞬间转化为他的身体强度。宁城很快就惊喜的发现，用这种规则碾压来炼体，比在火山或者是雷劫之下炼体效果更好。

果然是无形力量比物理效果更好，宁城心里干脆将那种直截了当的火焰雷劫炼体当成了物理炼体。

宁城还没有来得及仔细品味这种喜悦，无穷无尽的阴魂就疯狂扑来。

“第一奈何桥起！”宁城来这里不是为了炼体的，他是为了完善七桥神通的。

在这些阴魂蜂拥进入第一奈何桥的时候，第二望乡桥，第三忘川桥，第四黄泉桥纷纷被宁城祭出。

前面三桥都已经越来越凝实，第四黄泉桥也在这无尽的阴魂和阴气轰入后，也迅疾无比的凝实起来。不但如此，宁城还发现阴冥界的天地规则，对他的七桥一样有凝实作用。

同样凝实七桥神通，这个地方因为有了阴冥界的规则，比葬影蓝沙不知道好了多少倍。

在四桥道韵之下，宁城的压力越来越小。

这可不行，他来这里除了完善七桥之外，有规则炼体何乐而不为？宁城特意再次前进了几步。

一道尖细的锋芒无声无息的刺入宁城的识海中，宁城的识海一顿，下一刻宁城就知道不好，他中了暗算。

“轰……咔咔……”

宁城刚刚觉察到他中了暗算，第一奈何桥就被一道阴冷到极点的规则力量轰碎，压向他身体的规则力量也在这一刻突兀增强。

“咔嚓、咔嚓……”哪怕宁城再小心，他的骨骼也是寸寸断裂，一道血箭直接喷出。

……

第一千零一十五章 强大第四桥

这是那个魂修。在识海被阴魂刺偷袭了一下，第一奈何桥破开的时候，宁城就知道了是什么原因。就是巴蒙说的那个魂修，之前他进入过魂桥没有看见那个魂修，还以为那魂修不会出现在过魂桥的这边，没想到这魂修智力还这么高，知道躲在一边偷袭。

果然，宁城识海中的无极青雷城刚刚挡住那一道阴魂刺，一道影子就扑向了宁城。

没有法术神通，只有一个扑向宁城的动作而已。仅仅是一个扑来的动作，就让宁城喘不过气来。不是威压厉害，而是这道影子带来的规则压力。宁城心里震撼不已，这魂修对阴冥界规则的运用让他惊骇。

如果他能够和这影子一般运用规则压迫对手，他哪里还需要掌控什么神通？直接一通规则过去就行了。

第一奈何桥被轰碎，第二望乡桥被束缚，好在他的第三忘川桥还没有被压制住。

“第三忘川桥……”宁城直接卷动第三忘川桥。

‘忘川桥上路遥迢，来时忘川去时灰。’灰蒙蒙的雾桥卷起漫密的忘川道韵，道韵滚滚而上，直接将这扑过来的魂修卷在桥头。

忘川桥还没有凝实，这魂修被困在忘川桥头仅仅是顿滞了片刻，就疯狂的挣扎起来。

本来就还没有完全凝实的忘川桥开始晃动，雾气般的忘川浓雾也慢慢稀薄。

宁城趁着这片刻时间，驱出了识海中的阴魂刺。在这魂修还没有完全冲出忘川桥的时候，他直接卷动了第四黄泉桥。

黄泉桥宁城仅仅只有一个更是模糊的轮廓而已，不过宁城认为他想要干掉这个魂修，不动用黄泉桥恐怕很难。

在阴冥界动用黄泉桥有一个好处，那就是可以借助这里的狂暴阴气和阴冥界的天地规则。否则，他的黄泉桥甚至都无法祭出。

阴冥界的规则很快被黄泉桥吸收，翻滚的阴风气息也在宁城的有意驱动下，卷入黄泉桥。

黄泉桥在这瞬间被架起，一条黄色的翻滚大河也从模糊到清晰，这条黄色翻滚大河慢慢的将黄泉桥缠绕住。黄泉桥的青色桥身也在此时慢慢显露，一道又一道的黄泉道韵在桥身和黄色的大河周围环绕不休。

哪怕黄泉桥是宁城祭出来的，现在宁城也无法掌控住。这桥的规则力量不是他的神通法则，也不是七桥界书，而是借助了阴冥界的天地规则。

“轰……”魂修果然挣脱了宁城还没有完善的第三忘川桥，还没等这魂修恢复过来，就被第四黄泉桥笼罩住。

“黄泉茫茫无善恶，魂化尘，神失落……”

滚滚黄泉道韵和缠住黄泉桥的黄色大河，在这一刻完全咆哮起来。那冲进黄泉桥的魂修几乎是没有任何能力反抗，就直接被这恐怖的狂暴道韵卷走，消失在咆哮的黄色长河上。

瘫坐在地的宁城呆呆的看着悬浮在上空依然在咆哮翻滚的黄泉桥，心里一阵阵的发冷。

那魂修的可怕宁城亲眼看见的，他的第三桥忘川桥都无法挡住。没想到在这魂修冲进黄泉桥后，眨眼时间就被黄泉桥干掉。

黄泉桥这么厉害？如果他真的感受到黄泉桥这么厉害，那也就罢了。关键是宁城发现，现在连他自己都无法掌控黄泉桥。

在吞噬了一个强大的魂修后，黄泉桥的青色桥身更是清晰，而缠绕在黄泉桥上的黄色大河翻滚气势更为磅礴。

一道道道韵气息，和一道道规则力量旋绕在一起，犹如决堤咆哮的洪水。无论多少阴魂，无论多少阴风，都统统被黄泉桥卷走。

宁城心里发冷，是因为他掌控不了自己的神通。此时的黄泉桥不是他的实力祭出凝聚的，而是阴冥界的天地规则和阴冥界无穷无尽的阴魂和阴气。

好在大部分的规则力量被黄泉桥卷走，宁城的压力大减，强忍着吞下了一枚疗伤丹药。绝对不能让黄泉桥失控，他之所以可以祭出黄泉桥是借助了七桥界书，一旦黄泉桥失控，七桥界书说不定会消失不见，就连他的小命估计也难保。

在黄泉桥的滚滚道韵之下，宁城被规则压裂开的骨骼渐渐恢复。奈何桥、望乡桥和忘川桥被宁城小心慢慢收起，他的全部精力都放在了黄泉桥上。

在吞噬了大量的阴魂和规则后，黄泉桥越来越强大，越来越凝实。宁城一动不动的坐着，神念小心的融入黄泉桥，他要再次将黄泉桥掌控在自己的手中。

阴冥规则终于从黄泉桥上溢出，落在了宁城的身上，开始的规则还算薄弱，到了后面这规则越来越强。

宁城不但要让自己的神念融入黄泉桥，还要将这增强的规则强行转化为自己的炼体实力。

用天地规则的碾压炼体，恐怕也只有宁城能干的出来。

宁城的身体强度越来越强，就算是这样，宁城依然无法挡住这种狂暴增加的天地规则压力。

“咔……”宁城在重新晋级到星空体圆满的时候，他的身体骨骼再次被压成碎片。

炼体在晋级，身体受到的损害反而越来越大，绝对不能这样下去。如果再这样下去，他可能会被压成肉泥。

宁城再也顾不得还没有完全掌控黄泉桥，忽地睁开眼睛，哪怕不要黄泉桥，他也不能这样下去。

当宁城睁开眼睛的时候，顿时呆住了。他根本就不在过魂桥的桥上，而是处于一片灰色的世界当中。

他整个人都坐在黄泉桥上，黄泉桥被巨大的黄色大河缠绕住，慢慢的前往这个灰色的世界深处。

宁城脸色瞬间变得苍白起来，难怪他的身体越来越强大，他受到的压力反而越来越大。他早已离开过魂桥，进入阴冥界深处了。如果不是黄泉桥在他头顶挡住，这种恐怖规则就会干掉他。

“退后，赶紧退后……”宁城疯狂的命令黄泉桥退后。

可是黄泉桥依然如故的慢慢进入阴冥深处。

宁城脸色发青，神识狂卷而出，直接将悬浮在一边的七桥界书抓在手中，手按在第四黄泉桥上，神念就压了过去。

那无法控制的黄泉桥终于被他牵引住，至少没有继续往深处前进。

宁城微微松了口气，暗冥噬神直接将黄泉桥包围住，同时他整个人的心神都落在了黄泉桥上。

黄泉桥不受他控制不是因为别人的缘故，而是他的实力太低，强行祭出了第四黄泉桥，结果黄泉桥借助阴冥界的规则力量超越了他控制的范围。若是宁城不采取控制措施，最后他祭出的黄泉桥将会融入到整个阴冥界消失不见。而他宁城，也只能化作一滩肉泥，最后也消失不见而已。

时间在宁城的这种疯狂争夺控制权中流走，牵引黄泉桥的规则力量一丝丝被宁城磨去，黄泉桥也慢慢在宁城的这种争夺中缓和下来。

那翻滚的黄色大河也渐渐安静，青色的桥身虽然越来越清晰，却越来越柔和，再也不是之前的那种狂暴。

宁城吁了口气，黄泉桥彻底安静的悬浮在他头顶，缠绕在黄泉桥身的黄色大河也不再咆哮翻滚。

阴冥界的规则力量重新被宁城挡住，宁城碎裂的骨骼又慢慢的重组。

星空体圆满，黄泉桥彻底凝实。宁城忽地站起，心里满是喜悦。因为他不知深浅的祭出了第四黄泉桥，结果差点被阴冥界的规则干掉。好在他最后凭借强大的识海和暗冥噬神夺回了黄泉桥，他的炼体也再一次来到了星空体的圆满。

太素洗龙池果然是名不虚传，要不是他在太素洗龙池中洗了一会，宁城还不敢肯定自己是不是能够承受得住这种规则压力。

现在这规则压力还是很强，好歹他在黄泉桥的帮助下，勉强能够存身了。

宁城走下黄泉桥，同时让黄泉桥悬浮在自己的头顶，开始小心的后退。黄泉桥他是不敢收起来的，以他现在这点修为，收起黄泉桥，立即就会被太素阴冥界的强大规则碾压成为渣渣。

至于凝练第五往生桥，宁城想想还是算了，第四黄泉桥都差点让他没有控制住。如果在这里凝聚第五往生桥，恐怕他最后要为他人做嫁衣。为人做嫁衣还是小事，他的小命也会留在太素阴冥界。

宁城算了一下时间，他进入过魂桥后，因为黄泉桥的问题，半个月早就过去。现在估计一个月也过去了，巴蒙肯定以为他陨落在阴冥界了。看样子他要离开阴冥界，还得再想办法。

“六阴果？”宁城刚刚退后了几步，就看见了一株果树。一株只有三尺高的灰色小树上，孤零零的长着三枚灰白色的果子。

宁城炼制过六阴魂魄丹，自然知道这就是六阴果。绿娘子和丘元羿之所以来阴冥界，也就是为了找这种道果。六阴果是道元道果，宁城自然不会客气，直接取出玉盒将三枚六阴果收起。

“咦……”宁城这边刚刚收起六阴果，一个头戴高冠的男子突兀出现在宁城的不远处，惊异的看着宁城，随后目光不敢相信的落在了宁城头顶的第四黄泉桥上。

宁城心里一冷，立即退后几步静静的盯着眼前这个高冠男子。他在这里连自保都困难，如果对方动手，那他死定了。

……

第一千零一十六章 落在虚空

高冠男子的目光从第四黄泉桥上移到了宁城身上，宁城在他眼里看见了一丝忌惮。

忌惮自己？宁城心里很是疑惑，不过他立即就明白了过来。这里是阴冥界，有强大的规则压制，实力低一些的，就会和巴蒙一般，被规则虐的毫无反抗之力。

而现在他看起来很轻松，至少表面看起来很轻松，头顶还有拉风无比的第四黄泉桥，所以对方忌惮他。

想到这里宁城更是平静起来，眼中看不见任何惊慌失措。同时他也开始仔细打量眼前的高冠男子，这人看不出来年龄，头戴一顶绿色高冠，脸色有些发白。

宁城很快就发现了不同，这男子的高冠散发出一阵阵的道韵气息。宁城心里明白过来，这家伙的高冠和他的黄泉桥作用差不多，就是抵消了阴冥界部分的规则压力。

难怪戴着绿帽子还如此淡定，这家伙的这顶绿帽子很不一般啊。

“这是七桥神通中的第四黄泉桥？”高冠男子终于开口说道。

宁城微微一笑，毫不在意的点头，“不错，的确是黄泉桥。”

“黄泉桥凝实到这种程度，实在让我佩服不已。我叫曲沉，还没请教道友如何称呼？”高冠男子甚至向宁城抱了抱拳。

宁城眼里故意露出戒备的神情，并没有回答曲沉的话。既然这家伙忌惮自己，就让他忌惮好了，宁城可不想来一个来将通名。说起来他的名气还真不小，万一这家伙听说过他的名头，那可不是好事。他有七桥神通，而七桥神通谁都想要。

见宁城眼里有些戒备，曲沉也不以为意，继续说道，“道友是否来这里寻找六阴果？”

“没错，我的确是来寻找六阴果的。”这个宁城没有否定，刚才他得到了三枚六阴果对方就看见了，没有否定的必要。

“你实力不错，有没有兴趣和我去阴冥界深处，联手干一笔大的？”曲沉盯着宁城笑吟吟的说道。

曲沉的实力绝对比他要高，一看就知道对他的七桥有觊觎，宁城岂能和曲沉一起组队进入阴冥界深处？他很是干脆的拒绝道，“很是抱歉，我的东西已经找到，我想要离开。可惜的是，我居然找不到出路了，结果在这里转悠了十多年。”

“你在这里十多年了？”曲沉心里倒是一惊，能在阴冥界呆十多年可是非常了不起。这里的规则压力太强了，呆的时间越长就越危险。

宁城深沉无比的点了点头，看他阴沉的脸色，没有人会相信宁城在这里两个月都不到。

曲沉皱着眉头在宁城身上扫了好几遍，这才说道，“你只有第四桥？”

宁城脸色一沉，黄泉桥上的黄色大河再次翻滚起来，一阵阵的道韵在大河上闪动。既然对方忌惮他，他就必须要做出点样子来。

“曲道友似乎对我的黄泉桥很是有兴趣啊。”宁城的声音带着一丝冰寒。

果然在看见宁城的黄泉桥道韵翻滚，曲沉赶紧后退了几步，带着戒备盯着宁城说道，“道友不要误会，我是说如果你有其余几桥的话，可以进入阴冥界深处凝练七桥神通。七桥神通最佳凝练的地方，就是在阴冥界。而且在阴冥界的深处，还有最强大的第七轮回桥。听说要凝练第七轮回桥，必须去阴冥界的这个地方。”

宁城淡声说道，“不用了，我早已凝练完毕。”

虽然表面平静，宁城心里已开始在盘算将来如何去阴冥界凝练第七轮回桥了。他不认为曲沉的这句话也是假的，曲沉没有必要在这方面骗他。

只是现在他绝对不会过去，以他这点修为，一旦进入阴冥界深处，那是自己找死。更重要的是他要尽快离开曲沉，这人太危险。

曲沉听到宁城说早已凝练完七桥，心里更是忌惮。如果在别的地方，他早就出手，但是这里却不能随随便便就试一个拥有黄泉桥的人。哪怕他怀疑宁城的话，也不敢去试。阴冥界的规则太过强大，这种规则下逃起来很是麻烦。一旦他被对方压制住，他不一定能够逃出对方的黄泉桥。

“其实要离开阴冥界很简单，只要在规则弱的地方，放弃一切对规则的法宝抵抗，然后以自身的规则道韵相抗。阴冥界的天地规则会直接将你传送走，当然传送的位置不是很确定。”曲沉似乎为了缓和和宁城之间的气氛，主动说了一个离开阴冥界的方法。

宁城有些疑惑的看着曲沉，他不大确信曲沉是不是在害他，“曲道友，我怎么听朋友说，一旦被阴冥界的规则压制轰走，很有可能被压成碎渣神魂俱灭。怎么曲道友说通过这种办法可以离开阴冥界？”

曲沉哈哈一笑，“你朋友的修为应该不会太高吧？我敢肯定，你朋友在阴冥界根本就站立不起来。以他那种修为，用我的方法自然是找死。你我都是可以在阴冥界随意来去之人，自然可以利用这种规则。只要我们用规则力量反抗，就直接会被这种规则卷走。”

他对宁城更是怀疑，宁城如果实力强大，怎么会有修为如此差的朋友？而且他自己对阴冥界的了解也很浅。

“多谢曲道友，有缘我们再见。”宁城说完，转身就要离去。他不知道刚才人的一番话，让曲沉对他更怀疑。

看见宁城离去，曲沉脸色变幻了好一会，心里越来越犹豫。他不但忌惮宁城可以在这里无事一样行走，更忌惮宁城头顶的第四黄泉桥。七桥神通，在阴冥界的威力更是强大，这一点他心里很清楚。

正因为知道七桥神通的强大和可怕，他才更是想要宁城身上的七桥神通。若是他能拥有七桥神通，那他在阴冥界凝练七桥，将来出去后，他曲沉……况且，眼前这个拥有黄泉桥的修士万一不是很厉害，那他岂不是发了？

想到这里，曲沉的心里愈发热切起来。他忽然向宁城横跨一步，同时双手一张，两道刺眼的粗大雷弧就轰向了宁城。

雷弧轰出，带起一道道的规则波纹，将宁城的周围完全锁住。同一时间，曲沉手腕一翻，一枚符箓就贴在了他的手腕上。一旦宁城的实力的确比他强，他马上就用符箓逃走。一枚符箓很珍贵，再珍贵也不如七桥神通。

尽管宁城想要快点退走，但是他的心神一直在防备着绿帽子曲沉。他肯定自己的实力和曲沉相距的天差地远，曲沉忌惮他，只是被他头顶的黄泉桥吓住了而已。

在曲沉动手的瞬间，宁城就知道糟了，没有吓住。他心里一沉，这家伙果然想要他的七桥神通。让宁城微微松了口气的是，这家伙是雷属性的修士，这两道雷弧的确强大，还无法干掉他。

按照曲沉的想法，他祭出两道试探性的雷弧后，宁城肯定会卷动头顶的奈何桥挡住他的雷弧，然后反攻他。

这个时候他就可以看出宁城的实力到底如何，一旦宁城的实力远比他强，他马上就遁走。若是宁城的实力不比他强多少，他就拼了这一把。

让曲沉失策的是，宁城根本就没有抵挡他的雷弧，而是第一时间收起了第四黄泉桥，任凭那雷弧轰在他的身上。

“咔嚓，咔嚓……”两道雷弧轰在宁城的身上，带起了一阵阵的骨骼断裂声音。

如果有别人在这里看见，或者会以为宁城这是被雷弧轰的。事实上只有宁城知道，那两道雷弧对他的伤害还真有限，他是被这里强大的规则压制的。若不是这种规则，这种雷弧他都可以炼化掉。

“这家伙是纸老虎？”曲沉瞬间就明白过来，脸色顿时气得更白，他毫不犹豫的冲向了宁城。

这一刻他心里充满了后悔，他不应该试探的，应该直接抓住宁城，然后搜魂炼魄。

在黄泉桥被宁城收走，强大的规则压力将宁城骨骼尽数压碎后，宁城周身泛起一道道的空间规则道韵。

正如曲池说的一般，阴冥界恐怖的规则力量将宁城的骨骼尽数压碎，在遇见了宁城的规则道韵后，就直接将宁城卷入虚空中，瞬间消失不见。

“我好恨啊……”曲沉盯着宁城消失的虚空，握紧了拳头，他岂止是恨？

如果一定要他说什么，他肯定会对着那卷走宁城的虚空说，“曾经有一个绝世的机会放在我的面前，我没有去珍惜。如果这个机会再来一次……”

机会不会再来一次了，他恨的不仅仅是这个机会没有珍惜，而是怎么离开阴冥界还是他亲口告诉宁城的。

尽管他知道宁城在进入虚空后，百分之百会被太素阴冥界的规则力量绞杀的粉碎，他心里还是涌起无尽的后悔和失望。

……

“嘭！”一道影子撞击在一艘虚空飞船上，将飞船的禁制撞得一阵阵晃动。

“什么东西？”站在飞船船头的蓝裙少女惊声问道。

在她身边的一名中年男子的神识早已扫了出去，跟着就回答道，“是一名修士，这修士身受重伤，应该是没有自主能力，结果撞在了我们的飞船上。这人的身体还真是强悍，被我们飞船的禁制撞了一下，竟然没有化成碎片。”

“这家伙真是活该，吓了我一跳。”蓝裙少女拍了拍胸口，做出一个惊吓的样子。

坐在船头一直没有动的那名黄裙少女却叹了口气说道，“既然遇见了，就救他一命吧。左忠，你去将那人带到这里来，让我看看。”

“是，小姐。”中年男子连忙一步跨出飞船，只是短短时间，就追上了在虚空中无意识流动的人影，随即他手一带，就抓着这个人影再次落在了虚空飞船的船头。

……

第一千零一十七章 太素界最边缘

“小姐，这人恐怕没救了。他似乎被规则力量伤害，骨骼全部碎裂，元神也没有知觉，陷入了混沌状态，恐怕……”蓝裙少女看着被左忠放在船头的人一边说，还一边摇头。

左忠没有说话，显然他早就看出来了情况。如果不是小姐吩咐，他也不会将这个人带到船上来。被规则力量伤害，可和普通外力伤害完全不同。规则力量伤害后，几乎是无法复原的。也就是说这被他带上来的人，骨骼肯定是没有办法复原的。更何况，元神没有知觉陷入混沌？

最好的情况，也是清醒后变成一个白痴。不对，应该说清醒后变成了一个只有一身碎骨的白痴。

黄裙少女也走了过来，她蹬下身手放在宁城的额头感应了好一会，这才轻叹一声，“的确是被规则力量伤害，左忠你将他带到仓房吧。等船上岸后，给他找一个地方安顿一下。碰见了也算是缘分，我们能帮的也只有这些了。”

“是，小姐。”左忠应了一声，带着被他救回的人离开。

“小姐，这人的识海应该都破碎了，也不知道他去了什么地方，规则这么强大。”蓝裙少女见左忠带着人下去，有些不解的说道。

黄裙少女沉吟片刻后说道，“这一方虚空，古怪的事情太多，我们要谨慎一些。你的修为一直顿滞不前，这次回家后，你要闭关修炼一段时间了。”

见蓝裙少女还要说话，黄裙少女抬手止住了她的话，“沫缘，我也要闭关修炼一段时间，生意就交给我哥吧，由左忠帮忙应该不会有什么问题。”

……

被左忠放在仓房的受伤人自然是宁城，只是此时宁城毫无知觉而已。

仓房，在虚空飞船中属于杂物房，也是飞船禁制的灵源所在地方。

左忠将宁城放在仓房后，立即就走了，他并没有检查宁城的身体。而此时在宁城的识海中，一道道玄黄本源正在冲刷那些渗透进识海的规则气息。

也不知道过了多久，宁城这才睁开眼睛。宁城睁开眼睛的第一件事就是伸展出神识，当他发现自己在一艘虚空飞船的仓房中。这飞船中还有七个名修士的时候，他彻底放下心来。

应该是被这飞船的人救了，他暗自庆幸他在洗龙池重新炼体。否则他被阴冥界那种强大天地规则轰走的时候，就难以幸免了。

在那种规则下，根本就没有任何能力祭出法宝相抗，只能以肉身抵挡。

此时宁城肯定绿帽子对他说谎了，离开阴冥界绝对不能通过规则的挤压离开。哪怕是道元圣帝，只要不是炼体强者，恐怕也会被阴冥界的那种规则挤压陨落。

就算是可以通过这种规则挤压离开，也是道元以上的圣帝才有可能做得。话说回来，混元圣帝或者是合道圣帝，他们离开用的着故意被规则挤压离开吗？

绿帽子果然阴险无比，之前他以为自己的实力很强，所以想通过这种办法干掉自己。这家伙简直是腹黑的不能再腹黑了，明明两人无冤无仇，就算是他通过这种办法干掉了他宁城，绿帽子也得不到自己身上的宝物。这种损人不利己的事情，绿帽子偏偏干出来了。

可惜的是，那绿帽子绝对想不到自己是一个在洗龙池洗涤过身体的炼体者，而且还是星空体圆满。不但如此，他的星空体圆满还是通过阴冥界规则淬炼而成。这些因素结合在一起，让他保住了一条小命。

宁城取出几枚丹药吞下去，无论是他的骨骼碎裂还是他的识海受伤，他都不会害怕。他是星空体的炼体强者，还有空城渡识丹。就算是他的身体是被阴冥界规则伤害，他也可以炼化这些规则，将其转化为身体的强度。

半个月后，宁城就彻底的炼化了伤害他身体的规则，被阴冥规则伤害的识海也彻底恢复。

宁城的神识落在真灵世界中，燕霁还在闭关修炼，丝毫不知道他受伤之事。

宁城微微松了口气，开始凝练自己的神元。这次前往阴冥界虽然差点送命，他的收获也算是不错。

不但将第三忘川桥凝练成功，还凝练了大杀器第四黄泉桥。炼体也再次来到了星空体后期，而且还是加强版的。至于那三枚六阴果，完全是意外之喜。

更重要的是，他知道了太素阴冥界这个地方的存在，第七轮回桥要在阴冥界深处才可以凝练。

现在他的实力还低，等他证道第二步，晋级道元后，他肯定还是会来一趟阴冥界的。

在这仓房凝练了几天神元，宁城这才站起来推开仓房，他准备出去感谢一下对方相救之恩，然后离开这艘虚空飞船。

“咦，你竟然站起来了？不对，你的修为也恢复了，这，这……”一名走过来的蓝裙少女瞪大眼睛盯着宁城，脸上写满了不相信。

宁城抱拳说道，“多谢这位师妹相救。”

宁城不知道这蓝衣少女的年龄，看起来似乎不大，加上对方也只有永恒后期，他索性称为师妹。

蓝衣少女连忙摆了摆手，“不用，不用……”

说了两个不用后，她就冲了出去，宁城在内舱都可以听到她在说自己康复的事情。那惊疑夸张的语气，让宁城怀疑她是不是一个永恒境的星空帝。

“多谢这位师姐和这位大哥的相救之恩。”宁城已经跟着走上来，向黄裙少女抱拳感谢。

“你真的康复了？”黄裙少女也是震撼不已的盯着宁城，被规则力量伤害的肉身不但完全康复，还在这么短的时间内，这简直是不敢想象。

只有那将宁城带回来的中年男子，还在不断的打量宁城，他心里的震惊不比两名少女弱。

宁城只好再说道，“我是因为运气比较好，炼过体，所以这才康复的有些快。”

这黄裙女子容貌清秀，看起来温婉柔和。听了宁城的话后，她虽然没有再问，但是眼里依然带着惊异。

宁城也没有再解释，若不是他先用阴冥界的规则淬炼过身体，他的确是很难这么快恢复。

就在宁城想要提出告辞的时候，那蓝裙少女忽然再惊喜的叫道，“徐大哥来接我们了。”

在蓝裙少女说出这话的时候，宁城几人也都看见了。黄裙少女脸带惊喜的冲到了飞船的最前面，不等远处的飞行法宝过来，就打开了禁制。

宁城见状，只好将告辞的话放在了后面。

飞船的禁制一打开，一道修长的身影就落在了飞船的前端。是一名长发结实的年轻男子，塑道后期修为，看起来实力不弱。

“汐阡，这次辛苦了，下次我陪你一起。”男子语气温和，带着一丝怜惜。

黄裙少女脸色微微一红，那种喜悦依然无法隐藏住，“徐大哥，每次都让你来接我，要耽搁你很多时间。”

男子笑着拍了拍黄裙少女的长发，“汐阡，又说傻话了，我和你之间还有什么耽搁不耽搁的……咦，这位是？”

男子说话间已经看见了站在一边的宁城，有些疑惑的问道。

“我叫宁城，在虚空中受伤，还多谢两位师妹和这位大哥相救。”宁城连忙上前抱拳说道。

他被人相救，自然不会用假名来糊弄人。

“是的，我们的飞船子在途中看见他，当时他受伤很严重还撞到了我们飞船的禁制。小姐让左忠救了他，他自己恢复的很好，这倒是和我们无关了。”蓝裙少女连忙说道。

长发男子听到是被救上来的，也对宁城抱了抱拳说道，“我叫徐言，我们即将到家了。宁道友如果不嫌弃，可以去我苏氏角坐坐。”

“我因为一直在闭关中，真的不知道苏氏角在什么方位。”宁城歉意的说道。他自然看的出来徐言并不是真的要邀请他，而是因为黄裙少女救了他，随口这么客气一句而已。宁城这样说，纯粹是为了打听方位，想要知道他到底被那种规则送到什么地方来了。

在自己说了名字后，徐言等人并没有特别的表情，宁城就知道他们没有听说过自己。这让宁城有些担心，他怕这次从阴冥界出来后，距离太素界太过遥远。

若是还在太素界外围的虚空，那他打听一下方位就走。若是离开了太素界，他只能去一趟苏氏角了，至少他要弄清楚怎么回到太素界。

蓝裙女子的话比较多，不等徐言说话，就插口道，“苏氏角其实也算是太素域，只是在太素域最边缘一带，和那些大的圣城相差太远。”

这蓝裙女子显然将宁城当成太素域来的，事实上她也没有猜错。

宁城听到蓝裙女子的话后，心里微微一松，连忙说道，“那就打扰了。我想要去太素海，不知道从苏氏角过去是否方便？”

徐言听到宁城要去太素海，微微一沉吟就说道，“那恐怕很难，苏氏角虽然在太素域，但是距离太素海还有一年的路程。因为苏氏角在太素界太过偏僻，所以也没有传送阵。宁兄想要去太素海的话，可以先去断矛神城，然后通过断矛神城的飞船去。”

……

第一千零一十八章 苏氏角的熟人

“那就叨唠了。”宁城连忙抱拳感谢了一句，他已经决定先去苏氏角，然后再从苏氏角去断茅神城。

徐言为人很是热情，而且说话也很有分寸，根本就不问宁城为什么受伤，为什么会撞在了虚空飞船上。

宁城也知道了救他一命的是黄裙少女，也是徐言的未婚妻。黄裙少女叫苏汐阡，代表苏氏角在太素界边缘一带做生意。蓝裙少女叫沫缘，一直跟随在苏汐阡身边。那将他从飞船外带回飞船的中年男子叫左忠，育道初期，也是飞船上修为最高的人。

在距离太素界外并不是很远的地方，有一个不小的星球，叫依素星。依素星上基本都是原始山脉和森林，太素界很多修士都在依素星上寻找资源。正因为如此，在依素星形成了几个很大的星城。

很多在太素界边缘的商会、家族，都会选择去依素星做交易。苏氏角就是这样的一个小家族，他们很容易离开太素界进入虚空，同样去依素星也不是很远。

苏汐阡为人和善，在依素星上很多商家都认识她，所以一直是她代表家族去依素星做生意。

……

飞船穿出虚空，进入太素界范围并没有飞行多久，就来到了苏氏角。

苏氏角和宁城想象的差不多，傍山环水，环境倒是非常好。只是这里的神灵气很是一般，而且处于太素界边缘，显然也不是很安稳。很多虚空妖兽冲击界面，都是从边缘开始，很少有从中心地点撕裂虚空进入的。

太素界规则破碎，护界禁制也很是虚弱，甚至连最基本的阻拦效果都没有。

一旦有虚空妖兽进攻，那苏氏角只能往前凭借自己的防御禁制去抵抗。

苏氏角的族长正是苏汐阡的爷爷苏季安，苏季安和苏汐阡一般，为人也很是和善，也极为热情。在知道宁城是被孙女途中救的，对宁城更是热情。不但摆出了众多的神灵果，还请宁城品尝苏氏角的名菜。

太素界的酒菜都蕴含强大的神灵气气息，很多修士都很喜欢上酒楼叫几个菜一壶酒，然后慢慢品尝。这种既可以提升修为，又自得其乐的方式非常受欢迎。

只是宁城在进入太素墟后，很少去酒楼吃这些东西。一个用这种方式去提升自己的神元，速度实在是太慢了些。第二个宁城在进入太素墟后，一直在各种危险中挣扎，哪里有心情去酒楼慢慢品味这些东西。

这次他感受到了苏家的热情和救命之恩，这才在酒宴中举杯敬酒。

若是苏汐阡不救他的话，也许他不一定就会陨落。不过陨落的几率绝对会增加许多，先不说虚空中的各种陨石和漩涡，就算是遇见了强大的虚空妖兽，也是一口干掉他，所以宁城对苏汐阡是真心感谢的。

“宁道友年纪轻轻，就塑道后期了，将来成就必定不可限量。”苏季安在接受宁城敬酒的同时感慨道。

难怪他感慨，他修炼这么多年了，到现在也不过是育道后期。

宁城连忙说道，“汐阡师妹修为不比我弱，将来成就不会比我低。”

苏季安摇了摇头，端起酒杯一饮而尽，倒是没有解释什么。

宁城不好继续说这些，只好说道，“我听闻太素域最大的圣城叫天素圣城，那里各种天材地宝都会集中起来，来往的人也多。就是不说天素圣城，在太素域别的地方，也有许多同样的顶级圣城。为何苏氏角不去这些圣城做生意，反而要离开太素界去依素星？”

这的确是宁城的疑惑，也是宁城有意问出来的。按理说他的名头也算是不小了，苏氏角的苏季安都没有听说过他，那唯一的可能就是苏氏角和太素域那些繁华地带没有交集。

苏季安叹了口气，“不是我们不想去那些圣城做生意，而是我们没有那个资格。不说那些圣城的东西我们购买不起，我们拿去的东西，人家也看不上眼。”

宁城心里隐约有些明白，就在此时，一名家仆走进大厅，对苏季安躬身说道，“有一名女子求见族长，说有事情商量，实力很强。”

“快快有请。”苏季安连忙站了起来说道。

这让宁城有些明白苏季安的处事方式了，处处与人为善，无论什么事情，都本着不得罪人的心态去。

苏氏角的实力的确很弱，苏季安这种态度也不能说错。

不大一会，那家仆就带着一名脸带纱巾的女子走了进来。

那女子没有说话，目光在大厅中扫了一下，随即她的目光就落在了宁城身上，“咦，你也在？”

宁城站了起来，对这女子抱了抱拳，“多谢师姐相救之恩。”

因为来的这个女人叫若惜，宁城恰好认识。当初两人联手去九转圣道池，最后如果不是若惜，他和燕霁还有水悦可都会陨落在九转圣道池。不过若惜之所以能够离开大厅，也是因为他的存在。

听到宁城的话，苏汐阡等人都有些惊诧的看着宁城，怎么宁城到处都被人相救？

若惜严肃的眼神多了一丝笑意，摆了摆手说道，“你的修为实在让我震惊，除了一个人之外，我还没有想到有谁能有你这种晋级塑道。当初我们是互相帮助，不是谁救了谁。今天我是来找苏族长商量事情的，莫非你也是和我一样的目的？”

“不是，我想要去太素海看看。”宁城来这里是想要看看能不能以最快的速度前往太素海，然后赶在五界丹比之前，去洗龙池再修炼半年时间。

若惜笑了笑没有继续和宁城说话，只是对苏季安说道，“我有些私事，想要麻烦苏族长。不知道族长能不能单独聊一下？”

说完，她也不等苏季安拒绝，直接取出一枚戒指放在苏季安的面前，“这里面的东西就作为报酬。”

苏季安的神识从戒指中扫过，脸色立即微微一变，赶紧将戒指恭谨的递给若惜，“这位道友，这些东西我不敢收。”

宁城知道若惜的修为很强，她拿出来的东西肯定是吓到苏季安了。毕竟这事情还没有开始谈，就拿出吓人的东西来，人家一个小小家族的族长不惊慌才是怪事。

“无妨，只要苏族长实话实说，无论能不能帮到忙，这东西我都作为报酬送了。”若惜没有接回戒指。

苏季安脸上写满了担忧，他将求助的目光放在了宁城身上。

宁城明白苏季安的意思，这样一个小家族的族长，的确不敢随便收别人的东西。苏氏角之所以能在这里存活下来，恐怕和苏季安处处与人为善，还有这种谨慎小心有关系。

想到这里，宁城呵呵一笑说道，“苏族长不必担心，这位师姐不是妄言之人。这样吧，我做个担保好了。”

宁城和若惜联手去过九转圣道池，他知道若惜的秉性。为人还是很讲究原则的，不会无缘无故迁怒于人。

听到宁城这么说，苏季安也只能收起戒指说道，“那请这位道友和宁道友随我一起去内室。”

宁城是担保人，又和若惜认识，苏季安这种邀请方式并没有什么问题。

不等宁城拒绝，若惜就点头说道，“也好，那宁师弟一起来吧。”

……

苏季安将宁城和若惜带到内室，又为两人各倒了一杯灵茶，这才抱拳问道，“道友有话不妨直说。”

他感觉到若惜的修为要远远强于自己，虽然没有叫若惜前辈，心里一直有些担忧。

若惜也看出来了苏季安的担忧，随意说道，“苏族长不必担心，我来这里仅仅是为了询问一件事。我听说苏族长知道在太素界边缘，有一个规则薄弱的地方，在这个地方可以离开太素界，进入一个新的位面？”

苏季安听到若惜的话，脸色顿时变了，好一会都没有说话。

宁城心里一动，也没有说话。这种地方他也很想知道，这就好像奕星大陆的天路一般，万一有哪一天他要离开太素界，这种规则薄弱的地方正适合。

若惜似乎也不急，在一边静静的等着，房间中顿时寂静起来。

好一会，苏季安这才站起，对若惜躬身一礼说道，“虽然我是族长，这件事我一个人也做不了主，能否请道友稍候一会？”

若惜点点头，“无妨，苏族长请自便，我和宁城师弟就在这里等你一会。”

苏季安走后，宁城抬手打出数道禁制，这才问道，“若惜师姐，你不是有一枚开天符的子符吗？你要离开这个界面，用那子符不就行了？”

若惜叹了口气，“我心软，将那子符借给别人了。现在我自己反而无法离开这里，如果在这里还是没有办法的话，我说不定要问你借那枚子符了。”

宁城有些无奈的说道，“你救了我和燕霁，借我的子符我倒是无所谓，只是我身上的子符也不是我的，而是我一个朋友的。就算是借给你，将来你也要告诉我怎么归还给我。”

“你真的愿意借给我？”若惜眼里露出惊喜，她只是随口一说而已，开天符的子符多珍贵，谁愿意随便借给别人的？

宁城笑了笑，“先不说我借给你子符的事情，你告诉我，你在太素界根本不认识多少人，更没有什么交情好的吧？为何会将开天符子符借给别人？”

……

第一千零一十九章 若惜离去

若惜有些无奈的说道，“是一个故人的女儿，当初他帮我甚多，他女儿流落在太素界，我无法不帮忙。况且她们还要将木本源珠压在我这里，我根本就没有任何办法拒绝……”

“什么？”宁城激动的差点抓住了若惜的手，好在他还算是理智，语气颤抖的问道，“你说木本源珠？在你的手中？”

若惜疑惑的看着宁城，木本源珠的确是顶级珍贵的宝物，却也不至于如此震惊吧。

宁城吸了口气，强行让自己冷静下来，对若惜一抱拳说道，“若惜师姐，我急需要木本源珠，如果木本源珠在你身边，我愿意拿出我能拿出的任何东西和你交换。”

若惜微微一笑，“第一木本源珠不在我身边，她们为了让我相信，这才要拿出如此珍贵的宝物压在我身边。事实上，我怎么好意思让她们压东西在我这里？第二就算是木本源珠在我这里，我也无法交换给你。这是别人压在我这里的，又不是我自己的东西。”

宁城颓然的坐下，“是我鲁莽了些。”

随即他又问道，“那拥有木本源珠的人叫什么？她在哪里？”

若惜见宁城如此焦急的样子，只好说道，“她叫田慕琬，我也不认识，不过你最好别打她的主意。她身边的那个朋友没有人惹得起，就算是虚星宗被你救了的那个合道，也惹不起。我话说在这里，信不信由你。况且，那田慕琬的木本源珠我也见到过，是个破碎的半边珠子，半边珠子的价值要减弱太多了。”

宁城听到田慕琬就知道是怎么回事了，田慕琬身边的那个蓝裙女子宁城也认识，还救过两人一次。

宁城叹了口气，摸了摸鼻子，他想不到那半边珠子会在田慕琬身边。木本源珠在田慕琬身上，那他想要得到就困难了。别人的话，他可以用大量的神晶去砸，神晶不行，就神灵脉，神灵脉不行就道果，道果不行就道丹、法宝、功法…… 总有让对方心动的东西。

可是这些对田慕琬统统不起作用，若是他真这样做，那只会增加两人之间的隔阂。况且面对田慕琬，他也不知道如何开口去要。

“看样子你知道我做的事情了。”宁城语气有些颓然。

若惜淡笑道，“你在论丹盛会上如此出风头，还将虚星宗的一个合道强者救了，如果我还不知道，我也白在太素域混了。”

犹豫了一下，宁城还是取出一个玉盒递给若惜说道，“这是我的子符，暂时借给你，将来你要告诉我怎么还给我。”

若惜不但救了他，还救了燕霁，借给她一枚子符，宁城并没有多少犹豫。

若惜见宁城真的拿出子符给她，眼里多出一丝感动。和宁城在一起也共事过几次，对宁城的为人她也了解一些。她救宁城是因为两人在合作当中，而宁城这种有恩必报的性格她很是欣赏。

“这我还真不大好意思，我救你的那个朋友，还拿走了一瓶空城渡识丹。”若惜有些尴尬。

宁城呵呵一笑，“一瓶空城渡识丹的价值可远远不如一枚圣髓果。”

燕霁的资质能提升到这种程度，宁城很清楚若惜给的那枚圣髓果起了多少作用。哪怕后来燕霁的个根基再次被损，但是圣髓果的作用是无可替代。那种珍稀的根基道果，他也没有。

“好，那我就收下了。我住的地方在圣道界神女圣门，我是到了这里后，才听说那是太初界破碎后分离出去的界面。不过我回去后，可能不会去圣道界，我想要去的地方是太易界。我听说你会代表五界参加丹比，很有可能我们会在太易界见面，到时候我会还给你。”若惜收起宁城借给她的子符，语气诚恳的说道。

宁城点点头，他没有去过圣道界，对于太初界破碎倒是听说过。知道这个地方的规则破碎的不比太素界少，甚至破碎的更为厉害一些。

此时苏季安走了过来，宁城抬手再次撤去了禁制。

若惜得到了宁城的子符，心里大定，哪怕苏季安不愿意告诉她那个位置在什么地方，她也不在意。

苏季安对若惜抱拳说道，“虽然我不知道道友是从什么地方得到消息的，但是我请求两位道友不要将这件事再传出去。”

说完，苏季安双手递出一枚玉简给若惜。

若惜接过玉简，慎重的点点头，“苏族长你放心，这件事我们保证不会说出去。”

苏季安感激的说道，“多谢两位道友。”

他心里也是暗叹，都拿出玉简了，还让对方不说出去，也只是一种心理安慰而已。对方既然能得知苏家知道这个位置，那将来就会有别的人知道。苏氏角的实力太弱了，得罪不起任何人。

若惜看出来了苏季安的担忧，微微一笑，“我虽然知道这件事，不代表别人也知道，苏族长不必担心。”

说完，她看向宁城，“宁城师弟，若是你没有事的话，可以和我一起去看看。如果你有事情的话……”

宁城早就想走了，他连忙说道，“我没事，等会和若惜师姐一起走。”

说完，宁城取出两个玉瓶递给苏季安，“苏族长，这里是两枚丹药，权作报答汐阡师妹出手相救之恩。”

“这使不得。”苏季安赶紧推辞。

宁城知道苏季安的谨慎性格，笑了笑道，“两枚不值钱的丹药而已，一点心意。”

看见宁城如此说话，苏季安也只能收下了宁城的丹药，主动将宁城和若惜送出苏氏角。

“爷爷，我感觉那个师姐的修为很高。”站在苏季安身边的苏汐阡见宁城和若惜已经走远，这才小声的说道。

苏季安叹了口气，“岂止很高，若是我没有猜错的话，那个女子恐怕是证道第二步了。”

“这么强？”苏汐阡张大嘴巴，一脸的震撼。

“那叫宁城的倒也算是知恩，临走的时候还送了两枚丹药给我。”说完苏季安将两个玉瓶放在苏汐阡的手中，“你收起来吧。”

他连丹药都没有看，宁城只有塑道修为，送的丹药自然只能让孙女用。

“嗯。”苏汐阡随口应了一声，取出玉瓶打开，随即就震惊叫道，“渡奇道丹，这怎么可能？”

渡奇道丹是道果渡奇霞果炼制，增强塑道圣帝感悟育道的道丹，一枚价值就是不可估量。宁城之所以送出这枚丹药，是准备给苏汐阡的。

“什么？”苏季安再也无法保持冷静的态度，抓过苏汐阡手中的玉瓶，神识扫进去，果然是一枚渡奇道丹。

他以最快的速度将玉瓶盖上，同时颤声说道，“赶紧看看另外一枚。”

不用爷爷说话，苏汐阡就打开了另外一个玉瓶，然后更是震颤的说道，“紫霄丹……”

这次她不用爷爷教，就主动盖上了玉瓶。紫霄丹可是感悟化道境界的道丹，价值比渡奇道丹还要珍贵。更重要的这种丹药是化道丹圣才可以炼制的，化道丹圣在整个太素界也没有几人。宁城一次性就送出这样两枚道丹，手笔简直大的可怕。

苏季安深深的吸了口气，“汐阡，你救的这个人绝对是非常了不起的一个人物。可能是因为我苏氏角不和太素域打交道，这才不知道这人。”

“爷爷，我要去打听一下他吗？”苏汐阡的语气也有些激动，她常年为苏家跑生意，岂能不知道这两种道丹的珍贵？

苏季安摇了摇头，“不用，这种人千万不要去打听。从现在开始，我要闭关冲击化道。有了这枚紫霄丹，我有很大把握晋级化道。你也要努力闭关，争取能用这枚渡奇道丹育道成功。”

“是，爷爷。”苏汐阡的语气暴露了她多想晋级育道。她资质一直是一流，可惜的是苏氏角远远无法和太素域的那些大家族相比。想要一枚道丹，那简直是比登天还难，更不要说宁城送的这种珍贵道丹了。

……

宁城和若惜已经来到一个满是瘴气的峡谷，这里的神灵草更是匮乏，加上瘴气蔓延，根本就无法修炼。苏季安给的地图玉简中，显示的地方正在这里。

“应该就是这里了。”若惜停了下来，将手中的玉简交给了宁城。

“若惜师姐，你现在就走？这边的事情结束了？”宁城问道。

若惜点点头，“是的，我出来很长时间了，必须要回去。我尽量不用你的这枚子符，若是实在回不去，我再用子符，有机会我们会在太易界见面。”

说完，若惜一步跨前，在她即将要落入峡谷的时候，忽然想起了什么，又回头对宁城说道，“宁城，断茅神城最近来了很多强者。你得罪的人太多，要去断茅神城的时候最好易容一下。”

“我知道。”宁城点点头，就算是若惜不说，他要去断茅神城，也会易容过去。

若惜取出一枚符箓激发开，空间的规则立即就凌乱起来。几息之后她就祭出了九瓣莲台轰向了这规则凌乱的空间，一道道稀薄的空间波纹出现在峡谷之中。若惜抬手一撕，随即整个人都消失的无影无踪。

……

第一千零二十章 五行混沌气息

苏氏角最有权力的人自然是苏季安，不过最有能力的人却是苏季安的孙女苏汐阡，苏氏角最近一些年的生意都是苏汐阡在掌控。苏氏角也在苏汐阡的细心经营下，积累了一些修炼资源。否则苏氏角的实力比现在更差许多。

这次苏汐阡回来后，决定闭关，所以苏氏角的生意就交给了苏汐阡的哥哥苏桧。

“桧哥，你知道爷爷为什么要让妹妹闭关，要将生意交给你？”家族会议后，严锦卿就黑着脸询问苏桧。

严锦卿是苏桧的妻子，她的资质稍差，因为一直留在苏氏角闭关修炼，不需要和苏汐阡一样四处奔波。所以她的修为并不比苏汐阡弱，同样是成功塑道了。

苏桧长相还算是英武，只是那长脸和细眉破坏了他英武的外表，显得有些阴郁。

听到妻子严锦卿的话，苏桧微微皱眉，语气有些粗声的说道，“这些年来一直是汐阡在外面奔波，我们都在家修炼。现在汐阡要闭关，我这个做哥哥的自然要接手苏氏角的生意，难不成还能将苏氏角的生意交给外人？”

严锦卿冷笑一声，“苏氏角的生意压在我们头上，我也没有多少意见，只是爷爷这次做事很是不公道。”

“怎么不公道了？”苏桧盯着严锦卿问道。

严锦卿吸了口气，“你知道那个被汐阡带回来的宁城送了什么东西给爷爷吗？”

“什么东西？”苏桧完全被严锦卿的话带走了思维，下意识的问道。

严锦卿神识小心的扫了出去，这才低声传音道，“是两枚道丹，一枚是紫霄丹，一枚是渡奇道丹……”

“什么？”苏桧不敢相信的看着严锦卿，重复了一句，“你说紫霄丹和渡奇道丹？”

严锦卿严厉的白了一眼苏桧，“小声点，没错，就是这两枚道丹。爷爷和小妹送走那个宁城的时候，我正好听见了。”

苏桧已经冷静下来，同样盯着严锦卿，“爷爷是育道后期圣帝，你能在旁边听见爷爷的话？就算是不说爷爷，小妹这些年在外面奔波，也不是如此无知吧，会让这些话被你听到？再说了，那宁城区区一个塑道圣帝而已，凭什么拿出紫霄丹？你到底想要干什么？”

严锦卿咬着嘴唇，过了好一会这才说道，“宁城怎么有这种丹药我不知道，我在外面留下了一个监控阵盘，本来是想让我苏氏角更加安全一些，没想到不小心听见这些。”

苏桧冷声说道，“锦卿，你留下的应该不是一个监控阵盘吧？你立即就将这些监控阵盘全部收起来。”

严锦卿委屈的说道，“是，桧哥。我只是为你不平而已，你才是苏氏角下一代的族长。也有渡奇道丹，居然留给汐阡，反而将你忘记了。”

说这话的时候，严锦卿完全忘记了这些年她的修炼资源和时间是从哪里来的。

苏桧脸色有些难看，并没有回答严锦卿的话。

……

宁城送走若惜后，易容成为一个满脸沧桑的中年男修来到了断茅神城。和他这样一脸沧桑，带着虚空气息的散修，在太素界边缘的断茅神城到处都是，所以宁城混在其中是半点突兀都没有。

来到断茅神城之外，宁城终于明白为什么这个城要叫着断茅神城了。

半截断开的长矛斜刺在断茅神城的城外，看起来很是诡异。这半截长矛裸露在外的部分就有十数丈长，通体斑驳不堪。尽管时日很久了，宁城看见这半截长矛的时候，还能在长矛上感受到一种淡淡的戾气。

宁城赶紧收回了自己的神识，这种戾气对修炼绝对没有任何好处。一旦被戾气侵入识海，恐怕距离走火入魔也不远了。

断茅神城外人来人往，很少有人会和宁城这样，用神识去扫城外断茅的。正如若惜说的一样，宁城在这里看见了众多的强者。

不要说众多的育道和化道圣帝，就连证道第二步的道元圣帝，宁城也看见了一两个。

宁城没有住息栈，也没有去坐前往太素海的飞船，他直接去了一家商楼。

他有星空轮，速度绝对不会比那些飞船慢。既然断茅神城没有远距离传送阵，那他还不如去商楼购买一张线路图，自己单独前往太素海。

“你说要去太素域或者是太素海的线路图？难道你想单独去太素域？”伙计一脸不敢相信的看着宁城。

断茅神城虽然也属于太素域，不过很少有人将这里当成太素域。一说起太素域，都是指太素域深处，而不是这太素界边缘。

宁城疑惑的问道，“是啊，怎么？”

这伙计还算是比较老实，实实在在的出声解释道，“这位朋友，前往太素域的详细线路我是没有的，简易方位图我这里倒是有。我建议你最好不要自己单独前往，还是乘坐虚空飞船过去。”

“为什么？”宁城更是不解，他不乘坐飞船，自己过去，最多是慢一些而已。

伙计叹了口气说道，“如果真的是这么简单，那断茅神城的虚空飞船就找不到生意了。从断茅神城到太素域，必须经过太素妖脉和太素海。太素妖脉绵延亿万里都不止，里面有无数强大的神兽，一般的人经过太素妖脉就是送死。

这一段路就需要几个月时间，穿过了太素妖脉，还有太素海。太素海和太素妖脉交接的地方同样是荒芜人烟的，要经过这一片太素海，也是危机重重，一般人经过这种地方，和送死没有多少区别。”

宁城倒吸了一口冷气，他以为最多是路途远一些而已，没想到这中间还有如此凶险的路程。若惜当初是怎么过来的？她为何没有说其中的危险？

很快宁城就明白过来，若惜应该是以为他知道这些。不然她就不会说让自己进入断茅神城还要易容了，因为自己说去断茅神城的目的是为了回太素域，她并没有多少惊讶。

见宁城不说话，伙计再次劝解道，“那些虚空飞船都有固定线路，而且和太素妖脉的强者有过协商，这才可以通过。就算是这样，也有许多的虚空飞船，因为各种原因被妖脉神兽干掉。所以，前往太素海或者是前往太素域的价格都非常惊人，普通人根本就无法承受。”

宁城终于明白，为什么他偌大的名头，在苏氏角没有一个人知道。

“多谢了，既然你这边没有详细的线路图，拿给我一个方位图吧。”宁城笑了笑说道。

购买方位图的人太多，伙计倒也没有再说什么，取出了一枚玉简递给宁城。

拿到方位玉简，宁城正想走出商楼，忽然想起了什么，再次回头问道，“请问一下，为何断茅神城最近多了很多强者？”

宁城也不知道断茅神城平时是不是也这样，他问这话，完全是因为若惜这么说。

伙计嘿嘿一笑，又取出一枚玉简说道，“还有半个月，断茅神城将举办拍卖会。这玉简中是一些拍卖物品，朋友如果想要去拍卖会的话，可以购买一枚。”

宁城没有参加过太素界的拍卖会，太素界的交易会还是参加过几次。

对这种拍卖会宁城并不在意，因为实在太多了。他随口问道，“断茅神城拍卖会恐怕也是经常举办吧，难道每次都是这么多人特意赶来？”

伙计摇了摇头，“当然不是，这次之所以吸引了如此多的强者过来，主要是因为这次的拍卖会将出现一种五行混沌之气。”

“我购买一枚拍卖会物品玉简。对了，什么是五行混沌？”宁城听到五行混沌之气，立即就购买了一枚玉简。

他没有听说过什么是五行混沌之气，但他的玄黄珠和五行本源息息相关，只要和五行有关系的，他都会去打听。

伙计见宁城很是和善，更是滔滔不绝的介绍道，“五行混沌之气可是堪比本源的珍贵宝物，这种东西很难聚集五行。如果你能聚齐五行混沌之气，听说可以让修士的小世界晋级为规则非常高的真灵世界，甚至可以成为仅次于混沌世界的五行世界。”

见宁城听得非常认真，这伙计更是滔滔不绝，“五行混沌气息不但可以完善世界，同样在炼丹和炼器上也有至强的作用。就算是你这些都不用，用在自己修炼上，也是最佳的修炼资源。比那些什么道果，那要强的太多了。”

宁城心里越听越火热，他的玄黄珠缺少部分木本源，用木本源晶去填充，那是杯水车薪。如果有木属性的混沌气息，那是否可以代替那半边木本源珠？

五界丹比就在眼前，本来按照宁城的想法是将燕霁送到江州星的，没想到那传送阵他没有修复好。按照若惜说的，五界丹比在太易界举行，万一太易界的天地规则太强，让人发现他带燕霁到太易界，那怎么办？

“请问这次拍卖的是什么属性的五行混沌气息？”宁城急切的问道。

伙计也看出来了宁城有些兴趣，呵呵一笑说道，“是土属性的五行混沌气息。”

尽管他肯定宁城就算是去了也购买不起，不过他对自己能让客人如此急切，那也是他的成功。

……

第一千零二十一章 是阴谋？

宁城心里略微有些失望，不是木属性的五行混沌之气，他要来似乎没有多大用处。

“五行混沌如此珍贵，为何要在断茅神城拍卖？如果去太素域的天素圣城，岂不是更有价值。”宁城口中问道。事实上他心里想的不是这件事，他想询问五行混沌是谁拿来卖的，又是从什么地方得到的。

伙计笑道，“听说得到土属性五行混沌的人泄露了消息，他也知道无法带走五行混沌，索性在断茅神城出售掉。这里是太素界边缘，没有实力太强大的圣帝过来，所以很多人都想去碰碰运气。”

宁城点点头，这伙计说的也对，这里是太素界边缘。十大宗门，和一些混元强者距离这里太远，不说能不能得到消息，哪怕得到了消息，也不一定能及时赶来。缺少了众多的强者，普通圣帝的确多了很多机会。

“那是谁这么不小心？竟然泄露了消息？让大家都知道东西是哪里来的。”宁城跟着就问道，这才是他最想知道的。

伙计摇了摇头，“虽然我知道那人泄露了消息，不过这也不是我能够知道的。我建议你也别问了，打听东西是从哪里来的，让人听见不大好，能得到五行混沌之气的人肯定不会简单。”

宁城笑了笑，抱拳感谢了这伙计后，这才离开商楼。

……

从伙计那里购买来的玉简还算是详细，玉简中不但有大部分即将出售的宝物，还有拍卖方的名称和地点。

举办这次拍卖的是在这边界一带非常有名的商会，乐宝商会。这次的拍卖会就在乐宝商会的第一楼，乐宝神楼举办。

玉简上东西很多，能让宁城看上眼的，也仅仅只有五行混沌之气而已。宁城没有打算去参加拍卖会，这种拍卖会参加不参加对他来说都是一样。他想知道的是，土属性的混沌之气从什么地方得到？

乐宝神楼的气魄比起天素圣城的丹会来，差的不是一两个等级。那外面的防御阵法，就算是宁城来布置，也不会比这差。

“我有东西要寄拍，要找商会负责人。”宁城一进入乐宝商楼就点名了来意。

“可以，不过要等到三个月后下一次拍卖会。这次拍卖会寄拍的东西都安排满了。”接待宁城的是乐宝楼的一名女修，说话虽然客气，却是毫不犹豫的拒绝了宁城。

寄拍还会满，骗谁啊，宁城直接取出一个玉盒放在桌子上，“我要寄拍的是一枚化道道果，如果真的没有办法在半个月后寄拍，我就去寻找下一家。”

听到道果这两个字，一直坐在屋子一角的一名黄须老者忽地抬起头，两道犹如实质般的目光射向了宁城。

宁城很是淡定，他早已看出来了这个屋子里面真正做主的肯定是这个黄须老者，因为和他说话的这个女修才永恒后期修为。而这黄须老者，实足的化道后期。

“瞑夜，你出去，这里交给我。”老者站了起来。

“是。”拒绝宁城的女修赶紧躬身相应，然后小心的退了出去。

等这女修退走之后，黄须老者这才走到宁城面前，手按在宁城拿出来的玉盒上问道，“请问我是否可以看看？”

这黄须老者也有些奇怪，宁城才塑道修为，看起来也是一个星空散修。这样一个修士，单独拿一枚化道道果来寄拍，按理说应该会忌惮自己才是。可是他在宁城身上看不到半分忌惮，甚至可以说是除了平静就是平静。

宁城微微一笑，“请便。”

一个化道圣帝，他自然不会害怕。如果真打起来，他有十足的把握干掉眼前这个黄须老者，他有是么好怕的。

黄须老者已经打开了玉盒，随即他就再次合上了玉盒。他的表情一直很是平静，但他心里却震惊不已。

宁城看起来也不过是一个塑道后期圣帝而已，竟然能拿出一枚大衍神果，这可是衍化化道圣帝规则神通的道果。尽管算不上顶级的化道道果，也能算是中等的化道道果了。而他现在最缺的，就是这种大衍神果。

“我是乐宝神楼拍卖管事倪景，请问道友你是要寄拍这枚道果？”倪景将玉盒再次放下，抱拳问道。他没有询问宁城的来历，一些客人很忌惮这个，他作为拍卖会的管事，自然对此很了解。

宁城微微一笑，“我倒不是一定要寄拍这枚道果，如果价格合适，这枚道果我现在就出售给乐宝商楼，由你们拿去拍卖。不过我出售这枚道果还有一个附加条件。”

倪景点点头，如果没有条件，这样无缘无故将一枚大衍神果出售给乐宝商楼，他才有些怀疑。谁都知道这样直接卖，和到拍卖会竞价后的价格完全是两回事。

倪景并不说话，他在等着宁城开出条件。

宁城敲了敲大衍神果，似乎在提醒倪景，我手中敲的是一枚化道道果。

敲了一会后，宁城才漫不经心说道，“我听说这次乐宝商楼有五行混沌之气出售？”

倪景表情平静的答道，“据前来寄拍的客人说，那是五行混沌之气。这东西我也没有见过，根据那天然禁制以及其中的气息来看，寄拍的客人也不是随便胡说。若无意外的话，的确是五行混沌之气。”

“你们没有检查？”宁城惊讶的问道。

倪景笑了笑，“客人说笑了，这东西可不好打开检查。”

宁城也没有再问，他估计是天然禁制乐宝商楼打开后，没有能力还原。

“我想请问一下，这位寄拍的客人是从什么地方得到土属性的混沌之气的？这就是我的附加条件。”宁城直接说道，面对倪景这种老家伙，无论他怎么委婉，对方也能知道他的想法，还不如干脆问出来。

倪景脸上露出淡淡的笑意，显然宁城的问题早就在他的预料之中，“这位道友，因为这件事早有多人询问，所以那得到土属性混沌之气的客人，也将得到的地点做成了玉简同时参加拍卖。”

宁城心道果然，和他一样想法的人还真不少。

“倪管事，能不能这样，你将那地点玉简出售给我，我这枚道果就作为报酬。我相信就算是在拍卖会上，也不会有人出价比这还要高。”宁城知道地点即将被拍卖，索性不打算要这枚大衍神果了。

倪景还是摇了摇头，“我相信道友说的，如果拿去拍卖，一个地点玉简的确是远远不值一枚化道道果。我要告诉道友的是，这次地点拍卖玉简一共做了十份。”

宁城脸色有些难看起来，“倪管事，你的意思就是哪怕我现在购买到了地点玉简，等拍卖会结束后，也会有别的人和我一样知道地点？”

倪景有些为难的说道，“你后面的说法是对的，你前面的说法不对。这地点玉简你现在不能购买走，因为我们答应过那寄拍的人，十枚地点玉简必须在拍卖会中出售。哪怕有人出再高的价格，也绝不允许提前出售。”

宁城心里咯噔一下，他经历过的事情太多了。拿东西寄拍为了什么？九成以上的人将东西拿来寄拍，唯一的目的就是多得到一些神晶而已。通俗的来说，就是为了多得到一点钱。

现在对方说出再高的价格，都不会提前出售，那只有一个原因，就是这个寄拍的人也和他一样有一个目的。他的目的是知道土属性混沌之气出现的地方，而对方的目的恐怕是想要让更多的人知道这个地方在哪里。

十枚出现土属性混沌之气的地点玉简拍卖出去，恐怕在一夜之间就会变成千枚万枚，甚至会弄的整个断茅神城人人皆知。

这么做肯定是有意的，那寄拍玉简的人到底想要干什么？

倪景并没有再说，宁城看的明白，他自然也看的明白。不过拍卖会的目的可不是要管这些，拍卖会只要能赚神晶就行，别的和拍卖会毫无关系。

宁城默默的收起大衍神果，既然是一个阴谋，他还有没有必要浪费一枚大衍神果？尽管他知道倪景告诉他这些，只是想要他拿出大衍神果，否则这些话倪景必定不会说出来。

看见宁城收起大衍神果，倪景眼里终于有了一些变化，“这位道友，如果这枚大衍神果你暂时用不上，我建议你拿出来拍卖。你会得到更多适合你境界的修炼资源，也许你可以在更短的时间内育道成功。”

宁城将已经抓起的玉盒又放在了桌子上，缓声说道，“倪道友，如果你能将那地点玉简给我看一下，我这枚道果奉送给你。”

倪景没想到宁城居然如此有魄力，在知道了可能有阴谋后，还敢购买玉简。

他自然也明白宁城为什么这次称呼他为道友而不是管事。那是提醒自己，你也是一个修士。这个提醒没有错，他除了在乐宝商会做事之外，的确也是一个修士，也要为自己的修炼资源考虑。

这一刻，倪景沉默下来。

宁城见倪景不说话，知道他心里在犹豫，索性再说道，“莫非倪道友之前的话是诓我的？根本就没有制作成十枚玉简的事情？”

倪景怒声抓出一枚玉简扬了一下说道，“怎么可能诓你？这不是玉简？这玉简我绝对不能给你看。我商会讲究的就是一个信誉，既然答应了客人的事情，就不会食言，不会提前出售给你。”

宁城的神识刺瞬间破开倪景手中的玉简禁制，在短短的几息之内就查看到了玉简中的内容。

随即他就冷声说道，“既然不行，那就算了，告辞。”

也不知道宁城是太过愤怒，还是因为别的原因，他走的时候竟然没有带走装有大衍神果的玉盒。

倪景走到宁城站立的地方袍袖微微一卷，那玉盒消失的无影无踪。有些事情心照不宣就可以，这事情大家都明白。他心里却是暗自震惊宁城的神识强悍，短短几息时间就得到了内容。之前他还以为宁城至少需要十几个呼吸才可以办到，事实上宁城连两个呼吸都没有就办到了。

……

Milton Keynes UK
Ingram Content Group UK Ltd.
UKHW051633081124
2701UKWH00048B/246

9 798330 514663